love you

醒来觉得甚是爱你

上册

景之—著

江苏凤凰文艺出版社
JIANGSU PHOENIX LITERATURE AND ART PUBLISHING, LTD

图书在版编目（CIP）数据

醒来觉得甚是爱你 ： 全2册 / 景之著. -- 南京 ：
江苏凤凰文艺出版社，2018.4

ISBN 978-7-5399-9545-8

Ⅰ. ①醒… Ⅱ. ①景… Ⅲ. ①长篇小说－中国－当代
Ⅳ. ①I247.5

中国版本图书馆CIP数据核字(2017)第206787号

书　　名	醒来觉得甚是爱你
作　　者	景　之
出版统筹	侯　开
选题策划	李文峰　崔　悦
责任编辑	姚　丽
特约编辑	崔　悦
责任监制	刘　巍　江伟明
出版发行	江苏凤凰文艺出版社
出版社地址	南京市中央路165号，邮编：210009
出版社网址	http://www.jswenyi.com
印　　刷	北京市平谷县早立印刷厂
开　　本	32开（880mm×1230mm）
字　　数	350千字
印　　张	16.5
版　　次	2018年4月第1版，2018年4月第1次印刷
标准书号	ISBN 978-7-5399-9545-8
定　　价	55.00元（全二册）

影视版权抢订热线　13911704013

CONTENTS 上册

醒来觉得甚是爱你

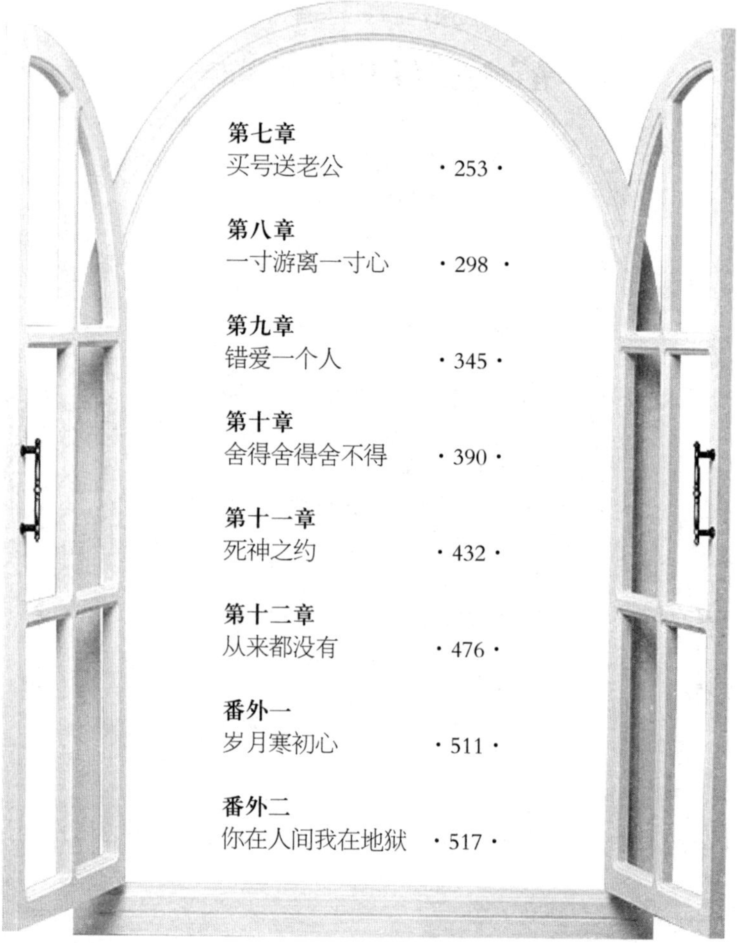

醒来觉得甚是爱你

CONTENTS 下册

第一章
临时夫妻

苏小南的皮肤好得人神共愤，近日更是粉嫩，掐一把像能滴出水儿。秘诀就一个：值夜勤。

景城闷罐似的夏夜，简直是天然汗蒸，美容，养颜，还去风湿，多值几天夜班，想不白嫩水灵都不成。入夜，室外温度高达三十五度。个个都在避暑纳凉，她却开着执法巡逻车满街晃悠。

“将军巷十八号外面有一辆宾利违章乱停，哪个哥们儿敢去贴张条？”

“将军巷十八号？哈，找蜘蛛侠吧，贴完能飞。”

“哈哈，你咋不说葫芦娃呢，还能隐身。”

对讲机里，几个家伙正在调侃，突然传来队长的声音。

“谁在将军巷十八号附近？”

久久，不知谁弱弱说了一声：“苏小南吧？”

“将军巷十八号”是景城最神秘的一个所在。

从外表上看，房子建筑简单朴实，干吗用的也没有人知道，只听说JV00打头的车辆，都常在里头转悠，至于这位低调得不显山不露水的房主人，人们只知是一个来自京都的大人物，姓安，名字不可考。两个字总结：神秘。

苏小南听闺密莫暖八卦过，无论多牛的人物，见着那位，都得点头哈腰地叫一声“安公子”。

公子？先秦王子？苏小南很想嗤之以鼻。但上班第一天她就知道，将军巷十八号这个地界谁都不乐意去，没事最好绕道走。可今儿被队长点了名，她不想去也只能硬着头皮上了。

“啊……哦……喔喔……”

公路上热浪扑面，一辆晃晃悠悠的宾利车里，隔着窗户缝挤出来一种隐忍压抑的声音，让人汗毛倒竖。苏小南鸡皮疙瘩抖一地，抱臂观望着，本想等会儿过去，但那动静久久不停。

总不能等这二位把孩子生出来吧？她四下瞄一眼，叼着笔帽填了一张罚单，又贯彻“微笑亲民”的精神，刷刷写上一行字：“左侧，七十五度斜上方，有一个超清摄像头。路口，九十度直角有天网，注意保护隐私！”

拿着字条吹了吹，她正准备贴好走人，宾利车却忽然地震似的晃悠着，窗子落下。于是，字条就这样阴错阳差地贴在了一个汗涔涔的脑门上。

车厢里，一片淫靡之气。一个妖娆性感、涂了大红嘴唇、披着一头大红长发、全身上下除了白花花的肉，其余一片红艳的女人，像一朵妖娆的红玫瑰盛开在她眼前。

“你，你谁啊你？！”女人猫儿似的尖叫，翻身拉下红裙，怒不可遏。

尽管那车窗是她兴奋之时不小心压开的，苏小南还是尽量组合着一张微笑的值勤脸：“小姐，你……”

她突然停顿，话被另一张熟悉的男人面孔噎了回去。

别人都说她男朋友霍天奇长得很帅，果然，就算满头乱发，裤链大开，一脸热汗如丧考妣地看着她，依然很帅。就是这三个人僵持的画风，太诡异了。

“一个破协警，真当自己是城隍了？”那红发妖精怒火冲天，抖着胸前的四两肉指着她，“哪个大队的，叫什么名字？！”

苏小南脚尖铲铲地，笑看霍天奇：“你问他。”

霍天奇面色一变，略带恳求地看向苏小南，那复杂的眼神，让苏小南突然想笑。

“我是谁不重要，记得交罚款就好。”

她拍拍袖口，扭头就走，那红发妖精却不服气：“横的你！信不信明儿就扒了你那身皮，让你回家种地去？”

“你真是个好人，提醒我了。”苏小南转过头来，拿着手机咔嚓一声：“车震特写，拍照留存！我真要种地去，肯定也带上一个你。”

“臭婊子！你敢拍照……”红发妖精气急败坏，光着膀子就要扑上来。

苏小南好心指指斜上方，微微一笑：“全景、高清摄像头。”

“你给我记住了！”红发妖精咬牙切齿。

“会的，会记住！”

苏小南冷冷看一眼霍天奇，上了执法车，一脚油门踩到底。

十分钟后，她的电话响了。霍天奇的声音，一如既往地温柔好听：“小南，谢谢你给我留了脸面。”

“不然呢？我告诉她我男朋友在那儿捐精？”

“小南，我……”

“对不起的话就别说了！”苏小南看着川流不息的人群，目光冰凉，“你就说说，这宾利车与白富美齐飞，爽吗？”

“小南，不是你想的那样……”

“那是怎样？你不会想要告诉我，这只是你出人头地的方式吧？”苏小南冷笑着打断他，“霍天奇，我宁愿你只是约炮，还能当你是个人！”

“对不起，小南。”这次停顿了许久，霍天奇才开口，“那照片……”

“放心！拍得很清晰，姿势也不错。”苏小南目光越来越冷，话却带着笑，“反正你也飞黄腾达了，如果过意不去，不如分我一杯羹？分手费、保密费、照片保管费，你看给多少合适？”

“小南！”霍天奇真的急眼了，“咱先把照片删了好吗？”

“支付宝转账还是微信，或者你要银行卡号？”

“我……”

“再叽叽歪歪，明儿就让你上社会新闻！”

不等尾音落下，苏小南狠狠挂掉电话，把手机甩在车位上。

今晚的景城，闷热得像一个大蒸笼。可同一片天，却有不同的地。将军巷十八号，顶楼的全景天窗休息室，冷气开得极低，空气里飘浮着若有似无的熏香味，大大的3D显示屏上，画面定格在十八号门前的素净小脸上，格外清晰。

“安公子……”一个与苏小南穿着同系制服的中年男人拿笔指了指屏幕，冲沙发上的安北城恭维地笑，“您看，她像不像？”

安北城交叠的大长腿交换了下，一张半隐在灯光下的面孔，轮廓很英俊，气场却极为幽冷，一种君临天下的既视感与压迫力，让偌大的休息室顿感逼仄。

他不吭声，其他人只能静默。

“老大……”

又有人出声提醒，他却慢慢起身，面无表情地架上大墨镜，头也不回地径直离去。

几个人一愣，赶紧跟上去。

谁也不明白，那个女人明明长得很像，为什么老大毫无反应。

苏小南赶到光华夜市时，快要散市了，整条街上一片狼藉。她轻车熟路地踩过遍地的菜叶、串签子，窜到老妈的抄手摊前。苏妈刚摞完凳子，背对着她使劲捶着胸口。

“妈，你又不舒服了？”苏小南一把抢过她手里的凳子，利落地塞到小吃车车厢里，埋怨道，“我说多少遍了，这活吃劲儿，你别干！”

“我不干，等着你来干啊？”苏妈那张过度劳累而挤满了皱纹的脸，在夜灯下带着病态的苍白，“你看看你，天天值夜，也不晓得爱惜自个儿，哪里有个姑娘家的样子，也就天奇不嫌弃你……”

苏小南像被雷劈了，呆怔住，忘了动。

“怎么了？”苏妈朝她身后看了一眼，“噫，天奇呢？今儿怎么没跟你一块儿来？”

“哦，他忙。”苏小南回过神，掩饰地捋了捋头发，像平常一样弓着身子和车厢那把生锈的锁头做斗争。

她没打算告诉老妈。从她到省城上警校开始，老妈就把老家的房子卖了，在省城租了这个夜市摊位，卖手工抄手，买不起房子，就租住在光华夜市背后的巷子里，与霍天奇家门对门。关系近了，霍天奇也殷勤，老妈喜欢得都快把他当亲生儿子了。

往后，嗯，应该没有往后了……

贫穷这件事，既可悲又伟大。可悲的是，哪怕失恋了，她还得灰头土脸地继续干活；伟大的是，哪怕失恋了，她也没有闲工夫去伤春悲秋。

咔嗒！生锈的锁头终于锁上。

苏小南抹了一把汗，仰头看天：“妈，今儿的星星好明亮，明儿肯定又是一个大晴天。”

她一语中的，只是没想到，第二天不仅是大晴天，还附带了几道霹雳。她前脚刚到队上，后脚就听到同事在喊：“苏小南，曾队找你呢！”

队长找当然不是什么好事，苏小南刚进办公室，队长就指着电脑屏幕训她：“你看看，看看这个！你做的好事！”

苏小南晃眼一看，当即呆住了。

屏幕上居然是将军巷十八号宾利里的画面，从角度看，可不就是她拍的照片！

“什么情况？”她见鬼似的喃喃，“曾队，这不关我的事啊……”

她声音弱弱的，说不是她，连她自己都有点不信。

照片到底怎么流出去的？她绞尽脑汁在想，曾队却叹息不已：“小苏啊小苏，说你什么好？有维持公共秩序的心是好的，但这种不雅照片上传到网上，难免被人添油加醋，对警队形象产生不好的影响。尤其这次……你惹到不该惹的人了，唉！”

苏小南又是一愣：“曾队是说……”

曾队垂着头，抚住太阳穴没看她：“侵犯他人隐私，传到网上，影响恶劣，情节极其严重。但这事，局里领导出面替你赔了礼，道了歉，好说歹说，人家总算不追究了。”

苏小南刚松一口气，曾队同情的眼神就刮过来了：“但队里不能再留你了！”

苏小南抱着纸箱走出大楼，站在炎炎烈日下，像只晒蔫的茄子。

这霉运怎么像一年三熟的稻子，割了一茬，还有一茬？短短两天，失恋、失业，人生两件大事，全霉齐活了。还有更霉的吗？

苏小南换只手抱纸箱，摸了摸兜儿，正准备找零钱上公交车，手机响了。电话那头，霍天奇一改昨儿的温文尔雅，开口就暴跳如雷：“苏小南，我还以为你是给我留脸面，没想到你是想玩个大的，直接把我给搞死啊。算你狠，我真是看走眼了，你真是个恶毒的女人！”

六月飞雪啊！她是冤枉的。

可被骂到这份上，她哪是肯解释的人。

“你不是想要出人头地吗？这不，把你变成一坨屎，往后谁还敢往你头上踩？我说霍天奇，你咋不懂得感恩呢？”

“苏小南，你这个……”

他到底不是一个习惯粗口的男人，呼呼喘几声粗气，大概也想起是自己有错在先，轻了声音：“小南，有啥事不能好好商量，非得传到网上？让人看笑话，是你脸上有光了，还是看到我被口水淹死，你就开心了？你晓得我费了多少口舌，才说服蓓蓓放过你吗？”

蓓蓓，那个开宾利的妖精？那么，害得她失业的，也是这位“善良”的蓓蓓了？

“哦！”抬手遮了遮阳光，苏小南有点头晕，“那我要怎么报答你？”

“得了，我可受不起你的报答。事情摆平了，你赶紧给我把照片删掉！”

苏小南嗤一声，笑不可抑：“不不不，必须得谢啊！要不我买点水果，点三根香，把您二位的照片一块儿供上？”

嘟——嘟——嘟——

这一回，轮到霍天奇挂电话了。

苏小南不知道他是有“状况”不便接电话，还是气挂的，不过都不重要，她得想想能找份什么工作，打手？保安？或者干脆接下祖传手艺，做个抄手西施？

嘀嘀——汽车的喇叭声惊得她从臆想中抬头，只见一辆警车停在身侧，摇开的车窗里，是曾队白胖胖的脸，比先前和善了不知多少倍。

“小苏，你还在这儿呢？赶紧，上车。”

还是那间办公室，连歪斜的电脑屏幕都没有变，不过这回除了曾队，还有一个苏小南不认识的大 boss。曾队大概也不知道大领导为什么找她，简单地做了介绍，就因为话太多被王厅委婉地撵出去了。

什么情况？苏小南整一个大写的蒙。大领导要单独和她谈话，难道是那位宾利蓓蓓，把她解聘了还不甘心？ 这……不会要进局子吧？

“小苏，你先看看这个。”王厅递过来一个文件袋，和颜悦色道。

苏小南慢慢摸上去，紧张得如赴刑场。可她抽出文件袋里的几页纸，看一眼立马傻了。

“本人苏小南，自愿与安北城结为临时夫妻，为期一年……”

今天是愚人节吗？苏小南仔细把协议从头看了一次，指指自己的鼻子，再指指那个名字，斜瞄王厅：“苏小南，我？”

“没错，小苏，是你。”

王厅头发花白，可精神看上去……挺正常啊。苏小南翻过一页，接着整篇看下来，内容很丰富，吃喝拉撒睡都写得很详尽，总结下来却只有一句话：乙方一切都得服从甲方调配。

“这个乙方……”

“没错，小苏，是你。”王厅似乎只会这一句台词。

苏小南瞄他一眼，怪异地想起了外国大片的剧情。这个王厅不会是被外星物种入侵了脑子吧？她揉了揉鼻头，干巴巴地笑：“我……能拒绝吧？”

“当然。”王厅微笑着看她，“你可以当作没有见过这份合同，然后，出门往左。”

“……”不就还是解聘吗？

苏小南沮丧着脸默了片刻，被好奇心驱使，还是问了：“我要答应了呢？”

王厅笑容又慈爱了几分：“小苏啊，我知道你有很多疑问，可出于保密需要，在你没有答应之前，不能告诉你。我能说的是，协议结束之日，记三等功一次。当然，还为你转正。”

一分钟后，苏小南灰溜溜地夹着尾巴逃出来了，选择了“出门往左”。

什么乱七八糟的合同！如果她脑子没问题，一定是里头那位疯了。

六月飞霜，冤情待雪。

苏小南憋在自家40平方米的出租屋里，叼着圆珠笔，趴在茶几上涂鸦报纸的招聘版。

一个圈配一个叉，一个叉配一个圈，叉叉那个圈圈，不一会儿就满篇的圈，满篇的叉。

好在今天周末，妹妹晚上回来，老妈早早去买菜了，不然她真不好扯谎这只是聊发胸臆，坐在这儿即兴美术创作。

××公司助理，本科毕业，不限专业，驾龄两年以上，转正后五险一金……

嗯，不错，圈上。

注：试用期三个月，薪水1000……奴役牲口呢？打叉！

苏小南翻着白眼算着日期，房租要到期了，水电费该缴了，摊位费也要缴了，还有妹妹每次回来都得给的生活费、下学期的学费……她想得脑仁儿都在疼，手机又欢快地唱起了歌。

“妈……”

“你好，我是第一人民医院。”

“医院？”

“请问你是机主的什么人？”

“我是她女儿，我妈呢？”

“你妈在菜市场昏倒，被人送到了我们医院，情况很危急，你赶紧来一下。”

屋漏偏逢连阴雨，失恋失业母病危！果然生活不会欺骗她。如果不坚强地活下去，又怎么知道还有更倒霉的事呢？

等苏小南满头热汗地赶到医院时，她妈已经被一圈“善心人士”围了个水泄不通。医生言简意赅，直接递给她一张入院通知单。

“你母亲急性心梗，必须马上手术做支架。赶紧去办理入院，多耽误一分钟就多一分危险。”

苏小南脑子嗡嗡作响，可理智还在，她直截了当地问：“大夫，这手术大约要多少钱？”

“先交五万，今天够了。”大夫的口气像在说五块钱。

苏小南眼都红了，五万，她到哪儿变出五万来？焦躁中，她慌不择言：“医生，我手头没带这么多钱，你可以先给我妈妈做手术吗？你放心，我一定会把钱补给医院。”

“这个……”医生推了推眼镜，“不是我不体谅你，只是我们医院也有制度。”

“要不然我写张欠条？”

“如果每个患者都像你这样……”

医生千篇一律地解释着，苏小南脑袋疼得快要炸开。白大褂的医生、笑容甜美的护士、从窗外射入的明艳艳的阳光，令她恍惚得似乎离这个世界远了……冷不丁地，也不知她哪根筋抽了，突然灵光一闪。

“医生，你先安排手术，我马上让我爱人送钱过来。”

医生低头写着病历，无动于衷。

苏小南闭了闭眼，算了，死就死吧，迫在眉睫，编吧！

“我爱人叫安北城，就是将军巷十八号那位，这点小钱，我会骗你？！”

“将军巷十八号？”医生愕然抬头，摆明不相信。将军巷十八号太过神秘，都知道“安公子”有钱有貌无所不能，但安公子他都没见过，更何况安公子的爱人！

“不信是吧？”苏小南指着他的脸：“那把你们院长叫来！”

“……”医生还在发愣。

苏小南拼了：“我告诉你，今儿我妈要有什么事，我饶不了你！”

“……”

“不只你，你们医院都得完蛋！”

平常要有人这么吼，肯定被人当成疯子，让保安拖下去，但涉及将军巷十八号，苏小南又是一个长得相当好看的女人，居然没人把这当成小事。医生不敢耽搁，急匆匆去找院长。很快，他再回来时，一个变俩，院长亲自把苏妈妈送入了手术室。

“安太太，我们马上安排手术……”

这一台手术从上午做到晚上，天都入夜了，还没有结束。

苏小南拿着电话发着呆，不知憋了多少次涌出来的眼泪，突然觉得联排椅子往下一沉。

一股清淡的香味传过来，她不走心地侧头瞄了一眼，那人长什么样子她没有注意，只扫到一个挺酷的墨镜。

“哎，眼科不在这层楼。”她好心提醒。

那墨镜男微微侧头，语气没有半点温度：“我，安北城。”

苏小南瞬间石化。

“安北城？”

“嗯。”

“将军巷十八号的……安北城？”

“嗯。”

“将军巷十八号传说中的安公子……安北城？”

男人眉头几不可察地一蹙，没有否认。苏小南嘴角抽搐，不知该哭还是该笑——想她刮刮乐从来都中不了五块钱的赌运，俩嘴皮子一乱磨，就中了个头奖？

“对不起，今天的事，我必须先向您道个歉。”

她起身，九十度深鞠躬，忽略掉墨镜后面那一股子令人窒息的压迫感，说得诚恳：“我知道这事我办得不太靠谱，可当时的情况——”苏小南回头扫一眼不曾熄灭的手术灯，哽咽了，“那里头躺的是我妈，我不能眼睁睁看她出事……”

安北城扬了扬眉梢。苏小南瘪瘪嘴，继续：“如果我的行为给您造成了困扰，那我给您道歉。当然，欠医院的钱，我会尽快还清。”

她把能想到的理都说了个遍，但安北城依旧不为所动，慵懒地倚在休息椅上，不显半点狠戾，却让她身上无端发凉，好像被一头凶悍的野兽虎视眈眈地盯着，随时会被拆吃入腹。

欠人嘴短，她没权利不低头：“安公子，我知道你是大好人，俗话说宰相肚里能撑船，就别跟我计较了吧？”

安北城凝视她：“我不是好人。”

苏小南并不是胆小怕事的女人，在安北城面前却很紧张，用足了力气也找不到那种跟他势均力敌的感觉。怪不得书上说，有些人天生就带杀气，安北城就是这样，哪怕他英俊得几乎找不到一处颜值上的硬伤和死角，可生人勿近的“无欲气质”，同时也让她找不到可以与他交流的突破口。

苏小南的耐性终于耗尽，她又坐了回去：“道歉，你不接受；借据，你又不要，以你安公子的身份，亲自跑一趟医院，该不会就为了看我苦苦求饶吧？”

她说话开始带刺。没办法，骨子里带的，吃得了亏，吃得了苦，就吃不了“横”。

安北城静静看着她：“你有两个选择，签，或不签。”

想到那份无厘头的合同，苏小南心都是凉的。按说做安北城的老婆，那是天上掉馅饼的好事，可她从小直觉就倍儿准，选择题五道至少蒙对仨，她从直觉判断，这绝对不会是好事，有些浑水，蹚不得。

“如果我不签呢？”

安北城没有看他，从衣兜里掏出一支香烟，漫不经心地叼在嘴上，低下头，打火机啪嗒一声，火光便跳跃起来，映得他冷峻的脸也生动真实了几分。可在苏小南嫌弃的目光中，他却没点香烟，默默关掉火机，修长的手指把玩着，一脸难以窥测的幽冷。

“后果自负。”

这答了与没答有区别？苏小南疑惑更重：“那么多能干漂亮的女警察，为什么一定要选我？”

安北城没有回答，气氛再次陷入一种古怪的僵滞中。就在苏小南强迫症发作，快要忍不住掰他嘴的时候，一道清越的嗓音从电梯口传了过来。

“真是活见鬼了！一报你安公子的大名，医院竟然不收钱，说有人垫付了！”

一个高个子男人走了过来，随意的休闲服看不出品牌，却穿出了一种豪门贵公子的派头。人俊气，走路姿势也端正，双肩不晃，长腿笔直，让苏小南有一种见到阅兵式上帅气兵哥哥的错觉。

“老大，住院手续都办妥了……”

他转眼又看向苏小南：“噫，这就是你那个从天而降的小媳妇儿？”

苏小南有点不自在：“这位大哥，这只是一个误会……”

“害什么臊啊，是谁在医院里大声嚷嚷自己是安公子的老婆？哦，如今你把我们安公子用完了，就想始乱终弃是吧？小妹妹，这样可不厚道。”

话丑，理却端。苏小南斜瞄着安北城不动声色的脸，恨不得缝住那货的嘴。可他像一个来讨债的话痨，说完又调侃安北城：“咱可不能同意啊老大。堂堂安公子，怎么能让妹子白白用了不负责呢？”

这货说话，三句里有两句都带“内涵”，苏小南头都大了。她不想和这个长得帅却不讲人话的家伙瞎扯，反正她欠的只有安北城。

“安公子，今天谢谢你了。以后有什么用得着的地方，你招呼一声，苏小南做牛做马都可以，但是……”她咬一下唇，小声说，“那个事，我不能答应。”

安北城眉梢一沉，把玩许久的香烟突然变成一道抛物线，从指间斜斜飞入对面的垃圾桶。那动作漂亮得足以让苏小南犯花痴了，可不等她点赞，安北城就起身走向了电梯口。

“吴越，告诉院长，这个女人，我不认识。”

苏小南几乎当场憋出了火疖子。

手术还没结束呢，他这是在威胁她啊！

盯着他快速离开的背影，苏小南未加思考就奔了过去：“安公子，哎，我说……有事好商量。”

安北城头也不回，瞧这架势，苏小南把什么骨气节操都踩脚底板去了：“我答应你，考虑几天，成不？”形势比人强，跟在他的后面，她边走边说，就差拉他衣袖挽留了，可安北城一眼都不看她，紧抿嘴角，像个面瘫。

叮一声，电梯到了。

苏小南还没有看清电梯里黑乎乎的一群都有什么人，腰身突然一紧。她吃惊转头，却见安北城沉着脸，一言不发地搂住她的腰，一个转身把她抵在墙上。

搞什么？壁咚她？而且……还是反向壁咚。脸对着冰冷的墙壁，苏小南看不清安北城的脸，只能感受他紧贴在她后背上的身躯，坚硬、火热、强势……这暧昧的动作，让她在众目睽睽下，一颗心乱了节奏。

“安北城——”挣扎不开，她想揍人，可他的力量明显不是她能对抗的，不轻不重地将她摁在墙壁上，他突然低头，带着压迫力的淡香味，随着他火一样热的呼吸，逼向她的耳垂。

哦天！他要吻她？

从冰冷到热情，画风变得也太快了吧？

亲近的热量，让氛围变得有点怪异。苏小南心脏怦怦跳着，提到嗓子眼，可他的唇没有落下，只拿一根手指轻撩她腮边的软发，声音喷洒在她敏感的耳郭上：“乖点，嗯？”

妈呀！苏小南激灵一下，血脉偾张，耳侧的绒毛被他撩得又痒又麻，腿都软了。同时，她也更加蒙了——安北城双重人格怎么着，还是他要做戏给谁看？

咔嚓！咔嚓！

短暂的安静后，拍照声频起。苏小南受惊回头，全身最好看的那一双大眼睛，就这样落入了摄像头里……

“呃！”苏小南觉得自己的下巴好像掉了。

“我也不想选你。”安北城声音低低的。

“嗯？”苏小南疑惑地看向他，却突然被他抚着腰转了过来。

他个头很高，把她摁在怀里，像大灰狼压住小白兔，动作撩人，姿势诱惑，激得周围一片抽气声顿起，不管真实的情况怎么样，他们已经自行脑补了无数细节。

只有苏小南知道，这浑蛋肯定别有目的。

为弥补身高的劣势，她踮起脚，状似亲热地小声问他：“那你为什么又选了我？脑袋被驴踢坏了，还是突然精神障碍了？又或者，对我见色起意？”

敢这么和安北城说话的人，她是第一个。他视线透过墨镜，在她的脸上扫视着，嘴角一挑，像是不屑，又像是嫌弃，但只有一秒，他又好教养地敛了神色，慢慢松开手：“我还有事，先走了，你照顾好咱妈。”

一句不温不火的“咱妈”，让苏小南的鸡皮疙瘩掉了一地。

安北城似乎不觉得尴尬，疑似“宠爱”地拍拍她的头，目光清冷地越过那一群目瞪口呆的人，领着不知从哪个旮旯里钻出来的两个警卫，大步进入电梯。

半个小时后，苏妈的手术结束了。由院长出手，手术很成功，但还没有脱离危险期。术后的苏妈被送入了重症监护室，苏小南探视不了，只能从闭路电视看一下监护室里的影像。看到苏妈身上插满管子，她又是难过又是庆幸，觉得只要老妈活着，做什么都值得。

晚上九点，妹妹苏薇过来了。姐妹俩平常相处不算很好，尤其苏微很介意老妈当年为了供苏小南读大学，把老家的房子卖了，搬到景城，平常妈妈对苏小南也更为关爱，苏薇心里一直不太平衡。

“又为了你的事，对不对？”苏薇哼一声，说得又快又重，“霍天奇车震门的事，光华街的人全知道了，老妈肯定也是听人说起，这才气病的。”

苏小南无言以对。

霍天奇是土生土长的景城人，光华街很多小摊贩都认识他，他和宾利蓓蓓的车震图太火，被传到“光华街小吃群”里了，老妈看见照片引发心梗是事实。她只是没有想到，命运兜兜转转，一根导火索引出这么多的波折。

可她手机里的照片，究竟是怎样传到网上的？

不理会苏薇的不满和指责，她掏出手机，准备找一找“车震门”的原帖，却惊奇地发现，短短一天，车震门淡去了，而她为了救命随口胡侃的事成了一个八卦，引发了全民热议，成了热点头条。

“姑娘们，哭吧，安公子也婚了！”

“安公子爱妻浮上水面。”

“安公子姓名曝光，姓安，叫北城。”

“北城不在，天下何安？安北城，名字帅炸天！”

“安公子电梯‘壁咚’爱妻，场面火辣……”

如果说这是一个靠网络能迅速蹿红的时代，那么“安公子”就是那种不露一面就火遍大江南北的超级神秘大网红。之前，他唯一一次曝光在媒体上的还是一个偷拍的侧面，就已经让粉丝狂热尖叫了，又何况这样的新闻？

这个世道，人们也不再信仰那些数得出身家产业的男神，只信仰未知，越是低调的神秘，越是牛。于是，一个“安公子”，成了无数女粉丝心底的朱砂痣。铺天盖地的话题、心碎的女粉丝肝肠寸断的表情图，在网络世界海水似的蔓延开来。

苏小南打开微信，发现朋友圈也在热传，一些半生不熟的人，甚至从来没有说过一句话的人，都纷纷向她发来“贺电”，并借机探查真相。

这场戏，真是累坏了小丑，笑死了观众……

苏小南低垂下头，挑了几个熟悉的人一一回复。

“认错了，那不是我。”

发完，她瘫坐在休息椅上。

隔了几秒，苏小南听到苏薇半讥半嘲地笑道：“姐，你啥时候这么矫情了？！”

如果有一天，一个又高又帅有钱又有权的男人，哭着喊着要娶你，但婚姻只持续一年，还有若干不平等条款限制，结婚目的也完全不详，你会怎么选择？

也许苏薇是对的，苏小南拒绝安北城，确实矫情。但她从小性格就古怪，对于未知的东西，有着天然的逃避心理。她以为就算天上会掉馅饼，也是有毒的。

安公子与她的八卦被传得满天飞，亏得苏小南人际交往简单，外加那晚在电梯口的照片本来就模糊不清，她告诉熟人说“认错了”，大部分人也愿意相信是“认错了”，毕竟，光华村小贩的女儿，又怎么可能与将军巷十八号扯上关系？

可有的人蒙得过去，有的人，怎么也不行。

莫暖就是其中一个。

“南子，这照片上的女人，怎么越看越像你？”

“不对不对，这衣服我看着眼熟，分明是你……”

“老实交代，你怎么跟安北城搞到一起的？”

莫暖围着苏小南，蚊子似的叫个不停。苏小南面无表情地听着，不慌不乱地帮客人擦干净桌子，倒上茶水，又抱着一摞薄面皮出来，坐在凳子上包抄手。

没错，她又支起了老妈的摊子。这会儿老妈在重症监护室，她其实什么也做不了。与其在那儿伤春悲秋，不如拼命赚钱。

“南子，200 块，说不说？！”

苏小南眼皮都懒得抬，利索地往盘子里放上一个抄手。

“那，250 块！”

“……”苏小南冲她翻个大白眼。

“300 块！不二价！”

看着她竖起的三根指头，苏小南哭笑不得。

“再这么傻下去，你体重又该飙了！”

“姑奶奶，你这张破嘴能不能再毒一点？”莫暖没别的毛病，就是太胖，听见“体重”两个字就浑身冒热气，“究竟要多少钱你才肯告诉我？小姑奶奶，我好奇得心里痒痒。你就行行好，开个价吧？”

苏小南斜视过去：“不赖皮？”

“不赖！”莫暖看着她伸出的五个手指，“500 块？成交！”

“5000 块。”苏小南迅速掏出手机，“支付宝转账还是微信？！”

“苏小南！你抢劫啊？”

莫暖是苏小南为数不多的好友之一。

两个人好到什么程度呢？反正莫暖说过，如果她去医院做人流，一定写苏小南的名字，因为她丢不起那人，好姐妹一定要同甘共苦。

苏小南有时候真的受够了她。

于是，为了维持友谊，她给莫暖制定了一个严苛的价目表。

陪聊，一小时 50 元（只负责听，不回答问题）。

陪逛街，一小时 100 元（不得超过五公里，否则加价）。

陪睡，一晚上 200 元（被子各盖一条，越界加价）。

如此种种，不一而足。

可也就是她俩这样处处谈金钱的感情，让莫暖今儿一大早就赶回了景城，在叉着腰吐着唾沫谴责了霍天奇足足一个小时，并表示见他一次打一次之后，又向她的暴发户老爹哭诉了整整三个小时，要来了十万块钱，借给苏小南。

莫暖家挺有钱的，但她父母穷苦出身，是靠自己打拼出来的生意人，对钱看得很紧，对莫暖的管束也很严格……5000 块，对莫暖来说，不多，也不少，刚好能肉疼。

“胖妞儿，你的情分，我都记在心里了。”

莫暖怔了怔，正要表示感动，就见苏小南风情万种地笑开了，那微微上翘的嘴唇，狡黠得一看就没安什么好心：“可感情的事，一旦说出来，就显得矫情。”说完，她镇定地收了莫暖的 5000 块，然后告诉她真相，“你说得对，胖妞儿，那个女人……确实是我。”

“啊！所以呢，你真的和安北城有……”

“嗯，5000 块，就当提前收你的礼金了。”

“礼金？南子，你要嫁给他？”

莫暖又惊又喜的声音还没有落下，小食摊前就来了一男一女。

他俩光鲜的衣裳、一丝不苟的头发、处处高人一等的姿态，与光华村狼藉的夜市显得格格不入，顿时就成了苏小南家摊位前的一道亮丽风景。

“小南……”那男人低低唤了一声。

原本热闹的小食摊儿一下安静了。苏小南慢慢抬头，看着男人似曾相识的一张脸，还有他身侧雍容华贵的贵妇人，眉梢若有似无地一抬：“二位找我？不好意思，我好像不认识你们这种尊贵体面的人。”

“小南，你妈的事，我听说了。”男人声音微微哽咽，“对不起，爸来迟了。”

爸？莫暖却差点失声惊叫。

在她的印象里，苏小南是没有爸爸的。她曾经八卦过一次，苏小南当时的回答是“爸爸早死了”。那这个从天而降的男人，又是谁？

莫暖左看看，右看看，一头雾水。苏小南却在围裙上擦了擦手，不冷不热地招呼：“您二位要吃抄手吗？要是不吃，麻烦让让，别挡我的摊儿。”

那男人一听，脸上似有恼怒之色，女人却扯着嘴笑开，泥鳅似的打圆场：“小南哪，以前都是我们不懂事，怠慢了你和你妈，其实你爸爸他一直惦着你们娘儿俩呢。”

“哦。”苏小南回头看她，“你在认错？”

那女人僵硬地笑：“小南，我们是一家人，有什么事不能说开……”

“行啊！”苏小南似笑非笑地打断她，“那你跪我妈病床前道个歉，我们就原谅你。”

人都好热闹，看见情况不对，好多人都围了过来，小声议论。苏小南这几天已经够烦了，不想再跟他们废这口舌，看那女人被她呛住，不耐烦地摆手，赶苍蝇似的：“做不到就别废话了。赶紧走！”

“呵，好你个苏小南，给脸不要脸了是不？”那女人说变脸就变脸，积攒了多年的旧怨加新仇攒到巴掌上，劈头盖脸就朝苏小南甩过来。

“打我？”苏小南扯住那女人，一个漂亮的小擒拿，反转手臂就是一扳，“赵大妈，下次打人前最好搞清楚职业！”

“嘶！”那女人受不了痛，张嘴就想咬，苏小南微微一笑，两根指头往上一移，猛地掐紧她的脖子，痛得她不住翻白眼儿，“至，至臻，救，救我……”

“玉娟、小南……”赵至臻吓得脸都白了：“小南，快放了你……大姨。”

“大姨？”苏小南露出两颗白生生的牙，“我可没有这么土豪的亲戚。”

她手劲大，痛得姜玉娟直冒冷汗，赵至臻也气得嘴巴直颤：“有什么话不能好好说？快放手！”

苏小南不理会他，听见周围有人暗暗叫“好身手”，得意地昂了昂下巴，冷冷扫视着姜玉娟那双愤怒的眼睛，似笑非笑：“别矫情了，你们为啥找我，心里有数。”她瞥一眼尴尬的赵至臻，松开手，猛地推开姜玉娟，“只可惜，要让赵总失望了。我……不认识安北城！”

心思被苏小南戳破，赵至臻脸上更加难堪。

可他怎么会认错女儿？那个和安北城“拥吻”的女人，分明就是苏小南。

他认定，她只是还在记恨他罢了。

“小南，以前的事儿，是爸爸不好。”赵至臻满脸歉意，“可爸爸也是有难处的。今儿来，就是想请你吃个饭，赔个罪，一家人团聚团聚，顺便也见见我的女婿……”

女婿？安北城？

苏小南像听见了一个大笑话。

她正不知怎么回答，姜玉娟就吼了起来：“私生女就是私生女，小三能生出什么好货来？你和你妈一个德行，臭不要脸！不认识安北城，还敢死皮赖脸说是你的男人！”

苏小南冷笑一声，指向街口：“二位，直行！”

“小贱人！”姜玉娟看围观的人越来越多，瞪她一眼，拉拽住赵至臻的胳膊就拖，“我们走！我就说不是她吧，你硬是不信。你也不想想，安公子怎么可能看上她？麻雀想变凤凰，做梦！”

那骂咧声越来越远，渐渐地淹没在夜市的喧嚣中。

可安北城、小三、私生女这些关键词，还是挑逗了人们的神经……小食摊被围得水泄不通，苏小南也没心情做生意了。她默默收拾着桌椅，莫暖围着她绕来绕去，看围观的人还在表情不一地指指点点，生怕苏小南受不住，叉腰吼了两句，又回头安慰她。

“南子，没事了啊，别生气，咱不跟他们一般见识……”

“你看我像有事的？”苏小南眉目间都是笑。

“那个渣……叔叔……”莫暖想想，换了词，却难掩八卦之心，“真的是你爸？”

“不用换词，就是渣男。”

莫暖嘿嘿一笑。大概知道苏小南不愿意说他，不再追问，老老实实帮着她收拾桌椅：“这世道也忒不公平，为啥男人找再多女人都没有人叽歪，还代表有身份有地位有本事，女人换个男人，就得被人说三道四的？”

苏小南瞥她一眼，低下头，眸底隐隐有复杂的光芒流动：“曾经有个男人给过答案。他说，男人是钥匙，女人是锁，如果一把钥匙可以开很多锁，那叫万能钥匙，自然是好的；如果一把锁可以被很多钥匙打开，那只能证明锁有问题，当然没人敢要！”

莫暖一怔，神经突突跳：“南子，你说的是……”

“胖妞儿！”苏小南笑着打断她，递上一个盘子，“拿着。”

莫暖接过盘子，低头瞅了瞅，呆住：“做什么？”

苏小南环视着还在围观的人，笑得眼都弯了：“在家靠父母，出门靠朋友，《还珠格格》看过没？小燕子的绝招晓得不？赶紧拿着盘子，挨个收钱去啊！看了这么久，也该表示表示了。”

轰一声，围观的人三三两两地散了。

莫暖呻吟一声，气得扯头发：“真是够了！苏小南，你想钱想疯了？”

苏小南确实想钱想疯了，借莫暖的十万块钱得还，老妈术后还得长期吃药、护理，这也不是一笔小数目，林林总总的花销凑到一块儿，卖了她都不够钱。当然，她没有天真地以为赵至臻和姜玉娟会诚心帮她，如果没有那个传闻，打死他们恐怕也不会踏足光华街夜市。更何况，就算他们愿意帮，苏小南也不肯。欠安北城，欠莫暖，欠任何一个人，她也不想欠赵家半毛钱。

这天晚上，苏小南罕见地睡了个好觉。第二天再去医院时，她发现关于她和安北城的流言不仅在网络上消失得干干净净，就连医院里的人都好像全体选择了失忆，没有人再对她提起“安公子”，那昙花一现的“安公子艳事”，就像从来不曾存在过，彻底被人遗忘了。

反倒是霍天奇的“车震门”，再次进入人们的视野……

这事处处透着古怪，苏小南想不透。可多一事不如少一事，没有人再找她麻烦，她还是暗自松了一口气，尤其苏妈妈在重症监护室得到了医生和护士热情周到的照顾，这让苏小南对安北城，除了好奇……又多欠了一份人情。

她原本以为，那天之后，很快就会有人来与她接洽“合同婚约”的事，然而整整三天过去，她不仅没有见着安北城，警队那边也没半点消息，要不是老妈的病，苏小南都怀疑“结婚合同”和“秘密任务”是不是做的一场梦。

她支摊子，找工作，生活就好像从来没有改变过，可那一纸玄而又玄的合同，却像卡在她喉咙里的一根刺——咽不下，也吐不出。

几天后，苏妈转到了普通病房，苏小南待在医院的时间更多了。

周日那天，她先去银行查了一下账户里的钱，又取了一千块揣在兜里，准备给苏薇做生活费。到医院的时候，医生刚给苏妈做完检查。

苏小南在门口和医生聊了一会儿，听说老妈康复情况良好，松了一口气，带着笑脸入了病房。门一推开，苏薇就冲了过来："姐，你救救我啊！"

又要她救？苏小南哭笑不得。

她根本就不是安北城的什么人，为什么人人都觉得她能通天了？

提着一个保温桶，她立在原地，看着苏薇不吭声。苏薇窘了一下，恢复了正常的语气，声音还有一丝哭腔："姐，你不救我，我这次就死定了！"

苏小南瞥她一眼，放下保温桶，给苏妈把煲好的汤盛好，然后把苏薇拉出了病房。

姐妹俩坐在走廊上，面对面地大眼瞪小眼半天，苏小南终于搞明白事情的经过。

苏薇"借用"了一个同学的苹果笔记本，没有经过同学的同意。虽然事后她偷偷还回去了，但人家咬死说她是偷窃。不巧，同学家在景城有些势力，这么一闹，刚上大一的苏微不仅在学校抬不起头来，校方还要对她进行开除处理。

"你借用？"苏小南重复了苏薇的用词，语气不善。

"嗯。"苏薇难得地示弱，摇她的手臂，"姐……"

"呵。"不问自取是为盗，又怎会是借？

苏小南不想提醒苏薇这种最简单的做人道理，因为说得太多了，已无力。

半个小时后，苏薇被苏小南支开去打水了，苏小南坐在了苏妈的病床前，迟疑许久，还是对着苏妈病恹恹的脸开了口："妈，小薇的事儿，你都知道了吧？"

苏妈长叹一声，没有否认，憔悴的脸色又白了几分："小南，你去找学校说说，小薇是不争气，可要是真被开除，我怎么对得起她死去的爸爸……”

听着苏妈喉咙里不停涌动的哽咽，苏小南很无奈：“好偷不偷，她怎么能去偷赵佳艺的东西？真会给我找事儿！”

赵佳艺，赵至臻与姜玉娟的小女儿。好巧不巧，她不仅与苏薇念同一所学校，还在一个班级。除了苏薇不了解情况，苏小南与苏妈都清楚个中关系。本来就是水火不容的两家人，发生这样的事儿，姜玉娟还能善了？

晚上九点，苏小南出现在医院对街的一家咖啡厅。

赵至臻已经早早等在那里。看到她过来，他殷勤地笑着扶椅，问长问短，一副慈父的样子。苏小南黑着脸，不冷不热地看着他，连伪装的笑容都免了。

“说吧，到底为了什么事，让赵总这样给我使劲儿？”

赵至臻双手捧脸沉默片刻，愁眉苦脸地抬头：“小南，爸爸想让你陪我去参加一个……追悼会。”

苏小南突然觉得有点意思，摸着鼻子笑问：“你家谁死了？”

“……”赵至臻噎了一下，无奈叹息，“是一个，一个朋友。”

朋友？苏小南猜测着：“你想利用我这张脸，让人误以为你和安北城有裙带关系？”

赵至臻垂下头，似乎不好意思面对她：“不……”

苏小南到底还是太低估了赵至臻，不，应该说她太高估他的……节操和底线了。再一次为难地考虑了许久，赵至臻面带痛苦地抬头：“是方宝儿她……去了。”

方家与赵家的渊源，苏小南听过一些。这个方家，是景城有名的权贵。这种盘根错节的大家族，在政、商两界的关系，比蜘蛛网还密，势力大，触角广，总归是赵家得罪不起的。可赵至臻不仅得罪了，还得罪得很彻底。

方家老爷子有一个孙女，叫方宝儿，是方家放在掌心上疼爱的小公主。十年前，方宝儿疯狂地迷恋上了温文尔雅、学识渊博的儒商赵至臻。那个时候的赵至臻在景城崭露头角，算是新起之秀，方宝儿这种青春朝气的漂亮女孩儿，简直就是中年男人的天敌，赵至臻与方宝儿很快陷入“热恋”，可在姜玉娟一哭二闹三上吊的干涉中，赵至臻新鲜感过去，就开始左右为难了。

三个人中间发生了什么，苏小南不清楚，只知道这个老套狗血的故事，以赵至臻要分手，而方宝儿闹自杀结束。这件事后，方家与赵家基本成了死仇。不过，方宝儿服药自杀被抢救了回来，虽然头脑受了影响，却始终吊着一条命，还处处维护赵至臻。

方宝儿还活着的时候，方家也没有对赵至臻做什么，如今方宝儿去了，方家肯定不会善罢甘休。那赵至臻是想让她做什么？

苏小南正寻思，就听见赵至臻沉痛地补充：“小南，方家想和我们联姻。他们说，只要我把女儿嫁过去，成了亲家，过去种种也就算了，宝儿也好安息……”

好一个联姻！苏小南明白赵至臻要认回她的原因了。

如果有安北城可以利用，自然更好；如果安北城不能利用，他还可以拿她这个私生女去“联姻”，和方家化干戈为玉帛。想得可真美！

苏小南似笑非笑：“不知是方家哪位少爷要找老婆？”

赵至臻低下头，不太自在地搅动着咖啡：“方源。宝儿的小叔。”

方宝儿的小叔方源，一个患过小儿麻痹症的瘫痪……

怪不得赵至臻会找她！看来，一个疯狂爱恋过他的姑娘的死，并没有唤醒赵至臻的人性，为了他自己的事业，他依旧不惜牺牲自己的女儿，尤其是她这个没有感情的私生女。

想到这些，苏小南漂亮的双眼顿时弯成了月牙儿：“好啊，没问题！这种好事，赵总早说嘛，何必搞那么麻烦！”

她不合常理的反应，让赵至臻惊愕住，见鬼似的看了过来。可苏小南柔顺乖巧地回视着他，从表情到眼神，没有半点心机的样子：“毕竟我现在很缺钱。赵总知道的，我妈和妹妹，都是花钱的时候……”

一听这话，赵至臻心里一松：“那就好，那就好。”

苏小南不露痕迹地微笑：“那苏薇的事，可不可以让赵佳艺高抬贵手？”

“小南你放心，回头我就说说佳艺，这孩子也太计较了……”

当天晚上，苏小南收摊回到出租屋，累得在床上瘫着都不想动弹，可接到莫暖的微信消息，她还是强打精神，把这件“虎毒食子”的狗血八卦告诉了她。

难得苏小南主动扒自个儿的私事，莫暖一脸兴奋。

“入豪门，做少奶奶。苏小南，恭喜你啊。”

看到微信上那活祖宗摇头摆脑的小猪头像，苏小南差点吐血。

“胖妞儿，不要忽略重点好不？”

“重点是什么？”莫暖表情蒙了。

“他是小儿麻痹症。”

“那有什么关系？反正你喜欢钱，不喜欢睡。你拿他的钱，不和他睡不就行了？一举两得，多好！”

“……”苏小南咚地倒回床上，手指有气无力地按键，“确实是好主意。谢谢你啊，咱俩好姐妹，有福得同享，反正你喜欢睡，不喜欢钱，不如我们一起嫁吧？我拿钱，你去睡，一举两得，多好？”

能够和莫暖做朋友，苏小南觉得自己的脾气至少得修炼到忍者七段。这货从来觉得人生美好，什么事都照搬小言概念，日子过得那叫一个梦幻。可就这种什么人情世故都不懂的人，居然踩了狗屎运，投了个好胎……

苏小南无奈地呻吟一声，给莫暖发了个再见的表情。

“跪安吧，不能做朋友了——”

那边的莫暖好不容易抓住她，哪里肯放。

“喂喂，南子，等一下。”

“大小姐，还有啥事？”苏小暖慢吞吞发信息，“要一起嫁，也不急于一时嘛。”

“不不不，我是想问，我这头像牛吗？”莫暖笑嘻嘻地说，“我特地为我男神换上的。”

苏小南直接忽略了她的第二句话，就回答了一个字：“像。”

莫暖刷屏模式的怒火是一分钟后开始的，那个时候，苏小南已经去卫生间洗漱了，回来就直接关掉手机声音，蒙上被子，准备先养精蓄锐再上阵杀敌。

第二天傍晚，苏小南特地换上一身简单素净的黑色衣裙，在医院外面上了赵至臻的汽车。

这个时段，景城的交通状况不错，路虎揽胜一路畅通无阻地到达了麓山国际。麓山国际是景城有名的富人区，这里的别墅卖成了天价，还供不应求。

方宝儿的追悼会就设在麓湖边的方家别墅。天刚入夜，别墅灯光倒映在麓湖上，与夕阳晚景融在一起，带着某种与葬礼有关的悲伤情绪。

苏小南从来没有参加过这样的葬礼。

那规模、那奢华、那格调，是她想破脑袋也想不出来的隆重。

看来有钱人，连死也可以死得更有尊严。

梵音袅袅，哀乐声声，徐徐入耳。

苏小南刚进去，就看到了两张熟悉的面孔……

这个世界太小了，果然冤家路窄，安蓓蓓和霍天奇也来了。

安蓓蓓并没有看到苏小南，她挽着霍天奇的手步入会场，一路得到了方家热情的接待，方仲更是几次三番向她鞠躬致礼，对她的“光临”表达了由衷的感谢。当然，她也喜欢这样的场合，一个“安”姓，让这些曾经瞧不上她的上层人士，不得不低眉顺目，那也是一种打脸的爽。

她高调地穿过人群，扭着屁股款款而行，直到看见霍天奇眼底沉浮的光芒，还有光芒焦点中的……苏小南。

景城上流社会的人，都知道赵至臻有两个女儿，当宝似的养在闺中，很少在正式场合露面，却没有想到赵至臻的女儿会这么……奇怪。

着装不上档次，搭配土得掉渣，好在五官精致，肤色犹佳，在那身地摊货的衬托下，也白嫩嫩、水灵灵、俏生生……知情的人都心生惋惜，这么俏的一个女孩儿，竟然要嫁给方家的废物？姓赵的也忒不是东西了。

“你怎么来了？”

听着她愤怒的声音，苏小南疑惑地问：“又不是你家死人，你管我？”

安蓓蓓被呛得呼吸一窒，气得狠狠掐了一把霍天奇的胳膊，瞪向上来迎接的方可儿：“你家整的啥事儿啊，诚心硌硬我是吧？”

方可儿与她算得上半个闺密，很清楚她和苏小南之间的纠葛。只不过，她也是刚刚才知道赵至臻的女儿原来就是和安蓓蓓抢男人的苏小南。方可儿叹了一声，把安蓓蓓拉拽到一边：“姑奶奶，这都是家里的安排……”

听方可儿说完方、赵两家联姻的事，安蓓蓓夸张的眼线上挑着，幸灾乐祸：“怪了，她不是姓苏吗？怎么会是赵家的女儿？不过话又说回来，这么一个娇滴滴的小美人，嫁给你那个残废叔叔，也太糟蹋人了吧？”

方可儿有点尴尬：“亲爱的，今儿我姐的葬礼，你给我个面子，别闹……”

安蓓蓓从小坤包里掏出一根烟，啪地点燃，吸了一口，吐出个烟圈：“放心吧，我懂得分寸！”

方宝儿的葬礼虽然隆重，但与中国传统的葬礼仪式也差不多，人一到齐，奏哀乐，鸣炮，遗体告别，全体致敬、默哀，一整套仪式都有人指挥。对苏小南来说，唯一不妥的地方，就是致悼词和以未亡人身份宣读唁信的人是她的父亲——赵至臻。

这样的做法，对方家来说，是对方宝儿亡灵的安抚。

可对赵至臻来说，却是赤裸裸的羞辱，是他迫于权势的低头。

苏小南神色肃穆地听着，只觉会场上无数双眼睛探照灯似的在她与赵至臻身上来回打转。

这真是一个笑话！

一个必将让景城人津津乐道的大笑话！

好在，她不姓赵……

苏小南眼观鼻，鼻观心，在她的尴尬中，追悼会终于结束了。

方家这样的名门望族，必然还有隆重的答谢宴。宴席设在麓山国际酒店，从方家别墅过去，大概就十分钟路程。苏小南全程做着吃瓜群众，与赵至臻一起享受着“目光浴”入了座，默默喝着饮料，谁都懒得搭理，一心埋头想事。

咚咚——桌面被人轻轻敲响。

苏小南一抬头，就看见了满脸带笑的吴越。

没想到会遇上这个难缠的家伙，苏小南挑眉相望：“亲，人家办丧事，你笑得这么灿烂，合适吗？”

吴越神色一敛，一反往常的玩世不恭，可出口的话，依然有着不加掩饰的讥诮：“哥就奇怪了，赵家的女儿居然是你？我去，北城的小媳妇儿，你干这样的事，你家北城知道吗？”

苏小南真想拿针缝住这货的大嘴巴。如果安北城真是她家的，她至于在这儿挨人家的眼刀子？

吴越看她不吭声，拉过椅子坐下来：“我说小媳妇儿，你真要嫁给方家那个废物？”

苏小南状似犹豫地皱了下鼻子：“这个嘛……得看我家北城怎么说了。”

吴越目光一闪：“难道你不知道吗？城子……也来了。”

苏小南握饮料的手僵了僵，顿时感觉气氛有点不对。宴会厅里鸦雀无声，所有人的目光都往一个地方行着注目礼。她心里一惊，慢慢转脸，视线对上一道冷漠的目光。

安北城还戴着那该死的墨镜，像与世界隔了一道万年冰川。大爷的，牛死他得了，大晚上也戴墨镜，难道真像她之前在医院猜的，其实他有眼疾？

苏小南胡思乱想着，没得到安北城的搭理，不禁稍稍庆幸他的“不认识”，要不然，明星一样被人围观，她可消受不起。

安北城会来吊唁，方家人很意外。

从方老爷子到方家小辈，个个脸上的笑容都快开出花了，那灿烂的模样，不像在办丧事，倒像在搞欢迎仪式。

“安公子，请！里面请！”

“方老！”安北城略点头，从人群中走过，无视上前招呼的安家人，只望向方老爷子，“老爷子托我来看看，方老节哀！”

看得出来，他是个有教养的男人，语气不冷不热，礼数却很周全。然而，这原本简单的客套话，却让方老激动起来，一只拄着拐杖的手，颤巍巍地抖个不停：“老首长有心了，太有心了！这么多年，还记挂着我……快！快请坐。方仲，愣着干什么，还不赶紧招呼公子入座！”

方家与安家有什么渊源，苏小南不知情，可这“一脚跺下去，景城抖三抖”的方老爷子一口一句“老首长”，还有那恭顺谦卑的态度，太耐人寻味了。她不解地看向安北城，他却不与任何人寒暄，安静地坐下，两个警卫模样的男人随即站在他身后，负手而立，那架势，看得苏小南牙齿都酸了——好大谱儿啊!

苏小南嘴角往下一弯，略带鄙视。只可惜，安北城没有看见，一张冷淡的脸上几乎察觉不到半点情绪波动。

“这家伙脸黑得天生就适合奔丧！”

苏小南小声地自言自语，还是被吴越听见了。他怔了怔，看一眼安北城丧尸似的棺材脸，又看一下苏小南，真心认同她的看法，忍不住想笑。

可这场合不适合笑，于是他英俊的脸硬是憋成了一副便秘样。

“妞儿，你别告诉我，你对北城……真的没啥想法？”

苏小南瞟一眼安北城：“他又不是我的菜，我不好这一口。”

“那你好哪一口？”吴越有点小八卦，凑上脑袋问。

苏小南一本正经地望着他，含情脉脉道：“你这一口。”

吴越哆嗦一下，突然觉得脊背上冷飕飕的……好像被什么人给盯住了。

他条件反射地回头，望向安北城的方向——那人冷眉冷眼冷面孔，根本就没有瞅他。

“你可别害我！不知道夫之基，不可欺啊？”

夫之基什么鬼？苏小南目光怪异地看过去，吴越却手痒似的搓了搓，灰溜溜地坐到安北城身边去了。

麓山国际酒店本来就不太正常的家属答谢宴，由于安北城的突然到来，气氛更加诡异了。每个人心底都在揣测安北城和吴越过来的目的，还有方家和赵家的爱恨情仇，可谁也没有多嘴。

苏小南也很安静。

安静地吃饭，专注地等待……结果。

方家要羞辱赵至臻，为死去的方宝儿出气，目的基本已经达到。

毕竟赵至臻也是有头有脸的人，经了这一遭，往后怎么在景城混？脑袋上顶着一个“方家冥婚女婿”的称呼，可不怎么光彩。

“各位亲朋，大家晚上好！”方仲上台，拿过司仪的麦克风，沉痛地道，“首先，感谢各位百忙之中前来参加小女的追悼会……小女这一生，命运多舛，受了不少罪。现在离去，也算是喜丧，解脱了。”

“但身为父亲，我一直希望替她完成生前心愿。今天，赵至臻先生能以丈夫的名义亲致悼词，亲自扶灵，也算是达成了一愿。”

稍稍一顿，他望向苏小南：“除此，小女还有一愿。临去之前，她一直希望看到打小儿疼爱她的小叔叔……能娶妻生子。”

方源那样的人，怎么娶妻生子？这不笑话吗？！

大家都知道，答谢宴的高潮终于到了，一个个看好戏似的，恨不得先去洗个耳朵。

“这些年，舍弟相了不少姑娘，却一个都不投缘。没想到，赵至臻先生刚提出两家结亲，舍弟就一眼相中……缘分啊！各位亲朋，看来用不了多久，又得请你们赏脸麓山，喝杯喜酒了……”

啧啧，天生的表演家。

好像赵、方两家结亲，是赵至臻非得凑上去攀上人家。

这脸打得，简直啪啪的。

“恭喜！恭喜！”

现场掌声雷动。

那声音，震得苏小南耳膜发麻。

方仲也拍着手掌，笑着对赵至臻道：“老话说得好，择日不如撞日，趁着今儿亲戚朋友都在，索性就把赵小姐和舍弟的婚事给定下吧？”

苏小南抬了抬眉，一脸糊涂地问：“我说过要嫁吗？”

“小南！”赵至臻神经一紧，看她懵懂不知的样子，冷汗都急出来了，声音满是哀求，“你答应爸爸的……”

“赵总，你这样做人，可不厚道！”苏小南严肃地沉目，“我是答应了替你女儿来参加方家的葬礼，应付应付他们，可也只能帮你到这儿了啊，你总不能真要我把自己赔进去吧？”

“苏小南，你——”赵至臻连名带姓地称呼她，显然气到了极点，老脸都红了。他已经放过苏薇，哪想到苏小南会临阵倒戈，倒打一耙，还添油加醋地将他一军。他压低嗓子，用只有苏小南才能听见的声音说，“你不要以为我现在就拿你没办法……”

“瞧你说的！赵总，你两个女儿，长得好，又未婚，和方家打亲家，多合适，何必找我这种嫁过人的来演戏，戏弄人家呢？”说到“嫁过人”，她下意识想到安北城这个人。

可安北城压根儿就没有反应，指尖轻碰杯壁，脸色疏冷，神态凉薄慵懒，反倒是宴席上那些人一琢磨，好像明白了什么，难道她就是……安北城传闻中的“娇妻”？

“苏小姐的脸皮还真不是一般厚。”

凝滞的气氛中，安蓓蓓像是忍无可忍了，冷笑一声，又道：“上次在医院，我哥念着你是为了救人，没有拆穿你的鬼把戏，你还不知足，现在又自编自演，故伎重施，想利用大家伙的猜测往自个儿脑门上贴标签，让人误以为你和安家有关系？我呸，要点脸吧你！我哥懒得理会，老娘可看不下去了，非得扒了你的妖精皮不可！”

安蓓蓓连珠炮似的开火，让众人哗然，视线钉子似的往苏小南脸上刺……

苏小南有点哭笑不得。虽然她没指望过安北城，但在人家“野鸡还想做凤凰”的鄙视目光中，她多少还是有点尴尬。

“不好意思啊，蓓蓓小姐，我爹早死了，我不敢认你这么年轻的娘。”顿了一会儿，苏小南扶额，用商量的语气又道，“要不，我今晚带你去我爹的墓地里陪他老人家睡一宿，成全成全你？”

这货嘴不饶人，把安蓓蓓呛得脸都红了。在这样的场合，她自称老娘，本就有点粗俗，不太符合安家千金的身份，只不过大家敢想不敢说，被苏小南这么一呛，安蓓蓓过往那些不堪的经历就浮上了水面。

安蓓蓓难堪不已，一把扯过霍天奇，要找回面子：“那你抢我男人总是事实吧？天奇，你告诉大家，是不是这个女人一直纠缠你，千方百计地想跟你好，还没脸没皮地电话骚扰你要钱？”

霍天奇那事办得不厚道，本就没脸，哪来的底气当场颠倒黑白。

“蓓蓓，算了……”

他本来想息事宁人，安蓓蓓却被激怒了：“说啊！你不是这么告诉我的吗？既然人家都不要脸，你还替她遮掩个什么劲儿？”

霍天奇脸色微变，尴尬地拉着安蓓蓓，含糊不清地说“算了”，苏小南却愕然地看着他，一脸诧异。

他竟然是这么跟安蓓蓓说的？

一时间，世界好像都静止了。苏小南盯着霍天奇看了许久，突然落落大方地站起来，径直走到方家老爷子的桌前，似笑非笑地道：“他说的都是真的，我就这样的女人，娶我回去，可是会败坏家风的。所以啊，您老可得想好了！”

这句话她是冲着方老爷子说的。

坐在方老爷子身边的安北城却沉沉地看来。

两人的视线在空中不经意相撞，他深深一凝，目光复杂、冰凉，像一幅与她隔了一个世纪那么远的名画，可看，不可触。

苏小南轻咳一声，为免被他杀伤力极大的眼刀子剜成人肉片，没有继续往下说便转过身：“不好意思，我去趟洗手间。”

不是她玩矫情，而是她肠胃太娇气。平常粗茶淡饭吃得挺欢，今儿大鱼大肉入了肚子，居然不舒服地咕噜抗议，再不去洗手间，她恐怕丢人的地方，就不仅仅是“抢男人”了……

看她若无其事地走过来，安蓓蓓冷哼一声，端起酒杯就迎上去，尖酸怪气地笑：“哟，做了龌龊事，一走了之就行了？小妖精，老娘今儿得帮你醒醒脑子——”

她速度很快，苏小南根本来不及闪避，只条件反射地伸出一只脚……

砰一声，橙黄的酒液飞溅而出，齐刷刷泼在苏小南的脸上、裙子上，而安蓓蓓也在众宾的注目礼中重重摔倒在地。这一摔不得了，她黑色礼服的裙摆高高撩到了……

场面太过滑稽！

众人再也忍不住，有憋气的笑声传了出来。可安蓓蓓是什么人，安家刚找回来不久的小公主，是安北城的妹妹，不管她以前的名声怎样，谁又敢不给安家面子？更何况，安北城就在现场。

不得不说，这个男人的气场太强了。明明从头到尾都像一个隐形人，却可以让所有人敬畏他；明明他什么都没有做，浑身上下连半点情绪都搜索不到，却可以像主宰世界的王者，让人匍匐在地，对他俯首称臣。

于是，笑声持续一秒，又怪异地戛然而止。

众人都尴尬地望向安北城，苏小南心里也犯忐忑，下意识地，她的视线也落在安北城身上。

万众瞩目中，安北城突然起身。

很小的一个动作，宴会厅却安静了。

隔着两张餐桌，他走了过来，没有去扶安蓓蓓，而是递给苏小南一张纸巾："擦擦。"

苏小南低头，看纸巾，抬头，又看他的脸。

安北城的举动是突兀的，也是让人难以理解的。苏小南没有去接纸巾，也不明白到底发生了什么事，只知道下一瞬，他温暖的掌心就放在了她的肩膀上，把她往他的臂弯一揽："走，我带你洗洗。"

一直被他带到洗手间门口，苏小南蒙掉的脑子才回来。克制着乱无章法的心跳，她看向氤氲灯光下安北城那冰冷的脸，扑哧一声，忍不住笑了。

"喂，你和你妹妹有仇啊？"

"……"

"今儿这事儿谢谢你啊。不过，你这个人也真是挺奇怪的。说你不近人情吧，这一出手，居然还帮我……"

他一声不吭，棺材板似的脸让苏小南觉得无趣："哎我说，你该不会真的看上我了吧？"

安北城取下墨镜，凝神看她："我眼睛没瞎。"

"……"苏小南终于看清，他有一双深邃得夺人呼吸的眼睛，冷峻、坚毅，好像天生就带着杀气。

"去吧，我等你。"

苏小南呆了呆，看他又把墨镜戴回去，一副拒绝闲聊的冷漠样子，赶紧闭上嘴巴，不声不响地推开洗手间进去了。终于进入五谷轮回，苏小南舒服地叹息一声，却听见洗手间的窗户突然哐哐震动起来……

怎么回事？地震了？

苏小南伸手去推蹲坑的门。

又是砰一声巨响，不待她反应过来，一个不明飞行物就从天而降，直接砸在她的头上。

她耳朵嗡嗡作响，眼前一黑，晕了过去。

在意识消失的最后一刻，她似乎看见窗外火光冲天而起……

饿死了！

苏小南还没有睁开眼睛，肚子先抗议了。

迷迷糊糊间，她脑仁儿痛得像有针尖在戳。

就着那股子饿劲儿，她努力回忆着晕过去之前的事儿。

她在洗手间，没穿裤子，哦不，是来不及提裤子。

而且，她还没擦屁股。

那么，救她的人是洗手间外面的……安北城？

这脸都丢到姥姥家了啊！想到安北城黑着一张冷脸帮她擦屁股提裤子——也有可能没擦屁股，那一幅诡异的画面，她糗得恨不得钻被子里做蛹去……

可她饿！苏小南慢吞吞睁开一只眼，想察看究竟。

眼前，没有安北城，也没有她以为的一片雪白。

这儿并不是医院，而是一个男人的房间，宽敞得不像卧室，冰冷得不像人居。明晃晃的光线中，一尘不染的地板，家具、摆件，整齐得像设计大师强迫症晚期的作品——尤其让她差一点看瞎眼的，是那些陈列展览一般摆放的狙击枪。

一把、两把、三把……足足有十把之多。

"我去！玩具枪收藏爱好者？"

陌生的一切，像在做梦，苏小南瞧着，突地哆嗦一下，从对神秘卧室的惊叹中回神——她身上穿的,不是自己的衣服,而是一件男式的宽大睡袍。她抬手嗅了嗅，还有一种淡淡的味儿，男人的味儿，让她的心脏怦怦不止。

"喂！有人吗？"

她铆足了劲儿，声音却小得像蚊子在叫唤。她想起身，可脑袋爆疼，身上酸得像被火车碾压过。该死的，这到底怎么回事？她只能骨碌碌转着眼睛，直勾勾盯着门口……

半个小时后，门终于开了。

进来的小姑娘睁大眼：“小姐，你醒了？”

苏小南翻个白眼：“你千万不要告诉我，我穿越了。”

“穿越？”小姑娘扑哧一笑，走到她的床前，摸了摸她的额头，“小姐，你可真逗。”

“是吗？我也这么觉得。”

小姑娘拿开手，还在笑：“终于退烧了。”

“我发烧了？”苏小南问。

小姑娘点点头，一对好看的梨窝，笑起来特别可人：“小姐，我是安公子的特护，我叫田甜，你也可以叫我小田。公子交代，由我负责小姐在北邸的起居。小姐有什么需要，都可以告诉我。”

公子爷、小姐，北邸？什么鬼啊！

苏小南瞟她一眼：“我怎么都听不懂？那啥，安北城在哪里？”

田甜目光闪烁，像《保密局的枪声》里的特工：“小姐，这个我不能告诉你。”

想到那个诡异的合同，再看看房间的陈设，苏小南像是明白了什么，冲田甜眨了眨眼：“那你能告诉我什么？”

“这个……”田甜像是很犹豫，“公子有吩咐，没有他的允许，小姐不能离开北邸。”

“哦……”她想离开，也得有力气不是？

苏小南支撑着坐起来，降低了标准：“那我可不可以向组织申请……来一碗抄手？”

“抄手？”田甜又蒙了，“北邸里没有抄手。”

“面条？”

“也没有……”

“你们这里的生活，还真是水深火热啊！”苏小南叹息一声，“那白米饭总有吧？”

又半个小时后，苏小南坐在了北邸的餐厅里，如愿地吃上了白米饭，也如愿地发现安北城这个人……太神经了。

底楼的饭厅与厨房、客厅之间，居然全通透，没有任何阻碍。整个空间都是一个开放式的结构，一眼可以望穿。她甚至怀疑，如果可以，他会不会连卧室和洗手间也不要墙壁？

“7 月 25 日，麓湖国际酒店某富商举行的丧礼答谢宴上，突发煤气管道爆炸，受爆炸影响，麓山国际酒店引发火灾，消防队员迅速赶到现场……此次事故，导致一人死亡，十数人受伤。事故原因正在调查之中……”

电视新闻悦耳的女中音，拉回了苏小南的神思。

她拿着筷子的手僵住，眼睛一眨不眨地盯着饭厅的大电视。

“爆炸、火灾？居然还有人死了？”

她正感慨着自己捡回一条命的幸运，田甜就笑着回应：“是啊，这事闹得挺大的。看网上有人说，死的那个女的叫苏小南，好像还有精神病史，到处说是我们家公子爷的老婆呢……”

田甜的话像炸弹似的，差点炸裂苏小南的脑子。

苏小南死了，那她是谁？

每一个学刑侦的人都有一颗猎奇的心，苏小南也不例外。可她听过很多离奇的故事，却从没有亲耳听见自己的死讯来得震惊——

到底什么情况？她需要核实。可田甜这个“特工特护”做得真到位，无论她问什么，都一问三不知，被逼得狠了，就红着脸推托给安北城，说有什么问题，请苏小南直接向安北城询问，她无权回答。

苏小南无奈了：“我什么时候可以见到安北城？”

田甜迟疑着：“在公子爷想见你的时候。”

苏小南深吸一口气，恨恨地扒饭：“谢谢！”

她听天由命地住了下来，当然，不听天由命也没有办法。

实际上，这个叫“北邸”的地方，无法与外界联系，而且据她观察，北邸有严密的监控和保卫系统，又建在一个半山腰上，戒备森严，有高墙电网，有一切现代化的防卫措施，保密程度堪比重要军事基地……

太神秘了！她也太好奇了，安北城究竟是什么人？

苏小南再次见到安北城是三天后。

刚从乱七八糟的思维中辗转见到周公，门就开了。安北城就像自带冷气场，出现的瞬间就冻结了房里的温度，而他慑人的视线，在暗夜氤氲的灯火下，带着一种惨绝人寰的勾魂魅力，瞧得苏小南下意识咽了一下唾沫。

“安北城，你，你做什么？”

他不答，一步一步靠近床沿。苏小南怔怔地往床头缩了缩，扯过被子裹紧自己，目光满是戒备：“我警告你，不要乱来啊！”

安北城迟疑一瞬，目光扫向她的脸……那拒人于千里之外的冷漠，让苏小南抓紧被子的手稍稍一松：“好吧，我知道安公子不是乱来的人。那行，正好你来了，我们就好好谈谈……”

安北城双眸微微一眯，突然向她俯身过来……

“呀！”苏小南吓一跳，心肝差点从喉咙口蹦出来。她条件反射地挥出拳头，可安北城一个侧身，修长的手指却伸向了她身侧的床头柜。

苏小南拳头落空，看着他严肃的脸，尴尬得耳根一红，放松拳头甩了甩，一边作势捋头发一边瞄他：“要拿东西，你早说嘛。”

安北城瞥她一眼，把一个大红盒子丢在她面前。

“看看这个。”

苏小南讨厌这种阶级不对等的劣势，可人在屋檐下，不得不低头。她飞快瞄一眼安北城冷冰冰的脸，捡起那精致的盒子，然后见鬼般呆住了。

结婚证?

居然是结婚证。

结婚证照片上的人，一个是安北城，一个是她。

可结婚证上女方的名字是一个陌生女人。

名字：陆止。

年龄：二十一

身份证号，也不是她的。

苏小南怀疑自己眼睛出了问题：“安北城，你是不是认错人了？我不是陆止。”

安北城目光微凝，慢慢坐在床沿：“我知道。”

他简洁的回答，让苏小南心口又是一闷：“好，那你告诉我，明知我不是陆止，你把我掳回来做什么？还有新闻上说死去的是苏小南，又是怎么回事？不行不行，安北城，我脑子都被你搞乱了，你赶紧给我说清楚。”

安北城慵懒地靠在床头，拿过一本杂志翻阅：“正是你看到的。”

看到的什么？结婚证？

“呵呵，你是想说，我代表别的女人和你结婚了？”

苏小南恶狠狠地逼近他，可问完又觉着彼此距离太近，那种与陌生男人接触所产生的不安，让她不自在地挪了挪：“你脑子当真没有问题吗？”

这是她唯一能想到的解释，遇到神经病了。

安北城挑了挑眉梢，没有说话。

苏小南又噎着了，不免郁气爆棚。

“我不知道你和这个叫陆止的女人有什么纠葛，或者你的脑子里进了什么污水……但是我，苏小南，就是苏小南。我不是陆止，也不想做陆止。安北城，请你马上放我离开这个鬼地方。我要回家，我要告你非法囚禁——”

安北城淡淡看她，等她发泄般吼完，脸上却一点情绪都无：“由不得你选择。”

“我明白了。”苏小南听见了自己磨牙的声音，“你的意思是我必须做陆止？而苏小南，也只能在麓山国际的爆炸和火灾中死去？”

“是。”安北城慢条斯理地放下杂志，那种仿佛与生俱来的尊贵与张狂，似乎就嵌在他的骨子里，不需刻意表现，就在他的一言一行中渗透出来:“你只能是陆止。当然，一年后，任务完成，你可以继续做苏小南。”

想到那一纸合同婚约和王厅那一张委以重任的脸，苏小南气就不打一处来。

“我是不是没别的选择了？”

“是。”

“我反抗是不是没有用？”

“是。”

“行，安北城，你狠！”

苏小南眼里闪出吃人的目光，然而，下一秒，她画风变得那叫一个快——换上笑脸，靠上去贴在他身上：“公子爷……”

这古代青楼艳妓的声音，恶心了她自己，也让安北城冷漠的脸骤然绷起。

苏小南心里美了，毕竟不能她一个人恶心啊。

“我说公子爷，咱俩不如先交个朋友，再谈谈人生理想和前途命运？”

苏小南的声音那叫一个嗲，含糖量直逼八个加号。她“活泼”的手指还得寸进尺地戳着他精壮的胸膛：“好不好嘛？好不好？”

安北城的脸快绿了，捏住她的胳膊就要“丢人”。

“别激动！不交朋友，继续谈夫妻协议。”苏小南及时阻止了他行凶，委婉地问，“你说，按协议内容，这未来的一年，咱俩都得以夫妻名义共同生活，那是不是要……偶尔滚一滚床单呢？”

苏小南把尾音挑得老高，“活泼”的手指又戳了戳他。

一只有力的大手钳住了她继续犯罪的手，安北城冷冽的双眸微微眯起。

“滚。”

一个毫无温度的字，苏小南听懂了，可装不懂是她的强项。

“那择日不如撞日，现在就……”

“滚！”

又一个字，从安北城牙缝里挤出来，那恨不得捏死她的愤怒，让苏小南想给自个儿喝彩。话少、面瘫、表情酷，还不爱骚……这货分明就是不喜欢女人接近的禁欲系嘛。不过，八卦达人莫暖说：“禁欲系男人有一个特点，一旦开了窍，那就是床下君子，床上禽兽了。”

苏小南揣着好奇，用几乎可以交换呼吸的距离看着他。可他眼睛里没有欲望，精雕的五官、浅棕的皮肤、精硕的身躯、冷漠的气质却有一种纯男人味的野性与杀气……以及吸引女人的魅力。

她不知道自己的脸红成了两朵桃花，只顾着继续恶心他：“不要这么凶嘛，好好说话会不会？我知道，安公子长得这么帅，肯定不缺女人，又怎么会和我滚床单呢？我就怕孤男寡女的，万一我忍不住咋办？毕竟我们是夫妻，可以合法滚的。”

安北城一言不发，情绪不明地看着她。

苏小南妖精似的俏皮一笑，抬手摸向他的脸。

“要不，咱俩先滚一个，试试合不合适？”

苏小南不算顶顶漂亮的女人，好在腿长，肤白，五官精致，身体也玲珑有料，睡衣下，窄细的腰，紧翘的屁股，前倾着上半身，整个身体的弧线都挺了起来，带着一种邀君品尝的娇俏……不惊艳，却绝对能撩拨男人的心。

在这个看对眼就能上床的年代，哪个男人能拒绝这样的女人？

可安北城……是人吗？他头一偏，就在苏小南的手指从他的脸上掠过去那一瞬，矫健地坐了起来，猛一把掀开床单，翻过去将苏小南从头到脚盖了个严严实实，然后转身就走。

“我还有事，你先睡。”

床单里的苏小南，像一个未完工的雕像，愣了好半天，突然哈哈大笑起来。

北邸内很安静，尤其在后半夜。

可在安北城大步进入别墅顶楼的全景天窗式办公室时，里面却坐了三个男人。

他们各自低头捣鼓着自个儿的事，长相不一，特点不一，却各有各的范儿，在这间足足有两百多平方米的大办公室，居然没有被空旷的气场压低颜值与气质。

“老大？”

冷漠的安北城像天生自带制冷系统，一入室内，气氛立马降了温。

他扯了扯睡袍的领子，坐了下来，啪地点燃一支烟，姿态很性感。

都说性感与权力有关，在这群人中，人人都性感，他却尤甚。

只不过，那阴森森、冷冰冰的脸，这是……很烦躁啊？

到底还是吴越胆儿大，迎着安北城的火气也敢问他：“城子，谁招惹你了？”

“是没睡服，还是没喂饱？”

“看样子，是粮草不足？”

“需不需要兄弟们支援……”

砰！吴越话没说完，就被 XM-109 狙击步枪砸了头。

砸他的哥们儿先头一直在埋头苦干，咔嚓不停地扳动狙击枪，这会儿插进来，一双狭长的狐狸眼半眯起，望向安北城：“老大，XM-109 归我，我帮你干了吴越！”

“你大爷的！”吴越爹了，“你要怎么干？”

那哥们儿狭长幽深的眼，与吴越像一个模子刻出来的，斜着身子勾笑的模样，比吴越这个风流的少女杀手更多了几分野性与邪气：“你喜欢的方式。”

“伍少野，你活得不耐烦了是不？”

吴越和伍少野是亲兄弟，双胞胎，一个娘肚子里爬出来的。可家门不幸，出生三天父母就离婚了，兄弟俩一个随了爹，一个随了妈。但吴家和伍家祖上都是“老干部”，打小都是天之骄子，从爬树抓鱼的童年到招猫逗狗的青年，这兄弟俩样样不落人后，也哪个都不服。

除了安北城。

他是这兄弟俩天生的克星，第一次见面就把他俩揍服气了。所以，吴家和伍家为了兄弟俩的远大前程，心有灵犀一点通地把他俩丢到了安北城的手底下，学点出息。

平常他俩不对付，打打闹闹，安北城大多时候睁一只眼闭一只眼，由着他们性子去。可今儿，却干净利索地敲了桌子。

“闹什么！”

这一拍，全没声了。

三个人齐刷刷看着他：“老大？”

安北城修长的双腿交叠着，扫视着他们，思忖片刻，没理会吴越和伍少野，他却望向了坐在角落里，始终沉默得没有存在感，也是唯一一个穿着制服的男人。

“大熊，什么情况了？”

代号“大熊”的家伙名叫雷荆山，身高体健，壮硕却不臃肿，除了“虎背熊腰”这词外，其实与“熊”没沾半点边，也算一个五官端正的性感美男。长相嘛，在这群人里不出挑，走在街上，却没法挑毛病。

听到安北城喊他，雷荆山噌地立正，唰地敬了个礼。

“报告老大！死神集团在全力搜索我红特 001-020 号个人信息，说要各个击破，赶尽杀绝，还为咱做成了扑克牌……”挠了挠脑袋，他又嘿嘿笑，“俺排第四，是个老J。”

“老J？”吴越挑眉头，“大熊，你啥时候老J了？不是处男来着？小J吧？”

“……”雷荆山的黑脸红了。

安北城瞪了吴越一眼，示意雷荆山继续。

雷荆山看一眼安北城的表情，有些犹豫：“老大，据不完全可靠消息称，死神在暗中调查陆止……那个，那个，咱嫂子她，合适吗？”

安北城神色略略一沉：“她不适合。”

不适合又弄回来做啥？

三个人审视着他的脸，猜他的心。

安北城低了低眉，一字一顿道：“但我别无选择。”

别无选择也得选啊，这任务多凶险！

“老大，这事儿咱还有时间，要不然……”雷荆山像是要建议点什么，安北城却不耐烦了，抬手阻止了他的话，起身整理一下身上的睡袍，头也不回地大步出了办公室。

这……

吴越偏头，和伍少野、雷荆山二人面面相觑。

“吃炸药了？”

“欲求不满！”

“索求无度！”

“肉体满足，心灵空虚？”

吴越和伍少野一人一句，说得吴越肾上腺素直飙，伍少野却像是刚想起来什么，举着手上的 XM-109，大喊：“老大，这把小狙，送我成不？”

吴越看笑话似的摸下巴：“别闹，老大赶着洞房，正需用枪，哪能送你。”

安北城办正事的时候冷漠不近人情，可寻常小事，对下属也算宽容——或者说基本懒得理会，就像听不见他们的瞎咧咧，径直下了楼。

楼道转弯处，一抹蹑手蹑脚的影子闪入他的眼帘。

他脸一沉：“站住！”

苏小南正准备偷偷摸摸往房间去，就被逮了现行。无奈，她只得束手就擒，乖乖回来，低眉顺目地笑：“安公子，您找我有事啊？”

懂装不懂，不蒙装蒙，是一门高级艺术。

苏小南无疑是扮猪吃老虎的高手。

她这么乖，安北城果然没有发脾气。

打量她一瞬，他冷漠地皱眉：“大晚上乱跑什么？”

“乱跑？！我？有吗？”苏小南左看右看，“哦，我出来嘘嘘——”

“房里有洗手间。”

好吧！视线从他像是千年冰川堆成的扑克脸上，不小心转移到他睡袍的带子上，苏小南心头怪异地一热，想都没想，就利索地犯了结巴：“我就，就想来问问，您啥时候回去滚床单？毕竟咱俩新婚，我这都等一个晚上了，黄花闺女都熬成了婆，你可不能始乱终弃，和一群男人乱搞啊。”

“……”安北城的眼神像在看怪物。

苏小南慢慢抬高下巴，嘴唇半开半合，四十五度斜视楼道上的男人，目光柔媚，一只手撑着楼梯扶手，一只手缓缓搭上他的肩膀：“我们要不要深入了解一下？”

安北城低头、眯眼，看定她，双手插袋，慢慢下楼。

一步、两步、三步……

夹角取镜的角度看去，他简直就是一个行走中的荷尔蒙！那专注的视线，危险而致命，性感得辣住了苏小南的眼睛，她不由得绷紧了神经。然而，他靠近，侧身，与她擦肩而过，上了对面的楼梯，进入另一个房间，砰一声关上了门。

“我去！”苏小南想揍人。

他不是该用下半身思考，说一句“女人，你在玩火”，然后饿狼扑食一样，气喘吁吁，双目赤红，捧着她的脑袋野兽一样来个简直粗暴的世纪热吻才对吗？苏小南甚至已经把他意乱情迷时怎么敲晕他再捆绑的动作都想好了，结果他却不给面子，只留给她一个让人喷鼻血的背影。

小说果然都是骗人的！

现实残酷，美人计不管用，她暂时打消了靠颜值征服安北城的想法，放缓了“勾引出逃大计”，在北邸过着不好不坏的日子，没事就带着田甜在被允许的区域内四处遛弯，熟悉环境。可转悠了两天，她半点收获都没有，却发现那晚偷听到几个男人说话的顶层，是北邸最机密的一个地方，除了特定的几个人，就连外面的警卫都不允许入内。

至于这几个特定的人怎么进入，答案很销魂——刷脸。

这并非玩笑，是她偷偷查看时亲眼看到的。那是一道特殊的门，要进入那扇门的人，只要往门口一站，将脸对准扫描仪，核对成功，门就开了。这么牛的高科技，逗得她心痒痒。

趁着没人的时候，她也去刷了一回，然而——她脸丑，没戏。

苏小南郁闷了两天，慢慢摸清了安北城的作息，终于有了惊喜。

安北城的房门需要指纹，她开不了，可百密一疏，她还是发现了一个突破口——窗户。

她和安北城的卧底是紧挨着的，外面都有一个大阳台，两个阳台中间虽有两米左右的直线距离，但苏小南是一个胆大的人，这难不倒她。

上午，她拼命冲凉水，打喷嚏，然后吃了药，睡在房间做一个安静的病女子，一直睡到夕阳西下，窗外一片黑暗，她喝点稀饭，把田甜打发出去，终于掀被子下床，换上一套轻便的短衣短裤，蹑手蹑脚地开了后门，悲壮地站上了阳台！

妈呀，两米多远，楼高三层！也是太拼了！

啪！她踩上了他的阳台，兴奋中却脚一滑。

砰！惊慌中她往前一倒，摔入阳台内，摆成一个大写的“大”字。

“嘶——我的小腰啊！”苏小南呻吟一声，侧头一看，屋里黑黢黢的，没有半点灯光。

好棒！不见主人，她每一个神经细胞都活跃起来，就着趴倒的姿势，蛇一样慢慢往里爬行——摸到门了，没上锁。苏小南一点点推开，可里面太黑，她什么都看不清。

安静地趴了一会儿，没有听到动静，她慢慢爬进屋，一只手随意撑着一个东西借力，试图站起身。

噫，不对，这东西怎么像一个人？

她条件反射地抓上去，力道用得极重。等确定那是一个带着热量的男性肉体之后，苏小南紧张地尖叫一声就想撤退，可人还没站直，就被人一把扯过去，重重压倒在松软的地毯上。

“谁？”她身体动不了，理智还在。

安北城的房间怎么会有人？真相只有一个：同行！

她心里一喜，完全没有意识到手心里抓了不该抓的物体，就乐滋滋与“同行”搭讪道：“大兄弟，一道儿的。”

对方似乎僵硬了一下：“放手。”

冷飕飕的声音从上而下，吓得苏小南心碎一地：“安、安北城？”她一脸蒙了的样子，“你啥时候回来的？我咋不知道？”

“放、手！”安北城声音冷厉，有一丝怪异的喑哑。

“呃……”苏小南这才反应过来，飞快丢开手，“不好意思，这货太没存在感了，我没注意。”

感觉到他快要爆炸的怒意，她觉得半夜入室被人家抓个正着还鄙视人家的兄弟，实在有点灭绝人性，又好心地补充：“当然当然，我用的非洲黑人标准，其实你也没那么差——这size，完全可以冲出亚洲，走向世界了。”

她一边讨好着，一边挣扎，想要把猪一样重的家伙给推开。然而，也不晓得是她的挣扎让他生气，还是说他不如非洲黑人的size让他发了狠，苏小南没把人推开，反被安北城一只胳膊紧紧束了手，往上狠狠一压。

“安公子，饶命啊！小的冤枉——”怕死是本能，苏小南求着饶，仿佛看见他灼热的视线像野豹子捕猎似的，哦不对，像野豹子捕猎时看见了母豹子似的。

幻觉，一定是幻觉！这家伙不是牙口不好吗，怎么会有正常男人的兽性存在？

“苏小南。”带着淡淡的疑惑，安北城唤的却是她的本名。

为此，苏小南心情好了点，狗腿地笑道：“在在在。公子爷，有啥事吩咐小的？”

“嗯——头痛。”黑暗的掩护下，他淡淡道了一句。

苏小南华丽丽一激，心里怦怦跳了起来。他喝了酒，头还痛，大好机会就在面前啊！只要制住了他，还愁不能为所欲为吗？苏小南深吸一口气，笑得脸上都快开出花来了，一副商量的语气：“你看这样好不好，你先放开我，我来替你揉一揉，捏一捏。”

“嗯……”他不置可否，却没放手。

“不瞒你说，我技术好得很，一般人我还不……唔——”她话还没有说完，就被他堵了回去，带着酒香的嘴强势而霸道，“唔唔——安北城……”

她想挣扎，可他老鹰捉小鸡似的束着她，不给她半点反抗的机会，灼热的呼吸洒在她的脸上，舌尖胡乱地顶开她，带着一种疯狂，狡猾地逮住她的舌，顺便入侵她稚嫩的口腔。

苏小南脑子嗡嗡作响，一片空白。

怎么完全不按剧本走啊？她还准备趁机敲晕捆绑再威胁呢。

苏小南回过神来，怒得嘶了一声，含糊地骂：“你是……狗吗？唔——咬我……疼！”

黑暗中看不清他的面孔，可完全被掌控的苏小南想着安北城那张不可一世的脸，哪怕是强吻人家也一副俯视天下的冷傲，她就恨不得两巴掌把他扇到外星球去啃恐龙！

“别动！”他还嫌弃上了，高贵冷艳地揉她的头发，“老实点！”

“安北城，老子——唔——”

嘴刚获得自由，又一次被他吻得七晕八晕，苏小南额门冒着热汗，气儿都喘不过来。不过，她得承认，安北城身上没有臭男人的膻味，很干净，很清爽，一股子淡淡的酒味让贫穷人家出来的孩子虽尝不出是什么酒，却觉得好香、好醉人。

能不能争点气？苏小南深吸一口气，手脚动不得，嘴狠狠咬向了他。

然而，不等她尝到什么味儿，她的下巴就被他有力的手指死死捏住了。

眼前一片漆黑，身体又不受支配，苏小南心都碎成了渣。

“敢咬我，嗯？”安北城沙哑的声音醇如烈酒，又好似来自地狱。

苏小南胸口起伏不停，看着他，呼呼喘着气：“放……放了说……”

安北城冷哼一声，丢开她的下巴，她咂咂嘴，笑了。

“我没咬你，就是想知道这是什么酒，怎么这么香。”

这借口真绝了。

尝酒？在男人嘴里尝酒？她自个儿都不信。

可安北城并不计较她是不是智障，他嘴角微微一牵，像食髓知味似的，一把扯她入怀，又低头吻来……

“不要！”苏小南侧头，条件反射地叼住他的耳朵。

安北城身体一僵，呼吸渐渐加重。

耳朵真是人的敏感区？苏小南默默感谢一下男女关系社会学研究者莫暖女士，再次将计划提上心，暧昧地贴紧他的耳朵：“公子爷，你还没告诉我呢。”

“嗯？”

“什么酒？好香。”

在这个看不清彼此的空间里，她娇声软语，吐气如兰，试图挑起他最容易萌动而失去控制的那一根神经，以便寻找最好的下手机会。

静谧中，周围一片寒意。

就在苏小南紧张得快打退堂鼓的时候，他握紧了她的腰：“你再尝一尝？”他就着窗户透入的那一抹微弱光线，低头，垂眸，冷不丁封住她的嘴。

“唔，安北城……”苏小南脑袋又炸了。

男人身体的力量与刚硬，让她第一次觉得做女人太亏，天生容易被欺负。这节奏如果一直由他把持，她怎么反控他？看来哪怕喝醉了，也是他的主场，她根本没机会。

“安北城！”她挣扎，“能不能先放开我再好好玩耍？”

以安公子的孤傲，她都表示拒绝了，肯定是不屑再碰她的。

可今儿的安北城，劲儿劲儿的，在黑暗的掩护下，像一只渴望冲破栅栏生饮鲜血的野豹子。而她，成了他想要撕裂的娇弱猎物，在他激烈、亢奋、沸腾的情绪调动下，血液又一次被点燃，内心的火焰以极快的速度席卷着感官，哪怕下一秒他就有可能咬断她的喉管，喝光她的鲜血，她也忍不住沉沦……

啪！灯亮了。

在她被酒香醺得晕头回应的当儿，安北城突然一怔，摁亮了床头的灯。

“呃……”刺眼的光线，让苏小南从暧昧中苏醒。

她红着一张脸，大喘着气，不适应光线地半眯起眼。

安北城伏在她身上，也一动不动。

房间里寂静一片，时间仿佛静止。两个人面对面，暖黄的光线映在安北城棱角分明的脸上，那一双带着致命吸引力的眼睛，赤红而专注，也冷漠，让苏小南打心眼里不敢相信——刚才与她激情热吻的男人，居然是安北城？

而且，他情绪抽离太快。

她的表现，也太容易“将就”了。

为了把丢地上的脸捡起来，她暧昧地舔了舔唇，笑望着他：“小安子，怎的不继续了？这么好的气氛……浪费多可惜？”

安北城黑眸深深，没有计较她揶揄的太监称谓：“苏小南，你怎么在这儿？”

他刚知道她在这儿啊？

苏小南觉得身心受到了至少一万点的暴击伤害，怔了一下，却笑了：“废话，当然是你热情邀请我来……滚一滚的啊。”

安北城瞟一眼她含媚带俏的眼，面无表情地抿唇片刻。

“见鬼！”

苏小南不知道他到底见了什么鬼，激情从沸点到冰点、从奔腾到凝固，也不过转瞬之间。而他冷峻的脸上也没有太多情绪变化。冷眸一眯，他像刚刚清醒，撑手起身揉了一下头发，半丝眼风都不给她，两条腿就飞快地迈向浴室：“滚出去！”

这“滚”字，苏小南可不爱听。

“无耻，冷血，王八蛋！神经病！”

她利索地从地毯上爬起来，一边在屋子里四处打量，一边冲浴室喊：“安北城，你不会真有什么见不得人的病吧？出门戴墨镜，在家里也不开灯——你这些怪毛病，很瘆人的，没有人告诉过你吗？”

她没有被人强吻之后该有的委屈反应，而是趁机在房里翻找。

拉抽屉、查柜子……很快她就失望了，房间陈设实在简单，东西也少得可怜，她找了半天，一点有用的东西都没有。

看来今晚白白被狗啃了。

虽然被啃得很享受，苏小南还是抹嘴嫌弃："果然胖妞儿说得对，外冷内热才是真骚！"

浴室里，安北城紧合双眼站在花洒下，冰凉的冷水从头上冲下来，他冷脸上的表情那叫一个——可怕。足有半个小时，他才擦干身体，系着睡袍走出浴室。

苏小南已经走了。

床头柜上，留有一张手写的字条。

"我喜欢这个任务，不喜欢陆止。可不可以让我做自己，接任务？"

第二章

被“宠幸”后的美好生活

差一点失去贞操的苏小南同志，当然是从房间大门出去的。于是第二天，北邸里很多人都知道，她昨天半夜带着一脸“淫荡的笑容”走出安公子的房间，肯定是被“宠幸”了。

田甜对她的态度更友好了，其他服务人员，俨然也把她当成了北邸的女主人。

苏小南没解释，也犯不着解释，风华绝代地接受了北邸“老板娘”的角色，过上了衣来伸手饭来张口的日子，也从田甜嘴里打听到了家里的情况。

苏妈的病已经有了保障，也不用再为苏薇的学费发愁了，因为她苏小南“死”了，麓山国际酒店赔了一大笔钱。得到意外之财，人还活着，多好的事！苏小南暗爽了一把，不免有点后悔，早知道要“死”，就应该买一份高额保险嘛，这样，老妈后半辈子也能“壕”一回了。

不知道可不可以找安北城，再死一次？

苏小南不再试图挣扎，可百无聊赖的日子总得有事情打发时间。很快，她意外发现北邸的电脑里装有一款叫《JK3》的游戏。

这款游戏苏小南从高中时候玩的，比较变态，练级纯手工。那个时候，她为了赚一点生活费，一直做游戏代练，一来二去，对怎么快速满级，她有一套特别的方法，下副本、打装备、PK，她也玩得炉火纯青，算是游戏里大神级的非人民币玩家。

帮人练了无数个账号，苏小南的马甲却只有一个：“风流和尚”。

她进入游戏时，角色还停在当初下线的地方，一条私密消息也跟着过来了。

“南子？是你吗？”

苏小南心里一窒，握紧了鼠标。

发消息的“妖精尼姑”不是别人，正是莫暖。想到自己可歌可泣的“死亡”人生，苏小南激动得手指都在发抖。

“胖妞儿，你听我说，我现在……”

一行字刚敲到对话框里，她就无法输入了。

电脑显示屏上，出现了一行红色字体的“警告”。

“不要把无辜的人牵扯进来。后果，你承担不起。”

这冷漠的语气……怎么这么像安北城？

“南子，是你吗？我是眼花了，还是大白天撞邪？人都不在了，怎么角色在线啊？”

莫暖是个急性子，一句接一句，使劲给她发消息。可“人都不在了”几个字，也让苏小南的血液瞬间凉透——她已经“死”了。不管她情不情愿，都“死”了。不管安北城是什么人，都不是她们惹得起的，她不能把莫暖牵扯进来。

“玩够了？”背后冷冰冰的声音像来自地狱。

苏小南下意识回头，门口，安北城面无表情地看着她。

什么叫“玩够了”？苏小南漫不经心地扫他一眼，又懒洋洋地回头，手敲键盘，随意地对“妖精尼姑”敲出一句：“刚买的号，不是本人。”

莫暖奓毛了：“你个盗号贼，给姑奶奶等着！”

苏小南人都死了，又怎么会卖号？等她反应过来这个 Bug 时，那个叫她等着的小姑奶奶居然真的带了几个人，用好友定位找到了她，上来就发飙："给我揍！"

在《JK3》这款游戏里，被杀死是有概率掉落装备的。苏小南当初是全服"首席代练师"，这个号的装备也练得很极品，莫小姑奶奶早就垂涎三尺了，苏小南几乎可以想象电脑面前的莫暖眼睛里闪烁的绿光。

"死人"没法解释，苏小南哭笑不得，正准备退出游戏，电脑上突然显示——断开连接。

"我去！"这不是要她的命吗？

她这一身装备叫"离之火焰"，能值不少钱的啊。

"你最好知道自己的身份，陆、止。"安北城冷冷地警告着，看苏小南慢镜头似的转过头，一眨不眨地鼓着眼睛瞪人，眉头不由得一皱，"不要找收拾！"

苏小南想到《JK3》那一身"离之火焰"，恨不得掐死他。

"安北城，好歹我是个女人，你能不能有点儿风度啊？"

这话说得其实没什么底气，从她游戏名叫风流和尚就看得出来，其实她骨子里流淌着女汉子狂野的血液。至少在警校时，很少有男人把她当女人看，只不过遇到安北城，她臭水沟翻了船而已。

"安北城、安公子、安大爷，咱们能不能换个方式交流啊？你再这样，我就，我就真的生气了啊。"

然而，她生气好像没什么用。

安北城睥睨一般冷视着她："苏小南，今天是给你的最后期限。"

最后期限？苏小南大概猜得到这个任务需要她心甘情愿配合，要不然很容易穿帮，而且穿帮的后果一定很可怕，因此安北城才会耐着性子等她想通。同时也就是说，她有讨价还价的砝码了。

苏小南热血冲上脑门："哼，你就死了这条心吧！除非你……呀！"

"没有除非！"安北城冷冷打断她，眼眸浅浅一眯，"要么乖乖做陆止，一年后，你就自由了，要么……"他那张颠倒众生的脸，慢慢变得神情复杂，"彻底消失！"

让一个"死去"的人消失，多么简单的事，苏小南心里顿时冒出一股冷风……

安北城“最后期限”的警告，并没有影响苏小南吃最后的午餐，她草根命，哪怕活一天，也得先吸足营养。

餐厅的大电视，田甜把音量调得很大。大抵是同情她没什么娱乐消遣，这丫头每天都想方设法劝她看电视打发时间。苏小南笑眯眯地吃着，看电视新闻又在说麓山国际酒店的事，有些坐不住了。

“麓山国际火灾又有新进展，死者母亲不信女儿死亡，要求做 DNA 鉴定。可离奇的是，陈放在南郊殡仪馆的死者遗体，竟在今日凌晨离奇失踪……”

新闻还配了一张图，是她老妈掩面痛哭的样子，扶着她的人，是戴着眼镜的苏薇……

“小姐，饭菜不合口味吗？”田甜不清楚她的真实身份，看着她的表情有点诧异。

“没有没有。”苏小南回过神来，一脸微笑，“田甜，等会儿陪我出去走走吧？”

愉快地吃完一个人的午餐，苏小南满意地摸着肚皮出了别墅楼，在院子里走路、消食。一圈，又一圈，左转、右转……不知不觉中，她领着田甜走到了别墅的后院。

一墙之隔的地方，就是北邸的青葱山峦，就是她向往的自由，但高墙、电网、警卫，都挡住了她的脚步。暗叹一口气，苏小南伸个懒腰，做了几个扩胸运动，突然像看见什么宝贝似的，低头去拨弄草丛。

“田甜，快来看……”

田甜微微一愣，闷不作声地低头，顺着她的视线看去，苏小南却冷不丁又大喊一声：“在你背后！”

田甜条件反射地回头，苏小南目光一闪，拳头重重一击，直接砸在田甜的后脑勺上。

她力道掌握得很好，“哑门穴”一击就晕。可怜的田甜姑娘，来不及反抗就中了招，眼前一黑，软倒在地上。

“小田，你睡一会儿啊，姐不是有心的。”苏小南左右张望一下，迅速把田甜的身体转移到靠近院墙的大雪松后面，然后与田甜互换了衣服，把头发像田甜那样扎成马尾，捋了捋，大着胆子出了院子。

这一招走得有点险，但她知道，再怎样也不会有更坏的结果了。

大不了，再被抓回来呗。

她选择了从警卫人数较少的北邸后门离开。

大热的天，俩警卫正吹着冷气在唠嗑，看她过来，一句话没问就放了行。

苏小南心脏狂跳，不由得大喜，钻入后山的茂密树林。她偷偷摸入山里，拼命似的把吃奶的劲儿都使出来了，足足走了一个多小时，两只脚都磨出了大个大个的血泡，才终于从树林里走出来。

望着前方平坦的水泥路，苏小南把安北城家的列祖列宗挨个问候了一遍，有一种劫后余生的欣喜："天不亡我啊！小安子，回见……哦不，滚啦你！再也别见……"

她挥手作别，上了大路。

骄阳似火，水泥路边停着一辆黑色的轿车。

看一眼似乎没有尽头的盘山公路，苏小南眯了眯眼，拖着疼痛的双脚，走过去求助。

"师傅，我下山，可不可以捎我一程……"

话刚说完，她就闭嘴了。

车窗本来是半开着的，现在全打开了。内饰豪华、冷气扑面的汽车里，坐着一个像极吴越的帅哥。他端正地坐着，吹着冷气，望着烈日下大汗淋漓的苏小南，眼神里只有一种——望、傻、子、的、同、情。

"嫂子，热吗？"

嫂子？她可没那么好命有这样帅的小叔子。

苏小南心底隐隐有些猜测，却不敢确定："你认识我？"

对方点头。

"你是安北城的人？"

对方再点头。

"你一直在这儿吹着冷气看我大热天长跑？"

对方继续点头。

苏小南拳头捏得咯咯响，恨得牙根痒："我、要、报、警！"

"哦好的，需要借你手机吗？"

苏小南喉头微微一甜，觉得快被气炸了。

在她跑了整整一座山累得要死要活之后才发现原来自己像只猴子，成了人家娱乐的道具……那感觉实在太销魂。

"这样的温度，你们不知道会跑死人吗？"

"老大说，嫂子体能好，死不了！"

苏小南暗自磨了磨牙，压着火气，笑得脸都僵了："好好，你们太看得起我了。可明明晓得我逃不掉，为啥不早点阻止我？"

"老大说，逃一逃才知道……你的深浅。"

"那我要不逃呢？"

"老大说，不逃就是等死，可以直接丢去喂炮炮了。"

"炮炮？什么鬼？"

"呃……"那货眼神略闪，"老大的宠物，一只乖巧可爱聪明伶俐喜欢吃肉的——狗。"

一只狗叫炮炮，那没事打炮炮、遛炮炮、玩炮炮、逗炮炮……好像略变态啊。苏小南头皮麻了麻，斜着眼瞄他："那现在我逃出来了呢？"

"老大说，带你回去，喂炮炮。"

"……"苏小南郁结在心，体内的洪荒之力几乎积累到了想要毁天灭地的程度。虽然那货长得帅，可她也不想再废话了，不耐烦地一把撑在车窗上，"行了！别绕弯子，大热天的折腾人，到底为什么？"

那货狭长的狐狸眼微微一挑，将手上一个对讲机模样的黑匣子放好，这才不慌不忙地下车，嗖地抬手，冲她敬礼："恭喜嫂子！十公里山林，用时 42 分 36 秒，成绩合格！"

十公里，世界冠军 25 分钟以下，长跑专业运动员 40 分钟内，业余的四十多分钟就算优秀了——但那是在没有路障的情况下，不是冲刺在鸟不拉屎的山林里。

对这个数值，苏小南也有点吃惊："42 分 36 秒？"

果然逃命最能激发人的潜能吗？感觉到了来自安北城的深深恶意，苏小南幽幽吐出一口气：“安北城在哪儿？我要见他。”

这长得像吴越的帅哥，不像吴越那么聒噪，性子也特别慢，听她吼完，露出一抹销魂无敌勾魂笑，抬手指了指车内的黑匣子：“老大可以看见你，也可以听到你的声音。”

所以呢，他才是牵着绳耍猴的人？

苏小南哧哧冷笑：“我可以和他说句话吗？”

“当然可以。”那货颇有兴味地勾唇，“嫂子需要我回避吗？”

“不用。不算什么私密话。”苏小南转了转脑袋，清了清嗓子，这才慢慢坐入车里，对准那个黑匣子，竖起中指，怒火抖着唾沫飞了出去，“安北城，你大爷的！等着啊，姑奶奶要扒你的皮，抽你的筋，再与你同归于尽！”

北邸，安北城看着屏幕上的女人，嘴唇紧抿，骨节分明的手指间夹着一支点燃的香烟，好一会儿没有动弹，脸上也没有情绪，一直到咚咚的敲门声响起。

“老大，嫂子来了。”

安北城咀嚼着“嫂子”两个字，眉梢微微一动，把香烟掐灭在烟灰缸里：“让她进来。”

“是。”伍少野看他一眼，应声掉头，可走了几步，他又回头，嘴角勾出一抹笑，“老大，我顺利完成任务，心爱的小狙 XM——”

安北城手指轻轻敲响椅子扶手，扫他一眼：“滚、蛋！”

“是！”伍少野挺起胸膛，敬礼。

一分钟后，苏小南推开了办公室厚重的实木门。安北城的办公室，与他的厨房、客厅等一样，是一个全开放的空间，大而阔，宽而空，摆放的物品虽高级，却很少，显得空荡荡的，让人莫名地压抑。

“安北城，姑奶奶不想陪你玩了。”

苏小南一副“就这么任性”的姿态，抬起下巴直视他。她觉得自己用了两个多小时，从山底再一次精疲力竭地回到北邸，还能跟他好好讲话，简直就是善良正直的典范。

没错，她是钻山林子走回来的，因为伍少野告诉她："老大说，嫂子怎么出来的，就得怎么回去。"

苏小南咽不下那口气，把一辈子没有过的勇敢使了出来。

"要杀要剐，可以！想让我为你做事……呵呵，下辈子吧！"

看她一副视死如归的模样，安北城嘴角一提："你很生气？"

苏小南冷笑一声："本来我也准备好好配合的，可你真的欺人太甚！"指了指钢化玻璃外面的阳光，她拔高了声音，"这是夏天，夏天，夏天，外面气温三十八度，你居然让我来回走了近四个小时——"

"纠正一下。"安北城严肃着脸，目光像刀子，"脚在你自己身上，离开北邸，是你的选择。"

苏小南提了一口气，想骂他，却哑了口。

安北城淡淡瞄着她，又一本正经地安慰："久不运动，活动一下筋骨也好，耐用。"

"耐用你妹啊！"苏小南想到那一晚失控的癫狂，脸有点烫，牙齿却咬得更紧："安北城，我告诉你，兔子被逼急了还咬人呢！"

说到这里，她看一眼干净得一尘不染的沙发，也不管自个儿身上有多脏，坐大炕似的盘腿上去，一副死猪不怕开水烫的样子："就这样了！甭管你们有啥计划，都别找我，死活我都不乐意了。一群没人性的家伙——算了，我累了，先睡一觉，要生要死，等我睡饱再谈。"

苏小南双臂环胸，眼一闭，头一歪，真就睡了。

换了别人，准能被她这火爆性子气成脑梗，可安北城确实能 hold 住。看她邋遢地窝在沙发上，他深沉的目光复杂而专注，好一会儿才掀起一点浅浅的涟漪。

"小疯子，你闹够了，嗯？"

平铺直叙的话，听上去没有半点感情，可"小疯子"这称呼，分明又有宠溺的味道。苏小南微微一悸，没有睁眼，鼻子哼了哼，表示对他的不屑一顾："不用多说，姑奶奶软硬不吃。咱俩啊，就尿不到一个壶里。”

“……”

办公室安静了。

过了一会儿，安北城才叹息：“别跟我较劲了！你还有妈，还有妹妹。”

啥啥啥？苏小南唰地睁开眼睛：“安北城，你在威胁我？你不是吧？”

安北城冷冷看她：“我是。”

是什么？一个只要结果、不择手段的人？

苏小南冷笑：“我可从来没觉得你是坏人。”

他目光一黯：“我也从来不是好人。”

办公室里又鸦雀无声。

安北城面无表情地扫着她，突然冷喝：“野狼！”

“到！”伍少野挺直了胸膛。

“拟合同。”安北城淡淡道，“苏小南自愿与安北城合作，并遵守合约婚姻的各项条款。同时，安北城不阻止苏小南在不违背合约精神和纪律条令情况下的……肢体接触。为期一年。”

敢情安公子真要把肉体上交国家了？本来苏小南就火气未消，眼看伍少野真去拿纸写合同，她终于气得笑了出来：“呵呵，我说安北城，你真的没病吗？”

安北城一脸冷漠：“签！”

“可我……不喜欢你。”

“我也不喜欢你。”

“既然彼此都不喜欢，又何必强人所难？安公子，别以为只有你有身份，我苏小南也是有身份证的人……”

“你没有身份证了。”

苏小南一噎，想到她“已死”的残酷事实，紧紧抿嘴，不声，不响，不言，不语，也不去签那一份可以沦为世纪大笑话的合同。

“你信吗？”安北城突然开口，眼里有一抹暗色，“除了我，没人能让苏小南再‘活’过来——”

冷不丁地，苏小南打了个寒战。那一瞬，她仿佛看见了他平淡无波的面孔上，长出两颗森森的獠牙，只要她反对，他就会扑上来，咬破她的喉咙，把她的血吸干。

“好，我合作，可你得告诉我任务内容。”

她的转变很快，可谓识时务者为俊杰的典型，安北城却没有马上回答，他站起身，出乎意料地向她伸出手：“来，换个地方。”

苏小南不知道“换个地方”是哪里，但显然不在北邸，因为安北城给了她十五分钟去洗漱换衣。在四个小时的山林奔跑后，她邋遢得像刚从乞丐堆里爬出来的，所以，苏小南没有抗拒这样的任务。

然而，等她收拾好拉开房门，看到沙发上的安北城，却傻呆了似的不会动了。

安北城也换了一身衣服，那姿势角度完美得可以秒杀任何一个年龄段的女性同胞……但这都不是重点，重点是——他居然穿着警服。

苏小南脑袋空白了一瞬，对他身份的定位有了三百六十度的大转变。

“安北城，你是警察？”

“有问题？”他摁灭烟，不冷不热瞭她一眼。

苏小南平复了下被撩得怦怦直跳的心：“没，没什么问题，就是与我想的太不一样了。”

是不一样，同行的感觉，让她多了亲近感。而且平心而论，安北城完美地驾驭了警服的酷劲。都说制服可以把普通男人衬托得光彩非凡，颜值提升 N 个档次，而安北城本身的档次无须提升，却把颜值和神秘感强势地推到了高潮。

安北城把墨镜往鼻梁一架：“走。”

苏小南快不会呼吸了。

她很讨厌他高高在上的样子，却控制不住犯花痴，那炫酷的样子，说不出来地禁欲又撩人。

安北城快到门口了，看她还愣在原地，眉头一皱，又回头拽住她的手：“脚废了。”

“呃……”苏小南被他牵着手，脸颊有点热，“你也去跑四个小时试试，看废不废？”

安北城哼一声，没有回答。那冷啊，拽啊，那牵狗绳一样拖她的样子啊……让苏小南来了气，可经验告诉她，这货吃软不吃硬。而且，对那个纠缠多时的“任务”，她也好奇得不行，所以，她不仅没有跟他犟，还主动握紧他的手。

那只大手的主人顿了一下。

他没有放开她，当然，她也没有。

于是，从北邸出来，一个拖拽的动作就变成了手牵手。

气氛怪异而尴尬，但到底有了夫妻的样子。

看到这情形，伍少野趁热打铁，贱笑着靠近：“老大，那佛头春，吴越那儿还有私藏，要不要再给老大搞点儿？”

安北城弓身入座的身躯明显一僵。

他缓了一下，坐下来，斜眼看过去：“告诉吴越，再敢胡来，扒他的皮。”

伍少野敛住笑容：“是！老大，扒皮这事，我可以代劳！”

他俩这几句话，苏小南听得莫名其妙，但这会儿她没工夫理会，注意力全被安北城的坐骑给征服了。

这是一辆霸气得不忍直视的 SUV，样子凶悍、冷酷，比她见过的汽车都大、都高、都长、都宽。她认不出品牌，但什么悍马一类的货，在它面前都成了小弟。而且它外观像个糙爷们儿，里头却是小娘子，内饰精致，设计精巧，有可调节系统，坐上它，苏小南有一种穿越到未来社会的错觉。

“乖乖，这都啥车啊。”

“掠夺者。”

她内心所想，自言自语地说了出来，没想到安北城会回答。

苏小南稍稍愣了一下，不免为自己的孤陋寡闻汗颜：“我土鳖。”

后来她才知道，这个庞然大物，体重上万公斤，能防御 7 磅 TNT、一枚 RPG-7 火箭弹，一切障碍物在它面前，都可以被夷为平地。如果掠夺者和火车相撞，出事的会是火车。所以，这货也被称为“世界上最不可阻挡的车辆”，而安北城这一辆，是在掠夺者的基础上，经过特殊改良的。

“不过，这车名挺配你的……”

掠夺者，野蛮人！她似笑非笑，安北城却突然转头：“你喜欢就好。”

苏小南摸了摸鼻子，莫名尴尬，随便找了一个话题，继续做土包子：“对哦，刚才他们说的佛头春是什么？”

安北城面无表情：“没什么。”

“没什么？野狼为啥笑得那么贱？”

安北城正视前方，点头：“你说对了。”

“啥？”

“他贱。”

“哈哈！”

安北城也有幽默的时候？苏小南好久没有这么开心地笑了。可她傻子似的笑了一会儿，却没有听到安北城的动静，又窘了。清了清嗓子，她认真瞟一眼安北城端正的坐姿，不好意思地问：“可不可以问一下，我们要去哪儿？”

“到了就知道。”

“那多久到？我累了。”

“睡一觉。”

“睡不着。”

“……”

“你在边上，我怎么睡？”

“……”

“唉，我怎么这么可怜呢，明明困得不行，却睡不着。”

“……”

一直喊“睡不着”的苏小南，是在一个直升机场醒过来的。

坐在掠夺者里，她看着停机坪上那一排武装直升机，有一种走错了次元的感觉。

她也是警校毕业，她也做过警察，可同样一个系统，有些机密确实不是她的级别能涉及的。可以想象，能动用这样的国家机器，他们要执行的任务必定不简单。

螺旋桨搅着劲风，呼呼升空。

苏小南坐在安北城身边，默默观察着他。

这一次，没有调侃，也没有玩笑，就这么安静地，随武装直升机掠过河流、山川……然后，在飞越崇山峻岭之后，停在一个面积大得仿若原始丛林般的武装基地上。

观望着陌生的环境，苏小南有些不知所措。

这个地方，不仅有训练的营房，还有着装整齐的特警战士，以及各种各样苏小南见所未见的装备，自动步、狙击步、反恐狙击弩……利器带着锐利的寒光，战士都画着油彩脸，每个地方，都给她一种古怪的压迫感。

他们是特警，好像又不是纯粹的特警。

“安北城。”她后脑勺有点透风似的凉，“我怎么有点紧张呢？你带我来做什么？”

安北城还没有回答，一个穿着制服的大高个儿就跑步过来：“领导好！”

“我们随便看看，你继续训练。”

“是。”那人应声下去了。安北城看了苏小南一眼，挺直身板走在前头，把她带到一处可以俯瞰全貌的高台上，将一个望远镜递给她：“这是一所警校。”

啥？还有这样的警校？

苏小南疑惑地拿着望远镜，凑到眼前。

她还没来得及看，就听见安北城冷冷道：“反了。”

“啊？哦。”苏小南尴尬地把望远镜掉个个儿，嘶了一声，“天哪！”

这个地方仿佛坐落在原始丛林之中，占地面积有几百公里。当然，她这个时候还不知道，这是一所特种警务人员培训学校，能够进入这里的学员都是精英。在这里，他们不仅要接受各种常规训练，还要学习各种武器、装备的使用，甚至包括医学和心理学这样的偏门。总之，能从这儿走出去的人，基本是全能型人才。

“安北城，这学校也太牛了，叫啥名儿来着？”

“301。”

苏小南不懂了："就一个数字？"

"是。"

这所学校跟普通警校不一样，四年才招收一届，也就是说四年才选拔一次，是专门为安北城的红色尖兵特警大队训练高、精、尖特种警务人员的地方，只有金字塔顶端的人，才有资格进来。

"这比考清华北大还难啊？"

安北城给了她一个"自个儿体会"的眼神。

"所以，你是幸运的。"

苏小南不喜欢他这种"老子要你，你要感恩戴德"的姿态，眉头一皱："安北城，咱俩能不能平等对话了？"

"不能，我是你上级！"

上级！苏小南突然意识到一个问题："那就是说，我也算是红特的人了？"

安北城嗯一声，算是默认。

苏小南满心欢喜，突然有一种捡了宝似的喜悦："那我什么职务？"

安北城慢慢转过脸，一字一顿道："安北城的老婆。"

看他转得二五八万似的，苏小南哧一声，半开玩笑半认真地道："安北城的老婆这名头听上去挺牛的，可不也就花瓶一样的摆设吗？"

"你当然不是花瓶。"

安北城很快发来安慰，然后又是一招绝杀："毕竟你没花瓶好看。"

真是杀人不见血啊！苏小南干笑一声，斜着眼睛看他："安北城，有时候吧，你这个人还挺幽默的，可大多数时候，不懂得尊重女人。你怎么能说自个儿老婆丑呢，不是降低自己品位吗？"

她自己也没有料到，入戏这么快。

安北城怔了怔，取下墨镜，打量她片刻，又戴了回去。

"从今日起，正式进入任务状态。"

感觉到了自己的重要性，虽然苏小南还不知道任务是什么，也不知道要怎么配合安北城去抛头颅、洒热血、报效祖国，但她也热血沸腾起来。

“是！安北城同志。”她调皮地敬了个礼，“不过，我还想问一句。”

“说。”

“成为红特的人，是苏小南，还是陆止？”

她可以在一个任务的形式下暂时性活成别人，却不可能接受自己真正变成别人，因此，他的回答对她的抉择来说，显然非常重要。

好半晌，她的肩膀上搭上了一只手——安北城的手。

温暖、修长、有力，他像战友般用力一捏：“苏小南同志，别给红特丢脸！”

这场雨下得有些久。

从瞭望台上下来，苏小南在安北城的带领下，参观了一下这所无名学校，然后就被他带回了直升机上，看完了安北城递给她的一袋卷宗。

厚厚的一袋，全与陆止相关。

陆止，陆止，意识到这个女人是真实存在的，苏小南的心有点沉。

发现这个女人的故事和背景是复杂的，她的心更沉了。

这个女人的个性、喜好、处事风格与她是大不相同的，她的心慢慢沉到了谷底。

“这就是任务？”她看向安北城。

“是。”他沉默一下，才继续道，“你的任务，就是扮好陆止。”

我去！苏小南嘴巴一噘，都可以挂沙袋了，扮好这样一个除了和她长得有点相似，其他方面零交集的女人，她觉得，比让她去演戏还难。

正常人都有社交圈，陆止肯定也有。

在陆止熟识的人面前，她怎么扮好她？

不说别的了，就只说陆止这种从小由国外的土壤培养，呼吸国外的空气，学习国外的思想，除了还会说一口中文以外，把老祖宗的传统美德都丢到后脑勺那种“不作死就不舒服”的性格，就让她头疼。

“安北城……”她苦着脸，“臣妾做不到啊。”

“嗯？”他脸一沉，一副霸道样，“朕让你做，就得做。”

“……”苏小南拍拍卷宗，眯眯眼，“你看看，她喜欢喝咖啡，我喜欢喝茶；她喜欢泡夜店，我连夜店长啥样都不知道。还有，她这一头大波浪和这一张可以让人吓得屁滚尿流的……鬼脸妆，还有那些乱七八糟的饮食习惯，我哪儿记得这么多。"

她一阵吐槽。安北城却只有一个字："背。"

"可我连英文都不会，哪像海归？"

"学。"

"可我的脸这么白，她没有我白。"

"晒。"

讨厌！苏小南怒视他："可我比她长得好看。"

安北城也回视她，这次终于不是一个字："你眼瞎？"

"是。"苏小南点头，"不瞎会嫁给你吗？"

斗嘴结束，不分胜负。

苏小南继续看卷宗，继续吐槽："哎我说，这好好的日子，风不刮、树不摇、虱不咬、人不挠的，你折腾这些干吗？还要抓敌特、做卧底，啥任务用得着整这么复杂？"

"……"

安北城拿着一个平板电脑，手指划不停，不理她。

苏小南又一次合上卷宗，把头伸过去看他的屏幕："安北城，我的任务是扮成陆止，那你让我扮成陆止，又是为了什么任务？"

安北城坐姿不变，划平板的手指微微一顿："知道越少，越安全。"

这么说，他们的任务，还可能有生命危险了？苏小南头皮麻麻的，润了润嘴巴，又乖巧地举手："报告，我可不可以再问一个问题？"

"问。"他还是一副酷酷的模样。

苏小南笑出了白生生的牙："真正的陆止，哪儿去了？"

安北城眉一蹙："死了。"

死了？一个透心凉的答案啊！

是因为这个任务死的？被人杀害的？

陆止和安北城之间，有没有什么过往和感情？

这些在卷宗上都没有体现出来。

苏小南有一大堆疑问，可安北城没有回答她的耐心。

“继续背。”

要卿命了！苏小南看着卷宗鸡皮疙瘩都起来了。她原本是一个靠拳头吃饭的美少女好不好，背东西根本不是强项啊！

“愣着干什么？”看她不动，安北城皱眉。

“积累洪荒之力——”

“背！”

“行行行，我背，我背。不过咱俩先说好，要是我演穿帮了，你可别赖我。这事我本来就是被迫的，你不能要求一个受强迫的人，有快感是不是？”

“有些人被强迫，不是挺有快感的。”

“……”

几个小时的背书后，苏小南跟着安北城到学校教官食堂吃晚餐。别瞧他平常挺拽一个人，架子大得好像能撑破天，一到了基层，突然就平易近人了。

“安北城，我很欣赏这样的你。”

“嗯？”她的赞美，安北城显然没听懂。

苏小南盯着炊事员端上来的擂椒茄子，条件反射地咽了咽口水，漫不经心地说：“扎根基层，深入群众，不搞个人特殊化。很不错！”

“嗯。”

他还真不谦虚啊！苏小南斜着眼睛瞥他：“不过话又说回来，我也是人民群众，你怎么就不待我好点？”

安北城眉梢一挑，目光古怪：“所以，你希望我……扎根基层，深入群众？”

“对啊……流氓！”

“……”

太污了！苏小南突然反应过来，一张脸烫得都可以煮鸡蛋。

“咳！这地方伙食挺不错的嘛……”她强行转换话题，还是没能缓解尴尬。

好在这种气氛没持续多久，救星就来了。一群穿着夏季作训服的教官拥入小食堂，前头的人居然是吴越。

“老大、老大的小媳妇儿，你们果然在这儿。”

他和安北城很随便，其他教官却不敢像他这么随便，一个个礼貌地敬礼问好。

安北城很“深入群众”，起身敬了半个礼，随意抬手：“大家随便坐，不要拘束。”

这些人平常吃饭都嘻嘻哈哈，可有安北城坐镇，哪怕他说不必拘束，他们却嘿嘿笑着，坐到了另外一桌。只有吴越一个人坐过来。

“老大，看你俩……小夫妻挺恩爱的嘛。”

苏小南望安北城：“……”

安北城望菜：“……”

被无视了，吴越也不介意，又小声道：“哎，你俩别恩将仇报啊，好歹我也帮了你们大忙不是，要不是我那一瓶绝版的佛头春，你俩能成好事吗？”

敢情那晚上在安北城嘴里尝到的酒，就是“佛头春”？

敢情这酒还是“佛也挡不住的春情”？

苏小南尴尬地低头喝水，安北城瞥她一眼，问吴越：“校长呢？”

“我哪儿知道，我在基地猫一天了，除了那些臭小子，一个人没见到。”吴越这次过来是带着任务的：为红特选拔优秀苗子。这工作枯燥，他本就不乐意，说话时还斜了安北城一眼，表示不高兴。

可他话音刚落，门口就传来一阵笑声：“唷，城子还真来了？”

一个穿一模一样的作训服，与安北城挂一样警衔的男人走了进来，笑容温和，身板挺直，态度也很正式，可苏小南觉得，一般直接叫“城子”的人，都与安北城很熟。

果然，安北城起身与他握手：“今儿你生日，我过来看看。”

“哈哈，好多年没过生日了，要不是吴越这小子说起，我都给忘了。”那男人取下帽子，挂在角落的衣帽架上，在吴越身边拉椅子坐下，目光不经意地掠过苏小南，又露出一个大大的笑容，“这就是……小止？”

苏小南心里咯噔一下，有点发毛。

一来她对陆止这个角色的衔接还不太熟练，二来她不认识这个男人，也不知道他究竟有没有在陆止的社会关系卷宗里面出现过。苏小南心里慌慌的，微笑着不好搭话，安北城却捏了捏她的手："陆止，我爱人。"

转头，他又深深睨着苏小南："小乖，这位是向鲲鹏校长，我曾经的教官，也是我的……姑父。"

这个称呼好肉麻，他们这层关系也好复杂，不过也间接说明了，在他同一个系统的姑父面前也得保密。

苏小南瞥一眼安北城严肃的面孔，又见吴越也正经得很，不得不承认，这些人都是影帝。不过，既然安北城介绍了，证明她与姑父也是第一次见面，那么，她的不自在，合情合理。

"小姑父你好，我是陆止。"

"好好好，哎呀，不容易，小止长大了，城子也娶媳妇儿了。"

也许是苏小南的样子与他想象中的不太一样，向鲲鹏热情地玩笑着，又多看了她几眼，才堆着笑给几个人的杯子倒酒，笑眯眯地说："第一次见侄媳妇，又适逢我生日，来，我们走一个。"

"姑父生日快乐。"

苏小南微笑着，正要伸手去拿酒杯，一只手挡在她面前，把酒杯拿走了。

她一怔，奇怪地看向安北城，却听他道："她不能喝酒，过敏……"

酒精过敏？卷宗上写了吗？苏小南老家是荣城有名的酒乡，打小闻着酒味长大的，对美酒有着耳濡目染的热爱，要不然上次她也不会轻易拜倒在安北城的"佛头春"之下。

她悻悻道："喀，第一次和姑父见面嘛……"

安北城宽慰地摸摸她的手，一脸宠溺："姑父是自己人，你客气什么？"

"哦。"苏小南尴尬地咳了两声，低头装乖。

三个男人寒暄着，很热络。向鲲鹏也就三十七八岁，不太有长辈的样子，爽朗、温和、没有攻击力。但安北城的话很少，偶尔嗯几声就打发了他，就吴越一个人是唠嗑的主力。

可安北城很照顾苏小南，甚至说得上——宠爱。夹菜、盛汤，关心得苏小南汗毛都竖起来了。可自从她“酒精过敏”后，就不知道该去夹哪一道菜了，所以，她不得不享受安北城全方位无死角的精心饲养……

看着他们的互动，向鲲鹏眉头皱了皱，突然就叹了一口气：“你们这些兄弟姐妹，一个个小时候都不让人省心，现在大了突然就变了……尤其是小启，小时候倔成那样，这成大小伙子了，懂事得不行。”

小启？苏小南怔了一下，拿着水杯慢慢喝。

没见安北城回应，向鲲鹏又说：“这不，他前几天给我打电话，非要来 301 学习。”

这一回，安北城终于有了反应：“他在 301？”

向鲲鹏点头：“是啊，我本来也不看好，没想到这小子是棵好苗子啊，丢到 301，比起那些尖子兵来，体能素质半点不差……”

从他嘴里，苏小南知道这个叫“小启”的人，也是安北城姑姑的儿子、他的表弟，只不过，是另外一个姑姑……

“说曹操，曹操就到。”

向鲲鹏带笑的声音拉回了苏小南的注意，她没有抬头，就听见那人喊了一声：“姨父、二表哥，哟，吴老怪，你们都在啊，这位是——”

他的声音停住了，显然是看见了苏小南。

这个时候，苏小南也刚好抬头。

两个人的视线，就这样撞了个正着。

苏小南拿筷子的手，几不可察地抖了一下。

这个世界有太多的无巧不成书，也有太多的冤家路窄。可她到底还是太天真了，从来都没有想过小说中才会出现的情节，会这样发生在自己身上。

从初三到高二，整整三年的同学、一年多的暧昧小伙伴，她当然知道这个男人是谁，也当然知道他的名字叫安启。只不过，她从前没把荣城的“安”姓少年，和赫赫有名的“安公子”家族联系起来，也不知道，在荣城的时候，安启随他妈妈安宜姓安。更不知道，原来安启也就是她在卷宗上看见过的陆启——陆止的哥哥。

到底是世界太小，还是缘分太少？他已经离开五年，近两千个日子，为什么会在这样的时候，以这样的方式出现在她面前？

苏小南原本以为说服了自己接受陆止这个任务，就可以用平常心对待任何一个陆止社会关系中的人，却没有想到，第一回合的考验，她就被狠狠打了一道耳光。

“这是怎么了？怎么了？都坐下来说话啊。”

向鲲鹏是一个世故的人，又是长辈，懂得和稀泥，看他俩齐齐愣住，赶紧出声打圆场。

“我这个生日过得有意思了，人啊都到齐了，哈哈。小启，快点过来，咱爷儿俩好久没喝过了——”

陆启好看的唇微微一牵，擦一把额头上的汗，先去挂帽子。感觉到他走过身边带出的冷风，苏小南觉得脊背上都是汗，她半垂着头，没去看任何人，心里却像漏了风似的，紧紧抿着嘴巴。

安北城看她一眼，表情淡然，倒是吴越麻利地为陆启拉了椅子。

“你这家伙，吃饭也来迟！赶紧来，坐坐坐。”

“就你催得厉害，我总得把器材归整好了再过来吧。”陆启坐在吴越身边，随意地捋了捋剪短的寸发，审视的目光望向了苏小南，“这位是——二表嫂吧？”

苏小南低垂下眼睫，还是感觉到了他蜇人的目光。

他，已经不再是当年的安启了。

他那一张被岁月添上了棱角的面孔上，除了那股子天生自带的妖孽气质，还有成熟男人才有的笑——不及眼底的笑。他再不是荣城那位飞扬跋扈的青葱少年，也不是那个因为容貌太过漂亮被女生围观就红脸奓毛大发雷霆的大男孩儿，而是一个满身贵气的天之骄子。

京都陆家的长孙。

哦，还有，安家的长外孙。

“小子，有眼力见儿啊，没错，正是你二表嫂。”答话的人，还是向鲲鹏。

他没有说“你妹妹”，而是附和地说了“二表嫂”，原因无他，实在是……陆止与陆启的关系太狗血，而且，他们的兄妹关系，也只有他父亲陆明厉一个人承认。

在陆家，没有任何人承认陆止，或者说没有人敢承认陆止——因为陆止是他的父亲陆明厉在与陆启的妈妈安宜结婚生子之后，婚内出轨所生。所以，当听说安北城要娶陆止为妻，不管是安家，还是陆家，几乎都爆炸了。安家老头和陆家老头，齐齐表示要中风抗议，极力阻止安北城草率决定婚姻大事。

可安北城先斩后奏，给他们的交代只是一张结婚证……

也因为这狗血的关系，所以他们见面从“突然生愣”到“尴尬凝视”再到“别扭回避”，向鲲鹏都没有怀疑，只以为他们兄妹不和，笑呵呵地做和事佬。

“小启，还不快敬你二表哥和二表嫂一杯。”

陆启瞥一眼苏小南，端起了酒杯：“不，小姨父，我来得晚了，一杯哪够，得自罚三杯。”

一仰脖子喝尽了杯里的酒，陆启又拿过酒瓶，满脸笑容地倒满。这样连续干了满满三大杯，他突然捂嘴低下头猛烈地咳嗽起来。向鲲鹏见状，又笑又气：“让你意思一下，非得逞强。”

陆启红着眼舔了舔嘴唇，似笑非笑地朝安北城伸手：“二表哥，来支烟。喝太急，辣着了喉咙，我得缓一缓。”

安北城皱起眉头：“什么时候学会抽烟的？”

“在美国念书的时候吧。男人不抽烟，哪里像男人。”

陆启笑着接过烟，又要了火，点燃抽了一口，向天花板吐个烟圈，就随意地说起了这几天在301训练的事。他没有表现出认识苏小南，这让她短暂地松了一口气。

她想，也许五年前那个带着婴儿肥、穿着白衬衣、剪着小子头、凶巴巴的苏小南，早就已经消失在他的记忆里了吧；或许他一开始有过怀疑，但五年时间，改变的不只是人的样貌，还有青春、记忆、情感……以及，在彼此心里的认知。

做一对不认识的陌生兄妹……挺好。

苏小南插不上话，能做的只剩下吃、吃、吃……

她是爱吃辣的，那擂椒茄子妈妈常做，是她们家的桌上常客，她喜欢得不行。先前转盘一直没有转过来，她没有机会夹菜，这会儿看到擂椒茄子在面前，她赶紧伸筷子。

“小乖，这个你不能吃。”

两根筷头准确无误地夹准了她的筷子。

有力，严肃，她挣扎不得。

她回望安北城，那些背过的卷宗，突然一片空白。

“哎！”安北城为她倒了杯水，“不要任性，胃不好，少吃辣。”

苏小南看着擂椒茄子转开，心里直骂咧。

老娘的胃好得很啊，就是爱吃辣啊啊啊！

“少吃一点没事的。”陆启笑着又为她转了过来，“开胃，下饭。”

这俩男人，一个是“哥”，一个是“老公”，一个让吃，一个不让吃，两个人的手都撑在餐桌的转盘上，僵持着，让苏小南怎么办？

气氛怪异得她有点受不住了，身上就像有蚂蚁在爬，哪儿都不舒服。

“我去下洗手间。”

尿遁是从古到今最好的遁法。她灰溜溜地出了办公室，发现吃了一肚子油汤，还真有些不舒服。于是，看见一个标着厕所的地方，苏小南急匆匆往里一钻，然后愣住了——陆启斜靠在水池边上，穿一身迷彩作训服，双腿微叠着在抽烟。

“二表嫂，这里没有女厕。”

“没有女厕，能叫公厕吗？”苏小南不肯信。

“嗯，不叫公厕。”陆启眼弯唇浅笑，“叫男厕。”

“……”

“301没有女生，也没有女教官。”陆启意味深长地看着她，“姨父的办公楼就有独立卫生间——二、表、嫂。”

“呵呵呵，是吗？不识路，呵呵呵。”

苏小南不知道陆启究竟认出她没有，可这么面对着熟悉又陌生的他，就像面对着那一段不堪回首的青春，在他熟悉的气场影响下，她不由得紧张起来——于是，更尿急了。

“进去吧，没人。”好像看穿了她，陆启掐灭烟，偏头示意，“我给你守门。”

守门？不对啊！办公楼下就有厕所，为什么他在这里？

苏小南被尿意拉长了的反射弧，终于正常了。

这是逗她玩呢？明明认出她了，还一口一个“二表嫂”？

呼，苏小南真后悔认识过这个家伙。人家的青春是激情燃烧的岁月，她的青春却是激情燃烧的狗血！

“谢谢小表弟了。”苏小南皮笑肉不笑，也不去糊那层窗户纸，就当他是陆止的哥哥了，“这种地方不安全，我还是不上了，免得你二表哥担心——”

漫不经心地说完，苏小南头发一扬，就转了个身，那镇定的模样，又哪是当年那个情窦初开的小土包子可比的。陆启眉梢一扬，吐掉烟就冲了过来，拽住了她的手腕。

“小南瓜！”

苏小南一愣，没有想到陆启会上手，也没想到，事隔多年，还能听到“小南瓜”这个称呼…… 视线糊了糊，她低头看着那只手：“小表弟，这不合适。放手。”

陆启浅浅眯眼：“不放。”

苏小南忍不住想笑，然而在这个狗血的剧情里，她不得不做一朵纯洁无瑕的白莲花，用“绿茶婊”的表现形式来武装自己：“陆启，你再这样，我，我就喊人了。”

她惊恐、害怕、紧张的样子，终于逗笑了陆启，但他似乎并不急于拆穿她，甚至也没提半句两个人那些被光阴洗刷了的往事，只紧扣她的肩膀，重重一按，眨眨眼逗她：“喊人怎么说？说你哥拉了你的手，要非礼你？”

这是要陪她演戏到底的意思？

苏小南当然不会蠢得自揭身份。

他不提，她也就顺竿子爬。

她拍开他的手：“少套近乎！你以为你们陆家是金门银门，我非迈它不可？不是叫二表嫂吗？呵，现在扯什么兄妹，不掉价吗？陆、少、爷！”

她咬着牙，新仇带着旧恨，一股脑砸向他。

可陆启比她预想的淡定许多，用比她高一个头的海拔优势，低头俯视她，像看小动物在掌心挣扎：“陆家的金门银门，你不爱，却喜欢安家的钻石门？”

苏小南斜眼剜她：“你管我。”

“就管你。”

“你管得着吗？哥——”

苏小南把那声“哥”拖得老长，嗓子又尖又细，也成功引来了另一道含着脚步声的冰冷嗓音：“以为你掉茅坑了，原来在这儿。”

安北城？苏小南心里奇怪地一松，就好像危急时刻见到了战友，她二话不说，扳开陆启的手，回头冲安北城奔去，撒娇般诉着委屈：“老公，你终于来了，我都快急死了。”

安北城眉梢挑了挑：“急什么？”

苏小南斜眼剜一下陆启，不高兴地说：“人家想上厕所，我哥非要拦着我，说这是男厕，不让我进。老公，你给评评理，这不是趁火打劫吗？尿尿面前无小节——亲生兄妹，咋就这么执着呢？”

安北城：“……”

陆启：“……”

两个男人对视一眼，目光里都有一丝不易察觉的暗流，那是源自雄性动物本能的，为争夺雌性交配权最原始的野性。

安北城目光淡淡：“是吗？”

陆启风度翩翩地笑着摊手，默默背了这一口“阻止她五谷轮回”的黑锅。

“请吧——妹妹！”

苏小南确实憋得急了，嗖一下就冲了进去。

“老公，给我守着门儿啊。”

她舒服了出来，陆启已经不在了，外面只有安北城。

他倚靠在陆启站过的地方，像一尊高大的门神：“走。”

直到上了直升机，苏小南才知道，他们居然要连夜回景城。她不知道安北城是临时起意还是早有计划，只知道，以安北城的精明，不会看不出来她在陆启面前的失态，也非常清楚她不可能有见到“哥哥”的尴尬，可一路回到北邸，他什么都没有问。

“早点睡，我还有事。”

看他掉头去往办公室的方向，苏小南纳闷了：“喂！等一下。”

他回头，目光冰凉：“有事？”

这犊子，在 301 演得温柔体贴，一回北邸，就变成了大冰块。苏小南不喜欢有事闷在心头，但看着他面无表情的脸，又没了老实交代的勇气。

找不到喊他的借口，她只好瞎编一个：“早点回来——”

这会不会太有“夫妻仪式感”了？

“我是想说，你早点儿回来睡觉。”

这解释，还不如不解释呢。苏小南一叹，索性挑开说：“好吧，其实你睡不睡觉，跟我也没啥关系，我就客套一下，你别往心里去。晚安！”

她淡定地转身，走向对面的楼道，可脚刚踏上台阶，腰间突然一紧，不等她反应，两只脚就离了地，人也被翻了个个儿，连头带脸撞入了一个结实的胸膛。

苏小南搞不清状况，不由得咬牙：“安北城，你属野兽的？”

她莫名其妙，但安北城就像突然换了一个人似的，画风变得极快，从头顶传来的声音，带着成年人的暗示：“小乖不是最喜欢我野兽的样子？”

苏小南微微眯眸，见鬼似的审视着他：“你在发烧？”

“傻瓜。”安北城摸摸她的头，“小东西，回房再和你算账！”

什么鬼？一秒钟从冰山男变身火星男？苏小南的脑子瞬间蒙了，她完全搞不明白。这时，一道声音打断了她心底的涟漪。

“哎哟，我的爷，您可算回来了。”楼道的阴影里走出一个男人，五十岁上下，那模样恭顺得像旧社会的王府管家。

“张叔，怎么来了？”安北城不冷不热地“惊”了一下。但苏小南可以用脑袋担保，他刚才急转直下的态度转变，一定和这个张叔有关。

“是啊，今儿下午到的景城，转悠半天了。”张叔干巴巴地笑了笑，

“这不，老爷子下个月要来景城视察，我是来打头阵的。这段时间，老张得打扰你们了。”

安北城抱着苏小南的手微微一紧：“北邸冷清，张叔年纪大，还是住城里方便。我给你在将军巷安排一下——”

“不不不，不用。”老张赶紧摆手，“我这次来，还有些私事。老太太给我下了政治任务，要我务必跟在您身边，悉心照料着，新婚嘛……”

安北城低头看一眼苏小南，淡淡哼道：“那随你。”

结果的结果，就是老张变成了“隔壁老张”。这个老头不简单，北邸这么大的地方，他哪儿都不住，偏偏就住在安北城主卧的隔壁客房，完全是旧社会封建家长紧盯子孙传宗接代的套路。

苏小南闹不懂安北城家里对他的婚姻存的什么心，只知道这样一来，她和安北城不同房也得同房了。一天晚上二人同房三更半夜四处漆黑，会发生什么？

如同一个等着洞房的小媳妇，她心脏怦怦乱跳，整个人都不好了。

“安北城，你家人真有意思。”

她阴阳怪气地笑，安北城却不动声色，半搂着她，身贴身地上了楼，急切地用脚踢开了门，再急不可耐地关上。然后，他竟然——直接松手。

一声惨叫，苏小南华丽丽地跌坐在地上。

她抬头怒视安北城，压着嗓子低吼：“用完就丢，安北城，有点职业道德行不？”

安北城扯了扯衬衣的领口，往浴室走去：“拿浴袍来！”

“安北城！”苏小南咬牙切齿，“你给我道歉！”

安北城头也不回：“房间不隔音。”

这种可以刷脸的顶级别墅，每个房间搞得像有机关似的森严，他居然告诉她不隔音？苏小南恨得牙根痒痒，可一分钟后，还是爬起来去给他找浴袍。

那天晚上见着的肌肉太震撼了，虽然她苏小南是一个天真无邪纯洁可爱的姑娘，还是想趁机再偷瞄上一眼。

浴室门哗啦一声拉开，安北城湿着头发看向门外正在犯花痴的苏小南。

“苏小南，你在想什么？”

“我？我拿浴袍给你啊。”

苏小南打死也不会说，她想偷窥他的身体。

于是，她一本正经地从他滴着水的头发看到额头、鼻子、下巴、脖子、胸膛……再到腰，然后崩溃地惊叫：“安北城，你洗澡还穿裤子？”

安北城从她手上夺过浴袍，擦了擦头上的水，淡淡瞄她一眼，当然不会解释为了出来拿浴袍才穿上的。

“家有色女，不得不防。”

有那么一瞬，苏小南真想使出洪荒之力，推开那道门，学一下饿狼扑羊，直接恶狠狠地扑上去咬住他……可心里骂咧着，她还是只能悻悻坐回房里的沙发上。

“又拽又横！把姑奶奶当丫头使唤，还不给发工资。引诱了人，还不负责任。”

她小声嘟囔着，带着出气的恨恨，不停扯着沙发巾的流苏。不巧，安北城在这时走了出来，居然回答了她的问题：“你要我怎么负责？”

这真窘了！苏小南眯眯眼，硬着头皮瞪他：“你洗澡也太快了吧？”

“怕你等不及。”他回答得严肃又正经，苏小南却像被蜜蜂蜇了脸：“你可别乱想，我不是这么随便的人……”我随便起来，就不是人。

后面一句，她当然没说，安北城也当然不懂。

他抬抬眼：“累一天了，你没有等不及想洗澡？”

天知道，苏小南多希望刚才那话没有说过，太 low 了！

苏小南哼一声，下巴一抬，胸一挺，起身往浴室走去：“小安子，浴袍伺候！”

这一招叫“以其人之道还治其人之身”，然而苏小南还是忽略了男女斗法时女人的天生弱势。当她潇洒地站在花洒下，哼着小曲，揉着头发上的泡泡时，浴室的门，就那样毫无保留地被……拉开了。

苏小南愣愣地看着安北城，淋着水的脸，华丽丽变成了猪头。红的肤色，白的泡沫，黑的毛毛，还有暴露在他面前的光洁溜溜……被一层水雾隔开，两个人对视着，有怪异的气氛在酝酿。

“你怎么不敲门？”

“不习惯。”

安北城面无表情地把浴袍放到毛巾架上，拉开门，走人。

苏小南杏眼一瞪，攥紧拳头大骂：“安北城，病得不轻啊你！”

他把她看光了，居然没有半点反应和冲动，就这么走了？

“到底是不是男人？”

半个小时后。

苏小南磨磨叽叽地揪着浴袍出来，那张小脸儿被水温给撩得红扑扑的，像三月枝头绽放的桃花，又粉，又俏，又娇，水灵灵的，让人恨不得咬上一口。

可安北城就像没看见，懒洋洋抬头看她一眼。

“柜子里有床单、被子。”

苏小南半眯着眼，看向那一张巨无霸的床：“这种天气，不用添被子吧？”

安北城又认真看她一眼：“你不怕冷？”

“我？哦，还好还好。”苏小南敷衍地答着，想到即将到来的“同床共枕”，脑子有点儿缺氧，智商完全不在线，“那时间不早了，我睡了。”

她稳住心神，爬到床上躺好，拿被子盖住身子，在被窝里偷偷换上了睡裙，脑子里像有一百条琴弦在乱弹，有一千头野鹿在狂奔，有一万种岛国艺术在演绎……只不过，男女主角换成了她和安北城，画面销魂得她很想给莫暖打一个电话，问一问她，第一次和男人同床睡觉，到底主动好，还是被动好？男人会拒绝主动的女人吗？如果安北城不行动，她要不要先行占领他的高地啊？

“苏小南。”

一道带着冰冷气质的低沉声音，唤醒了她清奇的脑回路。

她抬头望去：“干，干吗？”

安北城看着她通红的脸颊，一丝不苟地合上笔记本，步伐坚定地走过来，毫不留情地浇灭了她内心熊熊燃烧的激情之火：“你睡沙发！”

苏小南噌地从床上坐起，顾不得摆出女人此刻最正确的 PK 姿势，怒火中烧地瞪着他：“安北城，我是女人！”

安北城一脸坦然：“我知道。”

“那你知不知道绅士风度？”

“英国佬的茶毒，毁我泱泱大国传统。”

如果苏小南不是确定他说得一本正经，她真以为这货是一个网络高级段子手。好好好，她忍！女汉子还怕睡沙发？她瞪他一眼，抱着被子起来懒洋洋往沙发上一倒：“我这人向来善良，尤其对智残人士。不用谢！”

她拿被子把自己裹得像一条蚕蛹，正准备欣赏拿翘臀对着她的“美男初睡图”，门口突然传来一阵恼人的叫喊：“爷，睡了吗？老太太要和你们视频……”

安北城对他那个奶奶头疼得很：“老张，我们已经睡了。”

一般人听见这样说，也就撤了，可老张显然是个立场坚定的好同志，不那么容易打发。咚咚两声，他又敲响了房门：“睡了没事，我拿 iPad 进来。”

苏小南似笑非笑，双手懒洋洋抱着颈子，好整以暇地看着安北城，一连做了好几个“宝宝好紧张，但宝宝不说”的鬼脸表情包。门外老张还在唉声叹气：“公子爷，老太太这两天心悸失眠，都是想你想的。要是今晚还见不着，她肯定一宿都不能睡。”

得，这招简直绝了，一个老奶奶完成了对安北城的完美绝杀。

安北城蹙着眉头，无奈地冲苏小南招手：“你过来配合一下。”

苏小南打哈欠：“好困，别吵吵！”

“苏小南！”安北城缓缓喊出她的名字，大步过来，把她的被子一掀，老鹰捉小鸡一般把她拎了起来，“遵守合约精神！”

“去你的。”苏小南使劲挣扎着，还是被他丢在了床上，“你少假公济私，啥时候工作还包括跟你奶奶视频了？人家租个女友回家过年还得给租金呢，你约个老婆回家睡觉顺便应付家人查岗，不用给钱啊？”

她长发凌乱、叉腰要钱的模样……不用看，她也知道有一股子浓浓的女屌丝气息。可关键时候收拾他，她就是爽。

老张还在敲门，不肯死心："爷，老太太快急哭了！"

苏小南瞧着，安北城恐怕也想哭了。

"要钱？"他勾起她的下巴，声音透凉，"多少？"

苏小南笑了。有土豪哭着喊着要给钱，她如果拒绝，也太容易打击人家的自尊心了吧，嗯，不能让土豪为难。

"视频一次，一万。"

"好。"他目光幽幽。

"不，十万。"她坐地起价，"不给钱，我不仅不会配合，说不定还大声嚷嚷——"

"十万，便宜。"安北城不冷不热地说完，放开她的下巴。然后，不待苏小南回神，他突然抄起床边的毛巾，一把塞入她的嘴里堵住，在她气急败坏的挣扎中，又从床头抽出一条武装带，熟稔地将她翻个身，反剪双手，跪趴在床上，来了一个蛊惑人心的睡衣式捆绑。

"乖乖闭嘴，回头就有十万。"

一条被子扯过来，把她的身体盖了一大半，除了小半张扭曲的脸，只露出一个头顶。

"唔！"苏小南快气死了。

安北城看她一眼，扯松身上的睡衣，慢慢走向门口。

"奶奶，别玩了。"他慵懒地靠在门框上，一只手拉着门把，顺便挡住老张的视线以及他手上 iPad 的摄像头，对着视频里的老太太叹气，"你年纪也不小了，整天学年轻人视频，也不怕人笑话。"

老太太头发银白，却精神矍铄，笑眯眯地看着孙子，一脸慈祥："我老太婆看看孙子和孙媳妇，怎么就招人笑话了？城城啊，拿着 iPad 进屋，让奶奶看看我孙媳妇长啥样——"

在安家，唯一没有反对安北城娶陆止的人，大概就是这个老太太了。原因很简单，安北城个性太冷淡，这两年家里为他介绍了无数年轻漂亮的姑娘，他都懒得多看一眼。老太太一度怀疑他会单身到底，头发都愁白了。前不久，他突然宣布结婚，老太太是又喜又愁，睡不着觉，还真不是瞎掰的。

"孙儿啊，就让奶奶看一眼，看一眼成不？"

“不成。”安北城黑着脸，看视频里的老太太突然瘪了嘴巴，一副受了天大委屈的样子，不由得叹息，“奶奶，不是不给看，是你看不得。”

“我老太婆，怎么就看不得了？”老太太老花镜下的眼睛更精神了，“赶紧让奶奶看看……”

“奶奶，她晕过去了。”安北城揉着太阳穴，一本正经地胡说八道，“做晕的。”

啥啥啥？苏小南郁积成伤。可安北城太淡定了，那倚着门框、睡衣凌乱的慵懒样子好像真的刚刚经历过一番激烈的床斗——如果自己不是故事主角，就凭这一点，苏小南就得给他满分。

不过，老太太看他疲惫的样子，却急坏了：“不行啊，城城，小姑娘身子弱，你这又是一个初出茅庐的小伙子，火气旺，哪能行啊！奶奶给你想好了，一周三次比较合适。回头，我让老张给你计算着时间……”

我去！苏小南快崩溃了。

要不是嘴巴被堵着，她真的想喊一声：“中国好奶奶啊——”

安北城关门过来，脚步节奏感很强，看来情绪还不错。

至少，他没有在他奶奶的茶毒中崩溃或者疯狂。

“唔……”苏小南在被子里发声，试图引起他的注意，可安北城撩开被子，淡淡看着她，目光中似有一抹笑意掠过，以致他专注的样子，帅得她想反扑。

完了！苏小南，你完全就是用生命在犯花痴啊。

“你很乖。”安北城突然说。

他肯定的话气，毫无情绪，却撩得苏小南心旌摇曳。可既然说她乖，不是应该赶紧给她松绑吗？苏小南挣扎着，一双眼睛瞪得像铜铃，把吃奶的劲都使出来了。

“睡吧。”安北城慢条斯理地说着。苏小南只觉得床往下一沉，那厮居然就这样上了床，躺在她身边，优雅地靠着床头，点燃一支香烟，悠闲自在地吸了起来。

被捆绑，被“做晕”，被吸二手烟，被冷暴力。

她这人生也太精彩了。

遇到个没良心的男人，苏小南还是睡着了，而且生物钟特准，一到点儿，就准时醒来。房间里的遮光窗帘拉着，卧室里一片漆黑，她看不太清，却能感觉身上的轻松，也能嗅到那一股子独属于安北城的“冻人”冷意。

“喂，安北城。”一伸手，她本能地揉了揉眼睛，然后怔住。

床头柜上有一个小袋子，里面装着身份证、手机、银行卡等个人生活物品。当然，都不是她的，那身份证上的名字是——陆止。小袋子下面压着一张字条，遒劲有力的两行字体，正如安北城那个男人，冷漠，简洁。

“一百万，随便花。”

这是上一行，下一行还有补充。

“多出的钱，爷赏的。”

“壕”啊！大方！说好乖乖闭嘴给十万，竟翻了十倍。苏小南想，如果每天给十万，她可以选择做哑巴了。

“帅！姑奶奶终于有一笔巨款了。”

她承认，一辈子没有见过这么多钱。于是，也就很没有节操地选择了暂时原谅他。洗漱好，换上轻便的家居服，苏小南精神倍儿好地出现在餐厅。

她没有见到安北城，只有“隔壁老张”热情地迎了上来：“太太，您起来了？”

对于这个称呼，苏小南很崩溃。田甜叫她“小姐”尚可忍受，这个“太太”的称呼，让她的阶级层级突然上升，太不习惯了，太容易被广大屌丝群众鄙视并被他们清扫出革命阵营了。

苏小南轻咳一声，东张西望道：“安北城呢？”

“爷早早出去了。”

走了？那他们的任务呢？

难道她的任务就是乖乖做一只他养在笼子里的金丝雀？

苏小南想不明白，漫不经心地坐了下来：“他做什么去了？”

“这个……爷的事，老张可没胆儿问。”老张显然对这个问题没有深入探讨的欲望，而且对她一个女人关心男人的工作显然持保留态度，不悦地皱了皱眉头，摇头叹气，就离开去喊早餐。

可……这是早餐吗？

莲子粥、蒜蓉芝士烤吐司、大虾爆锅面……香蕉、苹果、蓝莓、蜂花粉、杏仁奶油、椰子汁等混合饮品，从全套维生素到钙、铁、锌、钾、镁，一样都不缺啊！

苏小南再一次惊呆了，这是满汉全席豪华版早餐吧？

“老张，我一个人吃，这也太浪费了……”

“太太，老太太有吩咐，您得好好补身子，等有了曾少爷，就来不及了。”

这脑洞大了啊！想到昨晚老太太的话，苏小南算是看明白了，她就是杨家将里的佘太君，红楼梦里的贾母，大清朝的慈禧太后——简直是一个管天管地管人拉屎放屁的活祖宗啊。

苏小南想笑，又想忍，结果一个没忍住，噗一声就笑了。

老张疑惑地冷眼看过来，她赶紧敛住神色，严肃点头。

“嗯，烦请回禀老佛爷，妾身一定会努力做好狐狸精，不榨干他孙子誓不罢休！”

半个小时后，当苏小南揉着肚皮和田甜一道出去散步消食的时候，听见田甜长吁短叹，这才再一次知道了“隔壁老张”的奇葩事迹一二三。

安北城很早就起来锻炼身体了。

当然，看他的体形就知道，这货肯定不会缺少锻炼，这事儿不稀奇。问题在于，安北城锻炼身体的全过程中，老张都跟在左右，就像古时候的宫廷太监一样，递毛巾，递水，擦汗，照顾得无微不至。

更可怕的，是他今儿给安北城安排的伙食。

韭菜炒蚕蛹、枸杞羊肾汤……甚至还有一道“人参煲牛鞭”。

补肾、固精、养气血，十全大补啊。

这大热天的，安北城该是怎样一副崩溃脸？

“哈哈哈！”苏小南突然爆发的笑声，响彻北邸。

“嘘！”田甜做个手势，左顾右盼，“小声点儿。”

“怎么了？”想到安北城被监视着吃牛鞭的样子，苏小南一脸幸灾乐祸，“啥时候有规定，笑都不准笑了？”

“小姐，你都不知道老张教了我们多少规矩。”田甜似乎也很绝望，“走得有规矩，坐得有规矩，吃饭得有规矩，就差管我们睡觉了。老张说了，这是安家的老传统……噢我的天哪，我怎么感觉北邸突然就穿越了？”

“嗯？啥意思？”

“成了北邸王府。”

“哈哈哈！”苏小南笑不可抑。

同受荼毒的患难，让苏小南喜欢上了田甜，也晓得了为啥她的“老公”大清早就逃了个无影无踪，换她，也得开溜。

可安北城也太不仗义了，居然把她留下了。

不过，看在一百万的分上，苏小南决定先不诅咒他。她与田甜唠着嗑，伸伸懒腰，踢踢脚，享受着北邸山风中的夏日凉爽，觉得安北城不住将军巷跑到北邸来，简直太明智了。

闷罐似的景城，怎么比得上度假胜地？

这个天气，山上太爽了，更爽的是，自从她愉快地接受了新身份和新角色，安北城对她的禁锢明显少了，不仅给了她一部手机，还没有人阻止她上网。

苏小南和田甜溜达了一圈，就兴冲冲地回房，准备趁着没有生活压力的时候，忘记诡异的任务，忘记突然出现的陆启，也忘记中国好奶奶派来的“卧底”老张，好好玩一玩《JK3》，做一回热血青年。

可刚刚登录游戏，苏小南就有一种想卸载客户端的冲动。

她的“离之火焰”被爆了。

那个叫风流和尚的人物角色，穿着一条小内内和一件小兜兜，可怜巴巴地站在一棵落英缤纷的桃花树下，双手空空，背包里啥也没有了。

盗号都没有盗得这么干净的。

苏小南咬牙，啪啪啪敲着键盘，密聊娇艳尼姑。

“五分钟内，给小爷死过来。”

对，她虽然玩了一个女角色，但一直当成人妖号来养成的，全服务器的人都知道，这个区的首席代练是一个玩游戏很牛的贱男。

莫暖很快回复："小贼，你以为姑奶奶怕你？站直溜了，等好！"

莫暖是真正的勇士，从来不畏强势，敢于面对残酷的PK——尤其是装备比人家牛的时候。不到五分钟，她就过来了。

穿着苏小南那一套"离之火焰"，仙气飘飘的白长裙，外加一对渐变红色的火焰翅膀，把莫暖厉害惨了："小贼，乖乖把账号、密码交出来，姑奶奶饶你不死。"

苏小南看着近乎全裸的角色，哭笑不得地打字："姑奶奶，我以为我已经死了。"

她这句话，原本说的是角色，一个没有装备的号，和角色死了有什么区别？

莫暖却不是那么理解的，她发来一个惊叹的图标，一行字紧跟着传了过来："南子，是你吗？难道小说上写的都是真的？人死了，会附生角色，灵魂不灭——"

苏小南的内心几乎是崩溃的，但她默默告诉自己：这个闺密是自己选的，她除了爱看玛丽苏小说，爱幻想"霸道总裁爱上我，高冷王爷强了我，谪仙师尊要抱我"之外，真的就没什么了不起的缺点了。

如果可以，她会抚摸着莫暖胖胖的脸，告诉她："妞儿，该醒了！放心，姐就是死了，也会缠着你的——"

可她什么都不能说，她的一切都不能让莫暖知道。

既然被她当成了盗号贼，那就盗号贼吧，反正在网络世界里，谁也不知道电脑对面是不是一条狗。

"小尼姑是吧？"苏小南啪啪敲字，"我是和尚你是尼，我风流来你妖精，你不觉得，我俩天生一对吗？"

莫暖有点蒙。

她在现实中很少被男人调戏，游戏中嘛，天天和苏小南在一起，也很难得被男人调戏。一般男人看到她身边的风流和尚，要么认为她也是人妖，要么就是怕挨揍，绕着她走。

为此，莫暖曾经无数次抱怨过。

这会儿被人调戏，那货果然兴奋起来："小贼，你嘴挺溜的啊，是男人？"

苏小南嘴里啧啧有声，开启了花式撩妹模式："带把十八厘米的枪，不知道算不算。"

十八厘米是莫暖的追求，她当即就不管是不是盗号的了，花枝乱颤地发出一个羞羞的表情："你好坏！"

节操呢？苏小南腹诽着，只见莫暖又私聊过来。

"我想问你一个问题。"

"妖精美人儿，说呗，小生洗耳恭听。"

"你到底怎么上的这个号？"

果然啊男人得坏才逗女人喜欢。这小妞一动了春心，眼力见儿就喂了狗，再也不说她"盗"了，而是直接用的"上"。

苏小南伸个懒腰，敲字。

"专业挖坟一百年。"

"啥意思？"

"黑客。"

"呀，我好崇拜你，我们做朋友吧？"

"……"

这真的是亲生闺密，不要脸的样子太有她当年的风范了——想她苏小南不也屈服在安北城的撩人颜值和魔鬼身材之下，屡屡暴露出天然 low 的内心吗？

苏小南贱笑："难道我们不是天生一对的……朋友吗？"

她这么一撩，莫暖就投降了："讨厌！"

看着屏幕，想着电脑前的莫暖，苏小南忍不住想笑："不过，我得先搞一身装备，要不然这样光着身子泡你，太容易擦枪走火——"

先拿回"离之火焰"是她的想法，因为这套装备对她有特殊的意义。而且，预计她在北邸的悠闲时光会很多，她一定得把有限的精力都投入到无限的网游事业中……

"装备我可不能还你。"莫暖回复得很快。

啧啧，好样的，有骨气，亲生闺密！

苏小南刚刚为她点个赞，那边莫暖的节操就掉了。

“除非，你和我视频——”

“……”

很多年后，苏小南其实后悔过这一天的决定，不该为了装备随便找一个男人和莫暖视频，可这个时候，如果不视频，她就拿不回装备，第一次的“人妖计划”，也将宣布失败。

北邸，最不缺的就是帅哥了，去楼下随便拉一个男人出来，那身板、那颜值、那气质，都能甩外面的男人好几条大街，尤其他们都受过正规训练，精气神个个拔尖，撂倒莫暖，分分钟的事。

“妖精，等等啊，和美人儿视频，我有点紧张，尿一尿再来！”

她飞也似的跑下楼，还没选好男人，就听到汽车声响，紧接着，那个庞然大物“掠夺者”就强势地出现在她的视野中。

这东西彪悍的外形、霸气的身姿，惹红了苏小南的眼，让她差一点就忘了楼上还有一个比她更花痴的莫暖在等着看帅哥——直到一脸桃花的吴越跟着安北城下车。

“有了，哈哈。”

苏小南心里一喜，兴高采烈地奔过去，乖乖向安北城敬个礼，也不管他什么鬼表情，一把抓住吴越的胳膊就往楼上跑：“大兄弟，十万火急！姐的后半生就靠你了。”

如果吴越知道自个儿是去做托的，他一定不乐意顶着一张比她还大的“老脸”做人家的“大兄弟”，但他好奇啥“十万火急”的事找他，也好奇安北城的冷脸会黑到什么程度，然而等他反应过来，是跟女人视频的时候，他就后悔了。

“太掉分了！小爷啥时候干过这种事。”

他起身就走。

“亲，别啊！”苏小南在电脑屏幕的背后急得直作揖，“只此一次，下不为例。”

“守口如瓶？”

“……”苏小南给嘴上拉链。

吴越挑了挑眉头，不情不愿地坐了下来。

然而，神奇的一幕突然出现了——他视频不足一分钟，就中了邪似的，态度端正了，也不再一张晚娘脸了，完全把高端大气上档次的帅气表情展现出来，按照苏小南的手机提示花式撩妹。

“嘿，小妖精，要和哥聊点什么？”那声音分分钟醉人啊。

苏小南突然有点佩服吴越这样的男人了。

可能女人堆里混得久了，十八式撩妹，他简直是信手拈来！这样的男人或许爱过，或许没有爱过，也或许身边不缺女人，从来就不需要费心去爱，所以才能像他这样，做到风流而不下流，洒脱而不随便。

接下来，她靠着手机“指挥”吴越成功忽悠了莫暖后，就让他找个借口先退出了视频。虽然没拿到“离之火焰”，但苏小南厚道地想，等她拿回装备，就告诉莫暖“其实自己长得很丑，视频是表哥”的残酷真相。

她相信，以莫暖纵横网游多年、一年失恋三百天的历史纪录来说，最多伤心一晚上，第二天起来又是一条生龙活虎的撩汉狂魔。然后，她再想办法给她搞一套她一直想要的“花月夜”赔礼道歉。

“和尚，你知道吗？我之前还怀疑这号就是我那闺密在上来着，甚至还怀疑她没有死。”莫暖见了帅哥，还处于兴奋状态，不停地告诉风流和尚她和苏小南之间的友谊，以及苏小南的死亡对她的打击。

比如：让她从此沉迷网游等一系列“自杀式”行为。

苏小南不停揉额头，好想告诉她——

妞，你一直在自杀式沉迷好吗？

妞，在第一次勾搭的男人面前，话别太多啊！

“和尚，我告诉你啊，我今儿早上收到一笔十万块的支付宝转账，居然没有汇款人的信息。老娘当时就傻了！我就想啊，是不是我那闺密死了还念着我，想还我钱，然后……就从阴间给我打钱来了。”

深情的对白，迷蒙了苏小南的眼。

怎么还莫暖十万块钱的事，一直是她的心病。

今天早上拿到那张银行卡的时候，她还寻思找机会用陆止的名义给她寄过去的……这还没到中午，就有人帮她还了？

好心人是谁？不会是苏妈，她并不知道我莫暖借钱的事。

这时，莫暖又密聊过来：“那钱我没胆收，可我又怕她总念叨我，迟迟不肯去投胎。想来想去，我就把钱全给捐了。”

我去！苏小南心底在滴血：“‘壕’妖精！你可以把你的支付宝转账信息截图给我，让哥用专业知识为你解答……”

她想知道是谁汇的钱，可聊天记录还没发出去，《JK3》就显示——断开连接。

很快，屏幕上出现一行红字，与那次的警告一模一样。

“过来，办公室。”

北邸有专门的网络安全员，但敢这么对她的大爷只有一个。

她的离之火焰还没拿到呢！

上次被爆装备也是因为他强行断她连接，这次又这样！

苏小南恨恨地关掉电脑，转身出门，正寻思怎么找安北城算账，楼梯口，吴越一只胳膊横在了她面前：“嫂子，问你点事儿呗。”

苏小南奇怪地挑一下眉梢：“啥事儿？”

吴越笑嘻嘻的：“我对你以身相助，你该报答我了。”

苏小南一本正经：“这事啊，我得找安北城商量。”

“啥？”

“以身相许，我不敢啊。”

“喀喀喀！不用不用！”想到安北城的脸，吴越眼皮就跳得厉害，赶紧摆手，“我找嫂子，是有点私事儿……”

苏小南挑眉：“说呗！能帮的，我一定帮。”

吴越桃花眼一闪，贱贱地笑道：“那个视频的美女，你认识？熟？”

“呃……”苏小南微微一惊。

她上下打量着吴越，觉得以他这样的极品条件，应当不至于口味那么重才对啊，毕竟莫暖一百四十多斤的体重，一般男人 hold 不住的。

“那是我铁瓷儿，正经姑娘。大兄弟，要撩骚，就免了啊。”

“我保证，不乱来。”

“你真的、确定、肯定、一定是喜欢她？”

苏小南有点怕怕，吴越该不会是变态吧？

吴越不理解她的心思，肯定地点头莞尔：“窈窕淑女，君子好逑嘛。”

苏小南差一点被“窈窕淑女”这个词逗笑了。虽然莫暖是她最好的朋友，但她绝对不能因此失去原则，对传统文字不敬啊！

“吴小爷，你确定她是……窈窕淑女？”

如果是真的，那莫暖的真神到了，她拼死也要做媒。

然而，吴越滑开手机屏幕她才发现——那个嘟着嘴卖萌的妞儿，并不是莫暖。

微微愣了一秒，苏小南就懂了。

不过，她真不太好意思告诉吴越，他被套路了。虽然莫暖已经有许多这样的不良记录，用网络上的网红美女照片来欺骗无知少年，但如果吴越知道自己中了这样低级的招，肯定会想死的。

为了拯救他，她决定先旁敲侧击地提醒一下。

“这照片真好看，你视频截图的？”

吴越显然缺少这方面的经验，愣了一下摇头：“没啊，她说摄像头坏了，发了几张照片。”

果然……莫暖屡试不爽的套路。

苏小南又好笑又好气，可实在不忍心说破：“好好，吴小爷，有机会我就给你们介绍。”

安北城在办公室等着苏小南。

在这个宽敞几乎没有障碍物的空间里，苏小南一眼就看到了坐在办公椅上那一张像安装了中央空调的冷脸。除他之外，办公室另一侧还有几个坐得端端正正的男人，他们身板儿挺直，微微低头，摆弄着手上的电脑，一眼都不敢看她。

开批斗大会啊？气氛也太怪了。

苏小南象征性地咳嗽一声，站在门口喊：“报告！”

安北城冷冷审视她："过来！"

她弱弱哦了一声，慢吞吞踩着地板过去。

这间办公室里的一切都是冰冷的、冷硬的，带着一种金属质感。里面的摆件依旧是狙击枪的主场，更神奇的是，也不知道安北城摁了一个什么按钮，这一个超现代化的大型组合办公室居然动了起来，中间砰一声隔断，那些"外人"就不见了。

一间分两间，里面只剩下安北城和苏小南两个人。

谈话内容见不得人？

苏小南正猜测着，男人低沉的声音就带着浓浓的硝烟味儿飘了过来。

"苏小南，你知道错了吗？"

在办公室里强冷气流的影响下，苏小南偷偷翻个白眼，立正站好："错了。"

她回答得这么快，这么老实，安北城似乎有点意外："错在哪儿了？"

苏小南挺胸抬头，一本正经地回答："错在不该当着丈夫的面，亲热地拉住别的男人的手，无视丈夫的存在，挑战丈夫的威严，让丈夫颜面扫地，无脸见人，只能一个人孤零零地关在冰冷的办公室里自我反省——"

她顿了一下，演戏似的捂住胸口，做"黛玉捧心状"，一脸夸张的表情："哦，天哪，我到底哪里对不起这个女人？这天下的鱼塘我都可以给她，她为什么还要对不起我？不，也许是我错了，从明天起，我要好好待她，争取把外星球的鱼塘也一并承包给她——"

"苏小南！"安北城猛拍桌子，站起来道，"站好！老实点！"

苏小南瘪瘪嘴巴，身板挺直："报告老公，我站得很好！"

安北城气得指着她的脸，好一会儿才垂下手，重新坐好，端着茶喝了一口，像是缓过劲儿了，冷冷瞥她："你哪儿来这么多乱七八糟的东西？好好说话！"

看着他一副领导的架势，苏小南确实老实了不少。可她认为她的"反省"虽然雷了一点，但从他回北邸开始，除了这点破事，她好像真的没干什么啊。

"难道你在吃醋？"

安北城淡定地靠在椅背上，手指随意地指向电脑："自己看看。"

"看啥啊？你这个人真是麻烦，有事不能直接说啊？"苏小南一头雾水地走近，站在他身边，伸头过去看显示器——

轰！她的脑子炸了，然后，她也拍了桌子。

"安北城，你太过分了！"

她脸上怒火熊熊燃烧，那双漂亮的眸子也不再有先前嬉皮笑脸的玩笑。

"你怎么可以偷看我的私人东西？"

安北城眉头紧蹙："苏小南，在工作面前，你没有秘密。"

太狠了！太狠了！做不成自己，连个人秘密都不许有？

没错，安北城电脑上出现的是她的私人QQ。他为什么可以登录，苏小南不奇怪，因为她玩《JK3》的时候，习惯性地登录了一会儿QQ，他们要想得到资料不要太容易。

可一个QQ，哪扯得上什么工作？

苏小南满脸憋屈，咬牙切齿："安北城，我不是你的私人物品，我现在只是以同志的身份配合你的工作。我有保护自由空间的权利，你无权干涉我——"

"我有。"安北城冷冷回答。

"我、要、投、诉！"

苏小南恼恨地吼完，才想到一个残酷的问题。

这种事儿，她可以向谁投诉？

他的上级是谁？她一概不知。

看安北城黑着脸不说话，苏小南扁了扁嘴巴，可怜巴巴地换上了"糖衣炮弹"，使出软招："我一个人在这里，无亲无故的，也没什么事儿做，我上个QQ怎么了？再说，我又没有违反原则，没有和谁聊天……"

"苏小南，你太小看黑客了。"

黑客？苏小南微微一怔。

安北城看她半信半疑，冷哼一声："好意思自称专业挖坟一百年，你怎么就不用脑子想想，QQ是互联网工具，被有心人发现，后果是什么？"

一直对任务一知半解，苏小南根本就没有意识到“革命斗争”的残酷性。想一想，她似乎真的太随性了。

“不好意思，我下次不会了。”

“岂止这件事！”安北城扫她一眼，鼠标点了几下，眉头几乎挤成了一个“川”字，“看看，这些乱七八糟的东西，是一个正经女人看的吗？”

苏小南凑过去，疑惑地皱眉：“什么东西？我又招惹到你大爷哪根神经了？”

安北城冷冷剜她一眼，别开了脸：“自己看！”

“阴阳怪气！”苏小南哧他一声，可话音还没落下，她整个人就凌乱了。

啊啊啊！她罪恶的小怪兽在心里狂躁地叫嚣：安北城混账啊，她有那么多进步思想和先进正能量，他们为什么不去了解一下？为什么偏偏要看莫暖给她共享的豪华版高清无码艺术动作片？

天哪！她的老脸往哪儿搁？哦还有，安公子的脸往哪儿搁？毕竟当他的下属向他汇报他的老婆在偷偷看“小黄”的时候，场面一定相当精彩。

怪不得他拍了几次桌子。

苏小南耳朵有点烫，耷拉着脸：“安北城，咯——如果我说，我是带着批判资本主义腐化堕落恶劣行径的眼光去看的，你会相信吗？”

第三章
在潜伏中萌芽

安北城面色冰冷，问得比她还要正经："批判什么了？来，汇报一下思想。"

苏小南假装正经地看他一眼："报告！看完之后，我感想很多。首先，帝国主义亡我之心不死，企图腐化我们的思想，污染我们的灵魂；其次，影响恶劣，容易带偏青少年的价值观——呃，还有爱情观……"

"继续！"安北城脸冷得像结了冰。

苏小南挺胸抬头，认真地说："比如，快递员不好好送快递，去帮家庭妇女修水管，还顺便帮她解决了丈夫不在家的问题；比如，司机不好好开车，却帮汽车公司检验车子的震动性能，还顺便检查女乘客的三围。"

"好像很有道理。"安北城肯定了她的态度。

苏小南一惊，眼珠子都差点掉地上："你也……批判过？"

没有批判过 AV 的汉子，地球上肯定不能容许他们生存。所以，虽然安北城没有回答，但苏小南觉得这货肯定一肚子坏水，说不定电脑上还有不少资源呢。

她准备好了嘲讽脸，安北城却淡然地拿起鼠标："我们一起批判吧。"

安北城脑子不会进水了吧？眼睁睁看他点开文件，苏小南身子抖了抖，瞬间觉得办公室温度升高了……尤其，在那个被修水管的女人嗯嗯啊啊的声音里，她面红耳赤，心都快从嗓子眼里蹦出来了。

她难以置信地看着安北城，也不敢去想外面那些人听到这种声音会怎么想——人家会不会觉得那么不要脸的声音，是她发出来的？

她脸颊火辣辣地烧着，分明感觉安北城故意的。说不定他就为了放给别人听，尤其是“隔壁老张”，让人家误以为他们在做什么……

可怜她的脸啊，一会儿出去怎么见人？！

“安北城，你大白天看这个，丢不丢人？”

“别说话，好好批判内容！”安北城淡淡扫向她，平静地陈述着，突然把她拉近，火热的掌心紧贴着她的手背拍了拍，说得高深莫测，“要不要声音大点儿？老张耳背，怕他听不见。”

我去！苏小南真想仰天大骂三声，可她的火爆脾气在安公子的冷漠中都化成了科学理论：“你没有听过吗，这种东西一个人看，是品艺术；两个人看，是耍流氓；三个人看，是掉节操；四个人看……”

“苏小南。”安北城突然打断她，指了指屏幕，“原来你喜欢这种？”

他微抬着头，角度刚好是苏小南的绝杀死角，可他冷冰冰的视线太瘆人了，让她有一种被毒蛇盯住的感觉，鸡皮疙瘩掉了一地。

“批判，嘿嘿，只是批判！”

“嗯，电脑上的东西……很齐。都懂是什么意思吗？”他的样子，看上去太“慈祥”了，好像没有什么杀伤力，以至于苏小南觉得，这些词从安北城嘴里蹦出来，真的没有半点不正经的意思。

“是吗？”她装傻，干笑，“我不认识日文，当然，也不认识英文。”

“没事，我翻译给你听。”安北城还是一本正经。苏小南好想死，一张脸红得滴血：“安北城，别念了！做戏做全套，你不想被老张发现，原来我俩是在看片吧？”

“没事，他不懂批判。”

“……”

苏小南服气了！看安北城不动声色的样子，又有点儿气恨：“大爷，拜托你赶紧关掉吧，都放二十分钟了——你不用这么虚荣吧，害怕别人不知道你战斗力很强？”

安北城身体一僵：“老太太等着抱孙子，爷得努力。”

努力看片——就能为老太太生孙子？

这策略也就能哄哄“隔壁老张”那种六十年代的传统界人士了。

“是啊，老太太急着抱孙子呢，我们瞒得了几天？人家又不傻！”

安北城看一眼苏小南心急火燎涨红脸的表情，默默关掉视频，眸底掠起一丝邪气：“好，我们不看了。”

苏小南松了一口气，好像得到皇帝的赦免，可还来不及高兴，就听见安北城又补充：“不看，只做。”

啊呸！

说好的禁欲系高冷男神呢？

说好的合约期间不能违反纪律和条约精神呢？

说好的只卖艺不卖身呢？

说好的只合作工作，不合作身体呢？

这厮简直不要脸啊！

所以，她必须比他更、加、不、要、脸！

“好，我就勉为其难……舍己奉公了。”

安北城目光略沉，一只手揽住苏小南的肩膀：“你确定？”

他身体滚烫的热量，酥软了苏小南的神经。隔着夏天的薄衣布料，这样紧紧地贴着，她几乎可以感觉到他衣服下硬邦邦的肌肉，还有那一股子淡淡的男人香。

苏小南腿脚莫名有点软，但她争气，没有丢掉阵地。

“道德沦丧啊，安北城！信不信姑奶奶揍你？”

对于她简单粗暴的语言，安北城没有吃惊，一个字说得很轻：“信。”

哪里有这样的？不好玩了。

苏小南哼了一声，却见他眸子一暗，一脸孤傲与不屑：“然而，你只会自取其辱。”

这嘴也太毒了！

苏小南恨得牙根儿痒痒，却似笑非笑地翘着嘴角，一脸崇拜地看着他：“是吗？安公子、安将军、安大总裁、安鱼塘主……不比画比画，你又怎么知道——最毒女人心？”

“心”字未落，她一个侧勾拳就冲他而去。

砰一声，拳头落下，却砸在茶几上。安北城纹丝不动地后仰着身体，攥着她的拳头，安慰地拍了拍，面无表情地缓缓起身，居高临下地俯视着她：“小丫头，花拳绣腿收起来，不要丢爷的人。”

说完安北城丢开她的手，转身大步离开，整个过程半丝浮夸的动作都没有，却完美碾压苏小南的武力值，并轻描淡写地扫入了垃圾堆。

“有本事别走！女人心你都还没有尝过呢，怎么走了？”

苏小南在他背后阴阴一笑，像一只灵巧的猴子，突然用力往前一跃，直接爬到了他的背上，一双手钳子似的抱紧他的脖子，两条腿狠狠夹住他的腰，得意地嚷嚷：“来啊，来啊，收拾我啊！”

“下来！”安北城扯她的手。

“你求我啊！”苏小南得寸进尺，勒得更紧。

“苏、小、南！”安北城压低嗓子。

“叫声姑奶奶来听，我就——啊——啊——”

办公室里冷不丁传来一阵杀猪般的喊声，像加了扩音器似的，连拥有着超高隔音效果的隔音墙都 hold 不住，可见里面的人到底经受了多么严重的“暴力袭击”和“非人虐待”……

办公室门外，楼道下方。

刚刚过来北邸的伍少野和雷荆山两个人默默看了一眼噔噔下楼的老张，然后不解地抬头看向站在楼道中间的吴越。

里头乒乒乓乓，声音一直不断。

雷荆山惊愕：“这怎么回事？”

“嘘！小声点。”吴越微眯着狭长的桃花眼，“战况激烈，别吵吵！”

雷荆山一怔：“打起来了？要不要劝一劝？”

伍少野笑了：“大熊，你不会真不懂吧？”

雷荆山愣了足足有好几秒的时间，好像才反应过来，不好意思地搔了搔头："我去大厅里坐坐，待会儿再来。"

吴越挑一下眉头，看着他的背影，嘴里啧啧有声："野狼，你说这哥们儿不会真是处吧？"

"那有什么稀奇。"伍少野帅气逼人的脸上带着若有似无的邪笑，"我还是处呢。"

吴越一愣，用最短的时间收住笑容，朝伍少野竖起一个中指："我给你 101 分，比咱们老大还多一分，那不是为了让你骄傲，而是让你赶紧滚蛋！"

伍少野怎么可能滚蛋？他慢悠悠上了楼，在办公室外面大空间的休息室沙发上坐下来，悠闲地点上一根烟，以一种看弱智的眼神笑着扫向吴越："吴老怪，不要用你龌龊的思想去衡量老大的热情，当然，还有分数。"

"你懂个屁！"吴越在他对面的沙发上坐下来，一脸鄙视，"哥哥吃的盐，比你吃的米还多。"

"说了，小爷我还没有吃过米。"

"我信了你的邪，真的，那小钢炮都锈了吧？"

伍少野邪气一笑："行行行，算哥哥你经验丰富，身经百战。那你说说呗，咱老大从前万花都不沾，这怎么就独爱一枝梅了？"

"梅？"吴越望一眼办公室的门，"咱嫂子这样的，是梅吗？荆棘吧。"

"甭管她是啥，说结果。"

"好，小爷就免费给你送点干货。"吴越微眯起眼，低头点烟，那烟雾袅袅中的俊脸，带着一种意味深长的笑，"男人睡女人，得找有味儿的，不是什么萝卜白菜，能啃就啃，那只会败了胃口……"

伍少野冷冷一哼："少扯这些，说老大。"

吴越分析："真正有劲儿的女人，不一定有多好看，有多凸多翘，而是要能勾人。能吸引男人的身体本能，才叫勾人，懂吗？换句话说，就是一看到她，你就想睡她，哪哪儿的细胞都在叫喊着要她，就这么简单。"

伍少野哧了一声："有理论依据吗？"

"必须的！"吴越指了指自个儿的脑袋，"科学家早就论证过了，男人在女人的问题上，思考力的来源从来就只有一点……”他手指下移，一指，“用这里在拼搏和思考。”

伍少野奚落道：“老司机啊！”

吴越继续笑：“那是。我和你在知识上的差异，大概也就一个世纪那么远。出去千万不要说是我弟，跌份儿。”

“滚！”伍少野剜他，“别学得跟老爸一样淫荡。”

吴越掏出手机，严肃脸拉仇恨：“喂，吴老头吗，你儿子说你淫荡。”

两张一模一样的脸，这样闹腾起来，回声阵阵，听得雷荆山头疼。他想也没想，声如洪钟地吼了出去：“二位小爷别闹了，还能不能让老大安安静静地做一次了？”

安静了！真的安静了！

吴越和伍少野齐刷刷回头看他，没有说话，可脸上就只有一种表情。

“想不到你是这样的雷荆山。”

办公室的热情燃烧了整个北邸，可半个小时后，苏小南却坐上了前往景城的汽车。

她红着脸想：如果没有那个突如其来的电话，她和安北城打着打着，究竟会不会在岛国片的诱惑下干出点什么不符合革命精神的事情？

没有答案。

不得不说，安北城对她有着一种本能的吸引力，他身上强烈燃烧的雄性荷尔蒙，总是让她心跳加速，情不自禁往不健康的事情上想，但她不觉得丢脸，毕竟他太出类拔萃了，任何女人为他疯狂都正常，她也只是一个普通女人。

“在想什么？”安北城半眯着眼看过来。

苏小南干笑一声，表情镇定：“我在想，你是不是有病啊。”

先前他俩正在办公室打得火热，突然就来电话了。郁闷的是，她都做好失身的准备了，安北城居然可以控制住自己，就像什么都没有发生过一样，拎着她回房换衣服出门。

这不科学，更不符合男人的生理特征和动物本能。

所以，苏小南严重怀疑安北城有病。

当然肯定不会是生理上的，毕竟他都有反应了——

难道……他有什么不可告人的隐疾？

苏小南激灵一下，偷偷观察他的侧面轮廓：“难道我猜对了，你真的……”

“我有病。”安北城回答得很诚恳，还狠狠扣住她的一只手腕，“月圆之夜，必吸人血。”

苏小南翻了个白眼：“流氓！人家‘大姨妈’总是月圆之夜来的。”

安北城的脸刷地黑了：“丁寅，速度点！”

“是！”丁寅憋住笑，加快车速，径直下了北邸的盘山公路，往景城方向开去。

自始至终，安北城没说去哪里。

苏小南看他久久不说话，又有点坐不住了：“喂，咱们上哪儿啊？你该不会把我拉去卖了吧？”

安北城视线一斜，懒洋洋地哼了一声：“你值不了几个钱。”

苏小南眉头挑高：“好吧，我不值钱，那请问身娇体贵价格逆天的安公子，我们这是去做什么？”

安北城默了一下，脸色略沉：“将军巷十八号！”

将军巷十八号，终于在苏小南面前揭开了它神秘的面纱。

汽车停下，她隔着车窗望去，惊讶不已。原来它古朴的外表下，有这么一个奢华的内在。她曾经从外面看过无数次，可现在才知道里面别有洞天。占地面积太大了，整体布局太宽敞了，在景城这样吃人猛虎似的房价下，城中间有这样一处仿古建筑的住宅，简直是土豪中的战斗机。

“到了！”

安北城下车，很有绅士风度地为苏小南拉开车门，将温暖的大手递给她：“来。”

苏小南拘谨着身体下车，踩着十三厘米的高跟鞋，一扭一扭的，觉得自己像一个演舞台剧的蹩脚演员，用着一流的道具，使着三流的演技，去赴上流的宴席，做下流的小丑……

“哎哟！”鞋太高，她的脚突然崴向一边。

一个火热坚实的胸膛稳稳地接住了她：“这么大了，走路都不会？！”安北城埋怨完她的不小心，一只大手却紧紧扶住了她。

“谢谢！我这是第一次穿高于五厘米的鞋，我尽力了！”她低骂着，收敛心神，扬出一脸的笑，就当自己是一只即将上场表演的红屁股大猴子，任由安北城牵着手往前走。

他半环住她，低头在她额角一吻：“乖。”

苏小南一怔。

这热情……也燃烧得太鬼畜了吧？

什么病啊，不定时、不定期地发作？

不等她在发蒙的状态中考虑好要不要“热情”回应一下，背后就传来一个女人冷冰冰的声音：“终于舍得回来了？”

苏小南眼皮直跳。

这就是安北城的妈尤明美？一副贵夫人的派头，不冷不热的目光像在打量前来要饭的乞丐，高冷的表情与安北城有着高度一致——高不可攀，俯视一切。

果然亲生的。

苏小南默念着来之前做好的“功课”，从丁寅手里接过那些大大小小的礼物袋，腻笑着一张动态感十足的鬼妆脸，扭着屁股递上去。

“这是尤阿姨吧？呵呵呵，您好您好，我是陆止，您可以叫我小陆的。您看，我就这么来了，也不知道您喜欢什么，就随便带了点儿东西——这是 Bvlgari 的香水，哦哦，还有这个，Prada 的包，喏喏，还有这个，D&G，代表着万种风情的性感浪漫——”

为了符合陆止一贯的高调风格，苏小南像个奢侈品推销员似的，满脸堆笑。可尤明美板着生冷的脸，没给她半点好脸色：“人来就好，带什么东西。”

她客气地说完，一转头就看向身边低着头、保姆似的中年女人：“陈妈，把东西收着。中秋节你不是要回乡下吗，带回去给你女儿吧。”

苏小南热脸贴了个冷屁股，怄得血气直翻——当然，并不是为了尤明美对她的态度，而是觉得这么贵的东西，不要就还给她啊，想她可怜得根本就没有用过啊！

“安北城——”苏小南狠狠掐男人的胳膊，低声说，“回头你再给我买一套补上，安抚一下我受伤的心灵好不好，这一万点的暴击伤害哦！”

安北城斜瞥她一眼：“好。”

苏小南又雀跃了：“哈哈哈哈——”

不待她笑完，却听他补充：“你付钱。”

“要不要这么小气？我们是夫妻，夫妻懂不懂？”

“嗯。所以你付钱。”

“你这是耍流氓！”

听着背后两个人的嘀咕声，尤明美脚一停，回头厉目扫来。苏小南耸耸肩膀，冲她扮了一个鬼脸：“尤阿姨，我间歇性精神分裂症，您千万别在意啊！”

安北城面色一沉，赶紧打圆场：“妈，她中文不好，一知半解。”

尤明美眉梢一挑，哼了一声，那绝美的脸、挺起的胸、贵气的走姿、居高临下的态度，让苏小南连害怕她的心思都没有了。

反正她也不是安北城的谁，她迷恋他美好的肉体，但还没有爱上他邪恶的灵魂，只要一年任务期结束，去他的安家，滚他的陆家……

“倚秋，你怎么出来了？”

尤明美突然带笑的声音，让苏小南条件反射地看了过去。

琉璃瓦，红木门，一个亭亭玉立的女孩子——那个叫倚秋的女孩子。

她穿着白色印花长裙，不是纯粹的汉服，式样简单，却有汉服的飘逸与温雅；盘扣的领口，垂下松松的麻花辫，轻轻搭在她饱满的胸前，生动得好像一个从古代穿越过来的美人儿，与将军巷十八号的建筑风格浑然一体……就好像，她才是这里的女主人。

“安公子好。”桂倚秋温温柔柔地冲安北城点点头，没表现得太过热络，也不会让人觉得失礼。招呼完，她识趣地掉头扶住了尤明美：“老师，人齐了，可以开饭了。”

看她和尤明美亲近得好像母女似的，苏小南猜不透她们的关系，只能心情酸爽地跟着安北城赴这一场鸿门宴。

将军巷十八号无愧它的赫赫威名，院子很大，房子很多，四通八达处处宽敞。可除了左边有一幢现代风极强的小楼，其余全是仿古建筑。让苏小南没有想到的是，除了有“楼中楼”，还有“院中院”，院中有天井，天井的四周有楼亭、屋舍，很精致的亭院……

苏小南在景城住了这么多年，从没有想过居然还有现代人居住在这样的地方，也没有想过，景城还有这种堪比古代王府的建筑。而她一不小心闯入了这个时代的金字塔顶端，还是以这样一种灰姑娘的身份，虽然穿上了水晶鞋，可她晓得自己几斤几两——撑死了，她也变不成公主。

“这房子是我家祖屋。”安北城就像看透了她的想法。

“哦！”苏小南恍然大悟，“你祖宗也是‘壕’。”

“走吧，吃鸿门宴！”

荷塘边的亭中，有一间全玻璃的餐厅。前来做客的桂倚秋在张罗饭菜，苏小南这个“儿媳”却只能袖手旁观。这第一个回合，她觉得自己已经被PK下去了。

“第一次做川菜，大家别笑话。”桂倚秋将一盘热气腾腾的藤椒水煮鱼放在桌上，摸了摸耳朵，那微笑的面孔，那系着围裙的温柔模样，又乖巧，又显得很好驯养。

“倚秋，快来坐。”尤明美对她很热情，“不等那浑小子，我们开饭。”

安北城目光一凉：“还有谁来？”

尤明美看他一眼：“小启啊！我到景城来，你奶奶千叮咛万嘱咐，要我看着你，也要多照顾小启。小启这孩子也是怪可怜的，妈没了，爹也不管他……”

苏小南微微一惊。

陆启的妈，什么时候没了？

震惊中，她想到了那年夏天。

球场上，恣意挥洒着汗水的少年，神采飞扬地拿着一壶水说：“我妈泡的，特止渴。小爷赏你一口，要不要？”

“不稀罕！”十五岁的苏小南说，“我妈泡的薄荷水才好喝，解渴！”

“得了吧，小南瓜，回头等你见着我妈，你就知道妈和妈之间的区别了，嘿嘿。”少年眉头一挑，灿烂的眸子里似有星光跳跃，“不过嘛，要见我妈可不容易，除非你做她的……儿媳妇。”

苏小南心脏怦地一跳，猛地低下头，喝了一小口桂小姐泡的花茶，只听着，不吭声。尤明美也不知是想到自己的境遇，还是替安宜不值，突然加重了语气：“小启原来多好的一个家啊，硬是被那不要脸的狐狸精破坏了，结果狐狸精没死，你姑姑倒先去了，这叫什么事啊！”

尤明美那眼风剜向苏小南，像是恨不得把狐狸精的女儿一刀秒杀了。

没错，那个狐狸精——指的是陆止的妈。

苏小南并不是陆止，按说尤明美骂陆止的妈，和她没啥关系，她心里却不是滋味。因为她和安蓓蓓、陆止都一样是私生女。

她们三个人，其实有一个共同的特点——父亲不是寻常的男人，或有钱，或有权，或有势。这些男人的一生，注定会有各种纠缠不清的女人。出轨、私生子，这种事在他们的阶层里，根本就不是事。或者说，这是上层男人的标配。

所以，她们也有一个共有的称号——私二代。

私二代不像官二代、富二代，他们大多数没有名分，却可以过上比普通人家的孩子更为优渥的生活，却一辈子摆脱不了私生子女的“耻辱”身份。当然，运气好点能像安蓓蓓一样，被安家认回去，做名正言顺的大小姐；运气差点就像陆止，虽然不被陆家承认，但她父亲还算爱她，把她送到国外，给了她优质的物质条件和教育资源。而苏小南是属于极度倒霉的那种，没有名分，没有钱，父亲还是一个极品渣男。

“太太——”一个端着果盘的中年女人匆匆过来，紧张地看一眼尤明美，“有客人来了。”

“是小启？”

“是蓓蓓小姐和她的男朋友……”

哦天！苏小南的心脏刹那悬了起来。

这些人都凑到一堆，真的不会发生世界大战吗？那两个人可都是认识她的老熟人啊！这一刻，她只能寄希望于尤明美，希望她像大户人家的大夫人一样，直接拒绝“庶女”登门。然而，尤明美虽然满脸不高兴，还得顾全大局。

“知道了。陈妈，去添碗筷。”

完了完了！如果当场被拆穿身份，怎么收场？

苏小南紧张地在桌子底下蹭安北城的腿。

“嗯？”安北城偏头，“怎么了？”

苏小南暗自磨牙，这大爷难道就没有紧张的时候？不对！他今儿给她整了这样一个宇宙级雷人的时尚造型，一脸鬼妆，这头发、这衣服、这妆容……估计她老妈来了，也不敢肯定她就是苏小南吧。

亚洲四大邪术啊！堪比易容！

苏小南稍稍定了定心，冲安北城莞尔一笑：“没事，脚痒，借你一条腿擦了擦。”

“……”

她声音不小，一桌人都听见了，瞬间冷场。于是，踩着高跟鞋进来的安蓓蓓小姐来得正是时候，适时地缓解了气氛。

“妈！哟，哥哥嫂嫂也在呢。”

打眼一望，她火红的头发像只火鸡，与今儿的苏小南撞在一起，简直是一对潮人。不过，她那一声“妈”喊得虽然顺溜，却没有得到尤明美热情的回应：“来了？坐吧。”

安蓓蓓像是习惯了，在尤明美身边坐下，突然发现霍天奇没动弹，怔了一下，顺着霍天奇的视线望过去，就看见了安北城身边的苏小南。

“她，她是……这是……怎么回事？”安蓓蓓脸色一变，见鬼似的站了起来，一副撞了邪的样子盯着苏小南，嘴唇发白。

“你在胡言乱语什么？没规矩。”尤明美生气地呵斥，“这是你二嫂，不懂礼数，还不会招呼人？！”

安蓓蓓半信半疑：“二嫂？你不是那个苏……”

一只手搭在了她的肩膀上，霍天奇把她按坐下来，腼腆地喊了一声“阿姨”“二哥”“二嫂”，又捏了捏安蓓蓓的肩膀，温声说：“蓓蓓，只是有点像，不要想太多，嗯？”

“不，太像了……”

“像什么？”尤明美好奇心也上来了。

“像一个人……”

“像谁？”

不待安蓓蓓开口，安北城突然黑了脸：“小止回国不到一个月，你怎么会认识？”

安蓓蓓一向怕他，吓得不敢吭声了。

安北城冷冷一哼：“往后少在外面疯，真是疯得姓什么都不知道了。”

姓什么都不知道了？安蓓蓓当然姓安。

可安北城的话，从另一个角度也可以理解为……在威胁她吗？

“二哥说得是。”霍天奇笑着接过话，对尤明美解释，“阿姨，是这样的，前不久蓓蓓的一个好朋友过世了，蓓蓓伤心了好久，这不，看见二嫂和她的好朋友长得有点像，勾起了伤心事。”

尤明美听得莫名其妙，脸色难看地搁了筷子：“好好一顿饭，倚秋辛苦老半天，本来大家挺高兴，你这倒好，一来就哭丧着脸，心情都被搞没了。”

一直没有吭声的桂倚秋当即红着脸道：“没事没事，老师，我不辛苦。哦对了，厨房烧着汤，我去看看啊。”

她是个聪明的姑娘，人家的家务事肯定不想外人掺和，于是寻了借口就去了厨房。

尤明美看着她的背影，叹了一口气。

这姑娘太懂事了，稍稍提点一下，她就知道怎么做。不仅人长得好，脾性也好，而那个陆止，不管她怎么装腔作势，那双眼睛都骗不了人。尤明美这把年纪识人无数，一看就知道那不是一个好对付的姑娘，也根本就不会让着她的儿子。这样的女人娶回家来，不是给自个儿添堵吗？

“城子，妈和你商量个事儿。”

安北城冷冷嗯一声：“说。”

这态度……苏小南都差一点噎着，而尤明美却习以为常：“倚秋研究生毕业了，正在找实习单位，我觉得你那儿不错。”

安北城不冷不热地回应："人事上的事，我从来不过问。"

"我就是提前跟你打个招呼。"尤明美笑说，"我知道你用人挑剔。你放心，倚秋好几篇学术论文在国际上都获过奖，校长也极力推荐她，不会丢你的脸。我告诉你也不是让你走后门，是倚秋这孩子性子软，我怕她到了你那儿会受人欺负，让你多照看她一点儿。"

这是托孤吗，还是在给安北城塞女人？

苏小南总算晓得了。这个桂倚秋是某医学院的研究生，而安北城的妈妈曾经是那医学院的副院长、桂倚秋的研究生导师。怪不得一口一个"老师"。

苏小南咬着菜帮子，眸子里带了点坏坏的笑，黏黏糊糊地望着安北城。

安北城眼皮一跳，却不看她："饭桌上，不谈工作。"

"行行行，大家吃菜，吃菜……"

有了这么一个小插曲，这顿家常饭的气氛就不同了，就连安蓓蓓这种性格大条的人，都发现了尤明美中意桂倚秋做儿媳的想法，又何况别人？苏小南懒得掺和，也不太在意。反倒是霍天奇偷偷看她好几次，那眼神看不出来是什么意思，但对苏小南来说，他已经成了"过去式"，不管他有没有认出她，她都提不起半点兴趣了。

晚饭后，苏小南和安北城被留了下来。以前安北城也时常住在这里，所以这里有他的日常生活用品。

他居住的地方是一幢楼中楼，虽然都在十八号大院内，但和尤明美居住的房子还是隔有一段距离，独门独院，没有勤务人员，很安静。

"哎呀我的妈，终于解放了！"一回到楼上的房间，苏小南就脱下高跟鞋往地板上一甩，四脚朝天地仰躺在沙发上，"安北城，你有没有考虑换一个老婆啊？"

安北城视线在她脸上巡木一圈，挽了挽袖口，坐在她的旁边："你想换？"

"想啊，那是必须想！"苏小南累得一动不想动，"这深宅大院似的旧社会家庭，吓得本姑奶奶内心的小怪兽都快要暴走了……唉，真是度日如年。”

说到这里，她像是想到什么，激灵一下坐起来，一只手腕摁在安北城的肩膀上，好哥们儿似的睨着他：“对了，你老娘要住多久？”

安北城没有挪开她的手，斜着眼看她：“这才第一天。”

意思是，往后有的受？苏小南差点从沙发上跳起来：“意思是我还得和她住在一起很久？”

安北城目光幽冷地盯着她：“她是我妈。”

“是啊，是你妈，又不是我妈。”苏小南想不出除了任务之外，她和安北城的妈还能有什么交集，“安北城，你想过没有，我们的合约，只有一年——”

“陆止！”安北城冷冰冰地打断了她。

熟悉却不习惯的名字，让苏小南立马闭上了嘴。

安北城慢慢站起身走到门口，一动不动地倾听好久，然后才慢慢拉开房门走出去，往外望了一眼，关上门又停留好久，才坐回她的身边：“你还没有进入工作状态？”

他严厉的语气和冷肃的表情，让苏小南莫名其妙：“这是工作吗？这是生活。”

“生活就是工作。”

我去！强词夺理啊？这里是将军巷十八号，是在他家里，用得着这么小题大做吗？在北邸，安北城对她可没有这么严苛，为什么吃了顿饭，他就对她严苛了？

“噢，我懂了。”她两只手撑着沙发，上上下下打量安北城，“你是不是看上那个小妖精了？喜新厌旧啊你！”

“什么小妖精。”安北城又是好气又是头疼，“严肃点！”

“呵，我叫她小妖精，惹着你了？”

苏小南也不知道哪根神经突然就不对了，想到尤明美的冷眼和高冷姿态，她就躁得慌。

“安北城，你和你老妈真是一个德行，冷漠无情，还不可一世。你们这种人，就喜欢那种兔子似的温驯女人对吧？我还就告诉你了，其实越是这种人，越是一肚子坏水，懂吗？亲，只要是个活人，哪有没脾气的？凡事往心里搁的人，一旦犯起狠来，天王老子都拦不住……”

她越说越来劲儿，安北城的脸却越来越黑，不耐烦地一把扼住她的下巴，用只有她才能听见的声音冷冷道：“苏小南同志，牢记身份，不要无理取闹！”

“我无理取闹？！”苏小南气得牙根发痒。

想到她好端端一个清爽干练的文艺女青年被安北城折腾成了这人不人鬼不鬼的样子，还在他老娘那里吃了一顿排头，她就没了好脾气，“安北城，什么狗屁任务，其实是你的障眼法吧？找一个不能睡的合同老婆回来，就为了掩盖你不能人道的真相，对不对？”

“闭嘴！”安北城目光里全是警告。

“生气了？”苏小南扯了扯衣裳，向他投去一道意味深长的目光，“说来你确实也不像不行的人，毕竟长得这么爷们儿嘛。我也很意外，到底是什么样的阴影，让你失去了……”

“苏小南——”他眼睛半眯，狠拍桌子，“老子让你闭嘴！”

苏小南哼了一声，不怀好意地笑着，扫一眼他的下腹：“恼羞成怒了？好吧，要我闭嘴也可以，不过你得答应我一个条件。”

“……”安北城不知道怎么和女人讲道理，一把将她扯过来，用一只胳膊将她紧束在怀里，大巴掌捋开她垂落在腮边的头发，深深望定她，怒极反笑，“你到底要怎样？”

苏小南本就是火爆脾气，忍辱负重几个小时了，这会儿恨不得瞪眼珠子，可想想任务，又不好跟他彻底搞僵，于是缓和了语气：“安北城，其实我这个人很好哄的。”

“我为什么要哄你？”

他不冷不热的样子，气得苏小南直咬牙。

“因为你得罪我了，革命同志！我们又不是真正的夫妻，你和你那个妈，平白无故地践踏了我的尊严，难道就这么算了？”

“说吧，你想要什么？”

安北城声音一如既往地冷漠，可这话苏小南爱听。她换脸似的变了表情，妩媚的小眼神在他身上胡乱地放着电，不怀好意地笑着要求："我只要一件……你有，而我没有的。"

什么东西是他有，她没有的？苏小南觉得这样邪恶的暗示已经很明显了，足可以撩一下这个高冷男的神经。然而，安北城面无表情地审视着她，竟若有所悟地点了点头。

"好，你等着！"

他冷静地起身，走到保险柜前，输入一组密码。

苏小南张大了嘴巴。

我去！土豪如果又拿钱来砸她，她接，还是不接？

她还在做梦，安北城就回来了，一根修长的指头上钩着一条细细的链子，看不出什么材质，却很别致精巧。

"这是什么？"她疑惑道。

安北城端详她片刻，没有把链子戴在她的脖子上，而是低头，轻轻抬起她粉嫩的脚丫子，在她惊诧的目光中，咔一声扣了上去："这是我有，而你没有的。"

"不是吧？一条破链子就完了？"苏小南跷着脚丫子，左看看，右瞅瞅，摆了各种脚型，链子除了长得好看，没什么特别的地方："这玩意儿，不值钱吧？"

直言不讳说钱，这就是苏小南。

安北城挑一下眉梢，就站在床头看她摆弄脚和链子，并没有露出半点嫌弃她庸俗的情绪，或者说，他脸上从来就没有什么表情。但苏小南随意一瞥，还是在不经意间扫到他身体的反应。

"啧……"看着他雄赳赳撑高的裤子，苏小南又看看自己的脚，"安北城，你喜欢我的脚？"

安北城脸一黑，转身去拿烟。

苏小南恍然大悟地脑洞大开："特殊嗜好！"

她不肯放过他，脚丫子抬起勾他："怪不得送我一条脚链子。喂，安北城，你这些怪癖是怎样养成的？说说看嘛，别不好意思，我是一个纯洁善良又耐心的好听众，会守口如瓶的！"

这货逗他的时候，特别来劲儿，而且，每次看他露出一点异于平常的表情，她就像完成了一个伟大的任务，特别有成就感。

“我是正常男人。”安北城嗓子有点哑，疑似解释，却也没有回避有生理反应的事实，淡定地整理了一下睡裤，“睡了。”

这岁数的男人，正是龙精虎猛的时候，他一直憋着，哪里受得住撩。苏小南观望一瞬，便利索地爬起来，像只小野猫似的，一张放大版的脸出现在他面前，嬉皮笑脸道：“哎，要不我行行好，帮帮你？”

安北城给她一个冷眼：“我负不起责。”

苏小南想到了一年之约。他是不是以为如果跟她发生点什么，她就会借由这个事情顺竿子往上爬，缠住他不放？ 呵呵！她可以说看不上他家吗？当然不能。

她偏着头，媚眼乱飞，以陆止式的嗲声嗲气道：“哎呀，我的爷，怎么这样说嘛。我就一个要求而已……”

安北城拍开她的手：“睡！”

苏小南看着自己可怜的手，欲哭无泪：“我只是想睡床！”

安北城合上眼，躺了下去：“沙发软。”

看他一副大爷的模样，苏小南恨恨不已：“您就不能怜香惜玉一次？”

“可以，但一次已经过了。”他看着她脚上的链子，目光像一个高高在上的帝王恩赐了她什么价值连城的宝贝似的，“给你的链子不就是？”

“不稀罕！”苏小南飞快地抬起脚踩在床沿上，伸手就去扯，“还给你好了，我宁愿你把怜香惜玉用在睡觉的事情上。”

“……”安北城静静看着她。

她扯啊扯，扯啊扯，可链子的锁扣解不开了。那条链子也特别结实，扣在脚踝上就像生了根，怎么都扯不下来。苏小南看着被扯得通红的脚踝，大黑眼珠子瞪着他：“安北城，你给我弄下来！我又不是狗，套什么链子。赶紧的！看着就来气。”

“你确定要取？”

“非常确定。”苏小南急眼了，强迫症发作似的拼命扯链子，“快点啦！什么破链子，怎么扯不断？”

“它有名字的。”

“我管它，就是一条破链子。”

“它叫……”

“关我屁事！”

“不叫关我屁事，叫‘锁凤囚鸾’，原本是一对，价值八千五百万。你脚上这条是囚鸾——”

“啊！”苏小南呆住了。

锁凤囚鸾什么鬼，她不关心，她就关心那个价值“八千五百万”。

他说的是钱，还是草纸啊?

可万一是真的呢?毕竟人家是安公子。

她一颗心怦怦乱跳，在确定安北城没有开玩笑之后，再一次低头打量了一遍那条脚链子，又哼了一声：“把我当三岁小孩是吧?以为我那么好骗?安北城，快点给我取！”

“取不了！”安北城冷冷看她，“套上去，就取不下来了，除非——”

“除非什么?”

“把脚锯了。”

苏小南不肯相信会有这么邪门的东西。但那条脚链虽然很细，贴在肌肤上也很舒服，却坚韧得很，不管她用多大的力，不管她怎么扯，都没有要断裂的意思。可若这真是一条价值八千五百万的链子，而且戴上去就取不下来，他怎么会舍得送给她?这不科学。

“安北城，你到底存的什么心思?”

安北城眉梢微扬：“丈夫的义务。”

“这义务也太……敞亮了！”苏小南不信，“我咋觉得另有玄机呢。”

看她愤愤的样子，安北城若有所思：“你的脚好看。这链子配。”

好吧，脚好看，苏小南自己也承认。难道他刚才看到她的脚，突然就动了凡心，那心理障碍也治愈了?嗯，这个理由她马马虎虎可以接受。

于是，她斜眼看他：“你说这链子是一对，那……还有一条锁凤呢?”

安北城漫不经心地回答：“拴在炮炮身上。”

炮炮?那条狗?苏小南绝倒。用了一个晚上她才终于相信这个残酷的事实——她的脚上真的拴了一条狗链子，哦不对，是一条价值八千五百万人民币的狗链子。

第二天的早餐是尤明美吩咐厨房做的，虽然不是出自桂倚秋之手，还是一样丰盛。当然，尤明美也没安家老祖宗那么变态，菜式丰富，营养可口，却没有滋阴壮阳这些变态补品的出现。

苏小南很满意。

可不论尤明美做什么，好像安北城都没反应。

正如不管安北城做什么，尤明美都不满意一样。

在苏小南看来，这对母子的关系与大多数家庭一样，一个是恨不得把儿子的吃穿住行都大包大揽的母亲，一个是早就脱离了寄生母体讨厌捆绑式管束的儿子。

就这么简单。

可换成她，就该高兴了。她的生活从来没有父亲这个角色，她老妈整天起早贪黑地干活赚钱养家，脾气还不好，动不动就负能量爆棚，哪里来这么精心的饲养。

人都是缺什么，才知道什么珍贵啊！

“二哥、二嫂，早！”

安蓓蓓的声音，带着一点儿宿醉的疲惫。

苏小南心里一凉，侧脸望过去。

楼道上，安蓓蓓和霍天奇并排走过来，安蓓蓓的手亲热地挽在霍天奇的胳膊弯里，一副占有欲十足的样子，但脸色苍白，有点打蔫。

不管苏小南对霍天奇的感情怎么样，毕竟他们谈了两年恋爱，哪怕以陆止的身份面对，她还是不太自在。旧事旧人在前，总是让人心烦，尤其霍天奇端粥的那只手腕上还戴着那只表，那只苏小南节约了好久才送给他的生日礼物，也是他们相处以来，她唯一送的一件礼物。

“吃完了？”安北城不冷不热的声音，拉回了苏小南的神思。

她偏头对上了安北城的脸，一张美得让人绝望也冷得让人绝望的脸。

忍住快被他冻成冰的寒意，苏小南轻笑：“吃饱了呢，你要去部队了？”

安北城起身："回房！"

看他脸色不太好看，苏小南乖乖哦一声，拉开椅子准备离开，霍天奇却在这个时候突然开口："二嫂，有件事想请教你，不知道方不方便？"

苏小南的神经刹那紧绷了起来。

她撩了撩波浪卷的头发，邪邪一笑："妹夫有什么事？说呗。"

一声妹夫，让霍天奇脸上有些尴尬。他和安蓓蓓还没有正式结婚呢，而且，安家除了尤明美恨不得安蓓蓓早点嫁出去之外，其他人对他们的恋情并不看好，尤其出了"车震门"，老头子第一个就反对了。昨天晚上安蓓蓓还因此拉着他出去喝酒，大醉了一场。

他站起来，礼貌地笑道："是这样的，听说二嫂在国外念的是金融专业，刚好蓓蓓最近也在自修，想请教一下二嫂。"

苏小南笑盈盈眨一下眼："不好意思啊妹夫，在国外学金融的时候，我都和金发碧眼的帅哥去研究人类繁衍的问题了，可能帮不了你们。"

这话说得安北城的脸一下就黑了。

霍天奇愣了愣，笑得有点尴尬："没事没事，二嫂客气了。"

刚刚下楼的尤明美正好听见他们的对话，气得脸都青了："大清早的，都不能说点好的？"

听到她压着怒火的声音，几个人都噤了声。

尤明美冷哼一声，又扫他们一眼："你们几个都在，我说一下，这周末，我请了些老朋友过来聚餐，人也不多，就两三桌，也不用办得太铺张。最近我有点头疼，这件事，就交给陆止和蓓蓓安排了。"

对名门世家的女人来说，下不得厨房没事，肯定得能上厅堂。那么安排宴席也是考验能力的一种。可安蓓蓓是半路出家的名门小姐，而苏小南嘛顶多算一个打酱油的，她从来没有参加过土豪们的私人 party，哪知道怎么准备。

默默跟着安北城回房，看他进浴室洗完澡，换身衣服就要走，她着急了。

"喂，安北城——"她冲过去一把从背后抱住他的腰，娇憨地装乖，"你就这样走了啊？"

安北城低头看着她扣在腰上的白嫩小手："有事求我？"

苏小南低低一笑："也，也没什么事啦。"

"那就好。"安北城解开她的手，将帽子往头上一扣，夹着公文包就要走。

"等一下嘛。"在他推门那一刹，苏小南拦在了他面前。

安北城不耐地挑眉："我赶时间。"

苏小南微垂着头，屈起一根手指头挠了挠他的包，又去扯他的袖子，不好意思地哎了一声："我不是你老婆吗，你怎么就不管管我啊？"

"嗯？"他一脸不解。

苏小南咬了咬下唇："你说我一个女汉子，哪懂什么私人聚会。"

安北城居高临下地俯视着她，把公文包换了个方向，淡淡地问："晚上还抢不抢床？"

还有拿这事威胁人的？这男人也太恶毒了。

看她鼓着腮帮子不动，安北城眼皮微垂："让开，我还有事。"

"行行行。"苏小南咬牙，翻着白眼，"小气，我晚上睡沙发行了吧？"

安北城嗯一声，淡然开口："一会儿我安排人做，你不必管了。"

悬着的心一松，苏小南顿时眉开眼笑："谢谢老公！你太好了。"

那"陆止式娇嗲"，用她软柔的嗓子喊出来，像羽毛似的撩在心尖上，怪怪地发酥，尤其那一声"老公"，听得安北城头皮一麻，像是不忍再看，生生别开了脸。

"我晚点回来。"

只要事情解决了，他回不回来，和苏小南没多大关系。她愉快地挥手做个再见，目送他下了楼，就愉快地关上门，对着镜子描她的眉眼。

这是安北城交给她的功课。

陆止是化妆的高手，苏小南却是新手。

昨儿在 Emma 临时抱佛脚，让大师传授了几招，她这会儿还得继续练习……

安蓓蓓就是这个时候上来的。

冤家上门，苏小南稍稍有一点忐忑，可看安蓓蓓的样子，比她还要紧张。

"二嫂，你真的不是苏小南？"

苏小南好笑地勾了勾唇，从果盘里拿了个梨，慢条斯理地削好递给安蓓蓓，笑得邪里邪气：“妹妹对你那个死去的朋友念念不忘，不会是做了什么亏心事吧？”

安蓓蓓面色一白，竟然没有反驳。

好一会儿，在苏小南咬得嘎嘣脆的声音里，她低头一个人抠着沙发：“是我对不起她——”

这样垂头丧气的安蓓蓓，是苏小南没有见过的。看来人做了坏事，还是过不去心里的坎。

放下梨，苏小南冷笑一声，冷不丁恢复了苏小南的声音：“人死不能复生，你再对不起她，她也不会变鬼回来找你，你这么害怕做什么？”

熟悉的声音，吓得安蓓蓓猛地抬头：“你，你是？”

苏小南斜飞的杏眼娇俏一眨，又换上嗲声：“蓓蓓怎么了？”

安蓓蓓一脸苍白，左右四顾：“你刚才说什么话了？”

“我？”苏小南困惑地愣了愣，“我没说什么啊，哦，我让你吃梨。”

安蓓蓓肩膀一僵，白着脸喃喃自语：“不，我分明听见了苏小南的声音……是她来找我了吗？”

看来麓山国际的火灾事件果然与安蓓蓓有关。苏小南笑着换了个方向，坐到安蓓蓓身边，抚着她的肩膀，笑问：“到底怎么回事？给二嫂说说，说出来，心里就好受了。人哪，有事不能憋在心里，要不早晚憋出病来。”

安蓓蓓显然是受了刺激，嘴唇都在颤：“我，我能告诉你吗？”

那件事哽在她心里，一直落不下去，也安生不了。她人虽骄纵，性子也直，但到底不是大奸大恶的人，根本就无法承受这样的压力。

“说呗，嫂子又不会往外说。”

看了看苏小南熟悉的面孔和鼓励的目光，安蓓蓓突然捂住脸哭得稀里哗啦的。

“那天晚上，我只是生气她抢我的男人，想吓唬她一下。我把卫生间的门锁上，在窗外点了火，想丢进去让她惊叫，然后丢人。那种地方，火是燃不起来的，我就想吓吓她，警察也说了，和我没关系，是煤气泄漏了……”

安蓓蓓一直哽咽着。

“我不想她死的，真的，我不想的，我没那么坏，你信吗？我没那么坏……是她先惹我的。”安蓓蓓像一个寻找救赎的人，急于洗掉这一桩让她放不下的罪孽，“是她把我和天奇的照片发到网络上，让我丢尽了脸，我爸将我大骂了一顿，说再闹就不认我做女儿了。我好不容易才有了一个家，我怕失去……陆止，你是懂我的，对不对？我们这样的人，生出来就被人瞧不起，没有爸爸，受尽冷眼，你知道的，我多想要一个家的。”

苏小南看着这样的安蓓蓓，心里狠狠一窒，瞬间生出一种怪异的宿命感。

她们确实是一种人，是她拍照片的行为，导致了安蓓蓓的报复，也是安蓓蓓的行为，导致了她的“死亡”和“重生”。如果这也算一种缘分的话，她们很有缘。

苏小南眼睛微眯，拍拍安蓓蓓的肩膀：“别哭了，她会原谅你的。”

“会吗？真的会吗？”

苏小南嗯一声，笑得很妖：“我猜会！”

一眨眼，周末到了。

将军巷十八号的花园草坪上，水晶灯闪着华贵的光芒，一群名流太太衣香鬓影穿梭其中，觥筹交错，窃窃私语，好不热闹。草坪上搭有层层花架，架子底下放着各式菜点与酒品。名贵与温馨参半，这布置，低调中透着奢华。

苏小南摸着下巴看着，觉得心甘情愿睡的三天沙发，也算值了，至少没有给她这个“海龟洋小姐”丢人。

今儿安北城单位有事，还没有回来，不过苏小南以为，他也许根本就不喜欢这样的聚会，随便找个借口罢了。

苏小南穿了一套香奈儿的经典款晚礼服，黑色薄纱，露肩，露背，还露了一大片锁骨以下的雪白肌肤，黑礼服的胸前搭配着一朵性感刺绣的妖艳红花，配上她一脸的浓妆，时尚感爆棚，惹得太太小姐们都忍不住多看她几眼。

可尤明美并不给她介绍。

她和安蓓蓓一样，都是尤明美不愿意说出口的人。

反倒是桂倚秋，一套白纱裙子像个仙女，巧笑俏兮跟在尤明美身边，不知道的人，一定以为那个才是安家的儿媳。

苏小南冷眼看着，心道正好省事，便愉快地找了个角落坐下来，开始吃东西。

“喝果汁吗？”安蓓蓓走过来坐在她身边，“我自己榨的。”

“谢谢。”苏小南扫她一眼，“安大小姐返璞归真了啊。”

有了那一天两人的长谈，安蓓蓓在她面前哭过、说过之后，再面对她，似乎已经从容了许多，也不太在意苏小南的明褒暗损了：“这段时间喝酒太多，再喝下去胃就坏了，我也要学学你。”

“学我什么？”

“不喝酒啊。看我哥把你宠得宝贝疙瘩似的。”

宠吗？苏小南微微一笑，不置可否。

如果她知道安北城把她宠得每天睡沙发，不知道会不会吓哭。

苏小南小小地同情了一下自己，无意间瞥见安蓓蓓看着人群焦点中的尤明美和桂倚秋，目光里满是阴郁，不由得耸了耸肩膀：“别太在意。”

“你就不在意吗？”

“我在意什么？”

“她分分钟想让别人取代你。”

“那有什么。”苏小南笑得露出两颗小白牙，“她喜欢哪个不重要，安北城喜欢哪个才重要。管天管地，她未必管得了她儿子和哪个女人睡觉啊。”

“噗！你这破嘴。”

“呵，你刚刚不是说了，你哥宠我啊，我这叫有恃无恐——吃她家的汤水，养自己的膘，我管他血压高不高。”

“喀喀！”安蓓蓓被她逗笑了，刚入口的果汁一下子就呛得喷了出来，不偏不倚，正好喷在苏小南胸前，“啊！二嫂，对不住。”

苏小南低头看那顺着脖子往胸前淌的恶心液体，差点没忍住骂娘。

“真能啊，妹子，你诚心的吧？”

“快去换一下。”

苏小南看一眼草坪上还在亲切交谈的矜贵太太们，好像并没有人注意到她们这边的动静，好不容易压住火，瞪了安蓓蓓一眼，就往楼中楼走去。

上次诚心泼她，这次不是诚心的，也泼她？苏小南扯着裙子，深一脚浅一脚地踩着高跟鞋，正腹诽着安蓓蓓，原本灯火通明的院子突然一黑。

“停电了？”

草坪那边传来一阵长长的叹息。

苏小南观望了下，脱掉高跟鞋准备趁机跑快点，花丛的阴影中却突然闯出一个人来，猛地勒住了她的腰和脖子：“别叫，是我。”

在将军巷十八号戒备森严的院子里遇到袭击，苏小南根本就没有想过有这种可能性。此时喉咙被掐住，她没办法喊叫，身体就被拖入了楼中楼院子的花丛里。

“小南，是你对不对？你还活着，对不对？”一向冷静矜持的霍天奇冲动得像打了鸡血，褪去了温和的外表，像一只野兽似的紧紧搂着她，像是恨不得把她生生勒入自己的骨血。

也许是苏小南的死而复生让他激动了，那亢奋的情绪，完全无法掩饰。

“小南，我就知道，你肯定不会死的，就知道的……”

他圈着她，头垂下来靠在她的肩膀上，一滴温热的眼泪就那么滴入了苏小南的脖子。她微微一怔，趁着他松手的当儿，咬牙切齿地骂：“放开我！霍天奇，你脑子有包吧？”

“小南……”被她骂了，霍天奇却一脸惊喜，一只手顺着她的脸摸了上来，“你知道吗，你出事之后，我和你妈都快急疯了。我这心一直堵着、憋着，能再见到你太好了。小南，你知道你不在了，我有多痛吗？”

咋不去演琼瑶剧呢？

苏小南第一次发现，霍天奇居然有表演才能。

她咬着牙，却扳不开他的手，只好试探地问：“所以呢，你故意断电的？”

霍天奇一愣：“我没有。”顿了下，他又补充，“我看到你过来换衣服，就偷偷跟了上来，就想和你说几句话。小南，我只是太想你，真的好想你……”

苏小南急了眼："滚啦！我不认识什么小南，你爪子放干净点！"

霍天奇怔了怔："你放心，我不会拆穿你的身份，虽然我不知道你为什么会变成陆止，但只要你愿意，我都会为你保守秘密。小南，你可以不原谅我，但你一定要相信我对你的一片真心。"

真心哪个时候不能表，非得选这个时候？

苏小南心绪不宁，总觉得事情不简单。可她越想挣脱，霍天奇越像一个疯子，搂着她的腰就像一只大螃蟹似的，黏上就扯不掉。她本来就穿得清凉，这又搂又扯的，她的晚礼服便滑开了，一大片肌肤就那样暴露在他面前。

霍天奇盯着她，瞳孔微缩，身下紧绷，目光里涌起一片狼变的赤色。他没了理智，此刻只想紧紧抱住这个曾经日思夜想的绵软身体，将自己的思念和渴望全部填满。

"小南……"霍天奇呻吟般低低地唤着她，低下头，急切地要吻她。

苏小南偏开头，拼命抗拒着："霍天奇，你再不放手，我叫人了！"

"你不会叫的。"霍天奇笃定地看着她，一双眼异常发亮，"有那么多客人在，一旦惊动别人，不仅仅是我出丑，还有你和安北城……到时候，我们都收不了场。"

霍天奇很聪明，除了会削尖脑袋钻营进入上流社会之外，他读书时候是学霸，在单位上也是年年优秀，做事从来思路清晰，自己究竟要什么也一直很清楚，从来不会浪费半点资源。可他要的东西都有了，为什么还来缠着她？

看来这王八蛋也真是贱！

苏小南挣脱不了，心里越发紧张、发毛。

"霍天奇，你认错人了，我不是你那个什么小南，我脸皮厚，也从来不怕别人说什么闲话，反倒是你，一会儿把人引过来了，不知道你的蓓蓓小姐会不会原谅你，你还做不做得了安家女婿！？"

"小南，你别生气，我不会做什么的。"霍天奇像是忍得很痛苦，重重喘着粗气，将下巴搭在她的脖子上，双臂紧紧圈着她，根本不管她的拳头打在身上有多重、有多疼，只低低喘着气，"我只想抱抱你，亲亲你，就亲一下，我太想你。”

喃喃低语中，他的样子实在太疯狂：“小南，以前我一直以为我要的是钱、是地位。我需要很多很多钱，我太穷了；我需要很高很高的地位，我太需要得到尊重和肯定。我以为有了那些就会快乐，可你的死让我明白了，其实我这辈子，和你在一起的时候才是最快乐的。哪怕你并不是那么爱我，但我可以爱你，就够了。”

他忍着欲望的呼吸很粗重，轻抚她头发的手却很温柔。

“是我不好，是我把你弄丢了，这一切都是被我亲手摧毁的。小南，我没有办法了，只能继续和安蓓蓓好下去，我演得好辛苦，小南……”

苏小南被他勒得快闭气了。

求救无门，叫喊不行，她双脚蹬在草皮上，突然聚力一蹬，拳头猛地砸向霍天奇的脸：“去死吧！浑蛋！”

霍天奇这个人向来注意自身的发展，这其中也包括对身体的锻炼。所以，他虽然没有受过专业的训练，又哪会挨不住她这一拳？

“小南……”脸被揍了，疼痛的同时也激发了他的兽性。他二话不说，翻身把苏小南死死压在身下，嘴里急切地唤着她的名字，再也控制不住燃烧的欲望，低头就寻找她的唇，“我爱你，小南，我爱你……”

他热血偾张，声音含糊不清，苏小南挣扎着，死死掐住他的脖子。可费力搏斗中，她还没能把霍天奇从身上推开，电力就恢复了，紧接着，一阵急促的脚步声传了过来。

“噫，去了哪里？太太，我明明看见往这边跑的。”

“这坏东西，真急死人了。找！你们两个，分头找一找。”

“喵，喵——美宝，美宝，你在哪里？”

美宝是尤明美养的一只布偶猫，这几天发情了，尤明美怕它溜出去被杂交，看管严得像对自己的亲生女儿。昨天苏小南还因此暗自揣测过，尤明美有强烈的控制欲，从儿子到猫，都恨不能紧紧抓在手里，没想到，今儿就差点被猫害死……

她不敢挣扎了，霍天奇也不敢乱动。

两个人心照不宣地保持着沉默，因为他们都知道，一旦被发现，跳到黄河都洗不清了。

然而下一秒，苏小南就毛骨悚然地呆住了。

就在他们背后不远处，那个高大的身影像是刚刚赶过来的，制服未脱，面容森凉，冷漠的目光直射过来，与她对了个正着。

被丈夫捉奸的既视感，让苏小南心脏像被刀片给剜过。

“安……北城？”

这一次，不需要她推，霍天奇就从她身上被拎了下去。砰一声，安北城飞起一脚踹在霍天奇的腰上，那力道大得霍天奇直接撞在了花台上，痛得蜷缩着身子，好半天没有吭出声来。

整个过程，安北城都没有说话。

苏小南也没有，因为她不知道能说什么。

这凌乱不堪的地方，完全就是一个偷情、苟且的现场，安北城会相信她清白、无辜？她就那样抱着双臂，抬着头，看着安北城蹲身帮她把衣服整理好，再搂入怀里，然后从花丛的后方离开，绕到楼中楼……

他们前脚刚离开，后脚花园里就嘈杂起来。

“太太，那里面好像有人。”

“呀，这不是霍先生吗？”

“这是怎么了？怎么躺在这儿？”

“好像受伤了！”

“倚秋，去看看他怎么回事！”

尤明美看一眼蜷缩在地上一脸痛苦却没有喊叫的霍天奇，紧紧抿着嘴巴像在生气，却没有多说什么，不耐烦地转过身，继续找她的猫去了。只有闻讯赶来的安蓓蓓，看霍天奇伤成那样，心疼得不行。

“天奇，这是怎么了？”

霍天奇有气无力，闭上了眼睛：“没，没什么，喝多了，走错路，摔了一跤。”

一段停电的小插曲，让好好的聚会变得不同寻常。对苏小南来说，那煎熬的滋味儿更是挠心挠肺。从花园里抱她回到卧室后，安北城一个字都没有说，把她放在沙发上，就迈着大长腿径直去了浴室，等放好水才出来。

“去洗个澡，换身衣服。”

命令似的声音，霸道而冷漠，苏小南猜不准他的情绪，慢吞吞进去了。

如果可以，她希望这个澡可以一直洗到天荒地老，这样就可以不用尴尬地面对安北城了。

其实她和安北城本来就不是真夫妻，她用不着有心理负担的，但她也说不出为什么，心里就是很慌。也许是这几天被安北城宠习惯了，她有点进入角色。也许是她真的像那个不小心穿了水晶鞋的灰姑娘，踏入了王子的城堡，发现了王子的好，慢慢地就有了一点小小的贪心，不想故事平淡无奇地结束，也不想王子对她有什么误会。

怎么办呢？她仰头对着花洒，紧紧闭着眼睛。

哗啦一声，浴室门突然被拉开。

她吃了一惊，转头看去。门口站着安北城，隔着水雾，他目光清冷。

“洗澡近一个小时，我以为你淹死在里面了。”

苏小南低头看看自己光着的身体，心脏怦一声，根本就不会说话了。安北城却坦然转身，面无表情地离开了：“洗好了就出来！”

看着他高大的背影，苏小南耳朵根都在发烧。

“安北城，你要没病，就是我有病了。”

低低吼着，她三两下擦干身体，裹上浴巾出来，暂时忘了自己“被捉奸”的事，一肚子火地叉腰看着他：“下次你再不敲门，我真生气了。”

安北城坐在沙发上，长腿交叠，懒洋洋地看她：“嗯。”

一个字就过去了？他为什么不问她跟霍天奇的事？

苏小南紧绷半天的情绪突然放松了：“安北城，你相信我？”

他扫着她的脸，冷眸微眯：“你不会那样做。”

我的天！这算不算是安公子对她最大的褒奖？

苏小南雀跃了：“当然，我人品过关——”

“不。”安北城漠然抬眼，“有我在，你犯不着勾搭他。”

在楼上坐了一会儿，苏小南又去了花园草坪。

聚会还没有结束，她得去打个照面，免得被人怀疑。而且她也想看看，究竟谁在整她。

她不相信那是巧合，总觉得个中有猫腻。可花园里的夫人小姐们照旧在吃喝玩乐，没有半点异常。只有安蓓蓓不在，听说陪霍天奇去了医院。安北城那一脚踹得，估计霍天奇没有十天半个月，床都下不了。

苏小南微笑着，四处走了走，又坐回原位，等着聚会结束。

可一瓶果汁没有喝完，陈妈就过来了。她在尤明美的耳边说了什么，尤明美面色一变，气冲冲地走了。

噫？苏小南好奇心上来，跟着溜达到了前厅。

客厅外面，站着丁寅。

苏小南探头看了一下里面，觉得客厅里的气氛有点紧张。

安北城坐在沙发上，尤明美在他对面，还有两个工人模样的男人在说着什么。

苏小南又回过头来：“丁帅哥，发生啥事了？”

丁寅回头望了一眼，笑笑：“老大找到弄断电的凶手了。”

断电的凶手？苏小南也好奇这个：“谁干的？”

丁寅说：“安太太的猫溜到配电房，扯坏了电线，结果被电死了，安太太正发脾气呢。”

有了尸体，有了凶手，断电的事就有结论了。苏小南虽然始终存疑，也不得不接受这个事实，在尤明美为猫办的“丧事”中，默默看她含着泪把猫尸体装入一个黑檀木匣子，放在车上，依依不舍地挥别。

听说要拉到郊外，选风水宝地土葬。

人不如猫啊！

苏小南感慨着，等晚上安北城回来的时候，就此事问他：“你真相信是猫干的？”

安北城像是有点疲惫，一颗颗解着领扣，目光中淬了一层淡淡的流光：“所以它该死。”

苏小南心里一窒，看他去浴室，也跟了上去，倚在门口抱着双臂不走：“我怎么觉着，事情没有那么简单？”

安北城试着水温，冷着脸道："出去。"

苏小南皮笑肉不笑："你洗你的，我又不会影响你，哦对，我还可以给你拍特写——"

"不长记性。"他冷冷一斥，然后，苏小南就眼睁睁地看着她刚到手的新手机，被他丢在了洗漱盆里……

"我的个乖乖，不用这么浪费吧！"苏小南郁闷至极，伸手没抓住手机，就生气地戳他的后腰。那里有个穴位，一般人被戳到，不是笑就是麻，或者软，可安北城也不知道吃什么长大的，毫无反应地侧过头瞪着她。

"你小儿多动症？"

苏小南望着他，手指头一弯，再一勾，窘了："以前我家邻居老王也这么说我……"

安北城眼一眯，突地揽住她的腰身往身上一带。在苏小南错愕的目光中，他压住她的后脑勺一摁，就将她抵在洗漱台上，狠狠咬上她的唇，掠夺似的又凶又狠，如同一头要把人吞入肚腹的大野兽，身量高，手臂长，强大的压迫力让她连反抗的余地都没有。

"呜——安……北……城……"

她呜呜着，瞪大双眼看着近在咫尺的面孔，心跳如擂鼓，几近失神。

"二爷，您在屋里吗？！"陈妈不合时宜的喊声从门外传来，打破了两人的旖旎，"夫人在书房里砸东西，您快去看看吧！"

那么高冷的一个贵夫人，也会气急败坏砸东西？苏小南怀揣着一颗八卦心，屁颠颠地跟在安北城背后，蹭着过去。还没到二楼书房，她就听到一阵乒乒乓乓的嘈杂声，像进了一窝老鼠似的，又尖又利。

作劲挺大啊！

昨天爱猫死了，也只掬了一把泪，今儿发生什么事，让尤夫人情绪这样失控？

苏小南站在书房外面，耸了耸肩膀，没有跟过去。

书房里的尤明美冷着一张脸，并没有像一般情绪失控的女人那样披头散发，神志癫狂。要不是地上横七竖八躺着一地碎片和书籍，还有她那张化着精致妆容却被情绪主导后扭曲的脸，很难让人把她和砸东西的人联系起来。

安北城一脸冷气地推开门，尤明美铁青着脸，操起一个长颈玻璃花瓶就砸了过来：“让你滚，又来干什么？滚啦——”

花瓶飞出去，她看清是安北城，面色猛地一变：“城子？！”

安北城没有躲闪，冷冷看着尤明美，眉头紧蹙，一脸沉默的模样，惊得苏小南呀了一声，条件反射地冲过去推开安北城：“你快躲啊！”

砰！花瓶重重落地。

而苏小南这用力一推，把安北城推开了，自己的拖鞋却踩在花瓶洒出来的水渍上，啪嗒一声，以一个极其销魂的姿势扑倒在地上。

“啊！”她吃痛叫道。

她这一摔，身体砸在碎玻璃上，鲜血顿时染红了她的衣裳。

她奋不顾身的牺牲精神，让在场的人都愣住了。安北城迅速蹲身，扯住她的胳膊将她斜抱入怀：“怎么样，伤到哪里了？”

钻心的疼痛过去，苏小南其实有点疼麻木了。

不过，她是陆止嘛，演戏人生，随时都不能忘了角色。苏小南一只手捂紧胸口，一只手抚着安北城的脸，垂死一般喃喃：“安北城，我没什么……只要你没事就好。能救你一命，我……死而无憾了。”

安北城查看了一下她的伤，脸一黑：“这点伤，死不了！”

他一把抱起她，匆匆下楼，顺便吼向闻讯赶来的丁寅：“拿医药箱！”

啥意思？他要亲自上阵给她包扎？

苏小南脑子还没转过弯呢，楼道下方就出现了一个窈窕的身影。

“安公子，我来给陆小姐处理伤口吧？！”

这小声儿好听！苏小南从安北城的肩膀看过去，一眼就瞥到站在一个描着清明上河图的落地青花瓷摆件边上的桂倚秋，青花瓷配上她飘逸的长裙，使她看上去美得像一个小仙女儿。

一般情况下，男人都不会拒绝这样的要求吧？

可安北城不冷不热地转了脸：“不用。”

苏小南当然不知道这点伤安北城确实可以轻松处理，见状不悦地小声嘀咕：“我伤在那里啊！老大，不方便的！”

他轻哼："你什么地方我没看过？"

苏小南呃一声："……"

桂倚秋深深看一眼恩爱的两个人，微微弯唇，转身上楼去找尤明美了。

苏小南趴在安北城的肩膀上，看见了她略带凉意的笑容，突然领悟到了网上那一句话的精髓：我就喜欢你看不惯我，又干不掉我的样子。

房间里，气氛凝滞。

苏小南眉头紧皱，咬牙不语。那染血的上衣，又狼狈又恐怖，多看一眼，她都心惊肉跳："安北城，你不能找个专业医生吗？"

"别动！"安北城不理会她的抗议，拿剪子小心剪掉她的外衣。

苏小南的皮肤很白，玲珑的身段和婀娜的腰线勾勒出来的，是凝脂似的肌肤，细嫩得找不出半点瑕疵，就连毛孔也纤细得仿佛肉眼都寻不见，露在外面的地方，光滑如同绸缎，看着就让人忍不住想摸一把。只可惜，她心窝和胸线下方的位置，有几处被玻璃划破的伤痕。

"嘶……"苏小南呻吟一声。

虽然她穿着一件规规矩矩的胸衣，但房间里就他们两个，孤男寡女这样裸裎相见，不可避免地有些尴尬。

"安北城，换个医生来吧。我好歹也是你的救命恩人，你不能这么草菅人命啊！还有，你别老拿眼盯着我看，我，我会不自在……的啦！"

"不拿眼看，我拿镊子戳吗？"

安北城没有抬头，声音没有半点起伏："医生面前无性别。"

"可你不是医生！"

"我比医生专业。"

"我去！你想抢医生的饭碗啊？"

"消停点！"安北城黑着脸，"在我眼里，你和一块注水猪肉没有区别。"

苏小南差一点噎死："注水猪肉有我这么白吗？"

她恼恨不已。可斥问完了，才发现这不是重点。

"安北城，我怀疑你心理有疾病。"

他不理她，继续手上的活。

苏小南的刑侦脑洞再一次开启：“你不喜欢正常的男女接触和交往方式，对正常两性的接触提不起兴趣，却喜欢一些隐秘的、偏离了正常轨道的、异于常人的……”

“闭嘴！你不疼？”他拿棉签按在她的伤口上。

“疼啊！你轻点。”蘸了消毒水的棉签按上来，疼得她想骂娘，“安北城，你这古怪的性格是怎么来的？有什么悲惨的童年遭遇吗？说出来我乐和乐和，我……啊，安北城你故意的，疼死我了。啊啊啊！”

房间里，响起她杀猪似的惨叫。

“我感觉受了内伤，我要医生。”

一个女人最金贵的是哪里？当然是胸了。想她宝贝保护了二十多年的东西，结果就被这一头伪装医生的大尾巴狼用这样冷漠的方式当成两块注水猪肉处理了，多亏啊！

安北城对她的反抗不冷不热：“将军巷十八号只有一个医生，男性，六十七岁，执手术刀四十余年，有一个绰号刽子手，割肉如麻……”

苏小南哆嗦了一下：“那，还是你上吧。”

她说得英勇无畏，安北城却挑了眉：“伤成这样，上不了。”

“……”苏小南无语三秒，深吸一口气，紧紧闭上双眼，像一个即将行刑的犯人，等待着劈头的一刀，“算了，来吧勇士，给你一个展示魔鬼式医术天分的机会！”

安北城瞭她一眼，认真处理伤口：“算你会摔，伤口都不太深，最深的一处，也避开了心脏位置。”

会摔你妹啊！苏小南想到自己是为了救他才受伤，还伤到那一个与人生性福有关、一个女人特别需要“美美哒”的地方，心里就有一万头狂奔的野兽嚷嚷着要出栏。

“安北城，会留疤吗？”

“不一定。”安北城冷静得根本不像在看人家姑娘金贵的地方，“有也没人看见。”

“你懂个屁！”苏小南瞪他一眼，“不过，我突然发现一个内衣垫子的妙用，不仅可以塑形，还可以挡伤害啊！你想想，我今天要没穿内衣，后果会怎样？”

“这么说，你早有防备？”

“我哪知道你妈会摔东西。”

“那你垫子咋这么厚？”他冷冷一哼。

苏小南低头看一眼，羞恼地红了脸：“安北城，请你不要侮辱我的罩杯。”

安北城斜眼：“苏小南，接受事实才是好同志。”

“嘁——”苏小南翻一个白眼，“你啊，除了毒舌，还会什么？看到花瓶砸过来都不知道躲？亏你还是红特的老大，就这样的战斗力，我真为祖国的未来担忧。”

安北城瞥她一眼，没吭声。

苏小南摇头，总觉得这孩子心理不健康，一定受刺激了。

“安北城，其实我挺奇怪的。我一直以为你妈很疼你，真没想到，那么大的花瓶，她眼都不眨地冲你砸过来。你们母子俩，多大仇、多大恨哪！”

安北城低头看一眼受伤的手背：“我不需要谁疼。”

说不需要人疼的，一般都是缺人疼的，可这样的人，怎么也不该是安北城才对，他是谁？一个传说中上天入地、无所不能的男人，将军巷十八号的神秘安公子，进可一手遮天，退可翻云覆雨，一直站在金字塔顶端俯视众生……他会缺人疼吗？

苏小南打量他半天，突然拉过他的手，低头也为他擦药。

“成了，别沮丧，以后有姐罩着你、护你、疼你，你就只管享福好了。”

“……”安北城身体一僵。

过了好一会儿，他抬手拍向她的后脑勺：“你长点心吧！能护着自己就不错了。”

苏小南嘿嘿一笑，顺竿子往上爬：“必须啊，就算不长脸，我也不能给你丢脸不是？”她说着，眼神怪异地扫着他，一脸诡谲莫测的笑，“不过你看，咱俩已经达成了统一战线，我刚刚又为了救你身受重伤，是不是可以睡床了？”

安公子微微一怔。

原来她见义勇为仅仅只为睡床。

他目光淡淡一转，云淡风轻地按住她的肩膀，然后起身：“一起睡。”

啊？啥？

苏小南脸蛋上染了一片不正常的潮红，一颗心脏跳得好欢，安北城却面无表情地离开了。这个男人精力很旺盛，不管经历了什么，稍稍洗漱一下，依旧霸气侧漏，总而言之，帅得她不想倾心，也快忍不住想倾身了。

安北城的汽车刚刚离开，苏小南就收到了“婆婆”尤明美的召唤。

苏小南忍着疼痛，换了条裙子，严格按照陆止的打扮收拾好自己就过去了。只不过她没有化妆师的水平，所以有点东施效颦，但尤明美并不在乎她的脸，坐在一片狼藉的书房里，一脸冷漠：“囚鸾呢？”

难道尤明美大发脾气乱砸东西，就为了那一条价值逆天的狗链子？

安北城不在家，苏小南不想吃力不讨好地硬扛，毕竟对方是安北城的亲妈，苏小南总不能上去揍她一顿吧？

思考了一下，苏小南抬了抬脚丫子，彬彬有礼地笑道：“夫人，你说的是这脚链吗？”

她选择了一种更能让尤明美接受的敬称，可尤明美显然不在意这个，眼睛一眨不眨地看向苏小南脚上的囚鸾，略略失神道：“是北城送给你的？”

废话不是？苏小南点头装傻：“有什么不对吗？”

尤明美掀开嘴角一笑，一抽，再一笑，再一抽……那诡异的样子有点瘆人。

虽然婆媳是天敌，可毕竟不是情敌，就算她儿子送了很贵重的东西给自己，咯，就算这个东西的价值贵得离谱了一点，她也不至于抽风吧？毕竟自己是安北城名义上的老婆不是？

“夫人，你在生气？”苏小南挑一下眉梢，低头看向脚链，“阿城说这链子戴上去就取不下来，要不我就送给夫人了。嘿嘿，不好意思啊。”

尤明美被这声“嘿嘿”激怒了。

“陆小姐，请你不要嬉皮笑脸地和我说话。”

“哦。”苏小南挺直身子，“那请您继续教育我。”

“……”尤明美盛怒的眼睛里赤红一片，“陆小姐，你不要以为有我儿子护着你，我就拿你没办法，告诉你，我有的是办法治你。”

治个毛线！

要真的没有安北城，她都懒得理会这疯子。

苏小南腹诽着，却乖乖一笑：“是，夫人。您治！请您继续治我。”

遇上这么一个贫嘴的家伙，尤明美的内心估计是崩溃的。她又气又恨，若有所思地考虑了一会儿，突然又低下声音道：“我现在给你一个机会，你实话告诉我，你和我儿子之间，到底怎么回事？”

苏小南心里吃惊，脸上却淡定：“夫人说什么？我不太懂。”

尤明美哼了哼：“你们有什么合约？陆小姐，只要你老实说出来，我不会跟你计较，否则……我有的是办法让你吃不了兜着走！”

苏小南差点气笑了。

这些特权阶级的人，是不是就会这一招？

不过，她能说到“合约”，肯定是知道了些什么，但既然来问，就代表不知道实质内容。

苏小南干咳一下，羞涩地回答：“夫人，是我和阿城约好，要在一年内纯人工制造一个漂亮的孩子出来。如果制造成功，他会给我一个大大的奖励。我怕他食言嘛，就让他写在合约上了。”

“一年？”尤明美也不知信了没有，突然冷冷一哼，“我可以很负责任地告诉你，你领了结婚证，戴上凤冠，也永远做不了安家的儿媳妇。还有，不是一年，是三个月。如果三个月内你没有怀上北城的儿子，就等着滚出安家吧！”

苏小南微微错愕：“都什么时代了，还有包生儿子的买卖？怀不怀孕，又不是我一个人努力就有用的，这种事，不得看你儿子行不行吗？”

“放肆！”尤明美一副大户人家主母的派头，“说话规矩点。”

苏小南笑了一声，伸出涂着红指甲的手给尤明美倒水：“我知道您不喜欢我，可你也犯不着和我生气嘛，毕竟更生气的事还在后头呢！”

“陆、止！”尤明美快气炸了。

“哦哦哦，别动怒！开个玩笑嘛。放心，三个月，我保证和阿城精诚团结，好好造人！你就等着抱大孙子吧。”

尤明美讽刺一笑，用一种轻漫的目光打量着她：“那很难说。城子他……

很难喜欢上一个女人。”

很难喜欢女人？尤明美不会是想暗示她安北城真的有什么毛病吧？可安北城这个人除了性格麻烦了一点，脾气古怪了一点，嗜好诡异了一点，人也冷漠了一点，长得太帅了一点，好像并没有什么不对的啊。

苏小南问：“夫人是想告诉我什么？”

尤明美意味深长地冷笑：“将来，你会知道的。”

从尤明美的书房出来，苏小南心里有点毛毛的。她该不会除了控制欲，还有恋子癖吧？苏小南的刑侦细胞飞快地运转着，很快又被三观压了下去。可几个小时后，当陈妈战战兢兢过来吩咐她，说太太让她去给安公子做饭的时候，她觉得那个疯女人简直是恨她的，比情敌桂倚秋对她的恨都多。

不知道她受伤了吗？没同情心！

苏小南会做饭，毕竟她不是妈妈宠出来的女儿，家常饭菜没问题，炒几个菜，做一个汤，随便弄弄，也还端得上桌。不过卖相嘛，比起受过专门训练、想要跻身豪门的桂倚秋小姐还是差了那么一点点火候。

苏小南一个人在厨房忙活着，不一会儿桂小姐就来了：“你身体不方便，我来帮你。”

苏小南笑盈盈地看着她：“这个不好吧，我婆婆吩咐我，要亲手做饭给我老公吃，要是你帮我……呵，她老人家发起火来，我可吃不消。”

桂倚秋微微一笑：“老师很好相处的，今天可能是心情不太好……”她不经意地看了一眼苏小南脚腕上的链子，又是一个浅笑，“人都有发脾气的时候，情绪上来，在所难免。陆小姐别往心里去了。”

这搞得怎么像她是主，自己是客？

“再说，老师喜欢什么口味我比你清楚。”桂倚秋笑道，“有我帮你，免得你又挨骂呀。放心，我不会说出去的。”

苏小南明白了，这是要和她做朋友的节奏？

“行，那就麻烦桂小姐了。”有义务劳工用，不用白不用。苏小南耸耸肩膀，弓下身子去切菜。

这时，厨房门口传来一声暴喝：“谁他妈让你做饭的？”

苏小南惊了一下，差点儿切到手。她很想淡定地回头告诉他：“不是谁他妈，是你妈。”

可她是一个聪明的女人，这个时候不能干这么傻的事。人家是亲生母子，随时会和好，桂倚秋又在这里，难免不向尤明美嚼舌根。到时候，自己只会无端背上一口故意挑拨离间的黑锅。

苏小南瞥一眼他铁青的脸，放下菜刀，一副受气包的样子低垂下头：“人家也是想给你做顿饭嘛。”

这嗲哦！安北城脸色似乎好看了一点：“过来！”

苏小南暗自咬牙，但看一眼别扭的桂倚秋，便娇滴滴地捋了捋头发：“不好意思桂小姐，阿城他不喜欢我做家务的。要不，你也去休息？”

桂倚秋淡淡一笑：“没事，我都做习惯了，你身上有伤，确实不适合下厨。快去吧，一会儿安公子该担心了。”

安北城似乎这时才发现桂倚秋的存在，不冷不热地朝她点点头，抓住苏小南的胳膊，一副恨铁不成钢的黑脸表情：“不听话！看我回去怎么收拾你。”

苏小南望天。

这母子俩轮番上阵，根本是要整死她。

“唉，好人做不得啊。安北城，你说你这么看不惯我，不如……”她狡黠一笑，凑过去贴近他的耳朵，状似亲密地嘻嘻笑道，“咱俩解约吧？”

“想都别想！”安北城俊脸上冷气扑人，一直牵着她回到卧房，指了指沙发，示意她坐下去，然后才平静地道，“给你一次坦白的机会，说，都发生什么事了？”

“……”

怎么会有这样霸道的男人？

苏小南可怜地抚了抚受伤的胸口，有气无力地倒在沙发上，唉声叹气：“安北城，事儿大了。”

“嗯？”他一副愿闻其详的样子。

“从今天起，不管你愿不愿意，都得让我睡。”苏小南笑得一脸妩媚。

“什么意思？”安北城眯眸。

苏小南揉了揉太阳穴："你妈让我三个月内必须怀上你的儿子，要不然，我就得被扫地出门。你说，咱俩清清白白的革命同志，怎么生得出儿子？"

安北城静静看着她，似乎并没有一点意外。苏小南瞥他一眼，又一本正经地说："先说好啊，我可以和你睡觉，但小孩绝对不生的。我还没有做好准备呢。"

"你想太多了！"安北城绷着一张"你想生也没门"的冷脸，"不过，你能不能学聪明点？你这么笨、这么傻，我怎么放心出门？"

她傻，她笨？苏小南还没有答上话，他突然冷道："明天起我派人跟着你！"

"啊？安北城，你不是吧？"苏小南最受不了有人跟着的感觉，比尤明美让她做饭还要生气，"我求求你了，祖宗、安大爷，不，安二爷，别把我当囚犯，成不？"

"不成！"安北城冷眼睨她。

"嘿，我就不依了，怎么着？"

苏小南双眼一瞪，不再玩笑了。要不是胸疼，她肯定上去与他打一架。

"安北城，我现在是你的老婆，你凭什么像管犯人一样管我啊？嘶——哎哟，可疼死我了，亏我为了救你连小命都不要了……"吼着吼着，她捂着伤口，一脸恼恨，"你就不能依我一次吗？我是你老婆。"

安北城看她气得满脸通红，皱眉道："吼这么大声做什么？让人听见笑话。"他像训小孩儿似的，不冷不热地吼完，又朝她伸手，"坐过来——"

那唤小宠物的样子，恨得苏小南牙根痒痒。但吵架不利于同志友谊的培养，他既然软了口，她也不想死犟，哼哼一声，坐在沙发上，但离他远远的："说吧，我听得见。"

安北城叹口气，起身坐到她身边，低头看她的胸口："还疼不疼？"

苏小南歪着头打量他，想了片刻，突地眯眼坏笑："安北城，你关心人的时候，模样真好看，只可惜……喂，老实交代，你是不是真有那方面的什么特殊癖好啊？"

安北城目光凉凉一片："说人话！"

"啥？"

“不懂。”

装的吧？他肯定不好意思承认。苏小南目光锁定他几近完美的面部线条，忍不住发笑：“这可是你妈说的，我没乱编。她说你不喜欢女人……”

安北城眉梢一挑：“你觉得呢？”

“我觉得是真的，毕竟在你面前，我的尊严已经碎了一地。”

“让你说人话！”安北城加重了语气，那种不熟悉网络语言的老学究模样，让苏小南心好累：“好吧，举个例子，比如你给我处理伤口，就不会想借机吃个小豆腐，捏一捏，揉一揉？”

这叫什么话？一说出口，她自个儿先窘了。苏小南红着脸望天花板，假装自己没有说过。

安北城静了片刻，突地哼声：“我没有那么禽兽。”

“啥意思？”

“饥不择食！”

“……”

第四章
一艳倾城

尽管安北城的嘴一如既往地损，可自从那天之后，他就像突然转性了似的，对苏小南格外好，连伺候洗漱这种事情也全部承包了。而且他在厨房那“冲冠一怒为红颜”的怒吼非常管用，不仅让苏小南在将军巷十八号的地位得到了提升，就连尤明美也没再折腾她。

这一次的风暴，好像就这么过去了。

接下来的几天，景城一直小雨沥沥，城市如同被洗过一般。初秋的雨，来一场，天气就寒一场。在受伤、受惊之后，苏小南又受了寒，华丽丽地感冒了。这一病，她与安北城生儿子的计划，又心照不宣地搁浅了。

那天晚上，两人正正经经挨着睡了一宿，各盖一床被子，中间偶有手脚来往，都是她睡蒙之后的半梦半醒行为，而安北城始终睡姿端正，规矩得就像训练过一样，一动不动。第二天早上，她起床时，安北城已经没了人影。

一个小时后，她才收到他的短信——他有急事，公干去了。

于是，苏小南在将军巷十八号住了下来。

这鬼地方像个大囚笼，还是奢华版的。坐吃养膘的日子好是好，就是太闲。不过，尤明美却成天在忙，或招待宴席，或师生集会……有了自己的正事，对苏小南也就少了关注。

一切看上去都那么美好，苏小南悬着的心却落不下来。于是，在安北城离开后的第五天，他第一次打来电话的时候，她忍不住倒苦水："安北城，三个月后，你妈和你奶奶会不会真的收拾我？"

"大概……会吧。"他说得云淡风轻。

"啊？"苏小南汗毛都竖起来了，"你没开玩笑吧？"

"嗯。"安北城回答得很认真，"所以，等我回去我们要加快'造人计划'了。"

这男人说造人也像布置任务，纯命令口吻。苏小南不高兴地冷讽："造什么人，你不是不行吗？"

"同志，实践是检验真理的唯一标准。"

"呃……"苏小南忍不住想笑，"可惜了，合约上没这一条。"

嘟——嘟——

他没有回答，也没有说再见，就那么收了线。

苏小南看着手机怔了怔，抱着受伤的胸咯咯发笑。

其实，她和安北城这样的关系有点奇怪，说夫妻，不是夫妻；说朋友，不是朋友。但不得不说，跟他在一起的日子，感觉也不算太坏——除了这该死的感冒。

苏小南一把鼻涕一把泪，打着喷嚏，吸着鼻子，正百无聊赖地换着电视台，雍容贵气的尤明美就进来了："明晚有一个饭局，你陪我一起去。"

苏小南错愕："您不怕带我去，给您丢人啊？"

尤明美目光深了深："你以为我愿意带你？是老太太的意思。"

那活祖宗怎么又挂念上她了？苏小南沉默了一下，莞尔道："行，那就麻烦夫人带我吃喝玩乐了。"

苏小南没有想到，那并不是一场普通的晚宴，而是一个慈善捐赠晚宴，出席的人都是景城各界有头有脸的人物，宴会现场外面一水的豪车，气派非常。

“一会儿到了地方，自个儿掂量着点。”

尤明美正冷冷吩咐着苏小南，一辆车就停在了身边。

半开的车窗里，一个年轻男人似笑非笑地望过来：“舅妈也来了啊？”

“小启？”尤明美惊喜地转头，“你这坏孩子，几次叫你来家里吃饭，你都说忙。今儿又得空了？”

陆启笑了笑，露出洁白的牙：“小姨父让我过来开开眼界。”

“不错，小子有前途。”

尤明美拍拍他的肩膀，往前走了几步，像想起什么似的：“小启，这个陆止……你认识吧？”

“认识。”陆启瞥了苏小南一眼，“我妹妹。”

尤明美滞了一下，视线落在陆启的脸上，不冷不热地笑了笑，像是想说什么，却没有说出口，拎着小包漠然地走在前头，显然对他那声“妹妹”有点不高兴。

苏小南慢吞吞跟着，左肩突然被人碰了一下。

她转过头，与陆启带笑的目光相撞。

“妹妹，怎么不喊人？”

苏小南顿了一秒，冲他翘唇一笑：“哥，你好！哥，再见！”

晚宴的大厅里，比外面更为热闹。

苏小南跟着尤明美，从一群打扮得珠光宝气的女人中间走过，还没有被介绍，就吸引了许多人的目光。

大家都打扮得很端庄，而她一身惹火的大红色性感长裙，低胸、露背，长及腰间的头发烫着大大的波浪，松松垮垮地荡在背后；踩着高跟鞋，走路姿势夸张而妖娆；浓而妖艳的眼妆勾着长长的眼尾，像一只狐狸精似的，打扮时尚又出位。

这样艳的大红色，换了旁人不一定能驾驭，可苏小南穿在身上，反倒衬得她妩媚多姿，风情万种，也彻底改变了她的屌丝气质，只可惜，与宴会厅的格调格格不入。

“喔唷，我还以为走错了地方。夫人，你早告诉我是这样的场合，我也好换身衣服再来啊。你瞅瞅我这……万绿丛中一枝花，多丢你的人。”

尤明美对她的言行深恶痛绝，不由得眉头紧皱：“少开口！没人当你哑巴！穿什么，重要吗？”

不重要的不是穿着，而是她苏小南这个人吧？苏小南不在意尤明美的小伎俩，耸耸肩膀，笑了笑，冲四面八方打量她的人挥手：“嘿，大家好。”

尤明美冷哼一声，走在前头。

这时，那女人堆里突然冒出一个惊异的声音：“这个陆小姐，怎么有点像一个人？”

苏小南转头就看到了打量她的方可儿，还有站在她旁边，那一张好像恐怖片里的面孔——姜玉娟。

真是一场冤家路窄的好宴，人都凑到一起了。

姜玉娟眼里满是惊慌，几乎不敢相信自己的眼睛。

对她来说，苏小南的死，有喜也有忧。喜的是，苏小南和赵至臻的父女关系，终于永远结束了，她也不必再受丈夫出轨的煎熬；忧的是，苏小南一死，与方家联姻的人就变成了赵佳艺。

好端端的女儿，谁愿意嫁个残疾？于是，她想着法儿和方家套近乎，就想免去赵至臻欠下的“债”。今晚这个慈善晚宴是方家儿子方仲牵头搞起来的，宴上有一个半官方的捐赠仪式，景城大大小小的企业都派人前来献爱心，她和赵至臻当然也得削尖脑袋往上凑了。

“是苏小南……”她揪紧手心，像是突然开了窍，扯了扯赵佳艺的胳膊，凑到她耳边道，“去，告诉你爸爸。”

苏小南的世界是癫狂的。

用着“海龟”的外包装，怀揣一颗土鳖的心，行走在高端大气上档次的宴会厅，在觥筹交错和西装革履中行走，像升级版的刘姥姥进大观园，啥都看不明白，还偏偏得像陆止一样桀骜不驯，张扬放肆，不分场合地放嗲……

原来“作”也不容易！

她扬着妖艳的红唇，对谁都笑，结果可能表演技术不过关，不到半个小时，她不仅收获了无数男士热情的青睐和一副饭后“约”的微表情，还收获了一个名曰淫荡的外号。

有女人的地方从来不缺口水和八卦，一堆女人在一起，说什么的都有。

“安太太怎会把她带来？不是听说她不喜欢这个儿媳吗？”

“你看她的青水脸。”

“陆家都不认的私生女，安家哪里会认。”

“听说安家老祖宗想抱曾孙子，急眼了，逮着一个就认。”

安家那档子事，在圈外人眼里是神秘不可及的领域，但上层社会的消息有好多是共通的，平头百姓不知道的秘密，在他们眼里都不是事。

那些窃窃私语，偶有一两句传入苏小南耳中，她听着，浑身都像长了刺，不舒服，不自在，还不能表现出来，脸都笑僵了……

“二位女士好！”

晚宴主办方的美女走了过来，礼貌地介绍了一下晚宴的情况，然后微微一笑：“表演结束后，我们会把来宾的捐赠物品当场拍卖，拍卖所得作为善款，捐给残疾军人或困难军属。为了拍卖顺利进行，我们要摸底一下各位的捐物是什么，价格多少，方便统一安排。”

尤明美淡淡一笑，从脖子上取下一根珍珠项链递给她。

“这是他爸从澳洲给我带回来的，叫珠吻之光，价格一万起底就行。”

他们这样的家庭，不会把价格报得太高，以免招人闲话，但这并不妨碍这条珍珠项链得到更高的回报。美女眼睛亮了亮，让旁边的礼仪小妹收下，又望向苏小南：“小安太太，您呢？”

苏小南不喜欢戴首饰，除了脚上那条囚鸾什么都没有，她心里明白又被尤明美阴了一次。

“美女，一定要捐吗？”苏小南挑高眉头，声音嗲得自己都受不了，“可我身上没有带什么贵重的东西。”

那美女一怔，随即笑笑：“不一定，捐赠随意。不过为了本次活动的公正公开，宾客礼单和拍卖价格，都会展示……”

苏小南懂了。

可以不捐，但如果不捐，就会被认为小气，在众人面前出洋相。

“你看这个行吗？”苏小南心里冷笑一声，突然撩开裙摆，抬起一条光洁的大腿，摆了几个妖娆的造型，细声细气地说，“它叫囚鸾，我老公告诉我，大概价值八千五百万人民币——”

她话音未落，尤明美就呆住了，而那美女更是震惊得说不出话来。

那条“囚鸾”就盘在她白皙的脚踝上，闪着晶亮的光泽，一看就不是凡品，更何况她说价值八千五百万人民币，又怎么可能是信口开河？

宴会厅里突然就安静下来。

苏小南环视张望的众人，放下裙摆，莞尔一笑：“大家不要误会，我捐的不是脚链，而是与我这条囚鸾合影的机会……”

众人再次惊呆了。

那美女也傻了：“我不太理解小安太太的意思。”

苏小南撩撩头发：“哎，这是一种国外流行的捐赠模式啦。你想想，这是什么，价值八千五百万的囚鸾耶，全世界独一无二，就此一条，它的初影，多珍贵对不对？嗯，底价就一百万好了。”

听说过初恋、初吻、初夜，可有人听过“初影”吗？

而且，还是和一条脚链的初影。

大家都觉得这个女人肯定疯了。来参加宴会的都是名流，谁会去和一条脚链——哦，也就是和她的脚一起合影，还要为此付出至少一百万的代价？

这个笑话闹大了！主办方有点尴尬，但还是礼貌地让礼仪小妹记录了下来。

尤明美看苏小南像在看神经病：“你疯了？”

“我也没办法啊，谁让我穷。”苏小南笑得一脸自在，“要不我把自己捐了，你看成不？”

“简直不可理喻！”

尤明美气咻咻偏过头，一句话都不想和她多说。苏小南却兴趣不错，笑盈盈地转过去面对她：“夫人，您不就想看我的笑话吗？不就想让所有人都知道，我配不上安北城吗？您看我为了让你舒坦，这么费心费力地作，多不容易，呵呵，找这么一个孝顺儿媳，您就偷着乐吧，还生哪门子的气啊。”

尤明美变了脸色。

苏小南弯弯唇："放心，我又不会向奶奶告状。嗯？"

光线明亮的水晶灯下，婆媳俩互视着，硝烟味弥漫，却再也不发一言。

一直等到表演快要结束，苏小南终于憋不住了——水喝太多。

出了大厅，她正踩着高跟鞋慢吞吞地找着卫生间，一个人影挡在了面前。

"小南！"

赵至臻脸上又惊又诧，一副想要与她相认的样子，瞧得苏小南心肝一缩："你是——"

她换了口气，不冷不热地剜他一眼，扭着腰肢走过去："我不认识你，借过！"

赵至臻没有让开，左右看了看，急切地说："小南，我知道是你。来，跟爸爸过来，我们找个安静的地方说话。"

"你哪位啊？"苏小南叉腰，"我警告你，少套近乎！"

"小南！"赵至臻急忙摆手，"爸爸不会伤害你，爸爸伤害谁也不会伤害你的。"说到这里，他压低了声音，"你妈那天找到我，说要我帮忙找你的遗体做 DNA 比对，说你没死，我还不信她，今儿看到你我信了，原来你真的没死。"

他的情绪有些激动，当然，激动的原因很可能不是苏小南没死，而是她成了"小安太太"。

可不论他是哪一种激动，苏小南都只想冷笑："先生，你再不让开，我叫保安了。"

"小南，你真的要逼我？"

在苏小南"死"后，赵至臻生意上周转不灵，企业负债累累，银行说好的贷款也泡了汤，眼看方家又逼着赵佳艺嫁给方源，他急得火都快烧到眉头了，怎么肯放过这大好的机会？

一横心，他终于不想扮演"好爸爸"了。

"你喊啊，你喊！只要你喊，我就把你那些丑事通通抖出来。呵，别人不知道你苏小南是什么货色，我会不知道吗？你骗得了安北城，还骗得了我？告诉你，你当年在荣城的丑事，我不仅知道，还有证据！”

苏小南心里一阵凉寒，像被毒蛇咬了一口似的，疼得钻心。可她漫不经心地看着赵至臻，不反驳，只冷笑：“先生，我认识一个精神病的权威专家，要不要介绍给你？”

赵至臻呵呵一笑，满眼寒光：“为了你的荣华富贵，你最好认了我这个爸爸。你不要以为假死摆脱，就可以从此安心做安北城的老婆。苏小南，你做梦吧！你不帮我，就别想摆脱我。”

“敢情这是遇上癞皮狗了啊。”苏小南环抱双臂看着他，“说，继续说，我看你还有什么故事。”

她其实想过，赵至臻就是一只毒老虎，食亲子而不眨眼。但她怎么也没有想到，他会用这种残忍的方式来食亲子，一刀一刀剐开，剥掉皮喝掉血，再撒上盐，再慢慢烹她的肉。

“小南，别怪爸爸狠心。”赵至臻眯眼，“如果不是迫于无奈，我也不会这样逼你。可你也太狠了，你是我的女儿，好歹也为我想想吧？赵氏药业是我们赵家几代人的心血，眼看这份家业就要败在我手里了，你也不肯帮……”

无耻之人，做无耻事，说无耻话，从不会觉得无耻。

苏小南面露微笑：“所以呢？”

赵至臻以为威胁有用，语气放软：“小南，这些事只需要安北城一句话就可以解决。你说，这么简单的事，你何苦跟爸爸作对呢？”

“说得好有道理，我竟无言以对！”

苏小南穿得红，笑得艳，在长廊暗夜似的光线中，仿佛一个会发光的生命体，那一瞬，美得竟让赵至臻都有点移不开眼：“小南，你这是同意……”

啪一声，苏小南一个大巴掌甩了过去。

“今儿我就替你女儿教训教训你。”

赵至臻捂脸，一脸震惊：“你居然敢打我！”

这一巴掌，苏小南当然也经过深思熟虑的。工作得敬业，既然她是陆止，就只能是陆止，与苏小南有关的都不能承认，包括对赵至臻也不能有半点父女之情。而且，陆止脾气骄纵，哪会允许一个陌生男人在她面前叽歪这么久。

所以这一巴掌，她打也得打，不打也得打。

打完了，她还得装作若无其事，娇声软语地笑道："先生，今儿来的都是有头有脸的人，你肯定不希望在人家面前落下一个猥亵女士……哦不，猥亵小安太太的名声吧？"

赵至臻看着苏小南的脸，第一次有了不确定："你，你真的是陆止？"

苏小南脸上绽放出一个大大的笑容："知道我是谁，还敢装疯卖傻？滚！"

一个"滚"字，惊回了赵至臻的神志。

他这个时候还有选择吗？没选择了。

即使她不是苏小南，他也已经得罪安北城了。

反正都是得罪，何不孤注一掷地赌上一把？

"还想骗我？苏小南，就算你化成灰我也认得出来。"赵至臻垂死挣扎一般越靠越近，"看来我需要找我的女婿好好谈谈了，当然，找你婆婆谈谈也可以……"

苏小南笑开了："看来一个巴掌还没有打醒你，你说说要几个巴掌才够？"

"杀鸡怎么用得着牛刀？"一个凉薄带笑的声音打断了她的话。

苏小南回头，看到陆启走了过来。他两手插兜，狭长的黑眸里带着一种妖孽般的嘲弄，特别美，特别好看，也特别邪气："妹妹，让开，让哥来。"

苏小南无声一笑，捋了捋头发："行，哥，你来！"

陆启将她往边上一带，眼眸微转："赵氏药业，赵至臻先生。"

赵至臻又惊又怕，有一种踢到钢板的感觉："陆少，这，这，有一点小小的误会。"

陆启眉梢上挑："什么样的误会，会让赵先生拦着我小妹不放？赵先生，你需要给我一个合理的说法，否则……嗯，陆家的女儿，真不是随便什么阿猫阿狗都敢上前吠的。"

赵至臻急得一脑门的汗："不好意思，陆少，我有点喝大了，认错人。"

陆启似笑非笑："好在只是喝多了，要是眼瞎了，那就麻烦了。滚！"

又收获了一个滚字，赵至臻不甘心，却只能捂着被打的脸，悻悻地告辞离去。

走廊里，只剩下苏小南和陆启。

苏小南笑笑：“哎呀，有哥的感觉，还真是不错呢。”

陆启也笑：“有这么漂亮的妹妹，哥的感觉也不错。”

苏小南皮笑肉不笑：“是吗？”

“当然。”陆启笑得弯了眼角，说出来的话却像一根扎在苏小南心上的钢针，“再说，你在荣城的那些丑事，我也有份参与，哪能不护着你。”

苏小南顿时变了脸，却不知道怎么接下去。

用苏小南的身份骂他个狗血淋头，还是用陆止的身份泼他一脸狗血？不，她什么都不能做，好像就连跟他生气，都气不着。

她妖娆地笑着，一脸嘲弄：“哥，你看我都憋这么久了，现在是不是可以麻烦你高抬贵手，让我进去舒坦一下？毕竟你也不好每次见面都做我的‘厕所拦神’吧？”

陆启眸底笑芒一闪：“那你猜猜看，我妹夫会不会再来为你解围一次？”

苏小南微抬下巴：“不叫二表哥了？”

陆启轻笑一声：“因为我要认你啊。亲生妹妹，可比二表哥亲近多了。”

他代表陆家认她，还是他自己？分别数年，他不再是那个清澈得一眼望到底的青葱少年了，苏小南也完全捉摸不透他了。

“是啊，挺亲的。所以，哥，你该让开道儿，让你亲妹妹上厕所了。”

陆启抿紧唇，笑了笑：“请吧！”

苏小南踩着细细的高跟，与他擦肩而过：“谢谢！”

苏小南再回到宴会厅时，重头戏“捐赠拍卖”已经正式开始。一幅《兰竹图》刚被高价拍下，全场气氛热烈。

“下面将要进行的，是一件比较有意思的捐赠品，小安太太捐出‘囚鸾’脚链初影一次。拍得初影者，可与小安太太的脚链合影一张。此捐赠品，从一百万起拍——”

宴会厅里一片寂静，继而，又是惊讶议论声。

尽管很多人都想拍安家的马屁，但要拍马屁吃相也不能太难看。一只女人的脚和脚链，哪怕再美，他们也丢不起这个人。一时间，有人窃窃，却无人出价。

尤明美满脸冷漠：“丢人现眼！”

她的声音很小，恰好可以让苏小南听见。

苏小南侧眸瞄她：“夫人，您不该偷着乐吗？”

尤明美脸一沉，别开眼去。

婆媳之间，暗潮涌动。

宴会厅里，也遇到了拍卖以来的第一次冷场。

美女主持尴尬地咳嗽一声，笑着打圆场：“诸位来宾，小安太太的脚链名为囚鸾，价值八千五百万元，而且小安太太今日艳压群芳，能与她的脚链合影，也算是，算是……”

算是什么？任凭她才高八斗，也编不下去了。

于是，气氛比没有圆场前更加尴尬，有几个坐在角落里的女人私语着笑了起来。

“这么好的初影机会，居然没有人出价？”

一丝丝笑，从一个不太起眼的角落里传出来。众人循声望去，陆启那张妖孽得不像话的脸就落入了名媛们的视线。

“我出一百五十万。”

陆启的声音引来了厅里的各种猜测。晓得他们关系的人，都知道这两兄妹同父异母，可陆止没有被陆家承认，他们俩的兄妹关系其实也名存实亡。可陆启今儿这么做，关于他们兄妹不和的谣言也就不攻自破了。

隔了几张桌子，苏小南与陆启遥遥一望，有点头大。

一百五十万啊！败家子！

“小安太太囚鸾初影，陆先生一百五十万第二次！”

“小安太太囚鸾初影，陆先生一百五十万第三……”

“慢！”宴会厅门口突然传来一道冷冷的声音。

众人一惊，循声望去，光影里走出一个男人来。

他颀长的身影挺拔而立，身上还穿着作训服，脸上还画着伪装油彩，五官都看不清晰，但双眸里似有寒芒，只淡淡一扫，整个宴会大厅里的温度就像直接下降了几度。

“我太太的初次，怎能让给别人？”

一个“初影”，却被他说成了“初次”。

苏小南又好笑又好气，心里也有忐忑和紧张。

她拿了他的“囚鸾”来捐，他不会收拾她吧？苏小南冷不丁打了个寒战，正寻思回头怎么找借口，安北城已经冷声竞了价。

“五百万。”

宴会厅内，众人哗然。

可安北城不多言语，就那般静静地站在门口，冷漠得仿佛与这个世界格格不入，拒人于千里之外，居然也帅得不像话。场面冷了足足半分钟，美女主持才回过神来。

“小安太太囚鸾初影，安公子出价五百万，还有没有比五百万更高的？”

“五百万第一次！”

“五百万第二次！”

“五百万第三次！”

“恭喜安公子，恭喜小安太太！”

美女主持一锤定音，宴会厅里顿时喧哗起来，气氛到了高潮。

由始至终，陆启只淡淡微笑，优雅地拿起酒杯，一晃，又一晃……

苏小南将杯里的水一口饮尽，大波浪头发一甩，妖娆地笑着冲安北城走过去，将手搭在了他的手心里，由他牵着，踩着又细又高的鞋子走了出去。

灰溜溜地来！

华丽丽地走！

不得不说，安北城的身份和外形，很容易给女人带来极大的虚荣心和满足感。

苏小南承认，她是俗人，这一刻，她觉得很爽。当她走出宴会厅大门问他那五百万怎么办的时候，他回答：“我妈会给。”

从宴会厅出来，人渐渐少了。两个人静默了片刻，安北城突然开口：“你和陆启怎么回事？”

苏小南愣了一下，哧一声，笑得那叫一个风情万种：“安公子，你在吃味？”

“苏小南，我记得我警告过你。”安北城微微倾身，表情平静而冷漠，“不要和别的男人勾勾搭搭。”

“啥叫勾勾搭搭？你没搞错吧。”苏小南不服气地回瞪他。可她个子相比安北城着实矮了点，气势不够，哪怕踮脚提气抬下巴，依旧聚不起洪荒气场。

“陆启是我哥，不是别的男人。”

安北城冷哼：“你再说一次他是你哥。”

呃……到底她入戏太深，还是他？就算陆启不是她哥，他也不是她老公啊。她懒洋洋笑道：“至少现在是嘛，我和他纯粹兄妹感情，你可别瞎猜。”

安北城目光冰凉：“兄妹？你倒不害臊。”

“呃……”苏小南微卷的长发荡了荡，眼尾一挑，“生气最容易暴露一个人潜藏的情绪，你别让我误会你喜欢上我了。”

“喜欢上你？”他轻声反问，“你在提醒我，要对你做点什么吗？”

“神经！”苏小南甩开他的手，踩着细高跟往前走，可不过两步，手腕就被他扼住了：“别乱动，跟着我。”

苏小南一惊，来不及反应，脑袋就被安北城摁在了他的怀里。

他怎么搂住她往前走的，苏小南完全看不清，只知道，突如其来的枪声惊动了晚宴的安保，同时也惊动了宴会厅里的人，一阵阵惊呼声中，整条街道都嘈杂起来。

“别怕！”安北城把她揽抱在怀里，声音一如既往地冷冽，没有温度。

“我不怕。”她拉着他的袖子，“你小心自己——”

砰！又一道枪声在她耳边响起。

她这才发现安北城随身带枪，还是实弹。虽然苏小南读过警校，但她的生活离枪战这种刺激的犯罪活动还是太远太远。受不了这么激烈的剧情，她紧挨着安北城，他走，她就走，他转，她跟着他转。两个人一起从抱头尖叫的人群中穿过，在零星的枪声中，走向了黄急匆匆开过来的掠夺者。

“上车！”

安北城飞快拉开车门，把苏小南塞了进去。

“没我命令，不许出来！”

他低吼完却没上车，转身背对着掠夺者摆出射击的姿态，将黑洞洞的枪口对准了宴会大厅的酒店楼上。

“等着！我回去接我妈。”

安北城低喊一句，就要冲向宴会厅。可就在这电光石火的刹那，整幢大楼从内到外的灯光全灭了。就像古代杀人总喜欢选择放火一样，这个时代的人，就喜欢先断电，没了电源，监控会失效，袭击更方便，犯罪者也更容易安全逃离。但这一断电，人群乱起来，安北城要找尤明美，谈何容易！

前后不过三五分钟，巡警、110、特警全数出动，尖锐的警笛声中，十来辆警车从消防通道驶了过来。

苏小南看到警察拉上的警戒线，隔离了从街上跑过来瞅热闹的人群，手拿盾牌的防暴警察也跟着入场，一颗悬着的心终于松懈下来，摁开了车窗。

“安北城，我跟你一起去找你妈。”

“不用了。”

苍白着脸的尤明美从人群中走了出来，她身边跟着满脸凝重的陆启。看到车边的安北城和汽车里的苏小南，她脸色微微一变：“小启，送我回去！”

这女人也是个脾气怪的，没有多说一句话，也没有问一句儿子有没有事，直接就走向她停车的地方。

“舅妈！”陆启想要拉她。

尤明美头也不回，陆启无奈地向安北城摊了摊手，跟了上去。

苏小南坐在汽车里，看到尤明美的背影，莫名有些替安北城气苦。

尤明美显然不知道刚才外面的情形有多凶险，更不知道她的儿子差一点就没了性命。她想到的只有自己，只气恨安北城没在第一时间赶去救她。可安北城身边，才是最危险的啊！

这时，伍少野踩着皮靴走近。

“老大！抓到一个。还有一个家伙太狡猾，被他逃掉了。”

另一个拿测控仪的警察也紧跟着过来：“我们以凯瑞酒店为圆心，测试了附近两千米的范围，并没有找到信号源。”

安北城安静地看了一会儿，将手枪别在枪袋里：“留给王队他们吧，我们等消息！”

一路上很安静，两人并排坐在汽车里，几乎没有半点声音。

直到安北城的电话突然响起。电话是防暴特警队的王队长打来的，先给安北城说了一下凯瑞的情况，又迟疑着说：“在酒店 7 楼 707 房间，我们发现了一张字条。”

安北城眉头一蹙：“内容。”

王队一字一顿念道：“这次让你躲过了，没关系，还有下次，我们慢慢玩。”念完，王队又分析，“我怀疑这次袭击事件是恐怖分子报复性作案。袭击者使用狙击枪，手法老到，却没有伤及群众——”

“嗯。”安北城说，“我会让雷荆山和你对接。”

他挂了电话，脸上的表情阴冷得像暴风雨前的天空，又黑又沉。苏小南没有听到电话的内容，只奇怪他的反应：“安北城，是不是跟我们的任务有关？”

安北城回头看她一眼：“不要紧张。”

这个男人太闷了！苏小南撇了撇嘴：“我觉得现在不应该回北邸。”

安北城一副愿闻其详的样子，苏小南端正了脸色：“你看，袭击者是冲着你来的，那么，在城里人多的地方，相对而言会比较安全。我们这会儿却出城去北邸，不正好把自己暴露在敌人的枪口下吗？傻啊！”

“是吗？”安北城冷冽的面孔没有什么变化，揽在她肩膀上的手却慢慢滑下，停在她柔软的腰线上，捏了一下，力道慢慢加重，眉头也狠狠蹙了起来，“我就怕他不出现。”

原来是要引蛇出洞？怪不得！亏她还以为他是为了躲着他妈，原来她想多了。

苏小南捋了一下太长太散的头发，从包里翻出一根皮筋把头发松松地扎起来，转过头看着车窗外不停闪过的霓虹灯，突然福至心灵：“安北城，你说不会是情杀吧？比如某个女黑老大一直暗恋你，结果发现你不仅娶妻，还想生子，一怒之下，她拎着狙击枪带着几个小弟尾随而至，准备与你同归于尽……”

安北城一脸僵硬，拍拍她的头：“如果真这样，她会选择杀你。”

“呃，好像也是哦。”苏小南点点头，再侧眸一瞅，这才发现大半个身体都偎在安北城的怀里，就好像两个人很亲密地抱在一起似的。她稍稍别扭了一下，慢慢往后缩。可他又一把将她扯了过来，目光落在她胸前。

“衣领太低，下次不许。”

苏小南翻个白眼：“你别忘了，我这些奇奇怪怪的衣服，都是您特地为我准备的，而我，也是严格按照您的指示来打扮自己的。”

她有理有据的反呛，安北城居然没还嘴。苏小南又懒洋洋地躺在椅背上：“你紧张这种小事，我是不是可以理解为，安公子开始在意我了？”

安北城挪了挪腿：“你很幽默。”

“我也一直这么认为的。”

安北城没有回答，不动声色地沉默了许久，看着掠夺者一路向城外疾驶，突然又回头望来：“伤好了吗？”

苏小南抚了抚胸前的伤口，不紧不慢地说：“差不多，只不过留了一条疤，我严重怀疑，是因为伤口处理不当造成的。”她严肃地开着玩笑，“所以安北城，你觉不觉得，你该补偿我一点什么？”

安北城看她一眼：“那我为你损失五百万，你又要怎么补偿？”

“我分明也是受害者好不好？再说了，反正你们安家有钱，做善事捐点钱算什么，我这是为你们家人积德，没有收你的感谢费，你倒好意思要我补偿？”

安北城眸子浅眯，轻谩的声音严肃中带着一丝戏谑：“那我给你几个亿，怎样？”

冷不丁被钱砸中脑袋，苏小南不太敢相信会撞大运：“你可别说话不算话，让我鄙视你哦。”

安北城深深看她一眼，抬起修长的手指轻按掠夺者的按钮，唰一声，那扇与驾驶室之间的隔窗缓缓升起，将他们单独隔出了一个独立的空间。

“隔音效果很好，不必担心丁寅听见。”

“啥啥啥意思？干什么要隔音？”

苏小南正纳闷他的举动，就听见了他不太正经的话：“不是要几个亿？爷现在就可以给你。”

苏小南猛地瞪大眼，好一会儿才听到她愤怒地尖叫道：“安北城，你个流氓！”

他说的几个亿，原来是指他的……子子孙孙？

呛得咳嗽了好几声，苏小南给自己顺着气：“不气不气，我不和你一般见识。”

“苏小南。”安北城突然问，“如果我非要和你一般见识呢？”

“呃……”苏小南声音未落，一只强壮有力的手臂横过来钩住她的腰，往怀里一带。她条件反射去挡，可他力道很大，不待她动作做完，人就落入了他的怀里，与他紧紧相贴。

熟悉的气息闯入鼻间，苏小南已控制不住怦怦的心跳：“安，安北城，你那几个亿、几十个亿，都留着自用吧。如果实在觉得可惜，现在回头去捐献给慈善会还来得及……”

安北城身体一僵，不理她的打趣，手指懒洋洋抬起，顺着她蓬松的头发抚了抚，把她刚刚扎好的马尾又撩得凌乱不堪：“交代吧，你和陆启到底怎么回事？”

苏小南吓了一跳。她还以为经过一次袭击，安北城已经把这事儿给忘了，结果人家记得可牢了。

“你不都把我调查清楚了吗？我有什么事是你安公子不知道的？”

“是，问你呢，有什么事是我不知道的？”

安北城态度冷冽。

没错，关于苏小南的一切情况他都调查过。可在离开荣城之前那一段，除了她在学校里的成绩以及那些有档可查的资料，其他事情都查不到。他们家与邻居从不走动，与亲戚更是断绝了来往。在学校里，她特立独行，和同学基本没有什么交集。

巧的是，同一个时间段，陆启正随他的母亲安宜在荣城念书，直到安宜死亡。而且当年的陆启，也就是安启，与苏小南在同一个学校、同一个班级。

苏小南垂眸，一瞬间有些恍惚。

“安北城，那是我的私事，可以不说吗？”

“说！”安北城面色冷冽而严肃，“这与工作有关。”

苏小南瞄他一眼，沉默了。她知道，安北城不是一个喜欢八卦的男人，他没有爱上她，如果不是工作原因，以他的性格与为人，应该不会对这些破事儿感兴趣。

苏小南叹一口气，自嘲地笑：“我和他的关系，比普通同学近那么一点，但别的关系嘛……嗯，尚未发生。”

“好。”安北城目光一闪，看着她在微光中妖冶媚艳的红裙，低头道，“那我要你。”

他一字一顿说得很认真，就好像在超市里要一瓶酱油似的。苏小南气不打一处来，在他霸道的禁锢中挣扎着：“安北城，咱能正常点交谈不？”

“不能。”他一口否决，冷冽的眸子里带着一抹沾了欲的猩红，“还想着陆启？嗯？”

那尾音里带着一股撩劲儿的“嗯”，似诱惑，又似冷漠，听得苏小南微微一怔。随即，她将拳头隔在两人中间，扯出一个灿烂的笑容来：“好吧，我承认，我和他曾经有过一段情——”

“你到底有多少段情？”安北城打断她，“一个霍天奇不够，还有一个陆启。苏小南，你忘记我的警告了？”

她偏着头，认真道：“是你忘记我们的合约精神了。”

在合约中，他们只是假夫妻，不需要履行夫妻义务，当然也不会有夫妻的权利，将他们拴在一起的，只有任务而已，而且，时间仅为一年。

安北城冷哼一声，手掌不轻不重地捏紧她的细腰，慢慢低头，正视着她：“合约期间，你是我的。”

“我是个人，又不是个东西，凭什么啊？”

“凭你不是个东西。”

“……”一句话把自己坑了，苏小南深呼吸，减压力，然后微微一笑，“那请问安公子，我的什么是你的？身还是心？如果你要的是身体，我说过，只要彼此高兴，时间地点合适，没有关系。至于心嘛——”

她拖着嗓子，呵一声，浅笑道：“心没有。”

安北城目光微黯，静静看她片刻，然后抬腕看时间：“苏小南，我给你十秒钟。”

“做什么？”

“重新组织语言。”

苏小南低垂下眼皮，突然有点不敢和他对视：“除了工作之外，我们还是不要干涉彼此了。而且，只有在尊重的基础上，我们才可以产生良好的合作友谊，也才能培养出更为愉快的‘性福’环境——”

“愉快的‘性福’环境？你真敢说。”安北城额头青筋突突跳着，狠狠箍紧她，把她勒在怀里，低眉冷眸看她许久，突然一笑。

“好，我给你一个愉快的‘性福’环境！”

掠夺者绕过北邸的别墅区，没有进去，而是直接往后山的公路驶去。这一座北邸山的面积很大，苏小南没有想到后山居然还有一个四周拉着电网的大院落。院落里房屋错落，最高的建筑也就是一栋三层的小楼，其余地方看着像训练场，又有一点类似于工厂的库房。

苏小南一肚子疑惑，但安北城显然没有耐心告诉她。

拽紧她的手，他大步往院子里走去。雷荆山看到安北城牵着苏小南进来，怔了一下，笑着咧出一口白牙：“老大好、嫂子好。”

安北城面无表情，继续往里走：“大雷，招了没有？”

雷荆山皱了皱眉头：“长得像猴，皮却硬得像钢板，还没有呢。”

“嗯。”安北城点点头、“继续审！”

苏小南听着，大概猜测这里应该是红特的一个秘密基地，今晚他们在凯瑞酒店逮到的那个家伙，正在这里享受高级的特殊待遇，可——安北城带她来干吗？

在她的忐忑中，安北城牵着她径直绕到院后的一个山坡上。

这个山坡的地势明显高于这里的任何一座房子。沿着一道石阶上去，可以看到坡顶有一座石头房，简单干净，种有花草，看似闲情雅致，却又冷气森森。

苏小南心里怦怦直跳："带我来这里做什么？"

安北城没有回答她，入屋环视一周，突地回头："大雷！"

"到！"雷荆山跑步进来，一脸疑惑。

安北城冷冷抿唇，考虑一下道："去，布好警戒，没我的命令，谁也不许上来。"

"是！"雷荆山噔噔下去了。

苏小南打量着这个陌生的地方，突然有点不知所措。一片氤氲的灯光下，安北城俊美的五官完美得不像话，也邪恶得不像话，就好像……一个突然走入火魔的妖魔，身上添了邪肆之气，要把她卷入某个万劫不复的深渊。

"安北城。"她试图沟通，"咱犯不着这么严肃吧？呵呵，这里一个人都没有，你不觉得怪怪的？"

"有人。"安北城带着她走到门口，示意她看，"石屋附近有四个哨塔，共十六人值夜，有红外线防御监控系统，还有雷荆山亲自看守，保证安全。而石室里面……你进去，就知道什么叫愉快了。"

呃……果然是安全而愉快的'性福'环境吗？

她心里像揣了只小鹿，就像好龙的叶公，天天盼龙，可真的龙来了，却慌了。

"我可以不去吗？"

"你说呢？"

二楼的客厅外有一扇落地窗户，大大的阳台通风透气，可以远观整个山脉风光。不得不说，这是一个休闲的好地方，冬暖夏凉，低调奢华，随手拍个照发朋友圈都比别人高大上——

"喝一口吧？"安北城拉她坐在阳台的圆桌边。

桌上有酒，有花生，有小毛豆，很简单的家常食物，特别勾引人的食欲，尤其是那酒香味儿，快把她馋死了。

“这什么酒？好香！”

“喜欢就多喝点。”安北城自己也浅饮了一口。

“谢谢！”苏小南也不客气，将一杯略带橙黄的酒液一饮而尽，笑眯眯舔一下嘴角，“怪不得你说进来就知道什么叫愉快了，果然，愉快，愉快，很愉快！所以，安北城，我同意睡你了。”

“……”他安公子，不如一杯酒的价值？

安北城黑眸沉沉，再次为她满杯。

又是一饮而尽，苏小南豪气冲天。

一杯，一杯，再一杯，又一杯，这个生长于酒乡的姑娘酒量不错，长这么大从来没有醉过，也没有将这酒放在眼里，然而她还是太天真了。

她完全没有意识到究竟喝了多少，直到一种古怪的热量从她身体的隐蔽角落爬上来，像蚂蚁似的，慢慢钻入她的四肢百骸，让她热得不行，燥得不行，也慌得不行。她紧盯着安北城俊美的五官，口干舌燥，很想尖叫。

“安北城，你不觉得热吗？”

“还好。”他语气淡淡的，看着她一身妖艳似火的红衣，幽深的眸子里闪着某种旖旎的光芒，“佛头春，好喝吗？”

佛头春，这个名字有点熟啊。

苏小南撑着额头努力想，却没有想起来。

阳台外，夜风缭绕，天空中，月色皎皎，这本是一处清静所在，可苏小南浑身血液像要造反了，翻江倒海地在身上游走，几乎要把她的每一寸骨骼都爬遍，她的意志力也慢慢烧成了灰……

“完了！我有点上头。”她拼命搓了几下额头，嘻嘻一笑，“安北城，我怎么觉得，我那么想……你蹂躏我呢？”

说到蹂躏的时候，她潋滟的眸子浅眯着，粉艳的唇微嘟着，微微前倾的腰线撅出一个绝美的弧度，就像一朵盛放在暗夜里的罂粟花，浓郁，妖冶，要人命，夺人魂。

安北城握酒杯的手紧了紧，目光幽深：“真的想吗？”

苏小南晃了晃头，努力想让自己清醒，却不停说胡话：“那你是不是也想……被我蹂躏？”

“不想。”安北城将她的手用力一拽，就把她拉在了怀里。他的话，冷不丁跳跃在她的耳侧：“我只想蹂躏你。”

苏小南耳朵有点烫，身体也不听脑子使唤，软得像一团棉花，瘫在安北城的怀里，灵魂似乎都飞走了：“那你赶紧的呗！”

月光下，夜风中，一身红衣的她，美得像个从天而降的妖精。

安北城低头凝视着她，突地笑了：“苏小南，你这个样子，乖多了。”

他俊美的面孔上一如往常地凉，可那双冷漠的眼罕见地带了一点笑。就好像他怀里的这个女人是他宠爱的情人，是他好不容易才得来的一般，他大手缓缓抚着她的脸，语气说不尽地宠爱：“你说我该拿你怎么办才好呢？”

“我很热，你把我凉拌吧。”

一口叼着他的手指，她嘴角含笑，眼神轻荡，一袭红裙妖艳似火……

这一刻，哪怕前方有万丈深渊，她也顾不得了。

如果不是喝了“佛头春”，给苏小南一百二十个胆子她也不敢这样，可无论她是什么样的苏小南，都变成了一个柔情似水的苏小南，那俏媚的模样、那逗人怜爱的目光，烙铁似的烙在安北城身上，就好像他是她等了十八辈子的男人……

完美的契合，极致的快活，一个是妖精，一个是野兽，两个人都累得气喘吁吁。

等到天边亮出第一抹霞光，苏小南在“奄奄一息”中睁开眼，看着彼此的身体，无力地喃喃：“安北城，我得罪你祖宗十八代了？”

声音哑了，嗓子喊坏了，头疼腰酸，身体像被火车碾过，骨头和肌肉没有一处好过……她连骂他的力气都没有了。

她曾经以为自己是个内敛害羞的姑娘，以为安北城是个不食人间烟火的禁欲男子，至少他们两个都是久经考验的革命同志，哪怕孤男寡女相处久了免不了来一场干柴烈火，发生点擦枪走火的事故……但也一定会发生得体体面面的。

可她现在才知道，错得太离谱。

一瓶佛头春下去，安北城不是安北城，她苏小南更不是苏小南。她那么贱地求他，把贞操和节操都给他了，那场面简直不堪回忆。

可不可以选择性失忆？

从北邸山回到将军巷，苏小南原本准备好好和安北城聊一聊“愉快的‘性福’生活”之后，两个人应该怎样开展新的工作和生活，并继续保持纯洁的革命友谊这个严肃问题，然而，一回来他就忙开了。

电话，电话，一个接一个的电话。于是，看他眉头紧蹙，脸色不好看，苏小南哪怕“大姨妈”来了肚子疼得想喊娘，也不准备在这个时候去打扰他。

事先没有半点准备，她拿了一点卫生纸应急，换了一条底裤，偷偷瞄着安北城忙碌的身影，在房间里翻箱倒柜地找了半天——没有卫生巾。

从她“嫁”过来，安北城凡事都安排得很细，衣服、日用品，样样都准备了，但估计为她准备这些的也是男人，压根就没有想到需要卫生巾这一说。

“安北城，商量点事呗。”

“嗯？”安北城埋首在那一台笔记本里，“说！”

“我出去买点东西，我‘姨妈’来了。”苏小南直言不讳。

“姨妈？”安北城脸一沉，“你哪来的姨妈？”

苏小南心里暗叹，安公子真不食人间烟火啊。她走过去按一下他的肩膀，又乖巧地为他揉太着阳穴：“此‘姨妈’非彼姨妈，一月来一次，每次来都得让我出点血，郁闷几天，疼去半条命——”

安北城嘴唇微微一抽：“去吧。等你回来吃饭。”

“OK！”像一只被放出牢笼的小鸟，苏小南雀跃不已，“我很快回来！”

从苏小南变陆止，这么久了，这是她第一次被获准单独行动。她相信，这也是与安北城的关系在昨晚得到质的飞跃后，他对她信任感的提升。因此，为了以后更加自由的环境，她不愿意让安北城失望。

从楼中楼出来，她拎着个小坤包，戴着大墨镜，遮了半张脸，强忍着身上的隐痛和不适，一扭一扭地出了大门。

超市就在十八号对面的转角街口，不到两百米。她拖着一个购物篮，捡了几包卫生巾，又去买了一袋红糖，没多耽搁就去结账。

掏钱的时候，她听到了手机短信的声音。

新换的手机，上面一个电话号码都没有保存，发短信的人除了安北城，她不作他想。

可她拿起手机一看，那条简单的短信却是陆启发来的。

“小南瓜，我在超市门口等你，我们谈谈。”

她瞪了短信好半天，在收银员小姐的催促下才回过神，结了账，拎着购物袋出了门。

超市门口，她瞥一眼那个倚在广告牌上颀长俊气的身影，一步都没停，目不斜视地走向人行道，准备过街。

“陆止。”在人前，陆启这样叫她。

很显然，这个男人褪去的不仅是年少时的青涩，还有少年的冲动，是一个懂得管理自己情绪的成熟男人了。苏小南回过头，像刚发现他似的，莞尔一笑：“哥，你不是在休息？”

“小南瓜。”陆启走近了，又换上彼此熟悉的称呼，视线若有似无地掠过她透明塑料袋里的东西，好看的嘴角微微一翘，语气轻快，“来事了？”

苏小南心里一窒，脸上却带笑：“这种事，好像不适合和哥哥探讨。”

一声哥哥，听着亲热，其实是距离，是与过往的他们永远说再见的冷漠。陆启勾起嘴角，坏坏的样子让苏小南不经意就搜索到了一丝旧时光里的熟悉感。

“有什么不适合的，难道小南瓜忘记了，你第一次来事，还是我给你买的卫生用品，嗯，还有一条……小内裤？”

旧事纷至沓来，苏小南的心脏像被利器猛戳了一下。

广告牌的灯箱泛着昏暗的光，于是陆启的面孔也带上了一丝朦胧的、熟悉的嘲弄。

她刚上初二那年，“亲戚”初次来访，她不知所措地跑到学校小卖部去买了一包卫生巾和一条换洗的内裤，可付钱时才发现，一直揣在兜里的钱包不知道什么时候弄丢了。

第一次来事的女孩儿，太紧张了，她想不起来钱包落在了哪里，脑子一片空白。

钱包掉了，不仅买不了卫生巾，她整整一周的生活费也没了着落。

那一刻，在老板不信任的目光逼视下，她双颊通红，耳根滚烫，脆弱的神经完全不能抵抗这个世界深深的恶意，恨不得钻地缝……

“我来帮她付钱。”这是十三岁的苏小南，第一次听见十六岁的安启说话。

他的声音真好听，干净、清透，像音乐会上的小提琴演奏，天籁一般缓缓从她心上滑过，瞬间击中了她初开的情窦……

少年时不一定懂得什么是爱，却一定懂得感动，尤其是苏小南这样缺爱的孩子。

她眼睁睁看着那个大男孩白净修长的手指从一个同样干净的钱夹里，抽了一张百元币递给老板：“再给她拿一包红糖。”

那一刻的苏小南简直是震惊的。慌乱地抱着东西，慌不迭地回到宿舍，一颗心怦怦跳得没有章法，等她平静下来才想起，她没有问他的名字，在哪个班级，她该怎么还他的钱。

这笔钱让苏小南负担了整整一天，可第二天刚进教室，女班主任就领来了他，微笑着向全班同学介绍，他叫安启，十六岁，刚转学过来的，被分在她所在的班级。

那天后，安启就成了学校的名人。因为考不上好的高中，降级读初三，复读一年又来读初二，这样任性的履历，对于任何一个初中生来说，都是丢人的事。

安启是个学渣，却活得潇洒，打球、玩游戏、泡妞，一个星期他就占领了校草的阵地，让校花恨不能倒贴上他。肆意飞扬的安启，是那个时候荣城一中全体女生心目中的男神，在他之前，她们从来没有见过长得那样好看的男生，就像电视节目里走出来的一样。

苏小南还安启的钱，是在一个星期后。

她用了整整一个星期的时间，思考、跟踪，才终于鼓起勇气在学校图书馆靠窗的角落里找到他，面红耳赤地低着头，把钱递上去。

“同学，谢谢你。”

他抬起头时，那个漫不经心拧眉的小动作，像一个优雅的贵公子，让苏小南现在都记忆犹新：“你是……”

他不记得她了。

当时的苏小南一张脸红得通透，自尊心被踩碎了一地。

那一个星期，她吃不好，睡不好，就寻思怎么能不尴尬地还他的钱，一直找不到单独相处的机会，又怕同学知道了嘴碎……事实证明，她全白想了。

苏小南不知道怎么解释，支吾几声，才红着脸说：“那天在小卖部，你帮我付的钱……”

他眉梢一挑，像是想起来了，白净俊美的脸上迅速浮上一层可疑的轻佻，或说淡淡的嘲弄。看一眼被她揉得皱皱巴巴的零散人民币，他慢条斯理地翻着书：“放桌子上吧。”

初中时的苏小南是自卑的。

那些钱很皱，也有点脏。那时候的抄手只有三元钱一碗，一块两块，她妈妈就这么攒起来的，每次把生活费交给她，妈妈的脸色就像暴风雨前的天空，又沉又黑。所以，面对那样干净帅气的安启，她心虚。

苏小南小心把钱放在桌上，没有说话就转过了身。

背后却突然传来他好听的声音，还有他的话：“女孩子来了那事，要多注意个人卫生，卫生用品要勤换……”

苏小南的脊背是僵硬的，可他又带了一点笑道：“我不急用钱，你可以先拿去用。”

苏小南的耳朵都快要烧起来了。不是因为这个男孩儿的关心，也不是因为他提到了女生的个人隐私，而是因为——他看出了她窘迫的经济困境、她的穷困潦倒。

她记得那天，她是逃命似的离开图书馆的。

原本以为，她和这个叫安启的“贵族坏男生”再也不会有任何交集。

可一个学期后，他成了她的同桌。

再一个学期后，他依旧是她的同桌。

这样的状态一直持续到上高中。新的学习阶段，新的同学，新的起点，一切都不同了，可他和她又分在了同一个班级。在报名的第一天，两个人又心照不宣地选择了同桌，直到故事结束……

“小南瓜，想起来了吗？”陆启的声音一如当年那么好听，却少了少年的清透，添了成熟男人的味道，也不再能轻易让她猜出话里的情绪了。

苏小南对上他的眼，缓一口气，嘴角上扬：“哥，你是不是睡糊涂了？”

陆启俊脸上是满满的笑痕：“当真不准备和我相认了？”

苏小南眨眨眼：“以后我会努力相认的，毕竟你是我的亲哥哥嘛。”

陆启上下审视着她，突然撩唇而笑：“Your English must be pretty good（你的英语一定很好）。”

他发音很正，语速很快，苏小南依稀就听明白两个单词，一个“English”，一个“good”。她微微一怔，明白他存心讽刺：一个英文都听不明白的人，却要伪装成“海龟”陆止。

“小南瓜，还不肯承认吗？你不是陆止，我记得你英语烂得可以宰了喂牛！”

苏小南歪着头，斜着眼，看着他倚在灯箱上的颀长身影，挑衅一哂：“哥哥不做‘厕所拦神’了，准备改抢广告男神的饭碗？不好意思，我没兴趣也没时间和你飙英语，让开！”

“小南瓜。”

她扭头就走，陆启却追了上来，众目睽睽之下，他逮住她的手腕，指了指十八号门口那一条静静流淌的小河：“我们去那边坐坐吧。”

小河边上有几张供人休息的长椅，当初苏小南也是在那条河边逮到霍天奇和安蓓蓓在车里“测试汽车震动性能”的，她可不想莫名其妙和陆启去那里。

她将购物袋往陆启面前一扬，笑得轻佻：“你没看我好事来了？急！麻烦放手！”

“你就那么恨我？”

“我为什么要恨你？”苏小南脸上的笑一点不少，却像在看一个陌生人，客气有礼，“哥哥热衷于做万能钥匙，我却不想做一把有问题的锁，招人说三道四，不干不净——”

陆启的面孔在初秋的凉风中一点点褪去了颜色。

几片飞舞的黄叶飘下来，被风一送，落在苏小南披散的发上。她没有动，陆启也没有动。像被她这句话打击得不轻，陆启至少沉默了足足半分钟，随后他突然抓紧她的胳膊，径直走向绿化带。

绿化带的隔离区域很幽静， 陆启把她丢在一张长椅上，自己随意坐在她的身边，就像若干年前两人逃学出去玩耍那样，自然、恣意，随手从外套里掏出一盒烟，自己叼上一支，他将另一支递给苏小南：“来一支？”

苏小南脸色一变：“我不抽烟。”

陆启嘴角上扬，将香烟收回来放好，低头点燃叼着的烟，深深吸一口，看着天际，似笑非笑地嘲弄：“看来我们都学乖了。”

苏小南没有心情和他叙旧，也不愿意回忆过往，手心下意识放在还在隐隐作痛的小腹上，生气地低吼：“陆启，别发神经了行不？天都黑了，我们孤男寡女地坐在这儿，合适吗？你拽我过来究竟要说什么，赶紧说完拉倒！”

“你在怕什么？”陆启怪怪地看着她。

“我是急着回去！”

“小南瓜，你在心虚。”

心虚两个字，他说得笃定。那一张精致的面孔被忽明忽暗的路灯灯光晕染出一种危险的光泽，似乎分分钟要把她折穿、看透，又像从遥远的过往中穿越而来，带着荣城一中球场上的青春与汗水，落在她的耳畔，如同魔音入脑，让她身体微微一僵。

她突然觉得烦死了。

“大姨妈”折腾也就算了，这个人凭什么来折腾她？

于是，她的好脾气也喂了狗：“你如果拉我过来就为了嘲笑我，或者在我身上寻找某个故人的影子，那么抱歉，你要找的那个人已经死了。”

“嗯。”他居然没有反驳，“我正是听见她的死讯，特地回国的。”

苏小南微微一怔。

他会因为她的死讯回国？

也许因为过去太熟悉，她竟然无力再反驳，说她不是苏小南。

几年来练就的一身铁骨铜肉，也在他锐利的目光中有了细微的裂痕。

而陆启显然没打算就这样放过她："你和他做了……真夫妻？"

苏小南一怔，无所谓地耸了耸肩："这世上有不做的夫妻吗？"

"呵。"陆启将手上的烟头摁灭，远远地弹入垃圾桶里，突然勾起嘴角，一句没有半点温度的话夹杂了少许的困惑，"他居然……可以和你做？"

苏小南捋一下波浪卷长发，斜睨他轻嘲道："你脑子没抽吧？破坏人家夫妻关系，可不道德。"

陆启挑了挑眉头，笑而不答。

苏小南琢磨了一下，坏笑起来："我明白了，你是想告诉我，其实你和他……曾经试过，结果他居然和你不可以，是这样吗？"

陆启脸色一沉："怪不得他愿意娶你……"

他又来一句莫名其妙的话。

而且"愿意"这个词，很讨厌有没有？

苏小南不傻，前后的事情综合在一起，她大抵分析出了陆启的意思——安北城和别的女人好像无法建立"某种肉体和精神上的关系"，和她苏小南却突然可以了，然后他就选择了她做老婆。

然而，实事真是这样吗？

想到这中间缠绕的秘密，苏小南脑子有点伤。

她懒，不喜欢太复杂的生活。不管嘴上说得多无所谓，多开放，但安北城已经实实在在成了他的男人，她做不到真的仅仅把他当成一个炮友，穿好衣服，挥挥手，就可以当成什么都没有发生过。

气氛凝滞了片刻。

看她一直发愣，陆启突然伸出一只胳膊横在她的颈后，放在椅背上呈环抱之势，低头睨她："小南瓜，我弄不明白你为什么要用陆止的身份这样不明不白地跟着他。这不像你的为人……"

陆启观察着她明暗参半的面色，突然抬手拂了拂她额上的乱发："如果你不愿意将就，我可以帮你——"

"帮我？"苏小南忍不住冷笑，打断他的话，把他的手臂挪开，似笑非笑道，"你准备怎么帮？"

陆启目光停顿在她的脸上，手指不听使唤地抚上去："小南瓜，我们……

私奔吧？我可以带你离开，让你逃离现在的一切。”

当年只字片语都没有，拂袖一走，几乎把她毁得万劫不复的安启，凭什么在她结婚之后，这么冠冕堂皇地对她说“我们私奔”的话？

是她不得不扮演陆止，对他太温柔了吗？

是她的敷衍，让他产生了什么错觉吗？

苏小南冷笑着推开他的手：“难道国外的粮食都不养人吗？你这脑子怎么发育得这么奇葩呢？”

她拎着自己的东西，踩着高跟鞋，头也没回地走了。

将军巷十八号大门在望，她暗松一口气，却见一辆黑色奥迪突然驶了过来，速度快得惊人，她条件反射地想闪开一点，可这一加快速度，高跟鞋再一次出卖了她，苏小南一个没踩稳，啪嗒一下，跪了……

“启禀皇上，有一刁民求见——”

手机铃声响起的时候，苏小南一颗心都揪起来了。无视陆启的嘲弄，她淡定地拿起手机，喂了一声：“安北城，我在医院。”

“我知道。”安北城语气淡淡的，“电话拿给陆启。”

苏小南怔了一下，慢慢将手机递出去。陆启看她一眼，拿过手机走到了阳台上。

“启子，男女三岁不同席，哪怕是亲兄妹，也得顾及一下影响。”

“哦，是吗？”陆启笑笑，摸一下高高的鼻梁，“这遗传真是一个奇妙的事，我大概随了我妈，脑子慢半拍。所以啊，二表哥有话不妨直说，甭转弯抹角的。”

听他说起他过世的妈，安北城的脸色软了不少。

安宜是一个温柔的女人，对安北城这个侄儿尤其好。

可以说，在安宜身上，安北城体会过在尤明美那里从来不曾体会过的母爱，以及温柔的、和风细雨的、慈祥的目光，还有不论做错什么事，都带着笑为他善后的和煦。

而尤明美完全不同，她除了高标准要求安北城，剩下的时间都用来责怪他不懂事、贪玩好耍、不知道讨父亲欢心，以及全天二十四小时不间断追查老公的行踪，担心他和哪个野女人鬼混去了。

两个都是妈，不同的是，安宜爱孩子，生怕孩子受一点委屈，尤明美更多时候愿意把安北城塑造成一个金刚不坏的万能之躯，让他成为一个放在人前可以闪光、让她永远体面的武器。

安家每个人都喜欢安宜，所以安宜之死，成了安家的痛。

陆止和她的母亲，也被永远钉在了耻辱架上。

安北城慢慢转过大半个身子，声音已比先前柔和了许多。

“启子，你的人生喜欢怎么规划，都可以随你高兴。正如你弃了MBA，跑去读West Point，又突然要去红特，我都可以全力支持，但……我们夫妻间的事，轮不到你插手。”

陆启嘴角上扬，语气不由自主带上了讽刺：“二表哥，没有哪个男人会那样对他的女人，连经期都不肯放过的。”

经期？安北城微微一怔。

他想到石屋洗漱台上那一抹红，还有今天她出门时紧锁的眉头。

“她怎么样了？”

陆启冷笑一声：“你自己去问佩姨吧。”

陆启离开不到半个小时，安北城就赶到了医院。他进来的时候，手上拿了一副医用手套，还有一管药膏：“佩姨说你那里受了伤，需要上药。”

陈佩兰是妇科权威专家，她说受了伤，肯定不会有假。可安北城这样子是准备亲自为她人工布药？

苏小南双颊通红，往后缩了缩，头皮都麻了：“其实没那么严重啦，过几天就好了，根本就不用上药。”

“你脱还是我脱？”

“我自己来——”

“不行。”

“为什么？”

“你看不见。”

“……”

苏小南仰头望着天花板，有一种欲哭无泪的崩溃感，那杏眼里波光流转，娇滴滴的小模样简直就是对男人致命的“眉眼杀”。

“安北城，我可以问候你祖宗十八代吗？”

“看来是脑子烧坏了。躺好！”

不等她拒绝，他伸手就来掀被子。虽然两个人已经是夫妻，也已经有了那种关系，可苏小南很明白，昨天晚上是因为喝了“佛头春”上头，所以意识虽然有，但胆子肥，不懂得害羞。可这会儿呢？明晃晃的灯光下，让她怎么放得开？

“安北城，我不是残疾，我有手的，怎么好意思麻烦你。”

“关爱小动物，人人有责。”安北城有点不耐烦了，直接就上了手。

“啊啊啊！我要杀了你。”

“……”

“放开我！”

“……”

病房里响起苏小南杀猪似的号叫。

再一次看到陈佩兰时，苏小南脸上的红霞还未褪尽。

“谢谢陈医生，给你添麻烦了。”

“客气什么，自己人。”陈佩兰是个随和的女人，一脸微笑地说，“你这身体……又扭到了脚，要不住两天院，观察观察？”

苏小南做不了主，只拿眼瞄安北城。

他眉头微微一蹙：“我联系了顾风，他今天会到北邸。”

陈佩兰面色微微诧异：“哦，那敢情好。”

顾风是红特医疗大队的队长，攻读过 IOM（国际移民组织）的博士，年纪不过三十，却在国内外发表过无数业内广泛好评的医学论文。当年他放弃了高薪邀请，毅然投身红特，做了一名医疗队长，还曾引得业内哗然。

这样的顾风……很忙，也很傲。安北城却安排他到北邸，只为给他媳妇看病。

陈佩兰怔了半晌，微微一笑：“城子会疼媳妇了。以前你奶奶还担心抱不成曾孙子，佩姨看啊，说不定今年你们就有喜讯了。”

听她又谈孙子，苏小南心里不免哀叹。

安北城却很严肃地点头：“会努力的，佩姨费心了。”

陈佩兰扑哧一笑，将听诊器收好，又望向苏小南，突然敛了眉：“小夫妻感情好，那是好事，但……城子，佩姨还得敲打敲打你，年轻人要节制，来日方长，那么粗鲁做什么？媳妇是你的，又跑不了。”

苏小南耳朵都烫了。

不过看安北城那尴尬的样子，她又觉得解气。

等安北城听完了“夫妻生活教导”，抱着她走出病房，苏小南再也忍不住了，趴在安北城的肩膀上，笑得花枝乱颤，双肩抖个不停。

“又烧了？”安北城冷冷剜她。

苏小南笑得控制不住，一脸扭曲：“不不不，我这是开心的。安公子纡尊降贵抱我出医院，这么窝心，这么帅，我当然高兴了！”

苏小南心情好，毫不吝啬对他的夸奖，双手环在他的脖子上，享受着这种由他身高带来的“高人一等”的俯视感，心里的感觉……酸爽无比。

是的，爽的，也是酸的。有那么一刻，她甚至找到了恋爱的感觉，也不知从什么时候开始，脱离了最初的任务本质，她会因为他的一举一动而情绪变化。

难道是应了张爱玲那句话？通往女性心灵的路，其实是那一条？

“安公子出来了。”

“快，跟上去！”

突然传来的喧哗声，拉回了苏小南的神志，她窝在安北城怀里，还没有反应过来，就被一群架着长枪短炮的记者围住了。

“安公子，你好，我是××娱乐的记者，请问你的夫人，也就是陆家的二小姐，与他的哥哥陆启是不是有不正当的男女关系？”

苏小南脊背一僵，一颗心也拔凉拔凉的，

可安北城似乎没有受到影响，稳稳地抱着她，双臂紧了紧，谁也不搭理，回头看丁寅：“去开车！”

“是！老大。”

丁寅反应很快，另一个叫杨伟的随行警卫也站到了安北城面前："各位，我们老大不是娱乐明星，不接受采访，你们也无权采访，麻烦让一让啊，让一让。"

跑娱乐新闻的记者大多猴精，早就见惯了各种场面，虽然他们知道安公子惹不起，也确实不是娱乐明星，但安北城这个人牵动着国民的心，又有国民老公的爱称，这样的热点新闻，他们又怎么舍得错过。

咔嚓声不断，记者们不停地拍照，抢着发问。

"安公子，有爆料人说，他手上有陆小姐和陆公子少年时的亲密床照，还有昨天晚上陆小姐和陆公子在河边幽会的私密照片，甚至还有陆小姐……一些别的照片。请问，你们对此有什么看法？"

"安公子，如果到时候有不雅照传到网上，对安公子和陆小姐，还有安、陆两家的声誉会不会造成影响？不知道安公子会不会效仿上次对待绯闻的方式？"

"陆小姐，请问你一直不敢面对镜头，是不是因为心虚？"

心虚你妹啊！

苏小南被问烦了，抬头就要开骂，却被安北城按着后脑勺摁了回去。

"各位，我太太一直生活在国外，近期刚回国。如果我发现有任何污蔑她的不实报道……今天在这里的每一位，安北城都记住了。大家好自为之。"

说完他抱着苏小南大步从人群中横穿而过，头也不回地上了丁寅开来的车，只留下一众记者目瞪口呆。几个女记者看着扬长而去的车屁股，双目发光。

"太帅了！"

"这个陆小姐，上辈子一定拯救了宇宙……"

一个多小时后，掠夺者驶入了将军巷十八号。

安北城冷着脸抱着苏小南回到楼中楼，上了二楼，他没有进卧室，就把她放在门口，似乎忘了她脚脖子还没消肿，一脸冷漠道："去收拾一下，准备吃饭。"

"哦。"苏小南看着他高深莫测的脸，没有做贼，却莫名有点心虚。

她自认为没有做过什么出格的事，却不愿意把和陆启的曾经翻出来，再撕开血淋淋的伤疤，告诉他那些真相。

于他来说，也许不在意。

于她来说，隐瞒就是对自我的保护。

可如果什么都不提，那记者口中的"照片"……她又心有戚戚焉。不管安北城信不信任她，当年受过的委屈和打击，她都不想再经受一次了。

苏小南干笑一声，揉揉鼻子，盯着他近乎完美的侧脸："安北城，你懂的，现在的科技这么发达，喀，人家想弄几张照片出来不要太容易。"

安北城看着她，神色阴晴不定："你很在意？"

苏小南一怔，反问："你不在意？"

安北城缓缓开口："如果没有做过，就不必在意。"

"……"这到底是怀疑她，还是相信她啊？

苏小南咧嘴，慢慢竖起一个大拇指："就冲你对我的这份信任，咱们的革命友谊就可以持续到任务完成的那一天。"

安北城轻轻弯唇："那不叫信任。"

"嗯？"

"那叫无意义。"

无意义是说，他不在意她和陆启到底有没有那回事，还是说追究这件事没有意义，或者，反正他心里都已经确定了她和陆启的关系，说什么都没有意义了？

苏小南脸色一暗，却听他说："我以为你现在应该想想，到底谁在搞咱们。"

他是肯相信她了？苏小南暗松一口气。

"那天在晚宴上，赵至臻用这件事威胁过我。"除了赵至臻，她实在想不到还有别人。说着，她又忍不住心里犯涩，"有这么一个奇葩的亲爹，我居然还能活到现在，简直就是人类史上的奇迹，也真是好命，有这么旺盛的生命力。"

安北城冷眼看她："如果你说话不要总表扬自己，会更好命。"

苏小南一怔，撇嘴笑道：“如果你说话时少打击我几次，会更帅气。”

与他针锋相对已成常态，她说完大咧咧一笑，一瘸一拐地去了卫生间。

她是一个乐观的人，就算所有人都怀疑她、诋毁她，都不喜欢她，但只要能高兴一分钟，她就得高兴一分钟，能笑一秒钟，她就得笑一秒钟……毕竟哭也改变不了什么。

这天晚上苏小南没有睡好。

大概有一点低烧的原因，她的梦境离奇而复杂，参与人数众多，一会儿是年少飞扬的陆启，一会儿是赵至臻那张恶心的嘴脸，一会儿又是尤明美阴阴地笑着，手里拿着一把大剪子，说要把她剪碎，一会儿又变成了安北城的脸，丧尸似的没有温度……

纷纷扰扰中，她睁开了眼。

天还没有大亮，可安北城已经不在床上了。

她摸了摸脑门上的冷汗，觉得身体有点虚，但精神头不错，盯着天花板琢磨了一会儿，她起床时发现昨天换下的衣服，包括内衣裤都已被人洗好晾晒在阳台上。

除了安北城，还会有谁？分享隐私的最高等级，是分享见不得人的隐私，突然间她与安北城的关系又近了一步，可他为什么突然就对她这么好了？是因为那天晚上的事？

受佛头春影响，其实好多细节苏小南都记不清了，这个时候想起，她突然有点好奇，安公子是不是跟她一样，也是第一次？

怔怔呆了片刻，她抱着一台 iPad 去了卫生间，坐在马桶上百度。

“男人第一次……”

不对！删。

“哪些行为可以判断出男人是第一次？”

也不对！删。

“一个有怪癖的男人会不会只对特定女人产生性冲动？在线等……急！”

她刚把帖子发出去，哗啦一声，安北城拉开了门。

“干什么？贼眉鼠眼地看着我。”

苏小南尴尬地咳了一声，转移话题：“你帮我洗的内裤？”

安北城脸上无波无澜：“娶了个懒媳妇，不自己动手，难不成请人来洗？”

苏小南双颊通红，有点无力。其实一般情况下，她都是随手洗掉的，这次没有洗，一是因为当时肚子太疼了，二是当时为了照片的事有点神思恍惚，把这件事情搞忘了。

“谢了啊！”她有点窘，但道谢的心很真诚，而接下来的话，问得更真诚，“是不是在这一年内，不管发生什么事，你都会护着我？”

他没有回答，定定看着她，看得苏小南都有些难为情了，他才突然开口：“苏小南，护着你，是我职责所在。”

职责所在？是工作职责，还是丈夫的责任？

苏小南心里有疑惑，可这尴尬的氛围下想问也不好问。人生嘛，重在经历，既然安公子肯纡尊降贵对她负责，她又何必想那么仔细，自找罪受？

接下来的三天，她足不出户，养脚养伤养“姨妈”。

每天晚上，安北城都会给她洗羞羞和擦药。第一次难为情，第二次很害臊，次数多了，苏小南慢慢就习惯了，也不觉得是一件多么丢人的事。不过，石屋那晚之后，安北城都表现得相当克制，哪怕帮她擦药也一直贯彻着他把她当成“一块注水猪肉”的精神。

这样冷心冷面冷情的安北城，免了苏小南的很多尴尬，她心情大好，病也好得快，几天下来，又可以活蹦乱跳地在院子里到处转悠了。

好日子一直持续到第五天，安北城下班回来，不仅给她带来了任务，还给她带回来一个女人。

她叫任思佳，是陆止在国外的同学，也是曾经的闺密。

任思佳一身小麦色的肌肤，一笑就白生生的牙，健康、开朗、洒脱，还有一点张扬不羁，虽然不是第一眼美女，却越看越招人喜欢，尤其那性感的嘴唇，有一点舒淇的味道，莫名就让苏小南有一点似曾相识的错觉。

苏小南不知道安北城怎么把人弄回来的，但任思佳一来，她的噩梦就开始了，安家的荣华富贵还没有享受到，却要遭受非人的虐待。

十五天，他要求苏小南在十五天内，彻底学好陆止的生活习惯，一言一行都得由任思佳确认才能过关。这些都不要紧，最可怕的是需要熟练地掌握英文。

“十五天速成啊？”苏小南心尖儿都在颤抖，“安北城，我有没有说过，我英语是所有科目里最差的？”

安北城正眼也不看她：“你不是太闲吗？正好。”

苏小南不满地翻了个白眼，扯着安北城的袖子把他拉到一边：“可不可以通融一下？熟练掌握一门外语，习惯另一个人的生活习惯，那都是需要时间的。我的爷，就算赶鸭子上架，也没有这么赶的吧？”

“没有时间给你了。”

在安北城冰冷的目光下，苏小南汗毛倒竖，愣怔地问：“是不是发生了什么事？”

安北城没有回答，冷脸上也没有她可以辨识的情绪。他低下头，帅气地理了理被她扯皱的袖子，从衣帽架上拿过帽子就走：“我还有事，你就从今天开始。”

今天开始？苏小南一把抓住他的胳膊：“老公——”

有求于人的时候，嘴就得乖点，这个好技巧，苏小南掌握得还算不错。果然，安北城看她的目光明显少了凉意：“说！”

“和那天的事有关？”

“嗯。”他没有否认。

“是不是有人质疑我的身份？”

“嗯。”

“明白了。”苏小南点点头，“可是安北城，咱们不能永远这样被动挨打吧？既然我的任务是做好你的老婆，那就得做好，得想办法反守为攻，你说呢？”

安北城抬眉，示意她继续说。

“其实你知道的，不管有没有任思佳教我，我都不是陆止。不是陆止，就怎么也变不成陆止。与其被动地让人牵着鼻子走，为什么不能采取主动呢？”

安北城一怔："什么意思？"

苏小南狡黠一笑："为什么非得让苏小南变成陆止，不能让陆止变成苏小南？我看过陆止的档案，她在国外期间并没有与陆家任何人见过面，就连陆明厉也因为安宜，没有去见过这个女儿。所以，陆止到底什么样，谁知道？"

安北城目光微暗："你想得太简单，有影像资料的。"

"那又怎样？"苏小南扬了扬眉，附到他的耳朵边上，小声道，"我有一个办法……"

安北城微微一怔，深深看她一眼，夹着包转身："好好在家学习！"

敢情她说半天，全成废话了？苏小南看着他的背影低吼："喂，你还没告诉我，我的办法怎么样呢？去！真是个难伺候的主儿！"

这事儿一开始，苏小南还存有侥幸心理，以为安北城一走，她就可以逃过一劫。没想到安北城是动真格的，甚至动用了最新式人工武器——丁寅，一直守着她。睁开眼睛就学习别人行为习惯的日子，太难熬了，苏小南本来就不舒服，顿时感觉压力山大。

好在，任思佳不是坏老师。这姑娘身高腿长，比苏小南还高了半个头，性格却很爽朗，有着"香蕉人"普遍的价值观，对苏小南这个"学生"不算苛刻。

于是不出三天，苏小南就愉快地和任思佳成了朋友。

"第一眼见你，我还真以为你是陆止。"任思佳没有转弯抹角。

苏小南哦了一声："是吗？我第一眼见你，还以为你是舒淇呢！"

任思佳友好地笑笑，不计较她的牙尖嘴利，视线下移，看着她大口大口啃苹果的嘴："可第二眼，我就知道你不是。"

苏小南诧异地看她："为什么？"

"陆止没你那么干净的眼神。"

苏小南眉开眼笑地舒展了下身体："谢谢。"

"不用谢，她也没你那么简单。"

"……"苏小南微微眯眼，"不，我只是善于伪装。"

她的坦诚，让任思佳失笑："有句话说，眼睛是心灵的窗户，你比她，还是嫩了很多啊。所以，要变成陆止，你首先要学会的就是她的眼神。"

苏小南懒洋洋地继续啃苹果："相由心生，尤其是眼睛，哪那么容易。"

"是。"任思佳认同地看着她，一脸微笑，"一个人要改变外在其实不难，就算化妆不行，大不了还可以整容嘛。可内在的气质，却很难变！"

苏小南小鸡啄米似的边啃边点头："看来你真的很了解陆止。"

任思佳勾了勾唇，手托着下巴，却没有直接回答她："安公子是不是告诉你，我和陆止是好朋友？"

苏小南诧异地瞥她："难道不是？"

任思佳笑着："然而，其实她抢了我的男人。"

她云淡风轻地说着，看不出到底对陆止有没有怨恨，耸耸肩膀又补充："两个。"

还抢两个？苏小南忘记咬苹果了："好厉害！当然，我是指你。吃了一次亏，还不知道及时止损吗？"

任思佳自嘲一笑，换上一个更为幽深的眼神，定定看着苏小南："这就是我要告诉你的，陆止在对付男人方面非常有办法。我看你学了她的三分妖娆，但还停留在外表上，她的妖性和妩媚，都是刻在骨子里的。"

刻在骨子里，那不是祸害人间吗？若是安北城遇见，会不会也分分钟被她拿下？

苏小南有"大脑多动症"，任思佳在那里说，她的脑洞已经开入了八百米深处。直到任思佳突然的一句话，又把她拉了回来："陆止曾经有一句全校闻名的言论：只有她不想要的男人，没有不想要她的男人。"

"哈哈！"苏小南笑了起来，把果核丢在垃圾桶里，兴趣满满地道，"来来来，给我讲讲，她怎么做到的？"

任思佳目光一滞，视线的焦点落在苏小南保守的居家服上。

"陆止很懂得展现自己的美，尤其她的身材，可以说非常完美，胸、臀、腿、腰线、皮肤，挑不出一点毛病，所以她的衣服领口基本都很低——"

停顿了一下，任思佳目光有点幽远，像是回忆起了那个抢他两任男友的陆止妖精："她的胸上有一小块浅色的胎记，很影响她的整体美感，大概这是她全身最大的缺陷了。所以，陆止特地在胎记上文了一张鲜红的嘴唇，嘴角有一朵小小的曼珠沙华，很性感，很妖艳……”

“我的个乖乖！”苏小南哧哧笑了一会儿，突然动了心思。

前些天她被玻璃扎伤的地方，伤口虽然愈合了，但真被她乌鸦嘴说中留下了一块疤，颜色和附近皮肤有反差，很难看。

“任思佳。”苏小南突然喊道，眸子里像有星光在跳：“咱们也这么干！”

第五章
危机

计划提上日程，不仅苏小南，就连任思佳也兴奋起来。大概突然感觉到了这个工作的意义，加上安北城可能也给了她丰厚的报酬，她一腔热血地投入了进来。她将手机上保存的照片调出来，把陆止的“嘴唇＋蔓珠沙华”展示给苏小南看，两个人研究了两天，就打着“模仿实践”的幌子，向安北城请假上了街。

然而，不到两个小时，任思佳就崩溃了。

苏小南太难缠了。

她不仅挑文身店，还挑文身师。

第一个，嫌人家店小不规范，害怕文砸了。

第二个，嫌人家文身师是男的，还长得猥琐。

第三个，店好，文身师也是个女的，可她一口咬定人家是“les”，看她的眼神有暧昧，肯定不怀好心，说不定她这小白兔就会被大灰狼叼入口中……

第四个，她倒没有找出什么问题，可人家文身店的中年女老板愣愣看了半天她的脸，却拒绝为她服务，连借口都没有，直接就赶人。

"小姐，对不起，本店今天不营业。"

任思佳头都快炸了："大小姐，你比皇后娘娘还难伺候啊！"

苏小南嘿一声，笑眯眯地拍她的肩膀："别气别气，我们先找个地方吃点东西，填补填补受伤的心脏——"

"为什么不是胃？"

"我胃好，心不好。"

"我看也是。"

"哈哈！"苏小南看向车窗外的街景，突然有点怀念以前的生活了，穷是穷，却也简单。想到这里，她突然偏头看向任思佳："开到光华街，我带你去吃好吃的。"

"不好意思，光华街不能去。"

"为啥？"苏小南一怔，"安北城交代的？"

任思佳默认了，然后，她这个从来没有来过景城的人，居然开着车带着苏小南找到了一家口味不错的餐馆，这让苏小南很怀疑到底谁是"地主"。

"别一脸崇拜地看着我，我不敢居这个功。是安公子交代的，说你身上来事，需要吃清淡的。如果饿了，可以到这里来吃，味道好，又有营养，适合你。"

"呃……"安北城居然会在百忙之中抽出时间来关心她的伙食问题？

"不可思议吧？"

"不可思议！"

两个女人相视一笑，正准备大快朵颐，苏小南对面走过来一个熟人。看见她，那人眼泪汪汪，憋了好半天才拭着眼睛问："小南子，是你？还是我在做梦？"

我去！苏小南知道，真正的考验来了。

莫暖不仅熟悉她，性格还一根筋，折都折不弯，又二又傻，还很难被说服，一旦被她认定，就很难解释了。

"小南子，一定是你对不对？"

莫暖比她想象的行动更快，她雀跃地奔过来，也不管任思佳和苏小南什么表情，拉开苏小南身边的椅子坐下来，就眼巴巴地望着她："变美了，性感了，洋气了，好家伙，你这到底是发生了什么事？穿越，还是重生？”

苏小南一脸发蒙的表情。

这个女人果然还是记忆中的模样，最擅长一本正经地胡说八道。

可这样的莫暖，就是她喜欢的莫暖。如果可以，她很想紧紧拥抱她，告诉她自己的遭遇，然后笑着告诉她：“我回来了。”

可造化弄人啊！和最好的朋友相见，她只能漠然。

“这位小姐，我叫陆止，你是……”

莫暖一怔：“是你糊涂，还是我傻了？我是肥肥啊，你不认识肥肥了？”

她这么勇于承认自己的“雅号”，苏小南内心几乎是感动的，脸上却不得不绷住，扮演妖娆的陆止：“Sorry，小姐，我不认识你。”为了寻找同盟，她又看向任思佳，用现学的英文问了一句，“Do you know her（你认识她吗）？”

任思佳夸张地耸耸肩膀：“Oh no.”

苏小南遗憾地摊了摊手，对莫暖做抱歉状。

“小姐，需要看医生吗？”

莫暖眼圈突然就红了：“不可能！你化成灰我也可以把你撒了，再拼回原形来！”

“……”苏小南竟无言以对。

莫暖停顿一秒，像是若有所悟，冷不丁低头凑近苏小南，压着嗓子道：“小南子，是不是你不能和我相认啊？你们单位派你去卧底了？”

这个答案虽然不准确，却也有点靠边。

苏小南觉得有点佩服她的脑洞了，莫暖也有点激动，做贼似的望了望四周，突然就看见了似笑非笑的任思佳，见了鬼似的，猛地捂紧嘴巴：“我好像是有一点发烧，都胡说八道什么了？不行，我得赶紧回去吃药了！”

这是真以为苏小南做卧底，而任思佳是敌人？

苏小南看她这副模样，又好笑，又感动，正不知道怎么继续，餐厅就传来一阵脚步声。

“小乖，吃好了？”

安北城来得真是时候，那淡淡的笑，带着一种宠溺以及关切，好像她就是他的全世界……当然，也只有在外人面前他才会展现出这个样子。

苏小南像见到了救星，娇声娇气地嗔他："你怎么来也不跟我说一声。"

突然的逆转，让莫暖回不过神了。

她的视线越过安北城，看向他背后风流倜傥的吴越，像见了鬼似的，一脸震惊。

"南子，这不是那个，那个……不对，我有点急事，先走了。"眼看吴越越来越近，莫暖低下头，在桌子底下偷偷拍了拍苏小南的腿，几乎是灰溜溜夹着尾巴出去的。

吴越看见了这个胖胖的姑娘在贼眉鼠眼地瞄他，但他长得英俊，习惯了这样的注目，倒也没怎么在意。而且，他的视线被任思佳吸引了过去。

"嫂子，这位是？"

晓得这个家伙最大的优点就是关爱美人，苏小南笑着介绍："任思佳，我刚到景城的朋友。思佳，这位帅哥是吴越，我老公的朋友。"

这么一介绍，吴越与任思佳都是敞亮人，很快就亲切友好地交谈起来，等几分钟后离开时，吴越豪爽地去结了账，一直和任思佳聊到了楼下的停车场。

苏小南和安北城对视一眼。

一个习惯性面无表情。

一个表示了深深的遗憾。

"啧啧，这吴越，还真是个撩妹好手……"苏小南和安北城说着，眼风无意间一瞟，就看见停车场的角落里，那一个偷偷观望的人影。

暖小胖？苏小南心里一蜇，突然有一种作孽的感觉。

上次在游戏里，莫暖和吴越视频过，两个人聊了差不多半个小时，相谈甚欢……只可惜，莫暖用的并非本人的照片。这一刻，看着莫暖痴痴的眼神，苏小南有点于心不忍。

胖又不是错，胖就不能喜欢帅哥吗？

如果不是碍于身份不方便行动，她一定把吴越打晕了送到莫暖的床上，让她为所欲为，虐他一遍又一遍，一遍再一遍，就当为民除害了！

可也只是想想，她什么也不能说，只能远远对莫暖露出一个意味深长的微笑，一个像极了曾经的苏小南那样的微笑，然后，在莫暖的愣怔中扬长而去。

“思佳平常玩游戏吗？”

任思佳看一眼吴越英俊的面孔，笑着将头发捋到耳后：“我？不怎么玩的。”

“哦，这样啊。”吴越像是有些意外，笑了笑突然转头望了苏小南一眼——

这个眼神很深，似在探究，又似疑惑，让苏小南激灵一下，突然醒悟过来。

怪不得她第一眼看到任思佳觉得有点眼熟，当时还以为是因为那张像极了舒淇的嘴，现在细思极恐——她好像就是莫暖和吴越视频时发的那张照片上的网红女？只不过，照片用软件处理过，妆容更浓，头发也更长，是烫卷的大波浪，现在是剪短的波波头，化着淡妆，显得更干练而已。

这个世界是太小了吗？

绕了地球一圈，居然绕成这样？

莫暖造的什么孽啊，世界上那么多女人，她怎么就找了任思佳的照片给吴越？

她苏小南又造的什么孽啊，北邸有那么多男人，她怎么就找了吴越来帮她和莫暖视频？

“在想什么？”上了车，安北城收回扶在她身上的手，一脸冷漠道。

“没什么。”苏小南心虚地轻咳一声。

“那你叹什么气？”

苏小南撇了撇嘴，看他端坐的严肃样子，眉梢一挑：“我还没问你呢，你怎么会来的，跟踪我？”

安北城面无表情地直视前方：“刚好路过，看到你的车。”

她和任思佳出门的时候，开的那辆玛莎拉蒂是将军巷十八号的私车。

苏小南现在还记得任思佳拿着车钥匙站在车库门口，看到那一排擦得锃亮的汽车时，瞳孔放大，合不拢嘴，满脸的羡慕和夸张表情。

人人都说她苏小南拯救了宇宙才嫁给安北城，只有她知道，她分明是得罪了上帝，才撞在他的枪口上。

因为这些宠爱都是“摆拍”，掩人耳目而已。

想到这个，苏小南凉了眼神，突然欺身半压过去，一副风流倜傥的女汉子模样，似笑非笑道：“你觉得我会信吗？你安公子多忙，怎么会有空‘路过’？”

安北城一动不动：“信任是夫妻相处的基石。”

苏小南回视他，冷哼道：“怀疑是刑侦基本的态度。”

针锋相对，是两个人惯有的相处模式。

安北城无奈地扶了扶额头：“我说想你了，你信吗？”

这样就想堵住她的嘴？

苏小南扬唇而笑，面孔慢慢逼近他，一双黑白分明的大眼睛带着探索的光芒：“安北城，你这样很容易让我误会你爱上我了。你知道的，一般长得丑的人，脾气不太好。到时候我缠上你，你就有麻烦了。所以啊，打开天窗说亮话，不必矫情！”

安北城淡淡一笑：“你总算说了句实话。”

“嗯？”

“长得丑，脾气差。”

苏小南差一点吐血，气得阴阴地笑：“我再给你一次机会，如果你原原本本地告诉我，为什么可以掌握我的行踪，为什么又要阻止我，我就原谅你。否则——”她凉笑，“我就亲你了。我可告诉你，我一般不亲人，我亲起人来不是人！”

安北城一怔，摸小狗似的摸她的脑袋。

“好好一个孩子，就这样傻了。”

“安、北、城——”苏小南低吼，“你再欺负我，信不信我阉了你？”

“哦？”安北城居高临下地打量她，“在那之前，我一定会先捏死你。”

“不用等，趁现在！”苏小南将白皙的脖子往他面前一伸，那赌气的小模样，又娇又俏，“赶紧捏死，一了百了！”

安北城目光一暗。慢慢地，他伸出一只手摁住她的后脑勺，把她往身上一带，冷不丁就吻了下去，毫不客气地攻城略地，在她脆弱的口腔里扫荡……

回到将军巷，安北城就被尤明美叫走了，苏小南一个人回到楼中楼，趁着等他的时间抱了一台笔记本电脑，无意识地乱翻着，突然就想到那天发的帖子。

带着好奇心，她又点了进去。

帖子下面已经有了好多回复。

一楼：剥开看颜色，嫩的是第一次。

二楼：吃吃看，口味决定一切。

三楼：无图无真相，你发图上来，如果是第一次，免收鉴定费。

四楼：……

苏小南翻着眼皮，不知道该笑还是该哭。

“真的是，没点干货就会掉节操！”

沉浸在自个儿的臆测中，苏小南正打算继续寻找一些理论知识，头顶上突地传来一个冷漠而凝重的声音：“你想知道，可以直接问我，免收鉴定费。”

“……”苏小南羞得满脸通红，恨不得找个地缝钻进去，不得已，她只能采取转移目标的办法了，“你妈找你做什么？”

“没什么。”

“真的？”

“嗯。”

安北城似乎不太想继续这个话题，随意地揉了揉她的脑袋：“出去野了一天，还不去洗澡？”

“你以为我像你啊，洁癖综合征晚期。”苏小南打个哈欠，“我这个人最大的优点，就是可以无限制容忍自己的懒惰。”

“看出来了，邋遢也不容易。”

“呵呵呵。”苏小南干笑着，托着腮看了半天安公子俊美的身影，忍不住问，“你下午要出去吗？”

安北城淡淡回道："不用，在家做几份文件。"

"哦。"苏小南突然就没劲了。

她半趴在桌子上，看着笼子似的房子，眼珠子转动着，突然狡黠一笑，有了主意。于是等安北城坐到电脑前的时候，苏小南笑眯眯地走到了他背后。

"二大爷，我可不可以打个申请？"

安北城没有回头："说吧。"

苏小南偏头，看着他轮廓分明的左侧脸颊："我可不可以玩一会儿游戏啊？好久没玩，上次被爆掉的装备也没有找回来，现在我的角色还光着身子呢，想想我的心肝就好痛，这样很容易短命的。"

安北城瞥一眼她认真的表情，挑了挑眉："两个小时。"

"噢耶！"苏小南高兴了，"老公万岁！"

她雀跃得像一只出笼的鸟，抱着笔记本坐到安北城工作台的对面，与他隔一张桌子两两相望。

没有人管束地愉快游戏，是至高无上的享受。苏小南一门心思想找莫暖拿装备，妖精尼姑却不在线。没有装备的风流和尚一个人孤零零地站在桃花树下，经历着游戏人生里最悲愤的一次落魄生涯。

苏小南手痒痒，想给莫暖打电话。

可痒完，她还是忍住了。瞥一眼埋头工作的安北城，她脑子一转，嘴角掠过一丝笑容，啪啪敲字，在游戏里发了一条"世界频道"的公告。

"本人找老公，不要车，不要房，不要存折不要颜，只要你拿得起百月斩，穿得了十锦衣，下得了千佛洞，带得动小爷我做流氓！"

苏小南这登高一呼，服务器当即就炸了。

"人妖找老公？"

"新鲜！太新鲜了。顶级人妖没人要。"

"你们是不知道，这死人妖装备被人爆了，还是他的姘头娇精尼姑干的。呵呵呵，这就是善恶终有报啊，上次爆掉老子的装备还记得不？这次，终于轮到你了吧？"

"该！老天开眼了！"

对于铺天盖地的谩骂，苏小南无动于衷。几只跳梁小丑，在游戏里过过嘴瘾，她都懒得回应。可这样闹腾了好久，有损她的，有骂她的，也有几个仰慕她的“人妖精神”，想从此与她携手天涯的，就是没有一个有兴趣的。

她又敲字：“难道天妒我颜，非得让我孤苦一生？”

她还没发出去，一条密聊就引起了她的注意。

“我行不行？”

那是一个叫“天涯一杀”的游戏 ID。这个人的名字苏小南很熟悉，因为他这个角色的等级是苏小南亲手为他代练上来的，只不过练到相应的等级，她交了号之后就再没有联系。然后，她就看着这个天涯一杀从小白变成大神，成了服务器 PK 第一、装备第一的神秘高手。

突然被大神召唤，苏小南心里是激动的。

要知道她渴望天涯一杀那套“烈火麒麟”好久了，然而那厮神龙见首不见尾，平时基本寻不到踪迹，偶尔出来 PK 杀人，也都是属于“十步杀一人，千里不留行”的大侠作风，杀了人就走，从来不浪费口水多说一句话。

不过说来人也奇怪。

天涯一杀很少冒泡，也基本不杀装备差和等级低的人，就喜欢挑那些牛的人物下手。因此这个服务器的牛人，大部分是他的手下败将，却从来没有人口水他，除了抱大腿的，基本看不到他的名字在江湖上出现。

“唉，人性本贱哪！”苏小南看着那些幸灾乐祸刷频骂她“死人妖”的人，摇了摇头，愉快地回复了密聊：“哥们儿，咱俩就这样说定了，不许反悔。你现在马上去做喜结良缘的支线任务，然后到月老神殿来，我们先把婚结了，再一起去打装备，出了极品道具五五分。如果出了我用的装备，你就不要抢了……”

那边许久没有反应。

苏小南沉思了一下，突然后脑发凉。

是不是她的迫不及待吓着他了？

那么……她要不要适当地表现一点女性的矜持？

苏小南愁眉苦脸地敲了敲额头，正准备委婉地表示一下对天涯一杀的仰慕，对话框里就发来了一个字：“好。”

于是苏小南又完成了一件终身大事，用十五分钟的时间，完成了姻缘任务和天涯一杀的游戏婚礼，没有浪漫的过程，也没有像其他游戏情侣撒花祝福，说一堆肉麻的话，他俩完成任务似的，按照系统提示交换了戒指，在服务器的“红字公告”中，再一次引爆了全区全服。

“恭喜玩家‘天涯一杀’与‘风流和尚’结为连理，天作之合，鸾凤和鸣，愿金屋笙歌偕彩凤，洞房花烛喜乘龙。”

服务器全体哗然，一群人纷纷发来贺电。

苏小南坐在椅子上，许久没有动。

游戏真是社会生活的缩影啊！太现实了。她正想讽刺几句，屏幕上又发来一条密聊：“恭喜你。”

苏小南面色一变。

那是一个叫“红执事”的游戏 ID，也是陆启曾经用过的账号。她曾经以为，红执事这个 ID 已经随着陆启永远消失，也永远消失在她的生活中，然而，他不仅在现实中出现了，连游戏……也准备回来吗？

同一片天空下，301 学校的办公室静悄悄的。

向鲲鹏推开门就看到陆启盯着电脑发愣的样子，怔了怔，他笑着端上一杯水：“你们这些小子，真是脑子机灵，什么都会玩。我啊是老了，跟不上了。”

陆启接过水，勉强地冲他一笑：“姨父，你办公室的网速太渣了。”

“渣？”向鲲鹏瞥他的脸，“不能吧，我平常用着挺好的啊。”

“下一个游戏居然花了我一个多小时！”陆启捏着鼠标的手寸寸收紧，像是隐忍着什么情绪，手背上的青筋都暴了出来，“结果，还是晚了一步。”

将军巷有一个叫“折技厅”的地方。平常是苏小南的禁地，而尤明美除了睡觉、去书房或出门，在家就待在这个地方，与十八号的整体建筑风格一样，“折技”这么一个文绉绉的地方是一个古建筑的花厅。

今天被尤明美召唤，苏小南虽然有些不情愿，还是很快过去了。

可她没想到，折技厅里不只有尤明美，还有两个不速之客。

一个是赵至臻，一个居然是……她、老、妈。

来之前，苏小南猜测过很多香艳刺激的婆媳大战，但万万没有想到会是这样！

她怔了一秒，扭着腰肢挂着笑迈入花厅，甩了甩没有干透的手：“哟，妈，我刚做好饭，就有客人来了啊？”

尤明美早在她和姜玉莲的脸上辗转几百次了，一看苏小南装傻，就冷笑不已：“小南妈，你看看，这个是不是你的女儿？”

姜玉莲从吃惊到惊喜，也不过一瞬：“安太太……这，这是我女儿啊！小南啊，你个败家孩子，好好地活着，怎么就不吱个声啊，害得妈都快哭瞎了眼……”

任何一个看到已经过世的女儿又活生生出现在面前的老娘，大概都会像她这样，又哭又笑地扑上来，激动地抱住苏小南，哭得一脸眼泪。

尤明美看着，勾起嘴角：“苏小南，你还有什么话说？”

苏小南看着老妈傻乎乎被人利用，对赵至臻的恨也到了极点。

他毁了她老妈一辈子，都这个时候了，也不忘利用她们母女。

“这是唱的哪一出？”苏小南扶好苏妈，盯了尤明美片刻，像是恍然大悟一般转身看向赵至臻，“我明白了！赵总还真是一个有办法的人，上次要挟我不成，现在是勾搭上我婆婆了？”

“放肆！”一句勾搭，让尤明美当场黑了脸，“赵总再怎么说也是你的父亲，你怎能这样对他说话？！”

苏小南捂着嘴巴，做吃惊状：“妈，您是说——这个赵总，其实是阿城的亲、生、父、亲？”

这隔山打牛的逻辑简直绝了！

不等尤明美发怒，苏小南又紧张地往门口看了一眼：“这事……阿城知道吗？”

尤明美的好心情瞬间被碾成了渣，她气得手指都颤了起来：“你，你赶紧跟着你妈……滚出安家！”

苏小南突然转头，大惊失色地看向面如纸色的姜玉莲：“阿姨，是不是他们恐吓你了？”

姜玉莲已经从突如其来的震惊中回过神了，眼泪汪汪地看着苏小南……片刻后，她突然吸着鼻子摇了摇头，拭干眼泪，小心地看向尤明美：“安太太，谢谢您请我来认女儿，这姑娘是很像我的孩子，可她……她不是我家小南啊。”

尤明美怔了，赵至臻傻了。

“玉莲！”赵至臻一把抓紧她的肩膀，那目光几乎是恶毒的：“你不是天天说小南没死吗？你不是一直梦见她还活着吗？不是你求我帮你找女儿吗？这个就是咱们的小南啊！你再看看。”

姜玉莲用力扒开他的手，带着哭腔吼他：“赵至臻，你疯了？我的女儿我会不认得吗？”

“小南也是我的女儿！”

“你的女儿已经死了！”苏妈加重了声音，低低饮泣，“我的女儿，也死了。”

赵至臻的脸瞬间灰白。想到尤明美答应的十亿融资，想到濒临破产的赵氏药业，他把心一横：“姜玉莲，既然你睁着眼睛说瞎话，故意陷我于不义，那就不要怪我无情了。”

他要做什么？

苏小南和苏妈几乎同时想到了这样的问题。

赵至臻缓了一口气：“小南，为了让你迷途知返，爸爸准备做一个DNA亲子鉴定！”

太绝了！苏小南心里是大写的服。

“验就验！谁怕谁，我就不信了，白的能被你们变成黑的。”

她当然不会真验，这么说是为了拖延一下时间，等安北城过来解决。

没想到，这边刚想着“曹操”，曹操就到了。

“赵先生好大的威风，找人找到我家里来了。”迈过那一道古风匠气极重的雕花门槛，安北城高大的身影沐浴在那一抹黄昏的金色暖光中，却没有半分温度，“我的女人，是谁想验就能验的？”

“老公，你来了——”苏小南拖长糯软的声音，像一个受了委屈的小孩儿，把嗲和作的风格发挥到极点，“他们欺负我。还有这个人——”她气咻咻地指着赵至臻，“他勾引你妈，陷害我。”

对她的用词，尤明美满眼惊怒：“苏小南，你别胡说八道！”

“妈！”安北城目光凉薄，“请你不要侮辱她。”

“我侮辱她？”尤明美快气炸了。

苏小南一口一个“勾引”，到底谁侮辱谁？

儿子的胳膊肘没有撸直，让尤明美几乎暴走。可安北城淡淡一哼，随即又安抚了她：“把赵先生这样的人和她扯到一起，本身就是一种侮辱，正如你也觉得受了侮辱一样。”

一个睿智的男人，话不会太多，但绝对能适时地掌控话题。

赵至臻确实太 low 了，这不是他有点钱有点地位长得还不错就能改变的。

可尤明美一口气顺不下去：“赵家夫妻来找女儿，要验 DNA，这是合情合理的，我们配合一下有什么不应该？”

“他们的女儿，与我们有什么关系？”

这是摆明了要跟她作对了！尤明美脸上如同蒙了一层阴霾，她突然揪紧紫檀木椅的扶手：“这个 DNA，必须得验！”

“我说不呢？”安北城淡淡看着她。

“验也得验，不验也得验！”

“谁敢？”

母子两个你一句，我一句，针锋相对。

这哪里是亲妈，简直是冤家啊。

花厅里剑拔弩张，终于尤明美像是忍到了极点，冷冷一哼，使出了撒手锏：“那我就让你奶奶亲自来景城，让她老人家找人来验。”

如果说这个世界上安北城还有什么忌惮的人，那不是他老爹和老妈，而是他奶奶。

安老太太是他成长生涯中最为重要的一个人。

因为尊重和爱，所以舍不得伤害，大概指的就是这种关系了。

苏小南心里一抽，紧张到了极点，没想到安北城怔了一下，就妥协了。

“验吧。”

一般来说，涉及隐私的DNA亲子鉴定得有三五天才能拿到结果，但当今社会，什么事都架不住钱多，尤明美为免安北城从中作梗，当场叫了老张过来办这事，人家说了，十二个小时就可以拿到报告。

也就是说，明天早上。

“好了，我们吃饭去。”

事情定下，安北城牵着苏小南离开，从头到尾没多看别人一眼。

苏小南也没有看。

如果可以，她想多看一眼她老妈，抱一抱她。就在之前，当老妈主动改口那一刻，她心里涌上的全是愧疚与感动。

知女莫若母，连莫暖都能确定是她，何况她老娘？

只有亲妈，才始终是护着孩子的啊！

苏小南很想亲自告诉她一些事，让她不要担心自己，但在这个紧要关头，安北城的手捏得紧紧的，她什么也不能做，哪怕感觉到老妈的视线一直紧紧追随，她也不能回头，也没有想到，她再一次收到姜玉莲的消息，会是她出事了。

赵至臻送姜玉莲回光华街时，碰上了在那里等候的姜玉娟，那女人是个泼的，一言不合就上前撕扯扭打，姜玉莲神情恍惚，一个不留神就被她推倒在地上，撞到了头。

苏小南赶到医院的时候，离姜玉莲在光华街出事已经过去整整两个小时了。手术室外的灯还亮着，忽闪忽闪的幽光，像极了苏小南愤怒的双眼，她一步步走向休息椅上坐着的姜玉娟和赵至臻。

“我有没有告诉过你们，我最讨厌人家欺负我妈？”

她上来就承认了是她妈，这让所有人都没有想到。

赵至臻心里一喜，一边偷偷捏着手机拨给尤明美，一边继续套她的话：“小南，你恨爸爸，爸爸都知道，可你为什么不检讨一下自己？要不是你冒充陆止欺骗安太太，又怎会发生这样的事？”

一个人怎么能无耻到这种地步？苏小南又气又恨，冷冷发笑：“再和你说一句话，我都嫌脏了嘴。你放心吧，我妈要是有个三长两短，我不会让你们有好日子过的。”

这姑娘向来直接，说出口的话，一般不唬人。想到她背后有安北城撑腰，赵至臻只能把希望寄托在尤明美身上了。

“小南，这只是一个意外！再说了，你妈会这样，还不是因为你？！”

苏小南冷笑一声，话说得意味深长：“赵总，你以为安家的钱是那么好拿的？你以为我婆婆是那么好糊弄的？别以为人家给你一根骨头，你就真啃得了，那只是她喜欢看你摇摇尾巴，听她的吩咐而已。”

这话太尖锐了！

不仅骂了赵至臻，还暗骂了尤明美。

安北城眉头一皱，拍拍她的肩膀：“手术结束了。”

几个医生从里面走了出来，跟在院长后面的年轻人正是比他们早到的顾风。他眉头蹙了蹙，拉下口罩，朝安北城和苏小南点了点头：“老大、嫂子，你们来了。”

苏小南迎了上去：“顾医生，我妈怎么样？”

顾风看她一眼：“手术很成功，但阿姨还在昏迷中，能不能醒过来……这个真说不准。”

“植物人？”这是苏小南从影视剧中看来的说法。顾风皱了皱眉，点头：“也可以这么说，病人的头部受到剧烈撞击，损伤了脑部神经，目前处于不可逆的深昏迷状态，已然丧失了基本意识……”

“明白了，谢谢你，顾医生。”苏小南抹了一把脸，又转头看向身侧的男人，“谢谢你，安北城。”

安公子嗯一声：“现在脑子清醒些了？”

想到刚才冲动承认的事情，苏小南嘴唇一抖，垂下眼：“不好意思，我给你添麻烦了。”

“是有点麻烦。”安北城揉了揉她的脑袋，“但你是我老婆，你不麻烦我，又麻烦谁？”

“……”苏小南紧紧抿唇，没有吭声，眼眶却湿润了。

在这样一个浮躁的社会，有一个可以依靠的男人，有这样一种安全感，其实就已足够。如果她和安北城的婚姻是一场梦，她希望可以梦得久一点，也希望，那个 365 天的时间，过得慢一点，或者……永不会来。

这一夜，天亮得特别晚。苏小南不知道怎么熬过来的，她半夜三点才被安北城接回将军巷十八号，在医院折腾了几个小时，他俩终于找到一个足够充分的理由——她怀孕了。

至于医院发生的事情，安北城给安老太太的解释也很简单：苏小南一个人在国外生活，从来没有体会过来自亲妈的温暖，却和姜玉莲一见如故。尤其发现和姜玉莲的女儿长得很像，赵至臻又曾经用这件事情威胁过苏小南，让她一怒之下，干脆就认了姜玉莲做干妈。结果姜玉莲被赵至臻伤害住院，现在生命垂危，她口不择言说了那些话，自己也气极攻心，昏了过去……

“幸亏咱们就在医院，不然您老的曾孙子可就保不住了。”

在老太太那里，为了曾孙子一切事情都可以商量。于是，有了安老太太的亲自把关，又有了顾风传过去的那一张孕检通知单，安老太太基本搞定了。等尤明美打电话去汇报情况的时候，不管怎么说，老太太不仅不肯相信她，反倒问了尤明美三个问题。

“他们睡了没有。”

“睡了。”

“他们有血缘关系没有？”

“没有。”

“既然又睡了又没血缘关系，你管她是谁？”

“……”尤明美彻底哑口无言。

“明美啊，小止怀了我的曾孙子，你得给我好好伺候着，不许再动什么歪脑筋。要是把我孙子喜欢的姑娘弄没了，我曾孙子就没了，到时候，看我不掐死你。”

要说胡搅蛮缠，安老太太称第二，没有人敢称第一。

哦不，还有一个苏小南，俨然就是安老太太的翻版。这一老一小要是混在一起，一个是婆婆，一个是儿媳，她活在两个人的夹缝里，还要不要做人了？

“不行，绝对不行！”好不容易熬到天亮，尤明美迫不及待地打了电话给老张，“鉴定结果拿到了吗？”

这个时候，她是百分之百地确定了苏小南的身份，可万万没想到，老张在电话那头却给了她一个截然相反的答案。

“太太，鉴定结果显示，他们并没有血缘关系。”

尤明美倒抽一口凉气：“那她和小南妈呢？”

老张踌躇一下，再次给了她当头一记闷棍：“她和小南妈也……也没有。”

将军巷十八号。

安北城手上也握着手机，屏幕上是一张图片，正是那份DNA鉴定。他眉头轻蹙着，若有所思，久久没有作声。苏小南懒洋洋躺在大班椅上却满脸愉悦，冲他竖起了大拇指。

“真有你的，厉害了！连DNA也做得了假。”

安北城视线瞟过去：“苏小南，其实……”

看他欲言又止，苏小南不禁奇怪了：“搞什么？你也有不好意思说出口的话？”这样的安北城，她从来没有见过，心里不由得敲起了鼓，胡乱猜测起来……

然而，安北城很快恢复了他棺材板似的冷静表情，目光深了深，撩开她腮边的发丝，淡淡说：“走，我带你去个地方。”

苏小南愣了一瞬，笑了：“神经！吓我一跳，我还以为什么事呢。”

半个小时之后，两个人出了将军巷十八号。

安北城没有叫司机，自己开着掠夺者进城。今儿天气很好，午后的阳光掠过他的脸，他神色深邃而凝重，冷硬的线条不带半点温度，从苏小南仰视的视角看去，有一种逼仄的压迫感。

好心情瞬间喂了狗，苏小南不由得嗔他：“二大爷，哪里不高兴了，还是我又哪里惹到你了？”

安北城瞥她一眼，不答反问：“伤都好彻底了？”

这句话说得没头没脑，苏小南想了半天才反应过来他指的是那一次被玻璃扎伤的地方，也想到了曼珠沙华和艳红嘴唇，还有，任思佳手机上那些陆止的妖艳照片。

苏小南条件反射地抚了下胸口，笑道："都好了，就是留了疤。"

"嗯。"安北城语气冷漠，"我带你去复查。"

"哦。噫？"苏小南转头，发现前面居然是医院，那个陆启带她来过，妇科权威医生陈佩兰所在的医院。

她一脸迷惑："你说带我去一个地方，就是医院？"

安北城回望："不然呢？"

苏小南望天："还以为有什么浪漫惊喜呢。"

陈佩兰好像事先知道他们要来似的，热情地迎了上来，把苏小南带到检查室，亲自为她做了一个妇科检查，却没有告诉她结果，而是和安北城在办公室嘀咕了几句，然后领着他们到了 B 幢的顶楼。

脚刚迈进去，苏小南就惊住了。

原来这家医院还设有医学美容科？

她心里一凉，抚着脸，惊吓般瞪着安北城："你不会想把我整成陆止吧？我告诉你啊，身体发肤，受之父母，其他事情我都可以依你，这个绝对不行！"

安北城淡淡睨她，眉心一蹙："不想要曼珠沙华？"

苏小南这才知道，原来安北城一直在帮她打听。

陈佩兰笑道："这种'文身皮肤塗植'术，主要针对眉、眼、唇等部位的塑形，也就是目前广为流行的半永久化妆。像你这样的需求，尤其是在胸这样的部位文曼珠沙华和嘴唇，并没有先例。所以啊，为了你，我特地把我女儿叫回国了。"

陈佩兰说到这里，门口就传来一道轻软的声音："妈！城子来了吗？"

那是一个穿着职业套裙的高挑美女，饱满的前胸和纤细的腰身线条，衬得她身体弧线格外美，给人一种清爽干练的感觉。

"城子，还真的是你？"她没有看苏小南，勾起唇，迎上安北城，"没想到啊，你安公子也会踏足这种地方！”

说话时，她是带着笑的，苏小南却从她俏丽的脸上感觉到了清冷与距离，还有凭直觉感受到的天然敌意。

安北城点点头，嗯一声算回答。

那女人也不生气，笑了笑，又若有所思地看着苏小南，伸出手：“你好！我是梁晓彤。”

“你好！”苏小南也是一笑，自我介绍，“苏小南。”

女人都是敏感的生物。

两个人相视一笑，双手就心照不宣地放开了。

对这个“文身皮肤塗植”，苏小南挺感兴趣，因此，哪怕要为她文身的人有可能是情敌，她也豁出去了，咬牙眯眼，躺在手术台上，一副视死如归的样子。

“会疼吗？”

梁晓彤眼风扫过安北城俊朗的面孔：“有一点，我会先敷麻药。”

“哦。”苏小南身体都紧张得僵硬了，一只手却在这时握紧了他的，头顶传来安北城温热的呼吸：“不要怕！有我在。”

不冷不热的安慰，是他的。

炙热有力的手指，也是他的。

两个人在一起这么久，真真假假，假假真真，有时候连她自己都搞不清安北城对她到底哪个时候是演戏，哪个时候又是真实的情绪反应。

他没有让梁晓彤动手，自己解开了苏小南的领扣，拉开她的前襟，把她为他受过伤又为他结了疤的地方暴露在灯光之下……

苏小南哆嗦了一下，清洗，消毒，敷麻药……她紧张得鸡皮疙瘩都出来了。安北城握着她的手也越来越紧，甚至低头在她额角印上一个安慰的吻。

“不要动来动去——乖点，嗯？这样晓彤会快一点，你也少遭点罪。”

晓彤？喊得挺亲热啊！

苏小南嘴角一扯，哦一声，懒得多想：“知道啦！”

梁晓彤看着他俩的互动，突然笑着瞥一眼安北城：“城子这两年变化挺大的啊。”

“嗯。”安北城不冷不热的样子，没有和苏小南说话时的温柔，眼神也不看梁晓彤，就好像他的世界里，除了苏小南，根本就没有别人。

梁晓彤沉默地低下头。

说他变了，他似乎从来都没有变过，还是那么英俊迷人，一举一动总能牵动她的心；说他没变，他其实也变了许多，成熟了，稳重了，从高冷男孩变成了冰川男神……

可不论怎么变，她的男神眼里始终没有她。他的注意力全在那个矫揉造作的女人身上，很专注，很专注，女人稍稍一个皱眉，他就会有紧张的反应。

这样的安北城，让梁晓彤心口犯堵。

要知道，这可是她从中学时代就暗恋过来的男神啊！

她从来没有想过，安北城有一天会走下云端，像正常男人那样，将某一个女人捧在掌心当成宝，像正常男人一样宠妻入骨做妻奴。所以，那么多年，她喜欢安北城，得不到回应也从来不曾灰心和泄气。

因为安北城不喜欢她，也不会喜欢任何一个女人。相比别人，她梁晓彤是唯一一个可以靠近他、和他说上话的女人。总有一天，当他需要一个家的时候，她将是他最好的选择与归宿，也将是他的男神终结者。

然而，他突然就娶妻了，就在昨天，还听说怀孕了。

一颗心坐过山车似的，一会儿上，一会儿下。终于，漫长的文身过程结束了，梁晓彤松一口气，像得到了解放：“好了。看看，还满意吗？”

苏小南活动了一下僵硬的身体，低头看“成果”。

一朵艳丽的曼珠沙华被叼在性感的嘴唇上，很漂亮，她也很满意，同时，对梁晓彤的职业道德也第一次有了认同感：“谢谢你，梁小姐。”

她很真诚地道谢，梁晓彤却只挑一下眉梢，转头看向了安北城：“放心吧，我会保密的。”

“嗯。”安北城冷冷抿唇，点点头就低头帮苏小南整理起衣服来。

从医院出来，两个人眉来眼去到达了地下停车场——他们停车的地方，可掠夺者庞大的车身上，却斜斜倚靠着一个男人。

他样子慵懒，似笑非笑："两位，又在撒狗粮？"

苏小南靠在安北城怀里，身体有些僵硬，一肚子疑惑。安北城停下脚步，半眯着眼看他，视线如同刺骨的钢刀，普通人根本受不住："你怎么在这儿？"

"我休假，闲着也是闲着，就过来做司机了。"

安北城眉心一拧，腾出一只手将车钥匙丢给他："走吧。"

汽车疾驰而去，驶入了景城的街道。三个人各怀心思，谁也没有开口，这样的气氛里，苏小南无疑是最尴尬的一个，如坐针毡，度秒如年。

解救她的是一通电话，安北城接起来，然后就让陆启掉转了方向。

"去北邸！凯瑞酒店那个人，招了。"

半个小时后，掠夺者霸气地到达了北邸山。安北城和陆启都没有进别墅区，只是把苏小南捎了过去，就径直绕行去了后山的山顶大院。

苏小南站在门口，看着远去的汽车，怔怔地吹着山风。

"什么事都不带我，我这任务就是做花瓶吗？"

田甜山雀似的从屋里奔出来，看着她奇怪地问："陆小姐，你怎么了？"

苏小南喃喃："胸痛！"

万里之外的某座异国岛屿。

月光下的海面上，停着一艘豪奢游轮，金碧辉煌地倒映在水面上，如同一个发光体，星星点点，美轮美奂，不似在人间。

离甲板最近的一个房间，是整艘游轮最大的房间。

走廊上，一个男人匆匆走过，敲响了房门："跛爷，有紧急消息。"

"进来！"房门开了，宗京大步进去，却不敢抬头，只恭声道："跛爷，耗子受不住刑讯都招了，我们在景城的点被安北城端了两个。千里眼来电问要不要让兄弟们先撤离景城。"

景城位于西南，临近边陲云城，是进出国境较为便利的一条通道。实际上，他们在景城的几个据点也都有正当的生意。这些年，跛爷的生意基本已经上岸，但人在江湖走，有些老路丢不得，也丢不了。

“安、北、城！”跛爷沙哑的声音像是带着恨意，“宗京，会议室！”

跛爷大步走在前面，借着船舱里的灯火，可以看见他一只脚有轻微的跛，不太明显，对他整个人的形象影响不大，但仔细看还是可以看出别扭。

“安北城，是个有意思的对手。”跛爷一脸阴沉地坐在会议室里，凝视着 LED 显示大屏上的画面，突地眉头一蹙，“停！”

宗京停下播放，跛爷阴冷的眸子死死盯着屏幕上的女人。

“把这个放大。”

女人一身艳丽的大红色晚礼服，妖艳似火，缓缓停在宴会厅的中间，身子半侧着回头一瞥，视线带着笑，眼角上扬。四周都是人，她却像处于无人之境，妖娆地绽放着她的美，既不可一世，又清婉俏皮。

美！很美！太美了！

会议室里的几个男人都噤声，几乎忘记呼吸。

“跛爷，这就是陆止。”宗京小声提醒。

跛爷没有说话，双唇紧紧抿着，目光停在女人美艳的脚上，久久移不开视线。

女人的脚形很好，精致、白皙，弱骨丰肌，脚踝上系着一根做工精美的脚链，在灯光下泛着幽幽的柔光。是脚链点缀了她的脚，让她的脚美得不可思议，也是她的脚成就了脚链，让脚链也美得不可方物。

时间仿佛就此定格。

好一会儿，跛爷眸子危险一眯：“囚鸾。”

苏小南做梦也没有想到，安北城把她丢到北邸别墅就再也没有过来。不仅他，就连陆启也没有出现。两个男人就像事先商量好的一样，给她带来一池涟漪，然后又凭空消失了。

更奇葩的是，她好不容易征婚来的“大神老公”居然也不在线，留言也不回，也这样莫名其妙地不见了。

只有莫暖找过她，热情地说要把“离之火焰”还给她，不过却有一个附加条件。

“等我嫁给吴越的时候，就送给你做谢媒礼。”

“你也可以消失了！”苏小南气得牙根痒痒，恶狠狠地说，“你就别做梦了，这辈子估计都没机会了。”

“为什么？不带这么咒我的！”莫暖差点吼出来。

呵呵呵呵！苏小南懒洋洋地告诉她：“吴越现在跟任思佳打得火热呢，你说你有没有机会？”

“你是不是闺密，帮不帮我？”

为了报一箭之仇，苏小南不理会游戏上叫嚷的莫暖，懒洋洋地关掉电脑，望向坐在沙发上玩手机的任思佳。

“喂，大美女，你跟吴越是不是真的好上了？”

“应该……也不算吧！”任思佳将短发顺到耳后，抿抿唇，冷静地分析，“他一开始对我好像有那么一点意思，我对他嘛……嗯，你知道的，他长得帅，身材有型，又有点小坏，是很讨女人喜欢的那种。可是，我和他相处有点问题。”

“什么问题，处不来？”

“不是处不来，也不是不愉快，就是缺少了一点什么。可以聊天，可以玩笑，就是没有办法过那一关。”

那一关，哪一关？

苏小南为了莫暖，不得不深入打探：“你们发展到哪一步了？”

任思佳摊了摊手，抿唇而笑：“比你想的要少一点。”

“接吻？”苏小南目光熠熠。

任思佳摇头：“你想多了。”

苏小南继续问：“牵手？”

“都没有。”任思佳遗憾地叹一口气，“不瞒你说，吴越各方面的条件都挺理想的，我其实也想和他发展发展。而且我感觉他对我，应该也是这样的感觉。可我们两个就是少了一点什么……”

苏小南表示理解地点头：“现代人对伴侣的要求都高，不靠谈恋爱吃饭，只要稍稍有一点不如意，就很难将就。不过，如果他第一天就热情似火地邀请你共赴床榻，你才需要拒绝，对不对？他既然认真地准备恋爱，那你就可以考虑了。”

“嗯。”任思佳点点头，抿着嘴唇想了片刻，转而问，“你和安公子怎么样了？”

苏小南瘫在沙发上：“你不都看见了吗？几天不见人，也不晓得干什么去了。”

任思佳眉心轻拧：“是有些奇怪，吴越也没消息。我给他发微信没回，电话是关机的，完全联系不上。”

两个女人正说着，苏小南的短信响了。

是莫暖发来的，短信内容很简单：“陆子，我心情不好，烦透了，抑郁症犯了，你过来陪我，城北的川九道咖啡厅……”

苏小南瞄了任思佳一眼，回了一条消息：“介意我多带一个朋友吗？你见过的人。”

她寻思莫暖和吴越是无望了。既然任思佳和吴越都想谈一场认真的恋爱，那么就应该给他们祝福，也是时候让莫暖清醒了。

陷得越深，伤得越痛。趁这个时候，把她的刺给拔了也好。

莫暖停顿了一瞬，才回来一条短信：“那好吧。”

半个小时后，苏小南和任思佳就到达了川九道。咖啡厅里光线很暗，苏小南在服务员的引领下，到了莫暖指定的包间。

可推开房门，她脑门就炸了。

“陆小姐终于来了。”坐在幽暗光线中的人把玩着莫暖的手机，声音低沉，带一点机械似的尖锐，刺入耳膜令人汗毛倒竖。

“你是谁？莫暖呢？”凉气在脊背上乱窜，苏小南好不容易冷静下来，朝任思佳使了个眼色，想往后退，可掉头才发现，背后站着几个穿黑西服的男人，一字排开堵在那里，就连为她们引路的服务员都褪去了“热情”，一脸冷漠。

“陆小姐不要紧张，你的朋友在我们那里做客，我们老大想请你过去一趟。”

景城近郊，红特总部。

连续奋战了几个日夜，今天终于收工，大家伙儿都松了口气。安北城不仅吩咐食堂加餐，还特地让杨伟帮忙订了一束鲜花，准备晚上回北邸送给苏小南……

结了婚的男人，果然好伺候些了。

战士们都喜欢现在的安北城，不像以前，办公室整天阴霾遍布，稍稍犯点事，他那张冰川脸黑得都能吓死个人。现在，只要没有原则性的问题，大家就都有改错的机会，日子自然好过多了。

吴越进来的时候，就看到几个家伙正围在一起聊天。

“说什么呢？”他一本正经地问。

“报告吴队！我们没说什么。”

“没说什么，会一脸淫荡？”

几个战士对视一眼，忍不住笑了起来。其中一个指了指安北城的办公室门，说了订花的事，又向吴越打听：“吴队，老大这是受什么刺激了，怎么突然这么想不开，化身妻奴了？”

几个战士年纪都不大，吴越一脸老成地走过去，严肃地拍拍他们的肩膀：“娶了媳妇就懂了。老婆孩子热炕头，最是消磨英雄骨——”

“嘿嘿……吴队，你娶了吗？”

吴越摇头，也指了指办公室：“没有对比，就没有伤害啊。”

他伸手去拉办公室的门把手，可一个人影比他更快，飞也似的跑过来，推门越过他冲过去，对着里面的安北城吼道：“老大，出事了！”

安北城眼皮一跳：“什么事？”

雷荆山咽一口唾沫，觉得这句话要开口，真的好艰难：“老大，你要节哀啊！”

安北城不耐烦了：“到底什么事？”

雷荆山小心瞄他：“嫂子失踪了……”

安北城面色一变，啪地拍桌子，指了指雷荆山的脸，什么话也没有说，直接拿起桌上的电话，拨通了情报分析中队：“喂，我安北城，让简聪听电话。”

简聪是情报分析中队的队长，接过电话就开始汇报：“老大，我是简聪，我正要向您汇报情况，嫂子最后出现的地点是川九道咖啡厅，然后就失去了消息，我们正在查……”

安北城面色阴沉：“给你半个小时。”

半个小时的时间里，安北城做了很多事。他派人突击检查了川九道咖啡厅，可将咖啡厅里里外外搜了个遍，都差一点把那个地方拆了，也没有找到苏小南，甚至连一点线索都没有，一个好端端的人，就这样凭空消失了。

等待的时间是磨人的，办公室里一片凉气。

吴越和雷荆山都没有离开，默默地陪坐在沙发上，大气都不敢出。认识这么多年，他们从没有见过安北城发这么大的火，整个空间都弥漫着一种令人恐惧的压迫力，如同强大的逆气流在一点点凝集，谁也不知道会在什么时候爆发。

雷荆山是个老实人，终于沉不住气了：“老大，只要那些人有利可图，就应该不会对嫂子做什么，至少……现在是安全的。”

吴越瞥他一眼：“可嫂子长得还行。”

长得还行的女人，落到亡命之徒手里，会发生什么？

安北城寒芒扫过：“闭上嘴没人当你是哑巴。”

吴越打了个寒战：“是是是老大，我知错了！其实咱嫂子，长得不行。”

一本正经说笑的吴越是想缓解一下气氛。人只有在神经放松的时候，才能更冷静地思考，越是焦急，越是容易判断错误。虽然安北城看着挺冷静的，但吴越了解他，又怎会看不出来他内心的紧张？

然而，他的功夫白使了。

安北城收回视线，啪啪敲着键盘，比吴越想象中的冷静多了。

突然，啪一声，他对着手上键盘重重一敲：“终于找到了！”

办公室的电脑里突然传出苏小南的声音，沙沙的，哑哑的，带着一种轻佻意味：“行，你们想撕票那就撕吧。你都说我是聪明人了，我和莫暖刚认识不久，也不算太熟，犯不着为了她的命，丢掉自己的命。”

“陆小姐有意思，那我们就只能得罪了。”

“那我也得罪了！”

声音顿时混乱一片，隐隐传来了打斗声。苏小南好像和人动了武，桌了椅子的碰撞声，通过设备传入众人的耳朵里。

雷荆山怔怔听着，心脏都提到了嗓子眼：“老大对嫂子是真好，居然在身上放窃听？”

吴越回头瞥他：“那不是窃听，是全球最先进的 GPS 定位追踪器，带卫星导航系统，除了可以跟踪、定位，还可以图像处理、轨迹回放，然而——”

突然，电脑里没了声音，不是打斗结束的平静，而是与设备失去了联系。

很快，简聪的电话就进来了。

“老大，信号源消失，追踪器与设备失联，肯定是被人发现，采取了电波干扰措施。”

安北城噌地站起身：“这个女人，真欠揍！”

那天他跟苏小南分开，不是让她在家里等他吗，为什么她不肯乖乖听话？安北城心里的想法只存在一秒，又慢吞吞地坐了回去：“这件事，是我疏忽了。”

他们捣毁了死神集团的几个窝点，对方肯定不会善罢甘休，会不遗余力地想办法报复。而他对苏小南的“宠爱”，显然把软肋暴露在了敌人面前。

“敢动我的人，看来真是活得不耐烦了。”

安北城冷冷低斥着，视线幽沉，像从地狱里爬起来的黑白无常。

“启动一级追捕模式，让各单位配合。”

太阳沉入地平线，天渐渐黑了。

苏小南醒转时，不知道自己身在何处，厚重的窗帘将亮光遮得严严实实，看不透外面。昏迷前的画面慢慢浮上脑子，她首先想起的就是与她同样身陷险境的任思佳和莫暖——

“我的朋友呢？”

“陆小姐该关心的人，是你自己吧？”

坐在她面前的男人就是川九道的那个家伙。苏小南瞪他一眼，冷笑：“你们要的人是我，何必为难无辜的人？”

“那得看陆小姐的表现了。”那人慢条斯理地站起来，“既然陆小姐醒了，就见见我们老大吧。”

苏小南心里一凛。

这个“老大”，应该就是他们的敌人了。

她提起了十二分的精神，没想到根本没见到真人，只有视频，甚至连视频都称不上，因为对方可以看见她，她却看不清对方是人是鬼，只有一个笼罩在阴影里的轮廓。

“跛爷！”劫持苏小南的家伙，恭敬得像古代的大臣见到了皇帝，“我已经按您的吩咐，请到了陆小姐。”

画面上的男人微微一动，不等苏小南看仔细，又隐入了黑暗中。

“是很像。”

是说她长得像陆止吗？

苏小南脑子迅速转动，脸上却露出一副漫不经心的笑，不像被绑架的肉票，倒像一个来旅游度假的客人：“这位老大，你要做什么就直接说吧。我人都在你手上了，根本就不用兜圈子，时间就是金钱，你就不急吗？”

昏暗的屏显，像是一幅静止的画，久久，才传来那人的声音：“你不是陆止。”

他说得很肯定，就像肯定苏小南逃不过他的魔爪一样，那人又补充了一句：“你是苏小南。”

苏小南身子微僵：“如果我不是陆止，那你不就白费工夫了吗？”

继续不承认不否认，苏小南句句都斟酌着。男人轻笑一声：“不，你是不是陆止对我没有影响，因为我对你本人不感兴趣。”

苏小南冷笑：“无利不起早，你总有自己想要的吧？说！”

“这么霸道的女人，少见。”那人叹息一声，一只手慢慢摩挲着椅子的扶手，那动作，慢得苏小南强迫症都快犯了，他才轻谩地说。“我感兴趣的只有……囚鸾。”

苏小南心里一惊。

几乎是条件反射，她转动了一下脚踝。

感觉到囚鸾还服帖地待在脚上，苏小南松了一口气：“那不好意思了。先生可能不知道吧，囚鸾上了脚，就取不下来了。”

“哈哈，哪有取不下来的东西。”那男人大笑两声，突然对站在卧室里一动不动的家伙轻声吩咐，“安北城不听话，就把她的脚给我锯了！”

时间：下午七点。

地方：红特总部行动大厅。

人员：安北城和各大战队队长。

大厅里除了仪器的嘀嘀声，只有安北城冷冽的气息在弥漫。

安北城，天生就是为战斗而生的男人，越是凶险，他越是镇定。

“野鹰大队，方昂，负责行动突袭！”

“野狼大队，伍少野，负责沿景雅路向南搜索，抵近侦察。”

“野豹大队，雷荆山，负责调遣狙击手做好准备。”

“警通大队，负责与各单位协调，联系交警部门，对各路段进行布防排查。”

布置好任务，他抬腕看了看手表：“十分钟后集合，十五分钟后准时出发！所有作战队员听好，这一次，我们要将死神在景城的窝点全部剥除，切断他们的西南线……”

“是，保证完成任务！”

全体人员起立，按照安北城的指示，迅速退出大厅，执行任务去了。

“陆启！”安北城突然喊住列席会议却没有得到任何命令的陆启，“炮炮呢？”

陆止扣上帽子，神色凝重：“在下面。”

安北城点点头：“你带着炮炮，跟我走一趟川九道。”

陆启很意外。在此之前，川九道他们已经彻底搜查过了，哪怕一根针掉地上都能被找出来，何况一个大活人？再去查一遍，也不过无用功。但安北城能坐到这个位子自然有他自己的行事方法，听说炮炮又是一只与众不同的神犬，于是他也存有侥幸心理。

“是！”

灯火闪烁中，炮炮双眼晶亮。

矫健的四肢往前一窜，它就往川九道里冲去。安北城牵着狗绳子，大步跟在它的后面。只走了几步，他又回头看向陆启：“你在外面，监控周围突发状况！”

“二表哥！”陆启突然喊，“我进去，你在外面。”

虽然警方已经清理过了，但进去始终比在外面危险，而且，他原以为安北城叫他过来，就是要他带着炮炮打头阵的，哪知道，他会把他留在外面做接应。

“听从命令！”安北城牵着炮炮，挺拔的身躯停顿一秒，语气从容而冷漠，“我的爱人在里面，我能站在外面等吗？”

“……”

一句话，没有情绪，却把陆启的双脚钉在了门外。

不得不说，炮炮是一条机灵的主儿。安北城蹲下身来让它嗅了一下苏小南穿过的衣服，它就摆着尾巴，精神头十足地往里面冲去，根本不用警察带路，就到达了苏小南待过的包厢。

“炮炮，闻一闻。”

炮炮四处转悠着，没有离开，突然就趴下身体，头拱着地，两只前蹄拼命地刨着地毯：“汪汪！汪汪！”

安北城抚着炮炮的背，一张轮廓分明的俊脸上有一种令人心惊的凉：“你发现下面有问题是吗？”

“汪汪——汪汪！”炮炮前蹄刨地毯，神情异常兴奋，一只嘴筒子使劲戳他的大腿。

一人一狗的互动，其他人看不懂。

安北城拧眉想了一瞬，突然站起身来：“搜！看看房子下面是不是有密室。”

密室？听他一说，一个留守的警察恍然大悟一般：“川九道的老板酷爱喝酒，在地下建有一个酒窖，面积挺大，但在你们到达之前，我们已经排查过，并没有发现异常情况！”

安北城转头：“带我去！”

一行人重新绕过走廊，从走廊尽头的一道门挤入了一个黑漆漆的地下室。台阶是竖直向下的，两侧有照明的灯光，幽幽的，凉凉的，只容一人通行。

炮炮走得很快，没有犹豫，直接冲入了酒窖的最里面。

可那里除了储存酒的架子之外，再没有别的东西。

所有人都看着安北城，炮炮也显得有点焦灼，在原地打转，嘴里呼呼喘着气，不停绕圈子。

安北城抚了抚炮炮的狗头，不疾不徐地命令："继续搜！寻找下方地窖入口。"

地下室，一台大功率的监控设备前面，千里眼戴着一只黑一只白的眼镜，回头吩咐下属："跛爷有令，带人质，撤离！"

"头儿。"一个黑西装转过身来，"密室这么隐蔽，安北城应该找不到吧。"

"这是跛爷的意思。"千里眼将枪插在腰上，看一眼监控显示屏上的安北城和狗，咬了咬牙齿，突然阴森森一笑，"既然来了，我们怎么也得给他备点礼！"

斗智斗勇的游戏，在同样强势的男人之间，会把硝烟味儿引爆。

三分钟后，苏小南已经被千里眼带到川九道负四层的秘道——这个川九道咖啡厅，是死神集团在景城经营多年的一个据点，设计极为巧妙。当时请的国外建筑专家修造，而报备给房管局的图纸与本身的构建也完全不一样。

所以，没有人知道它构建有多么复杂。

千里眼挟持着被乔装捆绑的苏小南，钻入一号秘道，走了一分钟左右，推开另一扇黑漆漆的房门，再行数十步，转上楼梯，推开门，居然是一个停车场。

这是川九道隔壁商场的地下停车场。

停车场离门最近的地方，停放着一辆汽车。

汽车很大，角度又正好挡住停车场的监控器。

几个人迅速上车，都做了简单的乔装，戴上黑超、假发，换了衣服，贴上胡子。就连苏小南也被强制换了一件外套，戴上一个假头套，再扣一顶鸭舌帽，嘴里还含了一颗微带香甜的药丸，吃下肚子后，她嗓子有点哑，头也有点昏，脑子根本没有办法再正常工作，眼前像有水波纹，一圈圈打转。

“安太太，乖乖地睡一觉吧。”

苏小南微眯着眼睛，看着车窗外的灯火，手指死命掐着大腿，想让自己保持清醒，以便在关键时候可以做出快速反应。

汽车驶了出去，刚到街道，背后就传来几道振聋发聩的巨响。

“啊！快看，那边爆炸了！”

“是川九道——”

“爆炸啊！真的是爆炸，快看，蘑菇云都蹿上天了——”

轰隆隆的响声，如同推土机驶到面前，让附近的高楼都跟着震荡。千里眼回头看着，低笑一声：“干得漂亮！”

苏小南心都悬到了嗓子眼！。

那样的爆炸，足以致命！安北城会没事的吧？

“报告！”陆启有力的声音从无线通讯器里传了出来，“监控画面显示，在爆炸发生前十分钟内，共有十八辆汽车驶出川九道的两条出口，其中有三辆形迹可疑——”

呛人的浓烟里，安北城牵着炮炮，双目赤红如血：“全力搜索！排查一切可疑车辆！”

十分钟后，简聪从指挥室里传来一个通过各方情报汇总分析出来的结论：“第一辆驶往了景乐路，车牌号为景 A33×××，第二辆驶往了景自路，车牌号为景 1414×……”

安北城抚着炮炮的头：“我们往景乐路！”

彼时，景城已入夜，霓虹灯下的黑暗连绵无边，天空的颜色妖艳而诡异。一辆黑色汽车飞驶在景乐路上，车里坐着千里眼和几个逃窜的死神集团成员，以及处于半昏迷状态的苏小南。

千里眼戴着一只单眼镜的眼里，迸射出嗜血的光芒：“跛爷，他们咬得很紧，前面景乐路口还有临检，要不我们跟他们拼了？！我手上有人质，谅他们不敢怎样！”

“不行！”跛爷声音幽沉，“保证人质安全！”

千里眼微微一愣。

警方保护人质的安全也就算了，他们也要保证？低头看一眼躺在后座上歪来倒去的苏小南，他没敢多问，只道:“离景乐出口只有三公里了，跛爷，怎么办？”

“你带人质在转盘下车，二皮会在那里接应。”跛爷沉吟片刻，又道，“小四直接开车，想办法从景乐路口冲出城，引开他们——”

千里眼眉心一蹙：“好的，跛爷。”

“收线，到了安全的地方再联络我。”

“是！”

苏小南努力拼凑着思绪，眼睛半开半合，偷偷观察车窗外的地形。她突然呻吟一下，吃力地看向千里眼：“我尿急……”

千里眼觉得这个女人太麻烦：“忍着！”

“忍不了！”

“那你就地解决。”

“你们对待人质太不人性化了，怪不得做不成第一流的世界级犯罪集团，天天让人追得像孙子一样！”苏小南努力组织语言，试图让气氛轻松一点，转移这些人的注意力，“小伙子，你们要学习、总结经验！”

有被挟持还让人改进“犯罪工作”的人吗？

千里眼盯着她：“安太太，不要耍花样，没用。”

汽车离景乐路口越来越近，苏小南心里像悬了十五只水桶，七上八下扯得慌。如果让他们冲出了景乐路，后面要追就麻烦了。而且她在这些人手上，很容易让安北城投鼠忌器，到时候两方僵持，吃亏的人，还不是她自己吗？万一不小心死在哪管枪下，就背运了。

她视线落在千里眼的脸上，转了转脖子：“哎，我有点晕车——”

千里眼哼一声，不理她。

苏小南挂着一抹僵硬的笑：“咱们挪一个位置行吗？我想坐窗边。我真晕了！唠——难受，要死了——”

她脸色苍白，双眼赤红，说吐就吐，样子确实不太好。

可这样的要求，千里眼怎么可能接受。

“安太太还是安分点好！没关系，想吐就吐车上。”

“没人性啊！”

千里眼瞥她一眼，密切注意着前方，眼看离景乐路的转盘近了，一辆发动好的汽车停在那里。

“是我们的人！”他目光微带喜色，“准备！”

他们准备停下的瞬间，利用转弯的角度阻碍，换车换人。苏小南明白，这一换车，安北城要找她就更难了。

“大哥，我不行了，我想坐窗边。”

“闭嘴！”千里眼不待她说完，伸手过来一把按住她的肩膀和身体……

这时，车窗砰的一声响，苏小南左边那个人头一歪就倒在了车座上——太阳穴中枪，一枪毙命。

“妈的！”千里眼顾不得同伴的死，拖住苏小南，在汽车驶过转弯的时候，猛地推开车门。

“下来！”他狠狠拽了苏小南一把。

苏小南心里一寒，余光扫向停放的汽车下方。这里是一座桥，景城的母亲河上，桥下水很深，如果趁他们不注意跳下去，生存的概率有多大？有了这个念想，她紧张起来，可现实容不得她过多思考。

她一口咬在千里眼的手背上，趁他拉开车门的瞬间，突然脱离他的掌控，飞身越过桥墩，身体往下一栽，直接跌落入水。

砰！水面溅起高高的水花，很快就又沉入夜色中。

“妈的！”千里眼站在车边，看向黑乎乎的桥下，“这还是女人吗？”

他骂咧着，就听到惊呼：“安北城追上来了！”

背后，警灯闪烁，警笛声声，警车的声音似乎也近了。

千里眼回头一看，狠狠咬牙，钻入车里：“撤！和二皮他们会合！”

“退后！大家退后！”

大桥上挤满了行人，警方在维持现场秩序，但仍有一些不怕死的挤在两侧，各种手机在拍照，各种人来人往，人群不时发出讨论与喧哗，新闻记者也赶到了现场，采访，拍摄，大桥上一时水泄不通。

闪光灯、警灯闪烁不停，安北城用了好大的力气才挤到桥头，脱掉皮靴，正要往下跳，就被大汗满头的陆启拽住了胳膊：“二表哥，落水的人是不是陆止？”

因为大桥路段堵车，他跑步过来的，急得脸红脖子粗，衣服都湿透了，哪里还有矜贵的陆家少爷形象。安北城拨开他的手：“她不会有事的。”

陆启一愣，脑子里一片空白，仿佛有热血不停往上头涌，根本无法好好思考，也无法掩饰这一刻的惊乱：“不可能是她，二表哥，她不会水的！”

他手指都在颤抖，安北城却有点不耐烦了：“不，她会水。启子，人是会变的。让开！”

接着，他身姿如同猎豹，咚的一声入水。

“跳了，跳了！”

“又有人跳了！”

无数声音在喊，陆启脱掉衣服，也直接跳了下去。

现场尖利的喧哗声顿时此起彼伏。

“快看！在那里——又有一个跳了！”

这一前一后的两跳，令人唏嘘，也点燃了围观群众的热情。

但是，夜太黑，河水太深，救生艇不少，却一无所获。

时间一点一点过去，救援的人慢慢焦急起来。

“陆止！”陆启的声音从水面上传来，有一种撕心裂肺的惊慌。

“陆止！陆止！”

在水里泡久了，陆启声音都变了，嘶哑而急切：“你在哪里？你应一声啊！”

他经历过一次听说她死讯的感受了，那灼心焚肺痛，他不想再经历一次，更不想让她就在他眼前出事。他也不敢去想，如果她真的没有了，不存在于这个世界上了，他的青春、他的感情、他的心，该怎样安放？

“陆止！陆止！”

疯了一般寻人的陆启，是众人眼里的好大哥，可身为陆止丈夫的安北城，从头到尾几乎没有声音，与搜索的大部队也不在同一个方向。

根据简聪传来的定位，他从苏小南落水的位置计算落点，再计算水流的速度，以及苏小南的水性等一系列数据，头脑像计算机一样运转着，人也没有停止搜索。

“简聪，继续定位！”

“目标：三点方向。距离：十五米！”

“收到！”安北城再次钻入水中。

等他的头又一次浮出水面时，人已经在离落水点几十米开外的另一座大桥下方了。

这座桥与前面的很相似，桥下有巨大的桥墩，支撑着大桥和路面。他目光一扫，就看见了桥下石墩上的女人。她双手紧紧抱着石柱，头低低垂下靠在柱头上，长发凌乱地披散着，一身黑漆漆的衣服，让她看上去像一个迷失在暗夜中的女巫。

“小祸害！”安北城咬牙切齿地游过去，狠狠托起她的腰，将她搂入怀里，低头轻拍她的脸，“苏小南！醒醒！”

苏小南并没有睡着，而是吃了那药无力支撑。

听见安北城的声音，她做梦似的抬头，打了一个喷嚏：“安北城？我这是死了吗，来到了阎王殿？”

安北城很想骂人，可看她这湿漉漉的样子，不由得又软了心。

“放心，祸害遗千年，你死不了！”

他探向她的额头，感觉有一点烫，又慢慢裹紧她，往上托了托。苏小南身体软倒在他怀里，气若游丝，双目紧闭，口齿都不太清楚了：“安北城，那个千里眼喂我吃了药……”她努力拼凑着理智，汇报自己的情况，“我情况不太好，一会儿冷，一会儿热，很难受……”

安北城就着月色与桥上落下的细碎光影，再一次认真打量她，片刻后，凌厉的视线慢慢转暖，将她抱紧：“有我在，会没事的。”

“安北城！”苏小南呼吸急促，突然凑上去亲了下他的脸，“谢谢你！”

“别动！你不要命了？”安北城紧紧托着她，“坚持住！”

水中救人并不简单，游了这么久，他体力也有极大的损耗，生怕她掉下去。

“不是有你在嘛。”苏小南定定看着他，也不知道是今儿晚上入水救她的安北城太帅，还是体内灼热的“洪荒之力”控制不住，她几乎忘记了身在何处，眼里心里只有这一个男人。

“安北城，你吻我一下，好不好？”

“……”

“就一下。”

“……”安北城托着她的腰，再探她的额头，微微一惊：“你在发高烧，就不能老实点，嗯？”

“是呀！”苏小南头歪在他的脖子里，像一条没有长骨头的小狗狗，蹭来蹭去，声音发软，“我就是在发烧，我还想烧你，烧透了你……”

都市的霓虹下，有一座桥。

桥下，有两个人。

隐蔽的、没有人看见的空间里，两个人的气息慢慢紊乱。

苏小南突如其来的热情，让安北城猝不及防，如她所说，她的高烧，真的烧透了他。

那情绪来得又快又猛，他来不及深想，将她娇小的身子抵在石墩上，像狼一样喘着气啃了下去，狠狠地吮住她的唇。霸道有力的控制、野蛮放肆的索取，完全遵从原始的渴望。

温度不停攀升，河面上的冷风也吹不走这燃烧的热情。

一个坐在水位线的石墩凸线上，一个撑着她的身体站在面前，吻得昏天黑地，几乎忘记了所有……直到陆启的脑袋出现在水面上，一双燃烧着惊喜的眸子突然转成惊愕。

“陆止！”

十分钟后。

苏小南被安北城抱着，从救生艇上上了岸。

她慵懒地靠在安北城怀里，马上有人过来为她披上了一条干爽的毛巾。

几乎就在同时，好事者不停往里面挤，摄像机、手机的灯光不停闪烁，让苏小南有些睁不开眼睛。看热闹的人永远不嫌事大，他们看到抱着苏小南的安北城，也看到了跟在后面的陆家大少，两个男人都争先恐后地跳下水去救人，现在又一起把人捞了上来，八卦和话题性都有了，他们哪里能错过这样的机会。

一个女记者冲了过来：“安公子，请您谈一下救人的过程好吗，您是在哪里发现的……”

安北城眉目一冷：“不要干扰执行公务！”

他发狠的样子太骇人，那女记者怔了下，不敢再问。安北城冷绷着脸，抱着苏小南从人群中了过，坐上丁寅开过来的汽车：“去医疗大队，马上联系顾风。”

他一走，剩下的人很快围住了陆启。

“陆少，麻烦您说一下这个案子的情况……”

陆启拨一下湿头发：“等待警方通报吧。对不起，我没有义务告诉你。”

刚才堵过安北城的女记者，从一众记者的包围圈中钻出来，突然换了一个话题：“那可不可以请陆少回应一下关于陆氏兄妹的传言？”

陆启眸子一冷，侧过脸看她：“你不去做娱记可惜了，要不要我跟你们领导说一声，给你换一个岗位？”

那女记者尴尬地笑笑：“多谢陆少，不用麻烦您了。是这样的，我之前是我们单位管理官方微博的小编，前几天收到一个消息，是关于陆少和陆小姐的，我们主编非常重视。”

陆启目光微闪：“哦，还有这事？”

看他终于有了兴趣，那女记者似乎松了一口气：“有人给我们私信说，陆小姐其实并不是陆家的小姐，而是陆少在荣城的同学苏小南。而且，你们两个曾经是情侣……不知道陆少对这个事情怎么回应？”

“这也要回应啊？”陆启笑着看一眼腕表，认真地看向女记者，“那等一会儿，我也给你们官微留一条私信，说你们老板不是他父母生养的，他会不会要你去找他父母核实？”

女记者张大了嘴巴。

陆启从容地对围观群众点点头，又转头对女记者倜傥一笑：“记者小姐，你的大暴牙露出来了，麻烦闭嘴！”

汽车驶入红特医疗大队时，苏小南已经昏迷过去。

顾风焦急地带着安北城把她抱入事先准备好的病房，为她做了检查，然后把安北城单独叫到了办公室。

“恭喜老大！你的好事来了。”

安北城微微一怔：“难道她……”

“不是怀孕了。”顾风戏谑地看着他，“嫂子中的迷药叫迷航 K27，在日本非常有名，主要用来控制女人，让她们身不由己地成为……谋利的工具。”

安北城眸子里一片漆黑：“那你还不赶紧治疗！”

“我这不正找你商量吗。”顾风笑得云淡风轻，“嫂子的身体有点特殊，我和你说过了，本来她怀孕就困难，如果强行解药，很容易造成不孕。”

“那怎么办？”

“做！”顾风回答得很实在，“你直接做就行了，你就是她的解药。”

“……”安北城拳心一攥，“你武侠小说看多了？”

“这是最方便有效安全的解药办法。”顾风一脸无辜地看着他，“换了别人我还不告诉他呢，老大，你怀疑我的人品可以，千万不要怀疑我的医德。”

安北城冷冷一斥：“淫医，你就没有别的办法了？”

“没有！”顾风摊了摊手，看他冷眼一沉，又要上火，赶紧轻咳一声，很严肃地推了推眼镜，“这个药真的只能这么解，迷航 K27 其实来自古代的宫廷秘方改良。你看过古医典籍没有？咱们老祖宗用几千年的时间检验过了，这种毒最好的治疗办法，就是纾解……”

安北城目光一沉，似乎在审视他话里的真假。

顾风绷着脸，一本正经地拍了拍听诊器：“我用我的尊严，以及我子孙的顺利临世向你发誓，我说的话，句句属实。”

安北城半信半疑：“你小子还想哄我？”

“老大啊！我冤枉！”顾风长吁短叹，“行吧，如果你非要用别的方法治疗也可以。我马上叫人准备输液，不过回头你可千万不要来找我的麻烦……”说着，他就往外面走去，一副“事不宜迟马上办”的样子。

“等一下。”安北城沉吟道，“我干！”

顾风回头一笑，眉眼生花。

一道惊雷击在景城上方。

城郊一条阴暗的小巷子里，有一片还没有拆迁的棚户老房。在这样的夜色中，阴暗得连人的脸都看不清楚。

莫暖和任思佳就被捆在里面。

一条尼龙绳将两个女人背靠背捆绑着，丢在冰冷的地上。

这里的居民早就搬走了，整大片房屋都空着，形同鬼屋。走廊上唯一的照明灯，光线太弱，闪电强光破窗而入，令人魂飞魄散。

“血龙，有警察来了！”

“给她们注射！带走——”

听到“注射”这词，两个女人剧烈地挣扎起来，扯着嗓子大声尖叫。可男人的力气太大了，她们挣扎不了，连嘴巴都被捂住了。

“呜——”莫暖拼命地挣扎着，外套被拉扯她的一个男人扯了下来，露出一条白白胖胖的手臂。另外一个男人举着装了液体的针管，直接往她的手臂扎了下来。

莫暖紧张得心脏一缩，来不及害怕，胖胖的身子便撞向那个举着针管的男人。

这完全是慌乱中的下意识行为，可这一撞，竟然直接撞到了那人的胸膛，他举着针管踉跄一下，针尖换了位置，冷不丁插入一个同伙的肩膀。

“啊！在搞什么？”

那个莫名被针扎的家伙大叫着扬起手，一个巴掌抽了过来：“臭婊子，我弄不死你！”

一个巴掌接一个巴掌，打得莫暖眼冒金星，痛叫不已，一张本来就胖的脸迅速红肿，嘴角有血丝落下，双目充血似的鼓胀着。

“啊！救命——”

她疼得腰都直不了，身体像破布娃娃似的被人拎着，除了被动挨打，什么都做不了。

门外的警笛声由远及近，有人低吼：“准备撤！不要等他们摸上来。”

一个来字没落下，门窗突然震动一下，传来切割般的沙沙声，紧接着，窗户的钢条便被人硬生生破开。

“不许动，举起手来！”

一群荷枪实弹的特警战士破窗而入，脸上涂着一模一样的伪装油彩，认不出来谁是谁，但他们手上黑洞洞的枪口，却认识这帮人。

血龙是这群人的小头目，看到从天而降的警察，没有表现得太过慌张。

“你们谁是头儿？我要和他谈谈交易。”

一个眉目俊气的年轻男人走上来，露出一抹微笑：“我是吴越，你们死神集团纸牌上的五号。”

五号？血龙肩膀一僵，也露出一抹笑：“那就好商量了，麻烦你带着你的人，滚出这幢房子。等我们安全了，我说不定会好心放人！”

吴越皱了一下眉，又笑道：“哥几个要不先抽根烟，压压火，我们再坐下来慢慢商量？”

“谢了！”血龙示意那个拘着莫暖的男人将她拎提过来，然后枪口指着她，不怀好意地看向吴越，“看你这么仗义，我给你一个彩头，怎么样？”

“彩头？”吴越凉凉地笑，“你说！”

血龙呵呵一声：“我们出逃也不方便带两个人质，这样，我给你一个挑选的机会，这两个女人，你可以带一个离开，另一个由我们带走，怎么样？”

吴越一怔：“听上去好像还不错。”

血龙看一眼漂亮的任思佳，再看一眼变成猪头的莫暖，轻笑道：“其实也不用考虑了，换了谁也会带这个漂亮的、体重轻点的……”

一听说她的体重，莫暖大怒：“你们侮辱我可以，不要侮辱我的肉——”

“闭嘴！”那人又甩来一个巴掌。

这一回莫暖却没有示弱，因为她看清了吴越听到血龙的话时，那瞄向任思佳的一眼，似乎不需要选，也会像血龙说的一样，带走漂亮的任思佳。

这对她来说简直就是血淋淋的打击和摧残。

“住手！”

巴掌还没有落下，吴越就吼了出来："一个大老爷们儿，动不动就揍女人，算什么本事？"

血龙露出两排黄黄的大烟牙："兄弟，这一头会咬人的母老虎，我们就不给你了。你把这个靓妞儿带走吧，哈哈哈！母老虎留着我们慢慢整治！"

吴越眉梢一扬，对上任思佳递过来的眼神。

说实在的，这样的选择很艰难，都是人质，都是女人，偏颇任何一方都会让另一方陷入极深的恐惧。他是个男人，见不得女人受这种欺负，但血龙已经把话都递到嘴边了，他能拒绝说不带任思佳？

"行！成交！给你三分钟准备，我在楼下等，一手人，一手车。"

说着，他头也不回地转身离开。

"哈哈哈哈！爽快！"

血龙发出一串歇斯底里的笑，令莫暖毛骨悚然。

她哽咽一声，看着吴越离开的背影，又看一眼任思佳突然轻松下来的面孔，虽然不想责怪任何人，身体却像被施了魔法一样，僵硬了。

她好喜欢好喜欢吴越，可这个她好喜欢好喜欢的男人，选择了放弃她？

已经第二天的凌晨三点半，这个时候道路通畅，行人全无，整个世界就像熟睡了一样。

约莫半个小时后，掠夺者停在了一片树林外围。

"老大！"头戴钢盔的伍少野钻了出来，看一眼安北城手上的狙击枪，露出一副垂涎欲滴的表情，"里面有一套小平房，应该是他们的据点之一。敌人目标共五个，挟持人质两个，吴越正在和他们周旋。对窗的狙击位，我已安排好人了。另外一个绝好的狙击位，我本来准备亲自上阵，但老大来了嘛，当然得老大先上。"

安北城把枪丢给他："去！"

"啊？"伍少野兴奋地跳了起来，抱着狙击枪，像抱着他失而复得的媳妇儿，就差把脸贴过去亲几口了，"Lwrcsabr，我的 Lwrcsabr。老大你太好了，送给我的，对不对？"

安北城冷冷一哼："拿不下任务，以后有装备，都不优先考虑你们队了。"

"不是吧？"伍少野嚷嚷着，"我完全是在给吴老怪擦屁股好不好？你知道他那个怂劲儿，一辈子优柔寡断。换了我，第一次冲入房间就把人质弄出来了，你说打他们一个措手不及多好，老子真怀疑他到底敢不敢杀人！"

听他掐吴越，安北城抿一下嘴纠正："第一，你不是他老子，是他的弟弟，亲的。"

"呃……"

"第二，你给他擦屁股习惯了，不差这一回。"

"……"

安北城拍拍他的肩膀："所以，干吧！"

在安北城来之前，其实伍少野已经安排好了。他和吴越是双胞胎，但本质上有着明显的不同。至于他的手段嘛，也确实比吴越狠一些、绝一些。

行动分三个组，突击组、狙击组和营救组，参与人数统共不过五六个人。他们神不知鬼不觉地摸上去，突击组激光瞄射，破门入内，同时争取那一秒的掩护，狙击手迅速狙击挟持人质的歹徒，营救组善后。

听着很简单，但难度在于配合，以及时间的掌控。

当然还有狙击手的稳、准、狠！

只有一枪的机会，错过人质就可能出事，人质没了，行动再漂亮都没有用。

好在伍少野真是一个人才，利索得像头豹子。当他手上的狙击枪击毙莫暖身边的男人时，莫暖还在发蒙，一秒后，才长长地啊一声惨叫！

这样近距离高清晰看到死人，莫暖脸色都变了，瞪大眼，捂着嘴，呼吸不过来。

半分钟后，伍少野的皮靴踩在了她面前："带走！"

莫暖瑟瑟发抖，顶着一张包子脸，直勾勾看向伍少野，口齿不清地说："谢谢……你……吴……越……"

第六章

三人行，必有一失

苏小南一觉醒过来，已经是第二天下午。

夕阳下，晴正好，肚子呱呱在乱叫，她撑起酸涩不堪的身体，爬起来拉开窗帘，从阳台看出去，北邸风光依旧。

她回来了，可莫暖和任思佳呢？

房间里一个人都没有，她拉开门正准备下楼，田甜就笑眯眯地迎了上来："陆小姐你起来了？正好，任小姐做了好吃的，叫我来叫你呢。"

"她也回来了？"苏小南眼睛一亮，"那莫小姐呢？"

田甜笑盈盈地扶她："都没事，都没事了。"

苏小南一颗悬着的心落了下去，跟着田甜走到餐厅。

碗和盘子擦洗得发着晶莹的光，意大利面、牛排、罗宋汤，就做的两人份，简单安静地摆放在餐桌上，任思佳穿着干净简单的家居衬衫，系着围裙像个女仆似的迎上来："安太太，可以约你一起午餐吗？"

苏小南饥肠辘辘的肚子哪里经得住诱惑，她瞥着任思佳，坐了下来，拿起碗筷就开吃："无事献殷勤，非奸即盗。说吧，为什么要给我做吃的？"

任思佳在她对面坐下："我诚心慰问你的好不？"

“嘿嘿，这么好？”苏小南笑着抬一下眼皮，“难道是你突然发现自己性取向不对，爱上我了？”

任思佳嘴角一抽：“我可不敢觊觎安北城的人！”

苏小南差一点喷了：“那是为什么？直接说，别矫情！”

任思佳没有马上回答，迟疑一会儿，她目光暗了暗：“你那个朋友……莫小姐，她不会怪我吧？”

怪她？苏小南不太明白。

任思佳踌躇着，告诉了苏小南那个“二选一”的事情：“我其实看得出来，她喜欢吴越。其实我当时也想过，要不要勇敢一点，主动留下来，毕竟我一直健身，比她耐揍——”顿了下，她笑笑，“可我高估了自己，也高估了人性。”

苏小南安静地等她说完，笑了起来：“不要想太多，谁都不是圣人，她能理解的。如果你实在想不通，那回头你请她吃饭，我蹭吃，怎么样？”

“好啊！”任思佳释然地笑了。

“那就这么愉快地决定了。”苏小南吃了点东西，有了精神，又不禁八卦起来，“不过你和吴越经过这么一场生死绝恋，应该是有戏了吧？”

任思佳微微一哂：“我感觉是没戏了吧，他对莫暖，好像也挺内疚的……对我，我感觉不到爱，也没有心动的感觉。”

苏小南一怔，耸耸肩：“好吧，继续等你们峰回路转！”

吃完饭在北邸等了一天，苏小南没有等到为了给她解毒勇于献身的安北城回家，却等来了陆启的电话。

“半个小时后，我去北邸接你。”

这是做什么？一个个都变身霸道总裁了？

“你说接我就接我？有一点诚意行不？”

陆启沉默一瞬，声音很沉，很哑，似乎还带着一丝咳嗽：“小南瓜，很重要的事。”

她和他之间，还能有什么重要的事？上次都被记者追问了，他还不懂得避嫌吗？

不！越避嫌才越嫌。

他们本来就是兄妹啊，避个什么劲儿？

苏小南上楼换了一身衣服，坐在客厅里等待。

不到十分钟，陆大少的白色路虎就驶入了北邸。接上她离开后，一路上陆启都保持着沉默，苏小南也没有心力问他，直到汽车停下，她发现这个地方居然是一个废弃的建筑工地。

“带我来这里做什么？”她奇怪地瞥向陆启，满是疑惑。

“进去就知道了。”

陆启锁好车门，虚扶一下她的肩膀。苏小南不着痕迹地躲开，自己抬步往里走。

看她这样疏离，陆启也没有坚持，紧紧跟在她的身边。

废弃工地到处是沙石、钢筋、水泥，脏、乱、差的地面上，连落脚都困难。走到最里面，有一个仓库，生锈的铁门虚掩着，他们刚刚走近，就有一个年轻男人疾步过来。

“启哥！”

陆启嗯一声，拍拍他的肩膀：“辛苦了。人呢？”

那年轻男人看了苏小南一眼：“在里面。”

苏小南心里略忐忑，但既来之，则安之，人都已经来了，再问也迟了。

她跟着陆启走了进去。仓库里光线很暗，没有窗户，墙体斑驳，屋顶灰白。一个被反剪着手捆绑的男人蜷缩在地上，嘴巴被破袜子塞着，脑袋低垂，含胸屈腿，一身西服皱得不成样子，脸上也脏污得几乎认不出来本来面目，手腕上有纵横交错的鞭痕，血丝从鞭痕上渗出来，看着极为恐怖。

苏小南吃了一惊：“这是……做什么？”

陆启站在她身侧，声音很冷：“你看看他是谁。”

苏小南拧着眉头又看过去。那个男人没有睡，似乎也没有醒，像处于意识模糊的状态，痛苦地扭动着，在本能地求生挣扎。

看不清他的脸，苏小南往前走了两步，然后如遭雷击。

那个像狗一样蜷缩在地上的男人，居然是赵至臻。

她猛地回头，眼睛瞪大：“陆启，你这是做什么？”

“你说呢？”陆启目光平静，“你不是要收拾他？我为你报仇啊！”

为她报仇？苏小南心尖都在发颤，她一把揪住陆启的胳膊，小声说：“你不知道这是犯法的吗？”

陆启满不在乎地扬了扬眉头：“赵至臻这个人猪狗不如，根本就不配为人父，你知道他做了些什么吗？联合我舅妈一起整你，向媒体爆料你的事情，胡说八道……你难道还同情这样的人渣？”

苏小南知道他说得都对，却不想触碰法律的红线。

更何况，他们有那一层血缘关系。

她轻斥：“我不管，你赶紧放了他！”

陆启脸上带着笑，看着地上的赵至臻，没有半点恻然：“你不要紧张。我又不傻，当然不会要他的命，不过是让他吃点苦头。”

苏小南抿紧嘴：“陆启！”

陆启深邃的眼波一扫，慢慢从兜里掏出一支烟，低头敛眉，啪地点燃，然后吸了一口，定定望向她：“小南瓜，你是在担心我吗？”

“陆启。”苏小南攥了攥手指，不想回答这个问题，只瞥一眼扭动的赵至臻，“差不多得了，他是我亲爹！”

“亲爹？”陆启露出一个诡异的笑容，目光凉凉地扫过她，盯着痛苦呜咽的赵至臻，一脚踢过去，在他痛苦的呜咽中，脚踩在他的肩膀上，“他也配？”

“唔唔——啊……啊……”

赵至臻呻吟着，却说不出完整的话，那一双怨毒而恐惧的眼睛，似乎滴着血。

苏小南浑身冒起了鸡皮疙瘩：“陆启，够了！你一会儿打死他了。”

“一点皮外伤而已，死不了人的。傻妞儿！”陆启看她慌乱，终于住了脚，拖住她的手，把她从那个惨不忍睹的仓库拉了出来，站在阳光下，声音带着一丝戏谑与调侃，“看不出来啊，你也是一个善良的人。”

苏小南心跳还没平复，面色也微微发白。

“你以为我像你？从来就不是好人。”

从来都不是好人？指的是当年的他，还是现在的他？

“小南瓜。”陆启语气轻谩，“我为了给你出气，牺牲这么大，你就没有感激一点的话吗？”

身为“受害者”的苏小南，看到赵至臻有今天，确实应该有一丝报复快感才对的吧？可她得承认，他破产、落魄，她能高兴，但亲眼看到陆启揍他，她心里并不好受。

“我不喜欢这样的方式，太简单粗暴。”

“嗯。”陆启点点头，“那我回头换个温柔的方式。”

“哎！”苏小南生怕他再去做什么，拉住他，“算了，这样行了。”

陆启审视着她的脸，良久，良久，终于摇头失笑：“行，那我们走吧。”

苏小南情绪放缓：“那他怎么办？真的不会出事吗？”

“有人会处理。”

“哦！那你送我回去吧。”

“一起吃个饭？！”

“不吃了——”苏小南浅浅抿唇，“我回去吃吧。”

她的脸上没带一丝热气，整一个拒人于千里之外的疏离感。

陆启闷着头走在她身边，突然问：“小南瓜，你准备一直这样过下去，做一只被安公子豢养的金丝雀？”

苏小南不能对他说太多，笑了笑，望一眼灰蒙蒙的天空：“有什么不好呢，我不都跻身上流社会了？”

“上流社会？”陆启突然停下，像是生气了，扳转她的肩膀，盯着她的脸，怒其不争地低吼，“苏小南你没事吧？你不知道安家是什么家庭？你以为你假怀孕就能瞒天过海？天真！”

他眼中灼灼的光，看得苏小南很不舒服：“放开我！”

她去扳他的手，他却不肯放。

她越不愿意，他越是拘着她。

两个人拉扯起来，也不知哪里惹急了陆大少，他突然张开双臂，将她狠狠拉入怀里，箍得紧紧的：“小南瓜，你想要过上流社会的生活，我可以给你。你要什么，我都可以给你。”

“你给我？你怎么给我？”

苏小南挣扎着，声音带了一丝嘲笑：“陆家小姐？”

“不。”陆启眉心一蹙，“陆家太太。”

“……”苏小南抬头，望向他的目光里有着一丝浓浓的嘲弄，或者说，不曾走心的轻讥，“天真的是你！陆启，我已经是安北城的人了，这辈子都是他的人，我和你之间，没有过去，也不会有将来。”

陆启目光一阴，挑高她的下巴：“你还在恨我？”

苏小南冷笑：“恨人，也是很累的。我不恨你，只是不在意。”

“你敢！”陆启突然急了，嘴唇狠狠吻向她。

苏小南被这张近在咫尺的俊脸吓了一跳，飞快地错开头，气急败坏地咬牙：“陆启，你做什么？”

“小南瓜，我想你……”他的样子很急躁，将她按在怀里，圈紧手臂，灼热的呼吸、浓浓的情意，疯狂地席卷向她，“我真的，想了好久……好久。”

“你疯了！”苏小南撑着他的胸膛，想都没有想，猛地抬手，一个结结实实的巴掌落在了陆启的脸上。

啪！清脆的声音，惊住了两人。

四目对视，陆启僵怔，声音像在吸气：“小南瓜——”

苏小南甩了甩吃痛的手，抿唇瞪他：“你把我当成什么人了，想亲就亲？陆大少爷，看来这么多年，你还是没有变。”

他有情绪，她看得出来。

这个强吻的动作，也与性无关，他只不过想要一个发泄的渠道……

当年，彼此正年少，陆启也是这样的陆启。

那时候的苏小南也和许多小姑娘一样，喜欢陆启英俊干净的样子，贪恋和他在一起的感觉，甚至也曾幻想过有朝一日，要永远和他在一起。

学生时代情窦初开，总想到永远，可永远太不经推敲。

高二下学期的最后一天，离校之后，苏小南发现有东西落在教室，返回寻找时，看见了坐在教室里的陆启。

他捧着脑袋，十指插在头发里，浑身带着一丝冰凉戾气，像一只受了伤正处于狂躁状态的野兽，随时可能扑上去咬人一口。

两个人是同桌，但在那天之前，已经好久都没有说话了。

陆启有了自己心爱的女朋友，而苏小南那个时候也拜他所赐，成了荣城中学有名的“浪荡女”，名声坏得全校皆知。

教室里的光线很昏暗，苏小南迟疑着走过去，低头问他：“你怎么了？发生什么事了吗？”

陆启眼睛一直是盯着她的，从她进入教室那一刻开始，就没有挪开。

她走到他面前，他突然站起身来，一把将她搂在怀里，压在课桌上就要吻她。

如出一辙的强吻。

结果还是苏小南用一个巴掌了结的。

少女的心都是玻璃做的，那件事后，她一颗焦灼的心像是被人剖开撒了盐，以至于过去好多天还在生生刺痛。

那个时候，她并不知道陆启出了什么事，等长长的暑期过去，她再次回到学校才知道他已经离校出国，没有留下只言片语，只有他用过的课桌翻盖上那一行用小刀雕刻的字，还在诉说着一段青春的轨迹。

“安启、苏小南，永远好下去。”

永远……确实是没有永远的。

想起年少轻狂的时光，苏小南突然想笑。

“当年，我就该把你宰了喂猪，那样也就不会有今天了。”

陆启沉眸，抿着薄薄的唇，深深看她：“那……谢谢你当年的不杀之恩。”

这天晚上，苏小南连晚饭都没有吃。

白天被陆启带去看了那样的画面，她就胃部不适。田甜和任思佳都觉得她情绪不好，想方设法地逗她，可平常总是很乐观的苏小南，今儿却有点打蔫，整个人魂不守舍，洗漱都没有，就和衣睡下了。

北邸的夜，有些凉。

半梦半醒之间，她却满头大汗，噩梦连连。

恍惚中，额头上凉凉的，好像有人在用湿热的毛巾为她擦汗。

苏小南睫毛颤动几下，猛地惊醒，坐了起来：“谁？”

幽幽的灯光下，是安北城冷峻的脸，深邃得古井一般的眼有着安定人心的作用，一瞬间就驱散了她残缺梦境带来的阴霾。

苏小南松了一口气："你什么时候回来的？"

安北城放下毛巾坐在床沿，捋一下她垂在额上的发，低头盯着她的眼睛："回来一会儿了，你好点没？"

噩梦中醒来，人和魂都分离了一样。

苏小南脑子有些空白，只是笑："还好啦。你吃饭了吗？"

安北城目光深了深，嗯一声："听说你没吃晚饭？"

"是啊，胃不太舒服，不想吃。"苏小南与他对视着，想到白天发生的事情，垂了垂眼，"安北城，今天我见了陆启。"

"嗯。"他似乎并不意外。

"你为什么不问？"她叹口气。

"问什么？"他摸摸她的头发，手上带着满满的凉意，"问你什么感觉，还是问你什么心情？"

"……"

这话说得，苏小南心里刺挠，却捉摸不透他的情绪。

惴惴不安地想了片刻，她慢慢平静下来，告诉了他那件事。她没有说陆启的强吻，只说看到了赵至臻。

"赵至臻混到现在，按说也算是活该，我本来以为我应该高兴才对，但为什么心里就那么堵呢？难道是和他有血缘关系的原因？"

血缘？安北城侧眸看她，没有反驳："明白。休息一下，明儿就好了。"

"好吧。"苏小南叹一口气，想起陆启说的那些话，以及她无聊得怀疑人生的"被饲养"生活，又忍不住仰脖子望他，"你答应我工作的事，究竟怎么样了？"

安北城轻抚她的后背，眸子里有一丝柔和的光芒："下周一，带你去红特。"

"谢谢！"苏小南扑上去就要吻他的唇。

然而，这个主动的吻却被安北城避开了。

他把她的手塞入被子："乖，睡觉，明天要早起。"

这样的安北城，让苏小南有点蒙。

静静地躺在被窝里，她把脑袋靠在他的胸前，合上眼睛胡思乱想。

灯灭了，房间里黑乎乎的。她听着他的心跳，感受着他手心有节奏地在后背上轻轻拍打，心绪渐渐平静下来，竟有一种岁月静好的安稳感，意识慢慢迷糊。

半睡半醒之间，她听见他的声音：“苏小南。”

“嗯？”

“睡着了？”

“没有。”睡着了还能回答他？苏小南想笑。

“往后，我们好好过吧。”

“……”苏小南喉咙突然有点痒，不知道能说什么，只轻轻哼出一个字，“嗯。”

这个晚上，苏小南睡得很安心。第二天早上，她还没有起床，就被电话铃声吵醒了。

来电话的人是莫暖，大呼小叫的，让她赶紧看微信。

苏小南打个哈欠，懒洋洋地打开手机。

那是一条莫暖转发过来的本地新闻：在城南郊区一间废弃仓库里，发现了一具裸体男尸，浑身鞭伤，死状恐怖。经警方调查，死者系景城有名的老字号赵氏药业的老总赵至臻。

“据传，在赵至臻出事之前，赵氏企业正面临破产倒闭的危机，为缓解企业经济压力，赵至臻曾多方奔走，想为企业融资，但在当前的经济形势下，没有人向赵氏企业抛出橄榄枝。有传闻称，赵至臻欠有民间高利贷高达上千万元。此次事件，有可能与高利贷纠纷有关。”

“警方称，案件正在进一步调查当中，具体细节不便透露。”

网络信息时代，各种各样的传言都有。

苏小南不停翻看着，一颗心怦怦乱跳，越来越没有章法。

为什么会这样？她离开的时候，他还活得好好的，陆启也表示过不会要他的命，到底是谁杀了他？

苏小南下意识打电话给安北城：“你看到新闻了吗？赵至臻死了。”

安北城低低嗯一声：“你不要紧张，有我呢。我现在有事，一会儿打给你。”

收好手机，安北城一脸凝重地看着展竟：“证据呢？”

展竟低垂着头：“王队说，他们提取了死者指甲缝里的残留皮肤组织，经鉴定，与嫂子的DNA一致。天网也调出了陆启的汽车驶入那条线的记录，而陆启的车上，除了陆启本人，正是嫂子。”

安北城嗯一声，沉吟片刻，拿过帽子扣在头上，头也不回地出了会议室。

知道安北城担心苏小南，丁寅都快把汽车开成火箭了，可还是晚了一步。

他们到达北邸的时候，没有见到苏小南，只听田甜说，她被警方带走了。

“什么时候的事？”安北城眉梢当即挑了起来。

田甜也很紧张：“半个多小时了，几个刑警来北邸，开着警车，出示了证件，说什么人命大案，要带陆小姐去协助调查，陆小姐就跟他们去了。”

安北城猛地转身：“丁寅，去刑侦支队！”

留置室昏暗的光线，让本来就窄的房间小得像一个鸽子笼。

女警察不太友好的视线在苏小南脸上扫视着，略带嘲讽地勾一下唇，开始懒洋洋地做笔录：“姓名？”

苏小南挑眉：“陆止。”

女警盯着手头的资料，省略了一些环节：“昨天下午三点到五点之间，你在哪里？和什么人在一起，在做什么？”

苏小南抬了抬眉头：“不记得了。”

女警脸一黑：“请你严肃点，配合我的工作！”

苏小南眯了眯眼：“我真的不记得了。我这个人什么都好，就是记性不太好，就是那个传说中的什么来着，韩剧里经常演的，那个……哦，对了，失忆症！”

女警气得脸上漆黑一片。

苏小南却无辜地朝她微笑：“你知道的，一般女主角都容易得这种病。”

“……”女警察喘一口气，脾气已然濒临忍耐的极限，“我警告你，这里是刑侦支队，不是你家开的饭馆酒店，由不得你胡搅蛮缠！老实点回答！”

苏小南无辜地摊手："我家没有开饭馆酒店啊。"

女警官气得直想拍桌子："我是让你老实点，回答我的问题。"

"我很老实啊，我说的都是实话。我家真的没有开饭馆酒店！"

啪一声，女警终于又摔笔了："我告诉你陆止，不要以为这样就可以逃避审查。这个案子没你想的那么轻松，故意杀人罪……你和我作对，是没有好果子吃的！"

从警车直接开入北邸把她带走，苏小南就明白，这个案子很严重。但越是这样的情况，她说话越不能乱了分寸，因为随便一句口供都可能引来她无法处理的后果。她只能拖，等着安北城来解决。

"我不吃果子。"苏小南摸了摸肚子，"警官，我饿了，你们这里管饭吗？"

"管啊，当然管。"女警给了她一个意味深长的笑容，"等着吧，只要你有耐心，肯定会有。"说完她合上资料，转身走了。

苏小南坐在留置室，饿得肚子咕咕叫，却只能一个人安静地烦躁。

她是警校毕业生，基本的法律常识是清楚的。这个案子目前还在侦查起诉阶段，警方把她带回来询问，一般留置时间不得超过二十四小时，就算案件复杂也不能超过四十八小时。如果他们掌握了确切证据，可以证明她有犯罪嫌疑，就会直接送去看守所。

现在，他们没有放人，也没有送看守所，那么只有一种可能：对她的处理，还在胶着阶段。这个留置时间，就是决定她命运的时间了。

苏小南水深火热地煎熬着，连发火的力气都没有了，跨坐在椅子上，双手抱住椅背，把脑袋埋在臂弯里，等待着，等待着，终于等得晕晕乎乎……

也不知过了多久，留置室外终于传来了脚步声。

哐当一声，留置室的门开了，背光的阴影中走过来一个高大的男人。

她眼前一花，揉了揉眼睛："安北城，你怎么来了？"

安北城居高临下地看着她，一字一顿道："你是我的人，我当然要来。"

安北城带着她走出刑侦支队的大门时，苏小南还没反应过来。

"事情就这样解决了？不是，这转折太快，我怎么没搞明白啊？"

她满腹疑惑，不停地询问，安北城却没有回答，一直到坐上那一辆停靠在刑侦支队外面的掠夺者，他才慢条斯理地从公文包里抽出一个证件递到她手里。

“你是红特的人，正在执行重要任务，而且，你是孕妇。”

原来是这样。

苏小南雀跃起来，望着安北城眉眼都在笑：“承蒙陛下看得起，臣妾今后一定好好为陛下办事，做牛做马，鞠躬尽瘁，死心塌地……不过，话又说回来，臣妾在红特具体工作是什么？”

安北城淡淡看她，眼中闪过一抹促狭神色：“当然是为朕侍寝！”

“啊！”苏小南故作惊讶，“岂非浪费人才？”

“物尽其用。”安北城一本正经，“白天伺候茶水，扫地面，晚上伺候枕席，暖被窝。”

“一个人干两个人的活儿？难度系数这么大，有双倍工资吗？”

“没有。”安北城正色看她，“那你干不干呢？”

苏小南嘴角微微上扬：“只要是你，我都干！”

“……”安北城无语地睨她，“有妻如此，朕之不幸也。”

“哈哈哈哈！”

掠夺者驶入街巷，苏小南就一直盯着餐饮招牌，可她哈喇子流了一地，丁寅却把车停在一个小巷子里。

古色古香的木门，连一个招牌都没有，看上去就像一个农家小院。当然，位于主城区内，再农家也有限，毕竟这样的地段，寸土寸金，一般人也租不起。

“哟，公子爷来了？”

老板热情地迎了上来，居然是一个美人儿。她笑盈盈地扭着腰肢，无视苏小南的表情，熟稔地挽住安北城的胳膊：“怎么来也不提前说一声，真是的！都没有预备你喜欢吃的！”

什么情况？苏小南蒙了。

难道这才是安北城的正牌女友？

苏小南看得越仔细，心越凉。这个女人实在太漂亮了，甚至可以用精致来形容。小巧细致的瓜子脸上，每一个部分不管折开还是组合来看，都堪称完美，皮肤又细又白又滑嫩，几乎找不出半点瑕疵，就连身材都好得没话说，个子高，线条好，气质佳，就像从画上扒下来的。

苏小南的脚步不由自主地放慢了，表情极不自然。

偏偏美人儿瞥她一眼，还放了个大招："我说公子爷，这姑娘谁啊？你怎么每次带来的人都不重样的？"

苏小南心里一窒，哪怕拼命维护表情不崩，那张脸也僵得几乎可以做活化石了。

安北城看她一眼，面无表情地把手臂从那美人儿的手里抽出来，不冷不热地剜她一眼："一大把岁数了，还在兴妖作怪，丢不丢人？"

一大把岁数了？苏小南愣怔不解，安北城却摸摸她的脑袋，温和地说："这是我最小的一个姑姑，安瑜！"

这个小姑姑也太年轻了吧？苏小南心弦松开，脸上堆着笑："小姑姑看着真年轻，我还以为和我差不多岁数呢。"

"咯！"安瑜笑了笑，"是差不多，嗯，略长几岁，嗯，大不了几岁！"

安北城牵着苏小南瞪她一眼："走，别跟她学坏了，几十岁的人了！"

"喂，臭小子，说什么呢？"安瑜在后面愤愤，"你眼里还有没有我这个长辈？"

"没有！"安北城头也不回。

"没有？敢没有……行，没有就没有吧。"

苏小南嘴角一直是上扬的。

知道她是安北城的亲姑姑，不管什么脾性、说什么话，她都不会再计较。更何况安瑜不仅把亲手煲的美容靓汤给她喝，还向她分享食材搭配、美容和保养、护肤诀窍，一点都不藏私。

这个农家小院算是安瑜的家，同时也是一个私房菜馆，一个连名字都没有的私房菜馆。菜馆基本不对外，或者说它只是一个为了满足安瑜口腹之欲的存在。吃食大多以养生美颜为主，除了她圈子里的好友，或者好友的好友，好友的好友的好友，别人根本就没有机会涉足。

要问她什么圈，娱乐圈。

等坐下来苏小南就明白了，三十岁的安瑜确实是老奶奶亲生的，但她不听话，读高中的时候，就背着家人去酒吧唱歌，搞音乐。安家把她送到国外，原以为她离开那些朋友就会学好，结果她变本加厉，跑去做野模，气得老太太跳脚。

而安瑜我行我素，凭着过人的长相气质，被某著名导演相中，人生就像开了挂似的，完全违背了自然发展规律——不仅长得好、身世好，而且运气好，参拍的第一部电影就获得了多项国际大奖，她也凭借这部电影，得了最佳新人奖。

从此——按她的说法，不差钱了，凭啥还要听你们的？

她从来就是一个懂得为什么而活的人，活着就为舒坦——懒。她挑剧本、挑剧组、挑导演，很会享受生活，出道至今不过拍了几部片子，却部部精品，部部火遍全国……

然而，苏小南居然不认识她，居然没有扑上来要签名，所以，她大受打击，才有了开头那一出。

苏小南看到这个明星小姑姑，忍不住好笑："原来你就是《夜鸾》的女主角啊，那电影我看过，不过，就记住男主角了……"

安瑜脸黑了。

苏小南随即又笑："异性相吸嘛。"

于是，安北城的脸也黑了。

苏小南看情况不对，赶紧转移话题："来，阿城，喝汤。"

看她大献殷勤，安北城冷哼一声，面色缓和了："懂事。"

"必须的。"

安瑜看着他俩，漂亮的面颊上浮出一抹幸灾乐祸的笑："城子，你还不知道吧，老太太要来景城了……啧啧，你的倒霉日子，快到了！"

安北城嗯一声，轻描淡写地说："我不能一个人倒霉。我告诉老太太了，说你就在景城。"

安瑜面色一变："她不是来看曾孙子的吗，跟我有什么关系？"

"老太太关心你的婚事，说你老大不小了，连个男朋友都没有，可怜！"

"谁说我没有的？"安瑜怒目，"她上网都不看娱乐新闻的吗？去年那谁谁，今年那谁谁，我男朋友变着花样地换，什么品种口味都有，她喜欢哪一款，自己对号入座不就行了？”

“好有道理。不过你还是自己跟老太太说吧。”安北城一本正经地瞄着她，“所以，我过来除了吃饭，还带着任务——老太太让你今天晚上去北邸报到，要不然她就杀过来，把你那些乱七八糟的工作都掐了。”

安瑜恨恨地盯着他，然后看着一大桌子的菜，恶声恶气道：“可怜你们，都喂了白眼狼！”

离开安瑜的私房菜馆，苏小南脸上的笑都没收回来。

“安北城，如果你有你小姑姑那么好玩，就有意思了。”

“……”安北城淡淡看她一眼。

苏小南耸耸肩膀，赶紧换话题：“对了，老太太来景城，为什么不去你们安家的祖宅将军巷？住北邸多不方便啊。”

“老太太喜欢清静。”

喜欢清静，可将军巷很清静啊。苏小南注视着安北城的表情，突然嘿嘿一声：“明白了，是和你妈不对付，不乐意住在一起吧？婆媳关系，千古难题，看来你家也不例外。”

安北城默认了：“我家，不是你家？”

“当然不是！”

“……”

“除非你立下字据，你的钱，都是我的钱。”

“我的人，是你的。我的东西，你可以用。”

“我呸！”

下午三点左右，安老太太的车就到了。

安北城带着苏小南等在北邸门口，那恭顺的样子是苏小南第一次在他身上看到，对尤明美他都没有表现得这么热情和亲近。所以，老太太对他很重要，她得小心应付了。

“哎哟，我孙子这个地方真宽敞。好，好！”

老奶奶下车就东看西瞅，戴一副老花眼镜，精神抖擞，说话清晰有力，一脸和善，见到苏小南就塞了一个大红包——扎扎实实的一沓钱。

很传统的礼仪，却把苏小南的心都暖透了。

不为钱，而为红包带来的意义，也算是一种变相的认可吧？

她开心地连唤奶奶，老奶奶哎个不停，对乖巧的她很喜欢。祖孙俩一见如故，竟然撇开安北城，自顾自地唠了起来，欢声笑语不停。

不过，苏小南的神经始终紧绷着。

老太太人很和善，却不好糊弄，她肚子里没有“货”，怎么装出坦然？

领着老太太在花园里逛了一会儿，她尽量说山说水说花说草，就避免说怀孕的事，免得被识破。而老太太也不知道在想什么，只随便提了一嘴，就没有继续追问，而是指向安北城用于办公的副楼：“小止，咱们也过去坐坐？看看城子，也看看小鲜肉。”

苏小南呃一声：“办公室那边，阿城不允许随便瞎逛。”

“这是在家里，又不是办公场合。你是他媳妇儿，我是他奶奶，有什么不许的？”安老太太理直气壮，拖着她就往那边走。

苏小南没有法子，只能舍命陪君子，可她不太明白，老太太相中的到底是哪一个小鲜肉，丁寅、伍少野、杨伟、展竟，还是哪一个帅哥？

安北城的办公室是刷脸的。

苏小南到了门口，人脸识别，嘀一声，门就开了。

办公室里的人受了打扰，齐刷刷回头，就看到安老太太笑眯眯地走进去。

“小伙子，你们有对象了没有啊？”

安北城对奶奶出格的行为是习惯了。想当初他还没有结婚的时候，老太太看到年轻漂亮的姑娘就问人家有对象没有，如果对方表示没有，她接下来就要开始推销她“年轻有为”的孙子，就好像他是滞销货似的。

那现在她不找姑娘，改找小伙子了，为什么？为了安瑜。

当然，这些事，伍少野和雷荆山是不知道的，他俩腻着笑都摇头表示，还是“单身汪”。

“这个小伙子俊！”年纪再老也是女人，看男人首先看脸，老太太一眼就瞅中了俊气中带一点野性的伍少野，笑眯眯地走过去，“小伙子，你叫什么名字，几岁了，家住哪儿啊？爸爸妈妈做——”

“奶奶！”安北城扶她坐下，“你就安牛些吧。”

“没礼貌！”安老太太拍开他的手，“干吗打断奶奶的话？我还没问完呢。”

安北城赶紧投降：“他叫伍少野，京都吴家的儿子。”

“哟！小子都长这么大了。”安老太太似乎有些意外，推了推眼镜，仔细盯了伍少野半晌，冷不丁冒出一句，“想当年，我还给你爹把过尿呢，没想到他儿子都这么大了。”

伍少野：“……”

众人：“……”

安老太太呵呵一笑：“我记得，吴家媳妇不是生了一对双吗？”她看看伍少野，又看看雷荆山，大吃一惊，“这是基因突变了？这伍小子眉清目秀，另一个怎么长得像座山似的？”

“噗！”苏小南实在憋不住，笑得咯咯响。

安北城嘴角抽搐，咳一声想要解释，伍少野却抢在他的前面正经脸回答：“是啊，奶奶，我哥长得太磕碜人了，严重影响我的形象，所以平常我一般不说他是我亲哥！”

雷荆山是个老实人，被挤对得双颊通红，满是尴尬：“奶奶，您别听他瞎说。我叫雷荆山，山东人。今年二十八，爸妈在家乡那边做点小买卖，家里还有一个弟弟，我弟长得比我白，比伍少野个头高，比他帅！”

“你这个人怎么说话的。”伍少野眼都眯了起来，“这个世界还有比我更帅的男人？”

“有啊，你面前不就有一个，咱老大！”

“嗒！”伍少野不服，但不敢不服，“算你狠！”

“嘿嘿！”雷荆山笑，“俺实在人，就爱说实话。”

好个雷荆山啊，扮猪吃老虎有一套。

当然，雷荆山其实长得……真的不差。

他属于纯爷们的那种长相，浓眉大眼，鼻梁高挺，五官轮廓分明，只不过长年训练，风里来雨里去，皮肤晒得黝黑，在这个流行小鲜肉的时代，第一眼看会少一些亮眼的感觉。

“好好好！”

安老太太一说好，安北城头皮就发麻。

小姑姑都多大了，而且，他可不想伍少野或者雷荆山变成他的小姑父。

“奶奶，我们还有正事。”

“你忙你的正事，奶奶坐在这里，不耽误你。”安老太太不理会安北城，就那样坐在沙发上，笑吟吟地看着伍少野和雷荆山，“你们忙你们的，不用理会奶奶，反正你们说的我老太太也不懂。”

办公室里，气氛诡异。

可这尴尬没有持续多久，警卫就拨来内线电话。

“老大，刑侦支队的刘队来了，说找嫂子了解案件情况，您看？”

安北城的脸一下冷了，可不等他表态，安老太太却听入了耳朵：“案子，什么案子？”

她看看安北城，又望向苏小南：“你们瞒我什么了，是不是？”

老太太年纪大了，这件事没有人告诉她，就是不想她瞎操心，可这不巧让她听见，她又焉有不理的？等听完了“简化版本”的来龙去脉，她啪地拍桌子道：“乱七八糟！不知道我孙媳妇怀着曾孙子吗？”

说着她就站起身，指了指安北城和伍少野等人：“你们坐着不许动，我这就去会一会这个刘队，找他说说理，没有证据就关押孕妇几个小时，是个什么道理。”

这老太太最大一个毛病是——护短。

怀着孩子的孙媳妇，在她眼里就是国宝，哪容人家欺负！

看这阵势，安北城眉都拧起来了：“奶奶，你年纪大了，不用掺和这些事——”

“年纪大怎么了？穆桂英百岁还挂帅呢……”

“奶奶，是佘太君！”

“我管他什么君，反正欺负我曾孙就不行！”

这老太太绝对不是一个肯听劝的，甩开安北城的手就出了办公室，那股子热血劲儿，根本就是要去和刘队打仗的。

安北城和苏小南对视一眼，无奈地叹气："由她吧。"

苏小南扯了下嘴角："我去看看。"

"不用了。"安北城摆手，"你在这儿坐着就行。"

"可是奶奶——"苏小南还是不放心。安北城却苦笑道："奶奶出不了事，我只担心刘队出事。"

实践证明，安公子果然英明。

事后听田甜和任思佳说，老太太就问了几个问题，刘队就回不了嘴了。

"你有妈没有？"

"你有奶奶没有？"

"你妈怀你的时候，蹲过大牢没有？"

"如果你妈怀你的时候被人不问青红皂白就抓去蹲黑屋子还不给饭吃，你说你还能出生还能长得壮吗？你说如果你妈和你奶奶知道你这么逼迫一个孕妇该有多伤心多失望多难堪多恨不得当初没有生过你啊！"

"好了小伙子，看你年轻又是初犯还有改造的机会，只要你给老太太我道个歉我就饶了你，你说这样处理怎么样？"

听说刘队先是愕然惊诧，再然后，他是恨不得自戳双目悻悻离开的。

安公子的奶奶，比安公子还难对付。安公子总会讲个理儿吧，可老太太压根儿就不讲理……刘队根本和她说不明白，不走能干什么？

这天晚上，为了给安老太太接风洗尘，北邸很是热闹了一番。厨房从下午两点就开始准备晚餐，不仅伍少野和雷荆山被老太太热情地留下来喝酒吃肉，就连吴越、耿萧然、顾风、简聪几个在景城的红特精英也被邀请了过来。

电话当然是安北城打的。

可安北城也是被逼无奈的，老太太自有一手欺负孙子的本事。

如此一来，北邸就变成了一个美男集结地，把苏小南的眼睛都看花了，真是个顶个地性感、帅气，还各有各的特点，简直就是一场制服诱惑。

"这是要逆天啊！"任思佳坐在角落喝果汁，看得直叹气，"怪不得有句话说，好男人都上交给国家了。"

“噗！”苏小南差一点喷了，“你看好吴越就行了，其他人就不要想了，都留给我看。”

“你？呵呵。”任思佳耸了耸肩膀，阴恻恻一笑，“自己领悟！”

想到安北城的冷脸，苏小南尴尬地摸了摸鼻子：“你和吴越，还没来电？”

“是呀。”任思佳的语气似乎也有点遗憾，“刚认识那几天，可能新鲜，还天天有微信问候，彼此还算个朋友吧。从那天绑架的事情后，微信问候都没了，好像突然就生疏了，你说这是为什么？”

呃……苏小南不知道该怎么说。

其实网络时代的男女不都这样吗？网上撩骚，开始热情，慢慢冷淡，最后变成陌生人，相忘于江湖，只不过他俩毕竟先从现实认识，又是俊男美女的组合，这样的发展也确实离奇了一点，怎么也得勾搭上了再友好分手吧？这手都没摸就腻了？

“你也别气馁，感情也是看缘分的……”

两个人你一言我一语地聊着，分析着对面那些美男，从伍少野和吴越这对双胞胎，到雷荆山、顾风、简聪，一个都没有落下。虽然审美观有差异，喜欢的类型也不一样，但分析到最后都不得不承认，这些男人随便一个拎出去都可以演偶像剧。

这么一晃，就快到饭点了。

可惜左等右等，安瑜都没有“驾到”。

安老太太气得不行。她已经审查一个下午了，对这些小伙子个个满意，都恨不得再多生几个女儿，把他们都“娶”回去。可安瑜不仅不来，居然把手机都关掉了。

“这是要上天啊！”安老太太拍桌子，直接下了最后通牒，“城子，你给她那个什么经纪人打电话，就说不管她在哪个犄角旮旯，都必须在今晚十二点前出现在我面前，否则我就——”

安北城和苏小南互望一眼，都等着老太太发大招。

可安老太太沉吟一会儿，只放了一个大雷。

“我就给她找个后爹！重新生一个女儿，天天折磨她！”

女主角不在场，男主角们还得开饭。

几个被邀请来的男士，对让他们来兄弟聚会（蹭吃蹭喝）的安老太太都很热情，拉凳子的、陪唠嗑的、倒饮料的，好不热络。结果，老太太嫌弃地看着饮料，豪气冲天地就俩字儿——

“倒酒！”

几位男士都愣住了，拿眼风询问安北城。

这么大岁数，还喝酒，女中豪杰啊！

不承想，安北城亲自给老太太倒满一杯，并叮嘱：“悠着点啊，奶奶，岁数可不小了，不是十八岁了——”

“得了你！”安老太太不仅不服老，还不肯服输，“想当年我和你爷爷拼酒，62 度的高粱酒，一瓶接一瓶，不也啥事儿没有。”

安北城嗯一声，回答得很诚恳：“是没啥事儿，只不过十个月后，你就在臭水沟里捡到了安正邦同志。”

在臭水沟里捡到的，这是安北城小时候安老太太常逗他的。

那个时候，他是奶奶带着的。他问奶奶，他哪里来的，奶奶就说，你爸是我在臭水沟里捡的，你是你爸在香水沟里捡的。所以我大孙子最香，来，奶奶香一个。

可这个话题，在这个时候用到饭桌上，大家都忍不住笑。

安老太太一张老脸搁不住了，呸一声，也跟着小伙子们笑。

“没个正形，等你儿子出生，看我怎么收拾你。”

“……”

这一餐饭吃完，还是没有等来安瑜。不过有安老太太在，一个个情绪都到了位，美酒下肚，喝得发醺，意识都飘了，当然不能开车。

于是，就都在北邸住了下来。

午夜，一辆霸气的奔驰 G55 驶入了大门。

安瑜不停看时间：“11:23！好险啊！”

驾驶室的经纪人小娄也松了一口气：“幸好赶上了。”

“唉！我这个娘，生来就是对付我的。”

“姐，这话不对啊！”小娄想笑又不敢笑，“先有老太太，才有姐吧？”

“我不知道吗？要你提醒！”安瑜瞪他一眼，拉开车门跳了下去。

安瑜在北邸有房间。虽然她一年都来不了两次，但她矫情，又是大明星，在外面瞎晃很容易引来社会不安定因素，所以，她只要来景城就会来北邸小住一下，一来自由，二来安全。

她一个人上楼，没有惊动任何人，走到自己住的房间，拧开门，开了灯，放下行李二话不说就飞快地扒自己身上的衣裳。

她赶得太急了，简直就是投胎的速度，根本来不及换衣服，而身上这一套太妖娆性感，一会儿见着老太太肯定要唠叨。为了符合老太太的审美观，她必须换上一身淑静端庄的衣服，再去叩见她家的皇太后。

她速度很快，转瞬就脱得只剩一条小底裤了。

可手按在腰下，她却没有继续。

不对劲儿，她随手丢下去的内衣居然自己动了？

动了，真的动了，从大床另一边的床下面，慢吞吞地举了上来——

那是一只手，男人的手。

那只手的主人好像睡得滚到了地上，是被她的声音吵醒的，握着那一件从天而降落在头上的女性凶衣，他迷迷糊糊地撑着床沿爬起来，只一眼就惊呆了，望着面前这一只雪白的“羔羊”，啊一声尖叫，烫了手似的把手上的东西丢了出去。

同时，安瑜也惊叫出声，飞快地套上衣服，恶狠狠地看着那个男人。

“你是谁？”

那家伙傻呆呆地看着她不转眼，却好像根本不认识她。

“我，我是谁？”他像是喝大了，也有可能被她的美貌镇住了，喃喃地说，“我不是在做梦吧？怎么有仙女？”

都什么时代了，居然还有这样傻的男人，活成这样也挺不容易。

安瑜能想到，他会出现在北邸，肯定是安北城的什么人，一看那喝了酒涨红脸的样子，也不爱计较了，指了指房门口，让他自行滚蛋，然后就找了衣服去卫生间。

然而，等她走出浴室，那呆子居然还没走。

不，不是他不肯走，而是他走不了。

房门大开着，她老娘就堵在门口，一只手扶着老花眼镜，一只手扶着门框，满脸惊叹地看着比她还要吃惊的“呆子”，眼睛都不转。

“小伙子，你叫什么名字来着？”白天见多了小鲜肉，安老太太眼睛应接不暇，名字有些混淆，一时想不起来。

雷荆山张了张嘴，然后垂头，像一只霜打的茄子，满脸不自在：“奶奶，我叫雷荆山，山东人，今年二十八岁——”

“停！我没问你那么多。”安老太太狠狠瞪他，“以后别叫我奶奶了！”

看她严厉的样子，雷荆山窘得想撞墙，几乎不敢去看洗了澡一身湿漉漉走过来的安瑜，双手不停作揖，紧张得不行：“奶奶，对不起，我多吃了几杯酒，不是故意喝醉的，也不是故意冒犯安小姐的……我，哦不对，我根本就没有冒犯安小姐，我只是走错了房间啊！”

安瑜听他恨不得撇清关系的话，心里突然不爽了。

多少男人想方设法也要和她扯上点关系，他却这么嫌弃她？

安瑜冷哼一声，懒洋洋地拿大毛巾擦着头发，丢给他一个不冷不热的剪刀眼：“行了！我一个长辈，不至于这么抹不开面。小事，去睡吧。”

雷荆山愣了一下：“谢谢小姑姑！”

一口一个小姑姑，他当自己是“杨过”呢？安瑜恨得牙根痒，但怎么也得把脸绷住了，不能在呆子面前掉分：“我有安北城一个侄子就行了，不敢再捡一个，你还是叫我安小姐吧！”

“哦。”雷荆山挠一下头，“我还是跟着老大叫小姑姑吧，这样尊敬。”

尊敬？这词用得——安瑜突然有些不耐烦，想她一个火遍全国的大明星，粉丝捧着，帅哥追着，哪见过雷荆山这样的男人？她越想越不是滋味，连带着对她老娘都不爽了。

“妈，你堵门口干吗？大半夜的，让人走！”

安老太太的手还摁在眼镜上，在雷荆山和安瑜对话的时候，像两束探照灯似的，一直看着雷荆山就没有转眼，这时却是一叹：“小伙子，你这个人吧，黑了一点、高了一点、块头大了一点，我确实不太满意，但你跟我女儿既然都那个什么了，我也没办法。唉！只能可怜无助地接受了！”

安瑜：“……”

雷荆山：“……”

他俩一脸见鬼的表情，安老太太却很严肃：“小伙子，看你浓眉大眼的，面相上说，这种人重情重义，你肯定不会对我女儿始乱终弃的吧？”

安瑜快疯了，她是滞销货吗？怎么逮住个男人就要人家负责？

雷荆山也快傻了，这都什么跟什么，什么叫始乱终弃？

安瑜丢不起这个人，冲过去抱住她老娘就往房间里拖：“来来来，妈，我们进房间再说。大半夜的，你不睡觉，人家还要睡觉呢。”

“你们要睡觉了？”安老太太装傻真有一套，一张满带皱纹的脸慈祥得不得了，拂开女儿的手就挤眼睛卖萌，“妈马上就走，撵什么撵？你们好好睡，明儿我再找你，不急。”说完，她回头叮嘱雷荆山，“小伙子，你好好睡啊，甭客气！”

我的天！安瑜有一种生无可恋的无奈。

“妈，你再说，我真的要哭了！”

“你一年哭三百天，有什么稀罕？想哭就哭，不是你的专业吗？”

“妈！我的亲妈。我给你跪了！”

“别叫我妈，他要叫我奶奶，你也叫我奶奶好了！”

“我——我——天！”安瑜推了一把雷荆山，痛快地把他推出房门，然后把她娘扯进来，飞快把门关上，再将安老太太摁到沙发上坐好，一脸严肃，“妈，你老眼昏花了，根本就没那回事！”

“我生的女儿我还不知道？要不是看你对他有兴趣，都洗干净了，老娘会亲自出马帮你拦住他？不过说来，我闺女眼光不错，这小子憨是憨了一点，但是一个能过日子的人，还挺实在。”

“……”安瑜身体一软，郭大爷似的瘫在沙发上，生无可恋。

“不行不行，城子肯定还没睡，我得去找他了解一下那个小雷的情况。”

听老太太还在叨叨，安瑜无语。她偷偷为安北城默哀一下，爬到床上倒下，有气无力地摆手道：“行，快去吧。关上门啊，不要又被谁走错了房间！”

“便宜你了！”安老太太回眸一笑，“老牛吃嫩草，你就偷着乐吧。”

安瑜这一回真的快哭了：“妈，我才三十岁，不是老牛！”

老太太听见了只当没听见，哼一声，快步出门，走到安北城的门口啪啪拍门。

“臭小子，快开门！奶奶有事找你。”

哦！天——

屋子里的两个人正到关键处，安北城就差临门一脚了，结果这老太太一吼，他脊背都僵直了。苏小南也睁大眼，与他诡异地互视着，听着外头鬼魅一般的怒吼声，一瞬间有些蒙。

难道她是在偷野男人吗？

天亮时，北邸再次恢复了热闹。

昨晚留宿的一伙人都醒了，餐厅里也准备好了营养早餐。

习惯了睡懒觉的安瑜还没有下楼，安北城和苏小南昨晚动静有点大，又被老太太连夜审讯了，也没有下楼来吃早饭，至于任思佳看着一群帅哥，也没好意思过来影响老太太选女婿。

安老太太自个儿在餐厅里安排客人，尤其对雷荆山，简直就是丈母娘看女婿。

“小雷啊，过来坐，来，坐身边来。”

几个帅哥都蒙了，怎么一夜之间，他们的地位就和雷荆山不一样了？

“哦哦哦，坐坐，大家都坐。”雷荆山搔一下头，坐到安老太太身侧，不好意思地叫了一声奶奶，然后不好意思地说，“奶奶，您吃点啥，我给您拿。”

“还叫奶奶？”老太太不高兴了，“你得改口叫阿姨。”

“啊！”几个被区别对待的帅哥齐口同声惊叹。

“奶奶，这不公平啊！”

“对啊，大雷这不比我们高出一辈了？”

“这不科学啊！”

听他们 人一句地抗议，老太太慈祥地笑着：“生活不需要科学，爱情也不需要科学，我老太太找女婿，更不需要科学。这啊，是缘分！”

餐厅里又是一阵低笑，几个帅哥眉挤眉、眼挤眼地瞅雷荆山，把他闹了个大红脸，又不知道怎么解释——毕竟在老太太面前，根本不能解释，解释只会越描越黑。所以，他索性闷着头不吭声，也不管烫不烫嘴，三下五除二把一碗稀粥喝完，就准备撤退。

“奶奶，我还有急事，得先走了！”

“这就走了？”安老太太愕然，一脸难以置信。

她的女儿，这么不招他待见吗？虽然年纪大了点，可还挺水灵的啊！

雷荆山正眼都不敢看她：“队里还有事，奶奶，我回头再来瞅您。”

“大雷。”落井下石的事，吴越最喜欢干，“你不是休假三天吗？”

雷荆山恨不得掐死他：“老大临时急派的任务——”

“什么时候的事？”安北城刚刚下楼就听见了这句话，当即否认，又按了按手，招呼雷荆山坐下，“大雷，今天你就留下来吧，有几份文件帮我处理一下。”

雷荆山：“……”

众人：“……”

老大的节操呢？

吃过午饭，安瑜就被老娘派了任务，不得不硬着头皮站到了雷荆山面前。

“那个，小雷……”她叫得矜持，脸上也严肃，有点长辈的意思，“有个事儿，我想和你商量一下。我妈——”她指了指自个儿的脑袋，“我妈最近身体不大好，脑子也有点不正常，她看上你了。”

“呃！”雷荆山一怔。

“不，看上你做女婿了。”

“哦。”雷荆山脊背上汗涔涔的。

“本来我也不想理会，但她今天上午给我看了诊断报告，上个月查出了心脏问题，我想让她开心些。”安瑜咬一下唇，越说越觉得表演全部白学了，完全找不着点，因为对面这个男主角太不会配合了。

他就那么看着她，连台词都不会念。

安瑜暗叹一声，索性直奔主题："我想哄我妈开心，所以，在她病愈之前，可不可以租你做我的男朋友？"

雷荆山一愣，尴尬地笑："那个，小姑姑，这不合适——"

安瑜从小挎包里掏出一张支票，递到他面前："租金你随便填。"

雷荆山看着支票，黑脸微微变色。他从来也没有想过自己有一天会被人包养，还是被一个女明星"包养"。虽然说租，可给了钱，不还是出卖尊严吗？

"小姑姑，这个忙我可以帮，但钱就算了。"

"说了租，就得租。"

"可我不想租——"

"那不行。"安瑜眼一翻，"真金白银付了钱，咱们说话也方便些。如果你不收钱，那我们就真的不清不白了。收下吧，小雷，这样彼此心安理得。"

不拿她的钱，就是要她的人？

雷荆山忖度不明白，低头看着手心的支票，一头雾水。

太平洋电影院。

今儿周末，来看电影的人本来就多，地方又正好处于市区的繁华地段，更是人山人海。雷荆山找了好久才在地下停车场找到一个停车位，把车停好。

"小姑姑，到地儿了。"

这个称呼叫多了，他慢慢就习惯了。可安瑜听着还是别扭——他用得着把她喊得这么老吗？气得她真想叫一声"过儿"！只可惜，哪有皮肤这么黑、块头这么大的"过儿"啊？

想到这里，她忍俊不禁，莫名其妙消了气。

她压低了鸭舌帽，扬了扬手上的电影票："你有兴趣看？"

"我随便。"

"那就……看看吧。"安瑜又忍不住笑，"万一回头老太太审问你，你看的电影都演啥了啊，你回答不上来，那不就穿帮了。”

“小姑姑考虑得周到。”雷荆山随口应着，就往前面的电梯口走，可走了几步，他似乎又觉得不对，停下脚步，走回到安瑜面前，“小姑姑，你走前面。”

“……”

看他这一副认真的样子，安瑜哭笑不得。

这个男人，到底该说他老实呢，还是该说他傻？

安瑜指了指前面：“一起。”

电影院在四楼，两个人进电梯时，里面有两个小年轻正在说话，没有注意他们。安瑜看雷荆山一脸紧张的样子，摇了摇头，随意地笑问：“你平常会来看电影吗？”

雷荆山高大的身体横在她面前，眼睛一眨不眨地盯着同乘电梯的两个小年轻，回答很让人无语：“还成。”

安瑜崩溃：“什么叫还成？”

“就是……还可以。”

“……”安瑜接不下去了，觉得和这个榆木疙瘩说话太费神，索性别开头，不吭声了。

可这时，一颗脑袋冷不丁从雷荆山的胳膊边上伸了过来，像发现新大陆似的，发出一声尖叫：“呀！安瑜！你是安瑜吗？”

在路上被粉丝认出来，不是第一次，安瑜有经验，扯了扯帽子，无所谓地扫了那人一眼，准备等电梯一到就走人。那人却兴奋起来，像是要看清楚，凑过来就靠向她。

“做什么？”雷荆山一把拎着那人的衣领就推了回去。那家伙身体单薄，站立不稳，后背一下撞在电梯上，痛得龇牙咧嘴：“你，你干什么？你怎么打人啊？”

雷荆山当然没有打人，只不过他力气太大了，这么一拎，差点把人吓尿。

被人质问，他虎着脸，大嗓门吼：“我还想问你呢，你在做什么？”

“我？”那小年轻扶着同伴的身体，好不容易站直了，又往他身后探了一眼，突然生气了，“我看见安瑜，喊一声怎么了？”

“她不是安瑜。”

雷荆山尽职尽责地回答，可小年轻根本不信，反倒嚣张起来：“你说她不是安瑜，她就不是了？喊！”

“我是她男朋友，我说她不是，她当然就不是！”

雷荆山吼声未落，叮一声，电梯门开了。

电梯外面等了好多人，正准备进来，于是，那小年轻的声音就落入了众人的耳朵。

“别哄人，我十五岁就粉安瑜了，我会认错？可是从今天，我要粉转黑了。安瑜安小姐，我不过喊你一声，想叫你给我签个名，你怎么能指使你男朋友打人呢？大明星了不起啊？大明星就可以打人啊？！”

小年轻这么一吼，等待的众人视线全落在了他们身上。

天拿！安瑜的内心几乎是崩溃的。看着墙一样堵在面前的雷荆山，她恨不得找个地缝钻进去。

“安瑜？安瑜在哪里？”

“呀！真的是安瑜吗？”

“快！快，是安瑜，真的是安瑜，妈，快来看啊！”

“那个男的是谁？是安瑜的男朋友吗？不太配啊！”

“安小姐，给我签个名儿呗！”

“安瑜！安瑜，我喜欢你！”

咔嚓咔嚓的拍照声顿时此起彼伏，好端端一个电影院，秩序全乱了，骚乱的人群都不约而同地拥向了电梯，这情形，电梯没法运行，安瑜和雷荆山被堵在里面，出不去，又走不了。

这一瞬间，安瑜简直生无可恋。偏偏那个小年轻不死心，一直在吵嚷，甚至不嫌事大地打了110，又打媒体电话，不肯善罢甘休的样子……

安瑜紧紧拽着雷荆山的衣袖，躲在他的背后。

“麻烦让一让，你们认错人了！”

雷荆山从来没有见过这样的阵仗，他不追星，知道安瑜这个人也是因为安北城。他根本就没有想过带安瑜出来会引发这么大的轰动，呆了片刻，眼看人群越拥越多，他索性就动手了，一手提一个，不过几秒，他就将几个家伙拎出电梯，然后直接关上电梯门。

电梯下行，两个人回到地下停车场，安瑜心弦还绷着。

“我说你，干吗动手啊？”

“我不动手，他口水都喷到你脸上来了。”雷荆山辩解了一句，看安瑜小脸苍白，又搔了搔脑门，不好意思地问，“不好意思啊，这……是不是会影响你？”

安瑜不承认，也不否认，只问他：“我们现在……怎么办？”

雷荆山愣了一下，指了指上头：“看电影啊。”

“还看？”安瑜吃惊。

“不看，电影票不就浪费了吗。”

“……”安瑜无语，“你不怕被人堵住？”

“嘿，那不会！”雷荆山自信一笑，牙齿白得安瑜眼前一亮，“最危险的地方最安全，他们都以为你离开了，哪会等在那里。这次我们走楼道，保证安全。”

雷荆山带着安瑜，几乎用拎的，把她带入了放映厅。

在这之前，安瑜看过无数场电影，却从来没有今天这么别扭。两个小时，她度分如年，根本不知道银幕上的女人在说什么——哪怕那个女人是她自己。

晚上，苏小南看了一会儿娱乐八卦，笑得嘴都合不拢，等安北城忙好回到卧室，她就兴高采烈地和他分享小姑姑的绯闻：“没想到啊，雷队上镜还挺好看！”

安北城冷冷扫她一眼：“你洗好没有？”

苏小南穿着睡衣，不停刷微博、微信，看各种与安瑜和雷荆山有关的猜测、八卦、分析帖子，忙得不亦乐乎，哪有时间洗漱？她低头随口敷衍道：“你先洗，我等一下！”

话刚落下，手上的 iPad 就不翼而飞了。

等她看过去，那东西已经被安北城甩在了沙发的另一头。

她面前只有安公子黑气沉沉的脸：“苏、小、南。”

苏小南飞快扯好睡衣，在他面前站直："报告，苏小南在此，请指示！"

"明儿要去红特考核，你忘了？"

"没忘！"苏小南严肃脸，"我正在储备洪荒之力！"

安北城将她拦腰一抱，丢入浴室："你这女人，三天不打，上房揭瓦。"

"啊啊啊，饶命啊，别打！"

"不打，爷用抽的！"

第二天，雨还没有停。

离开北邸的时候，山路又湿又滑。苏小南懒洋洋地坐在威风凛凛的掠夺者上，身上的骨头都像被人拆散一样。一夜荒唐，她被安北城"抽打"之后，半点力气都提不起来，觉也没睡饱，不停打哈欠流眼泪。

这个时候，天都没有彻底大亮，才早上六点。

一大早就被安北城弄起来赶往红特总部，简直就是作孽。

红特总部就在景城，这也是安北城长期滞留在这个地方，不回京都见他老爹和安家那些大大小小的亲戚的原因。但除了总部之外，红特另外几个下属特警大队，都有各自的营地，分散在不同的地方，有些离景城比较近，有一些特别远。目前总部除了安北城办公楼的行政人员，就警通大队、通信大队、医疗大队、情报分析中队等部门。

一个多小时后，汽车驶入了红特的停车场。

"立正！"

"向右转！"

"稍息！"

远远听见一声声洪亮有力的口令，苏小南心里就开始扑通扑通跳个不停。

她离开警校已经好久了，根本就没有锻炼过，尤其跟了安北城这段时间，生活简直懒散得不行。冷不丁再走入这个比军事化管理还要严格的地方，她浑身上下的肉都在发痛。

"安北城同志。"她捋了捋半湿的头发，微弯嘴唇，露出一个乖巧的笑，"如果我考核没有通过，你会不会给我开后门啊？"

"不会。"安公子很严肃。

“那……”苏小南撇着嘴，“我如果考不过咋办？”

安北城凝视着她：“宰了，吃肉！”

“……”

时间：上午八点半。

地点：红色尖兵特警队总部。

天气：小雨。

大操场上摆着一个长长的主席台，没有伞。

苏小南领了服装换上，跟着一群队员列队等待。

今天来参加考核的人，一共有八十九个，基本囊括各大警校中的精兵，考核干部除了红特各大战队的队长之外，还有其他特警队派来观摩的领导。

苏小南快吓尿了：“我怎么感觉，像要上刑场似的。”

听她嘀咕，身边那个叫刁亚华的女干事一声轻笑：“你别太紧张，没事的！”

苏小南扣上帽子，瞥一眼这个高她半个脑袋的大块头女兵，没有吭声儿，却听刁亚华又说：“你和他们毕竟不一样的。”

不一样？苏小南心里怪怪的，不知道该笑还是该气：“有什么不一样？不都是一样的考核吗？”

“考核内容一样，标准却不一样啊。”刁亚华笑道，“他们以后要下战队的，你却是留在机关的行政干部，对体能和战术的要求，肯定会放宽标准的。”

这样的解释听上去合情合理，但苏小南还是从她略带笑意的声音里听出来了，其实人家是说，你毕竟是安北城的老婆嘛，留在机关工作，占个坑而已，又不要你去抓罪犯，体能和战术好不好，有什么关系啊？

苏小南礼貌地笑了笑，没有回应。

实际上，基本没有人相信苏小南能够达到进入红特的标准。

一、负重长跑，5 公里，20 分钟。

二、400 米障碍，不得超过 1 分 30 秒。

三、俯卧撑 100 个，一分钟。

……

除了这些基本体能考核之外，还有战斗技能、机动技能、渗透技能、侦查谍报技能等一系列战术性的考核内容。基本体能她都未必过关，其他就更不必想了。所以，他们都知道，这是安北城的心肝宝贝，只要她能将考核项目坚持下来，不管成绩如何，就可以通过的。

然而，这个时候他们却接到一个消息。

“报告！刚接到电话，上头派了人过来监考，马上就到。”

上头派人参与考核，以前也有过，不算一个特例。

安北城点点头，看向雨中整齐的队列：“知道了！”

来了特派员，主席台上也就多准备了一个位子。没多一会儿，一辆悍马驶入停车场，一行三人走了过来，顿时吸引了苏小南的目光。

前面那一个身体发福的中年男人她不认识，可他背后那个穿作训服的家伙，她却很熟悉——陆启。

love you

醒来觉得甚是爱你

下册

景之 — 著

江苏凤凰文艺出版社
JIANGSU PHOENIX LITERATURE AND ART PUBLISHING, LTD

第七章

买号送老公

苏小南隐隐有一种预感，却不好多说，只能静观。

“哈哈！老安，好久不见。”中年男人都快秃顶了，叫安北城“老安”，还是有点违和感。安北城嘴角一勾，慢慢起身，握向他伸出来的手：“老邵，原来你就是特派员啊。”

“我自告奋勇，请命来的。”邵永笑眯眯地握紧安北城的手，晃了晃，那模样亲热得不行。然后，他转头看一眼跟在身边的陆启，对安北城笑道，“陆启是 301 这一期最好的学员，老向推荐的，上头也特批了，我顺便带他过来参加入队考核。老安啊，这人才可一个个都到你红特来了啊，兄弟羡慕，哈哈！”

安北城当然早就注意到了陆启，只不过，直到邵永介绍完，他才将视线慢慢转了过去。

陆启赶紧挺胸向他敬礼：“报告！ 301 学员，陆启前来报到！”

安北城脸色淡淡的，不意外，也不热络：“你们这一期学员，培训不是还没结束吗？”

“是的。”陆启一脸镇定，“向校长特批我提前结束了培训。”

说着，他蹲下身，从包里掏出一个档案袋双手递上去：“这是我的档案，里面有我在 301 参加结业考核的成绩。”

安北城嗯一声，视线若有似无地扫过雨中的队列——行注目礼的苏小南，沉吟着，慢慢把陆启的档案收拢：“入列！”

“是！”陆启整理一下作训服，大步过去，站在苏小南背后。

苏小南脊背一僵，像被猎人盯着的猎物，浑身上下都不自在。

自从上次旧仓库事件后，她和陆启一直没有联系。

换句话说，其实赵至臻的案子，是陆启给她找的事。而且，赵至臻是她的亲生父亲，就算不是陆启杀的，可事情到底与他有点关系。陆启做了这事，还牵连上她，怎么也应该给她一个交代吧？可这么多天过去，他只字片语都没有。

苏小南对陆启，心里是有气的。

如今同在一个屋檐下，她对考核的结果也就更在意了。

不能丢这个脸。

这次考核的战士，加上插队的陆启，一共九十个人。他们被分成了六个小组，一个小组十五人，分别由红特六个战队的队长做考核官，负责各项事宜。

“谷郑立、陈思同、甘正飞、李小宇……”

苏小南挺胸抬头，静静听着考核官点名。六个队长，除了方昂之外，都来北邸吃过饭，她基本上也都见过。所以，不管分到哪一个组，从心理上讲她的压力都不大。当然，如果有机会选择，她愿意分到吴越的小组，最不愿意——

“苏小南！”

她条件反射地挺直脊背：“到！”

“野狼组！”

“是！”

苏小南哭笑不得，果然最不想什么就来什么吗？

伍少野完全就一个不近人情的主儿，身上就没有安装“走后门”的功能，按红特流行的说法，他严肃起来，连自己都不放过，哪会放过别人？

苏小南走入伍少野那一组的队列，然后痛苦地发现，站在她背后的人，依旧是陆启。

又是一组？

“立正！”

“稍息！”

“讲一下！”伍少野拿着点名簿，那气宇轩昂的模样也掩不住他的不近人情，“基础体能测试的第一项内容：负重 20 公斤，5000 米越野。我们这个组，时间超过 20 分钟的，恭喜你，接下来的考核，你可以不用参加了！”

“……”

“直接滚蛋！”

“……”

苏小南心肝都在抽搐。

不是说 25 分钟算合格吗？怎么到伍队长这里，就被活活吃了 5 分钟？

伍少野环视着他们走了两步，将点名簿交给副队长，跨立，沉喝。

“现在，听我口令——”

“立正！向右转！齐步——跑！”

背着重达 20 公斤的装备，苏小南还没跑出操场就开始喘了。

在警校的时候，她也每天都要跑步，五公里也是家常便饭。后来毕业了，她也没有落下训练，身体素质挺不错。可昨天晚上她太累了，又没有睡好，这会儿整个身体都是酸的，精神都快垮了。

哗哗的雨，越来越大。

苏小南大口喘着气，汗流浃背，咬牙死撑着，还是慢慢掉在了队伍的后面。这也就罢了，偏偏伍少野这个缺德的东西，还骑着一辆机车，时不时在她身边晃上一圈。

“一二一，速度！”

“快点！你没吃饭啊？”

“以后出去，不要说你是我嫂子！丢人。”

听这厮的声音，苏小南好想过去抢下他的机车啊！

骑车的人，哪里懂得负重奔跑的痛苦？她抹了一把额上的汗，拼命咬牙，咬牙拼命，坚持着往前奔跑，可离大部队的距离还是越来越远……好不容易跑在小树林中的泥泞小道上，苏小南已经分不清脸上是汗水还是雨水了。

“陆止！”小土坡上站着同样湿透的陆启，他一脸运动后的红潮，眼神却透着凉气，不待苏小南反应就冲过来，强行取下她身上的装备，“我给你背！”

负重装备中有枪支、战备箱、子弹袋、战备镐等乱七八糟的东西，对于陆启来说，加上苏小南的20公斤也没什么大问题，但如果苏小南没了这20公斤，就会轻松很多。

这对苏小南来说，简直就是一种诱惑。

“不用，我可以！”迟疑几秒后，苏小南还是克制住心里的欲望，飞快从陆启手上夺回枪支，勒了勒背包的肩带，继续往前跑。

陆启有点生气，又上前拽她：“犟成这样，你傻不傻？”

苏小南本来就累得够呛，被他一扯，差点摔倒，更是气得吐血：“闪开！”

“陆止！”陆启不肯放弃，又去取她的背包。

“你做什么？”苏小南一张混着汗水和雨水的脸黑沉沉一片，“你为什么每次都自以为是？你不知道这样做违反纪律吗？”

陆启俊朗的脸紧紧绷着：“考核官没说不能帮忙，就不算违规！”

苏小南给他一个大白眼，使劲拨开他的手，吃力地往前跑：“我就愿意自己跑不行吗？你为什么就觉得我不行？我还就告诉你了，我肯定能跑下来！”

她憋着一口气，加快了冲刺速度。

她不想让陆启看不起，不想让安北城丢人。然而在接近终点那一瞬，她还是支撑不住，像一只伤了翼的鸟儿，跌跌撞撞奔过去，在跨过终点的同时，栽倒在地上。

“快！医疗队——”

一直等在终点的陆启飞快地扑过去，抱起苏小南。

为了保证考核人员的安全，医疗大队有一个应急保障预案，以防止突发意外。因此，苏小南再一次醒过来的时候，已经躺在医疗队的病床上。

看着白生生的墙壁，她蒙了至少两秒。

完了！考核搞砸了吗？她激灵一下，就去扯身上的被子。

一只手适时伸过来阻止了他：“你在做什么？”

苏小南抬头，对上安北城冷冽复杂的双眼，润了润喉咙：“安北城，我是不是给你丢人了？”

“你也知道啊。”安北城冷硬的语气把病房的气氛逼得有些压抑，也让苏小南委屈。

“凶什么？又不是我想晕倒的。”她双手撑着床想坐起来，可身体那叫一个酸疼啊，就像骨头被人拆过一样，她又无可奈何地软了下去，瞪着一双眼睛，嗔他，“不都怪你吗？要不是你昨晚折腾我，哪会这样！”

安北城冷眸看着她，没回应。

看他黑着脸，苏小南的理直气壮又打了折扣，语调也弱了几分：“你是不是对我……很失望？”

四十五度角仰视安北城的苏小南，眼底有一层氤氲的雾气，在灯火中，妖娆地充盈着她水色的双眼，像一个不谙世事的孩子，明明受了委屈，还要在意别人的感受。那粉粉嫩嫩的样子，像景城公园里盛开的芙蓉，就那样突然盛放在他面前。

安北城有一点渴，一种由心而生的焦渴。他很想吻她，很想攫取那两片嫣红——

“安北城？”苏小南看他不吭声，又拉了拉他的袖口，“问你话呢！”

安北城回过神来，摸了摸她的头：“不会，你很棒！”

“嗯？”苏小南很意外，“你在说什么？我没有听清，可不可以请你——再大声地说一遍，说仔细一点，一万字以内的描述我都是可以接受的。”

“说你胖，你还喘上了！”

“讨厌！我除了胸，哪里胖了？”

“……”安北城不自在地咳了一声，收回游离的心神，虎着一张正经脸，“赶紧躺下去，好好休息，下午接着考。”

“啊！还要考？”

“嗯？”安北城冷眼，“坚持不下去了？”

“不不不。”苏小南一咬牙，“我热爱训练，热爱考核，热爱一切极限挑战！”

安北城嫌弃地哼了一声，就要转头，病房的门被人推开了。

桂倚秋一脸尴尬地站在门口，看着两个紧紧相贴的男女：“我……是不是打扰到你们了？”

苏小南：“……”

看到人家亲热，又明知道打扰了，不应该一声不吭地退出去，顺便帮人家掩上门吗？她这么问，是想得到什么样的回答？想听她说没关系，快请进？

苏小南懒懒地坐回去，靠在病床上，似笑非笑道：“桂医生想回避，现在还来得及的。”

“不好意思，我是过来例行巡房的。”

这个时候，确实是医疗队的巡房时间，如果病人没有问题，医生就要下班吃饭了。可桂医生主动来“巡视”她的病房，真的不是为了多看几眼安公子吗？

桂倚秋带着听诊器走过来，却被安北城阻止了：“有什么事，让顾风来。”

桂倚秋站在病房中间，进不得，退不得，尴尬地笑道：“顾队有点急事离开了，我——”

“那也用不着你，桂医生忙去吧。”安北城面无表情地打断她，坐回椅子上，一副拒人千里之外的态度，让桂倚秋一双眼委屈地浮上了泪光：“那，那你们有事叫我。”

桂医生郁结地离开了，苏小南却知道，安北城根本没有特别针对她，拒绝只是因为自己肚子里怀着安家的龙种，在医疗大队，除了顾风之外，安北城怎么会让别的医生为她看病？

尽管苏小南不愿意，可到了红特，女人只能当男人使。

下午，苏小南再一次开始了艰难的考核历程。挂勾梯、穿越铁丝网、徒手格斗……一项都少不了。苏小南也算争气，都擦着标准过关。接下来就是渗透技能考核，主要包括四个项目。

一、武装泅渡。

二、穿越雷区。

三、悬崖攀登。

四、高空跳伞。

所谓“武装泅渡”，就是单人或队伍携带装备，低噪声游水渡河，在计划时间内完成任务，就算达到考核标准。苏小南游泳技术还可以，所以这一项对她来说不算太难，甚至可以称得上轻松。就是穿越雷区，她隐隐觉得有点心慌。

天已放晴，黄昏的天空红霞斜映。

一辆武装直升机上，苏小南和同组的几名战士坐在一起，紧紧抿着嘴巴，心里那根弦儿绷得老紧。

这时，旁边一个战士突然捅一下她的胳膊：“哎，你跳过伞吗？”

苏小南摇头。

他又问：“怕不怕？”

苏小南迟疑，再摇头。

那战士嘿一声：“你说，如果咱们跳的时候，降落伞的伞包打不开了，怎么办？”

他的话，大家伙儿都听见了，有人呵呵在笑，不过却没有人回答。看那战士尴尬，苏小南想了想，严肃脸安慰他：“不要担心，我们应该可以找卖家退换。”

众人：“……”

这么紧张的气氛下，她还是成功逗笑了几个人。

不过，也有人低低地嗤笑：“白痴！”

苏小南瞥过去，那人叫张忠，是个体能素质高人一等的家伙，特别瞧不上她这个凭关系进来的“弱鸡仔”。

嘴巴长在别人脸上，她管不着。苏小南勾一下唇，并不吭声，陆启却回过头来，一本正经地对那个战士解释：“穿越雷区，又不是高空跳伞，哪来的伞包？放心吧，不会让你们跳伞的。”

那战士一惊：“那我们要怎么下去？”

“丢下去！”苏小南哧哧一笑，就被陆启一个大白眼逗停了。

他认真道：“绳降！”

“……”

啊啊啊啊！苏小南心里敲起了鼓，她也怕啊！

苏小南紧紧攥着拳，在她模拟了无数种绳降落地的画面后，终于听到了直升机无线通讯仪里伍少野的声音：“第三小组注意！第三小组注意！”

“直升机抵达考核区域，悬停准备！悬停准备！”

“第三小组全体队员，准备降落！准备降落！”

绳降和高空跳伞不同，直升机悬停离地面不会太高，对于特战队员来说，这是基本技术动作，但苏小南开天辟地头一回，站在机舱口，紧张得脸都白了。

“下！”陆启拉了一下她的保护绳，“死不了人的！”

苏小南受不了他这样的讽刺，一咬牙，抓紧绳子跃出机舱。

戴着手套的双手不停摩擦着绳子。她提着一口气，脑子里一片空白，只有耳朵边的风声在嗡嗡作响，完全凭着本能在行动，直到双脚安全地踩在地面上，周围传来啪啪的掌声，她才如同从梦中惊醒。

她做到了！

周围投来的赞许目光，让她很是受用。

而陆启淡淡看她一眼，走了过去。

“第三小组，集合！”

伍少野大声喊着，挺直身板走过来，鼻梁上架了一副黑超，那桀骜不驯的样子，让原本轻松的气氛顿时紧张：“原地休整，吃晚饭！一个小时后穿越雷区！”

经过半天的折腾，这会儿已是黄昏。

一个小时后，天完全黑了下来。

黑暗的环境里，穿越布雷区域到达终点，会比白天艰难得多。

这哪是考核，简直就是要命！

“集合！”

“预备——走！”

一组十五人，背着行囊拎着枪，迅速消失在树林里。

所谓雷区，并非只有地雷，像这样级别的考核，布雷的时候肯定会花更多心思，什么步兵雷、伴发雷以及炮弹、炸药、手榴弹等肯定都会混合着掺杂在里面。至于埋雷的地点——你猜?

每个小组都配有一个探雷器，但目前的技术，探雷器只能确定大致范围，接下来，就得靠自己肉测了，和猜也差不多。

当然，如果探测到地雷，可以绕过去还好一点，问题是，按考核要求，他们必须排除既定区域内半数以上的雷。

这就头大了。

排雷是技术活儿，找到可疑区域之后，要先清理杂草石块，然后用探雷针以小于45° 的角度倾斜插入土中，慢慢寻找具体位置。找到地雷，再把引信拔了，这才算排雷成功。

大晚上的，一群人趴在地上，那气氛紧张得额头都是冷汗。

苏小南手上拿着一个夜视仪，身体都僵硬了。

他们已经顺利走过了三公里区域，排除了各种雷不下十颗，而这一颗，他们找了许久都没有找到。布雷的人太狡猾，探雷器一直提示靠近目标，可就是找不到确切位置。

“组长，要不咱们放弃吧？”有人小声建议，“要求是排雷半数以上，又没说全部排除，对不对？”

“不行！都找到大概方向了，不能半途而废！”

“那如果一直找不到呢，就在这里耗时间？”

“万一是绊雷呢？一绕道就拉火怎么办？如果后面再遇到比这个更难的呢，我们是不是都绕过去？是不是都不用排雷了？”

“那如果耽搁了时间，落后了其他组，是不是你负责啊？”

“咱们举手表决吧！”组长黑着脸，“同意排雷再离开的举手！”

团队任务时，遇到无法决定的事情，就举手表决，少数服从多数，这是考核之前就说好的规矩，于是，大家都默认了。十五个人，有七个人举起手，然后都看着发蒙的苏小南。

“举啊！ 39 号，你怎么不举手？”

“滚蛋！你怎么能左右她的决定？她没有举手，就表示她不同意。”

苏小南呃了一声。

之前可没有人问她的意思。

现在举手表决的时候，都发现她的重要性了？

突然感觉自己的形象高大起来，苏小南对于这庄重的一票很慎重，趴在地上的身体往前凑了凑，又仔细看了一眼探雷器，突然润了润唇。

“如果我中立呢？”

“中立？你想弃权？那怎么行，我们只有十五个人，你必须表决。”

“不是弃权。”她目光突地一厉，“我是说，我不同意排了雷再走，也不同意绕着走！”

“这啥意思？”组长眼一瞪，“陆止同志，这是一件严肃的事情！”

“我很认真啊。”苏小南慢慢举高夜视仪，对准探雷器，冷静地道，“不知道大家有没有想过，为什么探雷仪提示位置一直是接近中，而我们把这一片区域都找遍了，却没有找到这个东西？”

看她说得严肃，陆启问：“你说说你的想法。”

“我听人说过，有一种地雷叫延迟地雷。”苏小南道，“它一般会埋得很深，在受到探雷器的红外线感应之后，才开始计时爆炸。所以，我的意思是，我们不用绕过去，也不用排雷，直接从这里走过去。不过，我们得迅速一点，因为——时间可能不多了！”

“为什么不早说？”

那个组长当即起身，指挥众人：“速度通行！”

苏小南表示很无辜。

她早说什么？她自己之前也不确定。

而且，就算她说了，这些自负的家伙就会相信她？

几个人快速穿过，苏小南走在最后，刚迈过雷区，背后就传来爆炸声。

砰！一时山崩地裂。

这也侧面佐证了她的话都是正确的。

小组里的战士愣愣地看着冲天而起的黑烟，后背上一阵阵蹿凉。

“我的个乖乖啊！看这个爆炸劲道，难不成……是实弹？”

“对啊！像实弹！”小组长的汗水也下来了，骂了一句，问出了大家心里的疑惑，“考核不都用空包弹的吗？”

没有人能回答他这个尖锐的问题。

同一时间，红特总部，信息大厅里一片凝滞。

安北城慢吞吞地从椅子上站起来，黑着脸道：“定格画面，回放。”

爆炸的情况，在实时转播，不过，夜色下的画面本来就不清楚，加上升腾的滚滚浓烟，让画面更加模糊。大家唯一清楚的就一件事——第三小组的考核区域发生了爆炸，而且是实弹爆炸！

一颗实弹被发现，谁也不敢保证有没有下一颗。

在这样的情况下，为保障安全，一般会选择中止考核。

安北城却沉着脸回答：“继续！”

简聪一愣：“可是老大——”

安北城侧眸，冷冷看着他：“我说继续！”

简聪挺直了脊背：“是！”

红特的考核，耗时耗力耗物资，引无数人关注，如果被迫中止，不仅不好交代，恐怕还得成为一个笑话。简聪按安北城的命令传达了下去，可心里还是觉得这做法有一点冒险，于是，他又特地多嘱咐了六位考核官一句：老大脸色很难看，一定要保证安全，要不然，今年的年夜饭，你们可能会缺席了！

考核继续，六个考核官的心都悬着。

红特的调查结果很快就有了。

雷区使用的地雷，全是按要求规定的空包弹，为什么会有一颗实弹，负责协作的人也一头雾水，当即就蒙了。听说没有炸到人，他才松了一口气，马上带人亲自排查那一个批次的装备，并彻底清查了一次库存。但是，装备库里的空包弹与实弹，都分门别类地存放着，并没有什么问题，尤其实弹的使用，需要非常繁复的手续和批文，根本不可能混装。

到底怎么回事，一时间根本查不出来。

安北城听完汇报结果，突然站起身来："去考核点！"

发生在景城的事，苏小南并不知情。

这时已近午夜十二点，她还在雷区里跋涉。

每个人都屏着呼吸，小心翼翼。虽然接下来连续排除数枚各种类型的雷，都没有再发现一颗实弹，但他们的心弦都紧绷着，不敢放松警惕。值得一提的是，从那颗"延迟雷"开始，大家开始欣赏苏小南，甚至会主动照顾她。除了那个叫张忠的家伙对她仍有敌意之外，他们相处还算融洽。

苏小南绷了许久的弦松开了，于是，对张忠，她无视，对其他战友，她尽可能地处好关系，并在任务中发挥自己的"余热"。虽然她身体素质不如他们，但有一个别人都没有的优势——开考前，吴越给她开过小灶。

"延迟雷"的事，其实就是吴越告诉她的。她之前不敢坦然告诉大家，一来没有自信，怕他们不相信；二来她其实也不知道吴越说的那些与考核内容有关。直到"延迟雷"得到验证，她才恍然大悟，成了一个"开挂"的地雷女神。

"同志们！"小组长赵飞突然停了下来，眼睛发亮，"我们离目标点，还有五公里！"

他的声音里带了一丝笑，让众人瞬间松了口气，仿佛听到了解放的钟声。

"大家加把劲儿，赶紧到地儿吧。"

"到终点就好了。这一晚上像在鬼门关行走，可憋死我了。"

"嗯，大家不要掉以轻心——"最后还是小组长总结，"越接近终点，越可能有危险。"

"组长说得对，大家都小心点！千万不要任务没有完成，结果把命落在这里。我在家里是独子，我爸妈还等着抱孙子呢。"

"嘁！得了吧你！"

听着他们的叨叨，苏小南一直没有吭声。

他们对那枚实弹的想法都一样，认为红特故意设的高难度障碍，她却有疑惑。

如果考核有实弹，一定会提前通知的。

没有人告知，那就表示，这枚实弹是个意外。

“你小心点！”陆启跟在她身边，突然拉了一把她的胳膊，“一直走神，你在想什么？”

“我走不走神，关你什么事！”

她小声吼回去，对他很不耐烦。

“你说关我什么事？”陆启突然有点生气，语气很冲，那一张画着伪装的俊脸上看不到情绪，但冷冰冰的语气透露了他极差的心情，“陆止，你能不能不要这么自私？”

苏小南瞪他一眼：“你吃炸药了？”

陆启看一眼同组的同志，小声斥她：“出现了实弹你没看见？我警告你，这不是游戏！我们随时可能有生命危险，你就不能上点心？就算你不为自己的生命负责，也得为同组人的生命考虑一下吧？！”

她不负责？她自私？

对于他的指责，苏小南有点委屈。

可这样紧张的时候，她不想和他吵架。

苏小南冷冷瞥他一眼，嗯了一声：“知道了。”

有时候示人以软，会起到更好的勾通作用。

尤其……女人对男人。

她话音未落，陆启脸上的神色就软了。

他压低嗓音：“我不想你有事。”幽幽的声音透过夜风传过来，像带着某种压抑的情感，柔软、无奈、落寞。苏小南微微低着头看路，沉默着，没有回应，也不知道应该怎样回应。

陆启看着她俏丽的侧颜，久久，也只有一声叹息。

“同志们，还有1000米我们就到达终点了！从伍队传来的最新进展看，目前第二小组遥遥领先，离终点500米。其余小组也都在我们前面。”小组长环视众人，大声说道，“我们暂时排在末位。我想问问大家，对剩下的1000米，有没有好的建议？”

排在末位，团队分数就会被压低。

可有什么好办法能够赶超前面的小组？除非直接飞奔过去。

众人沉吟不语。

这时，张忠突然开口："组长，我有一个想法。"

"说说！"

张忠说："只要有同志愿意牺牲一下，就可以了。"

牺牲一下，怎么牺牲？

大家都看着他，他却看向苏小南："我们排雷数量已经超过半数，剩下 1000 米，不必再排雷了。所以，如果我们能快速通过雷区而不触雷，就有机会赶在第二小组之前到达。"

"快速通过？"小组长一怔，"万一踩到雷怎么办？"

"这就是我说的啊，需要有同志愿意牺牲。"他的目光又一次停留在苏小南的脸上，"39 号反正有特殊关系嘛，考核成绩又不会影响她。只要她在前面人体排雷，我们后面跟上，这样的速度，哪个组比得上？"

人体排雷？亏他说得出口。

不说万一有实弹，就算没有实弹，凭什么该她牺牲？

张忠的话，引来了同组人的反感。

"你没事吧，让一个女人排雷？"

"见过无耻的，没见过这么无耻的。"

"要不是在雷区，我都想揍你！"

"都闭嘴！"看群情激愤了，小组长赶紧吼了一声，"算了，不要浪费时间！咱们还按刚才的办法，边排边走。37 号，拿探雷器，继续前进！"

看着这一切，苏小南心里冷笑，扫了张忠一眼："报告！"

小组长回头："讲！"

"组长，我愿意为大家排雷！"

她大声说着，把同组队友都吓了一跳，不敢相信地看着她。

"我是认真的。"苏小南真诚地说，"我知道，因为我的存在，拉低了团队成绩。如果这次穿越雷区我们组再排末位，后面想把成绩拉起来就不容易了。我明白考核不仅是考核，还关系到大家的去留和前途。你们这么照顾我，我也愿意为了你们赌上一把。"

“39——”

“组长，别说了，时间来不及了。”苏小南站在风口，微微带笑，挪了挪帽子，整理一下衣服，突然并腿，抬手敬礼，“保证完成任务！”

“你保证个屁啊！”

小组长的斥声没有落下，苏小南已经从37号手里夺过探雷仪，迈开了脚步。

硬闯雷区，确实是一场赌博，而且，有了实弹的可能性，更是在拿生命豪赌。

不要说女人，一般男人都没这么大的胆子。

陆启手指攥了攥，看她一眼，紧紧跟在她的身边。

队伍沉默了几秒，小组长咬牙，招手道：“大家跟上！”

来的路上，他们遇到过各种各样的雷，埋在各种各样的地方，根本就没有规律可循。所以，剩下的1000米，踩到雷的可能性太大了。可苏小南仿佛不知，拿着探雷仪，腰挺得笔直，速度也很快。大家跟在她背后大约十米处，心吊在嗓子眼，手心都捏出了冷汗，就怕爆炸声突然响起。

可有的人，似乎天生就能创造奇迹。

这个金手指女王，全程居然没有触雷！她顺利地跑出了雷区，第一个到达终点。而这时，原来排在第一的第二小组，离雷区还有整整200米的距离——他们遇到了地雷。

“我去！”苏小南脊背都湿透了。

她的镇定全是假的，心跳得其实比谁都快。

怔了一下，她回头朝几米开外的队友招手：“我们胜利了！第一个到达！”

“耶！胜利了——”

“胜利了！”

“我们第一？哈哈，不是吧？”

“哈哈哈哈，第一！”

全组队员冲出雷区，大笑着丢下身上的装备，相互拥抱着、跳跃着，有的人更是激动地取下帽子，高高抛向天际，喜悦之情溢于言表。可苏小南高兴了没几分钟，笑容就僵住了。

雷区的终点，是一个临时的指挥所。

灯光里，一群穿着作训服的男人走了过来。最前面那个，冷峻的脸上像酝酿着一场风暴，视线凉涔涔地落在苏小南身上，像是要把她吃了。

怎么回事？安北城怎么会在这里？苏小南抬起脏乎乎的袖管抹了抹脑门上的汗，缓缓眯着眼，朝他露齿一笑，又向跟他同来的伍少野敬礼。

“报告，第三小组顺利完成任务，前来报到！”

伍少野望她一眼，给她一个“自求多福”的眼神，偏头对其余队员低喝：“解散！休整！半个小时后，全体队员到我的办公室集合。”

“是！”

他们像得到特赦令，欢呼一声，大笑着冲向了河水。

这里只是一个临时的指挥部，搭建帐篷是供队员休息使用的没错，但不包括洗澡的热水供应。所以，他们只有去河里洗冷水。

苏小南当然不能跟着去，而且，她相信自己就算想去，也走不了。

这个时候，所有人都抛弃了她，包括伍少野和陆启，都在安北城强大的气场逼迫下，默默地离开了现场，只剩她一个人傻乎乎地站着，直到安北城转身大步离开。

“跟我来！”

他的声音很小，却足够震慑苏小南了。

苏小南左右看了看，低头走在他的背后，不高兴地咕哝：“你确定要我跟着你去，这样好吗？人家会不会觉得你意图不轨？”

“……”

安公子脊背一僵，没有回答。

“喂！”苏小南心尖微微一颤，觉得前方的灯光有点刺眼。

其实她倒不怕人家说三道四，就是觉得安北城的脸色有点瘆人：“我招谁惹谁了？你甩脸子，是为了什么啊？”

安北城已经走入了帐篷，闻言回头看她一眼，目光满是杀气：“进来！”

苏小南与他对视，弱弱地质问：“你吃火药了？干吗啊这是！”

安北城眉宇间冷气逼人：“你不知道？”

看他一副理所当然的样子，累了一天的苏小南气不打一处来：“我又不是你肚子里的蛔虫，我怎么会知道你哪根筋又拧不直了？”

“苏、小、南！”安北城似乎带了点咬牙切齿的恼恨，“你都不知道错在哪里？”

“不得了啊安北城，你这是要上天了？”苏小南叉腰站在他面前，踮着脚想与他平视，然而，身高差让她行动失败，在气势上的弱点还是很明显，“人家昨天晚上被你折腾，上午考核累得晕倒，下午又是武装泅渡，又是穿越雷区的，活生生的人都快被折腾废了。你都不知道，有一颗实弹爆炸了，离我就几米，要不是我机灵，说不定就死在那里了……”

说到这里，她抬起头，气势又弱下不少：“我都这么惨了，安北城，你都不肯安慰我一下，还要找我的碴儿，你觉得——合适吗？”

不合适！

特别不合适！

安北城听了这番话，心里竟然诡异地冒出这句话。

可，这女人……哪是那么脆弱矫情的人。

啪！他心头那一根怜悯的弦断了，取而代之的是智商上线的安公子。

一双厉目望着苏小南，他微微屈指，一个栗暴敲在她的额头上。

“不去演戏真是白瞎了你的好演技！”

“干什么啊！”苏小南摸头，“你还有没有同情心了？”

“没有！”安北城一板一眼地说完，将她拦腰一抱，直接把她放到单人床的床沿上坐好，清越冷漠的声音以及不带感情的陈述，像法庭上的法官在审问，“知道有实弹很危险，你还敢充英雄，一个人以身犯险……你自己说，错了没有？”

“我有啥错啊？”

苏小南腰都快要折了，酸痛得一坐下来，就想躺下去。

她回头瞥他一眼，寻了个舒服的姿势躺下，然后偏着头，半眯着眼，有气无力地看着他：“如果一定要说我有什么错的话，就错在认识了你。安北城，你仔细回忆回忆，从我在将军巷十八号遇到你，我都经历了些什么见鬼的事。”

“……”

苏小南眨巴一下疲惫的眼，有点撑不住困意了："可以说，一个女人一生的传奇，我都在这短短的时间里经历了，和平年代啊我的爷，要生要死的，一会儿爆炸，一会儿跳河，一会儿差点蹲大牢……真是见鬼了！"

"……"

"一想到我们的合同还有好几个月，我还得在这魔鬼生活中挣扎几个月，我就觉得整个人生都暗淡无光了，前途无路，连生命都得不到保障，太可怕了。"

一席话她说了很久，越到最后，声音越小。

最后她喃喃着，眼睛完全闭上了，均匀地呼吸着，放松下来，大半个身子歪在床上，双腿却吊在床下，一双作训靴上沾满了泥巴，已经看不出最初的颜色，裤腿也脏得不忍直视……

安北城高大的身影，就那样戳在她面前，挡住了光线，也将她笼罩在光影里，看上去更加娇小可怜，就像风雨中一朵不堪摧残的花儿，眼看就要夭折在狂风暴雨中了，却偏偏又顽强地活了下来，让人忍不住想要把她捧在手心里，好好怜惜。

"唉！"

安北城长长喟叹一声，将她抱起来换个舒服的姿势，把被子拉过来为她盖上，又俯下头在她额上一吻："好好休息，我出去冲个凉。"

月光下的森林里，河流静谧得像一条缠绕的白色玉带，从林中穿过，唯美而宁静。安北城脱下外套放在石头上，蹲在河边掬起水，飞快地拂在脸上。

他也不知怎么了，自制力遇到苏小南就投降。

本来他很生气，可看到她可怜巴巴的样子，多大的火都没有了。

将衬衣解开脱下，他回头正准备将其丢到石头上，脊背突地一僵，黑眸往林子里一扫："谁在那里？出来！"

这冷冽的声音像催魂夺命的符，让那个躲在树后的人身体冻住了。

"再说一遍，滚出来！"安北城不耐烦的声音，明显加重了。

那人咬着唇，肩膀有些颤，似乎很不好意思，又似乎被他的样子吓住了，清清柔柔的声音带着一点颤意："安公子，是我……"

安北城一愣。

树林里的女人穿一身月光白的浅色长裙，没有那标准的白大褂，显得温婉了不少，像一个从月光中走出来的古代美女，长发飘逸，身姿玲珑……

这样的打扮与气质，完全符合直男的审美。

"我没有出过这样的任务，有点紧张，睡不着，就出来走走，并没有要偷，偷看。我本来想走的，又怕引起你注意，反而尴尬，没想到，还是被你发现了……"

说着，她视线从安北城赤裸的胸膛上掠过，头低了下去，像是羞的、臊的，又像是有所期待，就这样静静地站在离安北城几步之外。

安北城稍稍皱眉："半夜两点半，桂医生独自离开营房是很危险的，你就不怕？"

他的语气里并没有关心，而是直白地表达了一种怀疑——雷区十分偏远，周围十里内没有人烟，森林里甚至会有野兽出没。离开了营房，哪一个女人敢随便乱走？没有人会失眠得拿生命开玩笑！

桂倚秋头低得更狠了。

考虑了一下，她似乎豁了出去："我确实不是一个人出来的，我是偷偷跟着你出来的……"

安北城双眸一眯，看着她不吭声。

桂倚秋见状，似乎横下了心，冷不丁抬起头来，直勾勾地看着他："是的，安北城，我喜欢你，我很喜欢你，我喜欢你很多很多年了。哪怕你从来没有正眼看过我，我还是喜欢你。因为喜欢你而痛苦，因为喜欢你而快乐，因为喜欢你而——"

说到这里，她顿了顿，看着安北城壮硕的胸膛，像吞下了一颗魔法勇气果似的，胆儿大了，什么都不再顾及了，突然就以迅雷不及掩耳的速度朝他冲了过去："因为喜欢你而情不自禁。"

她确实情不自禁，双臂迎着风圈向安北城的腰身。

一个期待已久的拥抱，在她无数个难以入眠的深夜里，想了无数遍的拥抱。

她的男神，她从少女时代就开始仰慕的男神，终于要投入她的怀抱了……桂倚秋满怀憧憬地闭上眼，只为更加清晰地感受他怀抱里的温度。

可下一瞬，扑通一声，从四面八方围过来的冷水让她蓦然清醒。

安北城避开了她，并且，由着她扑入了水中。

这个季节，这样凉的水，溺得她咳嗽不已：“救命啊！救——救救我——喀喀——”

安北城扫她一眼，似乎没有看见她在水里扑腾，淡定地走向营区，对两个听到呼救声赶过来的战士面无表情地说：“三点钟方向，一百米，河里！”

苏小南这一觉居然睡得很沉，等她再次在起床哨中醒来时，看到自己一个人霸占了床，而安北城可怜地侧坐在床边，手里拿着一个勺子，在搅拌一碗冒着热气的稀饭。帐篷里那一张小小的桌子上，摆着早餐，两个煮鸡蛋、两个大馒头。

“速度一点！”安北城看她醒了还在发怔，冷声催促，“洗漱，吃饭。”

“洗漱？上哪儿洗啊？”苏小南发蒙地说完，目光一转，就看到帐篷门口有一桶热水，还有毛巾、香皂，以及挤好了牙膏的牙刷，不由得诧异，“你给我准备的？”

安北城眉梢一挑：“不然还有谁？”

“哇！受宠若惊啊！谢谢。”

“不用。”安北城轻描淡写地把粥碗放下，“等考核完，你好好伺候朕就行了！”

苏小南翻个白眼：“我就说嘛，你怎会这么好心，果然黄鼠狼给鸡拜年——”

“我从来没有见过起这么晚的鸡！”

“你狠！”

悬崖攀登和高空跳伞是两个不同的考核任务，但也有一个共同点——都是苏小南没有经历过的。

几十米高的悬崖，头上是乌沉沉的天空，脚下是黑沉沉的森林，面前是陡峭的岩壁，除了零星的几根杂草，什么东西都没有，甚至没有可以立足的地方，唯一保障着他们的生命安全的是腰间的绳子，还有一条紧紧握在手上的攀登绳。

从下面攀登到悬崖顶端，考核官计算着时间，在要求的时间内到达终点，就算过关。

攀爬的过程中，苏小南的心紧紧悬着，但好歹她对红特、对安北城有信心，而且经历了这么多事，胆子也慢慢练大了，整个过程，她什么也不看，考核官让怎样就怎样。于是，接下来的两个项目，她都以最后一名的成绩——过关了。

事后回忆这一段，她自己都觉得像在做梦，有点想哭。

她根本就没有想到，自己居然可以做到。对她来说，这完全是极限挑战，突破了自己，也战胜了自己，那感觉就像过了一次次鬼门关，整个人都变得不一样了。所以，当队伍再次回到红特总部的时候，她还处在一种莫名的亢奋中。

考核结果已经不重要了，重要的是她做到了。

红特总部。

等苏小南与队友一起小跑着进入大操场的时候，安北城以及特派员邵永和那些观摩团的成员，都一脸喜色地坐在主席台上，静静地等待着他们，像在欢迎凯旋的战士。

决定命运的一刻到来了。个人成绩与团队成绩，两项综合考虑，有一部分战士可以留下来，继续参加红特的三个月集训，而另外一部分成绩靠后的人则会被淘汰，遣返原单位。

偌大的操场上鸦雀无声，都在安静地等待着结果。

苏小南手心都攥出了汗，比当年看高考成绩还要紧张。

小组成绩，她拉了后腿；个人成绩，也不算突出。她有机会留下吗？

忐忑中，简聪念到了第三小组的留队名单。

小组共计15人，淘汰了5个，相对于其他组来说，留队率比较高，这让苏小南微微松了一口气，总算没有影响同组的人太多。然而，一个一个名字从耳边溜过去，都没有她。

难道她被淘汰了？

“第十个——”说到最后一个，简聪突然停住，过了好一会儿，才慢慢地掀开唇，“也是第三小组最后一个：39号！”

“恭喜以上各位同志。下面是第四小组留队名单——”

“报告！”队列里突然传来一声呐喊。那人的声音带着不满与怒气，甚至还有一丝戾气，“为什么没有我？请问，我哪一项成绩比39号差？”

苏小南脊背挺得笔直，没有回头也知道是张忠。

不得不说，那家伙虽然讨厌了点，考核成绩却比苏小南高了许多，这一次没有被选上，别说他自己，就连苏小南也有些意外。

在张忠的愤怒声里，简聪不悦地反问：“你想知道为什么吗？”

“报告！想！”张忠挺直了胸膛。

“散会后，到我办公室来，会让你心服口服的。”

简聪不耐烦地说完，低下头又要继续念名单，张忠对这个回答却不满意。

“报告！我不服！我现在就需要合理的解释！”

全场一片寂静。

简聪怔了片刻，抖了抖花名册，突然笑了：“呵，有个性啊，小子。”话音未落，他扭头厉喝一声，“警卫！把这小子带下去，禁闭三小时，等他想明白了，再来要解释！”

“是！”两名警卫答着，走过去就要带张忠，这时却突然传来一声带着笑意的声音：“等等！稍等一下！”

这声音来自简聪的左边。

他略一侧头，就看到邵永带笑的眼。

“老安啊，本来考核选拔人才是红特自己的事，上头派我过来，也就看一看，观摩观摩，顺便总结经验。所以啊，这些话本来不该我来说……”

“不该说，那老邵就不用说了。”安北城打断他，冷冷道，“红特有自己的纪律！我做事情也有自己的分寸，不喜欢听人教育。”

说着，他不看邵永什么表情，吩咐简聪：“继续！”

邵永悻悻一笑，坐了回去，哪怕心里不高兴，还是维持着彼此的体面。张忠大吼大叫着，不甘不愿地被两名警卫带了下去。

于是，大会圆满结束。

安北城慢慢站起身环视操场上的人："同志们，考核结束了！即将离开的，下次继续努力，红特永远为你们敞开大门，等着更优秀的你们到来。留下来的，相信未来三个月的集训后，你们可以——全、员、通、过！"

全场掌声雷动，一个个留队的战士都很激动。

"是！时刻准备着！"

安北城沉声低喝："散会！"

为了给战士们春风般的温暖，今晚还有集体活动——聚餐。

等吃完了散伙饭，就得各自回家，各找各妈了。

大操场上，每个人脸上的表情都不尽相同。留下来的，一个个兴高采烈，互相击掌祝贺；被淘汰的那些人，不管心胸多么豁达，多少有一点垂头丧气。

这样的考核不仅关乎自己的脸面，也关乎前途。他们都是万里挑一的人才，原单位数一数二的人物，输了当然会没面子。所以，对张忠受到的差别对待和处理，他们很自然地站在了他那一边，私底下不免议论，也为张忠抱不平。

"那女的什么关系，为什么综合成绩排在最末一位，却可以留下来？！"

"是啊，不晓得又是哪个的小姨子！"

"胡说什么？人家是去机关做行政的，考核要求当然和我们不一样。"

"呵！哪有那么简单，这中间的猫腻，你们当真不知道？"

"你又知道了？"

"废话！"那个爆料的人扬扬得意，"人家是安公子的老婆，你说她能不通过呢？"

几个议论的家伙同时抽了一口气，一副"原来如此"的表情。

"张忠这傻子，撞到钢板上了！还在队里和陆启争执，我看关他禁闭都算轻的，他要不识趣，还不定会怎样呢！"

"陆启，陆启谁啊？"

“这都不知道，第三小组那个长得像电影明星的家伙！陆止的亲哥，安北城的大舅子呗！”

几个家伙在公厕里一边方便一边嘀咕，背后突然传来一声怒吼：“你们在说什么？”

他们转头望去，就看见了陆启铁青的脸。

“嘿，说什么关你啥事儿啊？”被淘汰了，这几个家伙心里本来就不满，被陆启一吼，火气也噌噌上来了，收拾好裤子，围过去阴恻恻地看着他，“小子，你不要以为有几个臭钱，哥几个就怕你！要找事的话，我们奉陪到底！”

找事？陆启冷笑：“要找事的人是你们吧？背地里议论别人，有意思？”

仗着人多，几个家伙的胆子也大了。

“背地里议论，总比你们背地里搞事好！你们做得出这么肮脏不要脸的丑事，就别怕人家说啊！陆启，你说说你那妹妹，是不是贱——”

“我去你娘的！”陆启冷不丁一拳就冲那厮脸上去了。

厕所里很快传来一阵阵嘶吼。

以一打五，陆启做到了，可最后也被人揍得鼻青脸肿。

结果的结果，就是——全体关禁闭！

苏小南知道这事的时候，正坐在安北城面前，看着他放下电话时铁青的脸，

“别生气了，打架嘛，也不是什么大事。”

安北城冷眼看她：“就知道找事！”

说到陆启，反正他就没什么好气，苏小南也就不提了，只就事论事地表达了自己的疑惑：“其实那个张忠也算一个好苗子，考核成绩又那么优秀，为什么你们没有留下他？”

“哼！”安北城神色一沉，“你懂什么。”

苏小南轻笑：“我就是不懂，才要你来告诉我啊！”

这姑娘乖巧的时候，很讨人喜欢。安北城心里的郁气落下不少，抬眼望着她盈盈的笑，皱眉问：“你是不是也跟他们一样，认为我淘汰他，是公报私仇，仅仅因为他得罪了你？”

苏小南迟疑着摸了摸自己的脸，弱弱地笑：“我感觉吧……我的脸还

没那么大。”

安北城差点被她逗笑：“知道就好！”

“嘿嘿！可我也想不通，不是为我，又是因为什么？”

安北城沉声道：“张忠个人素质很好，这是大家都认为应当留下他的原因，也是有人认为我公报私仇的理由。但我们的选拔，个人素质固然很重要，思想作风、团队精神、服从能力等，更是考虑的关键因素。”

好像很有道理，苏小南点了点头。

安北城凝视着她，叹了口气：“以后你就会懂，在执行任务的过程中，团队协作比个人英雄更重要。张忠这样的人，放在集体中根本不适合。”

莫暖过来红特找苏小南的时候，苏小南正在旋转餐厅里跟大家伙儿聚餐。

她得到门哨的消息出去，看到莫暖一个人站在门口的冷风里，正搓着手，一眨不眨地瞅着门口英姿飒爽的警卫哥哥发呆。

“喂！”苏小南看她发傻，偷偷走过去拍她的肩膀，“胖妞儿，怎么找到这儿来了？”

莫暖被她吓了一跳，勉强从帅气的警卫哥哥身上收回视线，上上下下打量着苏小南，目光渐渐从惊讶变成了佩服与羡慕：“成啊，姐们儿，这身衣服穿着，我都快要认不出你来了。好看，太好看了，有精神！就是……好像黑了一点啊？！”

“……”

半天说不到重点。

苏小南听她废话，不耐烦了：“你找我到底啥急事儿？快说！”

莫暖撇一下嘴巴，气定神闲道：“我就不能因为想你才来吗？”

“想我？我又不是男人。”

“说得好像我只会想男人一样。”

“难道不是？”

“好吧，算你对。”莫暖偷瞄着她的神色，看她好像没什么异样，琢磨着又弱了声儿，“小南子，这事儿，我不知道算好事还是坏事……”

“哎！”苏小南快被她急死了，“管他好事坏事，你倒是说啊！”

“你妈妈……醒了。”

醒了当然是好事啊！苏小南心里刚刚浮上喜悦，就见莫暖紧拧着眉心。

“就是……阿姨醒了之后，不大认得人了，连苏薇都不认识，痴痴傻傻的，生活也没法自理。我昨儿去医院瞧她，她也不认得我。然后吧，我还在医院遇到你那个大姨，就是把你妈弄伤的那个恶心女人，她和苏薇坐在一起，两个人头凑着头说事儿，看着还挺热络的。我总觉得这事有点不对，可你在考核又联系不上你，没办法，我只好直接跑过来了……”

苏小南迟疑了一下，问道：“知道她们说什么吗？”

莫暖摇了摇头，又探头看看她背后的营区，嘿嘿一笑：“小南子，看在我千里送信的分上，还不请我进去坐坐，看一看我的大帅哥男神……”

“果然无事不登三宝殿。”

原来看吴越才是送信的重点。苏小南心里一叹，揽了揽她的肩膀：“看你眼珠子都快掉进去了，怪可怜的，我怎么可以……让你进去呢？”

“苏、小、南，你还是不是我朋友了？”

“是的呀！”

“给个理由！”

“这……”苏小南捏捏她脸上的肉，一本正经地逗她，“我怕这地方承载不了你的重量啊！”

“你找死？”

“哈哈！”

“等着，看我减肥成功，变成大美女的一天，怎么实力碾压你！”

“我已经等了二十年了哎！”

“大爷的！除了胖，我还有别的毛病吗？”

“确实没有！因为胖，已经毁了你的所有。”

“我打死你！”

看她使上性子，苏小南嘻嘻一笑，束着她的手往外推，不开玩笑了：“营区重地，闲人免进！乖了，回家等我消息，我出来了，就请你喝酒吃肉！”

“苏小南！你给我记住了。不仗义！”

把莫暖送走，苏小南心里却搁着这事落不下去。

她在考核没有办法通信，但是安北城是可以的，为什么她母亲醒来这么大的事，他都没有告诉她呢?

回到桌子边，她什么也没问，一直熬到聚完餐，她悄悄尾随了上去，跟着安北城进了办公室。

门一关，她单刀直入：“为什么不告诉我？”

安北城拧眉，为她倒了杯热水，这才慢吞吞地说：“不想你分心。”

“分什么心啦，我妈醒了是好事，可以更鼓舞我好不好？”她低头喝着水，半天没听到安北城的动静，冷不丁抬头，又对上他凉凉的双眼，一怔，“怎么了？”

安北城眉头微微一蹙，说得很慢：“你妹妹……要嫁给方源。”

什么？苏小南心里一惊，想到莫暖的话，突然就明白了那个想不通的问题。

呵，有意思，姜玉娟能说服苏薇嫁给方源，也真是不容易。

“苏小南，你先别上火。”安北城轻轻拍了拍她的后背。

“我为什么要上火？”苏小南嘴角冷冷一勾，黑白分明的大眼睛里看不出情绪，“我妹妹要嫁入豪门，从此有人养活，不会再靠着我了，我不是应该高兴吗？”

安北城：“……”

苏小南绝不仅仅说说而已。

她好像真就由着苏薇自甘堕落一样，不关心，不理会，从头到尾都没什么变化。

这就是安北城眼里的苏小南，看似率真善良，但喜、笑、怒、骂，都有自己的一套价值观和行为准则。她愿意拼尽全力去保护家人不受伤害，也愿意为了苏薇受赵至臻威胁去参加那样一个不堪的相亲宴会，但如果苏薇一再挑战她的底线，她好像真就撒手不管了。

因为她相信苏薇并无辜。就算姜玉娟耍了什么手段，如果苏薇不主动钻人家套里，不让自己的小辫子被人拽在手上，又哪会被逼得要嫁给方源?

安北城完全认同她的做法，可还是细心地为她准备好了一切。

“离集训还有一周，至少，你得去看看你母亲吧！”

苏小南觉得安公子肯定是一个坚定的形式主义者。

不管工作还是生活，他做什么事都遵从一种仪式感。

第二天去医院，他手上拎着大包小包的礼品，看得她眼花缭乱，几乎不敢想象。

“见丈母娘也不用这样隆重吧？”

“你懂什么。”安北城冷眼剜她，“这叫礼数。”

“这叫土豪！”苏小南与他对视片刻，结果还是忍不住扑哧一笑，败下阵来，要去帮他拎。安公子却拒绝了，一身凌人的气势，拎着礼品走入电梯。

看着他挺直的脊背，苏小南弱弱地跟上去拍着马屁：“陛下礼数周全，让臣妾心里感激涕零，不知何以为报——”

她说了一堆恭维的话，寻思正常人不都得客套地回应吗。

可安北城嗯一声，就生生受了。

“孺子可教！今晚朕恩准你再吃一顿大餐！”

“……”

苏小南无言以对。这货，越来越流氓了。

心里腹诽着，上了楼，苏小南就想收回之前的想法。

毕竟像安公子这样体贴入微的流氓，已经不多见了。

姜玉莲醒了之后，就从重症监护室转移到了特殊病房。病房里两个一级特护小姐是安北城自个儿掏腰包请来的，每天住在这里都得支付一笔高额的医疗费用，也都是他承担的。而这些，他之前只字未提。

“安北城。”苏小南抓住他的手，打心眼儿里感激道，“我——”

“不要说谢。”他低头睨来，冷冷道，“都得回报的。”

“你花这些钱，我也不知道啥时候还得上……”

“肉偿！”

安北城的冷静把苏小南生生怔住了。

“你不是说真的吧？这么多钱，全部偿还的话，就算我可以，你的肾可以吗？”

“这个……回头用实际行动告诉你。”安北城示意她看向背后，“你先想想怎么应付你妹妹吧。”

苏小南顺着他的目光看去，只一眼，就讶然地挑高了眉梢。

上次看到苏薇，她还是一个典型的学生，白T恤、牛仔裤，大马尾。这才过去没多久，她已经换了样子。长长的头发在发尾烫了大卷，做了漂亮的颜色，手上拎的、身上穿的、脚上踩的、脖子上戴的……每一件单品都价值不菲，个个都是数得上牌子的奢侈品。

“姐，你终于舍得来了？”

苏薇并没有意外她的出现，一步三摇地踩着高跟鞋走过来，媚眼如丝地瞄一眼安北城：“这个就是我姐夫吧，怎么不介绍一下？”

苏小南眸子微微一眯，不答反问：“你身上这些东西，哪儿来的？”

“噫，这话问得稀奇。”苏薇不高兴地上下打量她，“怎么，就准你嫁豪门开豪车住豪宅做阔少奶奶，不准我也找一个条件好点的男人，给我买点好的穿戴？”

条件好点的男人？

想到方源，苏小南不知该气还是该笑。

“苏薇，你要作贱自己，麻烦不要扯上我。”

“是是是……”苏薇嘲讽般拉长嗓音，斜视着她，“你吃香的喝辣的，过着人上人的生活，当然不愿意我这样的穷妹妹扯上你喽。不过，姐，你会不会太自以为是了？你不乐意让人知道你还活着，不乐意让人知道你有妈有妹妹，我还不乐意有你这样的姐姐呢！”

对于苏薇的性格，苏小南太了解了。

和她讲理，没有用，而且，苏薇埋怨她嫁给安北城却没有告诉家里，也并非完全没有道理。认真说来，她这次的行为确实莫名其妙。所以，虽然苏小南有不得已的理由，却没有办法和苏薇解释，只有忍下这口气。

“我不和你吵架，我先看看妈。”

说着她挽住安北城的胳膊，与苏薇错肩而过。

可她还没有走过去，苏薇就不服气地将肩膀撞了过来。

这劲儿用得挺大，要不是安北城扶着苏小南，非得撞她一个踉跄不可。

苏小南退后一步，怒不可遏："你做什么？"

"我话没说完，你急着走什么。"苏薇绕到她面前，抱着双臂，歪着头打量她片刻，又将目光望向她身边的安北城，一脸玩味地笑，"姐夫，你说你和我姐，也忒不厚道了吧？我妈躺床上要死不活，我还在念书，又没有生活来源，你们两个倒好，过自己的二人世界，完全不管我们母女的死活。这也就算了，我们也没想过要攀你们家的高枝儿，可我说两句怎么了？她凭什么不爱听？这世界哪有这样的理！"

安北城今儿主要为了陪苏小南。

她们姐妹之间的事情，他一个大男人本来不好插手，看苏薇蹬鼻子上脸地骂过来，他眉头微蹙，却不回应她，不动声色地问苏小南："需要我帮忙处理吗？"

"不用！"苏小南拒绝，又扯了扯他的袖子，然后凝视一脸稚气还强装成熟的苏薇，认真说："在我问你的时候，我还当你是妹妹。如果你的回答让我不满意，那么从今往后，你的事，我不会再管！"

苏薇心里一惊，却故作不在意地瞄她，尖酸刻薄地笑："你想问什么就问呗，说得好像你把我当过你妹妹一样。呵呵，有姐姐在豪门吃香喝辣的，妹妹连饭都吃不上的吗？"

安北城眉头紧锁，苏小南却只当没有听见："我只问你，嫁给方源的事，到底是姜玉娟逼你的，还是你自愿的？"

苏薇妖娆的小腰微微一僵："我……"

"不要撒谎！"苏小南语气又冷又狠，"收起你的套路，好好说话。记住，你只有这一次机会。"

苏薇脊背僵硬着，紧紧咬着唇。久久，她瞄着苏小南严肃的脸，身体终于慢慢站成了正常的样子，目光暗淡下来，似乎受了天大的委屈，眼里包满了泪水。

"姐，其实我也不想的，可我，我没有办法了……"

"发生什么事了？"苏小南逼问她。

"我，这件事，我……"苏薇吞吞吐吐，紧张地瞥一眼安北城，"姐，我可不可以单独和你说？”

苏小南皱眉，指了指休息室，把安北城哄过去，拽着苏薇到走廊的椅子上坐下：“说吧。”

苏薇垂下了头。

在赵至臻死后，痛失丈夫的姜玉娟眼看女儿赵佳艺不得不嫁给方家那个残疾，不甘心，也不死心。无奈之下，她把主意打到了苏薇身上。那些日子，姜玉莲一直躺在医院没醒，苏薇也不知苏小南活着，一时陷入了生存的恐慌危机中。

就在她愁眉不展的时候，“救星”出现了。她一个同学告诉她，自家姨妈开了一个特殊介绍所，专门为一些富二代或者上流社会的有钱人找“小情儿”，负责拉线，赚取佣金。只要让这些男人看中，一个月少则两三万，多则十来万，只要哄得金主高兴，什么东西没有？

苏薇有些心动，可也犹豫。

她很物质很虚荣，可长这么大，被老妈和姐姐宠着，恋爱都没有认真谈几次，对爱情还存在很多幻想，如果去给那种又肥又矬的糟老头做情妇，她还真不行。

好心的同学没有勉强，一如既往地和她做好朋友。然后，苏薇自然而然就接触到了这个同学的生活圈——与她完全不一样的生活圈。他们吃的、穿的、玩的、交际的，一切俨然上流社会。在同学的带领下，苏薇很快就学会了他们圈子里玩的一种网上赌博游戏。一开始，苏薇只小玩几把，几乎把把都赢，大家都说她赌神附体，不过两三天，就赢了一两万。

她兴奋了，完全投入进去，结果，几乎可以预见。

她上钩了，赌得越来越大，输掉了赢来的钱，也输掉了自己——为了借赌资来翻本，她在对方半利诱半威胁的情况下，拍摄了自己的不雅视频。

听到这里，苏小南终于压不住火气了：“你脑子没问题吧？书都白读了？”

“姐——”苏薇的声音弱弱的，捂着脸抽泣，“这些事情都是姜玉娟搞的，她想保护自己的女儿，又气不得咱妈，就千方百计地想把我嫁给方源。我上了她的当，中了她的圈套！”

“呵。”苏小南冷笑，“方家又不是她姜玉娟说了算，人家就看上她女儿了，她能怎么着？她让你嫁给方源，方家就一定要同意吗？天真！”

“方家同意了。”苏薇的头低得更厉害了，“是方源亲口要求的……”

苏小南一怔：“你认识方源？”

苏薇咬着下唇，摇了摇头：“那个视频，就是我拍的那个视频，姜玉娟通过她的同学，辗转到了方源手上，再把我介绍给了他，还说什么我喜欢他，特地为他录制的……”

苏小南瞪大眼：“这也相信？他哪来那么大的脸？”

苏薇头垂得低低的，脸红得快能滴血了：“在我录视频的时候，他们让我得喊……喊方源的名字。那个时候，我还不知道方源是谁，就按要求做了。”

不得不说，姜玉娟这仗打得漂亮。钱没花多少，搞点小手段，就把苏薇给卖了，还卖得方家很满意——毕竟方源这么多年对生活一直没存什么希望，这次主动要求娶苏薇，而苏薇又“心甘情愿”地嫁给他，那岂不是皆大欢喜？

苏小南叹一口气：“去，把衣服换了，好好回学校上学，这件事，我来帮你处理。”

“我……”苏薇可怜巴巴地看着她，“我被校方开除了。”

“什么？”苏小南提高了声音，气得脸都拉下了，“怎么回事？”

“姐。”苏薇瘪了瘪嘴巴，“我们参与赌博的事，不知道被谁发到了校园网上，影响很恶劣，所以就，就不让我上学了。”

是谁？还能有谁？不就姜玉娟要断她的后路吗？

苏小南久久没有说话。

对生活，她是一个乐观的人，可对待苏薇的事情，她确实头疼。

在病房里，看到已经彻底忘记自己的母亲，对她这个“干女儿”表示出明显的热络，又是翻旧照片，又是握住她的手唠家常地说想女儿了，苏小南怎么都狠不下心来不管苏薇。

离开医院时，景城已华灯初上。

苏小南好久没有见过这样的街道了。

霓虹下人群熙熙攘攘，那匆匆来去的脚步，那呼啸而过的汽车，在高楼大厦的背影里，把这座城市变得风情万种。

“需要吃点东西吗？”安北城细心地问。

“不用。”苏小南摇头，“没胃口。”

安北城没有说话。掠夺者穿梭在车水马龙的城市道路中间，车窗外的光影落在他的脸上，使他看起来显得冷峻而严肃，可这样沉默的他，让苏小南有一种微小的幸福，平和而安宁。

沉默中，安北城突然转头：“你不会要把苏薇带回家去吧？”

当然不会，苏小南心里想着，却挑高眉头反问：“你不喜欢她？”

安北城皱眉：“你希望我喜欢她？”

苏小南耸了耸肩膀：“一般人很难喜欢她。”

“原来你也知道啊。”安北城冷哼，“也就看你面子了。”

“嗯。”苏小南闷闷地低头，“给你添麻烦了。”

“在家之外的麻烦，都不是麻烦。”安北城神色淡淡，声音也淡淡的，可苏小南明白，这是他的真心话。只要外面的事情不牵扯到家里，再大的事，都不是事。

两人正说着话，安北城的手机响了。

她看着他听电话，也看着他脸色一点点沉下：“我马上到！”

景城近郊，夜色朦胧。

掠夺者换了个方向，径直驶向了红特。

“老大！”简聪看到安北城进来，赶紧小跑上前，行了礼，又向苏小南打招呼，“嫂子好！”

苏小南回他一笑：“简队好。”

安北城瞄向他背后那一排正在运行的设备：“情况怎样了？”

简聪说：“千里眼主动联系跛爷，跛爷那边回复，一小时后找他。我怕耽误事儿，赶紧向您汇报！”

千里眼在上次的抓捕中侥幸逃脱，并没有离开景城。他始终在西林区一带活动，但一天换一个地方，行踪极是诡谲，除了与跛爷联络过一次，一直处于沉默状态。

“好！”安北城冷眸一沉，坐了下来，“密切注意动向！”

“是，老大！”

千里眼在死神集团算个小头目，所以他的“逃跑”，本来就是红特放出去的一条长线，要的就是他与跛爷联系。一直以来，死神集团的跛爷都太神秘了，包括FBI在内的各种国际组织调查了他好几年，都没有得到太多有用的信息。安北城来到红特以后，与跛爷也打了不少交道，却始终没抓到他的小辫子。

“那厮太狡猾了，我布控这么久，也没有什么有利的消息。”

听简聪说得唉声叹气，安北城漫不经心地点了点头：“是狐狸，总会露出尾巴的！”

说到这里，他侧头看苏小南一眼：“站着累不累？过来。坐！”

苏小南笑盈盈地回他：“没事，你忙。”

她随便找了椅子坐下来，没有离安北城太远，也不太近，就那样听他和简聪看着仪器说话。这里不允许开手机，她干巴巴地坐着，只能无聊地玩手指。

不多一会儿，仪器嘀一声响。

简聪连忙打住话头，凝重地看向安北城：“老大，来了！”

“嗯。”安北城沉着脸，静静倾听。

通讯仪器正在监听千里眼。

这是他与跛爷的第二次通话，大概这么久安然无恙，让他的警惕心松懈下来，声音还带着一丝笑：“跛爷，看来我们多虑了，安北城根本就找不到我们。耽搁这么久，我们是时候恢复西南这条线了！”

“不要掉以轻心！”跛爷的声音永远平静、从容，没有起伏，就好像用机器录制好的一样，“你知道死神的追求。还有……”他突然止住话，换了个话题，“上次交代的事情，你办得很好。等你回来，我给你奖励。”

“多谢跛爷！”千里眼很高兴，“也算那赵至臻死得其所了，差一点让安氏父子为此反目……”

苏小南愕怔。

原来赵至臻的死，是千里眼干的？

可他们为什么杀他？

她静静地听着，可跛爷似乎没有兴趣继续这个话题，只冷冷一哼："赵至臻死有余辜！这种连亲生女儿都不放过的人，死一万次都活该。"

"跛爷说得对，这王八蛋也真干得出来。"千里眼顿一下，突然话锋一转，八卦起来，"但上次你吩咐我调查那个女人的时候，我还无意间了解到一件事儿，那赵至臻好像跟她——"

"咯咯咯——咯！"

千里眼的话刚说到这里，跛爷就重重地咳嗽起来，正好打断了他，音调也变得冷硬了几分："你今天的话太多了，说些有用的！"

"好的，跛爷。"千里眼似乎意识到了什么，又转头说起了别的事情，完全开启了"拉家常"模式，言谈里没有一件事对他们有帮助。

安北城皱着眉头，突然吩咐："把他们上次联系的录音回放一下。"

简聪奇怪他的举动，却没有犹豫，赶紧让通讯员照做。

很快，上次的录音被重新播放。苏小南听着，两根手指紧紧绞在一起。当她亲耳听见跛爷吩咐千里眼杀掉赵至臻的时候，心跳频率倏地加快，陷入自己的思绪当中……

"你在想什么？"安北城低沉的声音打断了她浮躁的臆想。

苏小南抬头，对上他冷冽的眼，不免语塞："我……没什么。你忙好了？"

安北城嗯一声，就势坐在她身边："你困了？要不我让丁寅先送你回去休息？"

苏小南摇头："我没事。"

说着她望了一眼情报大厅里忙碌的场面，皱了皱眉头："你们今天晚上还有别的任务吗？"

"有一个抓捕行动。"安北城点点头："这个千里眼——留不得了。"

苏小南奇怪地问："你们不是准备用他来钓跛爷那条大鱼吗，怎么不留了？"

望向她清澈黑亮的双眼，安北城危险地眯眸，斟酌着回答："跛爷狡猾，他已经不会再相信千里眼了，说不定他还以为千里眼已经被捕，在我们的掌控之中呢。现在他和千里眼的对话，完全在反套我们……”

“这——”苏小南抿一下嘴，“你怎么知道的？”

安北城指了指自己的脑袋：“来自高手的判断！”

“好吧……”苏小南服气，“请问高手，千里眼说调查的女人，是不是我？”

安北城沉吟一瞬，点头：“是。”

苏小南迟疑地问：“他们也怀疑我的身份？这个……不会有什么问题吧？我感觉只要人家有心，不会查不出来的。”

实际上，纸终究包不住火。她不是陆止，那么这件事早晚会被人揭穿。

可安北城似乎不想细说，抚一下她的头，就不再继续话题：“别想太多，你的任务就是好好配合我。”

“好吧，安北城同志。”苏小南俏皮地伸一下舌头，看一眼他背后全副武装跑步进来的伍少野，眉眼弯弯地一笑，小声问，“那么，你们执行抓捕行动的时候，需要人手吗？要不要我帮忙？”

她的声音还没落下，伍少野就笑着接了话：“老大，有嫂子帮忙再好不过了。千里眼那王八蛋我打过几次交道，又奸又猾，却有一个恶习，喜欢美女，有咱嫂子出马，一个顶俩——”

这厮话没说完，屁股上就挨了一脚。

安北城冷飕飕的眼风剜向他英俊的面孔：“信不信，让你乔装执行任务？”

伍少野冷汗都出来了：“我错了，老大！”

安北城抬腕看表：“行动时间：一个小时！现在开始！”

伍少野脊背一挺，啪地并腿：“是！保证完成任务。”

伍少野领了安北城的命令离开了，苏小南依旧坐在那一张椅子上等待。

一片寂静的空间里，她似乎听得到自己的心跳声。

安北城眉头紧锁，正襟危坐，与简聪一起盯着监控仪。

空气凝滞，直到伍少野传来消息：“报告老大，报告老大！野狼已到位！野狼已到位！请求指示！”

“行动！”安北城声音冷沉，“一个都别给我漏了。”

"野狼明白！野狼明白！"

在伍少野行动之前，已经定好了方案。对于千里眼这条潜伏景城许久的大鱼，他们布控了这么久，抓人是毫无悬念的，所以，苏小南除了稍稍有点紧张，根本就没有想过任务会出状况。

可事实上，千里眼——真就跑了。

三分钟后，通讯器里再次传来伍少野奓毛似的低吼："老大，咱们会不会有内鬼？"

"别疑神疑鬼！你仔细搜索一下现场，看有没有线索！"

不过片刻工夫，伍少野的消息又一次传了回来："老大，没有找到千里眼，也没有半点线索。不过这里有一些资料，是他们来不及销毁的。"

"什么资料？"

"和嫂子有点关系。"

苏小南听到这里，脊背猛地挺直，微微侧头，和安北城的目光撞上。

他深邃的眼眸盯着她，平静地吩咐伍少野："一起带回来！"

"收到！"

千里眼跑了，抓捕行动也算失败了。

不管他有多么狡猾，那都是客观原因，对于红特来说，代表着这一次与死神的交锋吃了败仗。哪怕他们逮住了一窝小喽啰，其实都没有用，扑通那些人不过拿钱做事，对死神集团一无所知。

大厅里鸦雀无声。

安北城沉默着走到阳台上，看着夜色默默不语。

苏小南瞄一眼紧张的众人，端过安北城的茶杯跟了上去。

阳台上，男人面向夜空，背对着她，身姿颀长挺拔，整个人笼罩在一片浓厚的阴霾中，空气里似乎都弥漫着一层可怕的杀气。

这样的安北城，冷漠得让人难以接近。

这样的安北城，又寂寞得让人忍不住想要靠近。

苏小南心脏没来由地抽搐了一下。

"安北城……"她唤着他的名字走近，强装轻松，"哎，有啥大不了的啊，不就跑了一个千里眼嘛？这次抓不到，还有下次不是？我们警校的老师曾经说过一句话：除非他彻底变好，不再犯事，要不然早晚会落到咱们手里。咱们做猫的人，哪能被老鼠气得吹胡子瞪眼？丢人！”

她说话时眉飞色舞的俏丽样子，这一刻竟显得温柔多情，那轻笑时的嗓音，落入安北城的耳膜，如同一首悠扬的乐曲，婉转动人，把烦躁都排斥在了九霄云外。

“苏小南。”他接过她手上的茶杯，抚摸一下她的头，动作宠溺而温柔，话却很拉仇恨：“你今年几岁，怎么和七老八十的老太婆一样，絮叨！”

苏小南不客气地瞪回去：“你今年几岁了？会不会好好护犊子？居然敢嫌弃你老婆，找死！”

安北城嘴角微微一抽，像被她逗乐了，倏地低头凑近她的脸，熠熠的目光中带着一抹宠溺的笑：“苏小南，你生气的样子……”他不说了，嘴角稍扬，一张俊气的脸上添了坏坏的邪气。

苏小南直皱眉头：“不要再夸我了，我已经受够了你的夸奖。”

安北城直起身，甩给她一个冷眼，喝口茶冷漠转身：“你生气的样子，简直丑得出神入化，无人可比！”

“……”

那天晚上，他们吃了消夜才回北邸的。

尽管任务失败了，但伍少野咽不下那口气，对安北城大吐口水道：“不吃不足以平民愤。”于是，安北城慷慨解囊，请加班的兄弟一起去撸了个串。

一伙英俊的小伙子挤在一起，很是养眼。

于是，坐在中间的苏小南很不幸地收获了很多大姑娘小媳妇不满的冷眼。

她很无奈。怪她咯？

身为唯一的女性，她要抵制诱惑也很不容易啊！

撸串的时候，安北城不怎么说话，苏小南也很安静，就亲自去现场的伍少野一肚子的牢骚发泄不完：“老大，我怀疑在我们赶到之前，千里眼已经不在那个地方了。说不定你们监听到他与跛爷的对话，根本就是录音。人家在玩咱们呢。简葱子，我严重怀疑你工作态度有问题，是不是谈恋爱了，不在状态？”

简聪咬着一片牛肉抬头，反呛：“你别自己没抓着人，就来找我的问题啊。千里眼逃跑前，一直就没有离开过我的监控——”

“没有吗？”伍少野冷哼，“那你告诉我，他现在跑哪儿去了？难不成，我把他放走的？”

“对啊。我也严重怀疑你。”简聪也有疑惑，“在行动组到达之前，监控显示，他就在那里。野狼，你有没有想过，可能你们打草惊蛇了……”

“放屁！”

“哎，不许骂人的啊。”

两个人玩笑习惯了，争执起来没遮没拦的。

安北城终于听不下去了：“那不是录音，但千里眼在结束与跛爷的通话后，赶在野狼到达之前就离开了。”

饭桌上突然安静了，大家伙都看着他不说话。

想了下，伍少野心怀疑惑地问：“这么说来，千里眼早就发现我们在监控他？”

“不！”安北城声音凉凉的，“他是从跛爷的话里判断出来的。”

跛爷的咳嗽声打断了千里眼，以他那么聪明的头脑，肯定明白了自己不利的处境。那他会做什么？肯定得想办法金蝉脱壳了——

“这老王八蛋！”伍少野气得拍桌子。

这是他做野狼大队的队长以来，抓捕行动第一次失败，还被人耍得团团转，这让他一肚子的气怎么顺得了。

安北城淡淡看他一眼：“你这什么暴脾气，你嫂子在呢，收敛一点！”

一群大老爷们儿都默了。

伍少野管住了嘴，突然又想起资料的事儿：“老大，资料看了吗？上面说的，是真的吗？”

资料？苏小南跟着瞥向安北城。

那些资料伍少野回来就交给他了，可从头到尾，他都没有给她瞧一眼。

与她有关的事，他为什么不告诉她？

安北城并不看她：“就是他们的调查，没什么事。”

苏小南觉得中间有猫腻，也不好多问。揣着疑惑回到北邸，就听田甜说尤明美下午来过。

她给安老太太买了一堆营养品，还有几件衣服，可老太太嫌老气，是在祝福她早点死，当场就送给田甜和厨房帮忙的王妈了。

这简直就是尤明美对付安蓓蓓的套路嘛。

“可惜了，衣服我都穿不了。”田甜有些兴奋，“都老贵的，我准备寄回去给我妈穿，怎么样？”

“噗！”苏小南想着尤明美吃瘪的样子，也有些好笑，“那她什么时候走的？”

“受了老太太的气，坐下没半个小时就走了。开始还说等着安公子呢，后来就坐不住了。唉，看她们婆媳相处，我在旁边都尴尬。”

苏小南被她逗乐，笑着飞一眼过去：“天晚了，快去休息。”

“好的。哦，对了，等一下，我去端汤。老太太特地吩咐的。”

安老太太对儿媳妇不太好，对“怀孕”的孙媳妇却好得像对待祖宗。

苏小南喝了老太太的营养汤，去冲了一个热水澡，看看时间，又开了电脑玩游戏。

湿着头发，挽着袖子，她登录游戏，开始找团刷副本。

可莫暖和她的游戏老公都不在线，她随便加了好几个团，人家点开她的装备一看，不到两秒就把她踢了。她很无语，懒洋洋地站在那棵桃花树下，在“公聊”上发表被嫌弃的感言。

“玩个游戏这么现实干什么，难道大家就不能发扬一下人道主义精神，学习雷锋好榜样，五讲四美讲文明，救助一下我这个无家可归的弱女子？”

公聊上静悄悄的，没有人理会她。

一个人的单机游戏太无聊，苏小南穿着那一件与职业属性不符的衣服，正准备去摆摊区看看有没有便宜好货，或者遇到好心人给她一点基础装备，突然发现了几条密聊。

“入队！”

“你在做什么？”

“你不看密聊的？快点！ 4=1。”

苏小南噫了声，发现是一个叫“死神”的ID。

死神？她的心脏仿佛被人扼紧。

在游戏这个千奇百怪的世界里，各种奇葩应有尽有，什么“风吹裤裆屁屁凉”“杀你全家不偿命”“鲜血刺激肾上腺”，种种让人惊悚的名字比比皆是。

死神这个名字，并不让人意外。

可死神代表的意义对她却有不同。

虽然99.9999%的可能，这个“死神”与“死神集团”八竿子都打不着，但苏小南的血液突然有点沸腾。

听着从浴室里传来的哗哗水声，她双手放在键盘上，啪啪敲字：“刚才倒水去了，没看见你的邀请，麻烦再发一次。”

对方很快回复：“倒水？游戏角色会自己走动？”

苏小南一惊，他怎么知道？

对方这时发来一句密聊：“看你左边——”

游戏里的男角色都很俊俏，可那个叫死神的家伙俏得出尘不凡：肤色白皙光亮，身形颀长挺拔，一双眼睛仿佛会说话，带着黑亮亮的神光，穿着一套让苏小南流口水的装备，让她差点挪不开眼。

屏幕上再次出现“死神邀请你加入队伍”的字眼。

苏小南手一抖，就点了“同意”。

她一入队，队聊里马上有人表示了不满。

【队聊】死神是我爱豆：“嗯？神哥你不是吧，这么多人照顾她一个？”

【队聊】丢疯子：“神哥，这不合适吧？”

【队聊】苍鹰之眼：“咋不合适？我看挺合适啊，这不咱队里还少一个人，再多加一个奶妈呗。”

【队聊】死神是我爱豆：“那可不可以出了装备，我先拿？”

……

苏小南坐在电脑前面看他们聊天，一直没有说话，也说不上。

这时，安北城从浴室里出来，看她玩上了游戏，擦着头发过来看了一眼：“最多两个小时！”

苏小南对他做了一个“OK”的手势，注意力又回到游戏上。

安北城居高临下看她一眼，也穿着睡衣坐在她桌子的对面，打开了电脑。

两个人各做各的事，互不打扰，这已经是彼此习惯的相处模式了。

苏小南不以为意，跟着下了副本，看队里的姑娘撒娇、卖萌、放嗲、顺便对死神放电，鸡皮疙瘩掉了一地。

她没有对安北城说死神的事，同一款游戏遇到死神集团大boss的概率，比中五百万的概率还小。所以，她除了对死神的关注稍稍多了一点，并不敢想这样的巧合。

说说笑笑间，眼看打到第一个boss的老家了，系统突然提示：

你的丈夫“天涯一杀”上线了。

苏小南握着鼠标的手微微一抖。

没办法，天涯一杀这个ID名太魔性了，字面意思就给人一种肃杀冷漠的感觉。而且，她冠上了人家“妻子”之名，多少就有一点怪异的游戏从属感。

考虑片刻，她在键盘上输入：“嘿！你来了？”

不对！太犯贱了！删。

她重新输入：哼！你终于舍得来了？

不对，太矫情！继续删。

苏小南再一次输入：你再不来，老子都要长霉，跟人跑了知道吗？

更不对！好像在向他撒娇一样。

苏小南索性全删，就当他不存在。

没想到，对方却发来消息：“千佛洞，刷装备。来！”

这要换到半个小时之前，苏小南得谢天谢地谢祖宗，再给他来三炷香。可现在她都快要摸到第一个boss了，还去什么千佛洞？

苏小南回：“不去，打莫高呢。”

天涯一杀：“和谁？”

苏小南啪啪敲字：“干卿何事？”

天涯一杀过了几秒才发来消息：“好，你玩！”

他的语气很平静，字也一如既往地少，看不出心情。

“咯！”这时，苏小南对面传来安北城的提醒，“要喝水吗？”

苏小南抬头瞥他一眼，又摇头：“不渴。”

“我渴。”安北城声音平静，给了她一个“自行领悟”的眼神。

让她去倒水？苏小南心里一百二十个不愿意，可谁叫他是安北城呢，老大气场在那里，她老妈在医院的一切费用都是人家支付的，他对她也算多有照顾，她说不出“不”来。

于是，苏小南起身、倒水、送到他面前，多看一眼的时间都没有，就急切切地回到自己的座位上。然而，刚瞅一眼，她就华丽丽地愣住了。

可怜的风流和尚躺在地上，死得很销魂——

苏小南完全蒙了。

她好端端站得老远，为什么会冲到 boss 那里去找死？

她拍了拍鼠标，又拿起来瞅瞅，鼠标没问题啊！

闷闷地点了“回城复活”，她发现自己又成了一个光着身子的兜肚女，站在人来人往的繁华城市中间，突然烦躁了。

以前她玩游戏风生水起，现在怎么混成这德行了？

她黑着脸，看一眼安公子冷峻的面孔，见他在认真工作，又没法子找他出气。

算了！她十指翻飞，发布了一条广告。

“卖号卖号！出售本号！买号送老公！买号送老公！大神老公一个，可遇不可求啦。有意者私聊，速度，go！”

这条信息一发，服务器当即就炸了。

无数问价的消息里，跳出一条死神的询问：“为什么卖号？”

苏小南回：“没装备，不想玩了！”

死神：“等我。”

消息发过来，不待苏小南反应过来，屏幕上就跳出一行字：死神请求和你交易。

交易啥？苏小南条件反射地点了确定，就华丽丽地愣住了。

死神除了给她几件没有绑定的装备外，还给了数字后面无数个“0”

的金币。

“去充值，换身装备。”

苏小南玩游戏，从来没有花过钱。

就连游戏点卡，也是她自己用赚的游戏币换的。

她有些心动，还是默默点了拒绝交易，并回复死神：“无功不受禄。我刚才都差点害你们灭团，怎么好意思拿你的东西。”

死神：“朋友之间，不必客气。”

苏小南：“可我们还不是朋友。”

死神：“那么从现在开始，我们就是了。”

苏小南：“嘿，你不会也想买我的账号吧？行！看你这么有诚意，我可以算你便宜点。你开价吧！”

死神：“我对你的账号有兴趣，对你老公没兴趣。”

苏小南：“那你等一下。”

她觉得天涯一杀常常不在线，也懒得管他那么多了，直接私聊过去：“喂，有时间吗？来离个婚。”

那边静默，人在线，却没有回复。

苏小南不耐烦地又发了一条：“我不玩了，要卖号。给个方便，来把婚离了吧？”

这条消息发过去，系统就发来提示：你的丈夫“天涯一杀”下线了。

苏小南气不打一处来，只能无奈地告诉死神：“不好意思啊，我那个便宜老公下线了……”

这个游戏，单方面解除婚姻需要交付给系统大量金币，苏小南有点肉疼。

可接下来，更肉疼的事发生了——

她还没来得及把消息发出去，肩膀就被人圈住了。

男人的手臂带着一种令人迷乱的力量，从她的肩膀处慢慢拥抱下来，轻轻掠过她身前的高地到达腰线，手指所及处，热度熨烫肌肤，烙得她又痒又烫，在陌生的刺激感里，心乱如麻。

“安北城，你干吗呢？两个小时还没到……”

“顾风送的酒不错，你不想尝尝？”他视线落在她的头上，声音低低沉沉，带着一种沙哑的性感，似乎把卧室的空间都点着了火。

苏小南突然热了起来，还来不及回答，她身上一凉，低头就见睡衣的小扣子，被他解开了。

这什么手法？从背后抱着她也能解扣子？她脑子犯晕，回头看他一眼，视线却撞入他深邃的双眼，有点发傻：“安北城……”

“嗯。”他像一个检阅士兵的将军，有力地握着她，一身淡雅的香味伴着温热的呼吸传入她的领地，“乖，来陪我喝一点……”

“我……玩游戏……”

“一会儿玩。”

“一会儿时间到了……”

“时间还长。”他嘴角微弯，有一种坏坏的酷劲儿。

“安北城，你……”

“听话！”

他好像在生气，黝黑的瞳仁里闪着锐利的光芒，可他又极尽温柔，呼吸从她纤细的脖颈间开始，一寸一寸地游离，却只浅浅触及她滚烫的肌肤，像一团温暖的涟漪将她紧紧包裹，动不得，拒绝不得，直到身体突地离地，软绵绵地落入他宽厚的胸膛……

第八章

一寸游离一寸心

第二天苏小南睡到日上三竿，爬起来吃过东西，就摸上了《JK3》游戏。

上午玩游戏的人少，安全区交通状态很好。

她翻阅着聊天记录，看到死神留下的私聊。

“怎么下线了？账号不卖了？”

呃……昨晚被男色诱惑，她怎么就把卖号这茬忘了？于是站在桃花树下，她又开始喊世界卖账号送老公。可奇怪的是，和昨天不同，今儿响应者寥寥无几，几乎没有人问价。

苏小南气得不行，给莫暖打电话把她叫上线：“莫小暖，赶紧把装备还我！不然我爆了你信不信？”

“你舍得？”莫暖穿着她那一套漂亮的“离之火焰”，优雅地原地转了个圈，“这么一个肤白貌美大长腿的妹子，你忍心爆她吗？”

“那我不玩了！你一个人玩吧，不要太想我，被人宰了也不要再叫我！”苏小南直接使出了撒手锏，吓得莫暖虎躯一震：“行啊，装备还你没问题，不过你得答应我一件事。”

“说！”苏小南懒洋洋地回她。

“我也要到你那里去做客……”

“啥意思？”

“任思佳不就住你那儿？她可以，我为啥不可以？”

“……”她可以那是安北城同意的啊！

苏小南呜呼哀哉：“你对吴越还没死心呢？”

“我的男神啊！日思夜想还未睡，哪那么容易死心？”

“要不……打个商量，我陪你睡，你把装备还给我？”

“做梦！姐冰清玉洁，岂能被你玷污？”

莫暖还没有来北邸，下午就来了几个不速之客。

这也是安老太太住到山上后，苏小南第一次见到尤明美过来。

不仅她来了，还带来了安蓓蓓和刚出院不久的霍天奇。

前男友带着现女友去前女友家里做客……这就很尴尬了！

自从霍天奇上次在花园里“遇袭”受伤，苏小南再没有见过他，忙碌这些日子，她都快要忘记这个男人了。所以也总算想明白了，什么爱啊情啊都是假的。一个人首先会优先选择让自己舒服自在的生活，失恋也不过就那么几天，霍天奇对她的伤害值，实在太有限。

“嫂子，听说我哥让你吃了不少苦头，你们……还好吧？”

安蓓蓓似乎已经从爆炸的阴影中走出来，又恢复了娇小姐的范儿，亭亭玉立地站在霍天奇身边，笑容灿烂，一脸阳光，火红的头发像顶了一个大红鸡冠。不过奇怪的是，她今儿没穿高跟鞋，神情好像也变得柔媚了。

苏小南不喜欢安蓓蓓，更不喜欢霍天奇。

所以，对他俩的示好，她僵硬地笑了笑，敷衍两句，就转身去抱安老太太的大腿了：“奶奶，您坐着，我去给您泡茶。”

安老太太点点头，叮嘱她不要累着，就让雪姨招呼尤明美几个坐下，然后又瞄向了安蓓蓓的肚子，不太高兴地说：“听你大妈说，你有了？”

安蓓蓓和霍天奇挤坐在一起，刻意表现得很恩爱：“奶奶，前两天查出来的，才四十来天……”

“哦，婚礼准备什么时候办？”

有了孩子，肯定就要结婚的。之前安家对霍天奇不是太满意，可当今社会，奉子成婚的事儿到处都是，他们不愿意，也不得不落入这个俗套。更何况，谁让安蓓蓓就喜欢霍天奇呢。

几个人商量着婚礼，霍天奇却心不在焉地瞄苏小南。这赤裸裸的小动作，让苏小南又尴尬又讨厌，有点坐立不安了。

“奶奶，我有点闷，出去转悠一下。”

一听这话，安老太太好像心肝被人掏了一样，立马急眼，跟着站起来：“哎哟我的祖宗，哪儿不舒服了？快，赶紧叫医生！”

“不不不，不用！就是坐得太久，有点闷得慌，运动运动就好。”

苏小南忙不迭摆手，看安老太太一副很不放心的样子，赶紧抱着肚子撒娇地哄她两句，然后灰溜溜地溜了出去。

一个人走到花园里，她深呼吸几口，做了几个扩胸动作，寻一个没人的地方坐下，掏出手机打给安北城。

“喂！你们家来客人了。你啥时候回来？”

“你前男友？”他看来早就知道。

“你妹的……男友！他们来谈婚礼的事，我尴尬啊大哥！”

“嗯。”他答声浅浅，似乎不太在意，“不用管他们，看好奶奶就行……对了，你妹妹的校长刚才打电话说同意她复学。不过，我认为她不适合回去，给她重新联系了几个学校，回头你们商量一下。”

“啥？”苏小南一惊，坐直了身体，“你……都弄好了？”

“娶老婆不仅是宠的、疼的，还得想她之所想，急她之所急，不是你说的吗？”

这个回答绝妙啊！苏小南嘴里啧啧有声：“撩妹技巧啥时候点满的啊，安公子？”

“挂了！”

“……”

没有交代没有前奏，苏小南话没说完那头就没了声音。

本来她是想说感谢的。苏薇上学的事儿，她还没有向安北城提起，一来自尊心作祟，不好意思总麻烦他，开不了口；二来苏薇情况特殊，那样被休学的再回去复学，还得面临那件事的余波……

流言蜚语能把一个姑娘推入深渊。

所以，她寻思等事情过去再说，不承想安北城已经帮她想好了。

安北城回来的时候，正赶上饭点。安老太太众星捧月，坐了上首，一家子围坐，气氛较平常更为热络。为了答谢安北城，苏小南今天亲自下厨，一桌子色香味俱全的菜，全出自她的手。

那种成就感，让苏小南心情很愉快。

安北城似乎更愉快，坐下来就腻歪地抱住她，轻轻一吻："老婆，辛苦了！"

啧！这亲热劲儿。苏小南明白——表演时间到，要配合。

她像个小媳妇似的，乖巧地为他夹菜："你看，都是你爱吃的……"

"乖！"安北城拍拍她的手背，随手给她盛汤："先喝两口，润润胃。"

世纪绝种好男人好吗？

苏小南一身的鸡皮疙瘩，还是遵守着职业道德，往他身边靠了靠："谢谢老公！"

两个人走到哪里秀到哪里，其实挺招人硌硬的。可在这张桌子上，安老太太不觉得膈应，谁都不敢膈应。不等他们表达自己的想法，安老太太就笑眯眯地叹了一声。

"看你们小辈的感情好，我老太太心里就舒坦！不过话又说回来，蓓蓓都要办婚礼了，这个当哥哥的却一直拖着，好像不合适吧？"

尤明美听了，立马拉下脸："妈，有什么不合适，他们都领证多久了。"

"领证是领证，喜酒是喜酒。"安老太太也黑了脸，"你这个当妈的不管，我当奶奶的不能不管。哼，我大孙子结婚，连喜酒都没有，成什么体统？你受得了风言风语，我可受不了！"

尤明美喉咙里像堵了棉花，想反驳，终究咽了下去。

见状，安老太太满意了，环视一桌子各怀心思的孙辈，笑着说："依我看，兄妹两个的婚礼，不妨一起办好了，也免得亲戚朋友来回折腾！"

苏小南的头顶，仿佛有三只黑乌鸦飞过。

他们兄妹一起办没问题，可她和霍天奇一起办？

想一想，好像很滑稽啊！

苏小南不想办婚礼，更不想和霍天奇一起。可老太太是个固执狂，她定下的事，就算反对也没用。心里一叹，她索性低头不语，静观事态发展。

果然，她不愿意，有人比她更不愿意。

安北城眉头蹙得死紧："奶奶，我们很忙，没时间。"

安老太太没想到他会反对，微微一怔："那你们自己定一个日子好了。"

"我的事情，我会安排，奶奶你别瞎操心了。"安北城一脸淡然，苏小南却突然强烈地感受到他的不愿意……也就是说，他根本就不愿意办婚礼！

苏小南突然觉得脸有点烫。

臊的！太臊了！就好像当众表白被人拒绝还打了一巴掌。

饭桌上的气氛，明显尴尬了。

在尤明美幸灾乐祸的视线中，苏小南感觉头皮发麻，莫名就有了一种被人嫌弃的错觉。 好在老太太是一个能搞活气氛的人，跟着就眉开眼笑起来，对苏小南的厨艺赞不绝口，大肆表扬一通，又为她夹了一块热窝鸡，适时缓解了她的处境。

"小止多吃一点，别理会那些讨厌的人！"

"……"讨厌的人？是安北城，还是尤明美？

苏小南对老太太的话题跳跃性，经常无法适应，只能满脸堆笑："知道了，奶奶。"

"来，这个也吃一块。看把你瘦的。"

"谢谢奶奶。"

"哎呀，这个菜不咸不淡，刚好适合我老太太的口味，小止做的菜，就是好吃。看来我以后得在北邸常住喽！"

"您要在这儿长住，是我们的福气。"

"这小嘴，真甜，奶奶喜欢。"

安老太太对苏小南额外照顾，完全把尤明美晾在了一边，这让尤明美的脸色极度难看，冷飕飕的眼风不时扫向苏小南，盯得她如坐针毡，不小心嚼着一颗生辣椒，呛得咳嗽不止。

“咯——咯——”她飞快地拉开凳子就跑，“我去下洗手间！”

她拉椅子的弧度太大，砰一声就撞在另一张椅子上，瞧得尤明美当即青了脸。

“没有教过你餐桌礼仪吗？”

苏小南呛得不行，鼻涕眼泪往外冒，被尤明美不阴不阳地一斥，本来想道歉的心思都没了，咳嗽着抽纸巾抹了抹眼睛，反过来问她：“难道餐桌礼仪就是像您这样，啪啪搁碗撂筷子训人？”

尤明美被她反呛，气得脑门都快冲血了。

“怎么说话的，你眼里还有没有我这个婆婆？”

苏小南深呼吸一口气，嗓子都快冒烟儿了：“不好意思！容我先去吐一吐，回来再说……”

她一溜烟跑了，把尤明美气得胸口犯闷，转头剜向安北城：“你再这么惯下去，我看要上天了。你啊，好好管管你媳妇吧！”

安北城从头到尾都没有吭声，听了尤明美的话，微微蹙眉，一本正经地回答：“上天了好，我娶了仙女，你也正好和天庭扯上了关系，不正合心意？”

苏小南径直跑向了二楼自家卧室。

方便完，她洗了个脸，对着镜子照了片刻，情绪才慢慢恢复。

镜子里的脸，还是她自己，不过皮肤白了些，目光似乎也深了些。都说相由心生，大概她也是，在经历了这些事情后，好像整个人都成熟了，就连脾气也有了改变。听见安北城不愿意举行婚礼时，她还可以笑出来……如今的她，懂得掩饰心情了。

唉！毕竟只是“演戏夫妻”，她以为的假戏真做，怎么可能？

觉得自己有些幼稚，她拍了拍脸，嘴角扯出一个笑容，愉快地出了房间。

门外走廊的阴影处，一个男人靠墙斜倚，手上夹着一支冒着火星的香烟，见她出来，他弹了弹烟灰，迟疑了一下，又摁灭烟头，走到她面前：“小南……我们谈谈好吗？”

苏小南此时心里很想骂人。

这是在安北城的家里，他的妹夫霍天奇居然要私下和她谈谈！

她板着脸没给他好脸色："我和你没什么好谈的。霍天奇，好好珍惜你现在拥有的吧，有一个女人愿意嫁给你，愿意为你生儿育女，还不嫌弃你没钱没本事，你就偷着乐吧，别整天出幺蛾子，这山望着那山高，吃着碗里看着锅里……"

霍天奇伸手拉她的胳膊："小南，你别激动，先听我说，我只是关心你……"

"别碰我！"苏小南退开一步，猛地推他，"你再这样拎不清，我真的会恶心你。说实话，你劈腿也就劈了，反正我也没多爱你。一别两宽，各生欢喜，姐输起得！可你现在做的事，太王八蛋了，比劈腿还让我恶心……"

被苏小南训得跟犊子似的，霍天奇脸上的表情很精彩。

"在你心里，我就这么不堪吗？"

"哪有。"苏小南讽刺，"说你不堪，那不是抬举你吗？"

"……"

"在这个没车没房没存款都不好意思娶老婆的年代，你就付出一个并不怎么美好的肉体，除了上床啥正经事也没干，平白得了一个有脸有身材有财产的老婆，我都快要羡慕你了，你怎么好意思三心二意？"

话虽然说得丑了点，可苏小南全是由衷之言。

霍天奇很优秀没错，但那也只比普通人优秀了那么一点点。如果不是安蓓蓓看上他，这个时候他依旧骑着电动摩托挤着夜市住着廉租屋挨着上司的训穿着打折买来的衣服喝着快过期的啤酒唱着颓废的小情歌，哪里像现在这样人模狗样浑身奢侈品凡事讲格调出入有豪车还没结婚就有了房？

"做人不要太贪了，什么都想要。心安理得地享受安蓓蓓带给你的物质，又想追求安蓓蓓没法给你的感觉，你咋不上天呢？"

她全程戏谑，却被霍天奇听成了酸味。他眯眼盯她一秒，用了一个自认为最帅的姿势靠近她，一只手撑在墙上，微微低头，一副深情相许的样子："小南，感情的事，我勉强不了自己……"

“你们在做什么？婊了！”

一声怒吼，打断了霍天奇的话。

苏小南偏头一看，就看到了顶着火红“鸡冠”的安大小姐。

需要解释的人，不会听解释，能听解释的人，不需要解释。

苏小南对这两个奇葩，半个字都懒得说，推开呆怔的霍天奇就想下楼。可安蓓蓓偏偏挡在楼道上，眼看苏小南要离开，伸手拽住她：“你站住！不说清楚就想走？”

女人何苦为难女人？有气为啥不冲她男人开火？

换了苏小南，一个巴掌冲上去就揍霍天奇了。

结果安蓓蓓这女人能做的，也只是为难女人而已。

苏小南本来懒得理她，可看她骂骂咧咧的样子，气得血液上涌，在楼道摇摇欲坠，突然有点害怕小言情节上演——滚楼流产豪门恩怨。

刚想到这里，气急攻心的安蓓蓓脚下突然踩空，真的往后一仰。

苏小南暗道一声好狗血，来不及多想，飞扑向她。

算她有本事，把人拽住了，但安蓓蓓比她重，怀孕后身体更是圆润，她后仰的姿势没变，把苏小南也跟着带了下去。苏小南一惊，想到她肚子里的宝宝，猛地抱紧了她，自己垫在她下方。

“啊！啊！啊！”

安蓓蓓惨叫声不断，但最后“流产”的是苏小南。

餐厅的众人赶到的时候，苏小南护着肚子，被安北城纳入怀里，见该来的人都来齐了，索性将头一软，靠在安北城的肩膀上，目光幽幽地说：“好痛！老公，我好痛啊……我的肚子……好痛……孩子……没有了……”

安北城目光一深，抱起她大步奔了出去。

于是，苏小南真的“流产”了，心疼得老太太恨不得把那楼梯给拆了，拄着拐杖足足骂了安蓓蓓至少十五分钟才停下来。

安蓓蓓一直没有回嘴。

对于两个人发生冲突的原因，她和霍天奇都只字未提。在老太太的再三询问下，她摸着自己的肚子良心发现，编了一个“因为踩着裙子”的借口应付，还说嫂子是为了护住她才流产的。

这样一来，苏小南的形象倏地“伟岸”了。安老太太又心疼，又叹气，夸孙媳妇品行好，可惜自个儿没机会见天的曾孙子，难过得差一点就犯了病，结果被强行送回房间休息……

“所以呢，假怀孕的事解决了，我也就可以不用参加集训了吧？”靠在床头吃着水果“坐小月”的苏小南，双眼亮晶晶地望向安北城，满满的期望。

“当然……”安北城对她深深一瞥，“不可以。”

“哪有这样的？万恶的封建社会产妇也能坐月子，资本家也允许员工请产假，咱们怎么着也是社会主义，就不能人性化一点？”

她小脸皱成了包子，那煞有介事的样子，瞧得安北城狠狠挑眉：“苏小南，你够了啊！”

“我不够！我怎么能够？我坐月子呢，喂，你什么态度啊你！”

一个栗暴砸在她头上，安公子面容冷峻而严肃：“苏小南同志，该回地球了。”

心里骂着娘，苏小南语气却一本正经：“不好意思，表演太专注，上了天就差一点回不来。我还以为我真的流产了呢！”

安北城眉一挑，不理她。

“不过——”苏小南偏着头，嘴角带笑，顾盼间全是娇俏的调侃，“安北城同志，你看我这么卖力演出，就不能发点奖品吗？当然，奖金也行，我都可以将就。”

安北城轻拍一下她的头：“苏小南同志，你的思想太腐化堕落了，革命需要奉献精神。”

“嘿嘿嘿，这不都为了向你看齐嘛，你看你这么风度翩翩，富贵逼人，风流倜傥，才华横溢的……我也需要用金钱来堆积一下人格，用物质来打造一下魅力，以求和你匹配，更好地发挥职业能动力，为社会主义事业添砖加瓦嘛……”

安北城嘴角一抽：“要钱也说得这么高尚，丢人！”

“好！我有错就改。”苏小城挺直脊背，冲他认真敬礼，“请领导批一点资金给我改造人格！”

安北城默了一瞬："我瞧着，你怎么一副小人得志的样子？"

"不，这叫坦诚。我俩不是说好，要坦诚相待吗？"

"坦诚……嗯，我喜欢坦诚。"安北城说话的时候，一如既往地刻板冷漠，可他伸入被子里的大手却不太规矩，直接扯向了她的睡衣扣子，"时间还早，我们来坦诚相见吧。"

"……"

第二天醒过来时，苏小南头痛欲裂，软趴趴的样子，真像一个流产妇女了。

看着镜子里自己那一副被蹂躏过的样子，她恨恨地骂："安北城！下次看姐怎么拾掇你。"

安北城当然已经不在卧室里了，如果他在，苏小南也不能这么吹牛，毕竟跟他过招的画面太醉人，她都替自己感到丢人。

敲门声打断了她躁动的思绪。

她回头看一眼房门，赶紧又爬回床上去躺好，压着嗓子有气无力地应："谁啊？"

外面传来田甜的声音："太太，有一位莫小姐找你。"

来得好！正好可以陪她坐月子……呃，打游戏。

三分钟后，门被打开了，伴着一阵香风扑进房间的女人，除了莫暖还有任思佳，两个女人在楼下客厅里已经愉快地攀谈过了，好像关系处得不错，一起上来慰问苏小南。

"宝贝儿，想死我了。"莫暖扑上来就是一阵狂抱。

"轻点轻点！我的祖宗！"苏小南龇牙咧嘴，抽气不已，"不知道自己体积大啊？开门就见一堆肉向我袭来，还要不要活了？"

"你找打？"莫暖咬牙，一字一顿道，"我最讨厌人家看不起我的肉了！苏小南，我有说过你胸小吗？"

苏小南斜眼："要互相伤害是吗？"

"怼你，老娘未必还怕？"

"噫，啥时候长本事了？"

看她们嬉笑，田甜准备好茶水果点，就懂事地带上门离开了。

没有了外人，苏小南飞快掀开被子跳下床，挽着袖管就要大战三百回合："来来来，胖妞儿，咱们上《JK3》……你用我的电脑，我用安北城的。"

"看你猴急成这样！"

任思佳和莫暖都忍不住嘲笑。

苏小南却不以为意："你们是饱汉不知饿汉饥，根本就不明白一个长期失去自由的奴婢是多么悲催，是多么喜欢自由地玩游戏……"

她说着，趴到工作台上打开了电脑。

然后，她愣了一下："这个死神脑残啊！"

"怎么了？"莫暖凑过来，瞥一眼她的电脑屏幕，意味深长地笑，"我说姐们儿，你今年的男人缘不错啊，如果忙不开，把这个死神让给我吧，我脸大，不怕骚扰！"

苏小南瞪她一眼，没工夫和她玩笑。就在刚才，她发现死神这个ID给她邮了一大笔游戏币，还在她的账号上充了几千块人民币，并附上一套名为"焚情"的极品装备以及一句温馨留言：

"不要卖号行吗？离开他，嫁给我！"

苏小南几乎是崩溃的。

不是因为死神要娶她，而是因为……死神怎么知道她的游戏账号？

"要不，你就嫁给他吧，我觉着这个死神比天涯一杀更靠谱啊！温情脉脉的样子，啧，这求婚的姿势漂亮！"

莫暖在边上怂恿着苏小南，顺便为完全不懂游戏的任思佳解惑，见她听得津津有味，很快就帮她注册了一个小号，并承诺在苏小南集训的三个月里，友情带升级，带搞装备，顺便撩帅哥……

两个女人聊得兴高采烈，苏小南却苦瓜脸："可纠结死我了。"

莫暖翻个白眼："纠结啥，嫁就嫁，不嫁就不嫁呗。"

"你懂个屁！"苏小南捂脸，"我只想要装备，不想要人！"

"我说，你能不能假装要一下脸？"莫暖问，"你这才叫饱汉不知饿汉饥呢。我好端端一个黄花大闺女，你非得让我起一个这样的名字，害得我一个帅哥都泡不到，都快沦为一只万年单身狗了！"

苏小南干笑着，正准备把装备和游戏币退给死神，他就来消息了："换上装备，来帮我杀人。”

PVP 这种事，苏小南一听就热血冲头，劲头十足。可没有想到她冲到刀光剑影的现场，刚甩出一个炫酷的技能，就被对方血条旁边的名字给噎住了。

天涯一杀?

她之前只顾着看装备，没有注意系统提示，哪晓得这厮上了游戏，还是死神让她帮忙 PK 的人。

苏小南眉头跳了跳，心里顿时生出一种不祥的预感。

果然，下一秒就看到天涯一杀发来消息：“怎么，想谋杀亲夫？”

“……”

亲夫？苏小南牙根有些痒，却懒得解释，给自己加满状态，想也没想就朝他杀了过去。莫暖这个时候才反应过来，当然帮亲不帮理，也加入了战斗。然而，这也只成就了天涯一杀“杀神”的美名而已。

他们三打一，除了死神血皮厚没有“光荣”之外，莫暖那货被天涯一杀抽冷子杀死三次，苏小南也死了一次。这圣手级的操作啊，太溜了！从生气到佩服，苏小南总算是服气了，看到自己躺在地上的“尸体”，她慢慢敲出一行字。

“哎，等会儿 PK 完了，咱俩去把婚离了吧？”

“理由！”他居然破天荒地回答了。

“哪来什么理由，游戏嘛，高兴就好！”

“你想嫁给他？”

他？苏小南一头黑线。

其实她并没有这样的打算，不过刚才和死神一起组队打他，这个时候再解释和死神没有关系，好像有点欲盖弥彰，显得特别矫情，更何况，一个游戏，她没必要解释。

“当初结婚是为了搞装备，你是知道的。现在我有装备了，当然离了更自在喽。”

这一次，天涯一杀没有回答。

苏小南快败给他了，正准备再说几句，就看见一条全体消息。

天涯一杀：各位，我想说一下，和尚是我的老婆，不管我在不在线，谁欺负她，就是欺负我。谁想趁我不在，挑拨我们夫妻感情，那也别怪我不客气。

“和尚是他的老婆……杀神，这画风有点歪啊。”

“和尚真幸福，你老公对你真好。老公，你学着点儿啊！”

苏小南看着七嘴八舌的聊天，脑袋都大了。

她啪啪敲字：“大哥，你没毛病吧，游戏而已——”

“下次再敢提离婚，我不会用这么温和的方式来解决。”

“……”这叫温和的方式？

苏小南饶有兴趣地问：“那你粗暴起来什么样子？”

半晌，对方回：“我粗暴起来，只剩下粗了！”

“……”

“啊啊啊，这杀神好浪！我喜欢！”

在莫暖的大笑声中，苏小南结束了上午的游戏。

三个女人一台戏，三个聒噪的女人在一起，就是连续剧。

她们吃饭、笑闹、侃大山、玩游戏……闹得天昏地暗，莫暖兴致上来了，晚上都没舍得回去，一副要在北邸吃住养老的意思，瞧得苏小南哭笑不得。不过，她憨态可掬的样子很得安老太太喜欢，老太太喜欢热闹，叫人为她收拾了一个房间出来，并热情邀请她多住几天。莫暖也不管是不是别人的客气话，愉快地住下了。

“哦啦啦！好爽！”

她高兴了，苏小南的日子就没那么好过了。这货惦念吴越，每时每刻都在念叨吴越什么时候才会来，念到最后，居然对苏小南展开施虐似的逼迫，要她色诱安北城再命令吴越到家里来……那发了疯的花痴样子，让苏小南无言以对。

“姐们儿，我严重怀疑你脑子结构有问题啊！怎么会迷恋一个男人迷恋成这样？”

她长这么大，喜欢也好，爱也好，似乎从来都是淡淡的，不浓烈，也不刻骨铭心，说放手就放手，归根到底最爱的人还是自己。所以，她从来没有体验过对谁入骨的喜欢，很不能理解莫暖的行为。

“你是个冷血动物，当然不懂啦！”

莫暖瞪她一眼，又笑吟吟地环住她：“南子，之前我以为他和任思佳搞上了，其实是准备放手的，可我刚刚知道，任思佳和吴越根本没事儿。既然这样嘛，嘿嘿嘿，别怪姐姐我不客气，要把他斩于裙下了！”

她搓了搓手，一副恶霸地主抢亲的表情，看得苏小南直翻白眼。

“咱要点脸，行不？”苏小南嗔她，“还有暖暖，吴越这家伙太花心了，不适合你。你追他，还不如去追伍少野，再怎么说，伍少野还没有谈过恋爱，说不定还是个处呢。”

“那个我可 hold 不住——”莫暖始终觉得吴越纨绔的样子更得她心，“我就喜欢吴越。”

“两个人长得一模一样，有多大差别？”

“差别大着呢。感觉！感觉你懂不懂？我和吴越那叫……气场相合，能产生强烈的化学反应，这是没法用科学道理来解释的，你不懂啦。”

苏小南呻吟一声：“大姐，你行行好，放过我的耳朵吧。”

“大姐，你行行好，帮我把他约过来吧。”

“……”

说约就约。

苏小南信守承诺，却不方便直接打电话约吴越，只能曲线救国，从安北城的身上“下毒手”，没想到，听完她的叙述，安北城当即就严肃地——同意了。

“出卖兄弟的性命不行，但贞操——可以。”

北邸是一个吃喝玩乐的好地方。

安北城有约，几个人早早就到了。苏小南在“坐月子”，不方便下楼，莫暖和任思佳代表她下去陪客了。客厅里有田甜准备的水果、点心和茶水，可客人们都没有动。在美女面前，男士们都很优雅。女士们呢？在帅哥面前，似乎也少了疯劲儿，平常疯疯癫癫的莫暖，坐姿都雅致了不少。

吃饭之前，安瑜也被召唤回来了。

安老太太笑得眯起眼，热情地招呼着客人，皱纹都灿烂了起来。

她本质上是一个和善的老太太，也不肯服老，喜欢和年轻人在一起玩玩闹闹——当然，令她最高兴的是，女儿来了，还没有“到手”的准女婿雷荆山也来了。夹菜、倒酒，她怎么看雷荆山怎么顺眼，那热络的样子，瞧得安瑜头皮都麻了。

剩下的几个年轻人，也一个赛一个嘴甜，哄得安老太太脸上笑开了花。

有吴越在的地方，莫暖恨不得把眼睛黏他身上，奈何——吴越并不接招。

他是个情场高手，对姑娘的示好早就习以为常，也早就看出这个姑娘对自己有意思了——他不讨厌莫暖，甚至觉得她性格开朗又爱笑，圆圆胖胖的脸就跟那国宝似的，很招人喜欢……可喜欢归喜欢，与男人对女人那种喜欢不同。

做朋友吃吃喝喝可以，别的嘛，好像提不起劲儿。

没办法，一胖毁所有，尤其莫暖还坐在任思佳和安瑜中间，那纯粹自作孽，不可活——

安瑜是保养得宜的大明星，身材纤细玲珑，任思佳个头高挑，天天健身，也拥有一副令人羡慕的好身材。俗话说：不怕不识货，就怕货比货。莫暖往她二人中间一坐，简直分分钟把自己的体积扩大了不止两倍。

任思佳瞄一下莫暖，突然轻笑一声，用胳膊肘推了推她：“小暖，你不说你电脑有问题吗，一会儿吃过饭找吴队帮你看看吧，他电脑精着呢。”

“啊！”莫暖含着一口饭，差点噎住。

“我，我的电脑……”啥时候坏了？

可不等她把疑惑说出口，任思佳就笑着打断了她：“别不好意思了，有啥嘛，大家都这么熟了。”

说到这里，她扭头看向吴越，那轻笑的眉目带着满满的试探：“我说得对吧，吴队？”

“对，太对了。美女说什么都是对的。”吴越笑得神采飞扬，“修个电脑而已，小意思！莫小姐甭跟我客气，吃过饭拿来吧，反正我闲着。”

莫暖怔住了。

老实说，任思佳会帮她，她又意外又感动。然而，她的电脑分明好好的啊，怎么拿给吴越修？人家既然是电脑高手，不是一眼就看穿了吗，那多丢人啊！

可求都求不来的好事，拒绝就有鬼了。

她心里唏嘘一声，只能对不住电脑了，脸上却是羞涩的笑："那就先谢过吴队了！"

晚饭结束，除了简聪有工作离开，其余几个都留了下来。从某种意义上来说，北邸不像安北城的家，倒像他们共同的住所或者临时办公地。他们都习惯了，喝了酒不方便开车，留下来该做什么做什么，丝毫不会拘束。

吴越去帮莫暖修电脑了，安北城也上楼去看苏小南了，雷荆山一个人有些无聊，从餐厅出来，莫名觉得天空阴沉沉的，有些压抑般不舒服，又说不上来哪里不舒服——难道是因为饭桌上，安瑜没有理会他？

北邸的花园很大，花木扶疏，花台精致，草木都修整得极为别致。

他慢吞吞往深处的亭子里走，人还没到，远远就看到有人捷足先登了。

一个女人倚靠着亭子的柱头，柔粉色的裙子似乎嵌在银白色的皎月之中，光影润泽，漂亮得像一个落入凡尘的仙子，那精致的侧脸，微微垂头时不胜凉风的娇媚，让雷荆山几乎不会动弹了。

"你傻乎乎地看我做什么？"安瑜轻哼一声，站直身体质问他。

雷荆山回过神来，有些狼狈地搔了搔头，不经大脑就回答了："小姑姑生得好看——"

"……"安瑜抿着嘴唇看他。

原来他也不老实？或者说，他的老实都是装的？看着他呆呆憨憨的样子，安瑜提了一下裙摆，慢悠悠走过来，在经过他身边时，心念一动，又倏地转头，不死心地想再试探他一下。

"雷队长！"她轻声喊他，嗓音如黄鹂出谷，软得能把男人的骨头听酥。

"你，你有啥事？你说。"雷荆山发现自己的舌头都不利索了，也不明白为什么每次在安瑜面前都会出丑，这让他分分钟恨不得夹着尾巴逃跑，偏偏脚却不听大脑的使唤，看着她俏丽的脸蛋儿，怎么都迈不开脚。

安瑜眼睛一眨不眨地观察着他变幻的表情："没有选择跟我好，你是不是后悔了？”

“……”

“我今天心情好，想给你一次补救的机会。”

“……”雷荆山愣愣看着她。

“今天晚上，我在房间里等你。”安瑜眨一下媚眼，“不见不散——”

话说完，她优雅地挥一挥手，扭着细腰走了。

只留下雷荆山一人站在那里，着了魔似的，有点不相信自己的耳朵。

安北城刚进房门，苏小南就弹跳下床蹦向他，紧紧扯住他的胳膊一脸八卦地问：“怎么样，怎么样？他们相处得怎么样？”

安北城低头看着她抓在胳膊上的手，淡淡睨她：“没戏。”

苏小南心里一沉：“一点都没有吗？我们家莫暖除了胖，还有别的毛病吗？”

“苏小南。”安北城看她的目光意味深长，“别人的感情，你少操心。有空把自己管理好！”

苏小南抬了抬眉头：“像我这种优秀得人神共愤的奇女子，还需要管理吗？”

“奇女子？”安北城冷哼，摸了摸她的头，“会不会少了一个葩字？”

“……”苏小南不高兴地瞪他，“安北城，我有没有告诉过你，我最不喜欢被人摸头？”

安北城又揉了一下，进去洗澡了。

一个人坐在沙发上，苏小南的心情有些复杂。

安北城说，莫暖和吴越不是一个世界的人，不适合在一起，那他们俩呢？在他内心深处，其实也觉得他们不是一个世界的人吧？所以，安老太太要为他们准备婚礼，他才会一口拒绝吧？

望着窗户，她久久没动，等安北城洗完澡出来，她还维持着那个动作。

安北城眸子微微一眯，擦着湿漉漉的头发过来，把毛巾递给她，懒洋洋地坐下来：“吹头！”

“……”

这命令的祈使句，忒招人恨！

苏小南给他一个卫生眼：“凭什么？”

安北城静静看她片刻，突然偏头凑到她的耳边：“苏小南，你为我吹头，我等会儿带你看好戏，怎么样？”

“什么好戏？”

在苏小南心里，安北城是一个严肃刻板的男人，像个老干部似的，一言一行都遵循着某种法则，不触黄线，不苟言笑，让人极难亲近。可他居然会有这么孩子气的一面，要带她去看雷荆山和安瑜的好戏，实在太难得了！

知道了真相的苏小南，眼泪都差点笑出来。

躺在监控室里，她看着雷荆山走过长长的走廊，停在安瑜的门口，心都悬到了嗓子眼儿里，可他还没有动静，也不敲门，就站在那里像风化了似的。

苏小南打个哈欠，用胳膊捅安北城：“哎，我们打个赌呗。”

“嗯？”他懒洋洋的，“赌什么？”

“赌雷队到底会不会进去，怎么样？”

“这很难赌。”

“为啥？”

“因为监控又拍不到小姑姑的床。”

“……”苏小南上下打量他，“你这思想意识太超越普通人的感知范围了吧？我完全不能理解，你是怎么从我纯洁的话里领悟到内涵，再上升为腐朽坠落的思想的？”

“不是你说的？”

“我说什么了？”

“你那鬼心思，我还不了解？”

“我谢谢你了，安公子，你还是别太了解我了，再了解下去，我怕你会爱上我。”

“这个你大可放心。”安北城嘴角一勾，“我审美观一向正常。”

苏小南差点迷惑在他的盛世美颜里，愣了一下才反应过来，气咻咻地咬着牙。她正在搜罗脑子里那些骂人的库存，就见安北城突然板着脸望向显示屏："敲门了。"

啊啊啊！苏小南兴奋起来："小姑姑开门了，开了！高潮马上来到。"

她盯紧显示器，正准备看清楚一点，办公室里突然一黑。

光线没了，显示屏黑了，什么都没有了，四周一团漆黑。

"怎么回事？"她听见了自己相当不满的声音。

接着，又听见安北城像在对弱智解释："停电了。"

"怎么会停电呢？"

黑暗中，苏小南快要控制不住体内的洪荒之力了。

安北城却云淡风轻道："现在可以赌了。"

"赌什么？"

"进去，还是不进去……"

"停电了！"雷荆山也惊了一下，回头看一眼漆黑的走廊，疑惑地小声喃喃，"不应该啊，就我所知，北邸从来没有停过电。小姑姑，我拿手机给你照着亮，你进屋休息一会儿。我下去看看，到底咋回事。"

好不容易来了。

好不容易鼓起勇气敲了门。

好不容易等到安瑜开了门。

他居然要走！

安瑜的内心是诧异的——是真会装，还是真老实？

"雷荆山，你等等——"安瑜有点害怕黑暗的环境，喊住他，"你都来了，就没什么要对我说的？"

雷荆山一怔，挠了挠头："没……我来是怕你一直等着我，我得来给你说明白。"

"……"安瑜恨不得咬死他，雷荆却嘿嘿一笑，不顾手腕上的疼痛，也不急着把手抽回来，只笑望着她："要不，你还是包养我吧，我假装你的男朋友，就像以前一样，帮你应付老太太。"

包养？安瑜觉得这词不符合他的人物设定。

迟疑一下，她公事公办地问："你要多少钱？"

雷荆山抿了抿唇，慎重地回答："我不要钱。免费！"

这就尴尬了。

安瑜哭笑不得，正想戏谑几句，突然发现有人走了过来，她拽住雷荆山就往里一扯。

"不好，有人来了，快进来！"

停电对整个北邸的人都是有影响的。

现代人都睡得迟，手机族多，刷刷微博、看看朋友圈，没有熬到晚上12点，都不好意思说自己是正常人。所以，除了一小部分早睡的外星人之外，大部分人还醒着。就连平常早睡的安老太太都还活着，哦不，还醒着。

吴越在她的房间里，给莫暖修电脑。

对，他们修电脑了。莫暖回房就把电脑抱起来，喊了三声"对不起"，然而拼命砸了无数次，电脑依旧坚挺，她又胡乱逛了一些不可描述的网站，终于搞了一身的病毒木马，然后把电脑抱去了老太太房里，等吴越来修！

可停电了，修什么修？

所以，过来的人，正是看情况的吴越，他视力好，也正好看清把雷荆山扯入房间的安瑜。

"大熊、小姑姑？你们两个在房间？"

气氛诡异……

接下来这些天，莫暖几乎驻扎在了北邸，安老太太、任思佳也在她的带领下，从游戏菜鸟慢慢发展成了游戏玩家。至于安瑜和吴越，前两天跟的时间长，后来他们各自有事，上游戏的时间就少了些。

至于苏小南嘛，等坐完"小月"再回去参加集训，那边已经进行了一半。

她是直接从中途插进去的，还是野狼组，七个组员里还是有一个阴魂不散的陆启。

这样的巧合，让她都不敢相信是巧合了。

小跑着进入丛林，她放慢脚步，等陆启跑到身侧，突然问："你没做手脚吧？"

“嗯？”陆启似乎没有听明白，“你说什么？”

夜色下，苏小南看不清他的脸，哼哼着，又懒洋洋地说：“我说我和你分到一个小组，也太巧合了。会不会是你从中做了手脚？”

陆启一怔，语带讥诮：“你也太看得起自己了，你凭什么认为……我非你不可？”

这画风的突变，让苏小南有些不适应。

前一阵子不还是她的“迷弟”吗？怎么突然对她不屑一顾了？苏小南仔细想想，陆启是好久没有找过她了，当然，这一个月他在集训，也没有机会找她。不管怎么说，人家义正词严地否认了，她就有了自作多情的嫌疑。

“你没有那就最好了。”苏小南不轻不重地说，“保持距离，免得大家都不好做人。”

“你想太多了。”陆启声音淡淡的，似乎还冷笑了一声，“不过我警告你，野外生存不比别的科目，一切凶险都未知。你好歹是我妹妹，我可不想给你捡尸体。”

“我怕什么？！”苏小南将他的话怼回去，“我不是有哥哥在队里吗？”

几个小时的行进后，苏小南就有些受不住了，她将重重的背囊抵在土坡上，身体倒上去靠着，大口大口喘气：“哎，我说，各位！”

小组的另外六个战友同时回头看她。

“咱们休息休息再走？”苏小南呼吸不匀，抹了一把额头上的汗水，又仰着脑袋看了一眼从高大的树冠中射入的阳光，“咱们一口气走这么远，可以歇一会儿了吧？”

班长是一个高大健壮的汉子，叫瓦格。他看了看腕表，板着脸道：“我个人意见，趁着第一天体力好，多走一段路，最好不要休息。赶在别的小组前面，会少遭遇袭击。你们的意见呢？”

在他们奔向目标的时候，伍少野带领的“敌军”会向他们展开疯狂的搜索和袭击。他们要一边掩藏行踪一边前进，那么从概率上来讲，掉在后面的人，肯定更容易挨打。

瓦格的话，得到了同组队员的认可。

“班长说得对，我赞同。”

“我赞同！”

“我附议！”

陆启看着苏小南热红的双颊，稍稍迟疑道：“我认为我们可以稍作休整。”

在几个队友不太满意的目光中，他扶了扶头上的帽子，望向坡下，接着说：“我们的储备水都差不多喝光了，接下来的路程，不一定会遇到水源，而这里——”他的手指向坡底一处灌木丛，“根据我的经验，附近应该有水。”

由于天气酷热，他们唯一的一瓶纯净水基本都见底了。而比起食物来说，水更重要，缺少食物，人不会马上饿死，缺水却会让人死得更快。

听了陆启的话，几个战士兴奋了：“你咋知道有水？”

“看那一片绿植的颜色，还有那个叫纸莎草的植物，一般在水边才会生长。”

身为 West Point 的高才生，陆启经过大大小小形式不一的野外生存训练，可以说在这一组人里算是尖子中的尖子。大家都知道他的履历，对他的话也深信不疑。在瓦格的安排下，两个人负责下去找水，进行检测和过滤，两个人到坡口去放哨，另外三个人去附近转悠，看能不能找到果腹的食物。

任务分配完毕，各自行动。苏小南是个女同志，被分配去放哨，和她同行的人，是陆启。

两个人往坡口爬时，不约而同地选择了沉默。一直到苏小南拿望远镜观察，突然发现一群荷枪实弹的“敌军”正往他们的方向潜行而来。

“不好，老鹰来了，快撤！”

听她声音略带紧张，陆启拍了拍她的肩膀，拿出无线通话器。

“01，01，发现老鹰踪迹，正向我方行来！注意隐蔽！”

无线电流的嗞嗞声后，苏小南偏着头，侧耳倾听。

通话器里，很快传来几个队员的声音。

“01 收到！ 01 收到！ 03、05，汇报情况。”

“03 已找到水源，装满水。完毕！”

“报告 01，报告 01，03 想在水里洗澡！完毕！”

“滚蛋！ 04、06 汇报情况！”

“报告 01，没有发现可充饥的食物，树皮草根除外！完毕！”

“01，01，不到万不得已，不用挖草扒树背着走吧？完毕！”

“就你话多！完毕！”

01 正是组长瓦格，他清晰的命令声从通讯器里传来：“两分钟后集合，注意伪装，不要暴露目标！完毕！”

“02 收到！”

“03 收到！”

“04 收到！”

……

一阵杂乱的电流声后，通话结束。苏小南将望远镜挂在脖子上，慢慢往坡下走。丛林昨晚有雨，下坡的路异常湿滑，她背着个大行囊，有一种欲哭无泪的感觉，气恨得直想骂安北城的娘。

“来，手给我。”掌心上有薄薄的茧，看得出陆少也是长期锻炼的人，而他在这个时候伸出的手，对于苏小南来说，也是一种诱惑。

她怔了一秒，笑着摇头：“谢谢！我不敢作弊。”

陆启双眼微微一眯，慢吞吞收回手：“你不要以为我想帮你，我只是不想你连累我，连累大家。”

这厮还真的换画风了？一路上但凡说话就没有不损她的。

不过，这样也好，免得大家尴尬。

苏小南笑着回应：“谢了您嘞！把心放肚子里吧。”

回到集合地，几个队友都已经到了。打水的两个战士把经过简易过滤的水发给大家，大家小声讨论了几句，扎好越来越瘦的腰，再一次出发。

这一次的气氛比之前更为紧张，七个人，按三三队列行进，互为掩护。每个人的头上都扎满了树枝伪装，路上基本无话，一切行动与指令，都用手势来解决。

苏小南警惕地跟着队伍，可能因为紧张，反而不觉得累了。

突然，前面的陆启扬起手，做了一个“停下”的手势。

六个人都屏气凝神地停在原地。

陆启回头，小声说：“前方 500 米，有雷达监控。附近应该有敌军的重要据点，或者补给站！”

苏小南探头看了一眼，前方是一个小山坡，绿树覆盖，凭双眼肉测，哪有什么雷达监控。迟疑了一下，她趴在树丛后面，拿起望远镜一看，不得了，雷达她是没有看到，却看到了树丛里，几个敌军的巡逻哨。

“牛！”她情不自禁对陆启竖了一个大拇指。

“怎么办？我们绕过去，还是——”

“绕过去，会多走很多路，也不见得就不会遇到别的敌军。”

对于他们来说，时间紧迫，绕远路等同于自我了结。可如果不绕过去，区区七个人，每个人身上的空包弹也只有少得可怜的 20 发，怎么对付一个雷达监测站的“敌军”？

陆启突然扬了扬眉头：“我的意见是拔掉钉子，抢点粮食和弹药再走！看你们意见。”

“嗯？”几个人都呆住了。

野外生存训练，可以抢“敌军”粮食弹药的吗？

瓦格有一些犹豫：“这算不算违规？”

陆启抿了一下唇，微笑时双眼很亮，有种意气风发的气势：“没有人告诉过我们不可以，那就可以。对待‘敌军’，不能心慈手软，该抢的时候，就得抢！”

几个人被他的语气逗乐了。

“对，抢！野外生存嘛，为了生存啥事儿干不出来？何况又不是抢老百姓，抢个‘敌军’算个啥？！”

为了肚皮，几个人打起了“敌军”的主意，五分钟时间就把详细计划制定了出来，最简单，却也是最有效的声东击西。一个人负责放枪引诱，等雷达监测站里的“敌军”追击，其余人再从侧面潜入监测站，实施惨无人道的就地爆破与抢劫。

然而最大的问题是，谁去做饵。

这个人稍不小心，就有可能“阵亡”。

“我去吧。”苏小南看了看几个队友，“反正阵亡就有好酒好菜了，我不怕。”

“……”瓦格琢磨了一下，“你是个女同志，不合适。”

“女同志咋了？”苏小南眉梢上扬，将背囊一勒，就往坡上爬，“大家不要争，按计划，行动吧——”

从林里的雷达站里，几个哨兵走来走去。

静静蛰伏片刻，苏小南挂着伪装树枝的脑袋慢慢探出草丛。

监测站房子是木板搭建的，外围全是树木和树枝混搭，上面搭着厚重的枝条，也不知道里面有没有补给物资，又有多少守卫战士。观察半晌，她慢慢将身体缩回草丛，再小心翼翼摘下无线通话器。

“呼叫01，呼叫01，07已顺利到达指定地点！完毕！”

“01收到，01收到，07汇报敌方人数！”

“哨兵四个，分两组，不见其他人。完毕！”

四个？小组战士都蠢蠢欲动。

四个守卫的话，那就太容易搞定了。

没听到瓦格的声音，苏小南想了一下：“呼叫01，呼叫01，对四个敌军用声东击西这么高端的战术，会不会显得太严肃了？”

“你有什么好建议？”

“要不……我用美人计？！”

“……”

通讯器里一片宁静。

隔了几秒，听到瓦格低低笑道：“可你是个爷们儿啊。”

苏小南：“万一他们就喜欢爷们儿呢？”

“别扯淡！原计划，行动！”

“是！”

苏小南深吸一口气，稳一下心神，双目熠熠地盯着几个哨兵然后站起身来，飞快往左边坡下跑——下坡的路，跑得更快。一直跑出相对安全的距离，她对着天上开了一枪。

清脆的枪声响彻树林，引起了哨兵的注意。

“有人开枪？”

“是！3点钟方向，03式5.8mm自动步！”

这些哨兵也来自红特，个个都是老兵，相当敏锐，一声枪响就判断出枪声的方位与枪的型号：“稀奇了！兔子自动跑狼窝里来，还敢放枪！”

“快追，甭废话！”

这个监测站的人确实不算多，统共也就两个班的战士，而且一部分人还在休息。所以，苏小南的声东击西也只引走了五六个人。

“喂，你们别追我！”她大声喊，“我就是肚子饿了，来偷点吃的。”

“哈哈！”屁股后头传来一阵爽朗的笑声，“那你跑什么？留下来吃晚饭啊！”

“好意心领了，不如下回。”

她一边跑一边肆无忌惮地唠嗑，这近乎自杀性的引诱，不仅引走了几个战士，也把留在原地的哨兵们的注意力转移了，他们看着兜圈的人，甚至笑着聊起天来，直到监测站后方突然传来一声巨响——他们竟然被“敌人”神不知鬼不觉地摸进去，引爆了监测站。

两个班的人马，全部“阵亡”了。

哦不，还剩下四个。

可不等他们回防，就被枪口对准了脑袋。

“不许动！你们被俘了。”

中了“敌人”的奸计，还能怎么办？四个哨兵放下手上的枪，有点郁闷：“我说，兄弟，可以选择阵亡吗？”

“可以啊！”瓦格笑了笑，“不过我建议还是不要浪费弹药了。”

“好吧……”哨兵悻悻地原地坐下，看向瓦格和陆启那一身的狼狈，“哥儿几个身手都挺利索！可为啥让一个女人为你们去挡子弹？”

说到女人，瓦格眉头就皱了起来，他偏头看向陆启：“02，你带05、06去接应一下07。我在这儿等。”

陆启嗯一声，领着人走了。

剩下的几个人席地坐了下来。这时，背后一群睡梦中“阵亡”的“敌军”骂骂咧咧地走了过来，瓦格赶紧给“敌军”一人一个笑，然后屁颠颠带着人过去收缴胜利果实。

这个地方废了，他们显然也暴露了。所以，此处不宜久留，瓦格将装满战利品的背囊往地上一放，就连线陆启："呼叫02，呼叫02！什么情况？"

很快传回陆启的话："击毙敌军四人，没有找到07！"

瓦格一愣："无线联系了吗？"

陆启道："呼叫三次，没有收到回应。"

追击她的人都被处理了，那证明她顺利逃脱了，可无线联系不上，就只有两个可能了。

一个是她在逃跑的过程中，通讯器掉了。

二就是她的通讯器坏掉了。

瓦格道："行！那我们2号点集合！"

"收到！"

行动之前，他们不止一套方案，不同情况下的集合地点也不同。苏小南既然顺利甩开了追兵，就肯定会去2号点等他们。几个男兵也没有太过担心，带上随身物品，就按地图坐标前往2号点。

瓦格、陆启等人，顺利在2号点碰了头。

可左等右等，就是不见苏小南回来。

"要不——放弃她？"

放弃她，队伍少一个人而已，他们的行动不会有太大的影响。她如果真的有什么事，也可以发信号弹，向训练总部求援。这样，她最多不过放弃训练，却可以得到及时的救援。

实际上，放弃她才是最好的办法。

可训练场也是战场，他们可以无视战友的生死吗？

一个两难的选择摆在面前，几个战士都眼巴巴看着瓦格，等着他决定。陆启却突然撑着枪站了起来，一双眼睛里凉气森森："你们继续任务，我去找她！"

苏小南很崩溃。

明明她都已经顺利逃离"敌军"的追击，前往2号集合点，准备胜利会师了，没有想到，螳螂捕蝉，黄雀在后，一不小心落在了另一批"敌军"手上。

之前那批人虽然对她穷追不舍，但态度是友好的。这批人不同，他们偷偷躲在树丛里，冷不丁围堵上来，不等她反应，二话不说，直接敲晕了她！

“嘶，疼死了！”摸着疼痛的后脑勺，苏小南睁开眼看着陌生的房间，困惑了，“我‘阵亡’了？喂！人呢？”

很快，一个穿着迷彩服、没有配衔的男人推门走了进来，上上下下打量苏小南，不太友善道：“叫什么叫，醒了就好好待着，找死是不是？”

“我去！”苏小南生气了，恶狠狠地瞪回去，“搞什么？就算我‘阵亡’，或者成了俘虏，我也是红特战士吧？你们这都啥态度？同志友爱还要不要了？伍队呢，我要问问他，这都怎么对待战友的？”

听她发狠的话，那男人愣了片刻，突然笑了，饶有兴趣地走近，低下头盯着苏小南：“小妹妹，你以为哥哥我是什么人？”

什么人？他们围堵上来时，苏小南就被敲晕了。在晕过去之前，她就看到一群穿着迷彩服、配红特标志的男人，下意识认为他们是同志。可听这意思，其实不然？

她神经一紧：“你是什么人？”

“哈哈哈！说你傻吧，你还傻得挺可爱。”那人蹲下身来，直勾勾盯着苏小南的脸，语气轻佻，“想知道哥哥是什么人，那就先让哥哥尝一口，看你嘴巴甜不甜……”他伸手就去挑苏小南的下巴，嘴跟着凑了过去。

“尝你大姑父！”苏小南一口唾沫星子飞出去，喷了那人一脸。

“小娘们儿找死！”那人大为震怒，拿起枪托就揍她。

苏小南就地一滚，利索地躲开第一下袭击，趁他转身举枪的一瞬，一手抓紧他的枪身，一手做刀状，狠狠砍向他手上的麻穴。

“啊！”那人叫了一声，手上一软，枪就被苏小南夺了过去。

下一瞬，黑洞洞的枪口对准了他的脑袋。

“不许出声！”苏小南双眼半眯着，“多说一个字，姑奶奶就废了你！”

事情发生得太快，那人完全是错愕的，紧紧闭上嘴，半个字都不敢多说。

苏小南又打量一遍房间，枪身稍稍一抬，冷冷问他：“你们是谁的人，这又是哪里？”

严肃起来的苏小南，那满带杀气的样子也挺吓人。可男人嘴巴紧得很，摇了摇头，硬是不吱声。苏小南就着枪筒子狠狠戳他：“快说！姑奶奶耐心有限，再不说毙了你。”

“我——”刀疤脸迟疑着，满脸灰败，“说不说你都逃不掉，知道又有什么用？”

“滚你爹！”苏小南爆起粗来真的很爷们儿，“到底是老娘在问你，还是你在问老娘？我数到三，你不交代，我就让你尝尝子弹的滋味儿！”

“一！”

“二！”

她一声紧似一声，一个“三”字刚蹦到嘴边，房间里就传来一阵熟悉的笑声。

“陆小姐好快的身手，好火暴的脾气。很合我的意，我喜欢。”

苏小南明白了，这个房间发生的一切，都被人监控着，怪不得那家伙不肯说！

她没有找到声源，抬了抬嘴角：“可跛爷这样藏头缩尾的小人行径，我却很不喜欢。”

“陆小姐还真是率直的人。”

“被你这种人夸奖，我骄傲不起来啊。”

“哈哈哈哈哈！”

房间里像安装了立体环绕音响，那家伙的声音从四面八方传来，尖利、刺耳，很让人受不了。甚至苏小南都无法确定，跛爷到底就在附近，还是像上次一样，其实在离她十万八千里的大洋彼岸。

她忖度了下，冷笑着试探道：“咱们明人不做暗事，你直接说吧，到底要做什么。”

“你猜。”跛爷声音带笑。

“我没工夫猜！”苏小南一脸的不屑，“你能不能像个男人，站到我面前来，把意图说清楚？”

隔了一会儿，房间里才又响起跛爷的声音：“你想见我？”

那声音幽幽的，似乎在问她，又似乎只是他自己在犹豫——到底要不要见她。

苏小南脑子转着，思考自己的生存指数以及逃跑指数，莞尔一笑：“当然。我们打了这么多次交道，我当然也好奇你到底是个什么鬼。更何况，世界上有什么事情，是不可以面对面沟通的呢？”

房间再一次寂静，跛爷没有再回答她。

苏小南等了一会儿，心怦怦乱跳着，有一种毛骨悚然的感觉，仿佛她赤裸裸地暴露在敌人面前，可敌人长什么样子她都不知道。

这时，房门无声打开，进来的是个中年男人，不喜不怒地站在门口：“请陆小姐放下枪跟我走。”

苏小南轻蔑地冷笑：“想得挺美！凭什么？”

中年男人深深看她一眼，从衣兜里掏出一个遥控装置，调试了下，嘀嘀两声，她面前的墙上就出现了投影画面——这是一座美丽的小岛，四面临海，岛上有一应高科技的防卫装置，还有无数荷枪实弹的守卫。

“陆小姐自己想一下，你手上的枪能帮你什么？”

苏小南嘴角一勾，冷着脸将枪口一抬，瞄准了他的脑袋：“这枪可以让我——杀一个够本，杀一双赚一个！”

她不按常理出牌的对话方式，令那中年男人怔了一下，突然笑了：“当然，枪可以杀人，但只有空包弹的枪，却杀不了人。”

苏小南端着枪纹丝不动。中年男人看着她，面色平静友好地道：“你动手改变不了结果，却有可能改变跛爷的想法。”

“他什么想法？”苏小南冷哼。

“跛爷要见你！”

天已经完全入夜。

夜风习习的岛上，海风带着咸湿的空气吹过来。

苏小南还不清楚这座岛在地球的哪个地方，却明白像跛爷这种拥有一座海岛的使用权，并且把它建成一个犯罪基地，将邪恶放在光天化日之下的人，绝非寻常势力可比。因此，也就可以理解安北城为什么和死神犯罪集团博弈那么伤脑筋了。

“陆小姐，到了。”

中年男人的声音拉回了她飘远的神思。

“就这儿？”苏小南眯起眼，打量着眼前的建筑，稍稍有点奇怪。那是一个欧式的小独幢，从外观来看并不富丽堂皇，甚至过于朴素了。看来，跛爷是一个低调的人。

中年男人轻轻叩门：“跛爷，人带来了。”

等了片刻，门禁语音传来跛爷的声音：“吴达，二楼。”

“好的，跛爷。”对着一个声音，吴达的头也垂得低低的。

“她一个人。”跛爷又补充了一句。

让她一个人上去？苏小南的心脏怦怦狂跳，节奏明显加快。马上就要见到那个红特抓了许久的大魔头了，她难免紧张，推门的时候，手略有不稳。

二楼很安静，跛爷的房间更是安静得出奇。隔着一扇落地玻璃，外面是一个大露台，露台上摆放着花木盆栽，里面几张躺椅和一张摆放着果盘与酒水的桌子。一个男人半靠在躺椅上，背对着她，双腿叠放，样子极是悠闲。

这就是跛爷了？

苏小南慢吞吞地走过去：“跛爷专程请我过来，究竟为了什么事？”

男人没有回头，懒洋洋地回答：“陆小姐放轻松一点，不用这么紧张！”

苏小南抿紧嘴巴，从容地走到露台上：“跛爷想多了。我别的优点没有，就是从来不懂得紧张两个字怎么写。”

跛爷呵一声，突然转过头来：“陆小姐很倔强！”

呀！苏小南看着他的脸，情不自禁地叫了出来。

妈呀！那是怎样一张脸：右边落在灯光的阴影里，像被火烧过似的，密密麻麻纵横交错着不规则的突起皮肤，从额头到脸颊，无一幸亏。可偏偏以鼻子相隔的左边脸，生得格外好看……

哦不，应该说，是很美，非常美。

眼、鼻、唇、脸型，完全符合美男的定位，让人一眼惊艳！

一半魔鬼，一半天使。这个男人，到底经历了些什么？

太可惜了！苏小南听到了自己心里的叹息，是对美色被亵渎的感叹，却一不小心引来跛爷的笑意：“陆小姐似乎被我的脸吓住了？”

“不不不！并没有。”苏小南是一个有素质的人，从来不会用别人的缺陷来打击人，哪怕对方是无恶不作的跛爷。她笑了笑：“我其实是在感叹，这世上还有人的五官可以生得这样好看。啧啧，太神奇了！”

跛爷微微一愣，少顷，轻轻一笑，那笑容阴恻恻的，让人心生冷意，不知道到底是出自内心，还是在讽刺：“陆小姐很会夸人，可惜，你说得天花乱坠，我也不会放你离开。”

苏小南耸了耸肩膀，戏谑地笑着，不客气地坐到他旁边：“那你可以说说，不放我离开，是准备用我来达到什么目的？”

“我以为陆小姐很清楚。”

“我不清楚。”

“你自身的价值，并不值得我大动干戈请你来。”

“跛爷真懂得伤人自尊啊！”苏小南不以为意地笑笑，双眼钉子似的钉在跛爷那一张奇怪的脸上，慢慢地收敛神色，“你想要安北城？！”

跛爷嘴角上扬，淡淡睨着她，许久都没有回答。那一双眼睛里像住着一只张着血盆大口的妖魔，嗜血、冷酷，随时会把人吞吃入腹。哪怕他一直带着笑，因为有这样一双毒蛇似的眼，让人丝毫感觉不到轻松。

苏小南：“难道我说错了？”

“不，你说得没错。我要安北城，我要——亲手弄死他。”现实中跛爷的声音，不像音频里发出来的那么尖锐刺耳，可每一个字从喉间挤出来，都像费尽了力气，让听的人也喉咙不适，嗓子干哑无比。

他的脸、他的嗓子，为什么会变成这样？这个男人身上肯定有故事。

被他温柔中带着残忍的视线盯着，苏小南忍不住揉了揉鼻子：“有那么大的仇恨吗？你为什么这样恨他？”

“你想知道？”跛爷微微眯眸，那笑容比刚才更为阴冷，像带着浓郁的杀气，“你如果能让我满意，我或许会考虑告诉你。”

苏小南笑笑，捋头发：“你想让我配合你引安北城来？”

“哈哈哈！”跛爷突然大笑，看她的目光像在看一个傻瓜，“你以为你不配合他就不会来吗？你可真傻！你以为他为什么要和你结婚？你以为他送你囚鸾脚链，又是为了什么？”说到这里，他突地停住笑，头凑近苏小南，“你就从来没有怀疑过他的居心吗，苏小姐？”

眼前冷不丁放大的面孔，吓得苏小南心脏一缩。

而且他叫的是“苏小姐”，而不是“陆小姐”。

空气霎时凝滞。隔了十来秒，苏小南才不动声色地扬眉微笑：“我不知道你在说什么，不过，如果你想利用我来陷害他，我是不会如你所愿的。”

跛爷一笑：“没想到苏小姐还是一个性情中人。”

对他的讽刺，苏小南不以为然：“谈不上，夫妻一场，有所为，有所不为而已。”

跛爷心情似乎不错，听完她的话，又是一阵大笑：“苏小姐想错了，我不需要你配合。我只是……太久太久没有折磨人，等安北城过来的时间又实在太无聊，所以想把最近研究的一些小游戏，和苏小姐玩玩。”

什么游戏？苏小南这一次看到的是他的右半边脸。

鸡皮疙瘩瞬间遍布全身，她顿时毛骨悚然：“你、个、变、态！”

在被吴达带出那个神秘的小独幢时，苏小南幻想了无数种惨无人道的折磨方式，却完全没有想到，会是这样诗情画意的画面——

那是一个秋千，很漂亮，很漂亮的一个秋千，花藤、架子，唯美而浪漫。

如果秋千不是建造在那样恶劣的环境下，坐在上面分分钟“东临碣石，以观沧海”，那也是一种极好的享受了。

她坐在秋千上，双手握牢坚硬的铁吊绳，轻轻一笑：“感觉还不错。”

吴达目光复杂地瞄她一眼，启动手上的遥控器。

“呀呀呀！”苏小南情不自禁地尖叫起来。

秋千启动，徐徐升高，完全电控地荡了起来。

一开始速度不算快，那临风迎向大海巨浪的感觉，惊险又刺激，就像在儿童乐园里玩海盗船、过山车一类的惊险项目一样，痛并快乐，既紧张害怕，坐完却又有一种快意。

“啊啊啊！”

秋千高高荡漾在海面上，她坐在上面可以看得很远。

巨浪滚滚，拍击岩石，远处的灯塔忽明忽暗，一种突然闯入另一个新世界的感觉，拉扯着苏小南的心脏剧烈跳动——

这时，秋千顶上的喇叭里，传来跛爷不冷不热的声音：“陆小姐，秋千还成吧？”

苏小南抬头看一眼支撑在两块岩石中间的秋千铁架，以及铁架上的喇叭。

如果没有声音，也不闪红光，她压根就发现不了它。

“喀！”她声音像灌了风，“感觉还不错，谢谢跛爷！”

“呵呵！”跛爷笑了，“舒坦就好，我们继续。”

“继续什么？”

“玩点刺激的。”

苏小南微微一愣，不等回应，秋千摇摆的速度突然加快了。

“啊！”她尖叫着抓紧吊索，“王八蛋！你慢点，慢点啊！”

她心脏都快蹦出嗓子眼了，跛爷却没有放慢速度的打算。他不紧不慢地笑着，似乎十分喜欢看她失态惊叫乃至恐惧的样子。

一个在别人的惊恐中都可以得到快感的人，是多么变态啊！苏小南恨得牙槽都咬酸了，又气又怕。可跛爷的声音越来越闲适，竟然愉快地念起文章来：“在苍茫的大海上，狂风卷集着乌云，在乌云和大海之间，海燕像黑色的闪电，在高傲地飞翔……”

“王八蛋，我问候你祖宗！”

苏小南恨不得宰了这王八犊子。

可她坐在高高的秋千上面，根本碰不着海浪，也没有反抗的办法，甚至都不敢轻易放松双手。秋千摇摆得越来越快，越来越快，如果她放开手，真的会飞出去。可她不是海燕，没有翅膀，摔在海里或许还有活路，直接摔在岩石上，小命就没有了。

“我的海燕，你勇敢地飞翔吧，飞吧！哈哈——”

“啊啊啊……啊！”

苏小南一声声惊叫着，夜色中秋千上的影子出现在房间的显示屏上，像极了一只黑色的海燕。

飞啊！飞啊！不停撞击大空。

跛爷坐在沙发上，悠闲地品着红酒，叠着双腿，饶有兴致地问吴达："安北城那边什么情况？"

吴达双手垂低："顺风耳刚传来消息，安北城对这个女人似乎并不那么看重。得到她失踪的消息，安北城都没有派人寻找，自己带着奶奶回了将军巷十八号，为安蓓蓓筹备婚礼……"

"呵呵！他和安蓓蓓的兄妹感情，什么时候这么好了？做戏而已。"跛爷听完，冷冷一笑，那半张被火烧过的脸越发狰狞恐怖，"她脚上的囚鸾有监控，安北城知道他在谁手上，还找什么找！"

"囚鸾被安装了监控？"

"要不然上次千里眼出逃，我为什么要叫他使用电磁波干扰？当然，安北城给她戴上囚鸾，本来就是为了引死神上钩！"

吴达一惊："那我们没有屏蔽监控，不是就暴露了吗？"

"我就等他来。"跛爷将杯中的酒一饮而尽，"也该有个了结了。"

时间一分一秒慢如蜗牛。

苏小南吊在高高的秋千架上，荡来荡去，生不如死。以前那些什么"秋千怀"的浪漫，全被荡得无影无踪了。她保证，如果逃过这一劫，她这辈子打死都不会再坐秋千。

秋千的速度一直不减，她握住绳索的双手似乎已失去知觉，变得麻木了。更可怕的是，半夜里居然下起了雨。她薄薄的迷彩服湿透了，头发也湿透了，发丝上的水不停流入嘴巴，她紧紧抿着嘴，不敢松手去擦，那样子狼狈得像一只刚从水里打捞出来的落汤鸡。

她高仰着头，望向秋千架顶端那处红光，甩一下头，大声叫骂："王八蛋！疯子！有本事直接弄死姑奶奶啊，来！来啊！"

可周围静悄悄的，不论她怎么骂，都没有人理会她。

这个世界空旷得仿佛只有她一个人。

海风，孤岛，暴雨中的秋千，秋千上的女人，这一幕，落在跛爷眼里的同时，也落在了安北城的眼里。

一望无际的大海上，一艘巨型游艇全速行进着。

游艇上没有悬挂旗帜，游艇上的红特战士也都穿着便装，如果不是手上的枪支、身上的装备，仅从外观来看，只是一艘富豪家的游艇而已。

游艇驶出公海，身份是商航。因为小岛不在国境线内，他们不能带着身份来执行任务——而这也正是死神肆无忌惮的倚仗。

游艇的中控室里，气氛也极为低压。

安北城面无表情地盯着显示屏，目光久久不动。

不管是夜幕下的大海，还是大海上的暴雨，都不如他的脸色来得阴暗。

他抬手看一下腕表，冷声问："鹞子，距离！"

"报告神鹰！距离目标五十海里。"

"收到！"安北城缓缓转身，走到蓝光闪烁的导航仪前，静默一会儿，突然转头对着一直没有吭声的伍少野道，"传令，进入战备状态！"

"是！"伍少野挺直腰身，冲他敬了个礼，脚步却迟疑着没有马上出去。

伍少野是一个骄傲自负的人，平常很少服人，更不喜欢道歉。死神带走苏小南的地方虽然是一片原始丛林，不归他伍少野管辖，可苏小南分在他的小组，当时执行的任务，也与他有直接关系。

"老大，对不住……"伍少野略愧疚，"这次有我的责任。"

安北城眯眸扫他一眼："这怪不得你，更何况——"沉吟片刻，他眸底的光芒更冷了，"这也是一次契机！等了这么久，策划了这么久，我们不就盼着把他挖出来？！"

死神集团一直坐镇国外指挥，拥有各种先进装备，在国内也是狡兔三窟，想把他们连根拔起，难如登天。

安北城看着导航仪，慢慢坐回椅子上，视线不变，话却是对背后静默的陆启说的："你准备一下，一会儿镇定点。"

陆启眉头轻皱，慢慢站到他身边："为什么一定是我？"

安北城掀了掀唇，却没有笑："因为你是我表弟，我信任你。"

"这个，也是理由？"

陆启昨天原本是去寻找苏小南的，结果只找到她被劫时遗落在现场的通讯器。所以，他也是第一个发现情况不对并汇报给总部的人。安北城在安排这次任务时，特地把他从训练场带上，而且命令他到达目标地后，以临时指挥的身份带队上岛，营救苏小南。

这其实很不合理。

一来他在训练场，匆匆抽调过去不合适；二来从资历上来讲，带队执行任务根本轮不上他。就算安北城另有营救安排，不方便现身，不还有伍少野吗？

他心里满带疑惑，安北城却没有回答他："这是命令，你照办就行！"

陆启凝滞一下，又皱眉问："那你呢？"

在景城，安北城特地给人营造了一种他正在将军巷里忙着安蓓蓓的婚礼的假象，就连他上这艘游艇，都是一个秘密，外界对此一律不知。他搞得这么神秘，为了什么？

"我还有另外的任务。"安北城看了陆启一眼，面无表情道，"敢动我的女人，我总得让他付出代价。"

陆启凝神看他片刻，徐徐抬手敬礼："是！保证完成任务。"

不一会儿，通讯器里再一次传来简聪的声音。

"呼叫神鹰，呼叫神鹰！"

安北城目光微沉："神鹰收到。讲！"

一道嘀嘀声后，简聪的声音有些紧绷："神鹰神鹰！距离目标不足五海里！"

"收到！密切关注！有消息随时汇报。"

安北城冷冷的声音，没有半点情绪。说完，他从椅子上起身，慢慢走到不远处的衣帽架边，拿起一个背包，哗啦一声拉开，拿出里面的潜水装备。面镜、呼吸器、蛙鞋、潜水刀、浮力调整装置……一件一件地装备上后，他回头看向陆启："这里交给你！"

瞧他这身装备，陆启大概明白了。

一个在明，一个在暗，他领队正面上岛，安北城暗潜而入。

陆启点头："收到！"

安北城深深凝视他一眼，转身拉开舱门，扑向了夜雨中的海面！

凌晨时分，岛上雾气很大。

这座岛的面积很大，一望无际，夜下看不分明。雨已经小了，但路还很湿滑。陆启领着一群红特战友还未靠岸，就有一群人等在码头。

那些人穿着统一制式的迷彩服，手上端着 SCAR 突击步枪，远处还架着几挺 M249 序列的机关枪。这样精良的武器，简直比得上正规部队了，由此可以预见在那看不清的暗地，爆破手、狙击手也都准备好了吧。

“贵客远道而来，有失远迎，见谅见谅！”文绉绉的中年男人，正是跛爷的大管家吴达。他领了命令来接人，可看着不慌不忙下来的陆启，却微微一怔，“这位是……”

“陆启！”陆启毫不避讳自己的身份，“营救行动总指挥！”

“原来是陆少！我姓吴，跛爷的管家。”吴达又上上下下打量他一回，缓缓一笑，“安公子怎么没有来？”

陆启眉梢一挑：“你以为咱们来走亲戚的，你们请谁来，谁就必须来？”

被他一呛，吴达也不生气，呵呵带笑：“陆少说笑了，我们跛爷本来也有意结交安公子……”

“少废话！”陆启冷冷打断他：“怎么才肯把人交给我，直接说。”

“这个嘛……”吴达迟疑着，“我也做不得主，跛爷已经在岛上备好佳肴美酒，陆少不如先上岛，边吃边谈。”

“鸿门宴？”陆启冷笑，“小爷就特别不待见你们这种故弄玄虚的把戏。要怎么干，不就一句话的事？赶紧问问你家主子，能不能爷们儿一点！”

吴达半眯着眼看他，嘴里打着哈哈：“就算是鸿门宴，陆少也没的选择不是？”

有人质在人家手上，难道还敢反抗？

“早这样说，不就行了？！”陆启冷哼一声，大步往里走。

岛上最大的建筑是一幢五层高的环形大厦，建筑风格和豪华程度，就算搬到大都市里，也丝毫不会逊色。陆启进去时，宴会厅里灯火通明，一张软椅上，坐着懒洋洋的跛爷。

“久仰陆少大名，今儿终于见到真人了，果然是年轻又有气魄！幸会，幸会！”

陆启踩着皮靴，从宴会厅门口两排荷枪实弹的打手中间走过，那一副气宇轩昂的样子，也当得起跛爷那一声“有气魄”了。他径直走到跛爷面前，下巴微微一抬，神色倨傲："人在哪里？"

跛爷摩挲着软椅的扶手，闻言一笑："陆少急什么，又不是你的女人。"

陆启嘴角上扬："她是我妹妹。"

"妹妹？"跛爷咀嚼着这个词，点点头，意味深长地笑着，指了指那张摆满了菜的桌子，"陆少先坐下来，咱们边吃边谈怎么样？"

人都来了，不坐又能怎样？而且陆启很清楚，安北城就是要他拖延时间，拖住跛爷。

"好！"陆启冷笑着拉开椅子，跨步坐好，"说吧。"

跛爷慢慢从软椅上站起来，陆启才发现，原来他有一只脚走路有点跛。

怪不得叫跛爷。

陆启挑了一下眉头，没有吭声。

跛爷不以为意地笑了笑，漫不经心地为他倒满一杯酒："陆少，咱们做个交易怎么样？你告诉我安北城在哪，我把苏小南交给你。"

陆启半合上眼："你觉得我会同意？"

跛爷轻轻一笑："你爱的人，交给你，我要的人，交给我，不是很好？"

海岛的北面，是全岛风速最大的地方。雨小了，可还在风雨中飞翔的"海燕"苏小南同志，已经快要支撑不住了。

"安北城你个浑蛋，为什么还不来？"

她喃喃着，声音很细，蚊子似的，除了她自己，谁也听不见。

"老子……受不了了！"

一双吊在绳索上的手早已磨出了血泡，有的地方甚至渗出了血水，染红了铁索上缠绕的花环，又被暴雨冲刷干净……这画面实在太残忍，她都不忍直视。

"十！"

"九！"

"八！"

她心里数着数，为自己打气。

不知道时间，不知道命运，这感觉很糟糕，除了无限循环的数字让她可以感受到生命与时间的存在，不被绝望控制，她不知道怎么支撑下来，等待求生的机会。

嘀！嘀！

苏小南脑子正混沌不堪，头顶上的监控仪突然一闪，没了光点。

她一惊，不会停电了吧？

不对，如果停电，秋千为什么没停？

苏小南愕然地想着，视线望向海面，突然惊喜地发现一点蓝光，也是一闪，又一闪，再一闪，然后消失，隔一瞬，再重复着这个信号。

她霎时狂喜起来，是安北城来了！

秋千太高，她看不清海面，心弦绷得紧紧的，却知道不能再犹豫了。如果安北城来救她，利用技术手段干扰了监控，那么很快就会被跛爷发现。也就是说，留给她的时间并不多。只要她在跛爷手上，安北城就会受到要挟。

“快看看，秋千怎么回事？”

这时，岸上有几个守卫发现了不对，已经朝秋千架走过来。

苏小南的心，悬到了嗓子眼。

来不及了！她横下一条心，为了配合安北城，咬着嘴角，借着俯冲之势，准备拼死往海里一跳——

她身体往前一倾。

“啊！”她条件反射地惊叫一声。

然而，她的人并没有掉落到海里。几乎同一时间，秋千架四周升起了防护栏，铁质的栏杆把她困在里面，像一个铁笼子似的。

苏小南瞪大眼，看着秋千架下方的海面，意外到了极点。

这个防护栏是为了避免她掉落下去，早就设计好的？

该死的跛爷！很明显，他也不愿意她摔死，早就做好了保护措施，她却像一个傻子，被他耍了一个晚上，生怕掉下去，把双手都磨烂了。想到那王八蛋看好戏时的愉悦心情，她就恨不得宰了他。

苏小南无力地靠在铁架上，看着海面上那一点蓝光消失，心情沉到了谷底。

秋千还在摇荡，但苏小南已经忘记了害怕。这个时候，她更为紧张来营救她的人……会不会被发现，会不会有危险。

“怎么回事？”秋千架下方传来一个守卫的声音。

“好像监控失灵，快！告诉吴管家。”

“幸好没出别的事，要不咱俩可就完了。”

那两个家伙正在察看秋千架的设备，手上的对讲机就传来了声音：“陈老二，刚才系统受到无线电波干扰，你们有没有什么发现？”

两个守卫对视一眼：“吴老，我们，我们没有发现什么异常啊！”

“做什么吃的？敌人来了都不知道！”对讲机里吴达的声音很严厉，“还不快点搜！速度！”

“是是是！”两个守卫飞快跑向离秋千架不远的哨岗房，吼着，叫着，吆喝着，里面很快冲出几十个与他们一样着装的迷彩男，手上拿着武器，戴着黑色的头套，夜幕下面看不清脸庞，但全部以秋千架为中心开始了搜索。

苏小南坐在秋千架上，浑身软得没有力气，看着那些人四处奔跑，上了冲锋艇，在海面上搜索……她胡思乱想着，秋千架突然停下，慢慢降落到了地面上。

一群人匆匆过来，领头的中年男人正是吴达。

“陆小姐，委屈你了，请跟我走吧！”

“走？去哪里？”

“你哥哥来接你了。”

吴达脸上带着笑，声音特别“慈祥”，说得好像真的一样。

苏小南挑一下眉头，懒洋洋地靠着秋千：“走不动！给老娘来辆车。”

吴达：“……”

再次落地，苏小南有一种从天上落到地下的踏实感。

吴达果然给她弄来一辆车——鸡公车。

估计是岛上修建时用过的，破旧不堪，坐上去就吱吱地叫唤。

这里的路非常狭窄，鸡公车也将就了。

她浑身瘫软着，双眸半闭，被鸡公车吱呀吱呀地带走了。

秋千架下的海面上，一个黑色的影子慢慢爬到岩石边。他背抵着坚硬的岩石，往外窥探片刻，将身体置于一棵茂盛的树木后面，做好了隐蔽，拿出通讯器。

“六点钟方向！目标被带走。A组靠近，准备攻击。B组负责狙击，注意掩护！ C组做好爆破准备！”

“A组收到！”

“B组收到！”

“C组收到！”

“报告神鹰！ A组到位！”

“报告神鹰！ B组到位！”

“报告神鹰！ C组到位！”

高大的黑影慢慢从岩石后冒头，冷飕飕的目光望向远处，最终下达命令。

“务必保证人质安全。”

宴会厅大门口，一个人急匆匆进去，跑到跛爷身边耳语了几句。

跛爷目光一厉，抬头看他一眼，摆摆手，又慢慢撑着椅子站起来盯着陆启：“陆少看来是不愿意合作了？”

陆启似笑非笑：“不是我不肯合作，而是安北城根本就没有过来，我交不了人给你。除非你先把人交给我，等我们兄妹俩安全了，我或许会考虑这个有趣的交易……”

“是吗？”跛爷一个字一个字地念出，脸上的笑容难看至极，“那陆少跟我一起出去，确定一下好了。”

正如刚才被要求一个人进入宴会厅一样，苏小南在跛爷手上，陆启没有办法抗拒他们的要求。他笑笑，起身跟了上去。然而，一群人刚从后门离开，远处就传来一声巨响。

“他们动手了！”

跛爷冷笑一声：“陆少带上岛的人，看来真不少！这算不算敬酒不吃吃罚酒？”

陆启抿嘴笑了笑，低头摸鼻子：“没办法，我这个人脾气躁，从来吃不了敬酒，更不喜欢受人要挟——”

跛爷冷笑：“既然陆少不肯合作，那就怪不得我了。”

越往海边，剑拔弩张的气氛越明显。

上岛的红特战士没有与吴达交火，却把他们全部包围了。此时已是凌晨三点，岛上夜色浓郁，那一声威慑性的爆炸，溅出来的火星子，映得天空诡异莫名。

“岛上的人听着！你们已经被包围了，交出人质，我们马上就撤，否则，这座岛就是你们的葬身之地。”伍少野冷漠的声音从夜空中传来，给了苏小南一剂定心丸。

她坐在鸡公车上，看着围在身边的人，打起十二分精神，密切注视着动向。

双方都不敢随便开火，紧张地对峙着。

这时，不远处的一个山坡上突然亮起了灯火。

苏小南一怔，极目望去，发现那是建在山坡上的一个瞭望台。瞭望台位置很高，四周都安装着防弹玻璃，此时站在里面的人，除了跛爷，还有被一群人看管着的陆启。

“知道我手上有人质，还敢在我的地盘上撒野？一般人可真没这胆！”跛爷一边轻笑，一边把玩着手枪，懒洋洋的声音从送话器里传出，非常清晰，“安北城，我知道你来了！现在我给你一个救人的机会，我数十声，你马上出现在我面前！当然，如果安公子怕死，那十声之后，陆小姐就会……死在你面前！”

苏小南脊背直蹿寒气。在这座荒无人烟的岛上，没有法律，杀个人像杀一只鸡。

瞭望台上，跛爷连续喊话两次，安北城不仅没有出来，连声音都没有，就连埋伏在黑暗中的红特战士也没有半点回应。

海风习习，四野安静得出奇。

陆启瞥一眼跛爷的脸，轻笑：“别浪费力气了，他根本就没有来。退一万步说，他就算来了，又怎么会为了一个女人，放弃端你老巢的机会？”

“是吗？”跛爷笑容不变，“我们赌一个怎么样？”

“赌什么？”

“赌——你的命。”

陆启一怔，正要回应，跛爷却冷笑一声，转过头去，开始一个字一个字地慢慢数。

“十！”

“九！”

“八！”

……

对于目前僵持的情况，他似乎半点不着急，声音极有节奏，带一点沙哑，从送话器里传出来，像带着置人于死地的杀气，又像只是机械的、毫无感情的陈述，让这座凌晨三点中的海岛，气氛低压而逼仄。

“六！”

苏小南心脏一缩，紧紧抓住鸡公车的扶手，却感觉不到手心的疼痛。

“五！” 跛爷的声音，似乎越来越冷。

“四！”又沉了一分。

“三！”苏小南心脏不受控制地狂跳起来。

她瞄一眼左侧黑漆漆的斜坡，手心紧了又紧。

没有人不怕死，苏小南也怕。

可瞭望台上的跛爷，突然停住了。

“安公子很有耐性，肯定也知道我不会轻易牺牲掉陆小姐这么一个可爱的人质。不过，我这个人耐性却不怎么好，我的确不会轻易杀她。但如果安公子没有出现，那么，她可能会受到一些有趣的折磨。比如锋利的匕首会先划开她漂亮的脸蛋，再慢慢切开她白皙而脆弱的皮肤……一直到她再也支撑不住，离开这个缺少温暖的世界为止。”

还缺少温暖的世界，这么文艺的词从跛爷的嘴里说出来，半点温度都没有。

苏小南忍不住哆嗦了一下，咬着嘴唇，紧紧盯着瞭望台。

跛爷似乎深吸了一口气：“二！”

苏小南汗毛都竖了起来，看着一个迷彩男抽出刀来。

雪亮的刀光，几乎晃花了她的眼。

跛爷不是说着玩的，这个认知，让她惊惧不已。不等跛爷喊出“一”，她攥着鸡公车的扶手，双腿往前一蹬，借着车轮的滚动，直接从斜坡上滑了下去。

“一！”

“开火！”

两个声音几乎同时响起。

一个是跛爷，另一个是——安北城？

苏小南确信自己没有听错。

滑动的过程中，枪声骤起，枪膛里迸射出来的火星，照亮了夜空。

电光石火间做出的决定，苏小南来不及细想。可鸡公车往下滑时，她才发现那斜坡道又陡又颠，黑漆漆的根本看不清，好像连着一个峭壁，以至于这样下滑，像在奔赴死亡深渊——

妈呀！她倒吸了一口凉气。

不会没死在跛爷手里，自己却撞死了吧？

虚汗打湿了她的额头，她压住内心的忐忑，告诉自己要冷静。

鸡公车是独轮的，并不稳，下滑速度却快。她歪斜着身体偏来倒去，双手护着头，一时慌乱不已。

砰！一道巨大的撞击力传来。

鸡公车撞上了什么东西，颠簸几下，她便往前俯冲而去。

“啊！”苏小南惊叫，可她并没有撞上岩石或者掉入深渊，而是稳稳落入一个怀抱。

“滚啦！”她下意识伸手去推。

那人一把扯住她，换个方向，将她压在岩石上。

苏小南一惊，正要挣扎，头顶就传来安北城的低呵：“找死？”

苏小南蒙住，有些理不清思路：“你啥时候冒出来的？”

“闭嘴，趴好！”安北城冷冷说着，一只手搂住她的腰，侧着身子护住她，另一只手拿枪，不停扫射着追过来的迷彩男。

在他的火力压制下，有人应声倒地。

惨叫声激得苏小南肉紧，她半趴在安北城怀里，借着枪支的火星回头一看。

她滑下来的斜坡上，黑压压地冲过来一群人。他们手上的枪支冒着发光的火星，而她和安北城半蹲的地方，差那么一点点，就是深不见底的悬崖。

“妈呀！”她倒吸一口气，恨不得把脑袋钻入安北城的怀里。

可那也只是下意识的想法，她并没有那么做，而是强自镇定着低吼：“安北城，给我一支枪！”

她没有忘记，自己不仅仅是一个女人，还是一个红特战士。可安北城手臂一勒，将她紧紧裹入怀中，用行动拒绝了她的要求。

“抱紧我，别乱动！”

这人欠抱啊？苏小南来不及和他斗嘴。手上没有武器的情况下，她只能选择全身依附着他，借着半块岩石的掩护，与敌人的火力抗衡。好在，紧张的局面没有持续多久，伍少野就领着一群红特战士冲上来了。

“老大，没事吧！？”

“没事。”安北城沉声命令，“注意安全！”

“是！”伍少野大声回应，“兄弟们，上！”

“上啊！把狗日的老巢给端了！”

今儿上岛执行任务的这一群人，作战经验都相当丰富，一冲上来，很快就占据了主动。砰砰的枪声不绝于耳，听得苏小南头皮发麻，第一次经历玩命的械斗，眼睛都不敢眨。

“不对啊！安北城，咱们这样交火，陆启怎么办？”

苏小南侥幸逃生，当然也担心陆启。可她问完，安北城却像没有听见，侧靠在岩石上，抽冷子开两枪，密切注意着前方，一个字都没有。

“喂！安北城？”苏小南知道当下情况紧张，却还是忍不住，“陆启在跛爷手上！”

安北城突然转头，眼神黝黑如同枪口：“你还有心思关心别人？”

“讲理！”苏小南咬牙，“那不是别人！”

“不是别人，是什么人？”

“他是我哥！”

她这句话声音有些大，说得理直气壮。

可他们什么关系，安北城会不清楚吗？他冷哼一声，大巴掌压过来，一把摁住她的后脑勺，将她往怀里一塞："放心吧，死不了。"

苏小南对他的回答有些不满意。

可这个时候，她没的选择。整个人被他压在怀里，男人的心跳、呼吸、胸膛起伏的节奏，一切都那么清晰，哪怕外间枪声如雷，她却不怎么害怕，反而有一种踏实的安稳感。

很奇怪的感觉，好像只有安北城给过她。

从小苏小南就不是一个有安全感的孩子。

没有父亲，爱训孩子的母亲，条件不好的家庭风雨飘摇着，似乎下一秒就会让她溺入水中，呼吸不过来。她的开朗、乐观、正能量，都只为给自己打气，让自己蹚过那些苦，而内心深处，始终有一角是空的。

什么时候开始，这一角居然满了，被安北城填满了。

她偷偷从他怀里抬头。

天色昏暗，她这样的角度，只依稀看到他下巴的轮廓，坚毅、刚硬，好像再大的风雨也折不弯。

第九章
错爱一个人

夜空繁星落入海面，仿佛沉淀在人们心里。

岛上的枪声持续了约莫半个小时，终于趋于平静。一场激战后，双方都停了火，似乎整个苍穹都归于平静。红特，国内最精锐的尖兵，在这样恶劣的作战环境下，依旧出色地完成了任务。

半个小时后，苏小南被安北城带着与大部队会合，逐渐包围了那一栋大别墅。从顽强战斗到无奈退守，跛爷与死神成员全被困在了里面。

“死神的人听着！”伍少野拿着送话器，大声喊话，“你们已经被包围了！现在我命令你们，马上交出人质，出来投降！”

别墅里灯火通明，却没有人回应，似乎沉浸在一片死寂中。

伍少野与安北城对视一眼，再次举起送话器：“里面的人听好了，你们只有十五分钟的时间。十五分钟后不出来，我们将炸毁别墅！”

炸毁？苏小南以为自己听岔了。

等伍少野又重复一遍，她激灵一下，拽紧安北城的袖口：“怎么可以炸毁？陆启——”

安北城把她的手从袖子上扯下，在掌心捏了捏：“沉住气！”

差不多等了三分钟，里面终于传来吴达的声音：“要放陆少可以，我们跛爷有三个条件。”

安北城冷着脸：“说！”

“我们的条件很简单。第一，你们带着所有战斗人员退出岛屿。第二，将你们之前逮捕的死神成员以及缴获的物资，全部交还。第三，我们要看到自己的人，拿到自己的东西之后，才释放陆启。”

这简直就是强人所难嘛！

苏小南恨得牙根痒痒，安北城却云淡风轻道：“第一个条件，我可以答应。后面两个条件——我做不到。”

吴达淡然地笑：“那就对不住了。陆少，我们不能放。”

有人质在人家手上，本来就比较吃亏。安北城听了吴达的话，却不以为意：“那只能悉听尊便了。陆启是红特战士，如果他光荣地牺牲在这里，我们会为他骄傲！”

苏小南攥紧手心，不知道安北城葫芦里卖的什么药，心里嗖嗖发凉。他却慢慢举起手上的枪支，瞄准了别墅，声音幽沉而冷漠：“还剩五分钟。准备——”

“是。”他们上岛的时候，携带了大量的爆炸装置，众人听到命令，迅速行动起来，不过片刻，整幢别墅就处于爆炸范围内了。

别墅里，跛爷稳坐监控屏前，看着外面的动静，嘴角略带笑意：“陆少，你这个表哥，似乎不太顾及你啊？”

陆启也悠闲地坐着，闻言摊了摊手：“有什么办法，谁让我长得帅，又这么优秀呢。”

“是挺优秀的！”跛爷笑着摸了下鼻子，“成功地掩护了安北城登岛，还布置了这么一场出色的攻坚战，你很了不起！”

“客气！”陆启像在与他闲话家常似的，声音带点轻笑：“你也很不简单，居然可以抗住红特全力攻击五十分钟。要知道，我们这一次登岛出动了三个大队。如果这样还拿不下你，那会很丢人的，对不对？”

跛爷也跟着笑：“好像挺有道理。所以呢？”

陆启抿唇：“你考虑的时间不多了。”

跛爷深深望他一眼，沉默片刻，突然略略闭眼，揉着太阳穴。

“吴叔，让他走！”

这一次，红特打了个大胜仗。上头不仅给颁发了一个集体三等功，还特地单独表彰了陆启：以身涉险、布局得宜、牵制罪犯、解救人质……总之，各种表扬都来了。林林总总的事情加在一起，陆启名声大噪，无人不知。

可不管立了多大的功，他还是集训队员。回到红特第二天，他和苏小南就再一次投入到集训之中，似乎一切都没有改变，又回到了劫持事件之前。

可有了这次的事情，集训大队的防务加强了不少。

苏小南归队报到的时候，瓦格和几个小组成员都激动得没了男女之别，狠狠地拥抱了她：“欢迎回来！陆止同志，你受苦了。”

劫后余生，苏小南也有点亢奋。

“谢谢！我胡汉三是死不了的，这不，又回来了！”

“哈哈！”

大家欢声笑语，友谊进步很快。几个男兵从此再也不让苏小南承担什么危险任务了。

一来因为现在大家都确定了她的身份——安北城的爱人。二来因为她为人憨直仗义，大家待她也就更加掏心掏肺。他们都是大男人，哪能让一个小女子出头？于是，接下来的训练中，虽然依旧又苦又累，但苏小南情绪好了，人也就轻松了。

封闭式训练，她一直没有机会离开红特。天不亮就起，天黑入睡，半夜还有紧急集合，在这样挥洒着青春与热血的日子里，她几乎忘了时间，直到安老太太突然来集训大队看她。

接到通知有人找的时候，苏小南刚跑步下来，满身满头的热汗：“奶奶？”

她有些吃惊，安老太太居然找到这儿来了？

是有什么紧要的事吗？

瞧着她汗水未干的样子，安老太太当即红了眼：“这这这……哎哟，我可怜的娃子哦。”她拄着拐杖站起身，牵着苏小南的双手，上上下下地打量她，“又黑了，又瘦了，本就巴掌大的小脸啊，就剩一双眼睛了，这是吃了多少苦头啊！城子这孩子，怎么就不知道心疼媳妇呢？！一点也不像他爷爷，当年……”

安老太太一开始数落男同胞，肯定要回忆起安爷爷的好。

可实际上，苏小南听说，他俩年轻时总干仗，恩爱了一辈子，却也吵了一辈子。

果然人不在世上了，回忆起来的，就只剩下好了吗？

苏小南憋住笑，故意苦着脸频频点头："嗯嗯，是啊，他要有爷爷半点好，那我就幸福了。奶奶，您得为我做主啊，安北城太可恶了！”

她说得煞有介事，把安老太太听得一愣，随即又笑了起来：“你这小没良心的，奶奶都被你说绕了。其实城子对你啊，也不是不好，他就是太严肃，一板一眼的，不懂得变通。嗯，这一点，倒像他爷爷……”

果然，又是爷爷。

怎么都能和爷爷扯上关系。

而且安老太太身上有中国奶奶的通病，她自己可以随便数落孙子，别人数落却不行。

“噫，我说到哪里了？”看苏小南半天没有吭声，安老太太终于中止了对安爷爷的追忆，打住话题问苏小南。

“这……”苏小南笑着看她，“奶奶，我是想问你，找我干吗来了？”

安老太太愣了下，笑着敲敲额头，拉她坐下，神神秘秘地说：“奶奶就是想问问，你们怎么样了？”

“我们？我和谁？”

“城子啊。”

“老样子啊，怎么了？”

苏小南一头雾水，根本摸不准安老太太的脉络，也根本就没有想到，这老太太眨巴一下眼，突然使出了绝招："你们两个……有没有那个那个？”

“哪个哪个？”

“那个那个……”

安老太太将两根食指抬起，以“斗虫虫”的动作比画着，笑得意味深长：“就是……这个啊！”

这一看，苏小南终于明白了。

“噗！”她憋不住笑出了声，“奶奶，你也真是，我这不是在集训吗，哪里有机会。”

“集训多久？！”

“还得有小两个月吧！”

“啥，两个月？”安老太太吃惊地瞪大眼，“不行不行，这可不行。”

一心想要抱曾孙子的老太太，一听还有两个月集训才结束，也就意味着他们两个月不能同房，整个人都不好了。她再次黑着脸将安北城用“对比式”数落一顿之后，眼睛突然一亮。

“有了！我想到办法了。”

苏小南头都大了，哭笑不得：“什么办法啊？”

“哼哼！”安老太太神神秘秘冲她一笑，走了。

“……”

这老太太当天下午就去找安北城了。

一开始，她只是苦口婆心地劝他要工作和生活两不耽误，干工作的同时也不能忘了干媳妇——哦不，疼媳妇。在被安北城一通大道理洗脑之后，眼看说什么都不行，她终于病倒了。

“城子，奶奶年纪大了，唉，就快不行了……”

她混沌的目光看着安北城，那模样就好像他做了多么大逆不道的事。

“我给你找医生来。”安北城脸都黑了，正准备打电话给顾风，就被安老太太一把抓住：“你是不是不想要奶奶的命了？！”

“奶奶，你就别闹了。这是工作的地方，咱们有什么事，回家再说好吗？”

“奶奶在这里误你工作了？”安老太太白眼一翻，气苦得哽咽不已，“你瞧瞧啊，蓓蓓都快生孩子了，你也不着急……奶奶还有多少年可活？就这么一点点小小的、小得不能再小的心愿，你都不愿意，你说我活着还有什么意思，不如早点去见你爷爷……”

一串串数落下来，安北城对这个老祖宗只能甘拜下风。

“好好好，我答应你还不行吗？我保证，早点给你抱上曾孙子。”

“我呸！保证有什么用？你爷爷还保证过要一辈子对我好呢，可他在哪儿？”安老太太来劲了，“再说，你以为曾孙子是大风刮来的，说有就有？”

“那你到底要我怎样？”在老祖宗面前，安北城只能叹气。

“很简单。”看他妥协，安老太太病恹恹的身体一下子就结实了，“奶奶病得厉害，就快见阎王了，让小六子过来照顾我几天吧，就住在你们医疗大队的病房，也不耽误你们工作，当然，也不会耽误你们生活。”

说到这里，她目光熠熠地盯着安北城，神秘得像窥破了什么天机一样，把嗓音压得极低：“我问过田甜了，小六子好事刚过几天，算算日子，正是那什么受孕期。你努力着点，不愁我的曾孙子不来报到。”

“……”

苏小南接到安北城的电话的时候，正准备跟着集训队出操。

算算日子，两个人有好些天没有见过面了，苏小南看着他高大的身躯往这边挪动，顿时觉得压力山大，条件反射地咽了一口唾沫：“干，干吗找我啊？忙着呢！”

安北城拍拍她：“跟我来！”

他腿长，步子也大，苏小南吃力地跟在后面，不得不小跑：“咱们去哪？”

“去医疗队看奶奶。”

“啊！”苏小南吓到了，“她老人家生病了？”

“嗯。”

“不对啊，她生病了为什么住到医疗大队？”

“因为她的病，不同寻常——”安北城回答得怪怪的，苏小南听着却有些担心：“这老太太昨天来集训大队看我，精神不还挺好的吗，怎么转头就病了？还是老毛病吗？”

安北城脚步一顿，突然停下。

苏小南猝不及防，撞在了他的后背上：“喂，你搞什么？”

安北城转头，低下视线，认真地捏一下她的鼻尖：“撞疼了？”

“没事。我大人大量，不跟你计较。”苏小南揉了揉鼻子，“你还没说，老太太怎么了？”

安北城勾了勾嘴角：“你说对了，她是老毛病！而且，还越来越严重。”

对于安老太太这个人，苏小南是有好感的。因为自从她嫁入安家，除了安北城之外，真正对她好的人就只有安老太太了。虽然老太太对她好的原因，很大程度是为了借她的肚皮生孩子，可即使这样，也不能掩盖她是一个好老太太的事实。

“你愣着干什么？快说啊，可急死我了。”

她的焦急摆在脸上，眼神里的关切也骗不了人，甚至因为她实在太担心，一只手捏得安北城胳膊都疼了。

“苏小南。”安北城注视她许久，突然唤她，“我们生个孩子？”

啊！这也跳转得太快了吧？

苏小南想了想，突然死死捏住安北城的胳膊，脸色都变了：“是不是老太太快要不行了？”

这是她唯一想到的解释。除非盼曾孙子快疯魔的老太太不行了，要不然安北城怎么会有这样的打算？

看她双眼都快溢出泪来了，安北城嘴唇抽搐一下，叹道：“是的，她说她快不行了。”

她说她快不行了？苏小南突然弄明白了。

她干咳一声，丢开手发笑：“我就说嘛，看来是老太太又作妖了啊。”

“嗯。”安北城揽住她的肩膀，并肩往前走，“这个老太太无法无天，简直成精了，谁也降伏不了。只能靠你了！”

她突然仰起头，一双水汪汪的大眼睛直视他，笑容带点自嘲：“我们什么关系，彼此心里都清楚，你难道还真的想和我生孩子？”

她问得随性，就像在玩笑一般。

安北城却停下了脚步：“如果我说，是真的呢？”

走廊上静悄悄的，安北城的话格外清晰。

苏小南吃了一惊，心里七上八下地盯着他看。想一想，她踮起脚，抬高手去摸他的额头：“你是不是发烧了，要不要我去叫顾风——”

“苏小南！”他打断她的话，顺势将她的手拿下来握在手中，“我没和你玩笑！”

这事来得突然，苏小南受了不小的惊吓，感觉到他掌心的力度，她微张着嘴，结巴起来：“这个，这个……咱俩不是说好的吗，你别风一阵雨一阵的行不行？我们的……一年，还剩多长时间来着……”

她思绪一团乱麻，说话已经有些不过脑子了：“你快给算算，我们还能在一起多久？”

安北城面色一沉，似乎对她的反应很不满意：“我给你时间考虑。”

苏小南不知道该怎么回答了。他却突然抚住她的腰，猛地往怀里一勒，紧紧压住她，头微微低下，视线看入她局促不安的眼中：“等你集训结束，告诉我答案。”

苏小南身体完全贴在他坚硬的身躯上，紧张得几乎窒息：“我现在就可以……就可以告诉你答案。”

“说！”一个字，他说得威压十足。

“我……我不准备给你生孩子。”吭哧吭哧地说完，看他黑眸放冷，苏小南赶紧解释，“我的意思是说，我们这样的婚姻，本来就……就是不合常理的，也做不得数的。而且我，我也不是陆止……我不可能这样不明不白地给你生孩子。我的孩子，必须因爱而生，我的婚姻也不能……不能冠别人的名字。”

“那好办。”他突然将头压低，距离近得快要贴着她的脸，“你再嫁我一次。”

“啊……嗯？”苏小南蒙了。

“你，苏小南，嫁给我。”

他的眼眸太过深邃，他的样子太过认真，他的呼吸也太过温热……这一切，让苏小南开始怀疑人生了。

难道他真的想跟她生个孩子？难道他不知道他们有了孩子，一年合约婚姻就没有那么容易结束？或者是……他根本就只想借她的肚皮一用？她脑神经罕见地活跃起来，好的坏的都想得一团糟，却说不出半个字。

安北城看着她，也不吭声，耐性十足地等待着她的回应。这样子的他，让苏小南突然有一点玄幻感。就好像一个误入王子城堡的姑娘，原本以为期限一到就要离开，只当作一场美梦惊醒。可突然有一天，王子却跪下来向她求婚，说要娶她……

这一切太可笑了。

可笑得……她根本就不相信是真的。

这几个月，她早就为自己打好了各种预防针。

比如：不要爱上他，不要对他抱有半点感情上的幻想。

她害怕受伤，也因此成功地催眠了自己——没有爱，从来没有。

即便有过感情浓郁的时候，也是基于成年人之间最原始的交流，哪里算得上爱？

爱是什么样子，没有人知道。

说到底，苏小南不够自信。她不相信这样的好事会落到自己头上，也不相信安北城会不带目的地诚心娶她，娶她这个人，仅仅因为她这个人，而不是别的什么原因。

所以，这一刻，她内心的惶惑多过了惊喜："为什么是我？"

"因为——"安北城黑眸一荡，"因为是你，所以是你。"

这叫什么回答？！

苏小南微微一愣，突然翘起嘴角："是不是因为我足够美好，因为我是苏小南，谁也没有办法取代的苏小南，所以你爱上了我，是不是？"她的声音压得很低，看安北城面色一黑，突然又踮着脚扑过去，将嘴凑到他的耳边，"喂，是不是又有谁在监视我们，所以你需要我配合？"

安北城身体一僵，抿紧唇，一个字都说不出来。

苏小南看他这样的表情，以为自己猜中，轻笑一声："早说嘛，吓我一跳。以后有这种事，你可以提前知会我一声，或者捏我一下，给我递一个眼神也好啊。害得我差一点当真，少女心伤不起！"

说完，她看安北城还不开口，只盯着自己出神，眼里带着又似愤怒又似懊恼的情绪，忍不住笑道："你不要这样看我啦！这可怪不得我，像你这样又帅又多金的男人，确实招女人喜欢嘛，对不对？"

安北城提了一口气，慢悠悠吐出几个字："对。你说得太对了！"

苏小南瘪嘴看他："对也不用咬牙切齿吧？"

“你傻吗？”安北城狠狠掐住她的脸，“你仔细看我的眼睛。”

“……”

“你告诉我，你在我眼里看到了什么？嗯？”

苏小南很认真地端详片刻，慢慢说：“饥渴！”

安北城：“……”

苏小南：“哈哈哈哈哈！”

这间病房不大，却是医疗大队最好的病房了。

安老太太平常养尊处优，可住在这样简陋的地方，也能自得其乐，看到苏小南就呻吟连天，咳嗽连连：“哎哟，总算来了，等得我老太太头发都白了，我还以为这辈子再也见不着我的孙媳妇了呢……”

苏小南无语至极。

她老人家的头发本来就是白的好吧？

内心腹诽，她却不敢这么说，乖乖坐到床边，紧张地握住老太太的手，一秒就进入状态，配合她表演：“奶奶，昨天不是还好好的吗，怎么说倒下就倒下了？”

什么叫倒下了？

老太太干咳两声，唉声叹气：“小六子，你别难过，奶奶老了，早晚会有这一天的。就是啊，临到这时了，盼着见你一面也难如登天……咯咯——”

“奶奶，您别这么说。一听阿城说您快不行了，把我吓得晚饭都没吃，就急忙赶来了……”

“唉，也真是难为你了……”安老太太拍拍她的手，也说得抽抽噎噎，“难为你才到中午，就惦记着晚饭。”

呃……

苏小南窘了。

安老太太似笑非笑地盯着她。

得！苏小南慢慢坐直身子，咧开嘴笑出几颗牙：“行了奶奶，咱俩别兜圈子，有事说事。”

“爽快！我就喜欢这样的姑娘。”老太太把被子一掀，一下子精神起来，“我这就起来给你俩腾被窝，你们马上就地给我造曾孙子——”

“……”

当然，这只能是一个冷笑话。

哪怕任性如老太太，也做不到啊。

苏小南一把按住老太太，笑着哄她几句，老太太也就放弃了这个荒唐的打算。不过，她装病在床上躺久了，腰不舒服，背不舒服，腿也不舒服，这一个下午可把苏小南折腾得够呛。

都说人老了，就会还小，安老太太也这样，像个小孩儿似的，神神秘秘地把安北城支开，一会儿逛医疗大队的小花园，一会儿去小卖部看零食，笑眯眯地问苏小南要不要吃。到最后终于暴露出了狐狸尾巴——对苏小南面授机宜，教她怎么生孩子。

老太太这么放得开，让苏小南叹为观止。

这简直就是古今第一的奇葩老太太了吧。

但这样的老太太，确实可爱到爆。她越来越喜欢了，甚至有些担心，以后和安北城分开了，会不会因为太过喜欢老太太而上门去“摇尾乞怜”。

两个人在医疗大队遛弯的时候，中途不巧遇到了桂倚秋。

她和苏小南向来不对付，这冤家路又窄，见面当然没什么好脸色。

“奶奶好！”桂倚秋一副优雅乖巧的模样，上来就讨好老太太，苏小南却笑着挽住老太太的胳膊，换一个方向，不着痕迹地别开了她，微微一笑：“奶奶，这儿空气不太好，咱们换个地方逛？”

“哦哦。好。”老太太什么也不问，转身就跟着她走。

桂倚秋招呼的话都没有说完，人家就走了，这尴尬……她僵在原地，红着脸为自己找台阶下：“奶奶慢走！”

安老太太对苏小南很满意，对桂倚秋嘛，其实并没有什么恶感，不过她这个人向来恩怨分明，凡是喜欢的人喜欢的，她就喜欢，凡是喜欢的人不喜欢的，她就不喜欢，凡是不喜欢的人喜欢的，她铁定不喜欢。所以，为了苏小南，她懒得理会桂倚秋什么心情。

快到晚饭的时候，桂倚秋仗着厨艺好，又上门邀宠了。她亲自做了一些适合老太太脾胃的食物，踩着高跟鞋，扭着小腰拎到了病房。

然而，病房里空荡荡的，一个人都没有。

想一想自己在厨房里忙碌的样子，她有些气恨："病房里的人呢？不是没有办出院吗？"

小护卫被她的样子给镇住了，弱弱地指了指顾风的办公室："去顾队那里吃晚饭了。"

桂倚秋低头看一眼自己拎的食盒，愤愤地闭了闭眼，递给护士："喏，给你带的晚饭。"

护士惊愕："……"

在桂小姐气得火冒三丈的时候，顾风那间宽敞的办公室里正热闹着。

老太太是个自来熟的人，在哪里都可以放松愉快。办公桌上铺着报纸，几个从食堂里叫来的简单小菜和清粥摆在上面，四个人拉椅子围坐着，边吃边聊，好不开心。

"哎哟，我不行了，笑得脸颊酸疼，脑子也胀胀的。"苏小南抚着额头，笑着站起来，"不行，奶奶，时间不早了，我得回队里去了。"

"回什么回？不舒服得休息。"老太太虎着脸就对顾风说，"风子，赶紧安排个房间，让我孙媳妇去养养病。"

"这个……"顾风瞥一眼安北城，"要不让嫂子去我的休息室歇一会儿？我好久没住了，都是干净的。"

那间休息室对于安北城和苏小南来说，本来就有一些渊源——上次苏小南被千里眼绑架服了那劳什子日本药，烧得不要不要的，就是在顾风那间办公室，让安北城用最传统最原始的人体纾解法为她解去的药效。

想到那事，苏小南红了脸："不不不，我还是回队里去。"

"今天晚了，明天回吧。"安北城示意她看老太太的脸色，"你先去歇一会儿再说。"

"那好吧。"

苏小南迟迟疑疑地答应了。可老太太还不肯消停，嚷嚷着她身体不舒服，一个人去不安全，非得让孙子疼媳妇，推搡着，硬是要安北城送她过去。

苏小南哭笑不得，可五十步都走了，又何必计较一百步。从顾风的办公室出来，其实转过弯，再走几步，就到他的休息室了。门没有上锁，一拧就开了。苏小南走进去，打个饱嗝，坐在床沿上，往下一躺就不爱动弹了。

“我好像吃得太撑了，一撑，脑子就不好使，晕乎乎的……犯困。”

“那你休息一会儿。”安北城弯腰下来，替她脱掉鞋子，又把她的双脚挪到床上，拉被子给她盖好，看她眼睛都合上了，不由得皱一下眉，“有这么困？”

“嗯……”苏小南声音悠悠的，回答得懒洋洋的。

安北城掖一下被角：“你睡，我出去陪奶奶。”

“嗯……”听她有气无力的声音，安北城摇了摇头，转身走向门口。

可当他拉门把时，却发现……拉不开。

他微微一怔，加大力度。

木质的房门受力颤了几下，但怎么都开不了。

很明显，被人在外面上了锁。

安北城抿一下唇，再看一眼紧紧闭合的窗户，大概明白怎么回事了。

除了老太太，谁会这么无聊？

他松开手，放弃地坐了回去。

“噫？！”苏小南看他又转回来，怔了下，“你怎么没走？不是要陪奶奶吗？”

“奶奶不需要我陪她，需要我陪你。”

“……”苏小南无语地打个哈欠，只觉天花板上的灯像是晕成了一团，看不太清楚，头也有些晕晕的，身上也热热的，有一种怪异的难受感觉。

这是怎么了？她抬起脖子，使劲摇晃一下头，想让自己清醒一点。可这么做完全是徒劳，她越摇头越晕，甚至有些发烫。

“安北城！”她伸手拉他，“你摸摸我，是不是发烧了，我怎么感觉身上好烫。”

安北城把手放在她的额头上。温度很正常，她的眼睛和神色却不正常。水汪汪的眼，像蕴了万千情愫，极撩人心，酡红的脸上粉嫩嫩的，在两片花瓣般樱唇的点缀下，欲语还休，像带着某种无言的邀请……

他沉眸："我也有点热……"

看安北城无奈的样子，苏小南恍然大悟，顿时警铃大作："该不会是老太太又作妖，在咱们的饮料里放了东西吧？"

"也许……"

安北城脸色不好看，对老太太的行为也很崩溃。

苏小南见状，突然有些想笑："你信不信，这会儿老太太正在门口偷听呢。"

她这话不说还好，刚说出口，房门就传来咚的一声，像被什么东西碰到了。

苏小南翻了个白眼。敢情真让她说中了，老太太听墙角来了？

"安北城，你奶奶也真是……"她压低声音，低笑非笑地凑过去，"安北城，你现在是不是特难受？特想扑倒我？"

"滚！"安北城不理会她，一只手揪着被子，一脸镇定。

只不过，他抓被子的力道太大了，大得他手背上的青筋都冒了出来。

"啧啧！我怎么这么想笑呢？"苏小南忍不住幸灾乐祸，"哎，我先睡了啊，你千万不要招惹我啊。我可告诉你，我是一个正直美好的优秀年轻人，绝对不会允许酒后乱性这种不符合科学发展观的行为发生。"

"睡吧你！"安北城粗声粗气地吼她一句，猛地将被子扯高，把她连脑袋一起盖住。

"喂喂喂，你干什么？！"苏小南在被子里挣扎。

"免得你受不了对我犯罪！"安北城说得理所当然。

苏小南好不容易从被子里伸出头来，瞪着双眼不服气地问："我受不了？要不要咱俩再赌一局？"

"赌什么？"

"赌哪个最先抗不住药效，对对方动手动脚。"

"嗯。输了怎么说？"

"输的人必须无条件答应赢的人一个条件。怎么样？"

安北城额头上的汗在灯光下亮晶晶的，语气却慵懒无比："你输定了。"

"那可不一定。"苏小南讽刺地瞥他，"我是出了名的忍者神龟，你算老几。”

安北城眉梢一挑：“原来是神龟女侠？在下失敬！敢问，神龟女侠与王八蛋是不是一家？”

“占我便宜？”苏小南呵呵一笑，“得了吧你，不要试图激怒我，引起我的愤怒，从而导致我血液温度升高，让药效作用更快。小伎俩，我才不会上你的当呢。”

“……”安北城嘴角若有似无地抽搐一下，只剩无语。

“嘿嘿，姐姐我睡觉，不搭理你。”

闭上双眼，苏小南果然再也不理会安北城，连呼吸都均匀得很。

气氛诡异地凝滞了，一个躺着，一个坐着，休息室里，落针可闻，只有墙上的挂钟嘀嗒作响。可原本安老太太给他们安排的一个精神与灵魂碰撞的激情夜晚，根本就不是让他们来赌的啊！两个人这样操作，怕是会把老太太的“老毛病”再气得复发吧？

实际上，他们还是太高估自己了。

不知道谁先开的头，这个时候，也不适合深思这个太严肃的问题。苏小南只知道与他一起遁入那个令彼此身心快活的人类原始游戏之中时，一阵细柔的微风吹过她的脸，带着他稠如浓墨的视线，还有温暖的声音。

“苏小南……我们要个孩子吧？”

苏小南没有说话，他的目光逐渐黯淡下来。

“不想要就不要吧，你不要自己胡乱吃避孕药，回头我让顾风给你。”

苏小南“哦”一声，说不出别的话。

其实她不是不想要孩子，只是还没有做好当妈的准备。

一来她年龄确实还小，二来她和安北城的关系……她不想有一天做单亲妈妈，或者失去孩子的抚养权。社会是现实的，现实是残酷的，她不能不为自己和孩子考虑。又或者说，她只是需要更确定的情感，才敢给他生孩子吧。

可他们两个……到底是怎样的感情？

苏小南混乱了。

一夜荒唐，第二天天刚亮，她就接到一个令人措手不及的消息，也不知道是什么人把她给告了，安北城都受到了牵连。人家证据确凿地向上头递交了匿名材料，说她在集训期间私自离队，跑到医疗大队来行秽乱之事……

苏小南有一种想吐血的冲动，望着淡定喝粥的老太太："奶奶，您可要救我啊，我这完全是被逼的……"

"嗯。"老太太慢吞吞地从粥碗边抬头，"那你要不要再编一个曾孙子出来，哄我老太太开心一下？"

"编"一个曾孙子？苏小南怔怔望着她，像被鱼刺卡了喉咙："奶奶，您……您都知道了？"

老太太哼一声，没好气地说："我老太太牙口不好，可眼睛没瞎，耳朵也没聋。"

苏小南真的快要吐血了。

老祖宗知道这事，为什么从来没有问过？腹黑原来是这种的啊！以前她只觉得老太太好玩，对她也好，却不晓得原来老太太一直知情，却装作一副被他们蒙在鼓里的样子，整天嘻嘻哈哈地高兴着，陪他们玩。

苏小南心里一寒："奶奶，我错了……"

"错什么错。"老太太笑眯眯地安慰她，"你们肯编个曾孙子出来哄我老人家高兴，也算是有心了。"

有心了……有心了……有心了……

苏小南有一种进入了宫斗大戏的错觉。

面前坐的人，分明不是什么安老太太，而是旧时封建社会的皇太后。他们以为把老太太蒙在鼓里，却不知道被耍得团团转的人一直是他们。尤其老太太这会儿嘴里说出来的话，苏小南根本分不清到底是真话，还是反话。

她悻悻然笑着，搭不上腔。

老太太瞭她一下，又指了指她面前的粥："不想说话，就喝粥吧，不该你操心的事，就甭跟着瞎操心。你啊，管好自己的身体，早点给我添个大胖曾孙子，比对我老太太说多少甜言蜜语都管用！"

果然唯曾孙子是重！

苏小南心里怪异得发毛："是，奶奶。"

她低头拿着碗，默默喝粥，心里却明白，这老太太从头到尾就是一个明白人。

以前苏小南觉得老太太好，纯粹是因为她对自己好。

在这一刻，她深深感觉到，活到老太太这一把岁数还能这样精明，真是不容易。她希望自己到了七老八十，也能像老太太一样，开朗、幽默，懂得与年轻人相处，会容忍年轻人的不足，不挑毛病，永远不与社会脱节……

"想什么呢？"老太太放下碗，拿纸巾擦了擦嘴，"还没怎么说你呢，就不乐意了？！"

"没有没有，我哪里敢。"苏小南咂了咂嘴，冲她笑，"这不没接到老祖宗的懿旨，小的不敢胡乱说话嘛，万一惹您不高兴，一个大义灭亲，我不就完蛋了。"

"贫嘴！"老太太瞪她一眼，嘴角往上一扬，不仅软了心肠，还反过来哄她，"这举报的事你甭往心里去！我老太太还没死呢，哪个不开眼的敢在我眼皮子底下作死，看我饶得了他！"她冷哼一声，又黑着脸看向苏小南，"也都怪你们，要不是你们不积极主动，用得着我老人家亲自出马，惹这祸事吗？"

"……"

苏小南回到集训队，对举报的事也没有完全放下心。

虽然老太太和安北城都让她不要操心，好像完全可以搞定的样子，但被举报的人到底是她，哪怕神经再大条，她也是在乎名声的。可心惊胆战地忐忑了一天，举报的事没有后续，集训队却迎来了一场整风运动。

从上到下，每个人都要写自查整改报告，限当天完成，第二天还要在大会上做总结。她一个人离开集训队，没想到引发了这样一场"地震"，让所有集训队的战友都跟着她倒霉，背黑锅，这对苏小南来说，比让她一个人写检查或者被体罚还要糟心。

早上出操，食堂打饭，大操场训练，投掷手榴弹，穿越铁丝网……不管做什么训练，她似乎都能感受到战友们投来的异样眼光。

尤其那个张忠……那个因为上头干预最后被留在红特的张忠，本来和她就不太对付，现在苏小南出了这事，他没事就和几个男兵钻一堆，窃窃私语，一副幸灾乐祸的样子。虽然苏小南听不见人家说吗，可心里总是毛毛的，感觉人人都在背后说她的坏话。

众口铄金，积毁销骨！

这种感觉尝过才晓得，太不是滋味了。

“心里没鬼，你在乎别人说什么？”

一个略带讽刺的声音在背后响起，苏小南偏过头去。

在她身边挥汗如雨，穿着一件背心疯狂秀肌肉的男人，正是陆启。

她哼哼一声：“关你什么事。”

陆启懒洋洋吊着单杠，一上一下地起伏着，那肱二头肌与胸肌，有着一种令人想要犯罪的美感，就连他带着粗喘的声音都极有魅力：“如果你不姓陆，我才懒得管你。”

真的假的？现在他真的只拿她当妹妹了？

苏小南不太相信地瞥着他，看他没什么异状，考虑片刻，突然问：“你知道谁举报我的吗？”

“我只想知道，你是不是干了这样的勾当。”

“你说话真难听，啥叫勾当。”

“不叫勾当，那叫什么？”

“请用科学的发展观来看待问题。我们正经夫妻，干点啥不应该？”

“呵呵！”陆启冷笑，“那也得看在哪个地方了。”

这样你来我往的针锋相对，以前在两人之间不常见。也不知道从什么时候开始，陆启对她就彻底换了画风，不是冷嘲热讽，就是不冷不热不搭理。可每次当她有事，他就会名正言顺以哥哥的名义站在她身边，继续讽刺她，也继续帮她……

苏小南感觉怪怪的，尤其他们讨论的好像是……她和安北城的房事？

苏小南咳嗽一下，不经意就瞥见陆启上提嘴角时，右边脸颊上那一个若隐若现的酒窝。熟悉的旧时光突然涌上心来，这样的陆启，仿佛回到了青葱的少年时期，让她情不自禁地眯了眯眼。

“陆启……”她不再嬉皮笑脸，突然认真了许多，“有些话一直想问你，始终没有找着机会，不知道现在方不方便。”

“想问就问，不想问就不问。在意别人方不方便，那就代表不方便的人是你自己，那又何必问。”

“……”绕口令啊这是？

苏小南撇一下嘴道：“我不过想问问你，在国外混得那么好，干吗又回来吃这苦头？”

陆启从单杠上回头，给她一个意味深长的笑：“想听真的，还是假的？”

“当然是真的。”

“为人民服务！”

“滚！”苏小南没好气地丢给他一个卫生眼，“假的呢？”

“假的嘛……”陆启头往上仰，四十五度角仰望天空，一动不动地维持单杠支撑的高强度动作好久，突然懒洋洋地一叹，“为了一个女人。”

苏小南心里咯噔一下。

好像马上要被人表白的少女似的，她心里突突地跳着。可就在她希望陆启不要说什么酸溜溜的话，让彼此难堪的时候，却听他抬高了声音。

“你紧张什么，我又不是在说你。”

“我有紧张？”苏小南看他，“你想多了吧？”

陆启抿嘴不语，隔一秒，又邪气地瞄她：“你就不想知道我为了谁。”

“不想。没兴趣！”苏小南敲了敲额头，突然想到那件糟心的事，无奈哀叹一声，“我的检查还没有写呢，哪有兴趣管你为了谁？话说，我好多年没有写过这玩意儿了，根本不会写好吗？”她头一偏，“要不，你的借我抄抄？”

抄一抄？这个场景重合了学生年代的往事。

看着他眼睛一眨不眨地盯着自己，苏小南不想尴尬却还是难免陷入尴尬。于是她待不下去了，转身就回避了陆启热辣辣的视线：“算了，你肯定没有写。我继续去憋一份总结出来。”

“哎！”陆启跳下单杠，在她背后抹着汗水，“我的借你抄。”

苏小南脚步一顿，回头看他："那咱俩总不能写一模一样的吧？"

"这种事难得到我？"陆启一笑，脸颊上的酒窝又调皮地露了出来，"你忘了我是从多少份检讨里写出来的学霸了？"

"……"好吧，这是事实。

苏小南最讨厌写检查，写总结，打官腔，有便宜拣，她当然得拣了。

明儿就是集训队员自查整改总结大会，今天晚上这件事就得搞定。

于是，晚上出操完毕，苏小南偷偷摸摸地等在宿舍外面。

等了一小会儿工夫，陆启果然如约来了。

他手上拿着一个小笔记本，递给她："喏，我给你准备好了。"

"谢谢！"苏小南回头，挥挥手，"早点休息。"

"休息什么，今天晚上肯定有紧急集合。"

"噫，你咋知道的？"苏小南抱着笔记本回头，歪着脑袋瞅他，"难道是雷队或者伍队给你泄的密？老实交代，几点吹集合哨？"

陆启轻轻一笑："我猜的。"

"这也猜得着？"苏小南瘪嘴不信。

"当然，他们不会错过今天这样的好机会嘛，尤其是伍队……"

也是哦。今天晚上全员写检查，这些人肯定被折磨得头昏脑涨。在这种情况下吹紧急集合哨，非常残酷没人性，却特别符合伍少野的脾性。苏小南点点头，二话不说，飞快地跑回自己的单身宿舍，打开笔记本就开抄。

早点抄完睡觉，等着集合……

可抄着抄着，她突然觉得不对劲儿。

这语气分明就像她的立场啊，哪里是陆启自己的。

难道他特地为她写的？

有哥的感觉也不错。

咬着笔杆子，苏小南沉默了下，甩甩头："不管了，先抄！"

实践证明，陆启确实有预见性。

这天晚上的伍少野狂性大发，不仅吹了紧急集合哨，还吹了整整三次。

一点半一次，三点半一次，五点半又一次。

这样折腾下来，等第二天再早起跑完操，全员集合念自查报告的时候，苏小南累得都快虚脱了。可事情是她引起的，众目睽睽之下，她不得不打起十二分精神来念。

“各位领导，各位同志：我在接到组织对集训队员的自查整改要求之后，认真地对自己加入集训队以来的情况做了自查总结，现将情况汇报如下。第一，我……”

“伍队！”这时，会务大厅门口，伍少野的通讯员进来，“总部急电！”

伍少野看完，飞快地瞄了苏小南一眼，起身严肃道：“有紧急情况，报告会暂停，同志们大操场集合，执行任务。”

“是！”众人齐刷刷站了起来。

苏小南一脸悲愤不平。

这这这，敢情她都白抄了呗！

集训这些日子，执行任务不是第一次。虽然苏小南心里疑惑，但什么都没有问，就和战友一起陆续退出会务厅，集合、整装待发。

十分钟后，一个个荷枪实弹，上了卡车，一辆辆车子鱼贯而出。

“哎，哥儿几个，你们就没点啥想法？”

一般情况下，为了保密，没到任务地方，任何人都不会知道具体任务情况。

苏小南心里也好奇，但抿紧嘴巴，只负责带耳朵听。果然，很快就听到另一个外号叫“小半仙”的战友神神秘秘地压着声音说：“嘿嘿，这事儿你们问我就对了。”

几个人都看着他，却见他微眯着眼，抱着枪龇着白牙笑：“出来之前我就观察过了，咱们执行任务的人数占了集训大队的一半。所以，本仙掐指一算，这回是一票大买卖啊，绝对和前几次的小儿科不同。”

“滚蛋！”瓦格小声训他，“什么叫买卖？咱们是执行任务。”

“是，班长同志。”小半仙马上严肃脸，“为人民服务！”

“哼！”瓦格瞪他一眼，“大家严肃点！都给我打起精神来。”

事实证明大家都有预见性，这次的任务确实不简单。

为了打击犯罪，安定社会民心，禁毒总队在今天集中销毁缴获的毒品，数目极其庞大，经新闻发酵，引来了各方单位和媒体的关注。而且，为了销毁毒品时不至于污染环境，需要销毁的货品都被运到了这个荒凉无人的大山里。除了随行的媒体和警察，方圆十里之内，杳无人烟。

他们车辆靠近任务点后，却没有进入销毁现场，刚一下车就被带离。

“分散埋伏！”

苏小南跟着小组战友埋伏在离销毁现场500米外的一个土丘后面。几个人脸上画着油彩，头上有伪装，一个个安静地趴在草丛里等待。

“班长，我这心里咋这么瘆得慌呢？”

“瘆什么？”

“嘘——”不待瓦格回答，拿着望远镜的陆启突然回头，“来了！”

大家一听，神经马上紧张起来。土丘下方的销毁现场，一辆辆警用货车开来，一车车神色肃穆的特警和武警陆续进入。

警笛长鸣，声势浩大！

“哇，这么多人！那让咱们来做什么？”

“当然来做安保。听说这次有十几吨……”

回答的人是陆启，一听这话，另外几个人都打眼望他。

“你早就知道？”

“嗯。”

“那你不说？”

“你们没问我。”

好吧，这也算是一个好答案了。

大家来不及和陆启计较，很快销毁场地上就热闹起来，特警将一箱箱的毒品搬了下来，码得整整齐齐。

“这么多！”

十几吨的毒品数量太庞大，看得人眼睛都直了。

这时，通讯器里突然传来声音：“呼叫D12！呼叫D12！听到请讲话。”

D12正是他们小组这次行动的代号。

瓦格回答：“D12收到，D12收到！”

命令声再起：“现在命令你们小组，迅速转移到六点钟方向，继续执行任务！”

六点钟方向？苏小南用望远镜瞭了一眼。

那里地势较高，可以俯瞰整个销毁现场——嗯，是个好位置。

几个人迅速转移，穿梭在山林里，并没有引起任何人的注意。

12 月中旬的天，地上冰凉而潮湿。寒风刮过来，像剔骨头的刀片，剜得人生疼生疼的，鼻涕泡都冒了出来。可销毁现场热热闹闹，记者拿着长枪短炮在采访，寒风中的红特队员却一动也不能动。

这滋味儿，太销魂！

如果这事发生在三个月前，苏小南肯定得骂娘。可人的潜力是无穷的，再残酷的生活也能够慢慢适应。当她的体能、技能都得到大幅提高之后，承受痛苦的阈值也得到了很大的提高。

“你还好吧？”陆启就趴在她身边，瞥了她一眼。

“好……”苏小南说话的时候，才发现自己声音都在颤抖。

太冷了！她宁愿去跑五公里、十公里，也不愿意埋伏在这里受罪。不过，比起给陆启一个嘲笑的机会，她咬着牙齿也不愿意承认自己不舒服。

“逞强！”小声的两个字，是陆启的轻嘲。

苏小南听清了，却目视前方，只当没有听见。

“D12 注意！ D12 注意！”通讯器里的声音打断了苏小南的思绪，“一个小时后，集中销毁开始点火，你小组务必保证范围安全。”

“是！”瓦格的回复很响亮。

可苏小南脑子里琢磨的却是……一个小时？

还有一个小时，亲娘啊！

开始只是身上冷，现在她连肚子都不舒服了。趴在冰冷的地上，衣服似乎湿透了，连内衣都没有逃过，小腹绞痛绞痛的，感觉在往下坠。她强忍着，恨不得时间马上过去……

等待，太难受。

苏小南微眯着眼，忍着身体的不适，盯着被特警围得里三层外三层的销毁毒品现场，突然间，现场蹿起一股子火苗。

嗖嗖嗖！烈焰冲天！

转眼，砰一声巨响，一辆汽车在燃烧中突然爆炸！

突发事件来得太快，两个正准备卸货的警察猝不及防当即被炸得飞扑出去。

看着躺在地上的两个警察，苏小南眼睛微微一瞪，掉转枪头，用瞄准镜望向层峦叠嶂的山间密林，冷不丁地，一个黑布套头的家伙出现在她的瞄准镜里。

苏小南心里一窒，搭着扳机的手指完全绷紧。她微微低头，对着无线通讯器道："报告，D12 三点方向，发现目标，手执 SR−99 狙击步！请求指示！"

无线通讯器里静默了一瞬，突然传来一个声音："寻找机会，击毙！"

击毙两个字带着丝丝的冷意，以及莫名的熟悉感。哪怕透过无线电波，苏小南也听出来了，那是安北城的声音。好些天没有听到他的声音，她其实有点激动，更激动的是，他居然叫她杀人！

老天！苏小南心脏狂跳，几乎快要拿不住枪了！

"D12——击毙！"无线通讯器里，又传来声音。

冷漠、严肃、命令的口吻，很容易让人产生听命的从属感。苏小南手哆嗦了一下，发现瞄准镜里那个拿狙击枪的家伙正往密林边上移动。敌人手上有狙击枪，一旦被他找准目标，死的不定是谁呢！

电光石火间，热血冲上脑门，苏小南扣动扳机。

嘭！

一道很小的声音响过，瞄准镜里，血光猛地溅出，那家伙捂着胸口滚入了草丛。

苏小南枪支上装有消音器，除了身侧几个人，根本就没有人发现她开了枪。

于是，那人一倒，瓦格马上带着人悄悄摸了上去。苏小南还趴在原地，视线蒙眬，突然有一点看不清眼前的画面："我……杀人了？"

人的本能会对生命敬畏，她一时间根本回不了神，就那样趴着，头皮麻麻，耳朵嗡嗡作响，整个身子发软，脑子一片空白，分明看着这一切，却又似什么都看不见……

杀人的刺激，腹痛的难过，快要把她折腾得断气了。

于是乎，任务结束后，她成功地从一个钢铁战士变成了一个因为来“大姨妈”而被抬入医疗大队的人。

躺在医疗大队的病床上，她睡一觉起来发现已经换好卫生巾，看着面前站得像尊雕像的安北城，她诧异地问：“这个……是你帮我弄的？”

安公子脸上有刹那的僵硬，很快消失，却恰好被她捕捉到。

“嘿嘿！”苏小南拉一个枕头靠在背后，好心情地瞄他，“谢谢，真是想不到呢。”

“不是我。”安北城语气生硬而冷漠。

“那是谁？”

“……”安北城眉头微微一皱，“女护士。”

“哦，哪个护士？你告诉我，我回头得感谢一下人家。”

“哪那么麻烦。”安北城不耐烦地瞪她一眼，将帽子往头上一扣转身道，“我走了，你注意点，不要弄脏床单，要不然，赔偿从你的津贴里扣！”

苏小南气得咬牙：“站住！”

安北城脚步一顿，回头看来。苏小南耸一下肩膀，迎上他的视线：“放心，我不问‘姨妈巾’的事儿，就想知道那个人……后来怎么样了。”

“哪个人？”

“你让我击毙的那个人。”

她声音弱弱的，有一点点游离。杀一个人，不是宰一只鸡，要说没有半点阴影，那是不可能的。安北城似乎也明白她的心情，往回走了两步，看着她略微苍白的脸道：“如果我说死了呢？”

如果？意思是没有死？

苏小南绷紧的心突然一松：“吓死我了！那他们都是什么人？”

安北城表情淡然：“自己人。”

啥？自己人？

苏小南脑子嗡的一声，以为自己听岔了：“麻烦你再说一次。”

“我说——那是自己人。今天只是一个模拟任务。”

苏小南不太相信：“可我看到他一下子就溅出了鲜血，而且，我的子弹也都是实弹啊！”

“他穿着防弹衣。”安北城专注的视线落在她的脸上，似乎在捕捉她细微的表情变化，“苏小南同志，今天执行任务的时候，你的表现并不令我十分满意，不过看在你生病的分上，我暂时不追究。”

不满意？不追究？

苏小南一时气结，恨恨地咬牙：“安北城同志，我对你的行为也很不满意。你为什么事先不告诉我？”

“如果遇上真正的敌人呢？也有人告诉你吗？”

“万一，万一我的枪没有打准，打到别的地方呢，他不就受伤了？”

“那就是你不合格。”安北城居高临下地看着她，“开枪之前，你至少迟疑了二十五秒。你知道二十五秒意味着什么吗？你有可能会因为这二十五秒失去一个或者无数个战友。”

“我承认你说得对，可是……”苏小南分分钟气恨，“可是你明知道我从来没有杀过人，你还命令我开枪，好歹也应该给我一个缓冲吧？安北城，你就是故意的对不对？”

“对！”他一把抓住她的手，直视着她的眼，“苏小南，我要你记住这次教训！”

教训？！教训个鬼啊！看着他严肃的脸，苏小南满脑子被人愚弄的感觉，用恼羞成怒来形容再贴切不过。她不想讲理，恶狠狠地抽回手。

“那么多人你不叫，偏偏叫我。非得把我吓得魂飞魄散，然后才告诉我任务是模拟的，根本就没有什么敌人。我趴那儿一个多小时，又冷又湿，又来‘大姨妈’，哪儿哪儿都不舒服，你不安慰我，反过来指责我，还说对我不满意。你不满意，我还不满意呢。既然大家都不满意，大不了一拍两散好了！”

她噼里啪啦说了一堆，像在放连珠炮。

安北城瞳孔微暗，视线冷厉不少：“你再说一次！”

苏小南性子倔，典型的吃软不吃硬，昂着下巴瞪他：“你没听清？我说大不了一拍两散。安北城，你有没有想过，你根本就没有资格对我不满意，因为这不是我主动要求的，我是被你逼的，这叫赶鸭子上架。你既然选择了不优秀的我，就得接受我的不优秀。我不是你想要的那种人，也不接受你把我打造成你理想中的那种人……”

说到这里，她眼圈都红了。

那是一种被人否定之后的触底反弹。每一个人其实都希望得到别人的肯定，尤其得到重要之人的肯定。苏小南在集训队那么苦那么累，训练，任务，训练，任务，她苦苦熬下来，其实也期待得到安北城一个赞许的目光。她也虚荣，也希望成为与他一样优秀的人，可以与他站成并肩的姿态，不会逊色……

然而，他今天的一句“不满意”，伤到了她的自尊。在她付出了所有努力之后，得到一句“不满意”，也让她“大姨妈”症状发作，有些浑不讲理。

“好了，我的话说完了。”看着冷着脸一动不动的安北城，她视线往下垂了垂，缓慢而清晰地说，“现在，你可以走了！”

她不太喜欢这样矫情的自己，可她到底是一个女人，说出去了，就收不回来，也不允许自己在安北城面前一再卑微地降低底线。

病房里落针可闻。

大多数时候，女人的别扭只需要一句安慰或轻哄。

可男人大多并不明白这个道理。

安北城站在床边沉默了许久，最终，他深深看她一眼，转身离开。

砰！

重重的关门声，仿佛撞击在苏小南的心坎上。

不过转瞬间，屋子里竟出奇地冷。

苏小南愣愣看着安北城消失的门口，突然捂着脸，将自己缩回了被子里。

今天突然冲安北城大放厥词，其实她也不知道自己犯了什么毛病，也许“大姨妈”的到来影响了情绪？这么安慰着自己，她却知道，那只是一个不太完美的借口。

说到底，还是意难平。

一旦开始在意某个男人，就会在意他对自己的看法、想法，哪怕他一个不屑的眼神，也会让她很受伤。

这样不好。

这样很不好。

脑子里重复着这句话，苏小南捂着坠痛的小腹，不停地做心理建设，直到沉闷的敲门声响起，她才收回神思，从被子里露出头来：“谁啊？”

外面是一个女人的声音：“美女，你休息了没有？我给你拿东西来。”

不是安北城，她有些失望。可没有想到护士小姐给她带来了安北城对她最实际的安慰——一个象印水杯、一袋生姜红糖饮、两袋“姨妈巾”、纸、棉质内裤等女性用品，还有一台电脑。

“老大说你住院的时候用得着。”

再一次受到了这样的特殊“优待”，苏小南有点哭笑不得。

她是不是史上第一个因为来“大姨妈”而住院的患者？不过，对于勒令住院的要求，她也没有反抗，吃了睡，睡了玩，这样美好的住院生活，堪比活神仙，简直就是梦想实现嘛。

摸着陌生的键盘，看着熟悉的游戏画面，苏小南整颗心都酥了。

在没有她的日子，《JK3》还是《JK3》，不过游戏版本又更新了，主城里的玩家也添了不少陌生面孔。苏小南上游戏的第一件事，就是打开好友栏。

莫暖不在，死神不在，反倒是万年不上游戏的天涯一杀在线。

奇怪！她这个便宜老公，被大风刮来的？

苏小南马上私聊他：“喂，你在干啥？”

“游戏。”他回答得很严肃。

可这不是废话嘛！苏小南对着白生生的墙壁，龇牙笑了笑，又啪啪敲字：“你这个人也忒闷了，问什么答什么，就没点别的可说？”

“问什么不答什么？那我答什么？”

“……”苏小南有种遇到外星生物的感觉：“你说我们认识这么久了，又是游戏夫妻，你就不懂得撩我一下？”

“撩？”足足等了一分钟，屏幕上终于有了他的回复，却惜字如金，“好，撩你。”

“……”

“不过你告诉我，要怎么撩？”

苏小南这一次真的差点郁卒：“你哄哄我，说点我喜欢听的，那就叫撩。”

天涯一杀又闷了一会儿，回复：“你怎么了？”

嗯！很好，上道，知道关心人了。

苏小南打字的速度加快：“我不太舒服。”

“哪里不舒服？”

“我被人欺负了。”

“谁欺负你了？”

“我老公。”

“他怎么欺负你？”

“……”

看着屏幕上清晰的汉字，苏小南突然有点说不下去。

是啊，他怎么就欺负她了呢？人家带她到医疗队，为她找医生，甚至纡尊降贵给她换“姨妈巾”，买来各种女性用品，甚至“特批”她住院“治疗”，带来电脑供她娱乐——这都多大的恩典啊，哪就叫欺负呢？

这一刻，苏小南突然想明白了：“我想，我最大的不舒服在于……他不爱我。对，我只是介意，介意他不爱我而已。”

有些话，在现实中说来矫情，对着网络上的陌生人却可以畅所欲言。苏小南对着完全陌生的天涯一杀坦露了心声，也承认了心思。

所谓介意，只因在乎。

所谓难过，只因得不到。

她很羞愧，为自己的浅薄。

这句话发出去许久，天涯一杀都没有回复。

苏小南心里突然有点堵。她都这么推心置腹了，他就不能坦诚相待地安慰两句吗？

果然，网络比现实更无情啊！

这么一想，她觉得聊下去也没啥意思了，把玩着鼠标，她上下拉动着聊天条，正准备随便找个队伍刷副本，天涯一杀突然说话了。

“你们女人以为的爱，到底是什么？”

这个问题太大了。

苏小南呆愣愣地挠半天脑袋，也答不上来。

从小，大家嘴里都在不停地说爱，这个爱，那个爱，然而爱是什么，谁又说得明白呢？实际上，一个人最容易感受并铭记在心的，并不是爱，而是与爱相反的——恨、伤心、难过、痛苦等负面情绪……

“很难回答吗？”天涯一杀平常话少，今儿却像和她铆上了，又追问一句。

苏小南嘴巴一抿，满带杀气地盯着电脑屏幕，啪啪敲字：“不难回答吗？如果不难，麻烦你告诉我答案。”

这招反将一军，她玩得很溜，很漂亮。

果然，天涯一杀似乎被噎住了，过了好久才发过来一句话：“我也不知道答案，但我认为，一个男人给女人最大限度的照顾，才是实在情感。在感情上，行动力应该高于语言表达力。”

行动力应该高于语言表达力？

苏小南不服气地继续反问：“人的感情都揣自个儿心里，不说出来，对方又怎么感觉得到？”

“别骗自己。”天涯一杀回答，“你和一个人长期相处，他对你究竟怎么样，只有你才知道。答案在你心里，而不是在别人嘴里。”

答案在她心里，而不是别人嘴里？

仔细咀嚼着这句话，苏小南有那么一点悟了。

哲理啊！而且天涯一杀是男人，男人不都最了解男人的吗？

如果按他的逻辑来分析，安北城对她，那简直就是好得不能再好，爱得不能再爱了嘛。

这姑娘并不是一个喜欢钻牛角尖的人，长期缺爱的生活，让她自我痊愈能力相当强，不过几秒，马上就笑逐颜开了：“听君一席话，胜读十年书。我这是腰不酸了，腿不痛了，人也精神了。说吧，要我怎么感谢你？”

天涯一杀：“不必了。”

“你这个人，太严肃了，怎么像个老干部似的？”苏小南发了一个笑脸表情，“咱们做夫妻也老久了，我都没有什么表示，那不如就趁着今天，给你一个么么哒好了。”

“……”

“飞吻，飞吻！啵！”

“……”

“怎么，不喜欢？”

“你对男人都这么热情？”

“你是男人吗？”苏小南保持着亢奋的心情，“哦不对，你是普通男人吗？并不是。你是我的游戏老公呀。么么哒只是寻常招呼，熟悉的朋友都可以，更何况我们之间的关系。”

“我们什么关系？”

苏小南慢条斯理地敲字：“我们当然是——闺密啊。”

“……”

看他发来一串省略号，苏小南坐在病床上哈哈大笑。

两个人正天南地北地聊天，苏小南的QQ传来嘀嘀声。

她瞅了一眼，随意地点开：“不是吧？”

那是一条要求“加好友”的系统消息，而给她发来信息的人，居然是死神。

苏小南琢磨一下，加上好友，直接劈头盖脸地怒怼他：“我说你这个人怎么回事？上次你给我《JK3》的账号充点卡，我就奇怪，你怎么搞到我的账号的？那也就算了，怎么现在连我的QQ号都找到了？喂，你做间谍的？”

“不是间谍，也差不多了。”

苏小南心里咯噔一下，给自己提了个醒，小心翼翼地问：“厉害了啊！请问死神先生，你在哪里高就呀？”

死神并没有卖关子吊胃口，直接回答：“信息网络安全中心。”

天哪！世上真有这样的生物存在？苏小南以前上学的时候就知道，这种专门监控网络安全的人，拥有所有网民的资料和运动轨迹，点击过什么网站，都有些什么密码，有没有看过小黄片……一条一条罗列生成数据库，详细得比你本人都清楚。

“怕怕！”她鸡皮疙瘩抖一身，“看来我要小心你了。”

“你小心也没用，我无孔不入。”

“啊哦？这么牛？”

“当然！”

“那你告诉我，我头上有几根头发？脚上有几根脚毛？”

“……”

“嚯嚯！不开玩笑。”苏小南绷着脸，“说点认真的，咱们都这么熟了，你千万不要盗用我的支付宝和银行卡啊，主要也没什么钱，我怕寒碜到你！”

“安公子的老婆，会没钱？说出来谁相信？”

对方闲聊似的抖出一句，却让苏小南彻底变呆了。

知道她的游戏账号、QQ号，除了网络安全员，黑客也可以办到，红特的信息技术中心很多人都可以办到，其实不算太稀奇。可这个叫死神的家伙，把她现实中的身份都摸得一清二楚！

苏小南扯了扯被子，突然觉得房间里有点冷。

那种感觉就好像被一双躲藏在黑夜里的眼睛盯着，让人头皮发麻。

“怎么，真怕了？”死神发过来一串笑脸。

“废话。不怕才怪！”苏小南没有掩饰心情，“我往后得离你远点。”

“为什么要远点？我认为你现在应该马上烧三炷高香，跪地感谢菩萨让你早早认识了我……这样的朋友。是朋友，你就会很安全。要是敌人，那就真得怕了。”

“你很幽默。”

“谢谢！”

“我要下线了。”

“舍得吗？不问你的闺密要照片了？”

苏小南低骂一声，突然有一点想摔电脑：“你是谁？你究竟在哪里？”

“我是你的朋友，我在网络的另一端。”

“你是死神？”

“你不早就知道了？”

苏小南愣了愣，放慢敲字的速度："我是问，你是死神集团的那个死神？"

"居然有人敢和我叫一个名字？等着，我马上把他揪出来！"

"……"

另一边，红特办公室。

简聪急匆匆上楼，敲响了门："报告！"

办公桌前，安北城目光略垂："讲！"

简聪一脸兴奋，握拳挥了挥，叫了一声耶，差点跳起来。

"老大，目标已锁定！人就在景城！"

安北城眉心一锁，冷漠的目光瞄一眼游戏界面上那个站在主城中间的女子，然后扣上电脑："让野狼集合队伍，马上出发！"

简聪盯上死神那个刻意接近苏小南的《JK3》游戏 ID 已经很久了。

可他的 IP 总是不停地变化，而且从 IP 地址来看，都在 M 国，要抓人也没有办法。

这一次，简聪觉得老大简直不能更英明了。因为心疼嫂子，不仅特批她住院，还特地给她带去电脑，可以毫无节操地随便玩游戏，这简直宠得无法无天了。结果，居然峰回路转，意外把死神拉入套不说，还检测到他的真实 IP，并且此刻人就在景城。

这天大的好消息，振奋得伍少野速度逆天，半个小时左右就到达了死神所在的麓山国际酒店。说来也巧，正是苏小南发生事故"死亡"、改头换面的地方。

这麓山国际也倒霉，酒店刚刚装修好重新营业没几日，就又被人围了，惹得无数吃瓜群众凑上来看热闹，指指点点，这生意还怎么做？

看这阵仗，工作人员也吓得变了脸色，刚刚退房和正准备退房的几个住客，拎着箱子就本能地往外跑。可伍少野早就防到这事了，所以，他才提前叫人包围了酒店，就是怕死神趁乱跑掉。

"大家少安毋躁，我们只是例行检查！你们先在大堂喝一会儿茶，我请客！"

安慰了下群众，伍少野也不解释太多，带着几个战士直接就找值班经理过来，说了下情况，要求翻看住客资料。

然而，这些客人所持的身份证虽然来自四面八方，但全部是国内户籍，并没有海外来宾，也没有发现异常。伍少野侧过脸，用怀疑的眼神看着大堂经理。

“就这些，没了？”

值班经理紧张得心脏都快要蹦出嗓子眼了：“先生，所有的都在这里了。”

“是吗？”伍少野冷笑，“那你脸红什么？”

一句话把妹子问得本就发热的脸，红得像猪肝一样，根本不敢看他英俊的面孔，略略低头说：“不好意思先生，我，我有点紧张……喀！是这样的，我们酒店重新开张没几天，受上次的火灾爆炸事故影响，目前入住率确实不高……”

伍少野又将电脑上的住客资料翻看一遍，不太信任地问：“我听说你们这种 VIP 还分等级，什么白银、黄金、铂金、钻石的……等级越高，能享受到的服务也就越好。高级 VIP 可以受到特殊的隐私保护，不会出现在入住宾客登记名单里，甚至可以回避司法部门的检查。”

值班经理赶紧摇头：“VIP 客户是有的，但这个真没有，我们……哪敢提供这种回避司法检查的服务啊。”

伍少野慢条斯理地拿着鼠标一行一行点过去，然后突然放下：“我看了一下，你们住客总共也不过几十人，既然找不出来，那我们就一个个甄别好了。”

一个个甄别？那就相当于大搜查了。

被这样一搜查，那还得了？！本来就生意不景气的麓山国际，不就废了？刚刚投入的数千万装修费，成本都没有捞回来呢，往后哪个有点头脸的人还敢住进来？

值班经理不敢做这个主，赶紧通知了远在国外的老板，得到的答案是，配合。

在紧张的气氛中，他们不仅仔细检查了住客的身份证，还详细询问了工作单位等个人信息情况，再对他们口述的私人信息，即时联系所在社区的派出所，甚至与当地的小区物管都取得了联系，进行全方位对接式身份核对。

可依旧大海捞针。

麓山国际酒店住客一共57人，每一个他们都核对过了，却没有发现可疑的人。

这些人有来景城做生意的商人、旅游的游客、幽会的情人……但全部身家清白，而且长期居住在国内。在最近半年内，也查不到任何人的出国记录。也就是说，全部可以排除。

“难道插翅膀飞了？”

伍少野来的时候信心十足，这会儿却备受打击，气得浑身冒刺。

他手持枪支，把牙一咬：“查，继续查！但凡在酒店里的人，包括酒店工作人员，连打扫厕所的清洁工都不能放过。”

“收到！”

酒店工作人员的数量，那就多了。

这项工作开展起来，需要的时间相对较长。

而这个时候，那些配合检查的住客好多已经不能再忍。他们莫名其妙遇到这种事，也确实郁闷，听说暂时不能离开酒店，当即闹了起来。于是，在信息技术高速发展的今天，麓山国际酒店的事，经住客在网上曝光、媒体发酵，很快就引发了轩然大波！

网络暴力的可怕，在于全民参与，大多人随大流，不会深挖更深层次的原因，只会带着自己强烈的不满，热血地释放道德制高点上的指责。

最后，被控诉暴力执法的伍少野拖着一身疲惫，不得不带着遗憾离开了麓山国际大酒店，同时，也解除了对酒店的戒严。

苏小南回到集训队的时候，离集训结束还有八天，离元旦只剩下三天。

元旦那天，是霍天奇和安蓓蓓的婚礼，而她和安北城的合同婚姻，也就这样过去了一半。

想到当初执行任务，在将军巷十八号逮住“出轨”的霍天奇、再遇安北城的种种往事，苏小南突然有一种做梦般的不真实感。

12 月 31 日那天，安北城亲自来集训队接她去买礼服，这让与他冷战了许久的苏小南有点意外："安公子今儿哪里抽了，怎么会想到陪我买衣服？"

安北城瞥她一眼："你要去参加前男友的婚礼，总不能太丢人吧？"

苏小南好笑地瘪瘪嘴："我谢谢你了，安二爷。不怕实话告诉你，我对劈腿男向来没有什么兴趣。而且，一日劈腿，终生免疫。霍天奇这个人，从到将军巷十八号那天开始，跟我就没有半毛钱关系了。"

"哦？"安北城深深地凝视着她，"那陆启呢？"

苏小南瞥一眼他的脸："你这是在吃醋？"

"我在为我自己申冤！"安北城嘴角微扬，样子迷人至极，"总得弄明白我老婆心里的人是谁吧？"

苏小南干笑："安北城，你吃醋的样子，其实挺可爱的。"

"……"

"这个醋虽然吃得不明显，但你的眼神已经出卖了你的心。"苏小南愉快地奚落着，看他不吭声，又俏皮地朝他眨眨眼，"好吧，因为你吃醋的样子取悦了本总裁，所以，我决定原谅你这个妖娆绝艳与众不同的小妖精了。go go go，咱们愉快地去买衣服！"

她眉飞色舞，安北城却眸底阴霾。

"你这毛病唉……都是惯的。"

惯的？嗯？苏小南以为自己耳朵出问题了。

"去！说得好像你多稀罕我似的。"

"嗯。"安北城认真地凝视着她的眼，"是挺稀罕。"

苏小南盯着他不眨眼，心里有些澎湃，他却搔了搔她的脑袋，慢条斯理地补充："就算养头猪，养久了也会稀罕，何况这么大个人。"

"安北城！"

苏小南攥紧拳头，猛地朝他砸过去。

安北城说是陪她买衣服，然而苏小南很快就发现，是她误解了"买衣服”。原来并没有去各大商场转悠的画面，她的礼服根本就是工作室定制好的，只是去试穿而已。

衣服嘛，苏小南是喜欢的。

可礼服实在太高调了，让她有点穿不出去。就像一个突然闯入王子城堡的灰姑娘，周围环境的变化来得太快，她的消费观却还没有跟上。

“哎，我跟你讲啊，穿这样的衣服去参加婚礼，我会不自在的。太华丽了！”

“衬得上你。”安北城淡淡扫她，“华丽有什么不好？”

“当然不好！”苏小南哀怨地说，“我怕人家会说我故意抢新娘子的风头。”

安北城问：“你不想让前男友后悔有眼无珠？”

苏小南哭笑不得：“……”

安蓓蓓与霍天奇的婚礼在安老太太的操持下，办得格外高调，婚宴的奢华、婚礼用品的昂贵、排场的盛大，远远超出了景城已有的历史规格，远超出景城人民的想象。哪怕外面的人看不到婚宴现场，就冲外面停放的那一水儿的豪车，也能把眼睛看瞎。

然而，好事不出门，坏事传千里。本来安家那点小秘密，知道的人并不多，可也不知道为什么，就在安蓓蓓婚宴这天上午，好像所有人都知道了——安蓓蓓是安家老头子在外面的私生女。安蓓蓓没有被安家认回去之前，曾经做过不光彩的陪酒女，男女关系混乱。安蓓蓓自己也是“小三”上位，现在这个要结婚的男人，也是她大嫂的前男友……

这女人的名声，真是败得快。一般男人出轨做“小三”，大不了说他风流好色，就算骂咧几句，也很容易得到原谅。可如果角色换成女人，那简直就是千夫所指，万夫痛骂。

苏小南一只脚刚踏上地面，就听到了这些事。

实话说，她听得都有点儿同情安蓓蓓了。

做私生女不是她能选择的，怪谁？做陪酒女再不堪，但如果因为生活所迫，不伤害谁，那也上升不到道德层面，至少算不上十恶不赦。至于做人家的“小三”嘛，那完全是霍天奇下贱，故意瞒着她好不好?

她就想不明白了，就算安蓓蓓不是个东西，那霍天奇不应该更不是个东西吗？为什么听不到一个说霍天奇，铺天盖地都是骂安蓓蓓的?

这么一想，苏小南突然又有点悟了：“小三”的女儿谁最讨厌？原配呗。

这件事肯定和尤明美脱不了干系，虽然她不能阻止安蓓蓓回安家，但心里的气肯定从来没有落下过。那么，在婚礼上让安蓓蓓难堪一下，出一口恶气，太像尤明美的作风了。

苏小南挽住安北城的胳膊：“真是个渣渣。”

安北城低头瞥她：“嗯？骂谁？”

“骂你！”苏小南踩着高跟鞋走路不太自在，索性迁怒。

安北城皱眉，摸她的额头：“你在发烧？”

苏小南不冷不热道：“为什么社会解放了，就解放不了妇女呢？”

安北城明显不明白她为什么突然大放厥词，漫不经心地扫她一眼：“消停点吧，男人也苦。”

“男人哪里苦了？受罪的不都是女人？”

“可出力都是男人。”

“男人出什么力了？”

“你说呢？”安北城面无表情地捏了捏她。

苏小南的腰很敏感，很容易受不住痒，这么被他突然袭击，像只小老鼠似的，憋不住笑。然后，高跟鞋一斜，她差点儿就崴了脚：“喂！安北城，讨厌！”

苏小南进入婚宴厅的时候，着实让人惊艳了一把。

这身礼服很配她，也没枉费安北城为她准备一场。

当然，衣服好，人也得长得好才行。以前的苏小南不难看，但穿着打扮太随意，少了些精致。自从变成陆止嫁给安北城后，不管是品位还是衣服档次都有了很大的提升，加上她纤细的身段，就一个典型的衣架子，往安北城身边一站，那风情万种的样子，丝毫不会唐突了安公子的颜。

可苏小南到底还是不太适应这种场合。

看无数人过来巴结奉承安北城，说着些虚伪客套的场面话，她烦躁得很，又不得不带着一脸假笑，还得偶尔发嗲，腮帮子都笑酸了。这感觉太心累，不到半个小时，她就有些待不住。

“我上个洗手间。”

尿遁永远是逃避的最好办法。

从宴会厅出来，她觉得空气一下就清新了。

她放慢脚步，踩着高跟鞋东游西荡，突然听到有人在哭。

她微微一怔，安蓓蓓？

她穿着一身雪白的婚纱，蹲在一个巨大的盆栽后面，低头抽泣着，霍天奇站在她的身边，抿着双唇一脸严肃——这气氛有些不像婚礼啊。

苏小南大概知道安蓓蓓为什么哭，但同情在心里，对她却喜欢不起来。

于是，她转过头装没看见，继续往前走。

“站住！”安蓓蓓也看见她了，站起身来，带了一脸的恼意：“是不是你传出去的？你就这么恨我吗？”

“你脑抽吧？”居然怀疑上她！苏小南冷笑一声，“拜托，别往自己脸上贴金了。我再说最后一次，你的男人，我没有兴趣。你难道不觉得你哥比他优秀一百倍、一千倍吗？”

说到这里，她眼往上抬，扯出一个嘲讽的笑：“安小姐，长点心吧！不是你愿意吃屎，就觉得人人都会喜欢的。”

霍天奇脸色一变，苏小南笑笑地挥手：“趁热，赶紧吃，我就不奉陪了。”

这货有时候嘴损起来，能让人恨不得掐死她。可安蓓蓓这会儿显然被气得没什么智商，盯着她妖娆的背影，居然傻乎乎问了一句：“真的不是你？”

苏小南脚步顿了一秒，没回头，也没回答，更不解释，继续往前走。

“对不起。”安蓓蓓含着泪的声音压低了很多，“是我误会你了，我给你道歉。”

苏小南奇怪地停下脚步，慢悠悠回头：“吃错药了？”

安蓓蓓拭了拭眼角的泪水，走到她身边，突然不好意思地垂下头：“我刚才是气糊涂了，还有，我想我是因为太嫉妒你。”

苏小南的视线从她的脸上慢慢移到她还没有什么变化的小腹上，淡淡一笑，也不吭声。安蓓蓓却咬了咬下唇，叹息一声：“婚礼快要开始了，可我现在才发现，其实以前的决定是错的……”

什么鬼？

苏小南有点蒙。

安蓓蓓看着她：“我嫉妒你，是因为你身上有的东西，我都没有。你坚强、独立，外表柔弱，内心却强大。而我跟你刚好相反，我外强中干，其实……”她气苦一笑，“是的，他们没有说错，我确实做过陪酒女。那个时候，可以说是生活所迫，也可以说是我自己吃不得苦，不愿意做辛苦的工作，又觉得自己长了一张好脸，如果去端盘子倒水，不甘心。可我学历不高，体面还能赚钱的工作，哪里要我？”

大概想到了那些年吃的苦，她化着浓妆的脸上情绪掩都掩不住。

“我是下贱过，可我也不想下贱一辈子。”

她吸了吸鼻子，头往上一抬，突地望向天花板，本来想抑制情绪，可大滴大滴的眼泪还是控制不住地往下滚……

实话说，苏小南见不得人家哭，尤其是女人，还是会忍不住同情：“你和我说这些有什么用？我帮不了你。”

“我知道，我就是想说说，说完了我就走。”

安蓓蓓抬手抹泪，自嘲地笑了笑：“不瞒你说，我爱霍天奇，真的。我很爱他，非常爱他，爱到哪怕我最后知道，他当初跟我在一起只不过是为了拿我做一个跳板，少奋斗三十年，还是义无反顾地怀上他的孩子，想嫁给他做他的妻子。

“我爱得那么卑微，说到底，是因为我是吃过苦的人，我了解下层阶级蝼蚁一样的生活，懂得他迫切想要成功、想要出人头地、想要过更好生活的那种心情。

“我从来不鄙视他，有时候我甚至会在他身上看到我曾经的影子。”

一句接一句，安蓓蓓剖析着自己的心情——在她的情敌面前。

这让苏小南眉头皱了又皱，可没有多问，只静静看着安蓓蓓。

显然，安蓓蓓处于一个情绪爆发点。

她根本不需要苏小南回答，只需要一个合适的听众：“可今天，就在我的婚礼上，我突然醒悟。那些过去，我改变不了，有些东西，我也强求不来。我长这么大，好像一直都生活得稀里糊涂的，说来好像很爱自己，其实我一点都不爱自己。我想，我不应该把我的余生交给一个不爱我的男人，不管我有多爱他，也不管我曾经做过什么、是个什么样的人，我现在只是安蓓蓓，一个要好好过日子的安蓓蓓……"

她的话苏小南越听越心惊，怔了怔道："你要做什么？"

"这个婚——"安蓓蓓深呼吸一口气，"我不结了。"

"啊！"这下真是把苏小南惊住了，"安蓓蓓，这玩笑可开不得。亲戚朋友都到齐了，什么都准备好了，你一句不嫁那不是……搞事吗？再说了，你肚子里的孩子怎么办？"

"孩子……"安蓓蓓似乎有点犹豫，"只能有缘无分了。我想为自己，重新再活一次。"

人一辈子总有迷茫的时候，行到中途发现走岔了道，醒悟过来换个方向，难道有错吗？苏小南觉得没错，可也实在不知道安蓓蓓这烂摊子要怎么收场。

回到婚宴大厅，她私底下把这事给安北城一说，还有些叹息："你要不要先跟你爸妈和你奶奶说一声，让他们有个心理准备，要不然婚礼砸了，安家的脸可就丢没了。"

安北城眉心微拧："来不及了——"

"嗯？"苏小南微微错愕，侧过头就看到安蓓蓓出现在婚宴厅。她已经脱下了婚纱，穿着一件驼青色的大衣，就那样走到庆典台上，从正在做准备的司仪手上拿过话筒。

"各位来宾、各位亲朋，大家好。我是安蓓蓓——"

她九十度鞠了个躬，再一次站直身子，略带紧张地望着婚宴厅里黑压压的人头。

"以前，都是我不懂事，也做错了很多事，给我的爸爸、奶奶、哥哥带来了很多麻烦，给安家丢了人。今天，我在这里向他们说声对不起。"

今天外面流言传得沸沸扬扬，大家都以为她是为此洗白，没料到她突然换了语气："我知道我不对，但今天，我还得再做一次对不住你们的事。"

安蓓蓓握着麦克风的手，拧咸白菜似的拧了又拧，似乎在思考，似乎在犹豫。

“我知道大家今天来参加我的婚礼，都是带着美好祝愿来的，我也很不愿意让大家白来这一趟，但实在对不起，我不能再拿婚姻当儿戏。我决定，今天的婚礼取消了。各位亲朋好友，就当是一个主题聚餐会好了……”

不结了？全场哗然。

安老太太捂着胸口，差点气晕过去，安正邦也一脸铁青，当即从椅子上站起来：“你在胡说八道什么，还不快去换衣服——”

“爸爸！”安蓓蓓拿着麦克风，声音盖过了安正邦，“婚姻是我的，婚礼也是我的，幸不幸福也是我才能体会的……我说不结，就不会结。就这样！”

把麦克风塞给一脸蒙了的司仪，安蓓蓓压根不敢去看安正邦恨不得掐死她的脸色，直接从大门口冲了出去。

就在这时，门口传来一阵笑声：“这是怎么了？我专程从国外赶回来参加婚礼，大侄女这是——闹的哪一出？”

来人爽朗的笑声，为气氛逼仄的婚宴厅带来了一丝活气。苏小南转头看向那个走在前头、一脸慈祥笑容的中年男人，有点蒙，安北城却不冷不热地小声为她做了介绍。

“陆明厉。”

陆止的亲爹？苏小南心里暗自一惊。

“你之前的资料都白记了。”安北城捏一下她的手，不满的声音隐在突然热闹起来的寒暄声中，听得苏小南脸颊有点发热。是的，很早很早以前她就记过资料的，陆明厉的照片她也不止看过一次。可这几个月来，她早将其丢到后脑勺了。

陆明厉是一个极有头脑的生意人。他接手陆氏以来，不过短短十来年，生意就遍布全球，涉足各行各业，整个人就像开了外挂似的，将陆氏这个雪球越滚越大。在资本就是爷的时代，陆明厉当然是一个引人注目的人物，连安正邦也高看他一眼。

所以，借着陆明厉的到来，安正邦呵斥住要离开的安蓓蓓，借机缓和气氛，不提婚礼的事，却让她挨桌去给亲戚朋友敬酒赔不是。

这样一来，最尴尬的人就成了霍天奇。本来他是安家的女婿，可如今安蓓蓓不要他了，他是什么？还有他的父母，臊到了极点，默默注视片刻，拉着霍天奇，红着脸给安家人说了一声，就从后门离开了。

苏小南看着他们的背影消失在婚宴厅。对霍天奇她没有感情了，但霍家二老，她还是有点心疼的。

在景城四年，这两个老人家对她是真好，但凡家里有好吃好喝的，从来没有忘记过她。这样好的两位老人，为了儿子的事却颜面扫地——霍天奇要娶安蓓蓓的事一传开，霍家在光华街就没少惹来红眼病的人说三道四。现在婚礼取消了，苏小南可以想象，他们回到光华街，会有幸灾乐祸的眼神。

“唉！”

“心疼了？”安北城不动声色的声音带着一丝不悦。苏小南翻个白眼，没法跟他解释那种感情，只得扯陆明厉的事情：“我是在想，我‘亲爹’来了，我要不要去问声好。”

安北城就像看穿了她似的，若有似无地冷哼一声：“你太镇定了。”

“嗯？啥意思？”

“第一次见到你爸，不是应该有点紧张感吗？”

苏小南被他提醒，发现自己好像确实太像一个事不关己的吃瓜群众。

“跟我来。”安北城握着她的手，端着酒杯走向陆明厉，“岳父大人，小婿来敬你一杯。”

安北城性格孤冷，不苟言笑，更不会主动与人示好，连他老爹都享受不到这个待遇。一般人看着他都恨不得退避三舍，免得被他身上的冷气刺得伤肝伤肺，哪里敢奢望他会主动敬酒！所以说，他肯为陆明厉破例，大家都猜测，他一定很看重陆明厉的女儿。

“哈哈！好说好说。”陆明厉先是开怀大笑，然后端着酒杯慢吞吞站起来，脸上并没有见到亲生女儿的欣喜和热络，明明盯着苏小南，那话却是对安北城说的，“城子，我这次来，还为你准备了一个大礼。”

安北城眸底一凉：“受之有愧！”

陆明厉微微一笑，没有接他的话，却望向了桌上的安正邦：“大哥，既然大侄女的婚礼取消了，那我送东西给城子，就不必忌讳了吧？”

到底什么样的礼物，需要这么郑重其事？

陆明厉却不急，就像故意吊人胃口似的，端着酒杯与安北城一碰，笑着对众人道：“礼物我已经让人送过来了，现在，先让我卖个关子——”

陆明厉对亲生女儿的态度，苏小南却不意外。

根据陆止的个人资料显示，因为安宜的死亡，整个陆家都没有人待见陆止。所以，她那么多年一直被养在国外，陆家人都避不相见，只管金钱上的满足，相当于没有承认过她。就连她的亲爹陆明厉，对她的情感也有些复杂，常年疏远。

不过，以前她只是从字面感受，现在亲身感受到，就更为陆止悲凉了。

“哈哈，来来来，我忘了给大家介绍。”陆明厉似乎很爱笑，说话之前，必先发出笑声，说完，他指了指隔壁桌那个跟他一起进来的年轻男人，“这是陆卫，我的干儿子。”

大家的视线都转向那个慢慢起身的男人。

“大家好，我是陆卫，请多多指教！”这个男人也就二十七八岁的模样，五官轮廓分明，稍稍有点西化，面孔英俊得过分，姿态也优雅而从容，脸上像陆明厉一样始终带笑，却不达眼底。

与众人寒暄几句后，他又望向安北城，伸出手道：“安公子，久仰大名。”

安北城面色不变，并没有礼节性地回握，而是扬了扬手上的酒杯，表示自己不方便握手：“欢迎陆少来景城！”

陆卫瞥一眼他牵着苏小南的手，似笑非笑：“安公子夫妻很恩爱，真是羡煞旁人。”

“过奖！”安北城冲他点点头，目光柔和地望向苏小南，“我们回去。”

这男人向来特立独行，在这个遍地浮华的名利场中，就是一个冷血怪物般的存在。其实在陆卫之前，这里的很多人都曾热脸贴过冷屁股，所以，众人对这样的场面见怪不怪，很快就又热络地聊开了。

直到门口传来一声低叹，大厅里才突然安静下来。

鸦雀无声的空间里，就好像突然集体失语似的，看着那个从门口扭着腰身进来的漂亮女人，转不开眼。

像！她和苏小南太像了！

除了衣服、打扮和气质上略有不同，初初一瞅，根本就像一个模子里印出来的。

世界上怎会有如此相似的两个人?

短短时间，已经有人做了数种猜想，可苏小南就像一个冷静的旁观者，盯着从天而降的美女，没有出声。

“城子！”陆明厉在隔得老远的地方喊了一声安北城，看他没动静，大概觉得声音不够大，影响力也不够大，又朝司仪招手，示意他把麦克风拿过来。

这时，那个女人也走到了他身边：“爸爸，你一会儿叫我不用来，一会儿又叫我赶紧来，到底唱的哪一出啊？”

这个女人的声音娇娇的、媚媚的，像天生带点蛊惑人心的磁性，加上那一脸得体而精致的妆容，风情劲儿入骨催人酥，正如任思佳曾经向苏小南介绍过的——真正的陆止是一个会要男人命的尤物，她对付男人的手段，没有一百招，也有五十招，总有办法让男人失魂落魄，为她不要命。

想到这里，苏小南怪异地瞄了一眼安北城。

“不要紧张！”安北城想的事，和她根本就不一样，他偷偷捏了捏她的手，淡淡道，“兵来将挡，水来土掩！”

“哦。”苏小南漫不经心地应答着，“你觉得她漂亮吗？”

“嗯？”安北城淡哼一声，“你觉得你漂亮吗？”

“我在问你。”

“想知道？回去照镜子。”

“……”

苏小南刻意假扮陆止，平常也像了个七七八八，算是合格，骗骗不太熟悉的人完全足够。然而，假货就是假货，永远真不了，尤其在真货面前一比就穿帮，怎么都能看出差别来——

这样一来，事情就尴尬了。

陆明厉到底有几个女儿啊?

第十章
舍得舍得舍不得

好奇之心人皆有之。

看着满厅人探究的视线，陆明厉似乎很满意这样的结果。

“哈哈哈——”他亲热地搭着陆止的肩膀，让她坐在自己身边，然后柔声解释，“小止，之前爸爸不让你过来，那是因为今天蓓蓓办喜事，怕弄得人家不高兴。现在婚礼取消了，我也就没什么不可以说的了。”

那女人乖巧地笑笑：“女儿都听你的。”

陆明厉拍了拍她的肩膀，像是笑了一下，隔着几桌人再一次望向安北城：“城子，这是我今儿特地给你带回来的礼物，我的亲生女儿——陆止！”

一语既出，全厅哗然。

谁都知道安北城的老婆叫陆止，他结婚证上的女人的名字也叫陆止。在陆明厉介绍之前，还有很多人在猜测她们是亲生姐妹，这样一听，分明是冒名顶替啊！那安公子到底知不知情？

众人神经都兴奋起来，苏小南却觉得阴云密布，似乎冰雹子都砸在她脸上了，哪怕再淡然从容，也难免双颊着了火似的灼烫。

“三姑父真是个生意人，连女儿都可以当成礼物！”安北城的手一直紧握着苏小南，似乎为了给她力量。他回答陆明厉的话也从容不迫，甚至反将了陆明厉一军，暗指他唯利是图，不把女儿当人。可语气嘛，除了把“岳父”的称呼改成了“三姑父”，与先前一样不紧不慢，不骄不躁。

可这一改，韵味就长了。

好像间接承认了陆明厉话里的真实性，态度上却似乎在说，真假不重要，重要的是他只要身边的女人，是不是陆明厉的女儿都不重要。

陆明厉目光一冷，却带着笑道：“城子，我今天来不是让你难堪的，而是为了揭穿你身边那个女人的真面目，你不要被她坑骗了！”

他这番说辞，明显在为安北城开脱，想把整件事的污水全部泼给苏小南。

如果安北城懂得顺着他的台阶下，那么皆大欢喜。

可安北城并不顺着他的节奏走，而是拽着苏小南往自己怀里一带，满带保护欲道：“对不起，三姑父，你在国外的时间太长，可能已经忘记了中国习俗。一日夫妻百日恩，别说我爱人没有坑骗我，就算有，那也是我们夫妻之间的事，轮不到外人来指手画脚、说三道四。”

众人哗然，苏小南却不是缩在壳里装死的风格，既然安北城都这么淡定，她又有什么害怕的？

她慢慢直起身，朝着陆明厉冷冷一笑：“父亲，你不想认我做女儿没有关系，二十多年我都熬过来了，现在还怕什么？说句不怕你难过的话，在我心里，我亲爹早就死了八百年，骨头渣儿都化了。所以，我从来没有指望过你什么，更没有想过有朝一日父女团圆这种事——”

陆明厉明显一愣，远远看着苏小南，神色略复杂。

苏小南却没有给人插嘴的机会，吸一口气，带了一丝不易察觉的黯然道：“可笑！你痛恨我的母亲、痛恨我，不愿意承认我是陆家女儿其实都没问题，但你又何必弄一个长得和我很像的女人回来，把事情搞得这么难堪？为了今天，你在整容医院花了不少钱吧？”

众人被她说得一愣一愣的，苏小南却在关键时候抛出了最重要的推论。

“你不是今天才知道我们结婚，既然有这么一个女人存在，为什么你那时候不领回来指责我，偏偏要等到现在？你这样做的目的，无非想破坏我们的夫妻感情，让阿城误会我，让我再一次举目无亲，受人欺负、嘲笑，永远抬不起头来，永远被人戳脊梁骨……”

说到这里，想到自己的身世，她红了眼圈，眸底隐隐浮动泪光。

于是，她接下来那句话，分量也就更重了：“你以为这样，安宜就会活过来？”

陆明厉一听安宜的名字，脸色顿时一变。

苏小南却不肯松口，狠狠咬了下唇：“你以为你这样狠踩‘小三’的女儿，她就会原谅你吗？”

连安北城都没敢直接否认陆止的身份，她居然敢睁眼说瞎话，甚至把安宜扯出来，直接激化矛盾，让陆明厉有了对她“以假乱真”的作案动机。果然警校毕业的，逻辑思维挺强。

陆明厉冷笑一声：“小姑娘，你最好想明白再说——”

“呵呵！”苏小南突然站起来，谁也不理会，直接面对安北城，仿佛下定了某种决心似的，愤然笑道，“阿城，从今天开始，我不姓陆，也不叫陆止，我只是我。如果你娶的是陆家的女儿，我不会多说一个字，马上离开；如果你娶的是我，仅仅是我自己，那么，哪怕未来的日子再难、再苦，我也会陪你走下去！”

这长长的一句话，苏小南说得声情并茂，到最后几个字时，喉咙几乎哽咽了。

当然，这情绪来得这么快，一方面因为被身世感染，自己把自己弄得想掉泪，另一方面，因为和安北城半真半假的婚姻，让她禁不住酸楚。

然而，她把话都说得这么明白了，安北城却望着她许久没有出声。

满厅的人都在静静观望，似乎在等待安公子的态度。毕竟陆止是谁其实不重要，安公子想和谁在一起，那才最重要。

时间仿佛过了一个世纪那么久。

苏小南看安北城不吭声，一颗心快蹦出嗓子眼了。有那么一瞬，她觉得自己像个小丑，恨不得在众人从好奇渐渐变成讥诮的目光中，拔腿飞奔而去，管他什么任务不任务。

“那好，我——”她想要离开，给自己留一点尊严，可话没说完，安北城却突然拉住她的手，一把圈过她的身体往怀里紧紧一抱：“好，我们一起走下去！”

啥？一句话而已，需要想这么久吗？

苏小南有些委屈，满厅的人也在窃窃私语，安北城却全不理会，只温柔地为她捋一下垂落的发丝，亲热地低头，当众吻向她的耳侧：“合同期延长一年！”

不带这样的啊！说到“在一起”，怎么又提合同？

苏小南心尖一凉，暗自不爽。安北城却抿紧嘴角，霸道地命令：“不许反对！”

场面变化太快，一碗狗粮让人措手不及。

怎么一场揭丑大戏，瞬间变成了夫妻恩爱秀？再一次见识到安北城“护妻狂魔”模式的众人，都有一点呆怔。沉默许久的安正邦却发话了：“到底怎么回事？城子，你说清楚。”

非得把话题扯回去？安北城这个爹也是胳膊肘弯了！苏小南腹诽着，将头埋在安北城身前，装死听不见。安北城却拍拍她的肩膀，声音冷得仿若隆冬的寒流：“我跟你，解释不着！”

天底下最会怼父亲的人，就是亲生儿子。

安正邦被他一呛，眉心狠蹙，却没有再逼问，反是将视线转向陆明厉：“陆老弟，你今天唱的到底是哪一出？可得把话说清楚！”

虽然安蓓蓓的婚礼取消了，可这依然是安家在请客，来的也是安家的熟人，事情闹成这样就跟个笑话似的，没有一个合理的解释，让安家怎么下台？

“这么说，大哥是信了那女人的说辞？”陆明厉突地把头一偏，望向沉默不语的陆卫，“小卫，把小止的证件拿给你大舅看看。”

“是，父亲。”陆卫眼一沉，拉开随身的公文包，将一摞证件与资料递给安正邦，“大舅，请过目。”

这一声“大舅”他喊得很轻松，安正邦却沉了眉。他瞥一眼陆卫，点点头，没有多说什么，可等他打开那些证件，眉头却越蹙越紧。

上面不仅有陆止的各种证件，还有之前苏小南和安北城闹出的相关流言，包括苏小南真实身份的一些整合资料，谁真谁假，一目了然。

好一会儿，安正邦都没有吭声。

在众人聚焦般的探究目光中，他迟疑了好久，才慢慢抬起眼，直望向安北城："城子，有些事情，不能任性妄为的！无论如何，你得给小止一个说法，她才是你法律意义上的妻子！"

苏小南心里咯噔一声，禁不住有点鼻酸。

说到底，冒名的人是她——这个"法律意义"上的妻子，也确实是陆止。

然而，安北城似乎不以为意，捏了捏苏小南的手，声音凉若冰霜。

"我对我的妻子，当然会负责。证件什么的，哪一个做不得假？这件事情到底什么情况，我会弄清楚。但现在——"当着满厅的人，他冷静地说完，慢腾腾站起身，"被人败了兴致，什么也不想多说。"

众目睽睽之下，很多事情越描越黑，越解释越麻烦。苏小南明白他不愿意继续纠缠下去的意思，也哼一声，踩着高跟鞋，紧跟着他，一脸委屈的样子，低垂着头，回避着那些刺人的目光，径直出了婚宴厅。

"没事了。"一出门，安北城小声安慰道。

"哦。"苏小南这时也不知道能说什么，只能表示听见了。

"你——"安北城突然回过头，直视着她的眼，"还好吗？"

"我挺好的啊！"苏小南扯着嘴笑了笑。

可一个笑容还没有结束，她就有些笑不下去了："这事儿，你打算怎么处理？"

安北城轻抚一下她的发顶，像哄小孩儿似的揉了揉："我会处理，你不要担心。"

不担心，不担心就奇怪了。

苏小南撇一下嘴，以示不满，接着又咕哝道："你不是说陆止死了吗？"

"是死了。"安北城眉头一皱，拽着她就走，"这件事我会查清楚，你别管了。"

他语气有些急，走得也有点快，苏小南穿着高跟鞋，冷不丁被他这么一扯，脚踝一别，就崴到了。

“嘶！”她拖住安北城的手，痛得直咧嘴，“你这么急做什么啊？是不是心虚？”

安北城：“我心虚什么？”

苏小南凑近：“你老实告诉我，那个陆止跟你是不是曾经有一腿，或者你对她始乱终弃了，然后她离开了你，你找不着她，这才说她死了。可你心里始终装着她的影子，导致吃不下饭，睡不着觉，这才假公济私，找我这么一个和她有点像的女人替代，以任务之名，以解自己的相思之意？”

安北城一张俊脸听得漆黑一片。

“苏小南，你不去写小说，真是浪费了人才。”

“是吗？我也这样觉得。”苏小南笑眯眯地瞥他一眼，随即又黑脸，“不要顾左右而言他，快！交代情况。”

安北城稍稍曲指，一个栗暴轻敲在她的额头上：“再胡说八道，今晚不让你睡觉。”

苏小南翻一个白眼，做垂死状低下头：“是臣妾输了！算你狠！”

五分钟后，酒店门口陆续走出宾客。

大多数人保持着体面的沉默，但也难免有人窃窃议论。

安正邦跟陆明厉走在一起，两个人虚与委蛇地客套着。

“陆老弟，让你闺女受委屈了。这件事，城子一定会有交代的。”

“没事没事，委屈什么，大哥别把我当外人。”陆明厉满脸堆着笑，与安正邦重重握手，“反倒是大哥你，不要跟孩子生气了。你看这几年你头发都白了，一把岁数，脾气要多缓缓。”

“没办法，孩子不省心啊！”

安正邦摇了摇头，又宽慰了陆明厉几句，直到司机开车过来了，这才离开。

陆明厉面带微笑地挥着手，一直看着他的汽车离去，才突然侧头，看向沉默的陆卫：“这事你怎么看？”

陆卫脸上淡然，仿佛一个置身事外的人：“等吧。看安北城要怎么交代。”

“嗯。”陆明厉点点头，“我们回吧。”

“爸爸。”陆止原本安静地跟在他们后面，看陆明厉抬脚要走，突然上前,咬了咬唇,不自在地小声问,“如果他咬定那个女人就是我,怎么办？”

陆明厉扫她一眼，神色冷淡：“那她是你吗？”

这句不答反问，带着浓浓的不悦，似乎他对这个女儿的感情并不如在婚宴厅时表现的热络。陆止略略低下头：“当然不是。”

“那不就行了！”陆明厉不耐烦地说，“真的假不了，假的真不了，你怕什么？”

“我……是有点怕……怕他不肯要我。”

陆卫闻言突然侧过头道：“我为什么让你回来，你没有忘记吧？”

陆止愣了一下，小声道：“当然。”

“那就好。”陆卫目光冰凉，脸上分明带着笑，可仔细一看，竟如同淬了一层冰。

“所以，不要轻易爱上他。”

“我……”陆止很想否认对安北城有什么感觉，可在陆卫带笑而嘲弄的目光下，她张了张嘴，居然反驳不了，只能期期艾艾地说，“你放心吧，我不会忘记自己该做的事，更不会忘记你对我的救命之恩。”

陆卫轻轻一笑，琉璃似的双眸远眺着夜空：“我带你回来，不是为了让你报恩的，而是……复仇的。”

复仇两个字，他说得很轻，却仿佛带着穿透力，听得陆止面色微变：“是。”

“简队，这家子相处的气氛，有点儿古怪啊。”

酒店侧面的一个房间里，窗帘微微摆动。

一个拿着望远镜的人，用无线通讯器汇报着监视情况。

“哪里怪了？”简聪追问。

“陆明厉、陆止、陆卫，这三个姓陆的人，关系有点怪。”

“说重点！”简聪不耐烦地训他。

“陆明厉不是陆卫的干老子吗，怎么我瞅着，他倒像个孙子。”

“这话怎么说？”

“我观察，陆明厉和他的女儿，似乎都有点怕那个陆卫。”

“怕？”简聪迟疑了下，表示知道了，“继续跟着，我向老大汇报。”

这天晚上苏小南不太好睡。

因在集训队累死累活的生活，她有些日子没有失眠了。迷迷糊糊中，她不太清楚的意识里全是与安北城的那点破事，还有那个从天而降打乱了她生活节奏的陆止。

大概人都是害怕改变的，习惯了的环境与生活，一旦受到挑战，就会不安。

她想，她真的是一个没有安全感的女人。

从小就没有……

只不过，小时候是因为吃饭穿衣，长大了是因为情感。

这些年来，这种原生家庭环境带来的不安全感，她已经努力克服了很多，可在这个完全沉浸在梦里的夜晚，她潜意识里的情绪也就浓浓地晕染开来，弥漫到了五脏六腑，不受她控制，令她辗转反侧，难以深睡。直到安北城的手机铃声尖锐地响起，她才发现窗外的雨声已经停了，房里的光线也泛起了一层斑白。

安北城慢吞吞地接起电话：“喂，说！”

苏小南依稀在电话里听到一个娇嗲嗲的女声，似曾相识，她没有问，就听到安北城应道：“好，我去。”

他挂了电话，转过头看了苏小南一眼，蹑手蹑脚地下了床。

等他的脚步声离开，苏小南才慢慢睁开涩涩的双眼。

男人光着坚实的脊背，一条睡裤松松地系在腰上，精壮有力的身体在清晨的微光下，仿佛传说中的阿波罗，性感得不可思议。可这一刻她看着，竟觉得格外酸楚。

“安北城。”苏小南低低唤了一声。

安北城回头：“我吵到你了？”

苏小南摇头，嘴角挂着一抹笑：“你去哪儿？”

平常她是从来不追问男人的行踪的，这一问，反倒把安北城问愣了。

迟疑一秒，他没有正面回答：“有点急事要去处理。时间还早，你再睡一会儿，明天再回去报到。”

“哦。”男人不想说的事，她也问不出所以然。

有那么一刻，她其实有一种冲动。

她很想说：安北城，给我承诺一个未来吧，那才是女人要的安全感。

可拳头紧攥着，都捏出汗来，她还是闭上了嘴。

他们在一起时间还不长，相比一个人长长的一生，这样短暂的相处只是沧海一粟。他们还得经历多少时间多少故事，才能走到白发苍苍的一天？

而到了白发苍苍、牙齿掉光时，谁又在谁身旁？

有些感情不能沦陷得太快，哪个先爱上，哪个就输了。

他们赌了那么多次，她依旧不是一个优秀的赌徒……

苏小南起床去了医院，看到姜玉莲的第一眼，她就知道她老妈的病情确实有了好转。

姜玉莲暗淡无光的眼睛有了亮色，看到她的时候，除了依旧喊不出她的名字，就像已经相识了一样，热情地迎上来，握着她的手就不放，非常愿意亲近她。甚至于从她出现，姜玉莲就不要小护士照顾了，倒水、削水果，什么都要苏小南来。

没多一会儿，苏薇也过来了，母女三个坐在一起，苏薇话最多。

她讲着新学校里的见闻，以及帅气的学长，双眼都在发亮。

苏小南突然发现，苏薇性子好像变了不少，也就是说，安北城安排得很好，也把她照顾得很好。

想到这些，苏小南心里不免暖洋洋的，又不想去纠结那些有的没的，专心地翻着手机上的菜单。

“妈，你想吃点啥？”

“这个好看，这个……”姜玉莲挨过来指着她的手机，“噫，这个，要吃，要吃这个。京都的烤鸭最好吃了，我在京都吃过的，可好吃了，吃这个好不好？”

苏小南怔住，她怎么不知道她老妈去过京都？

迟疑着，苏小南手挽上姜玉莲的胳膊，偏着头看她：“妈，你啥时候去的京都，我怎么不知道？”

“我……”姜玉莲浅蹙着眉头，努力思考的样子，比苏小南还要迷茫，“不……不记得了……”

“你想想？”

“想……想不起来。”姜玉莲摇头。

“姐。”苏薇嗔怪地望向苏小南，“你也真是，妈不过随口说说，多大点事！我看你是学刑侦学出毛病了，看什么都犯职业病……”

苏小南瞪她一眼：“我只是奇怪嘛。你以前听妈说过她去过京都吗？”

苏薇摇头：“可这有什么关系吗？”

苏小南回忆道：“我记得咱们家搬到景城时，我还问过咱妈，去过最远的城市是哪里，咱妈当时回答我，最远就是景城。你不奇怪吗？”

换到别人身上，是挺奇怪的，可姜玉莲不是脑子出问题了吗？

苏薇笑着翻白眼：“相比连亲生女儿都认不得，这有什么可奇怪的？”

“好吧，这回算你有理。”苏小南看她老妈一脸苦恼的样子，赶紧搂住她的肩膀，笑眯眯地转移话题，“好了好了，想不起来就不想了，反正咱家今天晚上就吃烤鸭了。等我来找一家最正宗的……”

“好！姐，我还要吃冰激凌，你请我吃！”

“没问题。”

母女三人已经很久没有这么快活地相处了。

不管是姜玉莲、苏小南还是苏薇，都露出了由衷的微笑。可苏小南刚在网上订好餐，就来了不速之客。

提着鲜花、水果，一脸尴尬走进来的人，是霍天奇一家三口。

霍家二老热情地笑着唤“南子”，就好像两家人从来没有过隔阂一样，热络的样子反把苏小南怔住了：“霍叔、张姨，你们这是……做什么？”

霍妈妈越过霍天奇，拉住苏小南的手解释说：“姜姐出事都这么长时间了，我们本来早就该来看看，只是……唉！不提那些闹心的，姜姐这个人啊，在光华街最是和善，不管谁家有点事，她都乐意帮衬，咱们两家关系又一直那么好，再不来看看她，我这心里都过意不去了。”

“张姨，你们不必客气的。”

苏小南笑着，稍稍有点尴尬，又不好意思把他们拒于门外。

把三个人让进屋里，她让苏薇出来帮着倒了水，然后陪坐在沙发上，浑身不自在，不知道怎么继续话题。

好在，霍天奇的妈是个练摊的，嘴上贼溜：“南子，以前的事，是咱们家天奇对不住你，阿姨和你叔心里有数。你是个好闺女，往后啊，希望你能好好的。”

“谢谢阿姨。”

他们没有别的说法，这让苏小南松口气，没有那么不自在了。

“谢什么，瞧你说的，在阿姨心里，早把你当亲闺女了。”

四年的感情，是时间练出来的，也确实有那么几分真感情存在。

苏小南明白她的意思，抿了抿嘴，微微一笑。

这时，却听霍妈突然叹口气：“看到你有这么好的归属，阿姨心里也替你高兴。只是天奇啊就没那么好的福分了。一开始吧，是安家小姐死命纠缠他，要死要活要跟他结婚，现在婚不结了，把脸也都丢光了，就连他的工作也——你说这算什么事啊？”

工作？看来无事不登三宝殿，探病只是借口，找她另外有事。

“南子你是知道的，天奇进公司，凭的是自己的真本事，升部门经理，也是认识安小姐之前的事。可前阵子公司本来说要升他做大地区经理的，突然来了一位总公司的头儿，不分青红皂白就要辞退他。真是祸从天降哦，作孽！”

确实是祸从天降，可这和她有什么关系？

苏小南只是笑着，不接这敏感的话茬。霍妈看她不吭声，满脸艰涩地说：“南子，我们家的情况你是知道的，你霍叔身体不好，每个月药费都得花不少。如果天奇失去这份工作……”

“阿姨！”不等她说完，苏小南就拧紧了眉心，“我怎么听不明白，你到底想跟我说什么？”

霍妈尴尬地笑着：“南子，有人说是安家人在背后搞鬼，你看能不能给安公子说说，就你一句话……”

“不能。”苏小南拒绝得很彻底，“阿姨高估我了，在安北城面前，我没有那么大的脸面。更何况，以我对他的了解，他也不会干这样的事。至于安家其他人——我想，不管怎么样，我要是横插一手，会惹人闲话的。”

“南子——”霍妈试图游说，满脸焦灼。

“妈！”霍天奇忍不住打断了她，“别说了！”

从进门开始，他就没有吭过声，始终低垂着眉眼，满脸窘迫，这个时候被苏小南拒绝，他浑身上下像有火烧似的，恨不得找个地缝钻进去：“爸、妈，姜阿姨刚刚恢复，需要休息呢，咱们就不要打扰人家了，回去吧。”

说着他起身就走，霍家二老看着他的背影，手足无措地跟着站起来。

苏小南跟着站起来，对他们微微一笑：“张姨、霍叔，我送送你们。”

她的态度已经很明显了。霍妈重重一叹，走到姜玉莲跟前，和她唠了几句注意身体一类的客套话，终于无奈地和霍爸一起出了门。

苏小南送到电梯口，发现霍天奇等在那里。

两个人相视一眼，看苏小南面无表情，他欲言又止：“小南……”

苏小南微笑，将顺手拎出来的水果篮递上去：“这个拿回去吧。我妈病房里都快堆不下了，吃不了也浪费。”

“嗯。”霍天奇没有拒绝，也不想在这种小事上纠结，“谢谢！”

“不谢！客气了。”

曾经很亲近的人，如今却说着最生疏的话。

苏小南看着面前这个略带落魄神色的颓废男人，在时隔几个月后，突然有一种沧海桑田的感觉。

人果然都会变，她变了，霍天奇又何尝没变？

“小南。”霍天奇像是终于鼓起了勇气，“我有几句话，想单独跟你说。”

苏小南一怔：“好哇，说吧。”

霍天奇指了一下离电梯不远的窗口，径直走过去。苏小南没有迟疑，也快步跟了过去，站在他身边：“如果是为了工作的事，那你免开尊口，我办不到，也不想办。”

“呵。”霍天奇苦笑一声，“这个我知道，我本来也没想过找你帮忙。我今天会来，是实在拗不过我爸妈。你知道的，他们就我一个儿子，我不想让他们担心。”

苏小南微微耸肩，无所谓地笑笑。

霍天奇道：“工作没了，我会再找。我这么大一个男人，难道还会生存不下去吗？”

这还像一句人话。

苏小南不置可否地弯唇而笑：“那你想说什么？可千万不要告诉我，上门女婿当不成，还想跟我和好。我是会鄙视你的。”

霍天奇失笑摇头，眉目沉了沉，再看她时，目光里带了一点担忧：“陆止回来了，你的真实身份其实已经成了一个公开的秘密，大家都心知肚明，只不过现在安家和陆家为了脸面，都没有拆穿而已。”

“嗯。”苏小南淡淡道，“然后呢？”

“你……”霍天奇拖着声音，“你就没有为自己的未来打算？”

“有什么可打算的？”她淡淡地笑着，带了点俏皮，哪怕心里有点酸，也不想在霍天奇面前表现出来。

实际上，她怎么会没有半点担心呢？

以前的工作——已经没了。

以前的苏小南——已经“死”了。

现在的身份——也尴尬了。

就连红特的工作，也打着陆止的名号。

如果真正的陆止替代了她，那她该以什么身份存在？

霍天奇观察着她的表情，突然道：“我今天早上去过将军巷十八号。”

苏小南唔一声，调侃：“怎么，失去之后才发现真爱？舍不得安小姐了？”

霍天奇脸色略略一黯：“我想说的不是这个——”

苏小南疑惑：“那你到底想说什么？”

霍天奇插在裤兜里的手拿出来，扶在窗台上，身体也跟着转了过去，面对着窗外一片繁华的景城商圈：“在将军巷十八号，我看到了安北城，还有……陆止。”

猝不及防的消息，让苏小南面色微微一变。

“该说的我已经说了，其他的随便你想吧。”霍天奇走向电梯口巴巴等待的霍家二老，几步之后，突地又停下脚步，慢慢回过头来，目光复杂地扫向苏小南，“我为我曾经对你造成的伤害道歉。但我刚才对你说的话，只是基于朋友的责任，也是希望你能过好日子，没别的。再见！”

叮！电梯到了。

霍天奇的背影消失在电梯口。

苏小南站在原地，吹着窗口透入的冷风，沉默了许久，拨通了安北城的电话。

“喂！”他接了起来，声音一如既往地平淡无波。

“你在哪儿呢？”苏小南笑盈盈地问。

“有事？”他不答反问。

本来心绪就不平静，一听这话，苏小南情绪就不好了：“是我问你，还是你问我？”

安北城沉默。

苏小南语气更为尖锐：“怎么不吭声，在哪儿逍遥快活？”

安北城沉默片刻，淡淡反问：“你在查岗？”

没料到他把话说得这么直白，苏小南意识到自己的行为确实有点过分，双颊微微一烫，又是心塞，又是难受，还有一种莫名其妙的恼羞成怒：“我关心你不行啊？你怎么那么敏感，该不会是做了什么见不得人的事吧？”

那边没有回答。

过了十来秒，就在她忍不住要吼过去的时候，听见安北城平静的声音。

“我在将军巷十八号，你满意了？”

果然是在将军巷十八号，霍天奇没有瞎掰。

不过，霍天奇是早上去的，而现在是下午四点多。

也就是说，整整一天的时间，安北城都在将军巷十八号。

是一直和那个陆止在一起吗？

苏小南双眼突地有些烫，一颗心拔凉拔凉的，每一个毛孔都像被冷气堵塞了，越想越复杂。

如果她记得没错，安北城与她合同的目的，是让她假扮陆止。

让她假扮陆止的原因是真的陆止死了，那如果真的没有死，假的还有什么存在意义？

安北城——他是决定放弃她了吗？

心狠狠一窒，苏小南张了张嘴，正想问他，就听他凉凉地说：“行了，别胡思乱想。我过来是与陆家谈些事情。先就这样，挂了。”

听筒里传来嘟嘟声，安北城说挂就挂。苏小南低头看着手机，蒙了几秒：“王八蛋！你有种。”

这几天景城人民的娱乐很多。

除了喝茶、打麻将、吃火锅，还有八卦可聊。

安蓓蓓的临时毁婚、凤凰男霍天奇豪门梦破裂，再加上“国民男神安公子”与“真假陆止”这么一大盆狗血梗穿插其中，几个家庭、几个人错综复杂的感情关系，想不火热都不行。

媒体、网络，几乎都在报道这件事。

对于哪个陆止是真，哪个是假，大家也十分乐于猜测。

不过，各家看法不一样，却都有一个同样的疑问。

如果这两个女人一点关系都没有，为什么会长得那么像？

换到以前，这种事肯定会被人们默认成一个双胞胎姐妹分离再聚的狗血故事，但现代医学和化妆技术太发达了，范冰冰都可以有无数个版权，人们心里的概念也就变了。猜测是双胞胎姐妹发生变故的人，反倒不如认为是另一个豪门悬疑故事的人多——肯定其中一个整容，想麻雀变凤凰，一步登天。

为财？为人？众说纷纭。

说三道四的是旁人，正主却很淡定。

将军巷十八号的安老太太亲自打电话给陆明厉，说了一些客气话，陆家这边暂时没有动静。至于安北城本人，更为缄默，没有人知道他到底怎么想。而苏小南回到集训队，该干吗干吗，就像没有她的事儿似的。

过了元旦，集训队里的气氛就紧张起来。

一月五号那天，将迎来正式的考核和分配，就像寒窗苦读的学子等待高考一样，每个人都忐忑不安。到了四号，全体训练就停止了，剩下来的一天，是给大家放松准备的。

苏小南做好了万全的准备，还告诉陆启说，为了避嫌，想分到基层去工作，并且在分配意向上她也是这么填写的。

结果没想到，队上给她的分配却是总部。

对于这个决定，苏小南是不满意的：“我过了考核，为什么不能自己做决定？”

安北城给她的解释是：“你考核虽然过关了，但成绩不是很理想，离你个人志向要求的基层大队的考核要求还有一定的差距。所以，经过组织研究决定，把你分到总部做文职。”

“我……”苏小南噎了半天，也是无言以对。

没有想到，不等她到总部报到，第一个任务就来了。

告诉他决定的人不是安北城，而是简聪。他开门见山，直接递给苏小南一份资料：“嫂子，目前大队有两个去京都学习的名额，刚才我征询了老大的意见，准备让嫂子你去。”

去京都学习？苏小南接过资料一看，入目第一眼就是学习的时间，为期三个月。

她脑子嗡的一声，突然有些发麻。

三个月集训，三个月学习，再加前面耗掉的三个月，等她学习回来，他们一年的合约，还剩下几天？苏小南突然有点心塞。

安北城为什么不直接告诉她，真正的陆止回来了，他们的戏也演不下去了，任务也可以结束了，他也决定放弃她了？她看了简聪一眼，从他身侧横冲过去，噔噔下楼，直接去找安北城。

他在副楼刷脸的办公室，苏小南将脸贴上去，门就愉快地打开了。

叮一声，伴着苏小南的河东狮吼：“安北城！你好样的。”

办公桌后的男人慢吞吞抬起头来，眉头微蹙，指了指对面的椅子：“过来坐下说！”

苏小南心底的郁气快从脚底板蹿到头发尖儿了，她大步流星地过去，将文件拍在安北城的办公桌上：“咱们不必绕弯子，你想怎么样就直接说，别把我像傻子似的支来支去，真当我是块砖啊，想往哪搬就往哪搬？”

安北城微微仰头，四十五度角的凝视显得帅气逼人：“有吗？”

“没有吗？还装蒜！”

看着她的怒火，安北城面色淡淡：“苏小南同志，这不是我个人的意见。”

热脾气遇上冷处理，苏小南有种拳头砸在棉花上的感觉：“安北城，咱们能不能利索一点？你如果是嫌我留在景城碍你的事儿了，你挑明说，我不是纠缠不清的人，安公子夫人这个位置，谁喜欢谁上，我没你想的那么稀罕。”

人在生气的时候，往往都是刺猬，恨不得直接用刺扎死对方。

苏小南字字句句都是针，刺伤了别人，其实也膈应了自己。于是，她一口一句“不稀罕”，带着恨不得马上离开他的恼意，换来的也是安北城越发难看的脸色。

“我再说一遍，这是工作，我和简聪都认为你合适。”

“呵呵！”苏小南冷笑一声，“这话忽悠别人可以，忽悠我就不必了。你不就想把我支开跟陆止卿卿我我吗，何必搞得这么麻烦？这个名字这口锅，我也背腻了，咱俩来点实在的，从今天开始，解除合约，请你为我恢复苏小南的身份。”

她一张遇神杀神、遇佛杀佛的嘲讽脸，安北城却没有半点表情。

“我不会解除合约的。”

简单几个字，短而冷，气得苏小南想砸桌子：“凭什么？”

她气得眼圈都红了。安北城盯着她，慢吞吞靠向背后的椅子，淡淡地道：“凭我，是安北城。”

苏小南想骂娘。

人家这叫摆明吃定她了，有恃无恐啊！苏小南怒极反笑，稳了稳心神，反倒不像先前那么急躁了：“行，这个理由我服。但是，从尊重的角度考虑，你是不是可以告诉我，为什么一定是我去京都学习？你支开我，到底有什么目的？”

“苏小南同志。”安北城冷冷剜她，“保密守则第二条，背一下。”

第一，不该说的秘密不说。

第二，不该问的秘密不问。

第三，不该看的秘密不看。

第四，不该带的秘密不带。

第五……

这些条例守则，在苏小南进入红特第一天就背得滚瓜烂熟了，又怎么会不知道？可她就是受不了安北城拿这个来敷衍她。平静一下浮躁的心绪，她尽量让自己智商在线，不靠怒火去解决问题。

“安北城同志，我现在不是以下级对上级的身份问你的，而是以你的妻子、你的合作伙伴、你的爱人、你的家属……这样的身份向你询问，算不算违规？”

一张办公桌，两个相视的人。

夕阳的余晖从窗户透入，暖暖的，带一点瑟瑟的凉。

寂静中，气氛低压而凝重，两道视线你来我往在空中交织、碰撞。仿佛过了一个世纪那么久，安北城终于叹口气：“不算。”

他抬手，去牵苏小南的手。

她缩回，背向身后，像一个赌气的孩子。

他嘴角微掀，执着地又来拉她的手。

她生气了，别扭地退后一步，瞪圆眼珠瞅他。

“说正事，严肃点。”

“我很严肃。”安北城淡淡抿唇，从椅子上站起来，朝她走过去，吓得苏小南又退后一步。他似乎觉得这样子的她很好玩，冷峻的脸上突然变得柔和不少，像一只捉弄小猫的大灰狼，带着不怀好意的笑，再一次逼近了她。

“停！”苏小南低嗤，“不要每次都用美男计，我不吃这一套。”

“哦？”他话音挑得高高的，带一抹勾魄似的低哑，“你吃哪一套？说说看。”

“我……我……”苏小南恨不得咬掉自己的舌头，“离我远点，好好说话！”

“呵！”安北城看着她眼睛里一闪而过的慌乱，仿佛发现了什么小秘密，整个人都放松下来，也不急着逼她，只那般慵懒地站在她面前，懒洋洋地发挥着个人魅力，“你啊，说你是孩子，你还真是。”

“滚！你全家都是孩子！”

“小浑蛋，口出恶言是要遭收拾的！”

安北城不温不火地说着，猛地伸臂圈住她的腰往怀里一收。苏小南冷不丁贴近他的身体，隔着衣服也能感受到那诱人犯罪的精实肌肉，智商差一点就脱离了本尊。

“安北城！”

“嗯。”

“就事论事，你能不能不要耍不要脸？”

“我有吗？”他低笑一声，索性将她拦腰一抱，直接抱坐在他坐过的那张办公椅上，然后双手向前撑在扶手上，微微倾身，以一个绝对帅气的言情男主秒杀式动作，沉声问她，“我是以你的丈夫、你的合作伙伴、你的爱人、你的家属的身份亲近你的，这样不算不要脸吧？”

以子之矛，攻子之盾。

苏小南被问得哑口无言，只瞪着他不说话。

“傻孩子！”他捋她额上的发，“你这小脑袋瓜里，都装了些什么东西？”

看苏小南不说话，他无奈地幽叹一声：“送你去京都，是为了让你远离危险！”

“嗯？”苏小南一怔，“我有什么危险？”

气势汹汹来讨债，却得到这样意外的结果，苏小南表情都凝固了。

那傻傻的样子，取悦了安北城。他身体没有动弹，额头抵住她的，双臂撑在扶手上，专注地看着她：“你忘了野狼在麓山酒店的事情了？”

“嗯？”苏小南抬了抬眉梢，“有什么关系？”

“当然有。”安北城换了一个姿势，将苏小南从椅子上拉过来，自己坐了上去，就在苏小南对他的行为忍不住翻白眼的时候，他又突地托住她的腰，稍稍用力，就将她带入怀里，就势坐在他腿上，“我们怀疑，死神会再次接近你。”

“结果呢？有什么发现吗？”

“有。死神肯定还在景城，而且——他对你有兴趣。”

苏小南冷哼一声，大概明白了安北城的想法：“你们这些男人做事，可真有意思，以前拿我做饵来钓死神，现在人家要来咬饵吧，你却偏不让。

安北城，你这到底几个意思？我怎么就不懂你了。”

她不懂，安北城却没有给她答案。

沉吟片刻，他淡淡道：“乖，很快就回来了。”

苏小南神色蔫了蔫，抬手去理他的衬衣领子，声音懒洋洋的：“所以呢，你就只是因为死神在景城，可能会对我的生命安全造成威胁，才把我支去京都的？”

“这只是一个方面。”安北城蹙着眉头看她玩领子的手指，“其实还有另外一个原因。”

“嗯？什么？是不是有别的任务？”苏小南顿时兴奋起来，可安北城扫她一眼，给了一个不太友好的答案：“顾风的爷爷在京都，你正好趁学习的时间，让他为你调养一下身体……”

以前苏小南就听说过，顾风学的虽然是西医，可家里是中医世家，祖上数代都做过宫廷御医，悬壶济世很是了得。顾家爷爷更是盛名远播，一方难求。尤其是这几年，由于顾爷爷年纪大了，除了熟人不好推托，他几乎不再为人看病了。

然而苏小南还是困惑：“安北城，我能吃能睡能跑，没什么毛病啊。”

安北城静静看她，过了片刻，才从肩膀下逮住她的小手，握入掌中揉捏：“我们都结婚这么久了，也没有刻意避孕，一直没孩子，你就没想过原因？”

苏小南忍不住哆嗦一下：“你怎么就认定我有问题？万一是你的问题呢？”

安北城脸一黑，握她的手紧了紧：“我没有问题。”

“这哪里知道。”

“顾风的话还能有假？”安北城道，“顾风说你……宫寒，不易受孕。不过，也不是太严重，吃两个月顾爷爷开的药调理一下身体，应该就没有问题了。”

“……”好吧。

沉默许久，苏小南看着他，以玩笑的口气说：“安北城，其实陆止比我有女人味，关键还温顺、听话，还有陆家做靠山。我这个冒牌的啥也没有，是个正常人都知道，应该选她，你为什么要选我？”

安北城正经脸：“谁让我上了你……”看苏小南拉下脸，他才漫不经心地补充，“的贼船呢。”

去！苏小南脸稍稍一热："好简单粗暴直白的理由。这么看来，我们家安公子还是很纯洁很厚道的男人嘛。睡了哪个女人，就要对哪个女人负责到底，是这个意思？"

"那当然。"安北城略傲娇，"谁让朕二十多年来，就只睡了这么一个雌性呢。"

"这么说，陛下还睡过雄性？！"

"……"

苏小南想：人的喜好，其实根本在于潜意识的本能。

骨子里刻着的想法，也许自己都不知道，却始终存在着，在关键时候影响着人的决定。

在没有遇到特别喜欢的东西之前，也许对于可以将就的东西也不会排斥，一旦遇到真正喜欢的，就会知道——哦，就是他了。从此，再没有别的东西可以取代。

比如爱情。在少年时代的荣城，在大学时代的锦城，或许有那么一刹那，她对陆启，甚至对于霍天奇，都有过悸动，但这种感情并没有衍生出不可取代的爱情。不管是陆启还是霍天奇，一旦离开，她就不会回头，甚至也不会有太多的痛苦。

但安北城不同。

苏小南说不上哪里不同，可他就是不一样的。

就像阴晦的心灵上突然透入的一丝阳光，从他出现在她的生命中那一刻起，她心里那一片从来不会为外人敞开的地方，被他一次次肆意进驻，不留情面地占领，都不需要她的理智来做出判断，潜意识就满心喜欢地全盘接纳了他的一切，好的、坏的，容不得她反抗……她的情感、她的身体，统统不肯排斥他。

在这间没有开暖气的办公室里，腊月幽凉的空气充斥其间。他们对视着，拥抱，接吻，以最原始的方式膜拜着彼此的身体，却依旧觉得不够，怎么样都不够。与所有相爱的情侣一样，恨不得将两个人打碎，融和，重塑，你中有我，我中有你。

"安北城。"

苏小南无意识地唤着他的名字。

她没有叫老公，习惯这样连名带姓地唤他。

“嗯。”

“安北城。”

“嗯。”

“安北城。”

“嗯。”

苏小南并没有什么话要跟他说，他也并不询问。在一种半空茫的思绪中，苏小南灵魂仿佛是抽离的，唤着他的名字，半眯着眼像一只慵懒的猫，身体懒洋洋的，眼睛里却带着小兽似的精光，一眨不眨地盯着他——

看他额头上的细汗，还有那一层浅浅浮动的青筋，带着野性的力量与某种不可描述的兴奋，苏小南在他的性感中沉迷着，突然又疯狂地仰起头，吻上他脸颊上滑下的汗。

咸咸的，满是阳刚的味道。

她似不满足，继续去吻……

安北城深深凝视着她，突地按紧她的后脑勺，低下头。

两人忘情地拥吻……

三天后的早上，安北城带着苏小南一起去红特报到，顺便办理入京学习的相关手续。

也就是从这一天开始，苏小南正式纳入了红特的编制。

又三天后，苏小南拖着行李箱，走入安检口，乘上了从景城飞往京都的航班。

安北城站在安检口外，目光幽幽，久久没有动弹。

“老大……”丁寅提醒，“嫂子已经进去了。”

“嗯。”安北城侧过头，抬腕看了看时间，“我们回总部。”

“是。”丁寅紧跟在他身后。

景城今年是暖冬，今天又是一个晴天。

可温暖的阳光并没能影响汽车里的温度。一路上，安北城都保持着沉默，丁寅紧张地开着车，半句话都不敢多说，直到汽车驶入大门，他看到一辆轿车驶往行政大楼。

“老大，好像是老首长的车……”

“嗯。”安北城淡淡地道，“把车开到办公楼下。”

“好的。”

十分钟后，安北城在行政大楼五楼的办公室里，招呼了这几个人。

那个丁寅口中的老首长正是安北城的直接领导，六十岁上下，头发半白，满脸岁月的沧桑，可在那一身整洁的制服衬托下，他身板挺直，精神矍铄，双目炯炯有神。

他坐下来，指了指跟着进来的两个穿警服的男人：“城子，这位是禁毒局赵局长——”

“你好！”

“你好！”

安北城和赵局长握了握手，听他又介绍另一个年轻点的男人：“这位是景城缉毒大队王队长，你们肯定认识的。”

“认识认识！”王队长主动过来和安北城握手，“我们经常打交道。”

互相寒暄几句后，安北城安静地坐了下来，开始翻阅他们带来的卷宗。

里面的内容并不陌生，基本都是死神集团这些年来做的孽。

数据、图片，都是直接影响人的东西。那些牺牲的缉毒警察，那些受毒品控制以贩养吸、家破人亡的人，一个个形销骨立、双目无神的吸毒者，一具具倒在血泊中的尸体，一个个缉毒的现场……厚厚的卷宗长达上百页，无声地控诉着毒品的危害性，也在默默地提醒他们肩膀上扛着的责任。

突然，安北城翻阅的手停下，猛地抬头：“张处牺牲了？！什么时候的事？”

看一眼卷宗上的照片和资料，赵局长叹气：“半个月前。”

自从千里眼带着人撤出景城，这边看似平静，可死神集团并没有消停。在靠近越、缅、老的滇西地界，形势更加严峻。张志朋是滇西缉毒处的处长，也是安北城刚刚入伍时的教官，与安北城私交极好，是看着他一步一步走过来的朋友。

那个时候，安北城原本想动员他来红特的。

可他固执地选择了做一名涉险的缉毒警察。

当时安北城是奇怪的，后来他才知道原委。

在张志朋当兵这些年，他的独生儿子居然染上了毒瘾。他的妻子忙于教学工作，并没有第一时间发现儿子的异常，直到那个孩子吸食了毒品后在强烈的幻觉中坠河身亡……

这些年来，两个人一直有工作上的往来，上个月，他们接到线报，千里眼可能潜入了滇西，当时安北城还提醒过张志朋，一定要小心，千里眼那个家伙狡猾又凶残。

“没有想到啊，老张……唉，头部中枪，人还没有下手术台，就没气儿了。”

办公室里突然安静下来。

几个人脸上都有悲伤，却都没有说话。

有些话不用多说，做这一行的都懂，也经历了太多。

“城子，当初选择苏小南假扮陆止，这个计划是为了什么你很清楚。如今计划有变，陆止活着回来了，咱们就得顺应形势——”老首长停顿一下，眼中带着一丝无奈，说得语重心长，“做人必须有取舍！我们更应该明白自己的职责。这么多同志牺牲，每天都有人在与死神周旋的过程中面临危险，随时可能没命。为了儿女情长，你——忍心吗？”

安北城桌下的手指紧紧攥到一起，眼中冰凉而潮湿。

老首长又是一叹：“我是看着你长大的，你喜欢那个姓苏的小姑娘，我知道。城子，我们也不是反对你和她在一起，毕竟工作只是暂时的，我们需要陆明历这条线……我答应你，等事情告一段落，我亲自为你们证婚！”

“……”

“城子，目前……先放弃她吧。”

在离开景城之前，苏小南曾经去过医院向姜玉莲辞行。

在医院的时候，她禁不住好奇，特地问了那个问题：“妈，你去过京都吗？”

“去过啊！”姜玉莲还是很肯定。

“那除了在京都吃烤鸭，你还记得什么啊？”

“天安门！故宫！长城……我都见过啊。”

“不会是在电视上看的吧？”

“是吗？”

“不是吗？”

“我……不是吧？”

被她质疑一下，姜玉莲又陷入了混沌中。

望着她迷茫的双眼，苏小南无奈一叹，没有再逼问她。

姜玉莲上次撞伤脑子导致的后遗症还在康复状态，医生说可以和她提一提以前的事，帮助她恢复，但不能过度刺激她，尤其那些有可能对她造成伤害的事情。所以，苏小南一次都没有向她提起过赵至臻，包括赵至臻的死，她和苏薇都默契地保持了缄默。

飞机冲上云霄，苏小南有些耳鸣，想到这些事情，头更晕了。

“嫂子，你不舒服？”

说话的人，是和她一同入京参加学习的同志，名叫李航，是一个长得白白净净的男人，个子挺高，但瘦，戴一副眼镜，在红特主要负责信息通信，有时候也会帮队上做一些情报技术分析，平常基本不出外勤，所以看上去更像一个斯文的学者。

这次入京学习的两个名额，李航是因为表现优异，而苏小南——再一次被人以“裙带关系”做了总结。

去京都学习，是很多人求之不得的事情。

所谓学习，其实也是一种镀金，学成归来，就和其他人不一样了。

不过，这些事情苏小南并不完全知情，安北城也没有跟她提过。此时，她耳朵嗡嗡作响，胸口也有些闷，听到李航的声音，冲他友好地笑了笑。

“有一点点，一会儿就好了。”

李航从包里掏出一盒口香糖递给她：“嚼着这个，会好受一点。”

苏小南不好意思地垂下眸子：“谢谢！”

她没有拒绝李航的好意，倒出两粒放入嘴里，将盒子递还给李航，觉得应该找一个什么话题继续，以免尴尬。

“你以前去过京都吗？”

李航笑着嗯一声：“我在京都上的学。”

“哦。”

“我老家渝北的……”

“这样啊，离景城挺近啊。可你说话没有什么口音，我都没听出来，普通话很标准嘛。”

“谢谢。我十三岁就离开渝北，去京都上少年科大了。一待多年，确实没多少口音。”

十三岁上大学？苏小南想想自己的十三岁，不由得汗颜。

“太了不起了，少年天才啊！”

“没那么夸张，就是比别人学得努力一点而已。”

聊天是促进感情交流的最基本工具，两个人说到这里，从刚上飞机时的陌生，慢慢也就熟悉了。苏小南大方地说：“我是第一次去京都，回头有机会，你可得做我的导游，带我到处逛逛。”

“没问题，不过……”李航想了想，笑着说，“恐怕这次没有什么时间。我来之前，老大交代过，先带你去顾队长家里找他爷爷开方子，然后得去学校报到，报到截止时间是今晚八点，明天就正式开课了，中途几乎没有休息时间。三个月结束后，就得返回景城……”

“平常没有周末吗？”

李航笑了笑：“有是有的，但出校门得请假，每次也就两个小时。”

“……”苏小南吸一口气，“太狠了！比我上警校的时候严格多了。”

李航淡淡地笑了笑，没有说话。苏小南打量他一眼，使劲捂了捂耳朵，觉得说话的声音像隔了一层膜，于是也没了说话的兴致，朝李航笑了笑，转头看向窗外。

两个多小时以后，飞机顺利抵达机场。

苏小南和李航说说笑笑地推着行李箱，刚走出来，就看到一个小伙子在冲他们招手：“李航！这儿，这儿！”

苏小南歪头看了一眼，见李航笑盈盈地走了过去：“杜子鸣！哈哈，是你小子。”

苏小南被这个名字雷了一下，杜子鸣很热情地迎上来：“谁让我认识你，就接了这个任务。”

“等久了吧？”李航捶一下他的胸口。

“不久不久，刚到。”杜子鸣笑着和他勾肩搭背，又转头看向苏小南，“这位是嫂子吧？我叫杜子鸣。”

“你好。”苏小南微笑回应，“叫我的名字就可以，我叫陆止。”

“不敢不敢！老大会扒了我的皮的。”杜子鸣愉快地接过她手上的行李箱，大步往外走，“我们直接去顾园。”

直接过去？苏小南原本没想马上去拜访顾风的爷爷。

这样两手空空地登门，她觉得突兀又不礼貌。所以，等杜子鸣开车载着他们驶离机场，她便说：“一会儿路上有商场什么的，咱们先停一下，我买点东西带着……”

“嫂子不用买。”杜子鸣是个机灵的家伙，一下就听出了她的弦外之音，一边开车一边笑，“顾爷爷性格有点古怪，不怎么肯亲近人。一般的东西他老人家不会稀罕，也入不了眼。所以，老大把礼物都准备好了，我放在后备箱，一会儿咱们拎着上门就行了。”

苏小南无言以对。

她走的每一步路，都是安北城事先安排好的。

这到底是她男人，还是她爹啊？

不过，她喜欢这样的安排。她天生不喜欢这些应酬和交际，人情世故更是不太懂，如果让她自己去挑礼物送人，也是一个头两个大，既然安北城有安排，她也就乐得清闲了。

顾园是顾风家的祖宅，一个略显古朴的四合院，一眼就知道有些年岁了，但四合院古旧却不脏乱，院子里的设计有中式庭院的特色，摆设也一律古典风，看着颇有韵味。

苏小南被人领进客厅，觉得特别抱歉。

因为顾家老爷子居然还没有用午餐，在等着他们。

她将手上包好的礼物盒递上去，只歉意地笑：“顾爷爷久等了！这是我和阿城的一点心意……”

正如杜子鸣所说，老爷子确实有点古怪，像一个古装剧里的老神仙似的，留着长发，在头顶上绾了一个发髻，插了一根碧玉簪子，身上穿一套浅灰色的对襟盘扣中式服装，很有一点仙风道骨的感觉。

“嗯。”老爷子就淡淡的一个字。

可能他就是那种传说中恃才傲物的人，接过礼物盒，看了苏小南一眼，不冷不热地指了指客厅的椅子：“坐吧，我让人把菜热一下就可以开饭了。”

苏小南有点尴尬，笑了笑，和李航、杜子鸣坐了下来。

老爷子也不回避，当着苏小南的面，把安北城送的礼盒打开了。

只看一眼，他原本冷冷淡淡的表情就转为惊喜：“城子果然说话算话，好东西啊！”

苏小南定睛一看，那是几种密封的药材，她不懂中药，也认不出究竟是什么，不过看老爷子欣喜若狂的样子，想来是比较名贵的东西了。

“阿城说，只要顾爷爷喜欢，这都算不得什么。”

老爷子看过来，好像这才重新认识她一样。

“你就是城子新娶的媳妇儿？”

苏小南心知安北城之前肯定和他沟通过了，含蓄地点点头，并不多说。

老爷子目光有些锐利，审视她一会儿，突然招了招手：“坐到我身边来，我给你把把脉——”

他的旁边有一个茶几，苏小南想一下，坐到茶几对面。

把脉的时候，客厅里一片静寂。

苏小南观察着顾爷爷的神色，竖起了耳朵，可这老爷子下巴上的长胡子都翘了起来，眉心也皱成了一个“川”字，却一个字都没有说，瞧得她一颗心就像捆了一块大石头，不断往下沉。

“顾爷爷——我有什么问题吗？”

老爷子半合着眼，就像电视剧里演的老中医一样，神神秘秘地想好久才回答：“跟我孙子说的一样。”

苏小南："……"

关键你孙子也没有说出一个所以然啊。

她腹诽着，顾风爷爷却放开手说："关系不大！吃几服药，肯定让老安家抱上曾孙……"

苏小南："……"

她只想好好治病，不是为了给他们老安家生娃的好吗？

"顾爷爷，我这到底是什么病啊？"

"没什么大病。"老爷子看她一眼，轻松地拍了拍对襟衣服，又招呼李航和杜子鸣两个，"咱们先吃饭，我饿了。"

苏小南以前听安北城说过，安家和顾家私交不错，顾家虽然不像陆家那样有钱，子孙也始终从事着与医疗相关的职业，但顾家自有为医者的清高，一般人他们也瞧不上，相对于现代人把个人信仰变成金钱，他们身上有一些朴素的价值观。

比如传承顾家医术，比如传承民族文化，又比如发扬中医产业。这位顾爷爷很久不给人看病了，现在就是闷着头写一些医疗书籍，自己也做一些中医药研究。

吃过饭，顾爷爷领着苏小南在院子里参观了一下他种植的中药材，又去客厅坐了一会儿，中药就熬好了。他让顾家的保姆熬好，分装在十几个药袋里，这才递给苏小南。

"一天三次，饭前服用。等这些药吃完，再过来找我。"

苏小南拎着药，说不出地感激："那就麻烦顾爷爷了。"

杜子鸣将苏小南和李航送到学校门口，就开车离去了。

他临走之前告诉苏小南，三天之后会再来接她去顾园，找顾老爷子。

苏小南明白，这些都是安北城安排好的，说了一通感谢的话，就与他挥手告别，笑着对李航说："走吧！咱们的监狱生涯……开始了。"

她推着行李箱，大步迈了过去。

学校的大堂有一个接待点，苏小南和李航分别在签到，领了房卡、学员证、作息时间表和课程安排等资料，各自上楼回宿舍。

这是一所信息通讯学校，有自己的宿舍，男学员和女学员同在一幢楼里，但是居住的楼层不一样。苏小南到了501号，刷卡进入房间，开灯一看，住宿条件也还可以，房间宽敞整洁，窗户大而明亮，而且只有一张床。

有单间住，真棒！

丢开行李箱，她倒在床上，眯着眼看窗台上的阳光。

安北城的电话就是这个时候打来的。

在苏小南的印象中，他很少主动给她打电话。

而她这时才想到，到了京都还没有给他报平安。

“喂！安北城，我已经到学校了。”

“我知道。”安北城的声音听不出喜怒，“住下了？”

“嗯，住下了，条件不错。”

“你先休息一下，一会儿记得去食堂吃晚饭。”

“好的好的。”

“好好吃饭，好好学习。记得按时吃药，在学校有什么事情，就找李航……”

事无巨细的安排，听上去暖暖的，从耳朵暖入心里。

苏小南想着他打电话时的神情，嘴角不知什么时候已高高弯起：“都知道啦！我的安二爷！保证完成任务。你也是，我不在的时候，不许泡妞，不许和别的女人接触，对别的女人笑，也不可。”

“……”

与京都的阳光不同，景城今日有小雨。

中午的时候，天还只是阴沉沉的，到了傍晚雨丝就飘落下来。

淅淅沥沥，像整片天地都蒙上了一层细雾。

安北城打完电话，坐在办公椅上，揉着太阳穴思考一会儿，再次拿起手机，调出一个号码。

“简聪，还没有消息吗？”

“老大，巧了，我正要和你说这事儿呢。”简聪的语速很快，“你在办公室吗？我马上过去，当面跟你汇报！”

“嗯。”

不到十分钟，门口就响起了简聪的声音。

“报告！”

“进来。”

简聪进来，反手关好办公室的门，急匆匆坐到安北城的办公桌对面：“老大，你说邪门不？我查了，得到的消息与当初一样。陆止从来不喝酒，是因为她对酒精过敏。但有时候推托不了，她也会陪朋友去酒吧，只是滴酒不沾。那天晚上，她去一个新认识的男人家里，结果被灌多酒，当场趴在桌子上昏迷不醒，那男人以为她只是醉了，没当回事，等发现不对劲的时候，人已经没气了……”

当初他们是在调查陆止的时候，联系上任思佳的。

任思佳告诉他们，陆止已经几天没有回学校了，恐怕有些不对。当他们联系当地警方赶到那个男人的住所时，并没有发现陆止的尸体，但那个男人被逮捕审讯之后，对犯罪事实供认不讳。

据他交代，当他发现陆止死亡之后，吓坏了，把她装在一个保鲜箱里，运到海边，租了一艘渔船，沉入了海里——警方后来派人打捞过，并没有找到尸体。但海洋那么大，飞机失事都找不回来残骸，一个人丢下去，找不到也不奇怪。

这件事就这样结案了，但这个案子涉及陆止死亡，他们通过国际刑警组织做了保密处理。所以，没有人知道陆止已经死了。而陆止与陆家人之间，除了每个月打到她卡上的钱之外，也几乎没有别的联系。于是，安北城安排了“陆止回国”，一切原本天衣无缝……

可哪知道，天上又掉下来一个活着的陆止！

简聪将随身带来的资料递给安北城：“老大，你看，资料都在这里。弄这些东西，可费了我不少劲儿，托了不少人情，要不要给我一点奖励，以示表扬？”

安北城剜他一眼，又低下头，一页页翻资料：“你安排的人，都可靠吗？”

“那是当然！不可靠，我能用他们吗？”简聪说完，脸上又布满了疑惑：“可我想不明白，这个陆止是从哪儿冒出来的。整容吗？现在的技术，真发达成这样了？”

安北城把资料合拢："也许吧。有这方面的消息吗？"

一听这话，简聪就忍不住哀号起来："老大，这些医美机构对客户的信息都保护得很好，不肯轻易泄露的。而且，我认为她就算做了，也不会在国内，要找资料简直就是海底捞针嘛。"

安北城捏了捏眉心，沉默。

简聪接着叹气："可如今除了这个，我们也没有办法证明那个陆止是假的……还有嫂子吧，也很难说她是真的。还有，老大你想过没有，就算可以认定那个陆止是假的，陆明厉不肯相信嫂子是他的亲生女儿，那也完全没用啊！"

他说的全是道理。

就算陆止不是陆止又怎样？

只要在陆明厉心里苏小南不是陆止，他就不会信任。

说不定，还会因此怀疑安北城的用心，产生反作用。

"老大……"简聪突然凑过头来，"我觉得咱们现在要做的，不是证明陆止不是陆止，而是将计就计，顺着他们的意思，就当她是陆止好了。你应付应付，皆大欢喜，这不就搞定了吗？"

"滚蛋！"这两天听多了这样的言论，从安家人到他的上级都一个意思，现在连简聪都这样说，安北城登时黑了脸，"下去，继续查！"

简聪了解安北城的脾气，也不敢问，瞄他一眼，拿着帽子就离开了。

安北城一个人坐在办公室里，双手揉着额头，怔了片刻，突然慢吞吞拿过鼠标，点击电脑桌面上的《JK3》图标，输入账号、密码——

很快，一个穿着月白色衣衫、长发飘飘的美女就出现在电脑屏幕上。

如果苏小南看到这个画面，一定会惊掉下巴——安北城上的居然是她的账号。

不知是运气好，还是心有灵犀，安北城上线不足一分钟，就看到系统提示。

"你的好友死神上线了！"

安北城没有主动问好，就站在一个小摊边上，安静地等待着，那微微眯起的眼，锐利而冷冽，如同一个等待猎物自动上钩的猎人，极有耐心。

不足十秒，密聊频道就跳出了几行字。

妖精尼姑：“不是说去京都学习，怎么还可以上网玩游戏？”

妖精尼姑：“喂！别装死，说话。”

妖精尼姑：“副本去不去？”

妖精尼姑：“再不吭声，老娘骂人了啊！”

安北城皱了皱眉，知道那是莫暖，盯着屏幕不动声色。

又过了一会儿，在莫暖刷屏似的问号里，出现了他等待的人。

死神：“你来了？好久不见。”

安北城揉一下太阳穴，掏出一根烟点上，慢吞吞吸了一口，在闪烁的火星中，等足了一分半钟才回复他一个微笑的表情。

死神：“今儿怎么这么热情？看到我就笑。”

安北城迟疑一下，手指放在键盘上：“对于主动示好的男人，我都这样，主要为了不打击你们的玻璃心，你以为就你特别？”

死神（微笑）：“是吗？你怎么知道我在向你示好？”

风流和尚：“这都看不出来，那不白在江湖上混了。”

死神：“有道理。那么，不知道我这个对你示好的人，有没有机会约你见一面？”

简聪敲门进来的时候，带着满脸的无奈。

“老大，这一次只追踪到一个虚拟 IP，没什么用。讲真，死神集团的技术，半点都不比咱红特差啊。咱们的设备是不是得升升级了，回头给上级反映一下情况，听说总参二部新搞了几台设备……”

听简聪吐槽，安北城面无表情。

“依赖机器习惯了，人就该废了。”

简聪：“……”

安北城抬眉看了简聪一眼，又从烟盒里掏出两根烟来，一根递给简聪，另一根叼进嘴里，不点燃，只盯着屏幕，陷入了沉默。

简聪从衣兜里翻出一个打火机，给安北城点燃，又点燃自己的，深深吸了一口：“老大，咱们想找这人都多久了，好不容易等到死神邀约，你为什么拒绝？这多好的机会啊。”

对大多数人来说，这确实是难得的机会。

安北城听完，没有作声。

那一支叼着的烟，化成烟雾，在他的指尖辗转好久，才听见他的声音。

“第一次就同意，你觉得他会相信吗？”

“也是。一般女的不都得矜持一下吗？”简聪自顾自地为他解释完，又不甘心地啐一口，“咱们布局了这么久，难道就这样算了？”

安北城淡淡说：“等他！会有下文的。”

简聪点点头：“如果当真要见面，嫂子不在，咱们找谁去和死神接触？”他全神贯注地盯着安北城，虽然这是一个问句，潜台词却是提醒安北城，在景城有一个女人可以胜任这个任务——和苏小南长得很像的陆止。

安北城听懂了他的话，却没有表态。

“死神究竟是不是死神还不清楚。你没想过，万一他就是想引我入套呢？”

如果他在没有办法的情况下，选择了让陆止去做这件事，那往后还有什么理由拒绝承认陆止的身份呢？

“老大你是怀疑这个《JK3》的死神，是陆明厉身边的人，或者说，根本就是陆明厉指使的？”

简聪满肚子疑惑，等待着答案。

安北城却剜他一眼，站起身来，将只抽了几口的烟摁灭在烟灰缸里。

“走！吃饭。”

安北城吃完饭回到办公室，就看到游戏的私信频道有一条留言。

“你还挺倔的。你说，要怎样才肯跟我见面？”

安北城沉默，翻看一下留言的时间，敲字：“怎么都不见。”

死神：“你不会是害羞吧？！”

风流和尚：“忾！你撩妹的手段太单薄。讲真，如果你长得帅我还能考虑考虑，就怕你长得丑，影响我发育。”

这语气这调调，真挺像苏小南的。

那头监控的简聪，快要看瞎眼睛了。

要不是十分确定，打死他都不敢相信，这是他们家老大啊！

死神：“原来是颜控？美女，以貌取人可不好。”

风流和尚：“不以貌取人，难道要我从你丑陋的脸观察到美好的灵魂？”

死神：“我都没嫌你！你还有可能是人妖呢！”

风流和尚：“我又不想见你，你爱怎么想就怎么想，关我屁事。”

死神：“不用这么绝情吧？我保证，见到我，你绝对不会失望的，怎么样？”

风流和尚：“无图无真相！有种你发照片啊！”

这算是最大限度的挑衅了吧。

死神会不会发照片？

简聪看着屏幕都紧张起来，安北城却低头，点燃一支烟。

很快，死神回复：“算了！美颜相机不仅出西施，还出潘安。照片什么时候有可信度了？这样，我给你一个近距离看帅哥的机会。明晚约蓝调酒吧怎么样？酒吧人多，你不用害怕的。”

风流和尚：“我酒精过敏，从来不喝酒！”

死神顿了一会儿：“看来，你是真不想见我了，这借口都找得出来。”

风流和尚：“嗯哼。”

不承认，不否认，明明是被吊胃口的人，他却不紧不慢地占据了主动。

死神：“好了，不开玩笑。我约你见面，真的没有别的心思，就像当初送你装备和金币，完全是因为仰慕你的操作。玩游戏的人嘛，哪个不崇拜大神？你真的忍心不给你的小粉丝一个近距离接触大神的机会吗？”

风流和尚：“……”

死神：“也不只我一个人，之前那几个跟我玩得好的，丢疯子、苍鹰之眼，爱豆……大家聚聚。你要是一个人来不好意思，可以带上你的朋友，那个叫妖精尼姑的，不是吗？”

风流和尚：“那……重新约个地方。”

安北城等待一会儿，给死神营造了一个“考虑”的时间，终于勉为其难地答应了。

“那好吧。你定。”

安北城关上电脑，很快召了警通大队的吴越、情报中队的简聪、信息通讯的耿箫然、野狼大队的伍少野、野豹大队的雷荆山几个人到四楼的小会议室。

“老大，要怎么做，你就发话吧。”

安北城看了简聪一眼：“你先把情况给大家说一下。”

“是！”简聪清了清嗓子，站起身来，“兄弟们，从目前掌握的情况看，《JK3》游戏里的死神就是死神集团的人……概率非常大。”

“嘁！”听完他最后补充的几个字，吴越低哼一声。

简聪瞪他一眼，接着说：“现在的情况是，死神在游戏里约咱嫂子见面，就约在明天晚上七点半，红满楼火锅店——在咱们景城的地盘上，如果真是死神，咱能让他插上翅膀飞了吗？”

雷荆山问：“可嫂子在京都，怎么见死神？”

吴越弯唇一笑，特地朝安北城竖了一下大拇指：“大熊，这你就不懂了吧，咱们老大这叫一石二鸟，家里红旗不倒，外面彩旗飘飘！高，实在是高啊。嫂子不在京都，不是可以顺理成章让陆止去吗？”

众人都无语地看着他。

实际上大家伙心里都有这样的猜测，可他们也都知道安北城忌讳这事，谁也没有主动开口，而吴越偏要往枪口上撞。

果然，他话音刚落，安北城的眼刀子就剜过来了。

“我看你就不错。”

啥？吴越左右环顾一下，他见大家都在瞅他，目光怪怪的，似乎憋着笑，不由得愣怔：“你们都看我做什么？啥意思啊？”不见众人回答，他回过神来，整个人进入了戒备状态，“不是吧！老大……你让我假扮嫂子？”

安北城抿唇，没有承认，也没有否认，其实就是默认。

众人压抑的笑声隐隐传来。吴越噌地站起来，在几个队友饶有兴趣的观望中，悲呼一声：“那怎么行？老大，咱可不能开这种玩笑！我比嫂子高，比嫂子壮，还有这脸、这腰、这屁股……我纯爷们啊。要是让死神察觉，那不就前功尽弃了吗？这件事做不得，做不得！再考虑考虑，我看简聪不错……”

简聪桌子底下掐他：“你找死啊？”

“对不起了哥们儿，这时不出卖兄弟，还等什么时候？”

“王八蛋！”

“啧，你这声音也很女人！老大，简聪真的合适——”

“闭嘴！”安北城冷着脸剜来，显然不想改变决定，“就你了！”

“不要啊！”吴越哭丧着脸，“你看我，哪里像个女人了，万一被认出来……”

“放心！”安北城打断他，“如果真是死神集团的死神，他本人不会来。如果来了，那就不是。”

彼此试探而已，死神怎么可能真的本尊来赴约，那不是自投罗网吗？

安北城想了下，交代说：“今天叫大家来，是为安排下一步的行动方案。这件事只有小范围的人知晓。懂了？”

“是，老大！”

几个人纷纷应和，只有吴越苦着脸。

“那我呢？老大……我申请换一个任务！”

安北城转头，目光落在他的脸上：“本来我是准备找一个女同志来乔装的，但想想，因为要带着莫暖，吴越就最适合不过了。你们的意思呢？同意的请举手！”

伍少野第一个举手：“我同意！如果举手不够，我还可以举脚。”

“同意！”

“我同意！”

大家都同意，吴越急眼了：“老子算看出来了，你们都不是好东西！扮女人？居然让我扮女人？你们仔细看看，我哪里像女人了？”

伍少野笑得都快合不拢嘴了：“我看你哪里都像，对吧，兄弟们？”

雷荆山永远是愉快的补刀手：“别说，吴老怪这张脸，捯饬捯饬，不比女人差啊！”

“哈哈哈哈……”

景城的雨，向来缠绵。

一天一夜过去，小雨还没有停。

第二天，安北城早早起来让丁寅开车去八里巷，拎了些保养品去看张志朋的家属，末了看他家境况窘迫，日子并不好过，又留下一张银行卡，默默地离开了。烈士流血，不能再让烈士的家属流泪，可他能做的还是太少。

“老大，咱们去总部吗？”

丁寅把车开上二环，回头问沉默的安北城。

安北城似乎有些疲惫，眼也没抬：“不。回北邸。”

“好嘞！”

丁寅在脑子里计算着路线，过一会儿，却听安北城突然又问：“你说，如果一个男人，注定早晚都会死在跟犯罪分子的斗争中，他该不该有家庭？该不该捆绑一个女人的人生？”

这句话问得太高深莫测了。

丁寅愣了一下：“老大，你啥意思？我怎么听不懂。”

安北城嘴唇微微一抿：“听不懂……挺好的。”

丁寅更不懂了，本想再问，可他从后视镜里看见安北城脸上的沉郁，赶紧噤了声。

一路无言，回到北邸，门卫小跑着上来：“老大，陆少过来了——”

安北城点点头，望向雨中的建筑，正寻思陆启找他为了什么事，手机铃声就响了。

他皱眉，从兜里掏出手机，接通就听到苏小南的声音。

“你干吗呢，怎么声音怪怪的？”

“没事！”安北城没说去看张志朋家属的事，太沉重。

“该不会是太想念我，一个人蒙着被子哭过了吧？”

苏小南喜欢开玩笑，安北城习惯了，轻松地笑笑：“如果我说是，你会不会骄傲？”

“这个……我想想啊。”苏小南心情似乎不错，声音格外清脆，“应该不会吧，毕竟被一个傻子想念也不是什么光彩的事。”

这么损安北城，也只有她了。

安北城揉着太阳穴，没有发现汽车已经停下。

丁寅默默坐在驾驶室等着，不敢提醒，也不敢出声，就怕影响了老大的谈话。

苏小南打电话，向来是没什么耐心的，没听到他回答，紧跟着就追问：“安北城，说话啊！我一会儿该回教室了。喂，你在想什么？”

安北城迟疑一瞬：“找我有什么事？你说。”

“没事不能给你打电话？你还是不是我老公了？”苏小南哧哧笑着，不等他说话，又自顾自解释，“好啦，没什么大事。就是今儿上午学校给我们放了一个纪录片，让我们牢记英雄的光辉事迹，顺便强化我们的革命情操。嗯，算是一次政治思想教育课吧。”

“哦？有什么体会？”

“体会嘛，还真有。”苏小南说，“我以前看警匪片啊，缉毒片啊，国际大案啊，觉得离生活好远，哪怕当了警察也没往心里去，认为那都是编剧瞎扯的。没想到真实的情况，比艺术创作更残酷、更血腥。安北城，现在我终于知道，每一盏平安的灯火后面，都有无数默默付出的人，军人、警察，太不容易。”

每一盏平安的灯火后面，都有无数默默付出的人。

安北城微微眯眼，想到了牺牲的张志朋，脸色一片凝重。

“喂，怎么了？”苏小南不耐烦地催促，“说话啊！我还有十分钟了！”

“哦，你说完了？”

“你到底有没有在听我说话啊？”

“有。”

“有就奇怪了！”苏小南有些不高兴，“你知道我为了给你打电话，偷偷藏手机，有多么不容易吗？你好歹也给我一点热情好吗？”

安北城沉默一瞬：“我想热情，可这隔得也太远了，鞭长莫及。”

“好吧，我懂了，安公子是不是做了什么对不起我的亏心事，不敢吭声了？”苏小南突然一哼，声音轻轻的、软软的，带了一点笑，刻意压低嗓子，“你偷偷上我的游戏号，联系死神了对不对？哼！我上游戏看到记录啦！”

“……”

“你还准备让陆止假扮我去应付他对不对？呵呵呵……”

一个阴森森的笑后，苏小南似乎在暗暗咬牙。安北城听着，突然闭了闭眼睛，声音哑得像缺了水：“小南……”

这一次，换苏小南沉默了。

冷静下来，她没了先前的笑意：“有什么事，你直说吧，我承受得住。”

“对不起。”隔了许久，安北城说，“我觉得你不适合这个工作。”

苏小南像听了一个荒唐的笑话，耳膜鼓噪着，心脏怦怦狂跳，仿佛所有掌控情绪的神经都在造反，让她几乎控制不住怒火，咄咄逼人地问：

“是陆止比我更适合，对吗？”

“……”

“你说，是不是？”

“……”

“说话啊！我在问你！”

她咬牙切齿，安北城却很平静：“你好好学习，什么事都不要管。等学习期满，你还是苏小南。”

她还是苏小南？那她就不是陆止了？

他们的合同，三个月后就解除了吗？

那他们的婚姻呢？

苏小南的心一点点往下沉：“安北城，你是要承认陆止吗？”

电话里却没有半点回应，苏小南仿佛被闷雷击中，脑子里一片空白。后背抵靠在墙上，身体慢慢往下滑落，迷彩服蹭刮了一层白灰她也浑然不觉……

四周死一样寂静，一些过往的事就那么不合时宜地钻入脑子，毒蛇似的，让她痛、让她难过，又缠得她没法脱离。

“小南……”

“苏小南……”

飘飞的雪花呜咽着，似乎是安北城在唤她。

“我们生个孩子吧？”

“苏小南，我喜欢跟你在一起。”

“而且我以为，未来的时间，我也都会愿意与你在一起。”

在一起，在一起，有多少感情会永远在一起？

谁都妄想过天荒地老，可有多少人到老还在相携看夕阳？

安北城将烟头摁灭，终于推开了车门。

抽这一支烟，他用了足足半个小时。比往常慢，也比往常沉重。

丁寅始终脊背僵硬地坐着，一个字都没有说。安北城似乎也没有发现他的存在，径直走了进去，他走得有些慢，头上、肩膀上带着小雨浸过的痕迹。他没有察觉，更不在意，一直走到卧室门口，停下了脚步。

苏小南在家的时候，最喜欢躲在房间里偷偷玩游戏，有时候玩得兴起，一个人哈哈大笑。

安北城不喜欢笑，却喜欢看她笑，更喜欢推开门就可以看到她的那种感觉。如同一个漂泊许久的旅人终于看到了家的灯火，也许没有狂热的欢喜，但整个人是踏实的，整颗心是宁静的，仿佛那个人，就是命定的彼岸。

“苏小南！”

脑子里想着这个名字，安北城慢慢推门——可指尖刚触到房门，那门把上的一丝冰冷，又让他停顿了。静静站立一会儿，他好像被抽干了力气一样，突然转身下楼。

“干什么去？”楼道下方，是从花园里过来的陆启。

他满头都是水，湿了头发，湿了衣服，一双眼却格外锐利，仿佛带了一丝杀气，直勾勾盯着安北城，似乎恨不得把他剖开，从灵魂到思想一一看透。

安北城看出了他的敌意，眉心一拧，准备与陆启擦肩而过。

“我不想吵架。”

“我也不想吵架。”陆启猛地拽住他的胳膊，一个老拳就冲他面门过来：“可我想打架！”

咬牙切齿地低吼着，陆启出拳的速度很快，也没有留半分情面。安北城往后一仰，侧头躲开，顺势扼向陆启的手腕。两个人你来我往，拳影翻飞。突地，安北城一脚踢向他的下盘，带着他的身体一个漂亮的旋转，就将他摁在了楼梯扶手上。

“我警告你。”安北城冷冷地说，“离她远点！”

陆启气极反笑：“她是我妹妹。”

“她不是了。”安北城神色冷漠，听不出情绪。

陆启闻言一怔，表情变得有一些复杂，嘴角挂着玩味的笑："那样更好。不是妹妹，可以是更亲近的关系——"

"陆启！"安北城突然变脸，反剪着陆启的胳膊将他狠狠摁住，"你给老子离她远点！听见没有？"

长这么大，陆启第一次看到这样失控的安北城，不由得呵呵冷笑一声，借助安北城手臂的力量，也不管会不会被他拧断手臂，生生转过身体："凭什么？嗯？你他娘的凭什么？"

"你说呢？"安北城不怕拧着他，加重了力道。

陆启疼得额头直冒冷汗，可他不肯服软，轻佻地瞄向安北城："二表哥，你没有权力这样要求我。她不是我妹妹了，你也不会是她的丈夫。"

安北城身体一震。

陆启笑出声来："到那时候，你是什么？嗯？你告诉我，你是什么？"

安北城冷冷盯着他，浑身弥漫着戾气。

陆启戳到了他的软处，心里异常爽。憋屈这么久，仿佛一朝就扬眉吐气了一样，兴味地补充："你不了解她，一点都不了解。她就像培育在你花园里的那些南瓜，样子普通，很容易被人遗忘，骨子里却高贵。"

陆启顿了下，微抬下巴："从来都不是她配不上你，而是你配不上她。"

安北城不冷不热地凝视着他，慢慢地放开了禁锢他的手。

"滚！"

一个字不带半点温度，却换来陆启的冷笑："恼羞成怒？"

"让你滚！"安北城突然拔高声音，像一头发飙的野兽，吼得天地变色，地动山摇。可哪怕飞沙走石席卷了整个客厅，陆启依旧不惧，慢慢直起身，低声回敬。

"你也给我记好了，她要有个三长两短，我不会放过你！"

第十一章
死神之约

下午五点不到，莫暖就愉快地到达了北邸。

她是受安北城的邀请来的，上楼的时候，头抬得格外高。

田甜看到她，迎了上来："暖姐，你来了？"

莫暖莫名觉得这声"暖姐"有点古怪，赶紧拍掉一层鸡皮疙瘩，咧着嘴笑："叫我莫姐吧，或者名字。"

田甜笑："我觉得叫暖姐比较亲热呢。"

莫暖嘴角若有似无地一抽："你开心就好。"

说说笑笑地进入客厅，莫暖却没有看到安北城，只见客厅的沙发上，有一个女人背对着她在看电视。莫暖拎着香奈儿小包，一甩一甩地走过去。

"噫，这位小姐，看着有些面生啊。"

来北邸的次数多了，她对北邸的人基本上都很熟悉。除了田甜、任思佳，以及厨房的一位中年大婶之外，她记得根本就没有女人呀，难道安北城背着苏小南偷吃？

莫暖警惕心大起，又绕到女人的正面，低下头客气地说："这位小姐……"

“什么小姐大姐的。”吴越左转右转逃不开她的视线，恨不得找个地缝钻进去。可他心里臊了，面子却得端住，恶狠狠地瞪向莫暖，“看什么看，没见过美女啊？”

莫暖终于认出了他，惊讶得半天合不拢嘴。

“我的天！吴越，原来你，原来你是一个……gay？”

吴越的人生，从来没有像今天这么悲催过，之前已经被伍少野、雷荆山、简聪轮番嘲笑过了，莫暖虽然没有嘲笑他，可她的话比他们的嘲笑还要闹心，气得吴越立马怒怼回去。

“这位小姐，人胖不要紧，如果连眼睛也不好使，那就没得治了。麻烦你仔细看看，我哪个地方像gay？哪里像？”

“……”莫暖的震惊状态持续了很久。

她在想，吴越要是gay，她的感情往哪里落脚啊？

“你傻了？问你话呢！”吴越不高兴地瞪她。

“这还用问。”莫暖平静一下心情，仔细观察吴越妆容精致的脸，然后一脸复杂地叹道：“别说，还挺好看的。不过吴越，你性取向既然没问题，难道是……脑子出了问题？”

吴越气咻咻地咬牙：“我这是为了工作，工作，你懂不懂？”

“懂！很多gay扮女人的时候，害怕穿帮，都会用这个借口。”

听她第一个字吴越还高兴，听完一句话他直接就想掐死她了。

“你要怎样才肯相信？”

他为什么非得要她相信啊？莫暖奇怪地一哼：“这种事，证明不了！有些人从泰国回来……唔，你，干什么？”

吴越突然凑近，一只手扣紧她的后脑勺，一只手勒紧了她的腰，温热的气息几乎喷在了她的脸上：“证明我不是gay……闭上眼！”

带着命令的语气，粗鲁而直接，哪怕莫暖再傻，也明白他要干什么了。

盯着近在咫尺的脸，莫暖几乎是震惊的。想当初她千方百计地接近吴越，都恨不得扑上去把他撂倒了，结果被拒绝得灰头土脸，女性的自尊心都喂了狗才换了个哥们儿的地位，如今他居然主动了，算不算踏破铁鞋无觅处，得来全不费工夫？

然而——她为什么想笑？

吴越的样子，就是一个活生生的大美女啊！

她性取向没毛病，看着这么活色生香的吴越，对这张如花似玉的脸，什么遐想都没有了。

“哈哈哈哈哈！”

一串笑声换了吴越的大黑脸，幸好安北城及时赶到才解了围。

“都什么时候了，还在闹！”安北城不动声色地看了两人古怪的姿势，转身往外面走，“按计划行动！莫暖需要做的，你在路上告诉她。”

“是！”吴越挺直了腰板，那模样特别滑稽。

红满楼不算景城最好的火锅店，但只要景城本地人提起这个名字，就没有不知道的。

冬天昼短夜长，不到约定的七点，天色已经黑透了。华灯初上，景城的夜，有一种迷离的风情。红满楼上座率很高，服务员小姐忙得脚不沾地，可看到他们进来，打量就乐了。

“你们是游戏玩家见面会吧？”

呃？！连这个也知道，莫暖一脸莫名其妙。

在车上的时候，吴越并没有跟她说太多情况。她不是红特内部的人，一旦知晓死神的身份，难免会紧张，反而会引起不必要的麻烦。因此，他只告诉莫暖，《JK3》里那个死神在撩苏小南，安公子很生气，所以同意了死神的邀约，让他扮成苏小南的样子，以ID风流和尚的人妖身份去会会他，顺便让他死了这条心。

这解释完全合理，而且莫暖并不在意。

因为只要能和吴越在一起，不管做什么她都开心。

把这事当成一场游戏，她兴致勃勃被服务小姐带到了一个叫“雅竹”的包间。

门虚掩着，不等吴越去推，就被人从里面拉开了。

“终于来了——”

包房里有四男一女，据他们介绍，一个叫丢疯子，一个叫苍鹰之眼，一个叫左手是我女朋友，一个叫倒影年华，那个穿了一身粉色衣服的小姑娘，就是传说中死神的脑残粉丝，在《JK3》里以卖萌和撒娇闻名的死神是我爱豆。

几个人看到吴越的第一眼，就全傻了。

“这美女是……不会是风流和尚吧？！”

莫暖一心以为是恶作剧，半点紧张都没有，挽住吴越的胳膊哈哈一笑：“没错没错，他就是风流和尚。怎么样？好看吧？”

讲真，吴越确实是好看的。但男人扮女装，不管多么逼真，在近距离观察的时候，也很容易看出破绽。而且，男女神态动作都不同，除非经过长时间培训，一切都女性化了，否则，越是刻意扮成女人，越容易露出马脚。

吴越不是天生的演员，这冷不丁扮成女人的结果，就是——不伦不类。

于是，短暂的寂静后，包房里响起爱豆的大笑声。

“还以为是谣传呢，原来是真的？风流和尚真的是一个人妖啊？”

“我呸！什么人妖，你骂谁呢？”莫暖哼一声，马上为吴越打抱不平，“他不是人妖，他只是进化不完全！其实是货真价实的纯娘们，你要不要验一验，摸到小弟弟算你赢！”

物以类聚，人以群分，莫暖跟苏小南混的，嘴也损得很。这一句维护的话，差点没把吴越气死，不过，也成功堵得爱豆哑口无言。毕竟她在《JK3》里是纯情玉女的人设，怎么可以做验身这样的事？

“大家别愣着了，喜欢吃什么，来自己来点！”苍鹰之眼三十来岁，在这群人里面年纪最大，充当着老大哥的角色。

他打破了僵局，莫暖顺手把菜单接过来：“死神怎么没来？不是他约我们吗？正主不在，却把小妖精指使过来，真不厚道！”

“你怎么说话的？谁是小妖精？”爱豆不高兴了。

“小妖精不好吗？”莫暖也是一个不客气的，“这天底下哪个女人不想做小妖精，霸道总裁也爱小妖精。我说你是小妖精，那是抬举你，知道不？”

“你……”爱豆知道她在讽刺自己，可斗嘴不是莫暖的对手。

“二位！二位美女……”苍鹰之眼尴尬地笑了笑，拿手机凑到吴越的面前，“你看，死神刚发的信息，他已经在红满楼的门口了，马上就来——”

吴越心里一紧。

那个已经出现在楼下大厅的人，到底是不是死神？

“各位，我来晚了，不好意思，路上塞车！”

悦耳的男中音，操着标准的普通话，让人听了很舒服。

吴越和莫暖听到声音回头，看见门口站着一个清瘦的男子，个子高高的，穿一件中长款羊毛大衣，脖子上系着一条 Burberry 的格子围巾，二十五六岁的年纪，气质清俊，风度翩翩，有一点像上流社会贵公子，与那个叱咤风云的死神，不太可能是同一个人。

“你是死神？”吴越显然是不信的。

听到他完全男性化的声音，死神似乎也略略错愕。

“你是……风流和尚？”

他藏不住的意外，让吴越突然有一种破坏了别人希望之后的小兴奋。他嗯一声，矫揉造作地捋一下微卷的假发，笑盈盈地冲死神甩一个媚眼：“没错，我就是风流和尚。终于见面了，你——失望吗？”

死神目光怪异，却友好地朝吴越伸出手：“不会不会，你好！”

“你好！”吴越回握。

两手交握，一瞬，立马分开。

大家都知道，死神一定看出吴越是个男人了，可他没有拆穿，也不问他究竟是不是风流和尚，居然将错就错地示好。

一顿饭，气氛极其古怪。

莫暖不知道安北城在外面布置的秘密行动小组，只把这顿火锅当成了玩家线下见面会。其余几个人也差不多，虽然席间气氛一度不友好，但还是顺利熬到了结束。

“大家再见！”

“下次约！”

“好的好的，明儿一起下本！”

红满楼门口，几个人客套地互道了再见，丢疯子几个先坐车离开了。

死神自己开车来的，送走了朋友，他走到吴越身边：“你不是风流和尚。”

吴越没有反驳，朝他一笑："你也不是死神。"

死神很淡然："我是，不过，我不是你们以为的死神。"

吴越微眯眼睛："哥们儿，我不明白你在说什么。"

死神低头，轻笑一声："我不是你们要的那个死神，但我是《JK3》里的死神。你不懂，你们家安公子一定会懂。"说着，他从上衣口袋里掏出一张名片递给吴越，"我相信安公子对我会有兴趣。"

吴越低头看一眼名片，整个人都玄幻了。

敢情这货只是一个黑客？

他用死神 ID 接近苏小南，查到她的账号，给她充值，送她装备，绕这么大一圈，难道就为了在他们面前露一手，让安北城知道他的本事，从而对他产生兴趣？

吴越不紧不慢地把着名片："你很有创意。"

"谢谢！"死神微笑，"相信我，有了我的加入，你们一定会如虎添翼。"

吴越扯了扯嘴角："我们从来不缺人才，再见。"

死神依旧微笑："再见！"

回到北邸，吴越把那身女装行头换了，急着眼把名片递给安北城："老大，我快被那小子弄疯了。你说那家伙的话，可信吗？"

安北城手上拿着名片，反复看了两次："半真，半假。"

"怎么理解？"

"也许是真的，也许是假的。"

"……"吴越想翻白眼。

这说了跟没说，有区别？

吴越看他情绪不太高，慎重地猜测着："老大，你是说，他可能只是一个想加入红特的高级黑客，也有可能就是死神的人，一开始想引诱你见面，让你无奈之下承认陆止的身份。结果没有成功，于是不得不拿出这个身份来使用障眼法？"

"嗯。"安北城没反对，"暂时不能下定论，等结果吧。"

一个小时后，行动小组就分别反馈了消息。

他们查过了，丢疯子、苍鹰之眼几个人，并没有什么异常。至于死神本人，伍少野发现一个疑点，他从红满楼吃完火锅离去后，没有直接回酒店，而是开着车绕河走了几个大圈。不过，其间他没有跟任何人接触。

又一个小时后，简聪过来了，带着电脑以及他的情报分析结果。

死神，英文名 Kevin，中文名余勤，籍贯丹东，中学毕业出国留学，有相当吸引人的履历，不过最惊人的不是他的学习履历，而是他藏在博士生光鲜外表下的黑客经历。

十四岁就闯入 Y 国防务指挥系统，潜入计算机主机，将 Y 国航空母舰上布置核弹头的相关数据资料重新布置；两年后，Kevin 又一次潜入联邦调查局，对他们的头号 boss 迈尔森发布了一个“悬赏通缉令”，并同步将信息扩散到 M 国所有的警局，搞得人心惶惶……

就是这么一个家伙，他把五角大楼的系统当成旅游地，把克里姆林宫当成自家的后花园，想来就来，想走就走，而且非常聪明，每一次都点到为止，从不会人为造成更大的破坏。最后的结果，没有什么损失，人家查不到结果，除了不停升级系统，也就不了了之了。

不过，在 Kevin 十八岁之后，似乎突然醒悟，再也不干这勾当了。后来几年，即便有人查到他的劣迹，也不再追究当初的事，反而想挖他为自己做事，却被他婉言拒绝了。

“这样的人才，不可多得。”

“屁话！”吴越对“人才”两个字很敏感，不高兴地哼哼，“你们难道就没想过，那么多人挖他，他都不肯屈就，为什么偏偏来找我们？难道仅仅因为咱们长得帅？”

“错！”简聪接口，“不是咱们，是老大和我帅……帅字跟你有什么关系？你不是应该用漂亮、美丽、娇艳来形容吗？”

“简聪，你大爷的！”

“我大爷过世了，你开心就好。”

“……”

吴越快气炸了，却见安北城眉头一蹙：“猫腻当然有……”

安北城话刚说一半，手机就响了。电话里是陆启的大骂："安北城，小南手机一直关机，人也联系不上。你就不能操心操心？"

安北城说："她在学校，不会有事。"

"你说得可真轻松！学校就能保证她的安全了？你当真以为她像嘴上说的那么坚强？"陆启吼完，又不耐烦地哼一声，"算了，我打电话不是跟你扯淡的。我要请假！"

安北城眉头紧锁："你要去哪？"

陆启咬牙："京都。我爷爷病了，病假探亲，可以吗？"

苏小南觉得邪门了。

雪早就停了，入夜却凉得钻心。从教学楼出来往宿舍那一段路，不太长，却冻得她恨不得缩进棉服去。腊月的风里，夹杂着蜡梅的芳香，仿佛把全京都的年味都吹了进来。

快要过年了！她抱紧自己的胳膊，加快了步子。

这两天的课程安排不太紧张，但除了文化课外，还得出操。苏小南习惯了，也不觉得有什么不妥。只是今天她晚上没有吃饭，然后跑操，还上了一节心理大课，让她从肉体到心灵都被洗干净了。

又冷，又饿。

食堂早就关门了，学校也没有零食，更没法喊外卖。

她觉得，饿起来比失恋还难受，结果刚准备一头扎入楼道，就听到黑暗中传来一道轻笑。

"谁？"苏小南心生警觉，"出来！不要装神弄鬼。"

楼道是有路灯的，那倚在墙上的人，身形修长，就一影子。

"你还是这样，鼻子灵得像狗，脑子却蠢得像猪。"

一听这声音，苏小南就炸了："从景城跑来骂人？我对你是服气的。"

陆启会出现在学校，她很意外。琢磨一下，她又斜睨他："难道陆大少又是偷偷翻围墙进来的？"

"你太看得起我了。"陆启笑着从阴影里走出来，被路灯拉出老长的影子，"这围墙可不比我们上学那会儿，想翻就翻……我啊，是正儿八经来探亲的。”

苏小南不由得挑高了眉头：“找我有事？”

陆启望她一笑：“我掐指一算，某人饿了，赶紧来江湖救急。”说话间，他像变魔术一样，从墙根处拎出一个袋子在她眼前一晃，“当当当当，美食到，不请我去房间坐坐？”

看在那一袋食物的面子上，苏小南领他上了楼。

入屋脱掉外套，她不等陆启招呼，就把塑料袋里的食物拎了出来，摆在柜子上。

“还挺丰盛，都是我喜欢吃的——呀，居然还带了泡椒凤爪？”

“废话！”陆启笑起来整张脸都带着阳光，“本来就是给你准备的。”

“真是我亲哥。”苏小南笑嘻嘻地说着，手指夹起一个凤爪就往嘴里塞，可刚啃一口，就被陆启嫌弃地拿筷子敲了手背：“去洗手！”

苏小南笑着，转身去了卫生间。

从见面开始，她情绪都管理得很好，没有露出半点不开心，脸上始终带着笑，可看着灿烂明亮，却没有太多的暖意。陆启知道，她心情一定很糟糕。

苏小南很快出来，为陆启拉了椅子，招呼他坐下，自己坐在床边，笑眯眯地拿起一次性筷子：“无事不登三宝殿，说吧，找我干什么来啦？”

陆启浅笑：“你真小心眼，我没事就不能找你？”

苏小南看他一眼：“至少不会大献殷勤，买这么多东西吧？”

陆启苦笑：“爷爷身体不好，我回来看看他，顺便也看看你。”

苏小南了然地哦一声，专注着吃。

陆家爷爷她没有见过，也不认识，但如果说在安宜过世后，陆启对陆家哪个人最有感情，大概就是他爷爷了。所以，苏小南毫不怀疑他的话，也根本就没有想过，陆启下了飞机就直奔学校，哪里看什么爷爷了。

苏小南低着头，吃得很畅快。陆启却没有动筷子，眼睛一眨不眨地看她的脑袋。

“手机怎么不开机？”

苏小南吸一口汤：“学校不让用。”

陆启哼笑："你有那么乖？还是苏小南吗？"

苏小南冲他翻个白眼："你又了解我了？"

陆启看她吃得满嘴通红，剥了一个橘子递给她，慢条斯理地说："就你那点小心思，还能瞒过我？是不是一个人偷偷蒙着被子哭了？"

噗一声！苏小南差点没被呛到。

"陆启你没毛病吧？我为什么要哭？你以为我还是十几岁的文艺小女生啊，为一点鸡毛蒜皮的小事就想不开？"

说到十几岁，大概想到了两个人曾经那一段朦胧却纯真的情感，苏小南怔了下，又随意地笑笑，避开陆启突然灼热的视线，假装低头吃橘子，等调整好情绪，又有一搭没一搭地笑着聊天。

"不瞒你，我跟安北城的事，我早就有心理准备了。所以，谈不上太失落，也谈不上伤心。实际上，他确实给了我许多……我的眼界、意识、格局，都因为他产生了很大的改变。有句话不是说嘛，最好的感情，就是彼此成全。"

苏小南认为，今天的自己比昨天好，这也算是安北城的成全。

"真这么想得开？"陆启不以为然，"不太像你的作风。"

"我该是什么样的作风？"

"你自己算一算，你恨了我多少年？"

陆启声音一落，苏小南拿筷子的手就停下了。

气氛莫名尴尬，苏小南干笑一声："瞎扯！我啥时候恨过你？"

陆启沉默许久道："小南瓜，如果当初我没有离开荣城，没有出国，你说我们现在……会在一起吗？"

像被什么东西烫着了似的，苏小南筷子上的一片土豆落在了柜子上。她哟一声，抽纸去擦，正好陆启也来擦桌子，两个人的手指碰到一起，苏小南条件反射想要避开，却被陆启抓了个正着。

他的手心很温暖，带一点紧张的汗湿。

她一愣，没有抽开，抬头瞪他。

两人的视线在空中交会，周遭突然安静下来。

隔了那么久的时光，好多故事都以为快要被遗忘。可记忆是一个神奇的东西，一旦翻起，往事又都历历在目。

苏小南没再挣扎，任由他握紧手，迎上他的视线，轻松一笑：“我想，还是不会。”

这个答案，她并没有半点犹豫。

陆启的手似乎一颤，眉头也蹙得更深：“你就这么肯定？”

苏小南嗯一声，懒洋洋的样子：“讲真，当初你走了，一句话都不留，却给我留下那么多难堪的麻烦，以及……一个烂尾的剧情，让我被同学嘲笑、奚落、讽刺，我确实恨过你。你知道的，学生嘛，特脆弱，感觉像被全世界抛弃了。”

“对不起，小南瓜！”

“滚，还说这些干什么。”苏小南笑得轻松，“现在回想多大点事呢，说到底，不怪你，只怪那时候的我们，年纪太小了，一点承受压力的能力都没有。”

陆启的脸上有明显的情绪浮动：“小南瓜，当初我——”

“我已经知道了，当时你母亲过世，家里闹成那样，你受了很大的打击……而且，我早就原谅你了。”苏小南对他露齿一笑，脸颊上隐隐浮现的全是释怀和宽容，“所以，陆启，咱们往后都不要再提以前的事了，好吗？早就支离破碎的东西，又何必非得拼凑起来呢？”

陆启听懂了她的潜台词。

他轻笑一声，笑容带着落寞、遗憾，更多的是一种无奈的自嘲。

“小南瓜，你还是没变。”

“我为什么要变？”

“是，你不用变。你已经是最好的自己。”

“别啊！肉麻死了。”苏小南哈哈一笑，“你这样说话，我容易骄傲啊！”

“说出来就是让你骄傲的！”

“哈哈哈！”

这一笑，惆怅的潮水退去，也没了雪天的冰凉，房间里的温度似乎也升高了。

陆启扯了扯嘴角，似笑非笑地问她：“还有一个问题，如果时光能够倒流，你最想对当初的自己说一句什么？”

“我想想啊。”苏小南摸着下巴，认真脸，“我会告诉她，千万不要在那天来‘大姨妈’，更不要去那个小卖店，不要认识那个叫安启的少年，因为他不仅会害你丢脸，还会让你忧郁整个青春。”

说到最后，她忍俊不禁。陆启也跟着笑，忽略掉他笑容背后那一层酸楚，那英俊的眉目间，依稀有昔日那个飞扬少年肆意青春的痕迹。

久久的笑声后，他突然换了一个话题：“小南瓜，你就不想知道，他为什么要放弃你吗？”

他？苏小南微眯眼，突然摆手：“不想。”

她是固执的，陆启想。

可她真的不想吗？他看未必。

这个女人，是他从青春里看着走过来的。

她刚才说不想再和他谈及过去，那是真的不想，因为她眼睛里只有坦然，而她现在说不想再谈安北城，那是假的不想，因为她不敢正视他的目光。

陆启夺过她手里的一次性筷子，不让她用吃东西来回避：“你吃很多了，先听我说。”

苏小南把筷子又夺了回来：“听你说话又不用嘴巴。”

陆启看她漫不经心的样子，突然松开手：“他曾经是一个狙击手，非常优秀的狙击手——”

苏小南吃东西的速度明显慢了下来，陆启嘴角不由得一抿：“狙击手对人的心理素质要求很高，胆大、心细、沉稳……还要有足够的冷静，或者说，足够的冷漠。可以无视别人的痛苦，也无视自己的痛苦。”

苏小南握筷的手紧了紧。

她一直都知道安北城酷爱狙击枪，也想过他或者对做狙击手有瘾。但安北城从来没有说过他过往的经历，她也没有想过，有一天居然会从陆启口中听到安北城的故事。

这种感觉很微妙，她嘴角往上一场：“然后呢？”

陆启看着她，仿佛陷入自己的思考之中：“他对狙击手的职业有着近乎偏执的热爱，可长期的狙击手生涯，让他患上了一种非常严重的疾病……”

苏小南错愕：“你逗我玩呢？我怎么从来没发现他有什么病？”

陆启：“你看我像有闲心逗你玩的人吗？”

苏小南嘴唇微微一动：“是什么病？”

在苏小南怀疑的目光下，陆启迟疑许久才道：“我并不十分清楚，只知道应该是心理上的。这种事，安家也不会大肆宣扬，我当时人在国外，也只知道有这么回事，具体情况——”他停住话，突然斜过眼，“你和他相处那么久，他有什么古怪，难道你一点苗头都看不出来？”

苏小南抿着嘴，回忆着安北城的日常言行。

他有一点轻微的洁癖，对个人卫生有着近乎偏执的要求。但是，如果是在外面执行任务，不管多么恶劣的环境，安北城也可以忍受。所以，这件事算不上什么病吧。

对，他还有轻微的强迫症。比如他的私人物品必定要摆放整齐，一切按规律排列。跟他在一起的时候，苏小南经常随便放东西，一开始他只是看不惯，皱眉头教训她，可时间长了，改不了她，他只能改变自己——默默帮她把东西归整好。

所以，苏小南经常会在醒来时看到梳妆台变得干净而整齐。

但这也不算毛病吧，根本就是优点啊！

还有，他喜欢安静，有时候整天都不会说一句话。

他喜欢狙击枪，对枪就像对他的老婆，爱惜得不行。

他喜欢开阔的视野，北邸的住处几乎全是开放式。

他还喜欢戴墨镜装酷，一副生人勿近的样子。

太多了！苏小南，你想得太多了。

从什么时候开始，已经把这个人记得这么熟了？

熟悉到他的一言一行，都像烙在脑子里。

明明说好要放弃的，不是吗？

他放弃了她，她也要放弃他的，不是吗？

“小南瓜，在想什么呢？”陆启的视线像X光线，几乎要透过皮骨射入她的灵魂，让她避无可避，“怎么眼圈都红了？”

“神经！”苏小南突然冷笑一声，认真盯着他，“陆启，你这个人不老实。说吧，告诉我这个事，到底想做什么？”

陆启闻言一怔：“什么都扯上目的，不累吗？”

“你陆大少时间金贵，是没事闲扯的人吗？”

陆启笑了：“这算表扬吗？”

“不算。”苏小南认真脸，“快交代！别扯淡！”

“小南瓜！”陆启低声唤她的名，沉默一瞬，突然微微一叹，“你既然可以原谅我，也会原谅他的吧？”

嗯？苏小南怔住。

她上下打量着陆启的脸，忍不住讥笑：“敢情你是来做说客的！那什么疾病，你编的？”

“当然不是。”陆启翻个白眼，眉目间露出一抹少年时的痕迹来，“我不是为了他，而是为了你。你有时候太固执，不给别人机会，也不给自己机会。”

“那是我的事。”对安北城这个男人，苏小南其实并没有陆启以为的那么多怨气。但有时候越是喜欢一个人，越是不愿意在他面前放低自己，做出一副卑微的样子来。

想必……那就是自尊心，抑或自卑心吧。

苏小南捋一下头发，不想再同他理论这些，站起来收拾柜子上乱七八糟的东西：“行了！天晚了，今天就聊到这里吧。谢谢你的美食，我吃得很饱，心情也很愉快。下次来再多带点儿啊！”

看陆启坐着不动，苏小南歪了歪头，一股脑将零食塞到他的手上：“陆大少爷，你该走了。”

陆启神色复杂地站了一会儿，终是慢慢转身，拧开门把。

过道的风就那么呼啦啦吹了过来。像慢动作似的，他一步步走出去，轻轻带上门。

他知道，他们……真的回不去了。

她的人生规划里没有他，现在没有，以后也不会有。一直放不下、忘不了的人，只有他一个而已。他也只是她世界里的一个匆匆过客，停驻过，一瞬即逝。而他可怜地怀揣着一个做主角的梦想，将那些美好的往事，一件件细心收藏，试图有一天能换回她的共鸣。

人心总是贪婪的，他也是一直这样贪婪地等待着。

可惜，每个人眼中的风景，终究都不一样。

这一刻，陆启可悲地发现，他大错特错。

他不远千里奔来，想要救赎她的情感和忧伤，可需要救赎的人，一直是他自己。

老大的情绪不好，整个红特都进入低气压状态。

离行政楼较远的医疗大队，似乎没有受到波及，气氛稍微好一点。

大队长办公室里，穿着白大褂的顾风同志正在和简聪通电话。

“陆启那小子，真的跑去京都了？”

“……”

“我去！难得痴情郎啊！”

“……”

安北城就是这个时候进来的。

办公室的门没有关，顾风不经意扭头，看见一张冷若冰霜的脸，见了鬼似的，吓得差点把手机掉地上：“老大，你怎么来了？”

安北城阴沉着脸，没有追问他电话的事，漫不经心地坐下：“上次给我的药，还有吗？”

“药？”顾风蹙了下眉，“你是说佛头春，还是——”

“你知道我说什么。”安北城眼神深幽，仿佛带着肃杀的凉，骇得顾风咳嗽着推一下眼镜，正经了不少，“老大，你这都好久不吃药了，我以为……你不需要了。其实依我说，没事喝喝佛头春就很好，对身体没有什么伤害，还能缓和夫妻感情……”

听他说得颠三倒四，安北城不耐烦地打断：“明天给我带来。”

命令似的语气，符合他一贯的作风，顾风听着心里却不是滋味儿。

“老大，我还是觉得，前些日子的你比较可爱……”

安北城一言不发，过了许久，突然冒出几个字。

“顾风，别人不懂，我以为，你懂。”

顾风一愣。是的，他对安北城的事知道得远比别人多。然而，他并没有安北城以为的懂他，或者说，他并不完全懂。

安北城拥有令人称羡的家世、容貌、地位、本事……不论从哪个方面讲，老天都太厚待他了。所以，本着“人无完人”的原则，为他的人生道路设置一点点障碍，那根本就是合情合理的。因此，顾风从来不觉得他那点毛病是天大的事。

当然，人不能真切体会别人的内心。顾风得承认，安北城的痛苦，他并不能感同身受，但无论如何，他也不赞同不理解安北城因为这些放弃感情。

“老大，虽然我是一个优秀、善良、正直、勇敢的医生……可心病，真得心药医。”

安北城紧紧抿着唇，片刻之后，他转身，就那样走了出去，冷漠的背影沐浴在夕阳余晖中，却没有染上阳光的半分温暖。

就好像从来不是他抛弃了这个世界，而是他一直被世界遗弃。

“解散！”

一道哨声，像救命的符咒。苏小南扯着袖子拭了拭脑门上的汗水，跟着一群人往食堂走。

这时，身边人影一闪：“嫂子。”

对这个称呼，最近苏小南不太感冒，还有点别扭。

她微笑着打量李航一下：“又给我带好吃的了？”

说来这李航也不知道哪根筋抽了，从陆启走的第二天开始，就总是偷偷给她准备好吃的。在别的地方，这不稀奇，可在571学校，是一件了不得的事情，一旦被发现，轻则挨训处罚，重则记过处分。所以，苏小南对他这种“春天般的温暖”，感动又无奈。

李航跟着笑了起来：“是有好吃的，不过不是我准备的，是别人。”

苏小南随意一笑：“谁这么好啊？”

“顾爷爷！”李航道，“老爷子亲自打电话来，让你今天必须过去开药，要不然他就要杀到学校来了。”

上次顾爷爷给苏小南熬的是三天的药，早就吃完了。

第四天的时候，杜子鸣来接过她一次，却被苏小南严厉地拒绝了。实际上，她从来不觉得自己有什么大不了的毛病，上次配合去顾园，很大程度是因为安北城。自从那一通电话之后，她和安北城进入冷战状态……哦不，比冷战状态更糟糕的决裂状态，苏小南就不乐意去看什么病了。

李航观察着她的表情，笑了笑：“顾爷爷说，他一个徒弟从山东老家特地带了一种粮食酒，是陈了好多年的，口感好得很，还有他们顾家的秘制口水鸡，保证和市场上那些妖娆贱货不一样……”

“噗！”苏小南被逗笑了。

哪怕她知道都是借口，她也找不到理由拒绝好意。

“那行。”

顾园还是那个古朴考究的四合院，照样是那个精神矍铄的老头子。

“你这小丫头，架子可真大，还要我老头子三请四请才肯光临寒舍？”嘴上不饶人的顾爷爷，带着长者的笑容，让从来没有见过爷爷一面的苏小南心里一暖，一席话说得真诚了许多。

“顾爷爷，对不住了。训练任务重，我又不想太麻烦您，所以就没好意思再来，让您担心了。”

“哼！知道我担心，就不知道主动点给我打个电话，说一下情况？”

“嘿嘿！”苏小南竖起两根手指头，“我保证！下次不会了。”

“你这小丫头，不老实！”

苏小南吐了吐舌头，觉得这老爷子真性情，人也随和，很快就没有了距离感。看一眼老爷子身上的对襟衣服，她也学着电视剧里古人的姿态，行了一个深深的揖礼：“顾爷爷您大人不计小人过，就饶了小的这次吧。”

她头发扎了个马尾，英气勃勃的样子，做这样的动作三分滑稽，三分娇俏，还有几分是与亲近的人之间才会有的撒娇。顾老头子被逗乐了，捋着下巴上的胡子：“你啊！嘴甜。怪不得城子喜欢。”

苏小南：“……”

持续着作揖的动作，听着安北城的名字，她好半天才直起腰来。没有反驳，也没有多说，笑眯眯地岔开话题，跟着顾老爷子去了餐厅。

一顿饭，宾主尽欢。

等撤了席到客厅坐下，顾老爷子照常给苏小南把脉。摸了好一会儿，他都没有撒手，目光略带怪异地看着苏小南：“小丫头……”

他欲言又止的样子，吓住了苏小南。

该不会是什么怪病，或者绝症吧?

她呆了呆：“顾爷爷，有什么您请直说。”

顾老爷子慢慢收回手：“你和城子，是不是闹矛盾了？”

苏小南：“……”

麻烦不要这么吓人好吗?

她轻咳一声，不太想提这件事，只是笑笑：“不是很正常嘛。小事小事，您老就甭操心了。”

她是小辈，老辈说几句，她也没法，只期待能蒙混过关。可老爷子却不依不饶，打量她好久，突然叹了一口气：“你们年轻人的思想，跟我们老一辈不同，要个性，要自由，要这样要那样……换了别人，我也懒得做这种多嘴多舌的讨人嫌，可城子不同。小丫头，城子这孩子不容易，你可不要辜负了他啊！”

到底谁要辜负谁啊？苏小南突然情绪浮躁起来，思维也格外跳跃，情不自禁地想起了陆启那番话——安北城的隐疾。

她压低了声音：“顾爷爷，您是说……他的病吗？”

顾老爷子似乎被她的话吓住了，眼神明显一怔。

苏小南看他的表情，趁热打铁：“顾爷爷，您不告诉我实话，您说我怎么办？他都不要我了，您说我一个姑娘家，怎么厚着脸皮去接近他？”苏小南挑高眉头，直视顾老爷子的眼睛，渐渐弱了声音，“又怎么能够像您说的……不辜负？”

顾老爷子迟疑着，突然喟叹一声，重新拿起茶盏。

“小丫头也是有心人啊！”

长长的叹息里，是他的无奈，似乎还有伤感。

“这件事过去好些年了，我一个外人，本来是不该说的……”

他偏了偏头，盯着苏小南的脸，又停顿住："你跟我进来。"

苏小南微微一愣，迟疑片刻，这才跟着他往书房走去。天色渐渐暗了下来，书房里，一壶清茶，一盏孤灯，一老一少两个人，还有一个不算太长却令人唏嘘的故事……

与顾老爷子那一番长谈后，苏小南重新燃起了希望。

原来他是那样的安北城，一个有病的安北城。那么她作为第一个闯入他生命中的女人，难道就不能多给他一些时间、信心，或者说给他一点点耐心和包容吗？

这对她来说，有委屈，又有一丝怪异的甜。

因为她对安北城来说，到底是不一样的。

一个星期没有和安北城联系了，她想过他们的结局，可能是一别两宽，再无将来。可终于她还是又一次拿起手机，翻出了他的号码。

"喂！"

"阿城——"她带笑唤着，就好像两个人之间从来没有过隔阂，没有过矛盾，也没有过冷战一样，她将自己保护了一辈子的节操统统踩在了脚下，"是你吗？"

不出所料，安北城没有声音。

也不知是意外她过分的亲热，还是不知道怎么回答，他沉默了。

热脸贴了冷屁股，苏小南有点臊，但是她坚信，对付安北城这种人，就得厚脸皮："阿城，你在做什么？我想你了。"

我想你了，说得这么自然，她有些意外。

那边的人想来也是意外的，过了好久仍然没有声音。

闷葫芦真难收拾！苏小南有些烦躁了，正准备开启另外一种模式时，耳边突然有了他的声音："你有什么事？"

很生硬的回答，不带半分感情，但苏小南知道，对安北城这样的人来说，回答了她，就已经是最大的热情了。她轻笑一声，像一个准备拯救宇宙的天使，将从来没有过的好脾气全用在了他身上，语气低低的、暖暖的，柔得似乎要将这一场腊月的雪全部融化。

"我没有什么事，就是想你。不可以吗？"

反问，逼迫，她在试探中总结着对付他的办法。这个男人的冷漠，非一朝一夕，对人从来不肯亲近，加上之前的矛盾，她只有这样试图拉近距离。她想，只要他不挂电话，还和她谈下去，证明在他心里，她就是有地位的。

“苏小南。”如她所愿，安北城没挂电话，但冷漠的语气并没有改变，“我该说的，已经说过了。你不适合这个任务。在那边好好学习吧，学习完，你需要的，我都会给你。”

“我需要的？”苏小南笑声更清亮了，“你知道我需要什么吗？”

“一个身份。”他冷冷说完，又补充，“属于你自己的身份。”

是的，以前是这样的。她一直在等那一天，成为她自己，用她自己的身份生活，可现在……好像并不完全是这样了。苏小南抿了抿唇，态度认真起来：“安北城，我是需要一个身份，但不仅仅是苏小南，而是——安北城的苏小南，安北城的妻子苏小南。”

他没有挂电话，也没有回答，再一次陷入了沉默。

苏小南也不急着去逼他，由着怪异的气氛在彼此之间流淌。

久久，她似笑非笑地哼了一声：“你不是说我需要的都会给我吗？”

“苏小南。”安北城话语迟缓，似乎与她说的每一句话，都是一个艰难的决定，“我已经深思熟虑过了。这样对你、对我，都好。”

“No！”苏小南耍上赖皮，“你说好就好，你说不好就不好？哪有那么容易的事？一开始，是你找上我的吧？我勉为其难地同意了，现在你一句不合适，就推翻所有。还有……我是个清白姑娘，好端端地被你糟蹋了，难道就这样算了？”

这简直是必杀技啊！

一句话说完，安北城果然哑口无言了。

别看苏小南说得委屈，心里却在偷笑。当初跟安北城的时候，她其实就考虑过，也并没有那么在意，可如今拿这事来要挟安北城，是有点无赖，却是没有办法的办法了。

“那你想怎么样？”他颇为无奈。

苏小南哧哧一笑：“让我做安北城的老婆，不是陆止，也不是别的。”

“苏小南——”他唤她的名字，带着低叹，“我们当初说好的。”

“是说好的，可说好的你就不欠我了吗？”苏小南半趴在床上，换了一个舒服的姿势，“那不如这样好了，我们再尝试着处一处？毕竟你知道的，我们在那个什么方面……就一直很合适的。”

“苏小南！”他似乎在咬牙，“你就是个流氓！”

“哇，我家阿城好聪明，连这个都知道——”

“……”

“好啦好啦。你有事先忙吧。我说的事，你考虑一下。这些天我给你安静，就暂时不打扰你了，你认真考虑，我认真学习。嗯，就这样，我挂了啊。”

抢在他发飙之前，苏小南飞快地挂断了电话，然后想着他在那头黑着脸的样子，不由得哈哈大笑：“哎呀妈呀！乐死我了。”

苏小南下定决心，说给他时间考虑，索性就把这件事抛开来，将多余的精力统统发泄在操场上，与李航一起，上文化课、上训练课，把自己搞得完全不像一个姑娘，就连向来以铁血无情闻名的余教官都对她竖大拇指，说她比这一届的男学员都毫不逊色。

得到了表扬，苏小南心里却是空的。

十天过去了，离过年还有三天了，安北城还是没有搭理她。

“王八蛋！”

快过年了，他真的准备不管她了，任由她自生自灭？

苏小南恨恨地对着手机低骂着，又一次拨打他的电话。这一次却没那么幸运，电话里传来机械的女声：“您好，您拨打的电话已关机……”

出师不利，苏小南咬一下唇，很快拨了安北城办公室的电话。

“你好，请问你找哪位？”

苏小南不熟悉这个人，但相信对方知道她：“你好，我是陆止，我找一下安北城。”

“哦，是嫂子啊。”对方似乎有点吃惊，很快换上一副笑脸，“嫂子，老大不在。”

“那你知道他去了哪里吗？我打他手机一直关机。”

她这句话其实问得不合时宜，安北城的行踪，哪里能胡乱打听！但接电话的人几乎没有考虑就回答了她：“老大出紧急任务去了，暂时可能没法联系。”

苏小南不由得一惊，难道又与死神有关？

她心里又酸了，他会不会和陆止合作，一起任务了？

想到曾经与他的同生共死，她百般不是滋味儿，可也知道从接线员嘴里问不出来什么，于是礼貌地道谢就挂断了。放下手机，她抱着胳膊，望向窗外翩翩起舞的雪花，感受着这个即将到来的年关，心里一片冰凉。

“安北城，我想你了……来看看我吧。”

同一片天空下，上演着不同的故事。

当苏小南在京都的大雪纷飞中想着安北城的时候，他却坐在一辆飞驰的黑色汽车里，行驶在京都城的街道上。

他回到京都了，不过他没有去找苏小南，而是直接被拉回了安家。

天上的雪花飞舞着，落在大地上，一片洁净，他看着熟悉的一切，慢慢迈入家门。

客厅门口早有人等候着了：“二少，你可算回来了。老爷子在书房等你好久，快上去吧。”

安正邦的书房很大，是他最喜欢待的地方。当然，这间书房也承载了安北城很多的儿时记忆，包括在那张书桌上，他挨过安正邦的一顿暴揍——因为他外面的那个女人。

安北城慢慢走到门口，却不进去：“这么着急骗我回来，是做什么？”

是的，是安正邦骗他回来的。那什么十万火急、不能告诉任何人、必须由他亲自完成的任务，是安北城飞到京都之后才知道的。这在父子二人斗法的历史上，还是第一次，而安正邦会用这样的方式“请”他回来，事情肯定不简单。

“过来，坐下说。”安正邦指了指对面的椅子，“站那么远，怕我吃了你？”

安北城大步走过去，双手搭在膝上，坐得端正：“说吧，我听着。”

安正邦眉头一蹙，憋了一肚子的火，可看他这样不痛不痒的模样，却有一种拳头打在棉花上的无力："看看你做的好事。"

一个浅灰色的卷宗啪一声落下，安北城低头瞅了一眼，慢慢拿过来翻开。

卷宗页面不多，却都与苏小南有关。看来这些日子，不仅死神集团在拼命调查苏小南的背景，就连他的父亲也不例外。安北城冷笑着，略带嘲弄地弯一下唇，瞭了安正邦一眼，手指夹着纸页，想看看他找到了什么新鲜的玩意儿。

突然，页面中间一张照片引起了他的注意。

那是一张老旧的照片，有些年代了，保存得也不是很好，但照片上的人模样都还清晰——那是两个女人和一个孩子。

两个女人看着都不到三十岁，一左一右坐在床沿，中间是一个襁褓中的婴儿。她们的表情都不太正常，没有喜悦，阴沉沉的脸，似带着淡淡的忧伤。乍一看，也不知哪一个才是孩子的母亲。

这两个女人，安北城都认识。

一个是苏小南的母亲姜玉莲，另一个是他的亲姑姑、陆启的亲生母亲——安宜。

这真是一个令人震惊的消息。

"有什么想法？"安正邦瞪着他的眼睛里，全是压不住的火，"你就不准备给我一个交代吗？"

"交代什么？"安北城慢吞吞合上卷宗，不动声色地摔回他面前，"这么荒唐的事，你信？捕风捉影而已。如果有科学证据，为什么不拿出来，比如DNA鉴定？"

"你是在装不懂？"安正邦瞪着眼，恨不得掐死他。

亲缘鉴定不比亲子鉴定，比如叔侄、同父异母、同母异父、爷孙、堂兄弟、表兄弟等在DNA亲缘鉴定上都属于比较远的血亲关系，鉴定难度非常大，甚至根本无法准确鉴定。而那些过于神话DNA鉴定血缘关系的，都是瞎扯，除非全同胞和父母子女之间。

"城子，当年的事你是不知道，而我可以百分百地确定——"安正邦气得脑子都有些短路了，把旧事都翻了出来，“当年，陆明厉在外面搞女人，你三姑知道后，痛不欲生，她当时就闹着要离婚，可那个年代……”

缓一口气，想到自己和尤明美将就了快一辈子的婚姻，他按住额头：“那个年代，离婚是天大的事情，安家更不可能允许她离婚，更何况，他们还有小启……”

安北城不发一言。

见状，安正邦叹口气：“那段时间，你三姑带着小启住回娘家，也不知在哪儿认识了那么一个男人，后来竟然怀了孩子……安家当然不会允许她生下来，做出败坏家风的事情。可她居然负气出走，偷偷瞒着我们所有人，生下孩子，交给了请来的保姆……”

他手指重重点了点卷宗上的照片：“就是这个姜玉莲。”

安北城抬了抬眉梢，冷着脸不吭声。

安正邦正色道：“你可以不相信我的调查结果，你甚至也可以说，这些都是我编出来的，就为阻止你跟那个苏小南在一起。可你难道就没有想过，为什么你三姑后来哪里都不去，偏偏带着启子跑到荣城那种鸟不拉屎的地方，一住那么多年？”

安北城身姿不动，冷峻的脸上半点表情都没有，一双放在膝盖上的手却狠狠攥紧。

安正邦低头瞄他一眼：“她啊，就是去找那个姜玉莲了。只不过事情过去十几年，两个人后来一直没有联系，直到她死，也没有找到她的这个女儿。不过说来也奇怪，你三姑和别的男人生的女儿，居然和陆明厉的女儿长得有几分相似。这基因的问题，还真是匪夷所思！”

安北城冷冷一哼：“陆明厉带回来的那个女人不是陆止，只是整容和化妆的产物。”

听他说得肯定，安正邦一怔：“那真正的陆止哪去了？”

安北城斩钉截铁道：“死了。”

安正邦一阵沉吟，似乎在考虑他话里的真实性。

可琢磨一阵，他又觉得不对：讨论的是安北城跟苏小南的问题，怎么又扯上陆止了？

他头疼地坐下来："这次你必须听我的，马上跟那个苏小南断了——"

安北城冷着脸："你不说她是三姑的女儿，怎么断得了！"

"断不了也得断！"安正邦向来说一不二，"安家永远不可能承认她。"

安北城低眉，说得漫不经心："那是你的事，跟我无关。"

他向来是淡薄的性格，可这件事，安正邦哪能由着他："我告诉你，这件事要是传出去，安家的脸可就丢尽了！我不会由着你乱来。"

"安家有脸吗？"安北城凉凉地看着他，"最多不过，上梁不正下梁歪。"

"你——"安正邦指着他，气到极点，却骂不出一个字来。

父子二人僵持着，最终安正邦捶着桌子，败下阵来："好！会跟你爹使劲儿，有本事。但我今天叫你回来，也不是跟你商量的。你不肯听我的，那我就只能帮你处理了。"

安北城瞄他一眼，眼底是令人无法探究的情绪："这些档案，你从哪里来的？"

"这个你不需要知道。"安正邦避开他的目光，揉着太阳穴压了压火气，幽幽叹息一声，又小声地规劝，"儿子，这个世界上的女人那么多，难道你就非她不可？"

安北城眸底冷芒微微一闪："如果我说……是呢？非她、不可。"

如同被闷雷给劈中，安正邦呆怔了下，就见安北城头也不回地离开了书房。

571 学校的宿舍里，灯光昏暗。

苏小南一个人百无聊赖地躺在床上，翻着手机，脑子始终恍恍惚惚的，直到短信的嘀声响起："我回京都了。"

那是一个陌生的手机号码，她有些奇怪："你哪位？"

那人回答："你男人。"

苏小南无语："安北城？"

"你有几个男人？"

"嗬，你换号了？"

"我执行任务，那个号码静默，不能用。"

啊？苏小南目光一亮，冷不丁生出一种守得云开见月明的感觉，愉快地在床上打了个滚，手指触键如飞，从神态到语气全都不一样了："这么说，你偷偷换个新号给我发的信息？看不出来啊，你是这样不守纪律的安北城。"

"……"他不回答。

"喂！方便接电话不？"苏小南追问。

"不方便。"他回答得很生硬，"我马上要走，得关机了。"

"哦。"苏小南知道他有任务在身，不免失望，"安北城，我有好多话想跟你说……我们再聊一会儿吧？"

她不愿意在他面前放低身段，但陷入爱恋的女人总是不理智的，在心中那个男人面前，再肉麻的话也可以轻松说出来。好在，这一次安北城没有打击她。

"后天我有一点时间，我们去景山看雪，你在景山亭子等我。"

后天，景山，亭子？苏小南心里一喜，愉快地敲字过去："几点约？"

那边没有再回复。苏小南知道红特的规矩，当他执行任务的时候，就算可以联系，也不能轻易拨打他的手机，以免引起不必要的麻烦。所以，考虑一阵，她没有回拨，也没有再发短信，而是跳下床，钻入卫生间，放上热水，愉快地洗白白，开始期待和安北城的约会。

大年三十是安家一年中最热闹的一天，安家子孙都会回到老宅，焚香祭祖，吃团圆饭。

安瑜是昨儿回来的，陪安老太太包了一会儿饺子，突然想到什么似的："妈，城子他媳妇儿咋没有回来？"

安老太太脸色稍稍一变："不是参加什么学习去了吗？唉！"

那一声叹息，落在耳朵里，安瑜就全明白了。

安蓓蓓婚礼上出的岔子，安瑜都看在眼里。陆明历带回那个叫陆止的女儿，让事情变得扑朔迷离，她也很好奇，同时也明白，现在安家和陆家这么僵持着，大家都很尴尬，更何况城子那个小媳妇儿。

安瑜琢磨了下，起身洗个手："妈，我上去看看城子。"

这两天安北城都在家里，但整天没个表情，也几乎不出门。安老太太察觉出他情绪不对，有心说一说，可中间隔了一代，她和年轻人有代沟，也没法子沟通。一听安瑜的话，她赶紧点头："去吧去吧，好好开导他。"

安瑜上楼时，安北城正懒洋洋地躺在椅子上。房间窗帘拉着，没有开灯，屋子里光线有些暗，因此，他手上的香烟也就格外亮眼。

安瑜拉椅子坐下，不客气地伸出手："烟给我来一根。"

安北城淡淡扫她一眼，把烟盒递给她。

安瑜低头把烟点燃，漫不经心地吸了一口："还为你小媳妇儿的事烦着呢？"

安北城不常与人交流，但对安瑜比安家其他人好一些。

沉默一瞬，他嗯一声。

"唉！"安瑜叹，"我说，大过年的，她一个人在外面，也怪可怜的！"

听安北城不吭声，安瑜斜着眸子瞄他的表情："依我说，不管她是不是陆止，好歹也是你的女人吧？一日夫妻还百日恩呢，更何况，你们也在一起大半年了。"

安北城眉心拧着："小姑姑，这事没那么简单——"

他欲言又止，眉目间浮上一层阴霾。虽然他回答安正邦的时候，一席话说得响当当的，可如果非说那份卷宗没有为他带来震撼和影响，那肯定是假的。安北城是一个正常的男人，有正常的道德伦理观，短时间内，他不知道这件事该怎么办，又该拿苏小南怎么办。

"城子，孤独会上瘾是吧？"安瑜冷不丁抛来一句话。

安北城一怔，望向她，没有说话。

"呵呵！这是病。"安瑜微笑，吐出一个漂亮的烟圈，双脚懒懒地搭在前面的凳子上，漫不经心地说，"我们安家人呢，一个个外面光鲜得像个人似的，可内里哪个没病啊。"

安北城面色微沉，还是不说话。

安瑜微笑着看他一眼："我这么说，你别不爱听。我觉得我啊，比你病得更深，都快病入膏肓了。"一个光鲜、华丽、浑身闪着金光的大明星，说自己病入膏肓了，别人或许不会信，安北城却没有半点意外。

他望向安瑜："少抽点！"

安瑜笑了起来："懂得关心人了？不容易。看来小六子改变你的地方真不少。"

安北城有些不自在："跟她有什么关系。"

"咋没关系？"安瑜又笑，"没有她之前，你哪像现在这么有人情味。"

安北城心里突然有些闷，拿过烟盒，又为自己点了一支烟。

"行了，城子。"安瑜倾身过来，把他手上的香烟夺过来，神色严肃了不少，"趁年夜饭还没有端上桌，赶紧去把小六子接过来吧。"

安北城凉飕飕睨她："那你怎么不把大雷接过来？"

"嘘，学会顶嘴了？没大没小，我是你姑。"安瑜失笑着推他一把，"赶紧去吧。大过年的，有我和奶奶顶着，你爸妈再不高兴也就那么回事，至于其他人……你什么时候管过他们的看法？"

安北城还是被安瑜的话打动了。

过年了，她一个人在京都……

"安北城，我想你了。"

冷不丁地，她那天的声音又浮上脑海。

这是他今天第几次想起了？

安北城觉得自己肯定是疯了，因为当他意识回复的时候，人已经走下楼，冲入了风雨之中……

学校里，李航正和几个战友在一起乐和地包饺子，听说安北城来找他，就等在外面，差一点没被吓死。他随便洗了个手，带着一身的面粉就冲到了安北城面前："老大好！"

安北城摆摆手，嘴唇动了动，目光不知飘向了哪里："你……还挺好的啊？"

李航愣了下，嘿嘿乐着问："老大，你是来找咱嫂子的吧？"

问到心坎上了，安北城的神色明显柔和下来："嗯，她人呢？"

李航微微一笑："报告老大，嫂子上午说出去逛逛，这会儿应该在——"

在，在哪里呢？不对，李航突然意识到一个问题：嫂子是上午离开学校的，现在已经是晚上七点多了，按理她早该回来销假了，可直到现在也没见到她的人影……完了！会不会出啥事了？

见状，安北城马上变了脸色，他掏出手机，翻到苏小南的号码拨了出去。

“对不起，您拨打的电话已关机……”

机械的女声，在无情的冷空气中响起，绞碎了安北城的侥幸心理。

“老大，你别着急，我先去找找看……”李航脸上也有些紧张。

然而，苏小南不仅不在宿舍，甚至根本就没有回过学校。安北城一脸冰霜，迅速返身上车，驶出571学校，一边往市区方向开，一边连线简聪。

“简聪，是我，安北城。”

“老大？！”简聪诧异了下，笑嘻嘻地问，“你不会是给我拜年的吧？”

安北城不和他废话，直入主题：“马上！定位苏小南。”

苏小南的“囚鸾”脚链采用了目前世界上最先进的接收芯片，可供GPS卫星定位。来571学校之前，安北城根本就没有想过她会离开，没有事先打电话，也根本没有想过定位这件事。但乍然知道苏小南不在学校，这一瞬，他突然有一种窒息的感觉。

如果死神趁机掳走了她，会怎么样？

景山上，似乎冻成了一个冰窟窿。

今天除夕，上来赏雪的人很少。偶有一两对小情侣窃窃私语着，或是三朋四友结伴而行，却完全打不破景山孤亭的寂静。

这里，仿佛成了苏小南一个人的世界。

她已经等了安北城很久很久，精心打理的头发早被帽子弄得乱七八糟，手机也彻底进入无电的尸体状态。这一片天地，只有她一个人。她坐在亭子外的栏杆上，像一个孤魂野鬼。

哦，还有一个人在陪她。

一个她亲手堆成的雪人，也是她这辈子第一次堆的雪人。严格来说，那都不像个正常人——因为他冷冷的面目，怎么看怎么像安北城。

她想，自己肯定是恨透了他，才会把雪人也看成了他的样子。是的，她早该离开这破地方回学校去的，至少还有热腾腾的饺子可以吃，还有一群人陪着她同过大年。

可她还是舍不得走，怕她一走，他就来了。因为这个，她都开始痛恨自己了。一边暗骂着，一边跺着脚，搓着手，靠在亭柱上往下观望。

莹白色雪地里空无一人。

“阿嚏！”庆幸心理还没过去，喷嚏就来了。苏小南下意识扯紧围巾，不让冷风透入衣领，又站起来围着亭子和雪人跑圈，一圈、两圈、三圈……一颗心跑得拔凉拔凉的，饥肠辘辘，脑子也一片空白。

“安北城。”她低低地骂。

“安北城，你浑蛋！”她有气无力地骂。

“安北城，你王八蛋——”她越来越累地骂。

“安北城，你真不是个东西——”她用尽力气，望着天穹骂。

忽地，一道手电光照了过来。谁？她吃了一惊，从愤怒中抽离出来，半眯着眼瞅过去。

有人大步往这边走来，他手上的手电筒一闪一闪的，迷了她的眼，让她除了看见那人身形高大，是一个男人之外，也分辨不清长相。

“喂……”她心里生出最后一丝希望，用尽了力气，以为自己的喊声很洪亮，可出口才发现嘶哑不堪，“是安北城吗？”

风雪吹翻了她的帽子，头发也在风中扬了起来，她浑然不觉。

手电筒的光不动了，光线后的影子也在原地停了下来。

漫长的沉默后，在苏小南快要失去耐性时，那人才又抬步：“是，安北城。”

喑哑熟悉的声音如天籁入耳，苏小南又惊又喜又崩溃，猛地捂住嘴巴，慢慢地在风雪中蹲了下来，喜极而泣。

“苏小南？”手电的光线终于停在了她身边，安北城居高临下地从头顶俯视着她，情绪复杂的声音略带迟疑，“你在这里做什么？”

一听这话，苏小南就火大了。

她就那样蹲在地上，恶狠狠地瞪他：“你还好意思问我？”

安北城眉头微拧，手缓缓地伸到她面前：“起来说。”

“哼！”苏小南不高兴地将手搭上去，主动拽紧他的手，然后借力站起来。可早已酸麻得不听使唤的腿微微一晃，她像投怀送抱似的，生生撞入他的胸膛。

安北城高大的身躯一僵，似乎往后退了一下，这让苏小南火更旺了：“退什么退？还想跑啊？说清楚！让我等你一天，为什么现在才来？”

她生气地发泄着不满，可安北城显然浑然不知：“你为什么要等我？”

苏小南一怔。

她知道安北城不是一个喜欢玩笑的人，不会说谎骗他。想一想，她大概说了一下约见的事，飞快掏出手机，想用证据砸他一脸——可手机没电了。

她打个喷嚏：“要不是你约我，我是疯了来受这活罪？”

安北城与她四目相对，那思考的样子，让苏小南相信他确实不知情了。

“难道……有人故意整我？大过年的，没这么夸张吧？”

安北城没有回答，却缓缓握紧了她的手：“我们先回去。”

回去这个词，温暖了苏小南的耳朵。她微微仰头，鼻子突然就有点酸。在等了他一天，哦不，在等了他十几天的怨念之后，所有的委屈，也全在这一瞬散开。

“安北城，我……你是说要带我回去？”

安北城静静看着她，没有回答，一只手却轻搭在她的肩膀上，然后将她缓缓搂入臂弯，用高大的身躯为她挡住风雪，要扶她往山下走。

可苏小南心里不确定，还是忍不住问：“你还没有回答我呢，我们回哪里？”

“苏小南，你的话太多了。”安北城看她傻傻地看着自己，脚都不会动弹，突然喟叹一声，将她拦腰一抱，深深搂入怀里，顺着那几乎被积雪覆盖的台阶往下走，“我们回家。”

风，在继续吹，雪，也在继续飘。

苏小南窝在安北城怀里，却不冷了。

她想，她真是一个容易满足的女人，就这样轻而易举地原谅了他。甚至他都没有解释，更别说有好听的话哄她……可她偏生就吃他这一套，偷偷就笑弯了眼。

“安北城，你是特地来接我的吗？”

“嗯。”

“那你去过学校了？”

“嗯。”

苏小南嘴角的笑容更大了：“发现我没在学校，你是不是急坏了，然后就赶紧来找我？”

安北城低头看她一眼：“苏小南，以后不要让人这么担心。”

担心？这个词她喜欢。苏小南挽住他的脖子，凑过头去，在他唇边亲了一口。

久违的吻，带着她温热的呼吸，在这个冰雪寂静的天地里，亲昵无比。

“安北城，我想你了。”

“……”

“安北城，我想你了！”

“……”

“好吧，你不爱说话，就不说好了。以后，都我说给你听。”

“……”

苏小南以为他要带他回安宅过年，等车停下来时，她才发现这不是安宅。

一个高档社区里的一个安静大套房，是安北城的个人房产。他似乎很久没有回来住过了，刷门卡进去时，连保安都怀疑地多看了他几眼。苏小南跟着他进屋，看他揭开沙发上的盖布，把她抱坐上去，又去烧水，不由得奇怪地东张西望。

“狡兔三窟啊！安北城，你到底有多少个窝？不会每个窝都藏有一个女人吧？”

安北城没有理会她，很快烧好开水，烫一下杯子，再重新盛满，放在她面前：“以前不想在家时，就自己出来住。”

“喔！”苏小南捧着水杯，对他的话不置可否。

这是有钱人家孩子的任性专利，不高兴了随便找个地方舔舔伤，与世隔绝，独自忧伤……

“苏小南。”安北城站在她面前，“你饿不饿？”

苏小南摇头：“有你在，就饱了。”

这娇俏的小动作，带一点小姑娘的娇憨，又有一种小妖精的撩人，安北城眼底微闪，静静看她片刻，忽然摸向她的脸：“我带你去一个地方。”

对他没头没脑的话，苏小南一肚子都是疑惑。然而，安北城并没有告诉她，只微微弯一下嘴角，放开她可怜的下巴，然后在她脸上亲了一下。

苏小南羞涩心未过，他一口烟雾就喷了上来。

“喀喀喀！”苏小南无语地翻着白眼，“安北城，你居然这么幼稚！”

今儿的他，情绪反常，苏小南早就感觉到了，但他既然不肯多说，她也不愿意逼问。在她看来，不管友情还是爱情，都要给彼此留出边界，给彼此最大限度的包容，不能让对方不自在。更何况，大年三十这样特殊的日子，跟心爱的男人在一起，不管做什么都是愉快的。

是的，心爱的。

苏小南用了这个词，也第一次正式服软，对自己承认，她爱上了安北城，并且要拼尽全力去爱他，哪怕飞蛾扑火，哪怕粉身碎骨……

除夕之夜的京都城，与往常完全不同。

空旷、寂静，路上车辆和行人都极少，好像那个挤得水泄不通的繁华世界突然就消失了。

汽车在公路上疾驶着，苏小南的心也跟着飞扬起来：“太帅了，安北城！哈哈。今天晚上守在家里看春晚的都是傻子，像咱们这样出来兜风，才是最能感受节日气氛以及这座温柔城市与众不同的温馨节目啊！”

安北城嘴角微抿。

他没有回答，但眉目含笑，车速也更快了——不过，他显然不是为了来“遛车”和“遛人”的。汽车停在电视塔外的时候，苏小南高高昂头望着这雄伟的建筑，惊呆了。

“天哪！好漂亮。安北城，我终于看到活着的电视塔了——以前只看过图片呢。”

像刘姥姥进大观园似的，苏小南心情好，看什么都兴奋，就这样一路惊叹着，等安北城牵着她的手到达电视塔上的露天瞭望平台时，春晚主持人正含笑数着跨年倒计时——

“十！”

“九！”

“八！”

……

苏小南迎着风，站在这个可以三百六十度俯瞰京都城的地方，紧紧握着安北城的手，做了一个重要的决定——她要在跨年那一刻告诉他，她爱他。

天时、地利、人和，不来一场浪漫不是浪费了吗？一颗心怦怦跳了起来，她有些紧张，竖起了耳朵，心里也在默数。

“三！”

“二！”

“一！”

鞭炮齐鸣，满天的烟花似乎在云端闪烁。

“安北城——”苏小南深吸一口气，喊他的名字，可那句“我爱你”还没来得及出口，他突然将她的身体往前一带，扣住她的后脑勺，一个吻堵住了她的嘴。

“唔……”苏小南瞪大了眼睛。

她还在幻想浪漫场景，他……也太直接了吧？

安北城基本上算是一个斯文人，可今儿像变了个人似的，一个湿乎乎的吻，几乎抽尽了苏小南全部的力气，让她生出一种感觉——好像被野兽给掳了，就快要被吃掉了。

他的吻，完全不知收敛，野性而直接。

他的臂，越收越紧，让她紧贴着他。

他的呼吸，也越来越混乱……

纯男人的拥吻，没有半分浪漫。

苏小南突然有些想笑。就是在这一刻，她发现与安北城做了几个月的夫妻，可每一次亲热的节奏好像都有点问题，要么就是突如其来按住就啃，要么就冷若冰霜恨不得把她丢到十万八千里外……

“苏小南。”灼热的吻终于停下，他的额头贴着她的，安北城喑哑着声音，一双眼睛被满天的烟火映得格外深邃复杂：“你刚才想对我说什么？”

想说什么？过了那个时间，再说出来意义就不同了啊。

苏小南撇一下嘴：“忘了。那你呢？突然扑上来亲我，为什么？”

安北城气息还有些紊乱：“我不知道。我不知道……”

连续两个“我不知道”出卖了他的心绪，也打乱了苏小南心里的旖旎。他是因为跟她在一起痛苦？还是因为她的存在，让他痛苦了？

苏小南圈紧他的腰，直视着他：“安北城，我们现在还是夫妻，不是吗？你有什么心里话，都可以告诉我。不管好的，还是坏的，我都可以接受。你说给我听，好不好？”

安北城身体一僵，盯着她的眼。

“说啊！”苏小南催促。

他目光深沉，盯她半晌，突然摁住她的腰，将她狠狠拉向自己，堵住她的唇。

“安北城……唔……”

苏小南对这个男人从来都没有免疫力，下意识就被他蛊惑了，在他急切的亲热里，怎么被他抱着走下电视塔的，她都有些恍惚。等彻底回神，人已经被他放在汽车的后座上。

不是副驾，而是后座。他冷峻的脸就在她面前，视线中燃烧着某种不可描述的冲动……这样的安北城是罕见的，没有冷静，没有自持，他似乎都等不及回到那个小家，将大衣脱下来在后座上铺平，就把她放了上去，从动作到神态，一气呵成，所表达的意思就一个。

他要跟她做，就在这里。

苏小南太意外了。但不得不说，这样的安北城是迷人的，比任何时候的他，都要魅惑人心。怪不得有人说，当一个男人展现出山呼海啸般的爆发力，就只为了睡你的时候，女人往往无力抵抗这种疯狂——更何况，她爱他，她愿意。

“你准备好了吗？”他轻轻捋她的发，语气深沉。

“嗯……”苏小南将脖子上的围巾扯掉，紧紧搂住他。然而，他实在太高大了，折腾着费了老大的劲儿，一只脚还得屈着踩着门，才能好好爱她。

“安北城！”苏小南呼呼喘气，“这里太窄了。”

“嗯。”他视线低垂，高大的身躯将她笼罩一般摁在怀里，轻吻一下她微翘的唇、鼻尖，声音哑而清冽，“你愿意在这吗？”

苏小南差点被他的声音迷惑。

她抬高头，回应给他一个轻吻。

两个人靠得这么近，心与身，都这么近，还有什么愿不愿意？

她紧紧贴上去，无意识地磨蹭着他。

他呼吸一紧，捧着她的脸，一个铺天盖地的吻就袭落下来。苏小南咬紧牙关，感觉他向下的手，感觉他火一样的热情，一颗心疯狂地跳动着，身体无力地瘫软着，大口大口的呼吸中，灵魂似乎都在他的触碰中颤抖……

“你冷？”他突然问。

“不。”她将他拉近，“我喜欢你这样。”

“唔。”他吻住她，与她的唇片疯缠，气息与衣服都已经完全凌乱。

这样一个拥吻的姿态，落入苏小南迷离的眼睛，很快就将她推入那情浪堆砌的旋涡里，无法自拔……

尤其这一刻的他，这一刻吻她的他，让她很想很想，将他全部吞下肚子。

苏小南很喜欢泰戈尔的一句话。

“既然生，便与夏花一样绚烂；既然爱，便要付出所有的情感。”

确定了对安北城的感情，她也这样要求自己。

她不怕输，愿意押上全部的力气与感情，换一次生命的燃烧。

爱情，会让人成熟，会让人幼稚，也会让人勇敢。接下来的三天，苏小南就像一个战士，全身心地投入到学习和训练中，精力充沛，再不复往日的颓废，甚至连大过年被人捉弄的事情都懒得再追究了。

或者说，潜意识里，她甚至有点感谢那个害她的人。没有他的推波助澜，她和安北城又怎么会有这样的进步？是的，他们的关系，达到了前所未有的好状态。

有时间，他们会互相发一个短信慰问，每天晚上，也会互道晚安。虽然隔着电话线的安北城一如既往地冷漠，交流起来还是苏小南说得多，他说得少，有时候他甚至会默默无语，但苏小南知道他就在电话那头，想到他接电话时的样子，她的心也像盛开了一朵鲜花。

一个字，美。三个字，就是美。

享受着这样的生活，训练和学习也不觉得累了。

三天后，不用人家来请，苏小南就主动积极地出现在顾园。

“顾爷爷，我的药吃完了，您再给我看看，情况怎么样？”

与安北城感情转暖，让她对生孩子的看法不再像当初那样犹豫和排斥，甚至还有一些隐隐的期待。一个既长得像他又像她的孩子，萌萌的，嫩嫩的，或者虎头虎脑的……想一想，她的心就跳得厉害。

顾老爷子为她把完脉，微微一笑：“那天城子也找我问过这事。你们年轻人啊，不急的时候，怎么催都不急。这一急起来吧，就像火烧了眉毛似的，吃药还不到一个月，哪有那么快见效？我又不是神仙！”

苏小南一怔：“他也问了？”

“问，怎么不问。”顾老爷子直捋胡子，“跟你一个模样，急。”

怪不得那天晚上安北城像一头耕牛似的，活生生折腾她一宿……苏小南脑子里不由得又映上了新年的烟花，还有漫天烟花的电视塔下，喘着气覆在他身上，面色沉凝的安北城，幽深的目光中，那一句低低沉沉的话：“你愿意在这吗？”

“小丫头——”顾老爷子观察着她的表情，“在想什么呢？”

“啊！”苏小南吓了一跳，回过神来，有些不好意思，“那你怎么告诉他的？”

“生孩子，靠缘分。”

苏小南哭笑不得，老爷子却以为她在担心不能怀孕的事：“不要担心，你们还年轻，来日方长嘛，还有，这次的药吃完，就先停半个月。”

苏小南哦一声，问：“为什么啊？”

“中药也是药，恢复一下看情况再继续来开方子。”

"好的，谢谢顾爷爷。"

"甭跟我客气，走，吃饭。"

每次来顾园，苏小南都可以趁机改善一下伙食，对这老爷子也就越发喜欢了。陪着顾老爷子愉快地用完餐，等杜子鸣把她送回学校，天已经黑下来了。洗澡、洗衣服，把屋子稍稍收拾一下，弄好这些再窝入被窝，她看时间，正好晚上八点。

她拿着手机，给安北城打电话。

"喂！"安北城很快接起。

听到安北城的声音，苏小南嘴角就不由自主扬了起来："是我。你睡了吗？"

"还没有。"安公子的话一如既往，又少又简洁。

"那你在做什么？"苏小南笑嘻嘻地问着，竖起耳朵，听了一下那边的动静，"噫，还有音乐声，挺有情调的嘛。安北城，你是在家，还是在外面？"

"在外面，有些事……"安北城刚说到这里，电话里突然传来一个女人的声音："城子，我记得你不爱喝咖啡，就给你泡了一壶熟普洱……"顿了一下，她声音放小，"不好意思，你先打电话，我们等下说。"

苏小南握电话的手紧了紧，没有吭声。

安北城似乎察觉她的情绪，淡淡说："是梁晓彤。"

梁晓彤这个名字，苏小南并不陌生，因为……她是陈佩兰的女儿，那个安北城专程从国外请回来给她做"文身皮肤塗植"，并且在她胸口疤痕上文了一朵曼珠沙华的女人。

安北城会跟梁晓彤在一起，苏小南说意外，也不意外。那次在医院第一次见到梁晓彤时，苏小南其实就有一种感觉：这个女人对安北城的意义跟别的女人不一样。冷漠如安北城，对任何女人都退避三舍，唯独对梁晓彤是特别的。

"苏小南？"安北城没有听到她的回答，想了想，又补充一句，"我来跟她谈点正事。"

不是解释，其实也算解释了。对于安北城来说，很不容易。

苏小南沉下去的心瞬间又飞扬起来："哦哦，我刚才在喝水呢。没事没事，你有正事就先忙，我们回头再聊。"

景城，梁晓彤工作室。

灯光迷离，装饰文艺的房间里，一片暖意。

梁晓彤将倒好的茶水杯放在安北城面前，看着他接电话时被灯火拉得冰沉沉的俊脸："怎么，你家小妖精生气了？"

她对苏小南的称呼，让安北城不是那么高兴，脸色沉了几分："你接着刚才的说。"

梁晓彤在他冷峻的脸上打量一瞬，这才找回之前的话题："嗯，是这样的，国外的医疗美容行业，确实比国内更为规范，相对来说，技术上也更有优势。我们这个行业有一些高端的医美人士，只做熟人，或者熟人介绍的生意。医美涉及整容，关系隐私，因此，客户的个人信息是绝对不会泄露的，尤其是国外，你就算翻个遍，也未必查得到……"

安北城点点头，从桌上收回那张陆止的照片，放入公文包："谢谢！"说完他站起身，"时间不早，我先回去，有消息给我电话。"

梁晓彤手指撑一下太阳穴，懒洋洋一叹："唉，你把人利用完了，就这样走，也太不厚道了吧？"

安北城回头："嗯？还有事？"

梁晓彤被他逗乐了，也跟着站起来，为他取过衣架上的大衣递上去："你可能已经忘了吧，元宵节是我的生日……"

安北城默默穿上外套，扣上帽子没有说话。

梁晓彤知道他是这个德行，心里一叹，又笑靥如花："我好多年没有过生日了，这次正好在国内，就约了几个咱们中学时玩得好的同学。到时候，你也来吧。"

安北城皱眉："在哪里？"

梁晓彤耸肩："京都呗。元宵节，安家传统，你不会不回去吧？"

安北城不是不准备回去，而是那天苏小南正好有一天假，他准备带她去玩。

梁晓彤看他表情变幻，抢在前头嗤地一笑：“这点小事都犹豫？你还要不要我帮你找圈内朋友查陆止的事了？不要说我威胁你啊，咱做人，不能这么埋汰。”

安北城终是无奈：“好。”

夜晚的北邸，有些凉。安北城到家的时候，已经晚了，给苏小南发了一条“晚安”的短信，没有等到回复，他也就没有再给她拨过去。静静地坐在卧室里，他对着电脑，看着空荡荡的床，没有开灯。

电脑的光线幽幽的，映在他冷峻的脸上，越发冰凉。

嘀一声，私聊提示。他晃一下鼠标，看到游戏上死神的消息：“我们别兜圈子了，我知道你在犹豫什么。你不放心我，我对你也不是很有信心。不如这样好了，我们来个男人的约定，怎么样？”

安北城敲字：“什么约定？”

死神：“我向你证明我的能力，同时也证明一下我的立场，好让你宽心。当然，你也得给我一个承诺，如果我可以证明，你就特招我入红特。”

安北城问：“你要怎么证明？”

死神：“我知道你正为了死神集团的事焦头烂额，我也知道有死神的重要人物正好在国内，甚至就在你身边。但是，你一直苦无证据，没有实锤，也就无法定罪，更不想打草惊蛇。对不对？”

安北城略微动容。

网络时代，一个黑客可以掌握的资料实在太多，因此，也太可怕。

他没有回答，那边死神又发来一个笑脸：“隔着屏幕，我都感觉到你的敌意了。放松点嘛，我不一定是你的朋友，却一定不是你的敌人。”

安北城挑一下眉头，又重复上面的话：“我只关心，你要怎么证明。”

死神：“我为你查到你需要的线索，不敢保证能查到哪一步，但肯定对你有帮助。这样一来，我也算得罪死神集团了，于公、于私，你都得保护我，对不对？那我要求你把我吸纳为你们的人，不过分吧？”

安北城半合着眼，良久，敲出三个字：“不过分。”

整个新年苏小南都处于亢奋状态。

精神好，身体好，整天笑眯眯的，不用给阳光都能灿烂。

恋爱中的人大概都这样，朦胧时期情潮泛滥，心痒难耐；有了进一步的关系时，半是羞涩半是不安；等关系基本稳定了，又患得患失，总觉分别太长，相处太短，恨不得用胶水把两个人粘在一起，永远不要分开，一瞬间就天荒地老。

想念偶尔会失控，但她并没有耽搁学习。

都说好的爱情是把彼此变得更好，苏小南也是这样，因为安北城，她对自己的要求更高了，为了够本事站在他身边，她进入了一种疯狂的学习状态，分分钟化身女超人的节奏。

安北城那边工作也一直没有停下，这几天更是进入了紧张状态。

红特总部办公室，吴越和简聪进门看到安北城的脸色，就乐开了花。

“老大，你最近越来越有人样了！啥事儿这么高兴啊？”

“闭上你的鸟嘴！”安北城沉下脸，瞪过去。

“是！”吴越对着嘴巴做一个拉链的动作，“我什么都没说。”

简聪不厚道地偷笑着，望向安北城：“老大，你叫我们来什么事？”

安北城将手上的文件抄起来，递给简聪：“余勤那边，你盯紧点。”

“是！”简聪敬了个礼。安北城又看一眼吴越，顿了下，眼睛眯起来：“死神集团的事，你多操心一下，这两天我要去京都。”

吴越一怔：“又有任务？”

“嗯。”

“要带人吗？”

“不用。”安北城沉声，“我明天一早出发。”

吴越挺直腰身，敬个礼：“是！”

元宵节这天，安家大宅又热闹起来，不仅安家子孙都回来了，陆家父女也过来了。

他们汽车刚停下，安正邦和尤明美就迎了出来：“陆老弟，稀客稀客！快请进，里头坐——”

“大哥，我们爷儿俩来打扰了。”

不管是陆明历还是陆止，对于安家的邀请，意外之余，都有按捺不住的喜悦。

“大哥，你这宅子，我有好些年没来过了，还是没变，老样子，看着就亲切。”

“是啊，这日子过得真快，一晃眼，我们都老了，孩子们也都大了。”

“唉！不敢想，不敢想啊！”几个人一边客套寒暄，一边往客厅里走，陆止扭着窄细的腰肢，跟在陆明历背后，眼角余光不时瞄向安北城，那眼底的爱慕之情，怎么都掩饰不住。

陆止是漂亮妖媚的，尤其那一双眼睛，像自带电流，瞄到哪里都让人骨头发酥。

只可惜，安北城一眼都没有瞅她。

安宅的大客厅里，早就准备好了水果茶点。

今天其实是安北城邀请陆氏父女过来的，安家人对此其实也一头雾水。尤明美更甚，坐下来不时拿眼风扫安北城，那视线里的意思就一个：不要任性，给你爹找事。

安北城显然不是找事来的，根本就是摊牌来的。

等人都坐下来，茶水摆好，他也没耐心听那些虚与委蛇的寒暄，直奔主题：“大家等一下再叙旧，我有正事要说。”

安正邦眼睛里露出警告：“你有什么正事？”

安北城不理会他，将一个文件袋轻放到陆明历面前：“今天叫三姑父来，是为了上次的承诺。”

安家和安北城本人都答应过陆明历，一定会对陆止的事情给一个交代，这事大家当然都没有忘记。陆明历拿着文件袋，目露狐疑，安北城却已经说开了。

“三姑父，你被骗了。你身边的这个女人，不是你的女儿陆止，她那张酷似陆止的脸是人工制造的，也就是俗称的——整容。这是调查资料，你请过目。”

什么？客厅里的人都惊住了。

陆止脸都白了："你在胡说什么？"

安北城不看她，只盯着陆明厉大惊失色的面孔："上面有完整的资料。"

"怎么可能？"陆明厉自顾自喃喃着，翻着资料。

安北城冷笑一声："三姑父是说，我不可能会拿到这些资料？"

陆明厉一惊，笑了："城子，你在跟我开玩笑吧？"

安北城不接他的话，也不受他引导，继续自己的讲话节奏："三姑父应该知道，这世界上没有不透风的墙，只要有人做，就肯定会有人知道。"他顿了一下，看陆明厉脸色凝重，又沉了声音，"三姑父也是爱女心切。现在，还请节哀！"

"你，你瞎说！"陆止双颊涨红，不知是羞的还是气的，漂亮的脸蛋上全是愤怒，什么形象都顾不上了，从沙发上站起来，委屈得差点掉眼泪，"我没有整过容，我的脸生来就是这样的，不信你来摸一摸……"

摸一摸？众人皆怔。

安北城凉笑："这位小姐，我对你没兴趣。"

陆止的脸直接红成了猪肝色："爸，我没有整容，也不知道这些资料哪里来的。"

"来源不重要，是真相就行。"安北城直视陆明厉："如果三姑父不肯相信，是你们家的事，三姑父喜欢认谁做女儿，也跟我们无关，在我这里，陆止只有一个。"

这样一说，他的意思就更清楚了。

陆家之前一直用陆止的身份来给安家施压，现在有了这些证明整容的资料，安家也就有了反证的实锤。而且整容这种事，究竟有没有，公说公有理，婆说婆有理，他们这样的家族也不可能闹到法庭上去鉴定真伪，让人看笑话。说到底，对安家来说，只需要这样一个东西，不给陆明厉抓小辫子就行了。

"陆老弟！"安正邦对安北城的心思一清二楚，马上把话接了过来，"你也别生气。唉，现在的小姑娘心思深沉，这件事，本来也怪不得你。"

"大哥！"陆明厉急了，"你相信我，绝不可能……"

"陆老弟啊！"安正邦喟叹，"你的心情我理解，这事来得突然，要让你马上接受估计也不容易。”

他也是一个谈话高手，看陆明厉气得脸一阵青一阵白，又安慰道：“不过你不用太担心，这种事……我们家的人嘴都严，不会声张出去，没有人会知道的。”

“大哥……”

“好了好了！”安正邦再次打断他，“今天过节，咱们别想那些糟心的事。今天就在这儿吃饭？”

陆明厉看着安家人，突然明白了，冷笑一声，慢慢站起身来。

“饭就不吃了，我家不缺这一口。大哥，这件事我会查清楚的。告辞了！”说着他大步往外走，过了片刻，他回头看陆止没有动静，又气恼不已，怒其不争，吼了一嗓子，“愣着干什么？还不跟我走？！”

“爸爸——”

“闭嘴！赶紧跟上！”

第十二章
从来都没有

元宵节，571 学校也有一天假，很人性化。

来学校一个月了，大家也混熟了，因为有一个相熟的队员过生日，几个玩得好的就相约出去 happy 一下。苏小南和李航叫上了杜子鸣，就跟着一群人浩浩荡荡出了校门。

为了方便，他们选择的是一个离 571 学校很近的休闲会所。有吃有喝，有桑拿、足浴、汗蒸、SPA、KTV 等各种设施。他们晚饭在学校吃过，就寻思去 K 歌吼一嗓子。

这个 KTV 收费不低，生意却很好。霓虹闪烁，灯火迷离，很快就点燃了一群年轻人亢奋的神经。苏小南看他们笑着、闹着、唱着，受了感染，几杯酒下肚，脸就有些红了。

她揉一下额头，挑一块西瓜吃了，就撑着站起来："你们喝着，我上个厕所。"

这个包间有卫生间，但里面飘着一种怪味，这里又有好多男队员，苏小南不太习惯，出来就去找 KTV 的大卫生间。路上，苏小南发现，这里的包间档次明显有三六九等之分。

她边走边看，这时，右侧的一个大包间突然开了门。

乍然放大的歌声中，她随意瞥一眼，发现那伙人玩得很疯，一群男男女女搂搂抱抱在跳舞。音乐声震耳欲聋，夹杂着嘈杂的尖叫、男人暧昧的调笑、女人尖细的叫嚷，还有一个女人不知是喝多了还是玩疯了，坐到了一个男人的腰上，抱着他的脖子磨蹭着……

搞什么？苏小南赶紧低头，加快脚步走过去。

“苏小南？”一道低沉的声音，让她猛地抬头。

霓虹闪烁中，一男一女站在走廊尽头，瞅得苏小南瞬间石化。

“安北城？”

不仅有安北城，还有一个女人——他搀扶的女人，梁晓彤。

安北城没有说话，面色冷沉，就那样看着她，似乎有点不高兴。苏小南扯了扯嘴角，慢慢走近：“好巧啊！来唱歌？”

安北城脸色有些难看：“你怎么在这？”

苏小南差点就乐了：“只准州官放火，不许百姓点灯？”她喝了酒，头有些晕，不想在这儿扯淡，抿了抿唇，指向前方，“我上厕所。你……管好你自己吧。”

末了，她与他擦身而过，大步离开。安北城跟着转身，梁晓彤却扯住他的胳膊，哕一声，弓着身子蹲下来，身体晃悠着往地上倒：“城子，你扶我一下……”

安北城回头看一眼苏小南，拎着梁晓彤的一只胳膊提起来，一言不发地把她拽往包间。

不远处的阴影里，苏小南静静站着。看着他拎着梁晓彤进入那个包间——那个刚才让她鄙视过、一屋子疯狂男女的包间。

KTV里的歌声嘈杂而刺耳，从来没有这么一刻，苏小南这么讨厌这种地方。

她半秒钟都待不下去了，回去叫了李航和杜子鸣就要走。也许是受了那个包间里刺激一幕的影响，下楼的过程中，她脑子里反复回放的都是那个画面，而画面的主人变成了安北城和梁晓彤。

不巧，他们还在KTV门口的冷风中等车，安北城和梁晓彤就下来了。

灯箱广告牌迷离的光线落在他们的脸上，两个人相视，默默无语。

李航尴尬了：“老大，好巧！”

又一声“好巧”，让安北城皱起了眉头：“没事跑这里来，你们胆子也太大了。”

这就是责怪了。李航脊背一麻：“老大，今天有个队友过生日……”

“李航！你解释这个做什么。”苏小南打断她，笑盈盈地看着安北城，以及因为醉酒几乎整个身体都挂在他身上的梁晓彤，语气轻松地调侃，“老大可以来玩，我们就不能来啦？老大过元宵，我们就不能过元宵啊？哪有这样的道理。”

安北城不是一个乐于解释的人，但为免误会，还是叹了一句：“苏小南，不是你想的那样……”

“你以为我想的哪样？”苏小南笑嘻嘻地挑眉，转身就拽李航，“车来了，我们走。”

李航尴尬得想撞墙，看看苏小南，又看看挂在安北城身上的梁晓彤，无奈又无辜：“老大，我这……”

“去吧！”安北城朝他使眼色，“送她回学校，我把人送回去，跟着就来。”

李航道一声好，紧跟着赶上苏小南，头皮都麻了：“嫂子，老大说送他朋友回去就来学校，咱先消消气啊。”

为了老大的幸福，李航发挥着三寸不烂之舌，为安北城说尽了好话。可苏小南瞥他一眼，又换上了一脸的微笑：“没事，我跟他逗着玩呢。”这是一个开放的社会，没有人会生活在真空中，她怎么可能要求安北城没有半个异性朋友？

“那就好，那就好。”李航长舒一口气，有种完成任务的轻松感。

苏小南看着车窗外掠过的夜景，心情渐渐松懈下来，开始期待与安北城的见面。

他会不会哄她呢？

如果他哄，她要不要原谅他？

然而——她想多了。

一个小时后，所有队友都回学校了，安北城没有来。

又一个多小时后，学校的熄灯哨吹过了，安北城还是没有来。

一个晚上过去，苏小南在辗转反侧中睡着又醒来，安北城依旧没有来。

苏小南恨得牙根痒痒，等跑完早操回来，还是没等到他只言片语的解释，她终于爆发了，拿袖子抹一下汗，开始拨他的电话。

响铃很多声，安北城才接起来："喂！"

苏小南咬牙切齿："一个晚上了，你的事还没有忙好？安公子战斗能力可真强，一搞一个晚上？"

安北城默了下道："别胡思乱想！我这会儿有急事，回头联系你。"

急事，又是急事！苏小南眼睛快喷出火了，"安北城，你玩我呢？"

"很紧要的事——"

"安北城！"苏小南打断他。

"苏小南——"安北城又一次打断她，"你等我几天，乖乖待在学校，等我解决好这件事去找你，先这样！"

他似乎很着急，不等苏小南生气的狠话出口，就挂断了电话。听着电话里的忙音，苏小南胸口像压了一块大石头，怎么都挪不开，气咻咻地把手机往椅子上一掷："王八蛋，气死我了！"

手机铃声这时又响了。

安北城？苏小南眼睛一亮，飞快拿过手机。

然而那只是一个陌生的号码，并不是安北城。

她略感失望，蹙着眉头接了过来："喂，哪位？"

"是我。"电话里的男声低沉而威严，"安正邦。"

苏小南不知道怎么称呼他，含糊地问："你找我有事？"

"你下楼来——"

宿舍楼离操场有些距离，来来往往都是学员，平常没有车会停在这里。

苏小南一下楼就看到了安正邦的车，就停在宿舍楼下的一棵桂花树下，纯黑色，反射着雪光，低调而神秘。苏小南走过去，车窗就打开了，露出一张略显老态却也棱角分明的侧脸。

“上车。”

命令式的语气，给人一种不安的威慑。苏小南嘴唇一抿，什么也没问，径直上了司机拉开门的后座：“有什么事，你就直说吧。”

见她不卑不亢，安正邦皱着的眉松开不少：“苏小姐，你这么聪明的姑娘，应该猜到我为什么来吧？”

苏小南撇一下嘴，摊开手心：“支票呢？”

安正邦一愣：“什么支票？”

苏小南突地笑开：“这不是你们有钱人家的套路吗？你不用拿一张支票给我，让我离开你儿子？”

安正邦：“……”

本来是一场严肃的“谈判”，被她这么搅和，哪怕是安正邦这种见多识广的大人物，一时也没 hold 住，差点笑场。

“小姑娘，我不会用钱侮辱你。”

从“安小姐”到“小姑娘”，称呼的改变，让苏小南心里不由得生出了希望，对他的笑容也真诚了许多：“所以呢？其实你还是来让我离开安北城的？”

安正邦没有否认：“是，你愿意吗？”

苏小南笑得见牙不见眼：“你觉得呢？安北城这么好的男人，我打着灯笼都找不到，为什么要离开他？我又不脑抽！”

安正邦点点头，就像知道她会拒绝一样，慢吞吞地从公文包里掏出一个黑色的皮袋子：“打开看看。”

“什么东西？钱？黄金？还是支票？”

苏小南笑问，打开一看却惊住了。

袋子里有银行卡、身份证、学历证，所有可以证明她身份的东西，也就是说，有这么一个袋子，她从此自由了，不会再像当初那样，像一个没有身份的“黑人”。

久违的、熟悉的感觉，让她几乎热泪盈眶。

她不是陆止，也不愿意做陆止，用了太久陆止的身份，她太渴望做自己。

然而，天上不会掉馅饼。

她望向安正邦："其实我挺奇怪的。这都什么社会了，父母包办婚姻有意思吗？你爱你的儿子，难道你不希望他幸福？破坏他的感情，对你来说，究竟能得到什么呢？"

她言辞恳切，就像在与一个朋友谈心。

这份淡然，让安正邦眉心拧得更紧："为了什么，我不方便告诉你。我只能说，我会给你想要的一切。你有什么打算，我都可以帮你。小姑娘，相信我，你离开城子所得到的，不会比跟着他少。并且，你的生活，我会一直管下去。"

苏小南差点被逗乐了："你是说，你愿意照管我的未来？"

安正邦看着她的笑脸，突然一叹："当然。你可以把我当你的亲人。"

亲人？苏小南暗笑一声，把那个小黑皮袋递回去："老实说，你的规划令我很向往，也很渴望，谁不愿意好吃懒做有人管呢？可是，如果条件是离开安北城，我做不到。"

安正邦眉一沉，语气生硬了不少："我今天来不是和你商量的，你自己掂量一下。"

"我知道。"苏小南摊手，"对你们来说，我什么都不是，可对我来说，我就是自己的全世界。所以，我不会做任何让自己不爽的事情。"

安正邦眉心深深拧起。也许是老了，看着年轻人幼稚而可笑的固执，他有一种说不出的唏嘘："我也年轻过，知道你的心情。其实我很不愿意伤害你，可你太固执，我不得不告诉你真相了。"

真相？苏小南微垂眼皮："安老先生又想编什么故事？"

安正邦似乎对她的忍耐到了极点，不再多话，直接丢给她一部手机，然后在苏小南诧异的目光中，推开了车门："你自己看，我十分钟后上来。"

他还要避开？苏小南不解，还是耐着性子滑开手机。

手机没锁，暂停在一个视频的播放界面上。

4G 网络，速度很快，不过转瞬，苏小南就看见了一幅毕生难忘的画面——安北城扶着梁晓彤进屋，将她放在沙发上，给她倒了一杯水，梁晓彤斜斜躺着，拉着他的胳膊，缠着他在说什么。这是一个监控拍摄的视频，角度背对，距离略远，完全无声，画面略朦胧。

坐了一会儿，他起身，拿了被子搭在梁晓彤身上，离开了。梁晓彤撑着沙发起来，盯着房门出了会儿神，喝一口水，拿遥控器将灯光调得更暗，然后无力地瘫倒在沙发上……

如果视频在这里结束，那就是单纯的送朋友回家，什么事都没有。

可不一会儿，梁晓彤突然又从沙发上跌跌撞撞地起来，走到门口，拉开了房门。

离开的男人又回来了，梁晓彤站不稳，扑上去抱紧了他。然后，他回应了。他们就在门口，搂抱着彼此疯狂接吻，一边吻，一边脱，激烈得像要把房子给拆了……一番激缠的结果，自然又回到了那张沙发上……

苏小南看不下去了，脑子像被雷劈了一样，一片空白。安正邦什么时候上的车，她完全不知道，就那样呆呆地看着手机出神。

“喀！”安正邦提醒她，“你都看见了？”

苏小南眼神像有毒：“他不是心甘情愿的，对不对？”

安正邦一愣，盯着她潮湿的眼睛，突然有点不忍心，皱着眉一个字都说不出来。

苏小南冷声道：“安北城不是那样的人！”

安正邦眉头皱得更紧了：“男女之间的事情，有时候没有理由。当然，这也不是问题的关键。现在最重要的是晓彤这边……这么跟你说吧，我们两家关系一向很好。梁家书香门第，晓彤也是个规矩姑娘，从小看着长大的，一直是我们安家看好的儿媳。城子既然做了这种事，当然得给她一个交代。”

一个交代……

苏小南想到了电话里安北城的话。

他说，有很重要的事要办。

他说，让她等他几天……

他要去办的就是这件事吗？

苏小南嘴角不由自主地扬高，慢吞吞地转过脸来：“那我呢？”

“嗯？”安正邦没弄明白她的意思。

苏小南觉得有些好笑，微微眯眸，眼里赤红的颜色像染上了一层鲜血，随时都会从眼眶里滴出来似的：“那谁又该给我交代？你们为什么不觉得我也需要有所交代？难道就因为我不是书香门第，你们想欺负就可以欺负？”

“不，都不是。”安正邦正色说，“我对你确实不算满意，但我也不是那种非要拆散儿子感情的父亲，要不然，你跟他这几个月，我也不会不闻不问。”

“那现在是什么原因，让你非插手不可呢？”

“因为……”安正邦欲言又止，“你和他不可能。”

“不可能，为什么不可能？”苏小南咄咄逼人。

安正邦眉头紧皱着：“苏小姐，你听过一种叫情感冷漠症的病吗？”

苏小南心里咯噔一下，表情却浑不在意：“没有……不过情感冷漠嘛，现代人都有吧，我也有啊，看谁都不顺眼，对谁都热络不起来，不冷漠的治愈方式只有一种，就是人民币。”

安正邦正色道：“这种病，并不是你以为的那么简单……”

是不简单，甚至于有一些复杂。

一个多月前，苏小南从顾老爷子那里听过。

所谓情感冷漠症，简单来说，就是一种情感疾病，患者对外界的刺激缺乏相应的情感反应，冷漠，孤独，不会关心人，也没有同情心，对任何感情都无动于衷。这种人的内心深处，大多孤苦、凄凉，既不肯信任人，也拒绝感情。

如果仅仅是这样，也没有太大的关系，大不了注定孤独一生也就是了。

但是，虽然一般的情感冷漠症不会伤害别人，但也有极端反应。极端反应下的冷漠症患者，会有虐待、折磨和杀人情感倾向，甚至只能从中找到快感，以此平衡心里的极端狂躁。而且，情感冷漠症患者对自己这样的思想和行为，不会有羞耻感，更不会有道德操守上的约束……

这样的人，往往喜欢独处，也没有人能够走入他的内心世界。

当然，这也是安家一直深藏的秘密，因为安家的儿子不可以有这样的病，他们也绝对不会让任何人知道安北城患有这种病。苏小南从顾老爷子嘴里知道的那天就发过誓，不会对任何人提起，包括对安北城，她也没有想过要拆穿他。

她懂得，在那一层遮羞布下，是安北城全部的尊严。

可安正邦为什么要主动告诉她?

安正邦叹了口气：“这些年他一直在吃药，控制得很好的。认识你之后，就停药了，也没有什么不好的反应。所以，如果不是万不得已的原因，我是不会阻止你跟他在一起的。”

“那万不得已又是什么？”

苏小南沉默着看他，情绪被安正邦带得起起伏伏。而他就像一个熟练的刽子手，并不把她一刀毙命，而是像凌迟一般，一件事结束，又翻出另一件事来剜她的心脏。

斟酌片刻，他把那份曾经给安北城看过的卷宗，丢到苏小南面前。

“你看完这个，就会明白了。这就是我的万不得已。”

这天傍晚，苏小南再次回到了景城。

一样的城市，却已经是不一样的心境。

她拎着行李箱，从机场打车直接去了医院。姜玉莲看见她进门，瞪大眼睛，满脸都是喜悦，虽然还是想不起过去的事，可对她这个女儿已经完全接受了，盯着她的行李就像个孩子似的问东问西：“你没有给我带烤鸭吗？”

她对这个东西居然有这么深的执念。

曾经苏小南为这件事疑惑不已，却找不到答案。如今，终于从安正邦的嘴里知道了原因，却说不出该难过还是该释怀。抱着最后一丝渺茫的希望，她握着姜玉莲的手：“妈，你记得什么时候去过京都吗？”

“什么时候……”姜玉莲喃喃道，“我想想啊……想想啊……我去过的啊……我最喜欢吃烤鸭了……”

一旦陷入这种喃喃，她的状态就会变差。苏小南见状，赶紧握一下她的手，把她拉回来，顾左右而言他：“你觉得京都好玩吗？”

“好玩啊！好玩得很啊！”姜玉莲笑眯眯地拿个苹果给她，“我要吃这个，你给我削！”

苏小南嗯一声，接过苹果，拿了水果刀低头默默地削着皮，神色倦倦的，走着神。突然，她呀一声，刀刃入肉，手指上渗出了鲜血。

“怎么了怎么了？我看看。”姜玉莲被血给吓住了，脸色一白就来握她的手。

“我没事。妈，没事的。”苏小南安慰完了姜玉莲，心里不由得一叹，慢慢放下苹果握紧她的手，“妈，我们换一个地方治疗，怎么样？”

“为什么？”姜玉莲紧张地盯着她，慢吞吞地放开了手，“你是不是不喜欢我了，不想要我了……”

苏小南看着她的惶恐，想着她一个人的孤独世界，莞尔一笑：“当然不是，我想带你去玩，这里太闷了。”

姜玉莲若有所思地歪着头看她，片刻又高兴起来：“好啊好啊，这里太闷了，太闷了，我们换地方。”

“那就这么愉快地决定了？”苏小南笑着扯一张抽纸，随意地裹住手指止血。然后，她拿着手机走到阳台上，打了一个电话：“安老先生，我同意了。”

那边似乎长长舒了一口气：“那就好。你放心，我不会亏待你。”

苏小南笑得云淡风轻：“你知道，我并不在乎这个。”

“可你母亲的病，你很在乎。”

苏小南沉默。

有些人啊，还真是尖利，任何时候都不会忘记在你最痛的地方扎上一刀，提醒你什么叫现实。苏小南望着景城阴霾的天空，语气淡淡的：“最后一个问题，你知道的，我身上有囚鸾。”

“这个你不用担心。你不要忘了，囚鸾本来就是安家的，能戴上去，当然就能取下来。”

苏小南心里一窒，这一瞬，囚鸾的触感在脚踝上格外清晰。原来以为永远不能取下的东西，是可以取的；原来以为再不会有变化的事情，也是会变的。这个世界，每一天都在变化，谁也没有办法去左右，哪怕眼睁睁看着自己堕入无力改变的命运……

苏小南胸口发闷，莫名想到了安北城抽烟的样子。

那么孤独，那么落寞，像独处于一个被世界遗忘的角落。

她觉得自己其实也需要一支烟。

她听见自己说："我答应你，但怎么个走法，得由我来安排。"

"你不要任性——"

"安老先生，你没的选择。"

风凉凉地拂过苏小南的发，良久，她听到一声沉叹："依你。"

苏小南没有离开景城。

说她睚眦必报也好，说她小心眼也好，她不愿意就这样灰溜溜地离开。

在安北城身上她付出了从来没有过的感情，已经不期望得到回报，但她还是不甘心。其实，她并不完全清楚自己在期待什么，但在离开之前，她要见他一面——要走，也要走得漂亮。

在这样的等待中，她一边为姜玉莲转院治疗的事操着心，一边耐心地等待着安北城答应的"几天"回来。然而，快乐让时间变短，痛苦则把时间拉长，苏小南等待的"几天"，仿佛过了一个世纪。

安北城再联系她的时候，她正跟苏薇和姜玉莲一起在机场等待起飞。

"苏小南，为什么不在学校？"电话里的安公子，声音一如既往地磁性好听，像染上了夜的魅惑，从虚无中传过来，听得苏小南心浪翻滚……

好一会儿，她压低嗓子道："我有点急事，回景城了。"

那边呼吸一紧："你妈的病严重了？"

苏小南嗯了声，也不解释："现在已经稳定了，我正准备回学校。"

安北城没有多问："你在医院？"

"……"

"在家？"

"嗯。"苏小南神经麻麻的，动了几次嘴皮，却一个字都说不出来。

因为她的视线、她的情感、她的思维全部集中在回忆上——这一刻，即将离开的这一刻，反复地回忆着他们相处的瞬间，点点滴滴如刀刃一般，直插心脏。

"等我！"安北城慎重地说，"就在家里等两天，等我回去。"

家里。

她的家，在哪里？

安北城没有听到她的声音，猜测她还在生气，沉吟片刻又说："这些天我出紧急任务，一直待在滇西，事情比我想象的棘手，耽搁的时间长了点。你知道红特的规矩，在这期间，我不能随便和你联系……"

安北城难得一次说这么多话，苏小南知道他是在乎她的。

眼眶突然有些涩，她哽咽道："嗯。我知道。"

安北城似乎松了一口气："都是我的错！等我回去认打认骂。但是现在我马上要登机了，回景城应该能抽空回去一趟……回头给你详细说，乖，别生气。这次事情结束，我会给你想要的一切。"

她想要的一切，她想要什么呢？

幽冷的风吹过来，夹着他柔软的话语，让苏小南瞬间被卷入一个温柔的旋涡里，如同靠在他的胸前，闻着他的气息，淡雅而清幽，夹着烟草的味道，在她脑海里烙下那个男人独有的印记。

"先挂了！苏小南，等我。"

"安北城！"她突然喊住她。

"嗯？还有什么事？"

苏小南把手机深深压在耳朵上，恨不得抓住他一丝一毫的气息："没什么。安北城，再见。"

"好，再见。我挂了啊？"

"安北城——"苏小南又情不自禁地喊住他。

"呵。"他笑了："小丫头，还有什么事？"

苏小南狠狠咬一下唇，让自己的声音听上去一如往常一般平静："我不在你身边，你要好好的。按时吃饭，不要熬夜，工作不要太拼，不论遇到什么事，尤其感情上的事，不要钻牛角尖，记得照顾好身体，多跟人交流……"

"苏小南。"安北城低笑一声，"你什么时候转性了？像我妈似的。"

"你答应我！"

"什么？"

"要好好的。"

安北城一叹："怎么突然多愁善感起来？这可不像苏小南。"

"呵。因为——"苏小南轻笑着，语气里有一种陌生的脆弱和柔软，就好像一夕之间，把所有曾经尖利的棱角都磨平了，"安北城，我只是刚才睡了一觉，醒来突然发现，我好爱你，真的好爱你。"

不等声音落下，她默默地关掉了手机。

在最幸福的时刻分开，她给自己的爱情画上了句号。

不知道对错，甚至她跟安北城说了些什么都记不得了。

无关爱恨情仇，在分别之前，她只希望他过得好，希望他往后……永不孤独。

天空青涩灰蒙，飞机上有悠扬的歌声入耳。

一首《曾经守候》，歌词如同锉刀，一下下反复折磨着她的耳朵：

骗自己，不再为你倾心
沉默，却有更多话语
没想过我，早已经没有权利
你是我，最好的相遇
而我无法忘记
你的眼睛我的呼吸
而你，你却轻易
离开了我，无声无息
曾经守候 我给你我所有
你给的承诺，全都消失无踪
我还在等候，灯火阑珊回眸

听着听着，不知什么时候，她已泪流满面——

两个小时后，安北城抵达景城。

雨后的空气有点潮湿，汽车轮子驶在公路上，留下一圈的痕迹。庞大的掠夺者上，除了安北城之外，还坐着吴越和伍少野。两兄弟一个在副驾，一个和安北城坐在后面，看安北城不说话，兄弟两个自己唠叨开了。

“你看老大魂不守舍的样子，像什么？”

“像什么？”

“像隔壁老王勾搭上了邻居小媳妇……”

“滚！”安北城冷冷瞪了吴越一眼，又想到苏小南之前的话。

他不太了解女人，也吃不准女人的想法，思来想去，头就有些疼了：“吴越，给女人道歉，怎样会比较有诚意？”

“道歉？”吴越抽气。

“不是吧？老大！”伍少野也回过头来，像见了鬼。

兄弟两个异口同声地问完，又忍不住相视而笑：“难道世界末日要来了？老大居然要跟女人道歉？”

“哈哈哈哈哈！”

安北城恶狠狠瞪他们：“闭嘴！有什么可笑的？”

“哈哈哈！”吴越笑不可抑，贱贱地问，“我说老大，你怎么把我嫂子惹急了？说来听听，兄弟帮你参谋参谋！”

安北城不理他。

吴越咳嗽一下，懒洋洋地躺下来，一副很有经验的样子：“其实女人这物种吧，你不能对她太好，太容易得到的东西，谁珍惜啊！给你举个例子，你看那个姓莫的死胖子，前阵子小爷对她好点吧，就蹬鼻子上脸，玩个游戏，动不动对小爷大呼小叫！等老子不伺候了，她就巴巴找来，哼，看老子理不理她……”

说着说着，他又说到莫暖了。

安北城没什么反应，伍少野却不屑地讽刺他：“一口一个死胖子，既然这么讨厌，为什么一天念叨人家八百遍？我看你这贱人，分明就是动了春心，喜欢上人家了。”

“我喜欢她，啊？哈哈哈！伍少野，你他妈傻吧？”

“我他妈不是你他妈？”伍少野云淡风轻地怼了回来。

吴越尴尬地咳嗽一声，又懒洋洋地笑着换了话题：“你也不睁大眼睛看看，小爷我身边围着那些姑娘都长什么样，要脸蛋有脸蛋，要身材有身材，笑起来能把你的心都笑酥了，我傻了才会喜欢姓莫的胖妞儿。”

“呵呵！”伍少野皮笑肉不笑，“那可说不定。你嘴里那些要什么有什么的姑娘，这么多年了，你对人家什么时候有过一分耐心？相反，你嘴里的胖子可不一样，你今天陪人家玩游戏，明天陪人家喝酒侃大山。仔细想想吧，你的休息时间都花哪里了？”

吴越被伍少野这么一问，有点愣。

是哦，好像生活都被那个死胖子给占满了。一会儿这样一会儿那样，麻烦得跟什么似的，可他还不怎么反感……不行。他马上否认了这样的想法，瞪向伍少野：“你懂个屁，我那是为了玩游戏！游戏玩家你懂不懂？游戏很容易让人沉迷的，你懂不懂？”

“懂！”伍少野懒洋洋的，每一句话都是软刀子，捅得人鲜血淋漓还能优雅高贵，“所以呢，你确定不喜欢？那兄弟我就不客气了。”

不客气什么意思？吴越眯了眯眼：“你想干吗？”

伍少野漫不经心地望着前方的道路，说得一本正经：“那姑娘人挺好的，我怎么都忘不了那次从血龙手中把她救出来时，她看我的眼神，充满了眷恋、爱慕……过了这么久，我想到那眼神，脊背都发麻。我想，我对她是有点兴趣的。”

吴越一怔。

车厢里静静的。

他盯着伍少野，盯了许久，好像终于确定他没开玩笑，突然吼了出来：“伍少野，警告你啊，别打她的主意！”

“关你什么事？”伍少野斜睨他，“比起你来，我又纯洁又简单，感情生活一片空白，还是处男呢，她不吃亏……”

吴越真生气了：“你找打呢？”

“等你打得过我，再说吧。”

“老子——”吴越撑着身子就去抓伍少野的肩膀。

“够了！”安北城看他俩一眼，“留着精神，一会儿对付陆明厉。”

车厢里很快安静下来。

过了一会儿，吴越才带着疑惑开口：“老大，你真觉得梁晓彤那事是陆明厉干的？就算梁晓彤帮你找到陆止整容的资料，揭了他老陆家的底，让他丢了脸，也不至于这么祸害人家吧？”

安北城瞄他一眼：“那你认为是谁？”

吴越考虑一下，摇了摇头：“确实，他有动机，也有行动的能力。除了他之外，我也想不出来还有谁了。”

安北城冷下脸：“很快就知道了。”

陆明厉元宵节那天被打了脸，当天晚上，梁晓彤就出事了。

安北城从 KTV 送梁晓彤回去的时候，她已经喝得人事不省了。

在他离开之后，有人趁机返回，对梁晓彤做了那种事。

更可怕的是，大半夜梁晓彤清醒过来，认定就是安北城睡了她。安北城解释不清，也不认为梁晓彤会是一个轻易认错就跟人家上床的人。更何况，梁晓彤有确凿的证据——因为她独自在外居住，家里装有一个监控摄像头。

第二天早上，接到苏小南的电话的时候，安北城正带着梁晓彤在医院，对她的胃内容物做检查和化验，结果发现确实有致幻类的药物。他的矢口否认，加上药物的刺激，梁晓彤当场就崩溃了，像个疯子似的在医院又哭又笑，但仍然一口咬定与她发生关系的人，就是安北城。

不管是主观还是客观，她都不肯承认睡错了男人。

当时在电话中，安北城不好跟苏小南解释，就怕越描越黑。恰在这时，余勤又发来一个消息，说查到与死神集团有关的重要线索。资料显示，死神集团准备走一批货，从滇西入境，由于货源数量巨大，对方要求与死神高层接洽。对于这个要求，死神这边同意了，说近日会前往滇西，亲自与对方洽谈。

由于国内打击得严，死神集团已经好久没有大型的犯罪活动了，安北城对这个任务以及那个即将前往滇西的“死神高层”，都很有兴趣——他相信那个人与张志朋的死有直接关系。于是，他当即启动紧急任务状态，离京去滇，来不及给苏小南交代。当然，有时候不交代行踪，其实是对亲人的一种保护。

他们在滇西抓到了他们的交易现场，死神方的负责人中有一个就是曾经掳过苏小南，后来从景城逃脱，然后又在滇西搞事，杀害了张志朋的千里眼。

潜逃几个月，千里眼终于落网，本来是件大好事，然而，一来没有抓到那个所谓的“死神集团高层”，二来千里眼那个家伙嘴巴严骨头硬，居然没有吐口。

吴越观察着安北城的表情，以为他还在为梁晓彤的事烦心，安慰说：“老大，你也甭犯愁了，那梁晓彤好歹也是一‘海龟’，这种事，不至于看不开……”

安北城揉着太阳穴：“这些事，总归我欠了她。”

如果不是他找梁晓彤帮忙查陆止，就不会把她扯进来，更不会受这无妄之灾。

不过这也证明了他对苏小南和梁晓彤是不一样的。当他要对死神集团展开行动的时候，首先就想到苏小南的安危，把她送到 571 学校去，不想让她成为死神报复的对象。可梁晓彤，他就没有考虑过这一层……

这时，安北城的手机响了，他一看号码，眉头紧紧拧起。

“佩姨，你找我？”

那边正是为了女儿焦头烂额的陈佩兰。自从出了那件事，她把所有工作都放下了。可她的陪伴并没有让梁晓彤从阴影中走出来，她仍是整天把自己关在房间里，不吃不喝也不肯见人，怎么劝都没有用。

没有一个当妈的不心疼女儿，看着女儿迅速消瘦的样子，陈佩兰心力交瘁，说话都没什么力气了：“城子，佩姨对你也没有什么过分的要求，你要是有空，给晓彤打个电话，或者抽个时间来看看她，帮我劝几句吧。现在谁的话她都不爱听。我想，只有你可以让她好起来。”

安北城无奈一叹：“佩姨，我现在有任务……”

“我知道你很忙。”陈佩兰的声音充满了无奈，还有淡淡的怨怼，“但是这件事，你是有责任的。当然，佩姨不是怪你。现代社会跟以前不一样，男欢女爱的事，没有谁对谁错，佩姨也不会强求你一定要对晓彤负责，只是现在关键时期，她钻牛角尖了，我怕她撑不过去，想不开。城子，就当……就当佩姨求你。”

安北城一脸冷漠，心却沉甸甸的：“佩姨，那个人不是我。”

他又一次解释，可不管是陈佩兰，还是安家人，都认定睡了梁晓彤的那个人是他。

梁晓彤家里那个摄像头拍下来的东西就是最有力的证明。虽然画面并不清晰，但没有任何人会相信那个跟他穿着一样的衣服，有着一样的发型，身高、身材、脸型都相似的人不是他。

被人冤枉的感觉很无奈，但安北城还是耐着性子道：“眼睛看到的，未必是真相。佩姨，那只是一种人为的心理陷阱。”

安北城患有情感冷漠症，也算是一个有心理疾病的人，所以他平常对心理学的东西也有涉猎。从心理学角度来说，当第一次出现在镜头里的人是他，大家就已经有了初始认定。等画面上出现另一个穿着打扮、身材、脸型都和他相似的人时，人的潜意识就会自然而然接受之前的设定。这和电视剧演员使用替身一个道理，根本就是利用了人的思维盲区。

这个道理，他之前就解释过了。

可那又如何？人都只相信自己。

这一刻，听着陈佩兰在电话里的絮叨，安北城神经突突的，突然有一种莫名的想法浮上心头——如果苏小南看到监控视频，会相信他吗？

她会不会也跟他们一样，给他定了罪，就不让他翻身？

这个想法，让他浑身突然紧绷，一张冷冽的面孔更为阴鸷。

一个小时后，汽车停了下来。

那是一个私家别墅，通过气派的大门往里一望，说不尽的富丽堂皇、雍容华贵。他们的汽车停下的时候，里面已经停了不少豪车。富豪的私人集会，来的都是政商名流，安保人员一层又一层，戒备森严。

看到安北城几个人下车，陆明厉马上迎了出来：“城子？哟，还有小吴和小伍少爷，哪股风把你们仨给刮来了。快快快，里面请！”

安北城被贵宾似的迎入了别墅。

他们的到来，让别墅原本的热闹变成了静默——这也算安北城独有的本事了，不管他走到哪里，哪里都能瞬间冷场。没办法，关于他的传闻太多了，大家都怕他。

可他并不看任何人，对陆明厉说："三姑父，找个地方，说点私事。"

私事？如果他真有什么私事，就不会带吴越和伍少野来了。陆明厉心里敲着鼓，笑着点点头，对他的客人说了几句抱歉的话，就把安北城三人带入了别墅二楼的小客厅。

这里很安静。

有女佣过来泡了茶，退下了。

房门一关，陆明厉就先哀叹上了："城子，元宵节那天的事，闹得大家都不痛快。可事后想想，多大点事啊，有误会解释清楚就是了，咱两家几十年的交情，又何必撕破脸？是姑父没有压住脾气。在这里，跟你道歉了。"

安北城看他一眼："我不是来听道歉的。"

陆明厉脸上挂不住："那你为什么来的？直说吧。"

安北城淡淡道："吴越，让千里眼告诉陆总怎么回事。"

一听千里眼，陆明厉脸色立马一白："这……城子？哪跟哪啊，我怎么听不懂？"

安北城面无表情："很快你就懂了。"

吴越这边速度很快，不过转瞬，电话里就传来雷荆山洪钟似的大嗓门："老大，你找我……"

安北城嗯一声，道："让千里眼把昨天晚上说的，再复述一遍。"

"是。"雷荆山应了一声，电话那头就传来千里眼的喘气声，好像受着什么严苛酷刑，声音哑得漏风似的破响："这次我们在滇西的行动，是直接汇报给陆明厉的，因为这批货数额巨大，对方要求派一个有分量的人来交易，陆明厉考虑两天就同意了。还有一个事，陆明厉因为女儿的事恨着安家，也嫉恨梁晓彤，让我们找了一个像安北城的男人奸了梁晓彤，就为栽赃……"

"放屁！"陆明厉没有听完就激动起来，"他在胡说八道！这是污蔑，我根本就不认识什么千里眼。这个人是谁？我要见他，我要跟他对质，他在故意陷害我！"

"不是你？那你告诉我，是谁？"安北城冷笑，"三姑父，我查你很久了。"

是的，安北城怀疑陆明厉很久了。种种蛛丝马迹都证明，他跟死神集团有很密切的关系。但陆明厉这个人老奸巨猾，对任何人都怀有戒心，陆氏集团也是正当经营，查不出半点问题。而陆明厉常年在国外，根本就接触不到。

那个时候，安北城认为唯一的突破口就是他的女儿陆止。不得已，他找了苏小南配合工作，以便接近陆明厉。然而，后来的事情却一变再变，没有往他的预期发展……

陆明厉气得呼吸都不畅了："城子，你怀疑我，我无话可说，但这……随随便便找一个人指证我，就能证明我有罪吗？"

安北城冷冷看他："至少能证明你动过梁晓彤，也能证明你跟死神集团有接触。"

陆明厉脸色又是一变，但声音弱了几分："我没有，城子，我是正经生意人……"

"说！那个男人是谁？"安北城打断他。

"我不知道你在说什么。"陆明厉还在垂死挣扎，"别人这么说我也就罢了，城子，你认识姑父多少年了，我们陆氏家大业大，我陆明厉需要做那些偷鸡摸狗的事吗？"

"陆氏是不需要，可如果你被逼无奈呢？"安北城眉头锋利似刃，"三姑父，我今天亲自过来，是想给你机会，否则我不需要这么麻烦，直接逮捕你就行了！交代吧。"

陆明厉咬牙，神情更是激动起来："你要我交代什么？我真的什么都不知道。城子，陆家不缺钱，我犯不着干不规矩的事……"

"是吗？"安北城打断他，掌控话题主动权，"那你的干儿子呢？他也规矩吗？"

陆明厉一听，额头已经隐隐有了冷汗："你是说……陆卫？"

他的支吾，显得安北城更为镇定："是，陆卫，他人呢？"

陆明厉眼皮微垂："他……他不在这儿啊。"

安北城冷笑："是不在，因为——他去了滇西。"

陆明厉条件反射地抬头，目光里是难以置信的紧张："城子，我们陆氏做这么大的生意，犯不着做违法犯罪的事。就算，就算陆卫做了什么，也跟我没有关系。"

"你倒聪明，撇得一干二净。"安北城冷冷看着他，突然一叹，"三姑父，安、陆两家是世交，你是不是正经生意人，我很清楚。我相信你是无辜的，完全是被陆卫牵连。但你知道，这事我说了不算，得看证据——当然，也得看你的表现了。"

"表现？"

"我给你一个机会，希望你认清形势，要不然，就我手上的证据，足够治你。"

陆明厉完全被他绕进去了，与他对视着，目光渐渐涣散，慢慢地竟不敢直视，垂下了眼皮："好，我跟你合作。"

南国的丛林里，天气闷热而潮湿，天空中的霞光像火烧似的，卷了半个天际，带着一种妖异的颜色。

安北城领着人亲自到了滇西，为了死去的张志朋，也为了红特这几年的辛苦，这一次他志在必得。好不容易才抓住千里眼，并且从陆明厉嘴里讹出了陆卫的身份，也把陆卫——也就是死神集团的跛爷堵在了这片国境线上的丛林里，他容不得半点闪失。

交火不到半个小时，红特的火力就完全压制住了对方。

眼看胜利在望，通讯员展竟突然大喊："老大，接到跛爷消息，他要跟你讲话。"

安北城面无表情，不紧不慢地从展竟手上接过通讯器："我是安北城。"

"安公子。"跛爷的声音带一点笑，"这次你干得漂亮，我是佩服的。不过，这么多年了，你也了解我的性格，你让我损失这么惨重，我不做点什么，怎么消得了这口气呢？"

安北城手心一紧，冷哼一声："困兽而已，你还能做什么？"

"哈哈哈。"跛爷的笑声里带着猖狂，也有意味深长，"我现在当然做不了什么，仅仅会让你……失去挚爱而已。"

安北城脸色微变，突然意识到什么，偏过头："联系李航！"

571学校。

李航正在教室里，听到是从滇西来的长途，还是安北城找，脊背都僵硬了。

"老大，你找我？"

安北城不废话："你嫂子呢？"

李航一怔："嫂子？在教室里啊！老大，你找她？"

李航是困惑的，老大找嫂子为什么不直接给她打电话？难道是两口子吵架了？怪不得最近嫂子不怎么理会他，好像突然换了个人似的。李航想想，又笑："老大，要不要让嫂子来听？"

安北城像是松了一口气："好，你叫她马上打过来。"

"是。"李航一头雾水地离开了。

安北城再一次拿过通讯器，那头跛爷还在笑："安公子好像不太担心夫人的安危？"

只要苏小南在学校，就不会有什么事，安北城对于跛爷这条已经落入网中的大鱼没有那么多耐心："你还是操心一下自己吧。"

跛爷轻笑着，声音舒缓而平和："我挺好的，但安公子恐怕……很快就会不好了。"

这句话说得意味不明，但安北城没闲心跟他说废话："那我们等会儿见。"

他切断通讯，拿望远镜看着远处的丛林山脉，和伍少野、雷荆山几个讨论着行动方案，电话突然响了。号码显示，电话来自京都。安北城冰冷的面孔上顿时有了暖意："喂！"

"喂，是阿城吗？"女人娇滴滴的声音，仿佛有化不开的风情，每一个字符都跳跃着性感的魔力，只可惜——她不是苏小南。

安北城僵硬在风中，像一头突然被触了逆鳞的野兽，眼睛充血，声音冷得如同冰刺："为什么是你？为什么是你？"

一连两个为什么，一句比一句语气更重。

那女人却笑了："为什么不该是我呢？571学校登记在册的学员是陆止，而我，不就是陆止吗？"

安北城拳头攥得咯咯作响，来不及思考陆止为什么会在571学校，也来不及追究任何人的责任。他一个字都没再说，挂了电话，联系了简聪。

为了这次滇西任务，简聪这个情报队长一直守在机房里，听了安北城的话，差一点吓尿了——571学校换了人，他们居然半点不知情。

他放下手头的工作，赶紧查找苏小南囚鸾的定位，然而，他们还是慢了一步，对方好像早就已经做好了万全准备："老大，囚鸾上的GPS接收芯片没有信号反馈……"

"查记录！"安北城咬牙，"查最近的窃听记录。"

"没有，老大……"简聪快要哭出来了，"什么都没有。"

没有，什么都没有？安北城握着手机，静静地站着，仿佛僵化成了一尊石像。

"老大？老大？"简聪没听到他的声音，紧张得牙都酸了。

"马上联系跛爷，我要跟他讲话。"安北城慢慢平静下来，如果不看他紧握电话的手背上暴起的青筋，根本无法看出他暗流涌动的内心。

"老大——"展竟小心翼翼地递给他通讯器，"跛爷接通！"

安北城一字一顿，语气冷漠如霜："说，你的条件。"

"哈哈哈。"跛爷笑得有些肆无忌惮，"没想到安公子还是个情种，行，我要你亲自过来交换她。"

"我要先看到她安全。"

"没问题——"跛爷喊，"宗京，发给安公子。"

很快，那个叫宗京的人就传过来一段视频。

一个女人出现在画面里，她所在的地方光线昏暗，四周是潮湿的泥土，好像在一个地下的土牢里，被反剪着双手，头发散乱，脑袋低垂着，根本无从分辨到底是不是苏小南。

安北城眉头紧皱："我要跟她说话。"

跛爷笑："安公子，条件不是由你来开的，现在规则掌握在我手上，当然，你可以选择不相信，只要你愿意赌她的命……"

谁更在意，谁就输了。安北城关心苏小南的安危，又得知571学校里的人不是苏小南，那他就赌不起，哪怕明知那是一个陷阱，他也只能受制于人。

迟疑片刻，他说："我来。"

跛爷哈哈大笑，声音恣意而张扬："记住，你一个人来，并且让你的人撤到五公里外！"

安北城咬牙："好。"

"哈哈哈！爽快！"

跛爷的大笑声夹杂在山风中，极是刺耳。听着他们对话的伍少野和雷荆山等人一脸惊诧："老大，不行啊！那王八蛋打什么鬼主意，用屁股猜也猜得到！你去了也换不回来嫂子的。"

安北城不理会："拿我的装备。"

几个人了解他的性格，面面相觑，雷荆山说："老大，我陪你去。"

安北城看他一眼，一边换装备，一边对他和伍少野说："现在情况不明，你们记住了，不用管我的生死，抓住跛爷，救出苏小南，就是胜利！"

"老大，你不能这么干！"

伍少野没有谈过恋爱，也没有爱过什么女人，可安北城是他的偶像。就是安北城——那个曾经一把狙击枪纵横天下，在战斗中只剩一颗子弹还干掉了国际大毒枭的安北城，是伍少野渴望成为的男人，冷血、无情，甚至有些心狠手辣的……男人中的男人。

"为了一个女人什么都不顾，你还是安北城吗？是我眼花，还是你傻了？"

"她不是一个女人，她是人质，今天换了你们任何一个人，我也会这样做。"安北城直视着他，"更何况，苏小南——她是我的全部。"

伍少野被气笑了："讲真，这话有点酸，我他妈不能理解。对，嫂子人是不错，可在这样的情况下，冒险进去就是傻子，你懂不懂？结果只有一个——你救不了她，然后和她一起完蛋。"

安北城沉默，扯了扯防弹背心："我是她的男人，我能不去吗？"

伍少野再一次望天："我不懂。"

安北城抿唇："你不用懂。"

是的，这里的每一个人都不会懂得他话里的意义，不是酸，不是肉麻，而是他的真实想法。二十几年的人生里，有苏小南的几个月，是他笑容最多也最为轻松的日子。有一阵，他甚至觉得自己是一个正常人了，会笑、会怒、会嫉妒……是她，让他变成一个有七情六欲的男人。

安北城戴上钢盔，再次扫向几个指挥人员。

"这里就交给你们了。记住，不必管我的生死——但一定要保证人质的安全。"

几个人沉默着，终是并腿立正，朝安北城敬礼："是！保证完成任务！"

安北城不再说话，头也不回地往丛林深处奔去。自从做了红特的大队长，他已经很久没有执行过一线任务了。这样拿着枪，独自深入犯罪基地的事情，现在回想起来，好像是上辈子的事了。

旧事重现，他的心突然跳得特别厉害。脑海里的画面一帧帧放映，枪声、呐喊、鲜血、脑浆迸裂、倒下的尸体……仿佛魔咒一般纠缠着他，让他额头上布满了冷汗。

丛林面积非常大，原始的热带植物茂盛而浓密，里面根本没有路，有些地方，他不得不用刀子削掉枝条才能通行。就这样奔跑了一个多小时，终于靠近了目标。

那一幢幢建在丛林中的木楼，衬着青山绿树，看上去颇有情调。跛爷带着一群人就站在最中间那一幢木楼的二楼平台上，拿望远镜注视着从远到近的安北城。

"安公子果然性情中人，来得够快啊。"

安北城紧了紧手上的枪支："人呢？"

"不急。"跛爷今天的脸，完全不像安蓓蓓婚礼上的陆卫。

这才是真实的他，半边脸像被火烧过，皮肤上布满了密密麻麻的疙瘩，狰狞而恐怖，可从鼻梁开始的另外一边脸，却英俊得不可思议，是一种可以令女人惊叫的艳美——就连他说话的声音，也动听得如同钢琴家弹奏的旋律："丢下枪，举起手，过来。"

既然来了，就注定是这样的结果。

安北城连犹豫都没有，就照做了。

两个死神集团的成员畏惧着慢吞吞过来，用绳子捆了安北城的双手。

“哈哈哈！像个男人，佩服！”眼看安北城束手就擒，跛爷像是落下了心里的大石头，笑眯眯地从二楼下来，坐在安北城前方不远的一张竹椅上，一副胜利者的姿态，“接下来，麻烦安公子为我们准备一架直升机，再带我走一段。等我安全离境，你的苏小姐，自然就安全了。”

对于这样的要求，安北城照样没有办法拒绝。直升机准备就绪，跛爷带着安北城和几个死神集团的重要成员跟着上了直升机。螺旋桨转动起来，劲风扫着这一片热带植物，疯狂地摇摆……

“哈哈哈！看来我命不该绝啊！”跛爷在半空中俯视着大地，拿通讯器与红特继续交涉，“红特的人听好了，你们要的女人，就在基地的土牢里，你们让我的人自由离开，就可以把人带回去了。至于你们的安公子嘛……放心，等我安全了，会放了他。”

“你给老子听好了。”那头的伍少野气得像一头会吃人的野兽，声音几乎是咆哮，“你如果敢动我老大一根汗毛，我发誓，不管你躲在哪个犄角旮旯，也要把你揪出来碎尸万段，一刀一刀活剐了！”

“哈哈哈，小毛孩子，口气不小！”跛爷并不动怒，“我很期待你的表现。不过现在……乖乖听话，照我说的做。”

“王八蛋！”

伍少野在那边啐了一口。但实际情况就这样，哪怕人质不是苏小南和安北城，哪怕就是一个普通老百姓，他们也不能不管人质的安危，贸然开火——这是原则问题。

跛爷又一次得逞了。

然而，等伍少野和雷荆山领着人冲进去的时候，土牢里的姑娘并不是苏小南。而这个时候，直升机已经飞出很远。

安北城听到伍少野在通讯器里的怒骂，不仅没有恼，反倒松了一口气，不紧不慢地问跛爷：“她没有在你手上，对不对？”

“你……觉得呢？”跛爷一脸意味深长的笑，“在不在我手上，现在都不重要，重要的是，我成功脱险，而你嘛——就看我的心情了。”

安北城也笑了："你以为我安北城，是这么好戏弄的？"

跛爷神色一变，盯着他的眼睛，一瞬后，似乎意识到了什么，猛地看向直升机的副驾："宗京！快，检查直升机——"

"来不及了！"安北城面孔冰冷得比跛爷更像一个死神——来自阎王殿的死神，"我们准备同归于尽吧！"

"跛爷，不好！"向来镇定的宗京突然粗了嗓门，"液压失灵——"

跛爷身体前倾，紧紧抓住椅背："快！准备紧急迫降。"

"没办法迫降，液压系统失去作用……"

飞机是靠液压系统来控制的，液压失灵的飞机就像一辆没了方向盘的汽车，完全失去了人为的操控性。宗京很快又发出更为恐怖的惊呼："跛爷，引擎、引擎故障！"

跛爷呼吸一急，突然扭头看向安北城："你不怕死？"

安北城反问："死有什么可怕？"

跛爷怔了下，突然冷笑："也好，我们同归于尽，也算是一个圆满的结局了。"

"是。"安北城好像真的对生死无动于衷，安静地看着跛爷，动了动被捆着的双手，"来支烟吧。"

跛爷看着他，那张半丑半美的脸上，带着一种说不出来的情绪："给他松绑。"

飞机开始剧烈地颠簸起来，机体就像要散架似的，在空中摇摇晃晃，发出一种令人头皮发麻的摩擦声。跛爷却镇定地掏出烟，递一根给安北城，自己也点燃一根，慢条斯理地吸着，那优雅的样子，不像一个犯罪集团首脑，倒像某个世族家里的贵公子："就要死了，你想不想听一个故事？"

安北城松动一下被捆得麻痹的手："说。"

"这个故事，可能有点长……"跛爷说得慢吞吞的，表情充满了回忆色彩。突然他又抚摸着自己的面孔，莞尔一笑，"你说如果我没有毁容，是我好看，还是你好看？"

安北城斜倚着舱门，吐出一口烟："我从来不在乎长相……"

"长得好看的人，一般都这么说。"

没有毁过容的人，又怎么知道毁容的痛苦呢?

跛爷笑得意味深长，突然偏了偏脸：“这个故事，与我这张脸有关，也跟你有关。我曾经也姓过安。”他后面一句话说得很轻，这时，机身突然颤抖起来，仿佛一架处于风吹雨打中的纸飞机，摇得人坐都坐不稳——

“跛爷！旋翼转速降低，直升机开始坠落！”

“目前高度50，地速45！”

几个人的注意力完全被分散了，直升机也如同离弦的箭，从慢到快地往下坠落——于是，在这电光石火的刹那，安北城拉开舱门，拉着一条绳降的绳索纵身往外一跳!

他的速度太快了，直升机上的人都没有反应过来，也包括正在讲故事的跛爷。

宗京怒骂着：“跛爷，怎么办?”

跛爷扶着舱门，看着安北城在空中摇摇摆摆的样子：“拉上来——”

两个人得令，狠命拉着绳索，可就在这时，舱头的油箱部位突然冒出一束火花，像电焊似的，刺得人眼前一亮，宗京避开脸大叫：“跛爷，不好了，油箱起火，他们设了自爆装置！”

跛爷咬牙：“那也要一起死。给我开枪！”

安北城吊在直升机下方，像一个空中飞人似的摇晃着，在直升机反复的颠簸中，心里计算着离地的距离，在枪声响起的同时，突然松开手，双手抱膝……

“他跳了！跛爷！他跳下去了！”

是的，安北城松开手跳了下去。

这里离地面还有很高的距离，不过下方是一条河流——

他的身体飞快地下坠着，同一时刻，空中传来砰一声巨响，直升机整个机体在空中炸裂，解体，燃烧的火花与浓浓的黑烟夹杂在一起，像一朵开在半空中的蘑菇花，隔老远都能看见。

“老大！”

高空入水，完全是极限挑战，不死也重伤！

当伍少野他们找到安北城的时候，他静静地躺在河岸边上，身上湿漉漉的，英俊的脸庞上有凝固的血迹，带点浮肿，好像浑身上下都有伤，整张脸苍白却坚毅，人已经昏迷不醒。

“快，救人！”

“来个医生！”

耳边的聒噪声此起彼伏，安北城是被他们吵醒的。他睁开眼时，看到自己又在直升机上，明显一愣。但很快，他就回过神来，盯着伍少野说了一句话：“送我回京都。”

伍少野一愣：“你要做什么？”

“回。”

伍少野一脸问号。

“我要回安家，问一些事情。”

安北城说得淡淡的，可听在伍少野的耳朵里，却好像听了一个天大的笑话，气得笑了起来：“老大，你没摔坏脑子吧？你伤得很重，很重你知道不？你现在需要去医院！”

“我还没死呢！”安北城加重了语气，呛了水之后的嗓子又沉又哑，“伍少野，这是命令！”

伍少野突然气恨地别开头，不看他脸上的伤，也不看他明显浮肿的脸颊，更不看他包扎过还渗着血水的腿，突然怒吼：“飞京都！”

安北城受伤的事，安正邦之前就接到了消息，然而，他没有想到伤成这样，安北城却回来了。安正邦了解他的儿子，知道他的倔强与冷漠，可从来没有想过，他会为了一个女人连命都不要了。只身入狼窝，直升机上纵身一跳，好不容易活过来，竟然不顾安危奔他来了。

“为什么？”这是安北城进屋的第一句话。

他身上的衣服还没有干透，染着血迹，还破了几处，英俊的脸上也挂着好几处伤口，就像一只受伤的孤狼，哪怕要死，也要死咬住敌人。

安正邦有些不忍直视他的眼。

他明白，安北城会冲着他来，那就证明安北城都想明白了。既然 不是跛爷绑架了苏小南，那么能够让她无声无息消失，连囚鸾都查不到半点踪迹与记录的人，除了他安正邦，还会有谁？

实际上，在事发后，当安正邦得知滇西的事情，最后悔的也是这一点——他把安北城蒙在鼓里，直接导致这个漏洞被跛爷利用，差一点要了安北城的命。

“城子，我没想到会这样，但我是为了你好……至于陆止那边，也算是给陆明厉一个交代了。往后，你们都……各归各位吧。至于你的感情，只要不是苏小南，不管你选择陆止还是梁晓彤，或者别的什么人，我都不会干涉。”

安北城突然笑了。

可那张冷冽的脸上，没有半分温度：“你一向这么自以为是。”

安正邦看着他，没说话。安北城继续道：“我这里也有一个故事，跟你告诉我的截然不同，你要不要听听？”

当初安正邦给他看的那些关于苏小南身世的资料，确实震慑了安北城，让他一时措手不及，受到了前所未有的打击。事过多年，很多事情已不好查证，那个陆止却是突破口。

真的可以靠整容把两个完全不同的人整得一模一样吗？

梁晓彤告诉他，至少得有底子，底子很相似了，才有机会实现。

所以，他多方求证，不仅得知了当年故事的另一个版本，甚至私下鉴定了苏小南与陆明厉以及陆止的DNA，真相令人震惊。

当年安、陆两家的联姻尽人皆知，夫妻恩爱的情分也曾让无数人羡慕。只可惜，安宜婚后一心爱着老公和孩子，陆明厉却不是一个省心的男人。他也许是真的爱安宜，但安宜的美和他对安宜的爱，都不足以让他彻底放弃一片大好的森林。

他跟“小三”生了孩子，但这事并非他情愿的。

“小三”故意瞒着他，也瞒了所有人，生下了孩子。

得知此事的安宜气恨滔天，几近疯狂。当她偷偷把襁褓中的苏小南抱回去时，本来是心存恶意的，可孩子太小太可爱，她始终狠不下心动手，于是这孩子砸在手上，就成了一个烫手的山芋。

初期的愤怒一过，她就不知道该怎么办了。

把孩子送回去她不甘心，养在家里又害怕出事，最后安宜想了一个办法，把孩子托付给自己信任的小保姆姜玉莲，让她带着孩子远离京都，回到偏远的荣城老家，也算是对“小三”和陆明厉的一种报复。

那时的安宜并不知道人家生的是一双女儿，更不知道这件事不仅造成了“小三”的郁郁而终，也让她的内心从此背负上一道沉重的枷锁，直到生命终结都没有解开。

善良的人作恶，永远比恶人作恶受惩罚更重。

良心的问责，让她日日不安。

姜玉莲带走孩子后，安宜与陆明厉的关系再难回到以前，她也始终担心那个孩子。

这也就促使她最终带着陆启远走荣城。

一方面为了躲避糟心的事，另一方面也为了寻找苏小南以赎罪。

可那个时候，姜玉莲已经离开京都十几年了，其间音信全无，甚至也经历了由这件事带来的命运洗礼。

姜玉莲当初从京都突然回到荣城，带回一大笔钱和一个小奶娃，当然不敢直接回家。她用安宜给的钱在县城买了一套小房子，把自己和苏小南安置在那里，同时在夜市上支了个小摊，起早贪黑地卖抄手赚钱，结果却被姐夫赵至臻盯上——

开始赵至臻老到姜玉莲的摊子上吃东西，说是她姐姜玉娟叮嘱的，多照顾妹妹的生意。姜玉莲跟姜玉娟感情不算好，家里也不怎么待见她这个没出息的小女儿，但她当时根本就没想到姐夫的狼子野心。

回到荣城不久，姜玉莲就谈了一个喜欢的男朋友。

她还没有找到机会告诉男朋友关于苏小南的事情，赵至臻就对她下手了。

姜玉莲又傻又天真，把这件事告诉了家里，也告诉了姐姐，以为家人会为自己讨回公道，结果家里的眼睛都是向着钱的。赵至臻家里有钱，姜玉娟又护短，姜玉莲被反咬一口，落得个勾引姐夫的污名，男朋友也离她而去。

为了给孩子一个身份，她索性打落牙齿和血吞，把孩子的账赖在赵至臻的头上，也让姐姐和家人永远如鲠在喉。

从此，姜玉莲与苏小南相依为命。她把苏小南认作自己的女儿，直到嫁给苏薇的父亲，那个老实的男人。

可惜他命短，没多久就过世了。

姜玉莲一个人拖着两个女儿，根本没有想到安宜会来荣城找她……而安宜也不会想到，跟儿子交好的那个小姑娘就是当年被她无意中改变了命运的小奶娃。

命运的神奇总是令人吃惊，它发挥着极大的魔力，左右着世事的发展，让人避无可避。

“城子！”安正邦也唏嘘他们的遭遇，可事情已经没有挽回的余地，他咬着牙也要坚持到底了，“你告诉我，她到底哪一点好，哪一点值得你这样为她付出？”

安北城目光凉凉的：“我不知道她哪一点好，我只知道，别人都没有她好。”

“……”安正邦叹息，语气带着一点恨，“冥顽不灵！”

“爸——”安北城突然喊他，然后缓缓地、缓缓地扶着面前的椅子，朝他重重一跪，“我从来没有求过你什么，就这一次，求你，给我一条生路，好吗？”

安正邦狠狠一僵，震惊地看着他。

有多少年了，多少年没有听过安北城喊他一声爸了？自从那一年，他放学回来碰到他和顾心怡的事，知道他跟她在外面还有一个比他大的儿子，他就那样转身离开了，就像什么也没有看见过一样。但从此之后，安北城再没有喊过他一声爸。

安北城的病，他比谁都清楚。从小安北城就跟别的孩子不一样，沉默，孤独，跟任何人都不亲近……但他从来没有看过这样的安北城，赤红的眼，带着野兽似的愤怒，颤抖着不停握紧拳头，还有——为了那个女人而双膝跪地。

安正邦也心疼儿子，紧紧抿着嘴唇，不知怎么回答："城子，我们先上医院，好吗？"

安北城固执地不动："告诉我，她在哪里？"

"城子，来，我扶你去医院。"安正邦伸出的手，停在半空中。

"告诉我，她在哪里？"

"儿子……"

安北城眼睛赤红，如同染血。他就那样看着安正邦，突然一只拳头撑着地，慢慢站了起来："安正邦，我最后问你一次，她在哪里？"

"你——"安正邦错愕地看着他。

他知道儿子有情感冷漠症，却从来没有想过，他苦心爱护了二十几年的儿子，有一天会用冰冷的手枪无情地指着自己的脑袋，仿佛下一秒，子弹就会射穿他的脑袋，结束他们的父子情分。

安正邦老泪纵横："如果我不说，你会开枪吗？"

"也许会，也许不会。"

一个个无情的字眼，听得安正邦浑身冰冷："安北城，我是你爸，是你亲爹。为什么你对你亲爹的感情，竟然不如一个刚认识几个月的女人？"

安北城迟疑片刻，垂下视线："我跟她在一起，是有温度的人。有她在身边，胜过所有。"

"这什么混账话！父母才是你最亲的人啊。"安正邦试图扭转他钻入了死胡同的极端思维，"父母生你、养你，我们才最爱你。你看那个女人，我给她一些钱，她二话不说就离开你了。这样的人，值得吗？"

安北城眼底有刹那的阴霾："那是我跟她的事，我会找她算账。你只需要告诉我，她在哪里。"

"如果我不说呢？"

"你可以拒绝。但是……"安北城语气冰凉，"就算你不说，我一样可以查出来，只不过多用些时间罢了。可你跟我……就再无往后了。"

安正邦怔立着，像突然间老了十岁，颓废地软了下去。

"我这是造的什么孽哦！"

安北城是一个人离开安家的。他拒绝了安正邦送他去医院的要求，换了身衣服瘸着腿就出了门，一面开车直奔机场，一面联系简聪，让他根据安正邦提供的消息，核实苏小南在国外的地址。

男人发起疯来，开车的速度很快，不一会儿，他就驶上了机场高速。

他在等简聪的消息，然后，去找那个狠心的女人。他不明白，她可以一声不响地走，为什么好意思对他说："我好爱你，我真的好爱你"？

爱是什么，安北城不知道。

对苏小南的感情是不是爱，他更不知道。

他只知道，不管上天堂还是下地狱，这辈子他都得拉着她！

手机铃声就在这时响了起来。

"老大，我查到了。"简聪声音古怪而缓慢，在安北城急切的催促之下，才慢腾腾地说，"老大，你先别激动啊……"

"少废话！"

简聪被安北城隔着电话线的怒火烧到，也紧张起来："是这样的，嫂子是在M国。但是，但是……我还是直接把消息转给你吧。我，我说不出口。"

手机嘀一声，传来消息。

消息上有国外媒体的报道，也有那边给简聪的回复。

就在安北城前往滇西的同一天，在M国一个小镇上，出了一场车祸，一对华人母女被撞飞在绿化带上，不治身亡。现场照片惨烈血腥，不堪入目……但那个女人血肉模糊的脚踝上，戴着一根脚链。

安北城一眼就认出，那是囚鸾。

他颤抖着手，盯着那张照片，眼睛一眨不眨，汽车也成了无人驾驶状态……他与这个世界短暂地失去了联系，耳边反反复复都是那个女人的声音，她在笑，她在骂，她在低低说话。

"安北城，我好爱你，我真的好爱你。"

……

"安北城，我好爱你，我真的好爱你。"

……

"安北城，我好爱你，我真的好爱你。"

……

耳朵嗡嗡作响，天地似在旋转，他的胸膛里压抑着一种毁天灭地的冲动。失控的汽车突然重重撞向隔离带，又在力的作用下往前疾驰十来米，在刺耳的摩擦声中，弹了出去，一连滚了几圈才停下。

耳朵铺天盖地的，全是惊呼声。

"快，快救人——"

车祸天天有，热心人也到处都是。人们把安北城从车里抬了出来，有人在拨打 120……嘈杂声中，安北城像死人一样仰躺着，望向灰蒙的天空，鲜血从额头流入眼眶，又从眼眶里往外流……一滴、两滴，滑落地面，殷红一片。

天空中，有候鸟盘旋，可安北城眼里空荡荡的，什么也没有。

他是一个孤独的人，从来没有感知过这个世界的温度。

是那个女人……她出现，温暖了他。

然后，她又抛弃了他……

番外一

岁月寒初心

初春的京都，暖风怡人。

这一天与往常的任何一天都没有区别。

人们过着自己的日子，并不知这世界上有人的世界已经崩塌……

医院里气氛紧张而凝重，医生、护士来来去去，脚步零碎，如巨石敲在人的心上。各科专家会聚一堂，面色凝重，正在会诊。急救室外面冷寂一片，安正邦、尤明美、安老太太、安瑜、安蓓蓓、向鲲鹏 ，伍少野、吴越、简聪……但凡该来的人都来了。

没有人说话，那空茫而压抑的气氛中，恐惧像毒蛇一样爬上脊背，每一个人都神经紧绷……

在安北城被送来医院的路上，120 的医生就说了。

病人生命体征微弱，求生意志不强，让家属做好心理准备。就在刚才，医院第一次下达了病危通知书，让家属做好最坏的打算，说病人很有可能下不来手术台。从高空扎入水中时，虽然他用了最正确的入水方法，还是造成了内脏多处受伤，脾脏破裂。车祸又造成他身上多处骨折，伤势进一步加重……说得难听点，他还能挺到被抬入急救室，完全得益于他过人的体质，已经是奇迹了。

众人都红了眼圈，哪怕伍少野、雷荆山这样的硬汉，都忍不住落泪。

这是安北城，红特的定海神针啊。在他们眼中，安北城连小病都没有过，身子板就像钢筋铁骨打造的，为什么会变得这样脆弱？

死一样的寂静中，尤明美呼吸急促，一直努力压抑的情绪，在又一次下达病危通知书后，终于憋不住了，她冷眼看向安正邦："你跟我过来一下。"

安正邦沉吟一瞬后跟了过去。

楼道的转角处，一个人都没有，夫妻两个静静对视。

突然，尤明美一个巴掌甩过去，重重扇在安正邦的脸上，两行泪珠子也跟着滚落下来。

突如其来的巴掌，震住了安正邦。他双眼瞪着尤明美，没有回手，也没有回嘴。

夫妻二十多年了，尤明美在他面前从来没有这样放肆过。

"你知道我为什么打你吗？"往常尤明美是怕他的、敬他的，也是爱他的。正是因为这一份求而不得的爱，她这一生都想让自己成为他喜欢的那种女人，终于彻彻底底地失去自我，在漫长的光阴中，把自己变成了一个面目可憎的女人——她曾经最为唾弃与痛恨的那种女人。

直到现在，当她的儿子躺在冰冷的急救室里生死未卜的时候，她突然间惊醒过来。

人的醒悟，往往就在一瞬。她想通了很多东西，那些以前的执着都不重要。

不爱就是不爱，不管她变成什么样子，安正邦都不会爱她。如果他会爱上她，漫长的二十多年，他早就爱了。所以，她何必苦了自己，活成别人的模样，拼了命想成为他心里的那种女人？

"这一个巴掌，我是为我，也是为我儿子打的。"

安正邦不说话。

也许是不知道怎么回答，也许是知道说什么也没有意义。夫妻在一起时间太长，早就处于一种长久不沟通的"相敬如冰"状态，懒得理，懒得说，懒得交流——这已经是他们选择和平相处的默契。

“我不欠你什么，我干干净净嫁给你，可是你呢？在我过门之前，就已经跟别的女人有了一个儿子，你们家却瞒着我，半点口风都不透……”

提到往事，尤明美每一个字眼都带着咬牙切齿的恨。

“我怀城子的时候，你在做什么？一个女人最需要你的时候，你在做什么？我怀孕三个月，吐得翻天覆地，吃不下，睡不好，你却整夜整夜不回来，每天陪着她和她的儿子，恨不得跟她双宿双飞。就算偶尔回来，你也把怀孕的我当成摆设，不问一句我好不好，不问一句我肚子里的胎儿好不好。

“是，你没有兑现娶她的承诺，你对她有愧疚，你辜负了你们的爱情，恨不得把所有时间都给她……可我呢？安正邦，你娶了我，给我一个安太太的名分，就不欠我吗？我是一个女人啊！我生下来的，不是你的儿子吗？

“当初你如果真想跟她在一起，完全可以不顾你家里的反对娶她，想尽办法娶她。就算你迫于压力不得不娶我，那你忠于你们的爱情啊，你可以不碰我。你家里逼你娶我，还能逼你跟我生孩子吗？”

几十岁的人了，陈年老账翻出来，赤裸裸摆在台面上，不留半点情面，这让安正邦一张老脸青一阵白一阵，无处安放。可他知道尤明美受了刺激，已不想再争辩什么。

二十几年的夫妻，没有爱情，也有亲情。

他选择沉默，尤明美却没有因此而解气。

她积压多年的怨恨，早在心里堆积成一座垃圾山，这几句只不过是冰山一角。

“我很后悔，我没有保护好我的儿子，让他还在我的肚子里就无辜地承受了我所有的怨气、郁气……他的病，就是娘胎里落的病，还有你给的那样不堪的童年阴影！”

她满眼痛恨，安正邦脊背僵硬着，如同结冰的雕塑。

安北城的阴影，又何尝不是他内心多年的阴影呢？而且，也正是那件事引发的开端，才导致后面的一连串结果。

“安正邦，你有没有想过，一个孩子有多么渴望父爱？可你是怎么对待他的？你爱你跟那个女人的儿子，对我的儿子百般看不顺眼，除了指责他的不好，就是不理不睬，多陪他一会儿都像是施舍……”

尤明美早已泪流满面，一声一声如泣似诉，剥开的全是斑驳往事的创伤。

“为了讨好你，为了让你喜欢他，为了让你的目光多停留在我们母子身上，我像个疯子一样，逼他变成一个优秀的孩子，剥夺了他本该天真烂漫的童年。甚至为了逼他，故意冷淡对他，对他的要求一次比一次严苛，哪怕我很爱很爱他，却没能让他感受到半点母爱……他很乖，真的把自己变得很优秀，然而，尽管他已经优秀得不像一个正常孩子，你也没有多看他几眼……

“你越是这样，我就越想让你注意到他，越是要逼他做更好的孩子——这怪异的关系，一直持续到现在。你知道吗，每次我看你们父子不和，有多痛心？看你们彼此漠视对方，又有多难过？”

“还有——”尤明美的声音又哑又涩，“我是你安家光明正大娶回来的媳妇，城子就该是你安家的长孙。可是你，为了你跟那个女人的儿子，为了你们爱的结晶，却固执地让他一直排行老二！

“你从来都不觉得讽刺吗？你可知道，城子三岁时就曾经问过我，他说：‘妈妈，我是不是还有一个小哥哥或者小姐姐，要不然为什么人家叫我老二？’安正邦，你知道我心里滴血的痛苦吗？”

安正邦微微垂目，想去拉她：“明美——”

“你不用解释！”尤明美甩开他的手，“二十多年都过去了，我伤透了，麻木了，早就不在乎了，要不然，我也不会认下你那个私生女。”说不在乎，可这些从齿缝里挤出来的话，每一个字都是她撕心裂肺的痛苦。

不爱才不在乎，只要爱了，就没有不在乎的。

她仰头望向天花板，把汹涌的泪生生逼了回去。

“这些也就算了，可千不该，万不该，你不该把那个女人偷偷带回家来，更不该让城子撞见你们……你不要拿这眼神看我，这件事不是城子告诉我的，这孩子从小就不多嘴，在我跟前，他一个字都没有提，我也从来没有责问过你。你知道我现在为什么要说吗？因为我心疼，我心疼我的儿子，小小年纪，就看到那样肮脏的东西……我痛心你知不知道？”

她不停地拍打着胸口，像在责怪安正邦，其实也在痛骂曾经的自己。

她一边说，眼泪一边往下淌："这件事是你的女人亲口告诉我的。在你心里，她是一个多么单纯、多么善良、多么善解人意的女人啊，可你知道吗，在她说不会逼你娶她的时候，为什么执意到你家里看一看？不就是做了一场当安太太的梦吗？不就为了利用你的爱情吗？"

安正邦不置一词。

他与很多男人一样，永远只相信自己心爱的那个人。

尤明美早看穿了这一点，所以，从来连架都懒得吵。

只是这一刻，她再也不想忍耐："我也是女人，我比你更了解女人。安正邦，我傻，可你比我更傻！这样的一个女人把你玩弄在股掌之中，可你直到现在还把她放在心里，哪怕她都不在了，还在刻骨铭心地追悼着你们的爱情！"

她的眼神像把刀子，锋利地刺向安正邦："结果就是，你们害了我一辈子不够，到头来，连我的儿子也没有放过……"她顿了下，恨恨地看着安正邦，"你根本不配做父亲！"

也许是一直被她纵容着，安正邦从来没有在意过尤明美的想法，以及她的感情。

因为不论他做什么，她都是那样冷冷淡淡的，好像从来不在意，也不怎么关心，就连他提出要把安蓓蓓接回安家认养在她的名下，她也没有说半个不字。

他从来不知道，那是因为爱，以及，爱而不得。

他只认为，她对这段婚姻也跟他一样，是可有可无的将就。

因为当年尤家没落，尤明美虽然出身富商家庭，却不得不低头。夫妻关系，在某种意义上其实比社会上的任何关系都残酷。经济基础决定了在家庭中的地位，他以为彼此心照不宣，这段将就的婚姻，就可以这样过下去。

认真说，他对尤明美并没有什么不满意的地方。

在人前，她是高贵体面的安太太；在家里，她因为早期的宿怨，虽然和安老太太关系不睦，但也算孝顺得体，毕竟安老太太也不是个省油的灯，有时候受了婆婆的气，她也只能藏在心里；在工作上，她一介女流，可从小出身富商家庭，也一直把安氏企业打理得妥妥当当……上得厅堂，下得厨房，打理得了家务，还从得了商。

有一个这样体面的老婆，恐怕是很多男人的夙愿了。

可安正邦习惯了，从来没有想过她好，或者她不好。

在他心里，她就只有一个定位——儿子的妈。

然而这一刻，当儿子在急救室里生死不明的时候，当他们夫妻站在这透着凉风的楼道中间，将早就已经结了疤的前尘往事剥开来的时候，看着里面腐烂的伤口，他突然对这个女人有了那么一丝丝不同以往的怜惜。

这到底也是跟了他二十多年的女人啊。

“明美，对不起……”

这三个字，从他嘴里说出来可不容易。

在今天以前，尤明美不定多么高兴，可换了时间，换了地点，换了情况，一切都太迟了。

尤明美淡淡看着他，那冷漠的表情让安正邦一度想起那天的安北城，用枪指着他的头，那天的安北城跟尤明美此时的表情竟然重合在了一起：冰冷、无情，不带一丝温度。

“安正邦，我们离婚吧。”

番外二

你在人间我在地狱

十天后，管家老张从国外回来了。

跟他同机回来的还有痛哭流涕的苏薇，以及一并抱回来的两个骨灰盒。

一个是苏小南，一个是姜玉莲。

安北城还在重症监护室，安正邦把她母女两个的后事都操办了。

没有遗体告别，没有亲朋悼念。

两座孤零零的坟墓，并排在一起。

石碑上的照片，是从苏薇的手机上拷下来的。姜玉莲面色温和而柔软，表情像极了天下任何一个慈祥的妈妈，而苏小南的笑容就活泼了许多，带一点俏皮，生动、饱满，眉梢眼底每一个地方都从容而放松，一看就是个热情讨喜的姑娘。

“你姐生前说过什么吗？”安正邦问苏薇。

“我姐生前……什么也没有留下，一句话也没有。”

“唉！”

一声重重叹息，在墓园里久久不散。

就在苏小南母女下葬的同一天，安北城醒了。

没有人告诉他苏小南的事，他也没有问过，就像根本不关心一样。

不！应该说，他似乎对任何事情都不关心。从来不问这是什么时候了，也不问他昏睡的时候，都发生了些什么，他把自己封闭在了自己的世界里，与其说他醒了，不如说他只是一具行尸走肉，身体在现代高超的医疗条件下被迫苏醒，思想、灵魂和一切感知却被苏小南带走了。

没有她，也再无他的世界。

他的身体一天天好起来，精神却没有同步。

这样一来，短时间内，他已经不可能再工作。

很快，组织就下达了一个关于任命的文件。文件到达红特总部的那一天，伍少野关上办公室的门，抱着安北城赠送的那把狙击枪，偷偷痛哭了一场。

多少年了？他一直渴望成为安北城这样的人。这一天，当上级正式任命他为红特的代理大队长，接管安北城的一切行政职务并主持日常工作时，他却哽咽得不能自抑。

“老大……”望着办公室那张空荡荡的椅子，他呜咽道，“以前我觉得做一个孤独的狙击手，很酷，很帅，很炫！可今天我才知道，一个没有同伴的狙击手，很孤独，很无助，很可怜……因为他除了狙击枪，一无所有。”

半年后，安北城可以下地走路了。

他受伤的腿还没有完全康复，身体也没有恢复到正常状态。但他双脚可以下地走动的第一天，终于提出了半年以来的第一个要求——他要去看苏小南。

安正邦是错愕的。

他什么也没有问，派了司机亲自送安北城到墓园，还贴心地为他准备了一束包装好的白雏菊。

可惜，安北城没有接受。

他什么都没有带，空着双手，拒绝搀扶，一瘸一拐地走到苏小南的墓碑前站定，看着她微笑的脸和那一双会说话的眼睛，久久无言。山风呜咽一般，拂过他长久没有修剪的头发，凌乱地摇摆着，像要生生将人的心揉碎……

青松，墓地，空间无端压抑。

司机远远站着，不敢靠近。安北城却从头到尾一句话都没有，就那样看着苏小南的照片，站了足足半个小时，一动也未动，直到天空下起夏季来无影去无踪的雷阵雨，将汉白玉的石碑以及他整个人浇透，他才往前走了一步。

他倾下身，慢吞吞地伸出手，抚向石碑上的照片。

雨水顺着照片流下来，滑入苏小南的眼睛，就像是她的眼泪，一行又一行，流淌不停。

安北城拭着，拭着，怎么也拭不完。

他喉头哽咽着，久不开口的嗓子里终于响过一道破碎的声音。

"别哭——别再哭了——"

"我有听你的话，好好……好好吃饭……也不用工作了，不操心、不劳累……身体也在慢慢好起来……我一直都好好的……你别再哭了……"

这一年的冬天，转眼又到了。

下了点小雨，到了夜晚，气温似乎又降了。

北邸的大书房里，安北城的脸在电脑屏幕幽幽的光线下，英俊得好像设计师精心打造的人体标本，可五官一丝表情都没有，冷得像一块永不融化的冰。

自从那天从墓园回来，他就变成了这个模样，永远默默无声，看似没有半点难过，实际上是他对生命的放弃。

伍少野搓着手上楼的时候，在书房门口愣了一下，伸手按向开关。

"老大，你怎么不开灯？外面天都黑了——"

"别开灯！"安北城的声音凉凉地从电脑后面传来，不带感情。

伍少野生生收回按向开关的手，挪着步子走过去，坐到安北城对面的椅子上。

光线昏暗，他看不清安北城的脸，只见一个轮廓："老大，你跟我说说话呗？"

伍少野常来北邸，习惯了在安北城面前自言自语，也习惯了他的冷漠："你看，这一年，我把你的工作都分担完了。这么勤奋，这么辛苦，你就不能夸我几句吗？”

从卖惨到卖萌，伍少野十八般武艺都用尽了，然而，安北城就像没有听见。

伍少野受尽了冷遇，索性拉椅子坐到他身边去，与他一块儿看电脑。

电脑上双开着两个角色，一个天涯一杀，一个风流和尚。

他们站在那棵桃树下，任由花瓣飘过头顶，是那么般配，又是那么隽永——再无生死，亘古相爱。

伍少野鼻子有点酸：“老大，这《JK3》开 90 级了吧？新赛季了，你玩得怎么样？”

安北城不理，伍少野没话找话：“哪天也带我下个本呗，我新注册的号，啥装备都没有，前天还被吴老怪嘲笑。等我练起来了，看我怎么收拾他……哈哈哈哈。”

一个人笑着，笑到中途，房间一片冷寂。

这诡异的画面，令伍少野尴尬了。

“好了，我不说废话了，其实我来不仅代表我自己，我还带了一个政治任务……”他伸手掏出手机来，“你家老太太啊，让我务必把这事干明白。”

从安北城入院以来，老太太的身体就大不如前了，治疗到现在，也一直没有完全康复。说到底，这些病也是因为安北城，还有……她一直盼而不得的曾孙子。

“她老人家今儿又给我传过来一堆美女的照片，你老人家就赏脸瞅一眼呗，要不，我没法交代啊！”

安北城一动不动，半合着眼，坐在椅子上盯着电脑屏幕，脸上不带任何表情，可伍少野还是看出来了，安老太太的病，对他还是有所触动的。

伍少野咳嗽一声，自顾自翻着照片：“老大，你看看这个姑娘。哇，身材真好！”

伍少野的手机屏幕上，是一个穿着白 T 恤、牛仔裤，看上去干净得像个大学生的姑娘。可清纯的面孔下，她的笑容却有一点浅浅的妩媚，眉眼之间乍看有一点苏小南刚出校门时的样子，带着小小的倔强，纯净而美好。

“老太太说，这姑娘是京都大学的高才生，会柔道，会工夫，球也打得好，没有谈过恋爱……”

安北城紧抿着唇，不理会他，手指触上键盘。

这时，屏幕上的角色动了，几个技能砸下去，边上那个骚扰的玩家就躺在了地上。

然后那人破口大骂："你神经病啊。"

其实他也没有做什么，就是查看了一下风流和尚的装备，然后对角色做了一个温柔多情的动作表情——拥抱。

在《JK3》的游戏里，玩家之间的互动，是可以有动作的。有些男玩家偶尔撩一下妹子，其实也无伤大雅，大多妹子也会欣然接受，甚至可能聊上几句，发展出一段网络情缘。可谁让他遇上了安北城?

"死人妖！你就是一个死人妖。"

那人无端被杀，破口大骂，可他得到的是又一次屠杀。

"老大——"伍少野看得眼都晕了，"你这是干吗呢？"

不就一个游戏吗，至于吗？可安北城的表情，瘆得他头皮发麻。

"老大，你到底有没有听见我说的话啊？这些姑娘可都是安老太太精挑细选的，你就没有一个看得上的？"

安北城喉头动了一下："滚！"

"我……我不管，我今天滚不了！"伍少野赌气似的，颓然仰躺在椅子上，斜眼看他，"你要再不选一个，老太太铁定要给你办一场选妃秀了。环肥燕瘦，随便挑，到时候，我怕你更烦，不如将就挑一个，打发她算了。"

不得不说，安老太太煞费苦心，伍少野也把毕生的美好赞美词汇都贡献了出来，可惜这位爷根本就毫无兴趣，只有伍少野一个人懒洋洋翻着照片，像个伺候皇帝翻牌子的太监似的，不停喃喃。

"噫，老大，你快看看这张照片！"伍少野滑动屏幕的手突然停下，声音露出一丝惊喜，"这个女的好像嫂子！你快看啊！"

他把照片凑到安北城眼前："不是照相这个人，看这里，看这里，是她背后这个……像不像？"

照相的姑娘比画着剪刀手，是一张旅游照片。

在她照片的背景里有一张女人的侧脸，隐在一群热闹的人群中，穿着少数民族的衣服，面孔模糊不清，但确实有一点像苏小南。

“野狼——”安北城冷不丁回头看向伍少野，那表情幽凉得仿佛把空气都冻住了，有一种如同恐怖大片的既视感，令人毛骨悚然。

“老大，不带这么吓人的啊！”伍少野哆嗦了一下，“咋了？”

安北城声音淡淡的：“查！连同囚鸾一起查！”

当初老张带回了苏小南的骨灰，却没有带回囚鸾。那一条曾经在照片上出现过的囚鸾，出现在事发现场，可家属前往认领，又找不见了。

囚鸾本身的价值让人唏嘘，它的失踪，也成了安北城的一个执念。

一个支撑他好好养伤、好好吃饭、好好活下去的执念。

“是！”伍少野慢吞吞应着，看安北城一副入了魔的样子，突然又是一叹，“老大，我不明白你为什么这样，人都是会死的，嫂子去了我们都很伤心。可活着的人，还得活啊……”

安北城没有看他，一句话幽远而低沉。

“明白我的人，不在了。”

提到那个人，他目光露出短暂的温柔，望着电脑屏幕上相依相偎的两个角色。

也许是他太寂寞了，最近时常梦到她。

在他遁入午夜噩梦般的地狱里时，她依稀活在人间，还在笑着对他说：

“安北城，我刚才只是睡了一觉，醒来发现，我好爱你，真的好爱你。”

苏小南，你一定给我活着，等我来找到你！